中国现代文学经典
1917—2012（一）（第二版）

Zhongguo Xiandai Wenxue Jingdian 1917—2012

朱栋霖　主编
龙泉明　本卷主编

北京大学出版社
PEKING UNIVERSITY PRESS

图书在版编目(CIP)数据

中国现代文学经典:1917~2012.2/朱栋霖主编;龙泉明分册主编.—2版.—北京:北京大学出版社,2014.6
(博雅大学堂·文学)
ISBN 978-7-301-24217-9

Ⅰ.①中… Ⅱ.①朱…②龙… Ⅲ.①中国文学-现代文学-作品综合集-高等学校-教材 Ⅳ.①I216.1

中国版本图书馆 CIP 数据核字(2014)第 089414 号

书　　　名:	中国现代文学经典 1917—2012(二)(第二版)
著作责任者:	朱栋霖 主编　龙泉明 本卷主编
责 任 编 辑:	张雅秋
标 准 书 号:	ISBN 978-7-301-24217-9/I·2765
出 版 发 行:	北京大学出版社
地　　　址:	北京市海淀区成府路 205 号　100871
网　　　址:	http://www.pup.cn　新浪官方微博:@北京大学出版社
电 子 信 箱:	pkuwsz@126.com
电　　　话:	邮购部 62752015　发行部 62750672　出版部 62754962 编辑部 62752022
印 刷 者:	三河市博文印刷有限公司
经 销 者:	新华书店
	650mm×980mm　16 开本　30.75 印张　535 千字 2007 年 1 月第 1 版 2014 年 6 月第 2 版　2023 年 6 月第 11 次印刷
定　　　价:	62.00 元

未经许可,不得以任何方式复制或抄袭本书之部分或全部内容。
版权所有,侵权必究
举报电话:010-62752024　电子信箱:fd@pup.pku.edu.cn

目 录

前　言 /1

诗　　歌（1917—1949）

刘半农
　　相隔一层纸 /3
康白情
　　草儿在前 /4
胡　适
　　蝴蝶 /5
郭沫若
　　立在地球边上放号 /6
　　凤凰涅槃 /6
　　天狗 /15
　　太阳礼赞 /16
冰　心
　　繁星（节选）/18
　　春水（节选）/19
　　我曾 /20
汪静之
　　过伊家门外 /21
　　伊底眼 /21
宗白华
　　夜 /22
　　东海滨 /22
梁宗岱
　　晚祷
　　——呈敏慧（二）/23

目录

冯　至
　　我是一条小河/24
　　蛇/25
　　我们准备着/25
李金发
　　弃妇/27
　　在淡死的灰里……/28
　　有感/28
朱　湘
　　葬我/30
　　有一座坟墓/30
　　采莲曲/31
穆木天
　　泪滴/34
闻一多
　　心跳/36
　　发现/37
　　一句话/37
　　奇迹/38
徐志摩
　　雪花的快乐/40
　　再别康桥/41
　　我不知道风是在哪一个方向吹/42
　　山中/43
冯乃超
　　红纱灯/45
陈梦家
　　一朵野花/46
　　三月/46
胡也频
　　洞庭湖上/47
殷　夫
　　血字/48

目录

戴望舒
    雨巷/50
    我的记忆/51
    寻梦者/53
    我用残损的手掌/54

何其芳
    预言/56
    云/57

臧克家
    老马/59
    春鸟/59
    发热的只有枪筒子/61

沈祖棻
    一朵白云/63

金克木
    生命/64

艾 青
    大堰河——我的保姆/65
    太阳/68
    雪落在中国的土地上/69
    手推车/72

孙毓棠
    北极/74

林 庚
    春天的心/75

卞之琳
    距离的组织/76
    圆宝盒/76
    断章/77

王独清
    我从 Café 中出来……/78

路易士
    发/79

林徽因
    别丢掉/80

目录

田 间
　给战斗者/81
　假使我们不去打仗/90
绿 原
　憎恨/91
　诗人/92
阿 垅
　纤夫/93
力 扬
　我底竖琴/98
穆 旦
　春/99
　诗八首/99
高 兰
　哭亡女苏菲/103
李 季
　王贵与李香香（节选）/108
曾 卓
　铁栏与火/112
唐 祈
　女犯监狱/114
袁水拍
　发票贴在印花上/116
袁可嘉
　沉钟/118
杜运燮
　滇缅公路/119
陈敬容
　逻辑病者的春天/122
辛 笛
　风景/126
唐 湜
　诗/127

杭约赫
　　最初的蜜
　　——写给在狱中的 M/128
郑　敏
　　金黄的稻束/130

散　　文（1917—1949）

俞平伯
　　重刊《浮生六记》序/133
　　桨声灯影里的秦淮河/135
叶圣陶
　　藕与莼菜/139
朱自清
　　桨声灯影里的秦淮河/141
　　给亡妇/147
周作人
　　故乡的野菜/150
　　谈酒/152
　　结缘豆/154
胡　适
　　差不多先生传/157
鲁　迅
　　影的告别/159
　　春末闲谈/160
　　小品文的危机/163
　　过客/165
冰　心
　　寄小读者/169
　　往事（节选）/173
徐志摩
　　我所知道的康桥/175
　　斐伦翠山居闲话/182
丰子恺
　　给我的孩子们/184

目录

秋/187

茅 盾
卖豆腐的哨子/190

缪崇群
红菊/191

梁遇春
"春朝"一刻值千金
——懒惰汉的懒惰想头之一/195

瞿秋白
一种云/198

郁达夫
钓台的春昼/199

朱光潜
"当局者迷,旁观者清"
——艺术和实际人生的距离/204

丽 尼
鹰之歌/208

林语堂
《人间世》发刊词/210
秋天的况味/211

唐 弢
略论吃饭与打屁股/213

夏丏尊
中年人的寂寞/214

徐懋庸
秋风偶感/216

李广田
画廊/219

老 舍
想北平/221
婆婆话/223

何其芳
画梦录/227

目录

梁实秋
  雅舍/231
  下棋/233

陆蠡
  囚绿记/235

巴金
  灯/237

靳以
  窗/239

张爱玲
  公寓生活记趣/242

丁玲
  三八节有感/246

孙犁
  织席记/249

李健吾
  切梦刀/251

戏　剧（1917—1949）

田汉
  获虎之夜/255

丁西林
  压迫/273

袁牧之
  一个女人和一条狗/285

曹禺
  雷雨/306
  北京人（第二幕）/427

夏衍
  上海屋檐下（第二幕）/458

郭沫若
  屈原（第五幕第二场）/473

前　言

《中国现代文学经典 1917—2012》(第二版)是在《中国现代文学经典 1917—2000》的基础上修订而成;修订内容主要是增加了 21 世纪部分作品,适量删减了部分编者认为已经不适应当下教学的篇目。本教材系中国语言文学、新闻传播等专业的主干课教材,与朱栋霖等主编的《中国现代文学史 1917—2012》(第二版)相配套,被列入教育部"十五"国家级教材规划。习近平总书记在《高举中国特色社会主义伟大旗帜 为全面建设社会主义现代化国家而团结奋斗——在中国共产党第二十次全国代表大会上的报告》中指出:"坚守中华文化立场,提炼展示中华文明的精神标识和文化精髓,加快构建中国话语和中国叙事体系,讲好中国故事、传播好中国声音,展现可信、可爱、可敬的中国形象。"本书秉承这一思想,为国内各高校中国语言文学等相关专业的广大师生呈现了这些中国现当代文学经典作品。

自 1917 年五四运动以来,中国文学曾经产生许多优秀的作品,它们是现代以来中国文学史的重要构成,也是中国现代文学教学的主要内容。本书选目,旨在以新的文学史观、新的文学观重新遴选五四以来迄今的中国文学经典。选篇包括小说、新诗、散文、戏剧诸文体,各时期重要作家、各种风格流派的代表性作品,也适当遴选了台湾、香港、澳门地区的代表性作品。本选本以最精炼的选目,希望以此呈现中国现代文学发展的一个缩影,为高校中国现代文学的教学提供一个有新意的、实用性强的作品选读本。

本选本强调教学实用性。考虑到高校扩招,各校学生多而图书少,本选本选录了几篇重要的中篇小说与多幕剧,以供教学之需。有一些文学名篇,已被现行中学语文课本列为精讲篇目,又被各种选本多次选录,为节省篇幅,本书一般不再重复选入。

长篇小说是现代文学教学的重点之一。限于篇幅,长篇小说不能入选,分别存目于第一卷、第三卷选篇目录之后。存目作品意在给本课程教学提供一个基本的阅读书目,任课教师可根据各校教学情况与学术特点,选择其中部分作品指导学生阅读。我们不主张提供长篇小说的故事梗概,为的是引导学生直接阅读原著。

入选作品,尽量采用初版本;若初版本难找到,或初版本与重版本的文字无大的变化,则采用通行的重要版本。所有入选作品的版本出处,均在该作品后以括号注明。

本书编目,在每卷每一文体内以作品发表或出版时间为序编排,同一作家有若干篇作品入选的,则相对集中于该作家首篇入选作品之后。台湾、香港、澳门地区的文学作品本应与内地作家作品一起按发表时间编排,但考虑到教学时查阅方便,这部分作品相应集中在每一文体的后半部分。

本书编选工作由吉林大学、武汉大学、浙江大学、福建师范大学和苏州大学合作完成。

全书四卷:

第一卷　小说(1917—1949)　　　　　　张福贵　主编
第二卷　诗歌散文戏剧(1917—1949)　　龙泉明　主编
第三卷　小说(1949—2012)　　　　　　吴秀明　主编
第四卷　诗歌散文戏剧(1949—2012)　　汪文顶　主编

编选工作获得海内外专家的支持和指导,他们提供了不少宝贵意见与建议;教育部高教司和文科处领导一贯高度重视与支持;北京大学出版社责任编辑张雅秋投入了大量劳动。在此,向大家表示衷心的感谢!

我们热诚地希望海内外同行教师、大学生对本教材提出宝贵意见。

朱栋霖
2014 年 4 月

诗 歌

(1917—1949)

刘半农

相隔一层纸

屋子里拢着炉火,
老爷吩咐开窗买水果,
说"天气不冷人太热,
别任它烤坏了我。"
屋子外躺着一个叫化子,
咬紧了牙齿,对着北风呼"要死!"
可怜屋外与屋里,相隔只有一层薄纸!

(选自1918年1月15日《新青年》第4卷第1号)

康白情

草儿在前

草儿在前,
鞭儿在后。
那喘吁吁的耕牛,
正担着犁鸢,
眐着白眼,
带水拖泥,
在那里"一东二冬"的走着。

"呼——呼……"
"牛吔,你不要叹气,
快犁快犁,
我把草儿给你。"

"呼——呼……"
"牛吔,快犁快犁。
你还要叹气,
我把鞭儿抽你。"

牛呵!
人呵!
草儿在前,
鞭儿在后。

1919年2月1日,北京
(选自1919年4月1日《新潮》第1卷第4号)

胡 适

蝴　蝶

两个黄蝴蝶,双双飞上天。
不知为什么,一个忽飞远。
剩下那一个,孤单怪可怜;
也无心上天,天上太孤单。

1916年8月23日

郭沫若

立在地球边上放号

无数的白云正在空中怒涌,
啊啊!好幅壮丽的北冰洋的情景哟!
无限的太平洋提起他全身的力量来要把地球推倒。
啊啊!我眼前来了的滚滚的洪涛哟!
啊啊!不断的毁坏,不断的创造,不断的努力哟!
啊啊!力哟!力哟!
力的绘画,力的舞蹈,力的音乐,力的诗歌,力的 Rhythm 哟!

1919 年 9、10 月间作
(选自 1920 年 1 月 5 日上海《时事新报·学灯》)

凤凰涅槃①

天方国②古有神鸟名"菲尼克司"(Phoenix),满五百岁后,集香木自焚,复从死灰中更生,鲜美异常,不再死。

按此鸟殆即中国所谓凤凰:雄为凤,雌为凰。《孔演图》云:"凤凰火精,

---

① 本篇最初发表于 1920 年 1 月 30 日和 31 日上海《时事新报·学灯》。1921 年《女神》初版本有副题:"一名'菲尼克司的科美体'。"科美体,英语喜剧 Comedy 的音译。
涅槃,梵语 Nirvana 的音译,意即圆寂,指佛教徒长期修炼达到功德圆满的境界。后用以称僧人之死,有返本归真之义。这里以喻凤凰的死而再生。
② 我国古代称阿拉伯半岛一带伊斯兰教发源地为天方或天房。

生丹穴。"①《广雅》云:"凤凰……雄鸣曰即即,雌鸣曰足足。"②

序　曲

除夕将近的空中,
飞来飞去的一对凤凰,
唱着哀哀的歌声飞去,
衔着枝枝的香木飞来,
飞来在丹穴山上。

山右有枯槁了的梧桐,
山左有消歇了的醴泉,
山前有浩茫茫的大海,
山后有阴莽莽的平原,
山上是寒风凛冽的冰天。

天色昏黄了,
香木集高了,
凤已飞倦了,
凰已飞倦了,
他们的死期将近了。

凤啄香木,
一星星的火点迸飞。
凰扇火星,
一缕缕的香烟上腾。

凤又啄,
凰又扇,
山上的香烟弥散,

---

① 《孔演图》应作《演孔图》,汉代纬书名。原书已佚,后来有辑本。据清代马国翰《玉函山房辑佚书》所辑《春秋纬·演孔图》:"凤,火之精也,生丹穴。"《山海经·南次三经》:"丹穴之山,其上多金玉。……有鸟焉,其状如鸡,五采而文,名曰凤凰。"

② 《广雅》,三国时魏人张揖著。这里所引见《广雅·释鸟》。

山上的火光弥满。
夜色已深了,
香木已燃了,
凤已啄倦了,
凰已扇倦了,
他们的死期已近了!

啊啊!
哀哀的凤凰!
凤起舞,低昂!
凰唱歌,悲壮!
凤又舞,
凰又唱,
一群的凡鸟,
自天外飞来观葬。

凤 歌

即即!即即!即!
即即!即!即!
茫茫的宇宙,冷酷如铁!
茫茫的宇宙,黑暗如漆!
茫茫的宇宙,腥秽如血!

宇宙呀,宇宙,
你为什么存在?
你自从哪儿来?
你坐在哪儿在?
你是个有限大的空球?
你是个无限大的整块?
你若是有限大的空球,
那拥抱着你的空间
他从哪儿来?
你的外边还有些什么存在?
你若是无限大的整块,

这被你拥抱着的空间
他从哪儿来？
你的当中为什么又有生命存在？
你到底还是个有生命的交流？
你到底还是个无生命的机械？

昂头我问天，
天徒矜高，莫有点儿知识。
低头我问地，
地已死了，莫有点儿呼吸。
伸头我问海，
海正扬声而呜唈。

啊啊！生在这样个阴秽的世界当中，
便是把金钢石的宝刀也会生锈！
宇宙呀，宇宙，
我要努力地把你诅咒：
你脓血污秽着的屠场呀！
你悲哀充塞着的囚牢呀！
你群鬼叫号着的坟墓呀！
你群魔跳梁着的地狱呀！
你到底为什么存在？

我们飞向西方，
西方同是一座屠场。
我们飞向东方，
东方同是一座囚牢。
我们飞向南方，
南方同是一座坟墓。
我们飞向北方，
北方同是一座地狱。
我们生在这样个世界当中，
只好学着海洋哀哭。

凰 歌

足足！足足！足足！
足足！足足！足足！
五百年来的眼泪倾泻如瀑。
五百年来的眼泪淋漓如烛。
流不尽的眼泪，
洗不净的污浊，
浇不熄的情炎，
荡不去的羞辱，
我们这缥缈的浮生
到底要向哪儿安宿？

啊啊！
我们这缥缈的浮生
好像那大海里的孤舟。
左也是漂漫，
右也是漂漫，
前不见灯台，
后不见海岸，
帆已破，
樯已断，
楫已飘流，
柁已腐烂，
倦了的舟子只是在舟中呻唤，
怒了的海涛还是在海中泛滥。

啊啊！
我们这缥缈的浮生
好像这黑夜里的酣梦。
前也是睡眠，
后也是睡眠，
来得如飘风，
去得如轻烟，

来如风,
去如烟,
眠在后,
睡在前,
我们只是这睡眠当中的
一刹那的风烟。

啊啊!
有什么意思?
有什么意思?
痴!痴!痴!
只剩些悲哀,烦恼,寂寥,衰败,
环绕着我们活动着的死尸,
贯串着我们活动着的死尸。

啊啊!我们年青时候的新鲜哪儿去了?
我们年青时候的甘美哪儿去了?
我们年青时候的光华哪儿去了?
我们年青时候的欢爱哪儿去了?
去了!去了!去了!
一切都已去了,
一切都要去了。
我们也要去了,
你们也要去了,
悲哀呀!烦恼呀!寂寥呀!衰败呀!

凤凰同歌

啊啊!火光熊熊了。
香气蓬蓬了。
时期已到了。
死期已到了。
身外的一切!
身内的一切!
一切的一切!

请了！请了！

群鸟歌

岩　鹰

哈哈，凤凰！凤凰！
你们枉为这禽中的灵长！
你们死了吗？你们死了吗？
从今后该我为空界的霸王！

孔　雀

哈哈，凤凰！凤凰！
你们枉为这禽中的灵长！
你们死了吗？你们死了吗？
从今后请看我花翎上的威光！

鸱　枭

哈哈，凤凰！凤凰！
你们枉为这禽中的灵长！
你们死了吗？你们死了吗？
哦！是哪儿来的鼠肉的馨香？①

家　鸽

哈哈，凤凰！凤凰！
你们枉为这禽中的灵长！
你们死了吗？你们死了吗？
从今后请看我们驯良百姓的安康！

鹦　鹉

哈哈，凤凰！凤凰！
你们枉为这禽中的灵长！
你们死了吗？你们死了吗？
从今后请听我们雄辩家的主张！

白　鹤

哈哈，凤凰！凤凰！

---

① 《庄子·秋水》篇记载：有一种叫鹓雏的鸟，"非梧桐不止，非练实不食，非醴泉不饮"。有鸱鸟得一腐鼠，看到鹓雏飞过，以为要来抢它的腐鼠，就仰头对鹓雏"吓"了一声。这里引用《庄子》中的这则寓言，以喻鸱枭看到凤凰死时的得意神情。

你们枉为这禽中的灵长！
你们死了吗？你们死了吗？
从今后请看我们高蹈派①的徜徉！

凤凰更生歌

鸡　　鸣
　　　　昕潮涨了，
　　　　昕潮涨了，
　　　　死了的光明更生了。

　　　　春潮涨了，
　　　　春潮涨了，
　　　　死了的宇宙更生了。

　　　　生潮涨了，
　　　　生潮涨了，
　　　　死了的凤凰更生了。

凤凰和鸣
　　　　我们更生了。
　　　　我们更生了。
　　　　一切的一，更生了。
　　　　一的一切，更生了。
　　　　我们便是他，他们便是我。
　　　　我中也有你，你中也有我。
　　　　我便是你。
　　　　你便是我。
　　　　火便是凰。
　　　　凤便是火。
　　　　翱翔！翱翔！
　　　　欢唱！欢唱！

　　　　我们新鲜，我们净朗，

---

① 高蹈派，19世纪中期法国资产阶级诗歌的一个流派，宣扬"为艺术而艺术"。

我们华美，我们芬芳，
一切的一，芬芳。
一的一切，芬芳。
芬芳便是你，芬芳便是我。
芬芳便是他，芬芳便是火。
火便是你。
火便是我。
火便是他。
火便是火。
翱翔！翱翔！
欢唱！欢唱！

我们热诚，我们挚爱。
我们欢乐，我们和谐。
一切的一，和谐。
一的一切，和谐。
和谐便是你，和谐便是我。
和谐便是他，和谐便是火。
火便是你。
火便是我。
火便是他。
火便是火。
翱翔！翱翔！
欢唱！欢唱！

我们生动，我们自由，
我们雄浑，我们悠久。
一切的一，悠久。
一的一切，悠久。
悠久便是你，悠久便是我。
悠久便是他，悠久便是火。
火便是你。
火便是我。
火便是他。
火便是火。

翱翔！翱翔！
欢唱！欢唱！

我们欢唱，我们翱翔。
我们翱翔，我们欢唱。
一切的一，常在欢唱。
一的一切，常在欢唱。
是你在欢唱？是我在欢唱？
是他在欢唱？是火在欢唱？
欢唱在欢唱！
欢唱在欢唱！
只有欢唱！
只有欢唱！
欢唱！
　欢唱！
　　欢唱！

1920年1月20日初稿
1928年1月3日改削

(选自《郭沫若全集·文学编》第1卷，人民文学出版社1982年版)

天　狗

我是一条天狗呀！
我把月来吞了，
我把日来吞了，
我把一切的星球来吞了，
我把全宇宙来吞了。
我便是我了！
我是月底光，
我是日底光，

我是一切星球底光,
我是 X 光线底光,
我是全宇宙底 Energy 底总量!

我飞奔,
我狂叫,
我燃烧。
我如烈火一样地燃烧!
我如大海一样地狂叫!
我如电气一样地飞跑!
我飞跑,
我飞跑,
我飞跑,
我剥我的皮,
我食我的肉,
我吸我的血,
我啮我的心肝,
我在我神经上飞跑,
我在我脊髓上飞跑,
我在我脑筋上飞跑。

我便是我呀!
我的我要爆了!

1920 年 2 月初作
(选自《女神》,上海泰东书局 1921 年版)

太阳礼赞

青沉沉的大海,波涛汹涌着,潮向东方。
光芒万丈地,将要出现了哟——新生的太阳!

天海中的云岛都已笑得象火一样地鲜明！
我恨不得,把我眼前的障碍一概划平！

出现了哟！出现了哟！耿晶晶地白灼的圆光！
从我两眸中有无限道的金丝向着太阳飞放。

太阳哟！我背立在大海边头紧觑着你。
太阳哟！你不把我照得个通明,我不回去！

太阳哟！你请永远照在我的面前,不使退转！
太阳哟！我眼光背开了你时,四面都是黑暗！

太阳哟！你请把我全部的生命照成道鲜红的血流！
太阳哟！你请把我全部的诗歌照成些金色的浮沤！

太阳哟！我心海中的云岛也已笑得象火一样地鲜明了！
太阳哟！你请永远倾听着,倾听着,我心海中的怒涛！

1921 年作

(选自 1921 年 2 月 1 日上海《时事新报·学灯》)

冰　心

繁　　星(节选)

七

醒着的，
　　只有孤愤的人罢！
听声声算命的锣儿，
　　敲破世人的命运。

一〇

嫩绿的芽儿，
　和青年说：
"发展你自己！"

淡白的花儿，
　和青年说：
"贡献你自己！"

深红的果儿，
　和青年说：
"牺牲你自己！"

一三一

大海呵，
　　那一颗星没有光？
　　那一朵花没有香？
那一次我的思潮里

没有你波涛的清响?

1921 年 9 月
(选自《繁星》,商务印书馆 1923 年版)

春　　水(节选)

五

一道小河
　平平荡荡的流将下去,
只经过平沙万里——
　　自由的,
　　　沉寂的,
它没有快乐的声音。

一道小河
　曲曲折折的流将下去,
只经过高山深谷——
　　险阻的,
　　　挫折的,
它也没有快乐的声音。

我的朋友!
感谢你解答了
　我久闷的问题,
平荡而曲折的水流里,
　青年的快乐
　　在其中荡漾着了!

(选自《春水》,新潮社 1923 年版)

我　　曾

我曾梦摘星辰，
　　醒来一颗颗从我指间坠落；
觉悟后的虚空呵，
　　叫我如何不惆怅？

我曾梦撷飞花，
　　醒来一瓣瓣从我指间飘散；
觉悟后的虚空呵，
　　叫我如何不凄怆？

我曾梦调琴弦，
　　醒来一丝丝从我指间折断；
觉悟后的虚空呵，
　　叫我如何不感伤？

我曾梦游天国，
　　醒来一片片河山破碎；
觉悟后的虚空呵，
　　叫我如何不怨望？

1929 年 4 月 22 日

（选自《冰心文集》卷二《集外》，上海文艺出版社 1983 年版）

汪静之

过伊家门外

我冒犯了人们的指谪,
一步一回头地瞟我意中人;
我怎样欣慰而胆寒呵。

1922年1月8日

伊底眼

伊底眼是温暖的太阳;
不然,何以伊一望着我,
我受了冻的心就热了呢?

伊底眼是解结的剪刀;
不然,何以伊一瞧着我,
我被镣铐的灵魂就自由了呢?

伊底眼是快乐的钥匙;
不然,何以伊一瞅着我,
我就住在乐园里了呢?

伊底眼变成忧愁的引火线了;
不然,何以伊一盯着我,
我就沉溺在愁海里了呢?

1922年6月4日

(以上选自《蕙的风》,上海亚东图书馆1922年8月初版)

宗白华

夜

一时间
觉得我的微躯
是一颗小星,
莹然万星里
随着星流。

一会儿
又觉着我的心
是一张明镜,
宇宙的万里
在里面灿着。

东海滨

今夜明月的流光
映在我的心花上。
我悄立海边
仰听星天的清响。
一朵孤花在我身旁睡了,
我把着她梦里的芬芳。

啊,梦呀!梦呀!
明月的梦呀!
她在寻梦里的情人,
我在念月下的故乡!

(以上选自《流云小诗》,上海亚东图书馆1923年版)

梁宗岱

晚　祷
——呈敏慧(二)

我独自地站在篱边。
主呵,在这暮霭的茫昧中。
温软的影儿恬静地来去,
牧羊儿正开始他野蔷薇的幽梦。
我独自地站在这里,
悔恨而沉思着我狂热的从前,
痴妄地采撷世界的花朵。
我只含泪地期待着——
祈望有幽微的片红
给春暮阑珊的东风
不经意地吹到我的面前:
虔诚地,轻谧地
在黄昏星忏悔的温光中
完成我感恩的晚祷。

1924 年 6 月 1 日

(选自《晚祷》,上海商务印书馆 1924 年 12 月初版)

冯 至

我是一条小河

我是一条小河,
我无心由你的身边绕过——
你无心把你彩霞般的影儿
投入了我软软的柔波。

我流过一座森林,
柔波便荡荡地
把那些碧翠的叶影儿
裁剪成你的裙裳。

我流过一座花丛,
柔波便粼粼地
把那些凄艳的花影儿
编织成你的花冠。

无奈呀,我终于流入了,
流入那无情的大海——
海上的风又厉,浪又狂,
吹折了花冠,击碎了裙裳!

我也随着海潮漂漾,
漂漾到无边的地方——
你那彩霞般的影儿
也和幻散了的彩霞一样!

1925 年

(选自《昨日之歌》,北新书局 1927 年版)

蛇

我的寂寞是一条蛇,
静静地没有言语。
你万一梦到它时,
千万啊,不要悚惧!

它是我忠诚的侣伴,
心里害着热烈的乡思:
它想那茂密的草原——
你头上的浓郁的乌丝。

它月影一般轻轻地
从你那儿轻轻走过;
它把你的梦境衔了来,
像一只绯红的花朵。

1926 年

(选自《昨日之歌》,北新书局1927 年版)

我们准备着

我们准备着深深地领受
那些意想不到的奇迹,
在漫长的岁月里忽然有
彗星的出现,狂风乍起。

我们的生命在这一瞬间,
仿佛在第一次的拥抱里
过去的悲欢忽然在眼前
凝结成屹然不动的形体。

我们赞颂那些小昆虫,
它们经过了一次交媾
或是抵御了一次危险,
便结束它们美妙的一生。
我们整个的生命在承受
狂风乍起,彗星的出现。

(选自《十四行集》,上海文化出版社 1949 年 1 月版)

李金发

弃　妇

长发披遍我两眼之前,
遂隔断了一切羞恶之疾视,
与鲜血之急流,枯骨之沉睡。
黑夜与蚊虫联步徐来,
越此短墙之角,
狂呼在我清白之耳后,
如荒野狂风怒号:
战栗了无数游牧。

靠一根草儿,与上帝之灵往返在空谷里。
我的哀戚惟游蜂之脑能深印着;
或与山泉长泻在悬崖,
然后随红叶而俱去。

弃妇之隐忧堆积在动作上,
夕阳之火不能把时间之烦闷
化成灰烬,从烟突里飞去,
长染在游鸦之羽,
将同栖止于海啸之石上,
静听舟子之歌。
衰老的裙裾发出哀吟,
徜徉在丘墓之侧,
永无热泪,
点滴在草地
为世界之装饰。

(选自《微雨》,北新书局 1925 年 11 月版)

在淡死的灰里……

在淡死的灰里,
可寻出当年的火焰,
惟过去之萧条,
不能给人温暖之摸索。

如海浪把我躯体载去,
仅存留我的名字在你心里,
切勿懊悔这丧失,
我终将搁止于你住的海岸上。

若忘却我的呼唤,
你将无痛哭的种子,
若忧闷堆满了四壁,
可到我心里的隙地来。

我欲稳睡在裸体的新月之旁,
偏怕星儿如晨鸡般呼唤;
我欲细语对你说爱,
奈那 R 的喉音又使我舌儿生强。

(选自《食客与凶年》,北新书局1927年版)

有　　感

如残叶溅

血在我们
　　　脚上，

生命便是
　死神唇边
　　的笑。

半死的月下，
　载饮载歌，
　　裂喉的音
随北风飘散。
　　　吁！
抚慰你所爱的去。

开你户牖
使其羞怯，
　　征尘蒙其
　　　可爱之眼了。
此是生命
之羞怯
　　与愤怒么？
如残叶溅
　　血在我们
　　　脚上。

生命便是
　死神唇边
　　的笑。

(选自《为幸福而歌》，商务印书馆1926年版)

朱　湘

葬　我

葬我在荷花池内，
耳边有水蚓拖声，
在绿荷叶的灯上
萤火虫时暗时明——

葬我在马缨花下，
永作着芬芳的梦——
葬我在泰山之巅，
风声呜咽过孤松——
不然，就烧我成灰，
投入泛滥的春江，
与落花一同漂去
无人知道的地方。

1925年2月2日

(选自《草莽集》，上海开明书店1927年8月版)

有一座坟墓

有一座坟墓，
坟墓前野草丛生，
有一座坟墓，
风过草像蛇爬行。

有一点萤火，
黑暗从四面包围，
　　有一点萤火，
映着如豆的光辉。

　　有一只怪鸟，
藏在巨灵的树阴，
　　有一只怪鸟，
作非人间的哭声。

　　有一钩黄月，
在黑云之后偷窥，
　　有一钩黄月，
忽然落下了山隈。

1925 年 8 月 17 日

（选自《草莽集》，上海开明书店 1927 年 8 月版）

采莲曲

小船呀轻飘，
杨柳呀风里颠摇；
荷叶呀翠盖，
荷花呀人样娇娆。
日落，
微波，
金丝闪动过小河。
左行，右撑，
莲舟上扬起歌声。

菡萏呀半开,
蜂蝶呀不许轻来,
绿水呀相伴,
清净呀不染尘埃。
溪间
采莲,
水珠滑走过荷钱。
拍紧,
拍轻,
桨声应答着歌声。

藕心呀丝大,
羞涩呀水底深藏;
不见呀蚕茧
丝多呀蛹裹中央?
溪头
采藕,
女郎要采又夷犹。
波沉,
波升,
波上抑扬着歌声。

莲蓬呀子多,
两岸呀榴树婆娑,
喜鹊呀喧噪,
榴花呀落上新罗。
溪中
采蓬,
耳鬓边晕着微红。
风定,
风生,
风飔荡漾着歌声。

升了呀月钩,
明了呀织女牵牛;

薄雾呀拂水,
凉风呀飘去莲舟。
花芳
衣香
消溶入一片苍茫;
时静,
时闻,
虚空里袅着歌音。

          1925 年 10 月 24 日

穆木天

泪　　滴

我听见你的真珠的泪滴
滴滴在你的蔷薇色的颊上
在萧萧的白杨的银色荫里
周围罩着薄薄的朦胧的月光

我听见你的水晶的泪滴
滴滴在你的鹅白的绢上
滤在徐徐的吹过的夜风
对着射出湖面的光芒

我听你的白露的泪滴
滴滴在绿绒般的草茵
你的象牙雕成的两只素足
在灰绿上映着黑沉沉的阴晕

我听见有深谷的杜鹃细啭
我听见湖中的芦苇低语
我听见有草虫鸣唧唧
但他们都是为你这几点泪滴
啊　妹妹　你的泪滴苦如黄芹
啊　妹妹　你的泪滴甜如甘蜜
你的泪滴是最美的新酒
啊　妹妹　我最爱吃

湖水旁边
朦胧月里
白杨荫下

我听见了世上最美的伊的泪滴

1924 年 10 月 11 日,飞鸟山寓
(选自《旅心》,创造社出版部 1927 年版)

闻一多

心　　跳

这灯光,这灯光漂白了的四壁;
这贤良的桌椅,朋友似的亲密;
这古书的纸香一阵阵的袭来;
要好的茶杯贞女一般的洁白;
受哺的小儿吐呷在母亲怀里,
鼾声报道我大儿康健的消息……
这神秘的静夜,这浑圆的和平,
我喉咙里颤动着感谢的歌声。
但是歌声马上又变成了咒诅,
静夜!我不能,不能受你的贿赂。
谁希罕你这墙内尺方的和平!
我的世界还有更辽阔的边境。
这四墙既隔不断战争的喧嚣,
你有什么方法禁止我的心跳?
最好是让这口里塞满了沙泥,
如其它只会唱着个人的休戚!
最好是让这头颅给田鼠掘洞,
让这一团血肉也去喂着尸虫,
如果只是为了一杯酒,一本诗,
静夜里钟摆摇来的一片闲适,
就听不见了你们四邻的呻吟,
看不见寡妇孤儿抖颤的身影,
战壕里的痉挛,疯人咬着病榻,
和各种惨剧在生活的磨子下。
幸福!我如今不能受你的私贿,
我的世界不在这尺方的墙内。
听!又是一阵炮声,死神在咆哮。

静夜！你如何能禁止我的心跳？

发　　现

我来了,我喊一声,迸着血泪,
"这不是我的中华,不对,不对！"
我来了,因为我听见你叫我;
鞭着时间的罡风,擎一把火,
我来了,那知道是一场空喜。
我会见的是噩梦,那里是你？
那是恐怖,是噩梦挂着悬崖,
那不是你,那不是我的心爱！
我追问青天,逼迫八面的风,
我问,拳头擂着大地的赤胸,
总问不出消息;我哭着叫你,
呕出一颗心来,你在我心里！

一句话

有一句话说出就是祸,
有一句话能点得着火。
别看五千年没有说破,
你猜得透火山的缄默？
说不定是突然着了魔,
突然青天里一个霹雳
　　爆一声：
"咱们的中国！"

这话教我今天怎么说?
你不信铁树开花也可,
那么有一句话你听着:
等火山忍不住了缄默,
不要发抖,伸舌头,顿脚,
等到青天里一个霹雳
　　爆一声:
"咱们的中国!"

(选自《死水》,新月书店1928年版)

奇　　迹

我要的本不是火齐的红,或半夜里
桃花潭水的黑,也不是琵琶的幽怨,
蔷薇的香,我不曾真心爱过文豹的矜严,
我要的婉娈也不是任何白鸽所有的。
我要的本不是这些,而是这些的结晶,
比这一切更神奇得万倍的一个奇迹!
可是,这灵魂是真饿得慌,我又不能
让他缺着供养,那么,即便是糟糠,
你也得募化不是? 天知道,我不是
甘心如此,我并非倔强,亦不是愚蠢,
我是等你不及,等不及奇迹的来临!
我不敢让灵魂缺着供养,谁不知道
一树蝉鸣,一壶浊酒,算得了什么,
纵提到烟峦,曙壑,或更璀璨的星空,
也只是平凡,最无所谓的平凡,犯得着
惊喜得没主意,喊着最动人的名儿,
恨不得黄金铸字,给装在一支歌里?

我也说但为一阙莺歌便噙不住眼泪，
那未免太支离，太玄了，简直不值当。
谁晓得，我可不能不那样：这心是真
饿得慌，我不能不节省点，把藜藿
权当作膏粱。

  可也不妨明说只要你——
只要奇迹露一面，我马上就抛弃平凡
我再不瞅着一张霜叶梦想春花的艳
再不浪费这灵魂的膂力，剥开顽石
来诛求白玉的温润，给我一个奇迹，
我也不再去鞭挞着"丑"，逼他要
那分背面的意义；实在我早厌恶了
这些勾当，这附会也委实是太费解了。
我只要一个明白的字，舍利子似的闪着
宝光，我要的是整个的，正面的美。
我并非倔强，亦不是愚蠢，我不会看见
团扇，悟不起扇后那天仙似的人面。
那么

  我便等着，不管等到多少轮回以后——
既然当初许下心愿，也不知道是在多少
轮回以前——我等，我不抱怨，只静候着
一个奇迹的来临。总不能没有那一天
让雷来劈我，火山来烧，全地狱翻起来
扑我，……害怕吗？你放心，反正罡风
吹不熄灵魂的灯，愿这蜕壳化成灰烬，
不碍事，因为那，那便是我的一刹那
一刹那的永恒——一阵异香，最神秘的
肃静，(日，月，一切星球的旋动早被
喝住，时间也止步了)最浑圆的和平……
我听见闾阖的户枢訇然一响，
传来一片衣裙的綷縩綷縩——那便是奇迹——
半启的金扉中，一个戴着圆光的你！

    （原载1931年1月《诗刊》创刊号，选自《闻一多全集》，
              三联书店1982年版）

徐志摩

雪花的快乐

假如我是一朵雪花,
翩翩的在半空里潇洒,
　　我一定认清我的方向——
　　飞飏,飞飏,飞飏,——
这地面上有我的方向。

不去那冷寞的幽谷,
不去那凄清的山麓,
　　也不上荒街去惆怅——
　　飞飏,飞飏,飞飏,——
你看,我有我的方向!

在半空里娟娟的飞舞,
认明了那清幽的住处,
　　等着她来花园里探望——
　　飞飏,飞飏,飞飏,——
啊,她身上有朱砂梅的清香!

　　那时我凭借我的身轻,
盈盈的,沾住了她的衣襟,
　　贴近她柔波似的心胸——
　　消溶,消溶,消溶——
溶入了她柔波似的心胸!

(选自《志摩的诗》,新月书店 1928 年 8 月版)

再别康桥

轻轻的我走了,
　　正如我轻轻的来;
我轻轻的招手,
　　作别西天的云彩。

那河畔的金柳,
　　是夕阳中的新娘;
波光里的艳影,
　　在我的心头荡漾。

软泥上的青荇,
　　油油的在水底招摇;
在康河的柔波里,
　　我甘心做一条水草!

那榆荫下的一潭,
　　不是清泉,是天上虹;
揉碎在浮藻间,
　　沉淀着彩虹似的梦。

寻梦?撑一支长篙,
　　向青草更青处漫溯,满载一船星辉,
　　在星辉斑斓里放歌。

但我不能放歌,
　　悄悄是别离的笙箫;
夏虫也为我沉默,
　　沉默是今晚的康桥!

悄悄的我走了,
　　正如我悄悄的来;
我挥一挥衣袖,
　　不带走一片云彩。

11月6日,中国海上
(选自《猛虎集》,新月书店1932年版)

我不知道风是在哪一个方向吹

我不知道风
是在哪一个方向吹——
我是在梦中,
在梦的轻波里依洄。

我不知道风
是在哪一个方向吹——
我是在梦中,
她的温存,我的迷醉。

我不知道风
是在哪一个方向吹——
我是在梦中,
甜美是梦里的光辉。

我不知道风
是在哪一个方向吹——
我是在梦中,
她的负心,我的伤悲。

我不知道风
是在哪一个方向吹——
我是在梦中,
在梦的悲哀里心碎!

我不知道风
是在哪一个方向吹——
我是在梦中,
黯淡是梦里的光辉。

(选自《猛虎集》,新月书店1932年版)

山　　中

庭院是一片静,
　听市谣围抱;
织成一地松影——
　看当头月好!

不知今夜山中
　是何等光景;
想也有月,有松,
　有更深的静。

我想攀附月色,
　化一阵清风,
吹醒群松春醉,
　去山中浮动;

吹下一针新碧,
　掉在你窗前;

轻柔如同叹息——
　　不惊你安眠!

4月1日

(选自《猛虎集》,新月书店1932年版)

冯乃超

红纱灯

森严的黑暗的深奥的深奥的殿堂之中央
红纱的古灯微明地玲珑地点在午夜之心

苦恼的沉默呻吟在夜影的睡眠之中
我听得鬼魅魍魉的跫声舞蹈在半空

乌云丛簇地丛簇地盖着蛋白石的月亮
白练的河流若伏在野边的裸体的尸僵

红纱的古灯缓慢地渐渐地放大了光晕
森严的黑暗的殿堂撒了满地庄重的黄金

愁寂地静悄地黑衣的尼姑渡过了长廊
一步一声怎的悠久又怎的消灭无踪

我看见在森严的黑暗的殿堂的神龛
明灭地惝晃地一盏红纱的灯光颤动

(选自《红纱灯》,创造社出版部1928年版)

陈梦家

一朵野花

一朵野花在荒原里开了又落了,
不想到这小生命,向着太阳发笑,
上帝给他的聪明他自己知道,
他的欢喜,他的诗,在风前轻摇。

一朵野花在荒原里开了又落了,
他看见青天,看不见自己的渺小,
听惯风的温柔,听惯风的怒号,
就连他自己的梦也容易忘掉。

1929 年 1 月

三　月

最温柔那三月的风,
扯响了催眠的金钟,
一杯浓郁的酒,你喝——
这睡不醒三月的梦。

最温柔那三月的梦,
挂住了懒人的天弓,
一天神怪的箭,你瞧——
飞满小星点的碧空。

(以上选自《梦家诗集》,新月书店 1931 年版)

胡也频

洞庭湖上

激烈的愤怒之长风,
横扫这苍茫的湖面,
五百里的水波澎湃着,
彷徨了安静的渔舟。

蒙蒙的灰色之雾,
将水天染成一色,
一切的固有变样了,
弥漫着拘挛与颤栗。

无数的浪花和雨珠飞舞,
如盲众的狂热之暴动,
逞其得意的欢乐,
向无抵抗的空间痛击。

隐隐的低弱之音,
在暴风雨里流荡:
似渔父求援的呼喊,
似孤雁失恋的哀鸣。

(选自《也频诗选》,红黑出版处 1929 年)

殷 夫

血　字

血液写成的大字,
斜斜地躺在南京路,
这个难忘的日子——
润饰着一年一度……

血液写成的大字,
刻划着千万声的高呼,
这个难忘的日子——
几万个心灵暴怒……

血液写成的大字,
记录着冲突的经过,
这个难忘的日子——
狞笑着几多叛徒……

"五卅"哟!
立起来,在南京路上走!
把你血的光芒射到天的尽头,
把你刚强的姿态投映到黄浦江口,
把你的洪钟般的预言震动宇宙!

今日他们的天堂,
他日他们的地狱,
今日我们的血液写成字,
异日他们的泪水可入浴。

我是一个叛乱的开始,

我也是历史的长子,
我是海燕,
我是时代的尖刺。

"五"要成为报复的柳子,
"卅"要成为囚禁仇敌的铁栅,
"五"要分成镰刀和铁锤,
"卅"要成为断铐和炮弹!……

四年的血液润饰够了,
两个血字不该再放光辉,
千万的心音够坚决了,
这个日子应该即刻消毁!

1929 年 5 月底

(选自 1930 年 5 月 1 日《拓荒者》第 1 卷第 4、5 期合刊)

戴望舒

雨　　巷

撑着油纸伞,独自
彷徨在悠长,悠长
又寂寥的雨巷,
我希望逢着
一个丁香一样地
结着愁怨的姑娘。

她是有
丁香一样的颜色,
丁香一样的芬芳,
丁香一样的忧愁,
在雨中哀怨,
哀怨又彷徨;

她彷徨在这寂寥的雨巷,
撑着油纸伞
像我一样,
像我一样地
默默彳亍着,
冷漠,凄清,又惆怅。

她静默地走近
走近,又投出
太息一般的眼光,
她飘过
像梦一般地,
像梦一般地凄婉迷茫。

像梦中飘过
一枝丁香地,
我身旁飘过这女郎;
她静默地远了,远了,
到了颓圮的篱墙,
走尽这雨巷。

在雨的哀曲里,
消了她的颜色,
散了她的芬芳,
消散了,甚至她的
太息般的眼光,
她丁香般的惆怅。

撑着油纸伞,独自
彷徨在悠长,悠长
又寂寥的雨巷,
我希望飘过
一个丁香一样地
结着愁怨的姑娘。

我的记忆

我的记忆是忠实于我的,
忠实得甚于我最好的友人。

它存在在燃着的烟卷上,
它存在在绘着百合花的笔杆上,
它存在在破旧的粉盒上,
它存在在颓垣的木莓上,

它存在在喝了一半的酒瓶上,
在撕碎的往日的诗稿上,在压干的花片上,
在凄暗的灯上,在平静的水上,
在一切有灵魂没有灵魂的东西上,
它在到处生存着,像我在这世界一样。

它是胆小的,它怕着人们的喧嚣,
但在寂寥时,它便对我来作密切的拜访。
它的声音是低微的,
但是它的话是很长,很长,
很多,很琐碎,而且永远不肯休:
它的话是古旧的,老是讲着同样的故事,
它的音调是和谐的,老是唱着同样的曲子,
有时它还模仿着爱娇的少女的声音,
它的声音是没有气力的
而且还夹着眼泪,夹着太息。

它的拜访是没有一定的,
在任何时间,在任何地点,
甚至当我已上床,朦胧地想睡了;
人们会说它没有礼貌,
但是我们是老朋友。

它是琐琐地永远不肯休止的,
除非我凄凄地哭了,或是沉沉地睡了;
但是我是永远不讨厌它,
因为它是忠实于我的。

(以上选自《我的记忆》,上海水沫书店1929年4月版)

寻梦者

梦会开出花来的,
梦会开出娇妍的花来的,
去求无价的珍宝吧。

在青色的大海里,
在青色的大海的底里,
深藏着金色的贝一枚。

你去攀九年的冰山吧,
你去航九年的旱海吧,
然后你逢到那金色的贝。

它有天上的云雨声,
它有海上的风涛声,
它会使你的心沉醉。

把它在海水里养九年,
把它在天水里养九年,
然后,它在一个暗夜里开绽了。

当你鬓发斑斑了的时候,
当你眼睛朦胧了的时候,
金色的贝吐出桃色的珠。

把桃色的珠放在你怀里,
把桃色的珠放在你枕边,
于是一个梦静静地升上来了。

你的梦开出花来了,
你的梦开出娇妍的花来了,
在你已衰老了的时候。

我用残损的手掌

我用残损的手掌
摸索这广大的土地:
这一角已变成灰烬,
那一角只是血和泥;
这一片湖该是我的家乡,
(春天,堤上繁花如锦障,
嫩柳枝折断有奇异的芬芳,)
我触到荇藻和水的微凉;
这长白山的雪峰冷到彻骨,
这黄河的水夹泥沙在指间滑出;
江南的水田,你当年新生的禾草
是那么细,那么软……现在只有蓬蒿;
岭南的荔枝花寂寞地憔悴,
尽那边,我蘸着南海没有渔船的苦水……
无形的手掌掠过无限的江山,
手指沾了血和灰,手掌沾了阴暗,
只有那辽远的一角依然完整,
温暖,明朗,坚固而蓬勃生春。
在那上面,我用残损的手掌轻抚,
像恋人的柔发,婴孩手中乳。
我把全部的力量运在手掌
贴在上面,寄予爱和一切希望,
因为只有那里是太阳,是春,
将驱逐阴暗,带来苏生,

因为只有那里我们不像牲口一样活,
蝼蚁一样死……那里,永恒的中国!

1942年7月3日

(以上选自《戴望舒诗全编》,浙江文艺出版社1989年版)

何其芳

预　言

这一个心跳的日子终于来临！
呵，你夜的叹息似的渐近的足音，
我听得清不是林叶和夜风私语，
麋鹿驰过苔径的细碎的蹄声！
告诉我，用你银铃的歌声告诉我，
你是不是预言中的年青的神？

你一定来自那温郁的南方！
告诉我那里的月色，那里的日光！
告诉我春风是怎样吹开百花，
燕子是怎样痴恋着绿杨！
我将合眼睡在你如梦的歌声里，
那温暖我似乎记得，又似乎遗忘。

请停下你疲劳的奔波，
进来，这里有虎皮的褥你坐！
让我烧起每一个秋天拾来的落叶，
听我低低地唱起我自己的歌！
那歌声将火光一样沉郁又高扬，
火光一样将我的一生诉说。

不要前行！前面是无边的森林：
古老的树现着野兽身上的斑纹，
半生半死的藤蟒一样交缠着，
密叶里漏不下一颗星星。
你将怯怯地不敢放下第二步，
当你听见了第一步空寥的回声。

一定要走吗?请等我和你同行!
我的脚步知道每一条熟悉的路径,
我可以不停地唱着忘倦的歌,
再给你,再给你手的温存!
当夜的浓黑遮断了我们,
你可以不转眼地望着我的眼睛!

我激动的歌声你竟不听,
你的脚竟不为我的颤抖暂停!
像静穆的微风飘过这黄昏里,
消失了,消失了你骄傲的足音!
呵,你终于如预言中所说的无语而来,
无语而去了吗,年青的神?

1931年秋天,北平

云

"我爱那云,那飘忽的云……"
我自以为是波德莱尔散文诗中
那个忧郁地偏起颈子
望着天空的远方人。

我走到乡下。
农民们因为诚实而失掉了土地。
他们的家缩小为一束农具。
白天他们到田野间去寻找零活,
夜间以干燥的石桥为床榻。

我走到海边的都市。

在冬天的柏油街上
一排一排的别墅站立着
像站立在街头的现代妓女，
等待着夏天的欢笑
和大腹贾的荒淫，无耻。

从此我要叽叽喳喳发议论：
我情愿有一个茅草的屋顶，
不爱云，不爱月，
也不爱星星。

（以上选自《预言》，重庆文化生活出版社1945年2月初版）

臧克家

老　　马

总得叫大车装个够,
它横竖不说一句话,
背上的压力往肉里扣,
它把头沉重地垂下!

这刻不知道下刻的命,
它有泪只往心里咽,
眼里飘来一道鞭影,
它抬起头望望前面。

1932 年 4 月

(选自《烙印》,开明书店 1933 年版)

春　　鸟

当我带着梦里的心跳,
睁大发狂的眼睛,
把黎明叫到了我的窗纸上——
你真理一样的歌声。
我吐一口长气,
拊一下心胸,
从床上的恶梦
走进了地上的恶梦。

歌声，
像煞黑天上的星星，
越听越灿烂，
像若干只女神的手
一齐按着生命的键。
美妙的音流
从绿树的云间，
从蓝天的海上，
汇成了活泼自由的一潭。
是应该放开嗓子
歌唱自己的季节，
歌声的警钟
把宇宙
从冬眠的床上叫醒，
寒冷被踏死了，
到处是东风的脚踪。
你的口
歌向青山，
青山添了眉眼；
你的口
歌向流水，
流水野孩子一般；
你的口
歌向草木，
草木开出了青春的花朵；
你的口
歌向大地，
大地的身子应声酥软；
蛰虫听到你的歌声，
揭开土被
到太阳底下去爬行；
人类听到你的歌声
活力冲涌得仿佛新生；
而我，有着同样早醒的一颗诗心，
也是同样的不惯寒冷，

我也有一串生命的歌,
我想唱,像你一样,
但是,我的喉头上锁着链子,
我的嗓子在痛苦地发痒。

1942年5月22日晨,万鸟声中写于河南叶县寺庄
(选自《泥土的歌》,桂林今日文艺社1943年版)

发热的只有枪筒子

不要看百货公司
那分神气,
心血枯竭了,
它会一头倒下来碰个死!

不要看工厂的大烟囱
摩着天,
突然一下子
它会全不冒烟!

揭开每一口灶门,
摸摸那一堆冷灰,
把手打在心口窝,
去试试每一颗心。

一夜西北风
冻死那么多的人,
大半个中国,
已经是人鬼不分!

这年头,哪儿去找繁荣?

繁荣全个儿集中在战地；
这年头,什么都冰冷,
发热的只有枪筒子！

1945年12月21日于沪

(选自《生命的零度》,上海新群出版社1947年版)

沈祖棻

一朵白云

一朵白云在晴空飘浮,
偶然的,是我们的相逢;
你可还记得那个时候,
太阳正照着春花的红?

容易的,是我们的离别,
天上不会有永恒的虹;
我没有忘记那个时节,
落叶悄悄地怨着秋风。

倘使你能忘记我的话,
这相逢原不算一回事;
你就揭起记忆的薄纱,
轻轻地抹去我的影子!

倘使你不能将我忘记,
留下一点淡淡的相思;
你就在那星夜的梦里,
低低地唤着我的名字。

(选自1932年12月《小说月刊》第1卷第3期)

金克木

生　命

生命是一粒白点儿，
在悠悠碧落里，
神秘地展成云片了。

生命是在湖的烟波里，
在飘摇的小艇中。

生命是低气压的太息，
是伴着芦苇的啜泣的呵欠。

生命是在被擎着的纸烟尾上了，
依着袅袅升去的青烟。

生命是九月里的蟋蟀声，
一丝丝一丝丝的随着西风消逝去。

（选自1933年《现代》第4卷第1期）

艾　青

大堰河——我的保姆

大堰河,是我的保姆。
她的名字就是生她的村庄的名字,
她是童养媳,
大堰河,是我的保姆。

我是地主的儿子;
也是吃了大堰河的奶而长大了的
大堰河的儿子。

大堰河以养育我而养育她的家,
而我,是吃了你的奶而被养育了的,
大堰河啊,我的保姆。

大堰河,今天我看到雪使我想起了你:
你的被雪压着的草盖的坟墓,
你的关闭了的故居檐头的枯死的瓦菲,
你的被典押了的一丈平方的园地,
你的门前的长了青苔的石椅,
大堰河,今天我看到雪使我想起了你。

你用你厚大的手掌把我抱在怀里,抚摸我;
在你搭好了灶火之后,
在你拍去了围裙上的炭灰之后,
在你尝到饭已煮熟了之后,
在你把乌黑的酱碗放到乌黑的桌子上之后,
在你补好了儿子们的,为山腰的荆棘扯破的衣服之后,
在你把小儿被柴刀砍伤了的手包好之后,

在你把夫儿们的衬衣上的虱子一颗颗的掐死之后,
在你拿起了今天的第一颗鸡蛋之后,
你用你厚大的手掌把我抱在怀里,抚摸我。

我是地主的儿子,
在我吃光了你大堰河的奶之后,
我被生我的父母领回到自己的家里。
啊,大堰河,你为什么要哭?

我做了生我的父母家里的新客了!
我摸着红漆雕花的家具,
我摸着父母的睡床上金色的花纹,
我呆呆地看檐头的写着我不认得的"天伦叙乐"的匾,
我摸着新换上的衣服的丝的和贝壳的钮扣,
我看着母亲怀里的不熟识的妹妹,
我坐着油漆过的安了火钵的炕凳,
我吃着研了三番的白米的饭,
但,我是这般忸怩不安!因为我
我做了生我的父母家里的新客了。

大堰河,为了生活,
在她流尽了她的乳液之后,
她就开始用抱过我的两臂劳动了;
她含着笑,洗着我们的衣服,
她含着笑,提着菜篮到村边的结冰的池塘去,
她含着笑,切着冰屑悉索的萝卜,
她含着笑,用手掏着猪吃的麦糟,
她含着笑,扇着炖肉的炉子的火,
她含着笑,背了团箕到广场上去
　晒好那些大豆和小麦,
大堰河,为了生活,
在她流尽了她的乳液之后,
她就用抱过我的两臂,劳动了。

大堰河,深爱着她的乳儿;

在年节里,为了他,忙着切那冬来的糖,
为了他,常悄悄地走到村边的她的家里去,
为了他,走到她的身边叫一声"妈",
大堰河,把他画的大红大绿的关云长
贴在灶边的墙上,
大堰河,会对她的邻居夸口赞美她的乳儿;
大堰河曾做了一个不能对人说的梦:
在梦里,她吃着她的乳儿的婚酒,
坐在辉煌的结彩的堂上,
而她的娇美的媳妇亲切的叫她"婆婆"
……
大堰河,深爱她的乳儿!

大堰河,在她的梦没有做醒的时候已死了。
她死时,乳儿不在她的旁侧,
她死时,平时打骂她的丈夫也为她流泪,
五个儿子,个个哭得很悲,
她死时,轻轻地呼着她的乳儿的名字,
大堰河,已死了,
她死时,乳儿不在她的旁侧。

大堰河,含泪的去了!
同着四十几年的人世生活的凌侮,
同着数不尽的奴隶的凄苦,
同着四块钱的棺材和几束稻草,
同着几尺长方的埋棺材的土地,
同着一手把的纸钱的灰,
大堰河,她含泪的去了。

这是大堰河所不知道的:
她的醉酒的丈夫已死去,
大儿做了土匪,
第二个死在炮火的烟里,
第三,第四,第五
在师傅和地主的叱骂声里过着日子。

而我,我是在写着给予这不公道的世界的咒语。
当我经了长长的飘泊回到故土时,
在山腰里,田野上,
兄弟们碰见时,是比六七年前更要亲密!
这,这是为你,静静的睡着的大堰河
所不知道的啊!

大堰河,今天,你的乳儿是在狱里,
写着一首呈给你的赞美诗,
呈给你黄土下紫色的灵魂,
呈给你拥抱过我的直伸着的手,
呈给你吻过我的唇,
呈给你泥黑的温柔的脸颜,
呈给你养育了我的乳房,
呈给你的儿子们,我的兄弟们,
呈给大地上一切的,
我的大堰河般的保姆和她们的儿子,
呈给爱我如爱她自己的儿子般的大堰河。

大堰河,
我是吃了你的奶而长大了的
你的儿子,
我敬你
爱你!

1933年1月14日,雪朝
(选自《大堰河》,文化生活出版社1939年8月初版)

太　　阳

从远古的墓茔

从黑暗的年代
从人类死亡之流的那边
震惊沉睡的山脉
若火轮飞旋于沙丘之上
太阳向我滚来……

它以难遮掩的光芒
使生命呼吸
使高树繁技向它舞蹈
使河流带着狂歌奔向它去

当它来时,我听见
冬蛰的虫蛹转动于地下
群众在旷场上高声说话
城市从远方
用电力与钢铁召唤它

于是我的心胸
被火焰之手撕开
陈腐的灵魂
搁弃在河畔
我乃有对于人类再生之确信

1937年春

(选自《旷野》,重庆生活书店1940年版)

雪落在中国的土地上

雪落在中国的土地上,
寒冷在封锁着中国呀……

风,
像一个太悲哀了的老妇,
紧紧地跟随着
伸出寒冷的指爪
拉扯着行人的衣襟,
用着像土地一样古老的话
一刻也不停地絮聒着……

那从林间出现的,
赶着马车的
你中国的农夫
戴着皮帽
冒着大雪
你要到哪儿去呢?

告诉你
我也是农人的后裔——
由于你们的
刻满了痛苦的皱纹的脸
我能如此深深地
知道了
生活在草原上的人们的
岁月的艰辛。

而我
也并不比你们快乐啊
——躺在时间的河流上
苦难的浪涛
曾经几次把我吞没而又卷起——
流浪与监禁
已失去了我的青春的
最可贵的日子,
我的生命
也像你们的生命
一样的憔悴呀

雪落在中国的土地上，
寒冷在封锁着中国呀……

沿着雪夜的河流，
一盏小油灯在徐缓地移行，
那破烂的乌篷船里
映着灯光，垂着头
坐着的是谁呀？

——啊，你
蓬发垢面的少妇，
是不是
你的家
——那幸福与温暖的巢穴——
已被暴戾的敌人
烧毁了么？
是不是
也像这样的夜间，
失去了男人的保护，
在死亡的恐怖里
你已经受尽敌人刺刀的戏弄？

咳，就在如此寒冷的今夜，
无数的
我们的年老的母亲，
都蜷伏在不是自己的家里，
就像异邦人
不知明天的车轮
要滚上怎样的路程……
——而且
中国的路
是如此的崎岖
是如此的泥泞呀。

雪落在中国的土地上，
寒冷在封锁着中国呀……

透过雪夜的草原
那些被烽火所啮啃着的地域，
无数的，土地的垦植者
失去了他们所饲养的家畜
失去了他们肥沃的田地
拥挤在
生活的绝望的污巷里：
饥馑的大地
朝向阴暗的天
伸出乞援的
颤抖着的两臂。
中国的苦痛与灾难
像这雪夜一样广阔而又漫长呀！

雪落在中国的土地上，
寒冷在封锁着中国呀……

中国，
我的在没有灯光的晚上所写的无力的诗句
能给你些许的温暖么？

1937 年 12 月 28 日，夜间

（选自 1938 年 1 月 16 日《七月》第 2 集第 1 期）

手推车

在黄河流过的地域
在无数的枯干了的河底

手推车
以唯一的轮子
发出使阴暗的天穹痉挛的尖音
穿过寒冷与静寂
从这一个山脚
到那一个山脚
彻响着
北国人民的悲哀

在冰雪凝冻的日子
在贫穷的小村与小村之间
手推车
以单独的轮子
刻画在灰黄土层上的深深的辙迹
穿过广阔与荒漠
从这一条路
到那一条路
交织着
北国人民的悲哀

1938 年初

(选自《北方》,文化生活出版社 1942 年版)

孙毓棠

北　极

我要的是北极圈,弥空的白雪压盖着冰山,
我要的是千里野云的愁,把墨灰涂满了天。
我愿驮着冷雾飞翔,我已经是一只绝望的鸟,
再忍受不住这生命的火,这一团亘古的燃烧。

我已经是一只绝望的鸟,我要向北极飞翔,
去找死海里的一勺冷水,作我灵魂的食粮;
是我灵魂永久的住家,在冰山顶上筑我的巢,
再忍受不住这生命的火,这一团丑恶的煎熬。

(选自《海盗船》,立达书局1934年版)

林　庚

春天的心

春天的心如草的荒芜
随便的踏出门去
美丽的东西随处可以拣起来
少女的心情是不能说的
天上的雨点常是落下
而且不定落在谁的身上
路上的行人都打着雨伞
车上的邂逅多是不相识的
含情的眼睛未必为着谁
潮湿的桃花乃有胭脂的颜色
水珠斜落在玻璃车窗上
江南的雨天是爱人的

（选自《春野与窗》，文学评论社1934年10月初版）

卞之琳

距离的组织

想独上高楼读一遍《罗马衰亡史》,
忽有罗马灭亡星出现在报上。
报纸落。地图开,因想起远人的嘱咐。
寄来的风景也暮色苍茫了。
(醒来天欲暮,无聊,一访友人吧。)
灰色的天。灰色的海。灰色的路。
哪儿了?我又不会向灯下验一把土。
忽听得一千重门外有自己的名字。
好累呵!我的盆舟没有人戏弄吗?
友人带来了雪意和五点钟。

1月9日

(选自《雕虫纪历》[增订版],人民文学出版社1979年版)

圆宝盒

我幻想在哪儿(天河里?)
捞到了一只圆宝盒,
装的是几颗珍珠:
一颗晶莹的水银
掩有全世界的色相,
一颗金黄的灯火
笼罩有一场华宴,

一颗新鲜的雨点
含有你昨夜的叹气……
别上什么钟表店,
听你的青春被蚕食,
别上什么骨董铺,
买你家祖父的旧摆设。
你看我的圆宝盒
跟了我的船顺流
而行了,虽然舱里人
永远在蓝天的怀里,
虽然你们的握手
是桥!是桥!可是桥
也搭在我的圆宝盒里;
而我的圆宝盒在你们
或他们也许也就是
好挂在耳边的一颗
珍珠——宝石?——星?

7月8日

断　　章

你站在桥上看风景,
看风景的人在楼上看你。

明月装饰了你的窗子,
你装饰了别人的梦。

10月

(选自《鱼目集》,文化生活出版社1935年12月初版)

王独清

我从 Café 中出来……

我从 Café 中出来,
身上添了
中酒的
疲乏,
我不知道
向那一处走去,才是我底
暂时的住家……
啊,冷静的街衢,
黄昏,细雨!

我从 Café 中出来,
在带着醉
无言地
独走,
我底心内
感着一种,要失了故国的
浪人底哀愁……
啊,冷静的街衢,
黄昏,细雨!

(选自《王独清诗歌代表作》,上海亚东图书馆1935年版)

路易士

发

秋来了
从我底树顶上
落下一根根长长的丝状的叶
黑色的,无光泽的,柔而细的叶

它们无风而自落了
落在多垢的枕上
棕金色的古旧的棉袍上
翻开的书页上
涂满了果酱的热烘烘的面包上

秋来了
梧桐树撒下她底绛色的小小的舟
而我底树顶上
落下一根根长长的丝状的叶
黑色的,无光泽的,柔而细的叶

这些落叶啊
从我底树顶上落下来的
使我深深地留恋而悲哀

(选自《行过之生命》,上海未名书屋1935年12月初版)

林徽因

别丢掉

别丢掉,
这一把过往的热情,
现在流水似的,
轻轻
在幽冷的山泉底,
在黑夜,在松林,
叹息似的渺茫,
你仍要保存着那真!
一样是月明,
一样是隔山灯火,
满天的星,
只有人不见
梦似的挂起,
你向黑夜要回
那一句话——
你仍得相信
山谷中留着
有那回音

(选自 1936 年 3 月 15 日天津《大公报》)

田 间

给战斗者

在没有灯光
没有热气的晚上,
我们的敌人
来了,
从我们的
手里,
从我们的
怀抱里,
把无罪的伙伴,
关进强暴的栅栏。
他们身上
裸露着
伤疤,
他们永远
呼吸着
仇恨,
他们颤抖,
在大连,在满洲的
野营里,
让喝了酒的
吃了肉的
残忍的总管,
用它的刀,
嬉戏着——
荒芜的
生命,
饥饿的
　　血……。

一

亲爱的
人民!
人民,
在卢沟桥
在丰台
在这悲剧的种族生活着的南方与北方的地带里,
被日本帝国主义者的枪杀
斥醒了……
……

二

是开始了伟大战斗的
七月呵!
七月,
我们
起来了。
我们
起来了
抚摩悲愤的
眼睛呀;
我们
起来了,
揉擦红色的脚跟,
与黑色的
手指呀;

我们
起来了
在血的农场上,在血的沙漠上,在血的水流上,
守望着
中部

边疆。

经过冰雪,经过烟雾,
遥远地
遥远地
我们
呼唤着
爱与幸福
自由和解放……
七月,
我们
起来了,
呼啸的河流呵,叛变的土地呵,暴烈的火焰呵,
和应该激动在这凄惨的殖民地上的
复活的
歌呵!
因为
我们
是生长在中国。

在中国,
人民的
幼儿,
需要饲养呀,
人民的
牲群,
需要畜牧呀,
人民的
树木,
需要砍伐呀,
人民的
禾麦,
需要收获呀!

在中国,

我们怀爱着——
五月的
麦酒，
九月的
米粉，
十月的
燃料，
十二月的
烟草，
从村落的家里，
从四万万五千万灵魂的幻想的领域里，
漂散着
祖国的
热情，
祖国的
芬芳。

每天，
每天，
我们
要收藏——
在自己的大地上纺织着的
祖国的
白麻，
祖国的
蓝布。

……
……

因为
我们，
要活着，永远地活着，欢喜地活着。
在中国。

三

我们
是伟大的中国的伟大的养子呵!
我们
曾经
在扬子江和黄河的
热燥的
水流上,
摇起
捕鱼的木船;

我们,
曾经
在乌兰哈达沙土与南部草地的
周围,
负起着
狩猎的器具;

强壮的
少女,
曾经在亚细亚夜间燃烧的篝火的
野性的
烈焰的
左右,
靠近纺车,
辛勤地
纺织着……

……
……

我们,
曾经

用筋骨,用脊背,
开扩着——
粗鲁的
中国。

我们,
懒惰吗?
犯罪吗?

我们,
没有生活的权利,
与自由的
法律吗?

为什么——
亲爱的
人民,
不能宽敞地活下去,平安地活下去呢!

四

伟大的
祖国,
悲剧的日子来了,暴风雨来了,敌人来了……

敌人,
突破着
海岸和关卡,
从天津,
从上海。

敌人,
散布着
炸药和瓦斯,
到田园,

到沼池。

敌人来了,
恶笑着,
恶笑着,
扫射,
绞杀。

它要走过我们四万万五千万被害死了的
无声息的尸具上,
播着武士道的
胜利的放荡的呼喊……

今天
你将告诉我们以斗争或者以死呢?
伟大的
祖国!

五

我们
必需
战争了,
昨天是懦弱的,是惨呼的,是挣扎的
四万万五千万呵!

斗争,
或者死……
我们
必需
拔出敌人的刀刃,
从自己的
血管。

我们

人性的
呼吸,
不能停止;
血肉的
行列,
不能拆散;
复仇的
枪,
不能扭断,
因为
我们
——不能屈辱地活着,也不能屈辱地死去呀……

……
……

太阳被掩覆了,
疆土的
烽火,
在生长着;

堡垒被破坏了,
兄弟的
尸骸,
在堆积着;

亲爱的
人民,
让我们战争,
更顽强,
更坚韧。

六

……
……

我们,
往哪里去?

在世界,
没有大地,
没有海河,
没有意志,
匍匐地
活着;
也是死呀!

今天呀,
让我们
死吧,
但必须付出我们
最后的灵魂,
到保护祖国的
神圣的
歌声去……
亲爱的
人民!

亲爱的
人民!
抓出
木厂里,
墙角里,
泥沟里,
我们的
武器,
挺起
我们
被火烤的,被暴风雨淋的,被鞭子抽打的胸脯
斗争吧!

在战争里,
胜利
或者死……

七

在诗篇上,
战士的坟场
会比奴隶的国家
要温暖,
要明亮。

1937 年 12 月 24 日,武昌
(选自 1938 年 1 月 1 日《七月》第 1 集第 6 期)

假使我们不去打仗

假使我们不去打仗,
敌人用刺刀
杀死了我们,
还要用手指着我们骨头说:
"看,
这是奴隶!"

(选自《抗战诗抄》,中南新华书店 1950 年版)

绿　原

憎　恨

不问群花是怎样请红雀欢呼着繁星开了,
不问月光是怎样敲着我的窗,
不问风和野火是怎样向远夜唱起歌……

好久好久,
这日子
没有诗。

不是没有诗呵,
是诗人的竖琴
被谁敲碎在桥边,
五线谱被谁揉成草发了。

杀死那些专门虐待着青色谷粒的蝗虫吧,
没有晚祷!
愈不流泪的,
愈不需要十字架;
血流得愈多,
颜色愈是深沉的。
不是要写诗,
是要写一部革命史呵。

1940 年 12 月

(选自《童话》,桂林南天出版社 1943 年版)

诗　人

有奴隶诗人
他唱苦难的秘密
他用歌叹息
他的诗是荆棘
不能插在花瓶里

有战士诗人
他唱真理的胜利
他用歌射击
他的诗是血液
不能倒在酒杯里

1949 年元月

（选自《白色花——二十人集》，人民文学出版社1981年版）

阿 垅

纤　夫

　　嘉陵江
风,顽固地逆吹着
江水,狂荡地逆流着,
而那大木船
衰弱而又懒惰
沉湎而又笨重,
而那纤夫们
正面着逆吹的风
正面着逆流的江水
在三百尺远的一条纤绳之前
又大大地——跨出了一寸的脚步!……

　　风,是一个绝望于街头的老人
伸出枯僵成生铁的老手随便拉住行人(不让再走了)
要你听完那永不会完的破落的独白,
江水,是一支生吃活人的吊字旗麾下的钢甲军队
集中攻袭一个据点
要给它尽兴的毁灭
而不让它有一步的移动!
但是纤夫们既逆着那
逆吹的风
更逆着那逆流的江水。

　　大木船
活过了两百岁了的样子,活够了的样子
污黑而又猥琐的,
灰黑的木头处处蛀蚀着

木板拆裂成黑而又黑的巨缝(里面像有阴谋和臭虫在做窠的)
用石灰、竹丝、桐油捣制的膏深深地填嵌起来(填嵌不好的),
在风和江水里
像那生根在江岸的大黄桷树,动也——真懒得动呢
自己不动影子也不动(映着这影子的水波也几乎不流动起来)
这个走天下的老江湖
快要在这宽阔的江面上躺下来睡觉了(毫不在乎呢),
中国的船啊!
古老而又破漏的船啊!
而船舱里有
五百担米和谷
五百担粮食和种子
五百担,人底生活的资料
和大地底第二次的春底胚胎,酵母,
纤夫们底这长长的纤绳
和那更长更长的
道路
不过为的这个!
　　一绳之微
紧张地拽引着
作为人和那五百担粮食和种子之间的力的有机联系,
紧张地——拽引着
前进啊;
一绳之微
用正确而坚强的脚步
给大木船以应有的方向(像走回家的路一样有一个确信而又满
　意的方向)
向那炊烟直立的人类聚居的、繁殖之处
是有那么一个方向的
向那和天相接的迷茫一线的远方
是有那么一个方向的
向那
一轮赤赤地炽火飞爆的清晨的太阳!——
是有那么一个方向的。

佝偻着腰
匍匐着屁股
坚持而又强进!
四十五度倾斜的
铜赤的身体和鹅卵石滩所成的角度
动力和阻力之间的角度,
互相平行地向前的
天空和地面,和天空和地面之间的人底昂奋的脊椎骨
昂奋的方向
向历史走的深远的方向,
动力一定要胜利
而阻力一定要消灭!
这动力是
创造的劳动力
和那一团风暴的大意志力。

　　脚步是艰辛的啊
有角的石子往往猛锐地楔入厚茧皮的脚底
多纹的沙滩是松陷的,走不到末梢的
鹅卵石底堆积总是不稳固地滑动着(滑头滑脑地滑动着),
大大的岸岩权威地当路耸立(上面的小树和草是它底一脸威严
　　的大胡子)
——禁止通行!
走完一条路又是一条路
越过一个村落又是一个村落,
而到了水急滩险之处
哗噪的水浪强迫地夺住大木船
人半腰浸入洪怒的水沫飞溅的江水
去小山一样扛抬着
去活鲸鱼一样拖拉着
用了
那最大的力和那最后的力
动也不动——几个纤夫徒然振奋地大张着两臂(像斜插在地上
　　的十字架了)
他们决不绝望而用背退着向前硬走,

而风又是这样逆向的
而江水又是这样逆向的啊!
而纤夫们,他们自己
骨头到处格格发响像会片片迸碎的他们自己
小腿胀重像木柱无法挪动
自己底辛劳和体重
和自己底偶然的一放手的松懈
那无聊的从愤怒来的绝望和可耻的从畏惧来的冷淡
居然——也成为最严重的一个问题
但是他们——那人和群
那人底意志为
那坚凝而浑然一体的群那群底坚凝成钢铁的集中力
——于是大木船又行动于绿波如笑的江面了。

　　一条纤绳
整齐了脚步(像一队向召集令集合去的老兵),
脚步是严肃的(严肃得有沙滩上的晨霜底那种调子)
脚步是坚定的(坚定得几乎失去人性了的样子)
脚步是沉默的(一个一个都沉默得像铁铸的男子)
一条纤绳维系了一切
大木船和纤夫们
粮食和种子和纤夫们
力和方向和纤夫们
纤夫们自己——一个人,和一个集团,
一条纤绳组织了
脚步
组织了力
组织了群
组织了方向和道路,——
就是这一条细细的、长长的似乎很单薄的苎麻的纤绳。

　　前进——
强进!
这前进的路
同志们!

并不是一里一里的
也不是一步一步的
而只是——一寸一寸那么的,
一寸一寸的一百里
一寸一寸的一千里啊!
一只乌龟底竟走的一寸
一只蜗牛底最高速度的一寸啊!
而且一寸有一寸的障碍的
或者一块以不成形状为形状的岩石
或者一块小讽刺一样的自己已经破碎的石子
或者一枚从三百年的古墓中偶然给兔子掘出的锈烂钉子,
但是一寸的强进终于是一寸的前进啊
一寸的前进是一寸的胜利啊,
以一寸的力
人底力和群底力
直迫近了一寸
那一轮赤赤地炽火飞爆的清晨的太阳!

1941 年 11 月 5 日

(选自《无弦琴》,希望社 1947 年版)

力　扬

我底竖琴

尊敬的缨斯！
你说：你等待着我
再给你唱一只你爱听的歌。

请不要对我有太多的抱怨；
我仍然珍惜着
你赐给我的竖琴。

我既然以最大的勇敢
接受你的宠爱
我就会忠贞地守住我底竖琴。

在那些晴朗的日子，
你知道的——
我曾经弹起我底竖琴
嘹亮地歌唱人类的黎明。

在这风雪的日子里
我默默地前行，我要唱出
对于寒冷的仇恨，
弹着你赐给我底竖琴。

1942年1月，古夜郎，鄂西
（选自《我底竖琴》，重庆诗文学社1944年9月版）

穆　旦

春

绿色的火焰在草上摇曳,
它渴求着拥抱你,花朵。
反抗着土地,花朵伸出来,
当暖风吹来烦恼,或者快乐。
如果你寂寞了,推开窗子,
看这满园的欲望多么美丽。

蓝天下,为永远的谜迷惑着
是人们二十岁的紧闭的肉体,
一如那泥土做成的鸟的歌,
你们燃烧着却无处归依。
呵,光,影,声,色,都已经赤裸,
痛苦着,等待伸入新的组合。

1942 年 2 月

诗八首

一

你底眼睛看见这一场火灾,
你看不见我,虽然我为你点燃;

唉,那燃烧着的不过是成熟的年代,
你底,我底。我们相隔如重山!

从这自然底蜕变底程序里,
我却爱了一个暂时的你。
即使我哭泣,变灰,变灰又新生,
姑娘,那只是上帝玩弄他自己。

二

水流山石间沉淀下你我,
而我们成长,在死底子宫里。
在无数的可能里一个变形的生命
永远不能完成他自己。

我和你谈话,相信你,爱你,
这时候就听见我底主暗笑,
不断地他添来另外的你我
使我们丰富而且危险。

三

你底年龄里的小小野兽,
它和春草一样地呼吸,
它带来你底颜色,芳香,丰满,
它要你疯狂在温暖的黑暗里。

我越过你大理石的理智殿堂,
而为它埋藏的生命珍惜;
你我底手底接触是一片草场,
那里有它底固执,我底惊喜。

四

静静地,我们拥抱在

用言语所能照明的世界里,
而那未成形的黑暗是可怕的,
那可能和不可能的使我们沉迷。

那窒息着我们的
是甜蜜的未生即死的言语,
它底幽灵笼罩,使我们游离,
游进混乱的爱底自由和美丽。

五

夕阳西下,一阵微风吹拂着田野,
是多么久的原因在这里积累。
那移动了景物的移动我底心
从最古老的开端流向你,安睡。

那形成了树木和屹立的岩石的,
将使我此时的渴望永存,
一切在它底过程中流露的美
教我爱你的方法,教我变更。

六

相同和相同溶为怠倦,
在差别间又凝固着陌生;
是一条多么危险的窄路里,
我制造自己在那上面旅行。

他存在,听从我底指使,
他保护,而把我留在孤独里,
他底痛苦是不断的寻求
你底秩序,求得了又必须背离。

七

风暴,远路,寂寞的夜晚,
丢失,记忆,永续的时间,
所有科学不能祛除的恐惧
让我在你底怀里得到安息——

呵,在你底不能自主的心上,
你底随有随无的美丽的形象,
那里,我看见你孤独的爱情
笔立着,和我底平行着生长!

八

再没有更近的接近,
所有的偶然在我们间定型;
只有阳光透过缤纷的枝叶
分在两片情愿的心上,相同。
等季候一到就要各自飘落,
而赐生我们的巨树永青,
它对我们的不仁的嘲弄
(和哭泣)在合一的老根里化为平静。

1942 年 2 月

(以上选自《穆旦诗全集》,中国文学出版社 1996 年版)

高 兰

哭亡女苏菲

你哪里去了呢?我的苏菲!
去年今日
你还在台上唱"打走日本出口气"!
今年今日啊!
你的坟头已是绿草凄迷!

孩子啊!你使我在贫穷的日子里,
快乐了七年,我感谢你。
但你给我的悲痛
是绵绵无绝期呀!
我又该向你说什么呢?

一年了!
春草黄了秋风起,
雪花落了燕子又飞去;
我却没有勇气
走向你的墓地!
我怕你听见我悲哀的哭声,
使你的小灵魂得不到安息!

一年了!
任黎明与白昼悄然消逝,
任黄昏去后又来到夜里;
但我竟提不起我的笔,
为你,写下我忧伤的情绪,
那撕裂人心的哀痛啊!
一想到你,

泪,湿透了我的纸!
泪,湿透了我的笔!
泪,湿透了我的记忆!
泪,湿透了我凄苦的日子!

孩子啊!
我曾一度翻看箱箧,
你的遗物还都好好的放起;
蓝色的书包,
深红的裙子,一叠香烟里的画片,还有……
孩子!你所珍藏的一块小绿玻璃!
我低唤着苏菲!苏菲!
我就伏在箱子上放声大哭了!
醒来夜已三更,月在天西,
寒风里阵阵传来
孤苦的老更人遥远的叹息!

我误了你呀!孩子!
你不过是患的疟疾,
空被医生挖去我最后的一文钱币。
我是个无用的人啊!
当卖了我最值钱的衣物,
不过是为你买一口白色的棺木,
把你深深地埋葬在黄土里!

可诅咒的固执啊!
使我不曾为你烧化纸钱设过祭,
唉!你七年的人间岁月,
一直是穷苦与褴褛,
死后你还是两手空空的。

告诉我!孩子!
在那个世界里,
你是否还是把手指头放在口里,
呆望着别人的孩子吃着花生米?

望着别人的花衣服,
你忧郁的低下头去?

我知道你的魂灵漂泊无依,
漫漫的长夜呀!你都在哪里?
回来吧!苏菲!我的孩子!
我每夜都在梦中等你,
唉!纵山路崎岖你不堪跋涉,
但我的胸怀终会温暖
你那冰冷的小身躯!

当深山的野鸟一声哀啼,
惊醒了我悲哀的记忆,
夜来的风雨正洒洒凄凄!
我悄然地披衣而起,
提起那惨绿的灯笼,走向风雨,
向暗夜,
向山峰,
向那墨黑的层云下,
呼唤着你的乳名,小鱼!小鱼!
来呀!孩子!这里是你的家呀!
你向这绿色的灯光走吧!
不要怕!
你的亲人正守候在风雨里!

但蜡泪成灰,灯儿灭了!
我的喉咙也再发不出声息。
我听见寒霜落地,
我听见蚯蚓翻泥,
孩子!你却没有回答哟!
唉!飘飘的天风吹过了山峦,
歌乐山巅一颗星儿闪闪,
孩子!那是不是你悲哀的泪眼?

唉!歌乐山的青峰高入云际!

歌乐山的幽谷埋葬着我的亡女!
孩子啊!
你随着我七载流离,
你随着我跨越了千山万水,
我却不曾有一日饱食暖衣!
记得那古城之冬吧!
寒冷的风雪交加之夜,
一床薄被,我们三口之家,
吃完了白薯我们抱头痛哭的事吧!

但贫穷我们不怕,
因为你的美丽像一朵花,
点缀着我们苦难的家,
可是,如今叶落花飞,
我还有什么呀!

因为你爱写也爱画,
在盛殓你的时候,
你痴心的妈妈呀!
在你右手放了一枝铅笔,
在你左手放下一卷白纸,
一年了啊!
我没接到你一封信来自天涯,
我没看见你一个字写给妈妈!

我写给你什么呢?
唉!一年来,我像过了十载,
写作的生活呀,
使我快要成为一个乞丐!
我的脊背有些伛偻了,
我的头发已经有几茎斑白
这个世界里,依旧是
富贵的更为富贵,
贫穷的更为贫穷!
我最后的一点青春与温情,

又为你带进了黄土堆中!

我写给你什么呢?
我一字一流泪!
一句一呜咽!
放下了笔,哭啊!
哭够了!再拿起笔来。

姗姗而来的是别人的春天,
鸟啼花发是别人的今年!
对东风我洒尽了哭女的泪,
向着云天,
我烧化了哭你的诗篇!

小鱼!我的孩子,
你静静地安息吧!
夜更深,
露更寒,
旷野将卷起狂飙!
雷雨闪电将摇撼着千万重山!
我要走向风暴,
我已无所系恋,
孩子!假如你听见有声音叩着你的墓穴,
那就是我最后的泪滴入了黄泉!

1942年3月,青木关的山中

(选自《高兰朗诵诗选》,山东文艺出版社1987年版)

李 季

王贵与李香香(节选)

第一部

(三) 李香香

百灵子雀雀百灵子蛋,
崔二爷家住死羊湾。

大河里涨水清混不分,
死羊湾有财主也有穷人。

死羊湾前沟里有一条水,
有一个穷老汉李德瑞。

白胡子李德瑞五十八,
家里只有一枝花。

女儿名叫李香香,
没有兄弟死了娘。

脱毛雀雀过冬天,
没有吃来没有穿。

十六岁的香香顶上牛一条,
累死挣活吃不饱。

羊肚子手巾包冰糖,

虽然人穷好心肠。

玉米结子颗颗鲜黄,
李老汉年老心肠软。

时常拉着王贵的手,
两眼流泪说:"娃命苦!

年岁小来苦头重,
没娘没大孤零零。"

"讨吃子住在关爷庙,
我这里就算你的家。"

刮风下雨人闲下,
王贵就来把柴打。

一个妹子一个大,
没家的人儿找到了家。

(四) 掏苦菜

山丹丹开花红姣姣,
香香人材长得好!

一对大眼水汪汪,
就像那露水珠在草上淌。

二道糜子碾三次,
香香自小就爱庄稼汉。

地头上沙柳绿蓁蓁,
王贵是个好后生!

身高五尺浑身都是劲,

庄稼地里顶两人。

玉米开花半中腰,
王贵早把香香看中了。

小曲好唱口难开,
樱桃好吃树难栽;

交好的心思两人都有,
谁也害臊难开口。

王贵赶羊上山来,
香香在洼里掏苦菜。

赶着羊群打口哨,
一句曲儿出口了:

"受苦一天不瞌睡,
合不着眼睛我想妹妹。"

停下脚步定一定神,
洼洼里声小像弹琴:

"山丹丹花来背洼洼开,
有那些心思慢慢来。"

"大路畔上的灵芝草,
谁也没有妹妹好!"

"马里头挑马不一般高,
人里头挑人就数哥哥好!"

"樱桃小口糯米牙,
巧口口说些哄人话。"

"交上个有钱的花钱常不断,
为啥要跟我这个揽工的受可怜?!"

"烟锅锅点灯半炕炕明,
酒盅盅量米不嫌哥哥穷。"

"妹妹生来就爱庄稼汉,
实心实意赛过银钱。"

"红瓤子西瓜绿皮包,
妹妹的话儿我忘不了。"

"肚里的话儿乱如麻,
定下个时候,说说知心话。"

天黑夜静人睡下,
妹妹房里把话拉。

"一满天的星星没有月亮,
小心踏在狗身上!"

1945年12月于陕北三边
(选自1946年9月22—24日《解放日报》)

曾 卓

铁栏与火

虎在笼中旋转。

虎在狭的笼中
沉默地
　　旋转,
低声地
　　咆哮,
不理睬笼外的嘲弄和施舍。

它累了,俯卧着
铁栏内
一团灿烂的斑纹,
一团火!

站起来,两眼炯炯地发光,
锋锐的长牙露出,
扑出去的姿势
使笼外发出一片惊呼!

它深深地俯嗅着
自己身上残留的
草莽的气息,
它怀念:
大山,森林,深谷……
无羁的岁月,
庄严的生活。

深夜
它扑站在栏前,
它的凝注着悲愤的长啸
震撼着黑夜
在晴空中流过,
像光芒
　　　　流过!

铁栏锁着
火!

1946 年

(选自《白色花——二十人集》,人民文学出版社1981年版)

唐　祈

女犯监狱

我关心那座灰色的监狱，
死亡，鼓着盆大的腹，
在暗屋里孕育。

进来，一个女犯牵着自己的
小孩：走过黑暗的甬道里跌入
铁的栏栅，许多乌合前来的
女犯们，突出阴暗的眼球，
向你漠然险恶地注看——
她们的脸，是怎样饥饿、狂暴，
对着亡人突然嚎哭过，
而现在连寂寞都没有。

墙角里你听见撕裂的呼喊：
黑暗监狱的看守人也不能
用鞭打制止的；可怜的女犯在流产，
血泊中，世界是一个乞丐
向你伸手，
婴胎三个黑夜没有下来。

啊！让罪恶像子宫一样
割裂吧：为了我们哭泣着的
这个世界！

阴暗监狱的女犯们，
没有一点别的声响，
铁窗漏下几缕冰凉的月光；

她们都在长久地注视

死亡——

还有比它更恐怖的地方。

1946 年于重庆

(选自 1948 年《中国新诗》第 3 期)

袁水拍

发票贴在印花上

发票贴在印花上，
寇丹拓在脚趾上，
水兵出巡马路上，
吉普开到人身上。

黄浦汆到阶沿上，
房子造在金条上，
工厂死在接收上，
鸟窠做在烟囱上。

演得好戏我来看，
重税派在你头上，
学生募捐读书钱，
教师罢工课不上。

仓库皮子一把火，
仓库馅子没去向，
廉耻挂在高楼上，
是非扔进大毛坑。

民主涂在嘴巴上，
自由附在条件上，
议案协定归了档，
文章写在水面上。

游行学生坐卡车，
面包装在吉普上，

自由太多便束缚，
羊枣优待故身亡。

脑袋碰在枪弹上，
和平挑在刀尖上，
中国命运在哪里？
挂在高高鼻子上。

米粮落入黑市场，
面粉救济黄牛党，
财政躺在发行上，
发行发到天文上。

上海跳舞中国饿，
十九个省份都闹荒，
收购军米免征粮，
树皮草根啃个光。

百姓滚在钉板上，
汉奸坐牢带钢床，
曲线软性是救国，
地上地下往来忙。

南京复员拆篷户，
广州迎驾砖砌窗，
力气使在市容上，
四强之一叮叮当！

1946 年 4 月 11 日
(选自《袁水拍诗歌选》，人民文学出版社 1985 年版)

袁可嘉

沉　钟

让我沉默于时空，
如古寺锈绿的洪钟；
负驮三千载沉重，
听窗外风雨匆匆；

把波澜掷给高松，
把无垠还诸苍穹；
我是沉寂的洪钟，
沉寂如蓝色凝冻；

生命脱蒂于苦痛，
苦痛任死寂煎烘；
我是站定的旗旗，
收容八方的野风！

1946 年

（选自 1946 年《文艺复兴》第 3 卷第 4 期）

杜运燮

滇缅公路

不要说这只是简单的现实；
试想没有血脉的躯体，没有油管的
机器；你们该起来歌颂：就是他们，
（营养不足，半裸体，挣扎在死亡的边沿）
就是他们，冒着饥寒与疟蚊的袭击，
每天不让太阳占先，从匆促搭盖的
土穴草窠里出来，挥动起原始的
锹铲，不惜仅有的血汗，一厘一分地
为民族争取平坦，争取自由的呼吸。

歌唱呵，你们，就要自由的人民，
路给我们希望与幸福，而就是他们
（还带着沉重的枷锁而任人播弄）
给我们明朗的信念，光明闪烁在眼前。
我们都记得无知而勇敢的牺牲，
永在阴谋剥削而支持享受的一群，
与一种新声音在响，一个新世界在到来，
如同不会忘记时代是怎样无情，
一个浪头，一个轮齿都是清楚的教训。

看，那就是，那就是他们不朽的化身：
穿过高寿的森林，经过万千年风霜
与期待的山岭，蛮横如野兽的激流，
以及神秘如地狱的疟蚊大本营，……
就用勇敢而善良的血汗与忍耐
踩过一切阻挡，走出来，走出来，
给战斗疲倦的中国送鲜美的海风，

送热烈的鼓励,送血,送一切,于是
这坚韧的民族更英勇,开始欢笑:
"我起来了,我起来了,我已经自由!"

路永远使我们兴奋,都来歌唱啊!
这是重要的日子,幸福就在手头。
看它,风一样有力,航过绿色的田野,
蛇一样轻灵,从茂密的草木间
盘上高山的背脊,飘行在云流中,
俨然在飞机的坐舱里,发现新的世界,
而又鹰一般敏捷,画几个优美的圆弧
降落下箕形的溪谷,倾听村落里
安息前欢愉的匆促,轻烟的朦胧中
溢着亲密的呼唤,人性的温暖,
于是更懒散,沿着水流缓缓走向城市。

而,就在粗糙的寒夜里;荒冷
而空洞,也一样负着全民族的
食粮:载重车的黄眼满山搜索,
搜索着跑向人民的渴望;
沉重的橡皮轮不绝滚动着,
人民兴奋的脉搏,每一块石子
一样觉得为胜利尽忠而骄傲:
微笑了,为满足而微笑着的星月下面,
微笑了,在豪华的凯旋日子的好梦里。

征服了黑暗就是光明,它晓得;
你看,黎明红色的消息已写在
每一片云上,攒涌着多少兴奋的头颅,
七色的光在忙碌调整布景的效果,
星子在奔走,鸟儿在转身睁眼,
远处沿着山顶闪着新弹的棉花,
滇缅公路得万物朝气的鼓励,
狂欢地引负远方来的货物,
山峰顶看雾,看山坡上的日出,

修路工人在草露上打欠伸,"好早啊!"

早啊!好早啊!路上的尘土还没有
大群的起来追逐,辛勤的农夫
因为太疲劳,肌肉还需要松弛,
牧羊的小孩正在纯洁的忘却中,
城里人还在重复他们枯燥的旧梦,
而它,就引着成群各种形状的影子
在荒废久年的森林草丛间飞奔:
一切在飞奔,不准许任何人停留,
远方的星球被转下地平线,
拥挤着房屋的城市已到面前,
可是它,不能停,还要走,还要走,
整个民族在等待,需要它的负载。

(选自《闻一多全集·现代诗抄》,上海开明书店1948年版)

陈敬容

逻辑病者的春天

一

流得太快的水
像不在流,
转得太快的轮子
像不在转,
笑得太厉害的脸孔
就像在哭,
太强烈的光耀眼,
让你像在黑暗中一样看不见。

完整等于缺陷,
饱和等于空虚,
最大等于最小,
零等于无限。

终是古老又古老,这世界
却仿佛永远新鲜;
把老祖母的箱笼翻出来,
可以开一家漂亮的时装店。

二

多少形象、姿势、符号和声音,
我们早已厌倦;咦,
你倒是一直不老呵,这个蓝天!

温暖的春天的晨朝,
阳光里有轰炸机盘旋。

自然是一座大病院,
春天是医生,阳光是药,
叫疲敝的灵魂苏醒,
叫枯死的草木复活。

我们有一千个倦怠,一万个累,
日子无情地往背脊上堆;
可春天来了,也想
伸一伸懒腰,打两个呵欠。

尽管想像里有无边的绿,
可是水、水、水呵,
我们依旧怀抱着
不尽的渴。

三

生活在生活里,
工作、吃喝、睡眠,
有所谓而笑,有所谓而哭,
一点都不嫌突兀。

斑鸠在晴天悲鸣,
呼唤着风风雨雨——
可怜,可怜,最可怜是希望
有时就渴死在绝望里。

筑起意志的壁垒,
然后再徘徊,
你宽恕着
又痛恨着你自己。

四

睡梦里忽然刮大风,
夹带着一片犬吠,
风静后谁家的一扇
沉重的门,沉重地关上了,
仿佛就是我
被关在睡眠之外,
独听远远地
一列火车急驰的声音。

呵,西伯利亚的
寒流,早已过去——

那末现在是真正的
春天?是呵,你不见
阳光已开始软绵,
杨柳垂了丝,
大地生了绿头发,
连风也喝醉了酒?

我们只等待雷声。
雷,春天的第一阵雷,
将会惊醒虫豸们的瞌睡;
那将是真正的鸣雷,
而不仅仅是这个天空的
伤了风的咳嗽。

五

儿童节,有几个幸运儿童,
在庆祝会上装束辉煌,
行礼,背演讲辞,受奖;
而无数童工在工厂里,

被八小时十小时以上的
苦工,摧毁着健康。

欺骗和谎话本是一家,
春天呵,我们知道你有
够多的智慧的花!
追悼会,凄凉的喇叭在吹,
我们活着的,却没有工夫
一径流眼泪。

我们是现代都市里
渺小的沙丁鱼,
无论衣食住行,
全是个挤!不挤容不下你。
鸟兽虫鱼全分不到
我们的关心,
就是悲欢离合,
也都很平常,
一切被"挤"放逐,
成了空白。

昨夜梦到今朝引不起惆怅,
山山水水,失去了梦中桥梁;
清明或是中秋,
总难管风雨和月亮。
永远有话要说,有事要做,
每一个终结后面又一个开始;
一旦你如果忽然停住,
不管愿不愿,那就是死。

写于1947年4月1日至5日,上海
(选自《九叶集》,江苏人民出版社1981年版)

辛 笛

风　景

列车轧在中国的肋骨上
一节接着一节社会问题
比邻而居的是茅屋和田野间的坟
生活距离终点这样近
夏天的土地绿得丰饶自然
兵士的新装黄得旧褪凄惨
惯爱想一路来行过的地方
说不出生疏却是一般的黯淡
瘦的耕牛和更瘦的人
都是病,不是风景!

1948 年夏在沪杭道中
(选自 1948 年《中国新诗》第 4 集)

唐湜

诗

当汹涌的潮水退去,
沙滩才能呈献光耀的排贝,
诗如果可以在生活的土壤里伸根,
它应该出现在生活的胜利里;

果实是为了花的落去,
闪烁的白日之后才能有夜晚的含蓄,
如果人能生活在日夜的边际,
薄光里将有一个新的和凝;

看一天晴和,平野垂地而尽,
灰色的鸽笛渐近、渐近,
呵,苦难里我祈求一片雷火,
烧焦这一个我,又烧焦那一个我:

圆周重合,三角楔入,
在自己之外又欢迎另一个自己!

(选自 1948 年《中国新诗》第 2 集)

杭约赫

最初的蜜

——写给在狱中的 M

你最爱那脚下的路,路
我也爱。记得有人说过
不用担心到达,重要的
是走哪条路。看它是否

朝着我们挑选的方向。
在路上,我们相遇了又
离开,爱情咬得我们好
苦。而你这初生的牛犊

凭幻想的翅膀,去冲破
世俗平庸的网罗。自从
你领悟了人生的真谛:
自由不只属于你,不只

属于我,人类的共同的
命运——这爱情的坚贞和
永恒的基础。我们怀着
顽强的信念,去探索去

追求,在生活的海洋里
不再感到孤单与寂寞。
纵然命途多舛,满天的
阴云如墨,为迎接朝阳

准备着:随时献出自己

有多少好兄弟、好姊妹
在我们前面走过去了。
跟上,去完成这伟大的

历史使命!而今你刚刚
迈出这第一步,陷阱便
收留下你——一个严峻的
黎明前的考验:酷刑和

铁窗生活,较破灭爱情
更现实的痛苦。这是段
极难挨的时间哩!我们
相隔如重山——三尺之地

呵呵你热爱那路,现在
你的路,在我们的脚下
生命的意义,为了征服
它,你已尝到最初的蜜

1948年9月于上海
(选自1948年《中国新诗》第5集)

郑　敏

金黄的稻束

金黄的稻束站在
割过的秋天的田里,
我想起无数个疲倦的母亲,
黄昏路上我看见那皱了的美丽的脸,
收获日的满月在
高耸的树巅上,
暮色里,远山
围着我们的心边,
没有一个雕像能比这更静默。
肩荷着那伟大的疲倦,你们
在这伸向远远的一片
秋天的田里低首沉思,
静默。静默。历史也不过是
脚下一条流去的小河,
而你们,站在那儿,
将成为人类的一个思想。

(选自《诗集1942—1947》,上海文化生活出版社1948年版)

散　文

（1917—1949）

俞平伯

重刊《浮生六记》序

　　重印《浮生六记》的因缘，容我略说。幼年在苏州，曾读过此书，当时只觉得可爱而已。自移家北去后，不但诵读时的残趣久荡为云烟，即书的名字也难省忆。去秋在上海，与颉刚、伯祥两君结邻，偶然谈起此书，我始茫茫然若有所领会。颉刚的《雁来红丛报》本，伯祥的《独悟庵丛钞》本，都被我借来了。既有这么一段前因，自然重读时更有滋味。且这书确也有眩人的力，我们想把这喜悦遍及于读者诸君，于是便把它校点重印。

　　书共六篇，故名"六记"，今只存《闺房记乐》以下四篇，其五、六两篇已佚。此书虽不全，而今所存者似即其精英。《中山记历》当是记漫游琉球之事，或系日记体。《养生记道》，恐亦多道家修持妄说。就其存者言之，固不失为简洁生动的自传文字。

　　作者沈复，字三白，苏州人，生于清乾隆二十八年，卒年无考，当在嘉庆十二年以后。可注意的，他是个习幕经商的人，不是什么斯文举子。偶然写几句诗文，也无所存心，上不为名山之业，下不为富贵的敲门砖，意兴所到，便濡毫伸纸，不必妆点，不知避忌。统观全书，无酸语，赘语，道学语，殆以此乎？

　　文章事业的圆成，本有一个通例，就是"求之不必得，不求可自得。"这个通例，于小品文字的创作尤为显明。我们莫妙于学行云流水，莫妙于学春鸟秋虫，固不是有所为，却也未必就是无所为。这两种说法同伤于武断。古人论文每每标一"机"字，概念的诠表虽病含混，我却赏其谈言微中。陆机《文赋》说，"故徒抚空怀而自惋，吾未识夫开塞之所由。"这是绝妙的文思描写。我们与一切外物相遇，不可着意，着意则滞；不可绝缘，绝缘则离。记得宋周美成的《玉楼春》里，有两句最好，"人如风后入江云，情似雨余粘地絮"，这种况味正在不离不着之间，文心之妙亦复如是。

　　即如这书，说它是信笔写出的，固然不像；说它是精心结撰的，又何以见得。这总是一半儿做着，一半儿写着的；虽有雕琢一样的完美，却不见一点斧凿痕。犹之佳山佳水，明明是天开的图画，然仿佛处处吻合人工的意匠。当此种境界，我们的分析推寻的技巧，原不免有穷时。此《记》所录所载，妙肖不足奇,奇在全不着力而得妙肖;韶秀不足异,异在韶秀以外竟似无物。俨如一块纯美的水晶,只见明莹,不见衬露明莹的颜色;只见精微,不见制作精微的痕迹。这所以不和寻常的日记相同,而有重行付印,令其传播得更久更远的价值。

我岂不知这是小玩意儿,不值当作溢美的说法;然而我自信这种说法不至于是溢美。想读这书的,必有能辨别的罢。

1923 年 2 月 27 日,杭州城头巷
(选自《浮生六记》,北京霜枫社 1924 年版)

桨声灯影里的秦淮河

我们消受得秦淮河上的灯影,当圆月犹皎的仲夏之夜。

在茶店里吃了一盘豆腐干丝,两个烧饼之后,以歪歪的脚步踅上夫子庙前停泊着的画舫,就懒洋洋躺到藤椅上去了。好郁蒸的江南,傍晚也还是热的。"快开船吧!"桨声响了。

小的灯舫初次在河中荡漾;于我,情景是颇朦胧,滋味是怪羞涩的。我要错认它作七里的山塘:可是,河房里明窗洞启,映着玲珑入画的曲栏杆,顿然省得身在何处了。佩弦呢,他已是重来,很应当消释一些迷惘的。但看他太频繁地摇着我的黑纸扇。胖子是这个样怯热的吗?

又早是夕阳西下,河上妆成一抹胭脂的薄媚。是被青溪的姊妹们所熏染的吗?还是匀得她们脸上的残脂呢?寂寂的河水,随双桨打它,终是没言语。密匝匝的绮恨逐老去的年华,已都如蜜汤似的融在流波的心窝里,连呜咽也将嫌它多事,更哪里论到哀嘶。心头,宛转的凄怀;口内,徘徊的低唱;留在夜夜的秦淮河上。

在利涉桥边买了一匣烟,荡过东关头,渐荡出大中桥了。船儿悄悄地穿出连环着的三个壮阔的涵洞,青溪夏夜的韵华已如巨幅的画豁然而抖落。哦!凄厉而繁的弦索,颤岔而涩的歌喉,杂着吓哈的笑语声,噼啪的竹牌响,更能把诸楼船上的华灯彩绘,显出火样的鲜明,火样的温煦了。小船儿载着我们,在大船缝里挤着,挨着,抹着走。它忘了自己也是今宵河上的一星灯火。

既踏进所谓"六朝金粉气"的销金锅,谁不笑笑呢!今天的一晚,且默了滔滔的言说,且舒了恻恻的情怀,暂且学着,姑且学着我们平时认为在醉里梦里他们的憨痴笑语。看!初上的灯儿们一点点掠剪柔腻的波心,梭织地往来,把河水都皴得微明了。纸薄的心旌,我的,尽无休息地跟着它们飘荡,以致于怦怦而内热。这还好说什么的!如此说,诱惑是诚然有的,且于我已留下不易磨灭的印记。至于对榻的那一位先生,自认曾经一度摆脱了纠缠的他,其辩解又在何处?这实在非我所知。

我们,醉不以涩味的酒,以微漾着,轻晕着的夜的风华。不是什么欣悦,不是什么慰藉,只感到一种怪陌生、怪异样的朦胧。朦胧之中似乎胎孕着一个如花的笑——这么淡,那么淡的倩笑。淡到已不可说,已不可拟,且已不可想；但我们终久是眩晕在它离合的神光之下的。我们没法使人信它是有，我们不信它是没有。勉强哲学地说，这或近于佛家的所谓"空"，既不当鲁莽说它是"无"，也不能径直说它是"有"。或者说"有"是有的，只因无可以拟形容那"有"的光景；故从表面看，与"没有"似不生分别。若定要我再说得具体些；譬如东风初劲时，直上高翔的纸鸢，牵线的那人儿自然远得很了，知她是哪一家呢？但凭那鸢尾一缕飘绵的彩线，便容易揣知下面的人寰中，必有微红的一双素手，卷起轻绡的广袖，牢担荷小纸鸢儿的命根。飘翔岂不是东风的力，又岂不是纸鸢的含德；但其根株却将另有所寄。请问，这和纸鸢的省悟与否有何关系？故我们不能认笑是非有，也不能认朦胧即是笑。我们定应当如此说，朦胧里胎孕着一个如花的幻笑，和朦胧又互相混融着的；因它本来是淡极了，淡极了这么一个。

漫题那些纷烦的话，船儿已将泊在灯火的丛中去了。对岸有盏有跳动的汽油灯，佩弦便硬说它远不如微黄的灯火。我简直没法和他分证那是非。

时有小小的艇子急忙忙打桨，向灯影的密流里横冲直撞。冷静孤独的油灯映见黯淡久的画船头上，秦淮河姑娘们的靓妆。茉莉的香、白兰花的香、脂粉的香、纱衣裳的香……微波泛滥出甜的暗香，随着她们那些船儿荡，随着我们这船儿荡，随着大大小小一切的船儿荡。有的互相笑语，有的默然不响，有的衬着胡琴亮着嗓子唱。一个、三两个、五六七个，比肩坐在船头的两旁，也无非多添些淡薄的影儿葬在我们的心上——太过火了，不至于吧，早消失在我们的眼皮上。谁都是这样急忙忙地打着桨，谁都是这样向灯影的密流里冲撞着；又何况久沉沦的她们，又何况漂泊惯的我们俩。当时浅浅的醉，今朝空空的惆怅；老实说，咱们萍泛的绮思不过如此而已，至多也不过如此而已。你且别讲，你且别想！这无非是梦中的电光，这无非是无明的幻象，这无非是以零星的火种微炎在大欲的根苗上。扮戏的咱们，散了场一个样，然而，上场锣，下场锣，天天忙，人人忙。看！吓！载送女郎的艇子才过去，货郎担的小船不是又来了？一盏小煤油灯，一舱的什物，他也忙得来像手里的摇铃，这样丁咚而郎当。

杨枝绿影下有条华灯璀璨的彩舫在那边停泊。我们那船不禁也依傍短柳的腰肢，欹侧地歇了。游客们的大船，歌女们的艇子，靠着。唱的拉着嗓子；听的歪着头，斜着眼，有的甚至于跳过她们的船头。如那时有严重些的声音，必然说："这哪里是什么旖旎风光！"咱们真是不知道，只模糊地觉着在秦淮河船上板起方正的脸是怪不好意思的，咱们本是在旅馆里，为什么不早入睡，掂着牙儿，领略那"卧后清宵细细长"；而偏这样急急忙忙跑到河上来无聊浪荡？

还说那时的话，从杨柳枝的乱鬓里所得的境界，照规矩，外带三分风华的,况且今宵此地,动荡着有灯火的明姿。况且今宵此地,又是圆月欲缺未缺,欲上未上的黄昏时候。叮当的小锣,伊轧的胡琴,沉填的大鼓……弦吹声腾沸遍了三里的秦淮河。喳喳嚷嚷的一片,分不出谁是谁,分不出哪儿是哪儿,只有整个的繁喧来把我们包填。仿佛都抢着说笑,这儿夜夜尽是如此的,不过初上城的乡下佬是第一次呢。真是乡下人,真是第一次。

穿花蝴蝶样的小艇子多到不和我们相干。货郎担式的船,曾以一瓶汽水之故而拢近来,这是真的。至于她们呢,即使偶然灯影相偎而切掠过去,也无非瞧见我们微红的脸罢了,不见得有什么别的。可是,夸口早哩!——来了,竟向我们来了!不但是近,且拢着了。船头傍着,船尾也傍着;这不但是拢着,且并着。厮并着倒还不很要紧,且有人扑咚地跨上我们的船头上。这岂不大吃一惊! 幸而来的不是姑娘们,还好。(她们正冷冰冰地在那船头上。)来人年纪并不大,神气倒怪狡猾,把一扣破烂的手折,摊在我们眼前,让细瞧那些戏目,好好儿点个唱。他说:"先生,这是小意思。"诸君,读者,怎么办?

好,自命为超然派的来看榜样!两船挨着,灯光愈皎,见佩弦的脸又红起来了。那时的我是否也这样?这当转问他。(我希望我的镜子不要过于给我下不去。)老是红着脸终久不能打发人家走路的,所以想个法子在当时是很必要。说来也好笑,我的老调是一味的默,或干脆说个"不",或者摇摇头,摆摆手表示"决不"。如今都已尽了。佩弦便进了一步,他嫌我的方术太冷漠了,又未必中用,摆脱纠缠的正当道路惟有辩解。好吗?听他说:"你不知道?这事我们是不能做的。"这是诸辩解中简洁,最漂亮的一个。可惜他所说的"不知道"来人倒真有些"不知道"!辜负了这二十分聪明的反语。他想得有理由,你们为什么不能做这事呢?因这"为什么",佩弦又有进一层的曲解。哪知道更坏事,竟只博得那些船上人的一哂而去。他们平常虽不以聪明名家,但今晚却又怪聪明,如洞彻我们的肺肝一样的。这故事即我情愿讲给诸君听,怕有人未必愿意哩。"算了吧,就是这样算了吧",怨我不再写下了,以外的让他自己说。

叙述只是如此,其实那时连翩而来的,我记得至少也有三五次。我们把它们一个一个的打发走路。但走的是走了,来的还正来。我们可以使它们走,我们不能禁止它们来。我们虽不轻被摇撼,但已有一点杌陧了。况且小艇上总载去一半的失望和一半的轻蔑,在桨声里仿佛狠狠地说,"都是呆子,都是吝啬鬼!"还有我们的船家(姑娘们卖个唱,他可以赚几个子的佣金),眼看她们一个一个地去远了,呆呆地蹲踞着,怪无聊赖似的。碰着了这种外缘,无怒亦无哀,惟有一种情意的紧张,使我们从颓弛中体会出挣扎来。这味道倒许很真切的,只恐怕不易为倦鸦似的人们所喜。

曾游过秦淮河的到底乖些。佩弦告船家："我们多给你酒钱，把船摇开，别让他们来啰嗦。"自此以后，桨声复响，还我以平静了，我们俩又渐渐无拘无束舒服起来，又滔滔不断地来谈谈方才的经过。今儿是算怎么一回事？我们齐声说，欲的胎动无可疑的。正如水见波痕轻婉已极，与未波时究不相类。微醉的我们，洪醉的他们，深浅虽不同，却同为一醉。接着来了第二问，既自认有欲的微炎，为什么艇子来时又羞涩地躲了呢？在这儿，答语参差着。佩弦说他的是一种暗昧的道德意味，我说是一种似较深沉的眷爱。我只背诵岂君的几句诗给佩弦听，望他曲喻我的心胸。可恨他今天似乎有些发钝，反而追着问我。

前面已是复成桥。青溪之东，暗碧的树梢上面微耀着一桁的清光。我们的船就缚在枯柳桩边待月。其时河心里晃荡着的，河岸头歇泊着的各式灯船，望去，少说点也有十廿来只。惟不觉繁喧，只添我们以幽甜。虽同是灯船，虽同是秦淮，虽同是我们；却是灯影淡了，河水静了，我们倦了，——况且月儿将上了。灯影里的昏黄，和月下灯影里的昏黄原是不相似的，又何况人倦的眼中所见的昏黄呢。灯光所以映她的秾姿，月华所以洗她的秀骨，以蓬腾的心焰跳舞她的盛年，以饧涩的眼波供养她的迟暮。必如此，才会有圆足的醉，圆足的恋，圆足的颓弛，成熟了我们的心田。

犹未下弦，一丸鹅蛋似的月，被纤柔的云丝们簇拥上了一碧的遥天。冉冉地行来，冷冷地照着秦淮。我们已打桨而徐归了。归途的感念，这一个黄昏里，心和境的交萦互染，其繁密殊超我们的言说。主心主物的哲思，依我外行人看，实在把事情说得太嫌简单，太嫌容易，太嫌分明了。实有的只是浑然之感。就论这一次秦淮夜泛吧，从来处来，从去处去，分析其间的成因自然亦是可能；不过求得圆满足尽的解析，使片段的因子们合拢来代替刹那间所体验的实有，这个我觉得有点不可能，至少于现在的我们是如此。凡上所叙，请读者们只看作我归来后，回忆中所偶然留下的千百分之一二，微薄的残影。若所谓"当时之感"，我决不敢望诸君能在此中窥得。即我自己虽正在这儿执笔构思，实在也无从重新体验出那时的情景。说老实话，我所有的只是忆。我告诸君的只是忆中的秦淮夜泛。至于说到那"当时之感"，这应当请教当时的我。而他久飞升了，无所存在。

凉月凉风之下，我们背着秦淮河走去，悄默是当然的事了。如回头，河中的繁灯想定是依然。我们却早走得远，"灯火未阑人散"；佩弦，诸君，我记得这就是在南京四日的酣嬉，将分手时的前夜。

1923年8月22日，北京

（选自《杂拌儿》，上海开明书店1928年8月版）

叶圣陶

藕与莼菜

同朋友喝酒,嚼着薄片的雪藕,忽然怀念起故乡来了。若在故乡,每当新秋的早晨,门前经过许多乡人:男的紫赤的胳膊和小腿肌肉突起,躯干高大且挺直,使人起健康的感觉;女的往往裹着白地青花的头巾,虽然赤脚,却穿短短的夏布裙,躯干固然不及男的那样高,但是别有一种健康的美的风致;他们各挑着一副担子,盛着鲜嫩的玉色的长节的藕。在产藕的池塘里,在城外曲曲弯弯的小河边,他们把这些藕一再洗濯,所以这样洁白。仿佛他们以为这是供人品味的珍品,这是清晨的画境里的重要题材,倘若涂满污泥,就把人家欣赏的浑凝之感打破了;这是一件罪过的事,他们不愿意担在身上,故而先把它们洗濯得这样洁白,才挑进城里来。他们要稍稍休息的时候,就把竹扁横在地上,自己坐在上面,随便拣择担里过嫩的"藕枪"或是较老的"藕朴",大口地嚼着解渴。过路的人就站住了,红衣衫的小姑娘拣一节,白头发的老公公买两支。清淡的甘美的滋味于是普遍于家家户户了。这样情形差不多是平常的日课,直到叶落秋深的时候。

在这里上海,藕这东西几乎是珍品了。大概也是从我们故乡运来的。但是数量不多,自有那些伺候豪华公子硕腹巨贾的帮闲茶房们把大部分抢去了;其余的就要供在较大的水果铺里,位置在金山苹果吕宋香芒之间,专待善价而沽。至于挑着担子在街上叫卖的,也并不是没有,但不是瘦得像乞丐的臂和腿,就是涩得像未熟的柿子,实在无从欣羡。因此,除了仅有的一回,我们今年竟不曾吃过藕。

这仅有的一回不是买来吃的,是邻舍送给我们吃的。他们也不是自己买的,是从故乡来的亲戚带来的。这藕离开它的家乡大约有好些时候了,所以不复呈玉祥的颜色,却满被着许多锈斑。削去皮的时候,刀锋过处,很不爽利。切成片送进嘴里嚼着,有些儿甘味,但是没有那种鲜嫩的感觉,而且似乎含了满口的渣,第二片就不想吃了。只有孩子很高兴,他把这许多片嚼完,居然有半点钟工夫不再作别的要求。

想起了藕就联想到莼菜。在故乡的春天,几乎天天吃莼菜。莼菜本身没有味道,味道全在于好的汤。但是嫩绿的颜色与丰富的诗意,无味之味真足令人心醉。在每条街旁的小河里,石埠头总歇着一两条没篷的船,满舱盛着莼菜,是从太湖里捞来的。取得这样方便,当然能日餐一碗了。

而在这里上海又不然;非上馆子就难以吃到这东西。我们当然不上馆子,偶然有一两回去叨扰朋友的酒席,恰又不是莼菜上市的时候,所以今年竟不曾吃过。直到最近,伯祥的杭州亲戚来了,送他瓶装的西湖莼菜,他送给我一瓶,我才算也尝了新。

向来不恋故乡的我,想到这里,觉得故乡可爱极了。我自己也不明白,为什么会起这么深浓的情绪?再一思索,实在很浅显:因为在故乡有所恋,而所恋又只在故乡有,就萦系着不能割舍了。譬如亲密的家人在那里,知心的朋友在那里,怎得不恋恋?怎得不怀念?但是仅仅为了爱故乡么?不是的,不过在故乡的几个人把我们牵系着罢了。若无所牵系,更何所恋念?像我现在,偶然被藕与莼菜所牵系,所以就怀念起故乡来了。

所恋在哪里,哪里就是我们的故乡了。

1923年9月7日作

(选自《叶圣陶散文》[甲集],四川人民出版社1983年版)

朱自清

桨声灯影里的秦淮河

一九二三年八月的一晚,我和平伯同游秦淮河;平伯是初泛,我是重来了。我们雇了一只"七板子",在夕阳已去,皎月方来的时候,便下了船。于是桨声汩——汩,我们开始领略那晃荡着蔷薇色的历史的秦淮河的滋味了。

秦淮河里的船,比北京万生园、颐和园的船好,比西湖的船好,比扬州瘦西湖的船也好。这几处的船不是觉着笨,就是觉着简陋,局促;都不能引起乘客们的情韵,如秦淮河的船一样。秦淮河的船约略可分为两种:一是大船;一是小船,就是所谓"七板子"。大船舱口阔大,可容二三十人。里面陈设着字画和光洁的红木家具,桌上一律嵌着冰凉的大理石面。窗格雕镂颇细,使人起柔腻之感。窗格里映着红色蓝色的玻璃;玻璃上有精致的花纹,也颇悦人目。"七板子"规模虽不及大船,但那淡蓝色的栏杆,空敞的舱,也足系人情思。而最出色处却在它的舱前。舱前是甲板上的一部,上面有弧形的顶,西边用疏疏的栏杆支着。里面通常放着两张藤的躺椅。躺下,可以谈天,可以望远,可以顾盼两岸的河房。大船上也有这个,但在小船上更觉清隽罢了。舱前的顶下,一律悬着灯彩;灯的多少,明暗,彩苏的精粗,艳晦,是不一的,但好歹总还你一个灯彩。这灯彩实在是最能钩人的东西。夜幕垂垂地下来时,大小船上都点起灯火。从两重玻璃里映出那幅射着的黄黄的散光,反晕出一片朦胧的烟霭;透过这烟霭,在黯黯的水波里,又逗起缕缕的明漪。在这薄霭和微漪里,听着那悠然的间歇的桨声,谁能不被引入他的美梦去呢?只愁梦太多了,这些大小船儿如何载得起呀?我们这时模模糊糊的谈着明末的秦淮河的艳迹,如《桃花扇》及《板桥杂记》里所载的。我们真神往了。我们仿佛亲见那时华灯映水,画舫凌波的光景了。于是我们的船便成了历史的重载了。我们终于恍然秦淮河的船所以雅丽过于他处,而又有奇异的吸引力的,实在是许多历史的影象使然了。

秦淮河的水是碧阴阴的;看起来厚而不腻,或者是六朝金粉所凝么?我们初上船的时候,天色还未断黑,那漾漾的柔波是这样恬静,委婉,使我们一面有水阔天空之想,一面又憧憬着纸醉金迷之境了。等到灯火明时,阴阴的变为沉沉了:黯淡的水光,像梦一般;那偶然闪烁着的光芒,就是梦的眼睛了。我们坐在舱前,因了那隆起的顶棚,仿佛总是昂着首向前走着似的;于是飘飘然如御风而行的我们,看在那些自在的湾泊着的船,船里走马灯般的人物,便像是下界一般,迢迢的远了,又像在雾里看花,尽朦朦胧胧的。这时我们已过了利涉桥,望见东关头了。沿路听见断续的歌声:有从沿河的妓楼飘来的,有从河上船里度来的。我们明知那些歌声,只是些因袭的言词,从生涩的歌喉里机械的发出来的;但它们经了夏夜的微风的吹漾和水波的摇拂,袅娜着到我们耳边的时候,已经不单是她们的歌声,而混着微风和河水的密语了。于是我们不得不被牵惹着,震撼着,相与浮沉于这歌声里了。从东关头转湾,不久就到大中桥。大中桥共有三个桥拱,都很阔大,俨然是三座门儿;使我们觉得我们的船和船里的我们,在桥下过去时,真是太无颜色了。桥砖是深褐色,表明它的历史的长久;但都完好无缺,令人太息于古昔工程的坚美。桥上两旁都是木壁的房子,中间应该有街路?这些房子都破旧了,多年烟熏的痕迹,遮没了当年的美丽。我想像秦淮河的极盛时,在这样宏阔的桥上,特地盖了房子,必然是髹漆得富富丽丽的;晚间必然是灯火通明的,现在却只剩下一片黑沉沉!但是桥上造着房子,毕竟使我们多少可以想见往日的繁华;这也慰情聊胜无了。过了大中桥,便到了灯月交辉,笙歌彻夜的秦淮河,这才是秦淮河的真面目哩。

  大中桥外,顿然空阔,和桥内两岸排着密密的人家的景象大异了。一眼望去,疏疏的林,淡淡的月,衬着蓝蔚的天,颇像荒江野渡光景;那边呢,郁丛丛的,阴森森的,又似乎藏着无边的黑暗,令人几乎不信那是繁华的秦淮河了。但是河中眩晕着的灯光,纵横着的画舫,悠扬着的笛韵,夹着那吱吱的胡琴声,终于使我们认识绿如茵陈酒的秦淮水了。此地天裸露着的多些,故觉夜来的独迟些;从清清的水影里,我们感到的只是薄薄的夜——这正是秦淮河的夜。大中桥外,本来还有一座复成桥,是船夫口中的我们的游迹尽处,或也是秦淮河繁华的尽处了。我的脚曾踏过复成桥的脊,在十三四岁的时候。但是两次游秦淮河,却都不曾见着复成桥的面;明知总在前途的,却常觉得有些虚无缥缈似的。我想,不见倒也好。这时正是盛夏。我们下船后,藉着新生的晚凉和河上的微风,暑气已渐渐消散;到了此地,豁然开朗,身子顿然轻了——习习的清风荏苒在面上,手上,衣上,这便又感到了一缕新凉了。南京的日光,大概没有杭州猛烈;西湖的夏夜老是热蓬蓬的,水像沸着一般,秦淮河的水却尽是这样冷冷地绿着。任你人影的憧憧,歌声的扰扰,总像隔着一层薄薄的绿纱面幕似的;它尽是这样静静的,冷冷的绿着。我们出了大中桥,走不上半里路,船夫便将船划到一旁,停了桨由它宕着。他以为那里正是繁华的极点,再过去就是荒凉了;所以让我们多多赏鉴一会儿。他自己却静静的蹲着。他是看惯这光景的了,大约只是一个无可无不可。这无可无不可,无论是升的沉的,总之,都比我们高了。

那时河里闹热极了;船大半泊着,小半在水上穿梭似的来往。停泊着的都在近市的那一边,我们的船自然也夹在其中。因为这边略略的挤,便觉得那边十分的疏了。在每一只船从那边过去时,我们能画出它的轻轻的影和曲曲的波,在我们的心上;这显着是空,且显着是静了。那时处处都是歌声和凄厉的胡琴声,圆润的喉咙,确乎是很少的。但那生涩的,尖脆的调子能使人有少年的,粗率不拘的感觉,也正可快我们的意。况且多少隔开些儿听着,因为想像与渴慕的做美,总觉更有滋味;而竞发的喧嚣,抑扬的不齐,远近的杂沓,和乐器的噪噪切切,合成另一意味的谐音,也使我们无所适从,如随着大风而走。这实在因为我们的心枯涩久了,变为脆弱;故偶然润泽一下,便疯狂似的不能自主了。但秦淮河确也腻人。即如船里的人面,无论是和我们一堆儿泊着的,无论是从我们眼前过去的,总是模模糊糊的,甚至渺渺茫茫的;任你张圆了眼睛,揩净了眦垢,也是枉然。这真够人想呢。在我们停泊的地方,灯光原是纷然的;不过这些灯光都是黄而有晕的。黄已经不能明了,再加上了晕,便更不成了。灯愈多,晕就愈甚;在繁星般的黄的交错里,秦淮河仿佛笼上了一团光雾。光芒与雾气腾腾的晕着,什么都只剩了轮廓了;所以人面的详细的曲线,便消失于我们的眼底了。但灯光究竟夺不了那边的月色;灯是浑的,月色是清的。在浑沌的灯光里,渗入一派清辉,却真是奇迹!那晚月儿已瘦削了两三分。她晚妆才罢,盈盈的上了柳梢头。天是蓝得可爱,仿佛一汪水似的;月儿便更出落得精神了。岸上原有三株两株的垂杨树,淡淡的影子,在水里摇曳着。它们那柔细的枝条浴着月光,就像一支支美人的臂膊,交互的缠着,挽着;又像是月儿披着的发。而月儿偶尔也从它们的交叉处偷偷窥看我们,大有小姑娘怕羞的样子。岸上另有几株不知名的老树,光光的立着;在月儿里照起来,却又俨然是精神矍铄的老人。远处——快到天际线了,才有一两片白云,亮得现出异彩,像是美丽的贝壳一般。白云下便是黑黑的一带轮廓;是一条随意画的不规则的曲线。这一段光景,和河中的风味大异了。但灯与月竟能并存着,交融着,使月成了缠绵的月,灯射着渺渺的灵辉,这正是天之所以厚秦淮河,也正是天之所以厚我们了。

这时却遇着了难解的纠纷。秦淮河上原有一种歌妓,是以歌为业的。从前都在茶舫上,唱些大曲之类。每日午后一时起;什么时候止,却忘记了。晚上照样也有一回,也在黄晕的灯光里。我从前过南京时,曾随着朋友去听过两次。因为茶舫里的人脸太多了,觉得不大适意,终于听不出所以然。前年听说歌妓被取缔了,不知怎的,颇涉想了几次——却想不出什么。这次到南京,先到茶舫上去看看,觉得颇是寂寥,令我无端的怅怅了。不料她们却仍在秦淮河里挣扎着,不料她们竟会纠缠到我们,我于是很张皇了。她们也乘着"七板子",她们总是坐在舱前的。舱前点着石油汽灯,光亮眩人眼目;坐在下面的,自然是纤毫毕见了——引诱客人们的力量,也便在此了。舱里躲着乐工等人,映着汽灯的余辉蠕动着;他们是永远不被注意的。每船的歌妓大约都是二人;天色一黑,她们的船就在大中桥外往来不息的兜生意。无论行着的船,泊着的船,都要来兜揽的。这都是我后来推想出来的。那晚不知怎样,忽然轮着我们的船了。我们的船好好的停着,一只歌舫划向我们来了;渐渐和我们的船并着了。烁烁的灯光逼得我们皱起了眉头;我们的风尘色全给它托出来了,这使我踧踖不安了。那时一个伙计跨过船来,拿着摊开的歌折,就近塞向我的手里,说:"点几出吧!"他跨过来的时候,我们船上似乎有许多眼光跟着。同时相近的别的船上也似乎有许多眼睛炯炯的向我们船上看着。我真窘了!我也装出大方的样子,向歌妓们瞥了一眼,但究竟是不成的!我勉强将那歌折翻了一翻,却不曾看清了几个字;便赶紧递还那伙计,一面不好意思地说:"不要。我们……不要。"他便塞给平伯,平伯掉转头去,摇手说:"不要!"那人还腻着不走。平伯又回过脸来,摇着头道,"不要!"于是那人重到我处,我窘着再拒绝了他。他这才有所不屑似的走了。我的心立刻放下,如释了重负一般。我们就开始自白了。

我说我受了道德律的压迫,拒绝了她们;心里似乎很抱歉的。这所谓抱歉,一面对于她们,一面对于我自己。她们于我们虽然没有很奢的希望,但总有些希望的。我们拒绝了她们,无论理由如何充足,却使她们的希望受了伤,这总有几分不做美了。这是我觉得很怅怅的。至于我自己,更有一种不足之感。我这时被四面的歌声诱惑了,降伏了;但是远远的,远远的歌声总仿佛隔着重衣搔痒似的,越搔越搔不着痒处。我于是憧憬着贴耳的妙音了。在歌舫划来时,我的憧憬,变为盼望;我固执的盼望着,有如饥渴。虽然从浅薄的经验里,也能够推知,那贴耳的歌声,将剥去了一切的美妙;但一个平常的人像我的,谁愿凭了理性之力去丑化未来呢?我宁愿自己骗着了。不过我的社会感性是很敏锐的;我的思力能拆穿道德律的西洋镜,而我的感情却始终被它压服着。我于是有所顾忌了,尤其是在众目昭彰的时候。道德律的力,本来是民众赋予的;在民众的面前,自然更显出它的威严了。我这时一面盼望,一面却感到了两重的禁制:一,在通俗的意义上,接近妓者总算一种不正当的行为;二,妓是一种不健全的职业,我们对于她们,应有哀矜勿喜之心,不应赏玩的去听她们的歌。在众目睽睽之下,这两种思想在我心里最为旺盛。她们暂时压倒了我的听歌的盼望,这便成就了我的灰色的拒绝。那时的心实在异常状态中,觉得颇是昏乱。歌舫去了,暂时宁静之后,我的思绪又如潮涌了。两个相反的意思在我心头往复:卖歌和卖淫不同,听歌和狎妓不同,又干道德甚事?——但是,但是,她们既被逼的以歌为业,她们的歌必无艺术味的;况她们的身世,我们究竟该同情的。所以拒绝倒也是正办法。但这些意思终于不曾撇开我的听歌的盼望。它力量异常坚强;它总想将别的思绪踏在脚下。从这重重的争斗里,我感到了浓厚的不足之感。这不足之感使我的心盘旋不安,起坐都不安宁了。唉!我承认我是一个自私的人!平伯呢,却与我不同。他引周启明先生的诗,"因为我有妻子,所以我爱一切的女人;因为我有子女,所以我爱一切的孩子。"①他的意思可以见了。他因为推及的同情,爱着那些歌妓,并且尊重着她们,所以拒绝了她们。在这种情形下,他自然以为听是对于她们的一种侮辱。但他也是想听歌的,虽然不和我一样。所以在他的心中,当然也有一番小小的争斗;争斗的结果,是同情胜了。至于道德律,在他是没有什么的;因为他很有蔑视一切的倾向,民众的力量在他是不大觉着的。这时他的心意的活动比较简单,又比较松弱,故事后还信然自若;我却不能了。这里平伯又比我高了。

在我们谈话中间,又来了两只歌舫。伙计照前一样的请我们点戏,我们照前一样的拒绝了。我受了三次窘,心里的不安更甚了。清艳的夜景也为之减色。船夫大约因为要赶第二趟生意,催着我们回去;我们无可无不可的答应了。我们渐渐和那些晕黄的灯光远了,只有些月色冷清清的随着我们的归舟。我们的船竟没个伴儿,秦淮河的夜正长哩!到大中桥近处,才遇着一只来船。这是一只载妓的板船,黑漆漆的没有一点光。船头上坐着一个妓女;暗里看出,白地小花的衫子,黑的下衣。她手里拉着胡琴,口里唱着青衫的调子。她唱得响亮而圆转;当她的船箭一般驶过去时,余音还嫋嫋的在我们耳际,使我们倾听而向往。想不到在弩末的游踪里,还能领略到这样的清歌!这时船过大中桥了,森森的水影,如黑暗张着巨口,要将我们的船吞了下去。我们回顾那渺渺的黄光,不胜依恋之情;我们感到了寂寞了!这一段地方夜色甚浓,又有两头的灯火招邀着;桥外的灯火不用说了,过了桥另有东关头疏疏的灯火。我们忽然仰头看见依人的素月,不觉深海归来之早了!走过东关头,有一两只大船湾泊着,又有几只船向我们来着。嚣嚣的一阵歌声人语,仿佛笑我们无伴的孤舟哩。东关头转湾,河上的夜色更浓了;临水的妓楼上,时时从帘缝里射出一线一线的灯光;仿佛黑暗从酣睡里眨了一眨眼。我们默然的对着,静听那汩——汩的桨声,几乎要入睡了;朦胧里却温习着适才的繁华的余味。我那不安的心在静里愈显活跃了!这时我们都有了不足之感,而我的更其浓厚。我们却又不愿回去,于是只能由懊悔而

---

① 原诗是"我为了自己的儿女才爱小孩子,为了自己的妻才爱女人"。(见《雪朝》第48页)

怅惘了。船里便满载着怅惘了。直到利涉桥下,微微嘈杂的人声,才使我豁然一惊;那光景却又不同。右岸的河房里,都大开了窗户,里面亮着晃晃的电灯,电灯的光射到水上,蜿蜒曲折,闪闪不息,正如跳舞着的仙女的臂膊。我们的船已在她的臂膊里了;如睡在摇篮里一样,倦了的我们便又入梦了。那电灯下的人物,只觉得像蚂蚁一般,更不去萦念。这是最后的梦;可惜的是最短的梦!黑暗重复落在我们面前,我们看见傍岸的空船上一星两星的,枯燥无力又摇摇不定的灯光。我们的梦醒了,我们知道就要上岸了;我们心里充满了幻灭的情思。

1923 年 10 月 11 日作完,于温州
(选自朱自清《踪迹》,上海亚东图书馆 1924 年版)

给亡妇

谦,日子真快,一眨眼你已经死了三个年头了。这三年里世事不知变化了多少回,但你未必注意这些个,我知道。你第一惦记的是你几个孩子,第二便轮着我。孩子和我平分你的世界,你在日如此;你死后若还有知,想来还如此的。告诉你,我夏天回家来着:迈儿长得结实极了,比我高一个头。闰儿父亲说是最乖,可是没有先前胖了。采芷和转子都好。五儿全家夸她长得好看;却在腿上生了湿疮,整天坐在竹床上不能下来,看了怪可怜的。六儿,我怎么说好,你明白,你临终时也和母亲谈过,这孩子是只可以养着玩儿的,他左撮右撮去年春天,到底没有撮过去。这孩子生了几个月,你的肺病就重起来了。我劝你少亲近他,只监督着老妈子照管就行。你总是忍不住,一会儿提,一会儿抱的。可是你病中为他操的那一份儿心也够瞧的。那一个夏天他病的时候多,你成天儿忙着,汤呀,药呀,冷呀,暖呀,连觉也没有好好儿睡过。那里有一分一毫想着你自己。瞧着他硬朗点儿你就乐,干枯的笑容在黄蜡般的脸上,我只有暗中叹气而已。

从来想不到做母亲的要像你这样。从迈儿起,你总是自己喂乳,一连四个都这样。你起初不知道按钟点儿喂,后来知道了,却又弄不惯;孩子们每夜里几次将你哭醒了,特别是闷热的夏季。我瞧你的觉老没睡足。白天里还得做菜,照料孩子,很少得空儿。你的身子本来坏,四个孩子就累你七八年。到了第五个,你自己实在不成了,又没乳,只好自己喂奶粉,另雇老妈子专管她。但孩子跟老妈子睡,你就没有放过心;夜里一听见哭,就竖起耳朵听,工夫一大就得过去看。十六年初,和你到北京来,将迈儿转子留在家里;三年多还不能去接他们,可真把你惦记苦了。你并不常提,我却明白。你后来说你的病就是惦记出来的;那个自然也有份儿,不过大半还是养育孩子累的。你的短短的十二年结婚生活,有十一年耗费在孩子们身上;而你一点不厌倦,有多少力量用多少,一直到自己毁灭为止。你对孩子一般儿爱,不问男的女的,大的小的。也不想到什么"养儿防老,积谷防饥",只拼命的爱去。你对于教育老实说有些外行,孩子们只要吃得好玩得好就成了。这也难怪你,你自己便是这样长大的。况且孩子们原都还小,吃和玩本来也要紧的。你病重的时候最放不下的还是孩子。病的只剩皮包着骨头了,总不信自己不会好;老说:"我死了,这一大群孩子可苦了。"后来说送你回家,你想着可以看见迈儿和转子,也愿意;你万不想到会一去不返的。我送车的时候,你忍不住哭了,说"还不知能不能再见?"可怜,你的心我知道,你满想着好好儿带着六个孩子回来见我的。谦,你那时一定这样想,一定的。

除了孩子,你心里只有我。不错,那时你父亲还在。可是你母亲死了,他另有个女人,你老早就觉得隔了一层似的。出嫁后第一年你虽还一心一意依恋着他老人家,到第二年上我和孩子可就将你的心占住,你再没有多少工夫惦记他了。你还记得第一年我在北京,你在家里。家里来信说你呆不住,常回娘家去。我动气了,马上写信责备你。你教人写了一封复信,说家里有事,不能不回去。这是你第一次也可以说第末次的抗议,我从此就没给你写信。暑假时带了一肚子主意回去,但见了面,看你一脸笑,也就拉倒了。打这时候起,你渐渐从你父亲的怀里跑到我这儿。你换了金镯子帮助我的学费,叫我以后还你;但直到你死,我没有还你。你在我家受了许多气,又因为我家的缘故受你家里的气,你都忍着。这全为的是我,我知道。那回我从家乡一个中学半途辞职出走。家里人讽你也走。那里走!只得硬着头皮往你家去。那时你家像个冰窖子,你们在窖里足足住了三个月。好容易我才将你们领出来了,一同上外省去。小家庭这样组织起来了。你虽不是什么阔小姐,可也是自小娇生惯养的。做起主妇来,什么都得干一两手;你居然做下去了,而且高高兴兴地做下去了。菜照例满是你做,可是吃的都是我们;你至多夹上两三筷子就算了。你的菜做得不坏,有一位老在行大大地夸奖过你。你洗衣服也不错,夏天我的绸大褂大概总是你亲自动手。你在家老不乐意闲着;坐前几个"月子",老是四五天就起床,说是躺着家里事没条没理的。其实你起来也还不是没条理;咱们家那么多孩子,哪儿来条理?在浙江住的时候,逃过两回兵难,我都在北平。真亏你领着母亲和一群孩子东藏西躲的;末一回还要走多少里路,翻一道大岭。这两回差不多只靠你一个人。你不但带了母亲和孩子们,还带了我一箱箱的书;你知道我是最爱书的。在短短的十二年里,你操的心比人家一辈子还多;谦,你那样身子怎么经得住!你将我的责任一股脑儿担负了去,压死了你;我如何对得起你!

你为我的捞什子书也费了不少神;第一回让你父亲的男佣人从家乡捎到上海去。他说了几句闲话,你气得在你父亲面前哭了。第二回是带着逃难,别人都说你傻子。你有你的想头:"没有书怎么教书?况且他又爱这个玩意儿。"其实你没有晓得,那些书丢了也并不可惜;不过教你怎么晓得,我平常从来没和你谈过这些个!总而言之,你的心是可感谢的。这十二年里你为我吃的苦真不少,可是没有过几天好日子。我们在一起住,算来也还不到五个年头。无论日子怎么坏,无论是离是合,你从来没对我发过脾气,连一句怨言也没有。——别说怨我,就是怨命也没有过。老实说,我的脾气可不大好,迁怒的事儿有的是。那些时候你往往抽噎着流眼泪,从不回嘴,也不号咷。不过我也只信得过你一个人,有些话我只和你一个人说,因为世界上只你一个人真关心我,真同情我。你不但为我吃苦,更为我分苦;我之有我现在的精神,大半是你给我培养着的。这些年来我很少生病。但我最不耐烦生病,生了病就呻吟不绝,闹那伺候病的人。你是领教过一回的,那回只一两点钟,可是也够麻烦了。你常生病,却总不开口,挣扎着起来;一来怕搅我,二来怕没人做你那份儿事。我有一个坏脾气,怕听人生病,也是真的。后来你天天发烧,自己还以为南方带来的疟疾,一直瞒着我。明明躺着,听见我的脚步,一骨碌就坐起来。我渐渐有些奇怪,让大夫一瞧,这可糟了,你的一个肺已烂了一个大窟窿了!大夫劝你到西山去静养,你丢不下孩子,又舍不得钱;劝你在家里躺着,你也丢不下那份儿家务。越看越不行了,这才送你回去。明知凶多吉少,想不到只一个月工夫你就完了!本来盼望还见得着你,这一来可拉倒了。你也何尝想到这个?父亲告诉我,你回家独住着一所小住宅,还嫌没有客厅,怕我回去不便哪。

  前年夏天回家,上你坟上去了。你睡在祖父母的下首,想来还不孤单的。只是当年祖父母的圹太小了,你正睡在圹底下。这叫做"抗圹",在生人看来是不安心的;等着想办法罢。那时圹上圹下密密地长着青草,朝露浸湿了我的布鞋。你刚埋了半年多,只有圹下多出一块土,别的全然看不出新坟的样子。我和隐今夏回去,本想到你的坟上来;因为她病了,没来成。我们想告诉你,五个孩子都好,我们一定尽心教养他们,让他们对得起死了的母亲——你!谦,好好儿放心安睡罢,你。

1932年10月

(选自《朱自清全集》第1卷,江苏教育出版社1988年版)

周作人

故乡的野菜

我的故乡不止一个,凡我住过的地方都是故乡。故乡对于我并没有什么特别的情分,只因钓于斯游于斯的关系,朝夕会面,遂成相识,正如乡村里的邻舍一样,虽然不是亲属,别后有时也要想念到他。我浙东住过十几年,南京东京都住过六年,这都是我的故乡;现在住在北京,于是北京就成了我的家乡了。

日前我的妻往西单市场买菜回来,说起有荠菜在那里卖着,我便想起浙东的事来。荠菜是浙东人春天常吃的野菜,乡间不必说,就是城里只要有后园的人家都可以随时采食,妇女小儿各拿一把剪刀一只"苗篮",蹲在地上搜寻,是一种有趣味的游戏的工作。那时小孩们唱道,"荠菜马兰头,姊姊嫁在后门头。"后来马兰头有乡人拿来进城售卖了,但荠菜还是一种野菜,须得自家去采。关于荠菜向来颇有风雅的传说,不过这似乎以吴地为主。《西湖游览志》云,"三月三日男女皆戴荠菜花。谚云,三春戴荠花,桃李羞繁华。"顾禄的《清嘉录》上亦说,"荠菜花俗呼野菜花,因谚有三月三蚂蚁上灶山之语,三日人家皆以野菜花置灶陉上,以厌虫蚁,侵晨村童叫卖不绝。或妇女簪髻上以祈清目,俗号眼亮花。"但浙东却不很理会这些事情,只是挑来做菜或炒年糕吃罢了。

黄花麦果通称鼠曲草,系菊科植物,叶小微圆互生,表面有白毛,花黄色,簇生梢头。春天采嫩叶,捣烂去汁,和粉作糕,称黄花麦果糕。小孩们有歌赞美之云,

> 黄花麦果韧结结,
> 关得大门自要吃;
> 半块拿弗出,一块自要吃。

清明前后扫墓时,有些人家——大约是保存古风的人家——用黄花麦果做供,但不作饼状,做成小颗如指顶大,或细条如小指,以五六个作一攒,名曰茧果,不知是什么意思,或因蚕上山时设祭,也用这种食品,故有是称,亦未可知。自从十二三岁时外出不参与外祖家扫墓以后,不复见过茧果,近

来住在北京，也不再见黄花麦果的影子了。日本称为"御形"，与荠菜同为春天的七草之一，也采来做点心用，状如艾饺，名曰"草饼"，春分前后多食之，在北京也有，但是吃去总是日本风味，不复是儿时的黄花麦果糕了。

扫墓时候所常吃的还有一种野菜，俗名草紫，通称紫云英。农人在收获后，播种田内，用作肥料，是一种很被贱视的植物，但采取嫩茎瀹食，味颇鲜美，似豌豆苗。花紫红色，数十亩接连不断，一片锦绣，如铺着华美的地毯，非常好看，而且花朵状若蝴蝶，又如鸡雏，尤为小孩所喜。间有白色的花，相传可以治痢，很是珍重，但不易得。日本《俳句大辞典》云，"此草与蒲公英同是习见的东西，从幼年时代便已熟识，在女人里边，不曾采过紫云英的人，恐未必有罢。"中国古来没有花环，但紫云英的花球却是小孩常玩的东西，这一层我还替那些小人们欣幸的。浙东扫墓用鼓吹，所以少年们常随了乐音去看"上坟船里的姣姣"；没有钱的人家虽没有鼓吹，但是船头上篷窗下总露出些紫云英和杜鹃的花束，这也就是上坟船的确实的证据了。

1924 年 2 月

（选自《雨天的书》，北新书局 1925 年版）

谈　　酒

　　这个年头儿,喝酒倒是很有意思的。我虽是京兆人,却生长在东南的海边,是出产酒的有名地方。我的舅父和姑父家里时常做几缸自用的酒,但我终于不知道酒是怎么做法,只觉得所用的大约是糯米,因为儿歌里说,"老酒糯米做,吃得变nionio"——末一字是本地叫猪的俗语。做酒的方法与器具似乎都很简单,只有煮的时候的手法极不容易,非有经验的工人不办,平常做酒的人家大抵聘请一个人来,俗称"酒头工",以自己不能喝酒者为最上,叫他专管鉴定煮酒的时节。有一个远房亲戚,我们叫他"七斤公公",——他是我舅父的族叔,但是在他家里做短工,所以舅母只叫他作"七斤老",有时也听见她叫"老七斤",是这样的酒头工,每年去帮人家做酒,他喜吸旱烟,说玩话,打马将,但是不大喝酒(海边的人喝一两碗是不算能喝,照市价计算也不值十文钱的酒),所以生意很好,时常跑一二百里路被招到诸暨嵊县去。据他说这实在并不难,只须走到缸边屈着身听,听见里边起泡的声音切切察察的,好像是螃蟹吐沫(儿童称为蟹煮饭)的样子,便拿来煮就得了;早一点酒还未成,迟一点就变酸了。但是怎么是恰好的时期,别人仍不能知道,只有听熟的耳朵才能够断定,正如骨董家的眼睛辨别古物一样。

　　大人家饮酒多用酒钟,以表示其斯文,实在是不对的。正当的喝法是用一种酒碗,浅而大,底有高足,可以说是古已有之的香宾杯。平常起码总是两碗,合一"串筒",价值似是六文一碗。串筒略如倒写的凸字,上下部如一与三之比,以洋铁为之,无盖无嘴,可倒而不可筛,据好酒家说酒以倒为正宗,筛出来的不大好吃。唯酒保好于量酒之前先"荡"(置于水器内,摇荡而洗涤之谓)串筒,荡后往往将清水之一部留在筒内,客嫌酒淡,常起争执,故喝酒老手必先戒堂倌以勿荡串筒,并监视其量好放在温酒架上。能饮者多索竹叶青,通称曰"本色","元红"系状元红之略,则着色者,唯外行人喜饮之。在外省有所谓花雕者,唯本地酒店中却没有这样东西。相传昔时人家生女,则酿酒贮花雕(一种有花纹的酒坛)中,至女儿出嫁时用以饷客,但此风今已不存,嫁女时偶用花雕,也只临时买元红充数,饮者不以为珍品。有些喝酒的人预备家酿,却有极好的,每年做醇酒若干坛,按次第埋园中,二十年后掘取，即每岁皆得饮二十年陈的老酒了。此种陈酒例不发售，故无处可买，我只有一回在旧日业师家里喝过这样好酒，至今还不曾忘记。

　　我既是酒乡的一个土著，又这样的喜欢谈酒，好像一定是个与"三酉"结不解缘的酒徒了。其实却大不然。我的父亲是很能喝酒的，我不知道他可以喝多少，只记得他每晚用花生米水果等下酒，且喝且谈天，至少要花费两点钟，恐怕所喝的酒一定很不少了。但我却是不肖，不，或者可以说有志未逮，因为我很喜欢喝酒而不会喝，所以每逢酒宴我总是第一个醉与脸红的。自从辛酉患病后，医生叫我喝酒以代药饵，定量是勃阑地每回二十格阑姆，蒲桃酒与老酒等倍之，六年以后酒量一点没有进步，到现在只要喝下一百格阑姆的花雕，便立刻变成关夫子了（以前大家笑谈称作"赤化"，此刻自然应当谨慎，虽然是说笑话）。有些有不醉之量的，愈饮愈是脸白的朋友，我觉得非常可以欣羡，只可惜他们愈能喝酒便愈不肯喝酒，好像是美人之不肯显示她的颜色，这实在是太不应该了。

　　黄酒比较的便宜一点，所以觉得时常可以买喝，其实别的酒也未尝不好。白干于我未免过凶一点，我喝了常怕口腔内要起泡，山西的汾酒与北京的莲花白虽然可喝少许，也总觉得不很和善。日本的清酒我颇喜欢，只是仿佛新酒模样，味道不很静定。蒲桃酒与橙皮酒都很可口，但我以为最好的还是勃阑地。我觉得西洋人不很能够了解茶的趣味，至于酒则很有工夫，决不下于中国。天天喝洋酒当然是一个大的漏卮，正如吸烟卷一般，但不必一定进国货党，咬定牙根要抽净丝，随便喝一点什么酒其实都是无所不可的，至少是我个人这样的想。

　　喝酒的趣味在什么地方？这个我恐怕有点说不明白。有人说，酒的乐趣是在醉后的陶然的境界。但我不很了解这个境界是怎样的，因为我自饮酒以来似乎不大陶然过，不知怎的我的醉大抵都只是生理的，而不是精神的陶醉。所以照我说来，酒的趣味只是在饮的时候，我想悦乐大抵在做的这一刹那，倘若说是陶然那也当是杯在口的一刻罢。醉了，困倦了，或者应当休息一会儿，也是很安舒的，却未必能说酒的真趣是在此间。昏迷，梦魇，呓语，或是忘却现世忧患之一法门；其实这也是有限的，倒还不如把宇宙性命都投在一口美酒里的耽溺之力还要强大。我喝着酒，一面也怀着"杞天之虑"，生恐强硬的礼教反动之后将引起颓废的风气，结果是借醇酒妇人以避礼教的迫害，沙宁（Sanin）时代的出现不是不可能的。但是，或者在中国什么运动都未必彻底成功，青年的反拨力也未必怎么强盛，那么杞天终于只是杞天，仍旧能够让我们喝一口非耽溺的酒也未可知。倘若如此，那时喝酒又一定另外觉得很有意思了罢？

1926 年 6 月 20 日，于北京

（选自《泽泻集》，北新书局 1927 年版）

结缘豆

范寅《越谚》卷中风俗门云："结缘，各寺庙佛生日散钱与丐，送饼与人，名此。"

郭崇《燕京岁时记》有《舍缘豆》一条云："四月八日，都人之好善者取青黄豆数升，宣佛号而拈之，拈毕煮熟，散之市人，谓之舍缘豆，预结来世缘也。谨按《日下旧闻考》，京师僧人念佛号者辄以豆记其数，至四月八日佛诞生之辰，煮豆微撒以盐，邀人于路请食之以为结缘，今尚沿其旧也。"

刘玉书《常谈》卷一云："都南北多名刹，春夏之交，士女云集，寺僧之青夹白面而年少者着鲜衣华屦，托朱漆盘，贮五色香花豆，蹀躞于妇女襟袖之间以献之，名曰结缘，妇女亦多嬉取者。适一僧至少妇前奉之甚殷，妇慨然大言曰，良家妇不愿与寺僧结缘。左右皆失笑，群妇赧然缩手而退。"

就上边所引的话看来，这结缘的风俗在南北都有，虽然情形略有不同。小时候在会稽家中常吃到很小的烧饼，说是结缘分来的，范啸风所说的饼就是这个。这种小烧饼与"洞里火烧"的烧饼不同，大约直径一寸，高约五分，馅用椒盐，以小皋步的为最有名，平常二文钱一个，底有两个窟窿，结缘用的只有一孔，还要小得多，恐怕还不到一文钱吧。北京用豆，再加上念佛，觉得很有意思，不过二十年来不曾见过有人拿了盐煮豆沿路邀吃，也不听说浴佛日寺庙中有此种情事，或者现已废止亦未可知，至于小烧饼如何，则我因离乡里已久不能知道，据我推想或尚在分送，盖主其事者多系老太婆们，而老太婆者乃是天下最有闲而富于保守性者也。

结缘的意义何在？大约是从佛教进来以后，中国人很看重缘，有时候还至于说得很有点神秘，几乎近于命数。如俗语云，有缘千里来相会，无缘对面不相逢，又小说中狐鬼往来，末了必云缘尽矣，乃去。敦礼臣所云预结来世缘，即是此意。其实说得浅淡一点，或更有意思，例如唐伯虎之三笑，才是很好的缘，不必于冥冥中去找红绳缚脚也。我很喜欢佛教里的两个字，曰业曰缘，觉得颇能说明人世间的许多事情，仿佛与遗传及环境相似，却更带一点儿诗意。日本无名氏诗句云："虫呵虫呵，难道你叫着，业便会尽了吗？"这业的观念太是冷而且沉重，我平常笑禅宗和尚那么超脱，却还挂念腊月二十八，觉得生死事大也不必那么操心，可是听见知了在树上喳喳地叫，不禁心里发沉，真感得这件事恐怕非是涅槃是没有救的了。缘的意思便比较的温和得多，虽不是三笑那么圆满也总是有人情的，即使如库普林在《晚间来客》所说，偶然在路上看见一只黑眼睛，以至梦想颠倒，究竟逃不出是春叫猫儿猫叫春的圈套，却也还好玩些，此所以人家虽怕造业而不惜作缘欤？若结缘者又买烧饼煮黄豆，逢人便邀，则更十分积极矣，我觉得很有兴趣者盖以此故也。

为什么这样的要结缘的呢？我想，这或者由于不安于孤寂的缘故吧。富贵子嗣是大众的愿望，不过这都有地方可以去求，如财神送子娘娘等处，然而此外还有一种苦痛却无法解除，即是上文所说的人生的孤寂。孔子曾说过，鸟兽不可与同群，吾非斯人之徒而谁与。人是喜群的，但他往往在人群中感到不可堪的寂寞，有如在庙会时挤在潮水般的人丛里，特别象是一片树叶，与一切绝缘而孤立着。念佛号的老公公老婆婆也不会不感到，或者比平常人还要深切吧，想用什么仪式来施行祓除，列位莫笑他们这几颗豆或小烧饼，有点近似小孩们的"办人家"，实在却是圣餐的面包葡萄酒似的一种象征，很寄存着深重的情谊呢。我们的确彼此太缺少缘分，假如可能实有多结之必要，因此我对于那些好善者着实同情，而且大有加入的意思，虽然青头白面的和尚我与刘青园同样的讨厌，觉得不必与他们去结缘，而朱漆盘中的五色香花豆盖亦本来不是献给我辈者也。

我现在去念佛拈豆，这自然是可以不必了，姑且以小文章代之耳。我写文章，平常自己怀疑，这是为什么的：为公乎，为私乎？一时也有点说不上来。钱振锽《名山小言》卷七有一节云："文章有为我兼爱之不同。为我者只取我自家明白，虽无第二人解，亦何伤哉，老子古简，庄生诡诞，皆是也。兼爱者必使我一人之心共喻于天下，语不尽不止，孟子详明，墨子重复，是也。《论语》多弟子所记，故语意亦简，孔子诲人不倦，其语必不止此。或怪孔明文采不艳而过于丁宁周至，陈寿以为亮所与言尽众人凡士云云，要之皆文之近于兼爱者也。诗亦有之，王孟闲适，意取含蓄，乐天讽喻，不妨尽言。"这一节话说得很好，可是想拿来应用却不很容易，我自己写文章是属于哪一派的呢？说兼爱固然够不上，为我也未必然，似乎这里有点儿缠夹，而结缘的豆乃仿佛似之，岂不奇哉。写文章本来是为自己，但他同时要一个看的对手，这就不能完全与人无关系，盖写文章即是不甘寂寞，无论怎样写得难懂意思里也总期待有第二人读，不过对于他没有过大的要求，即不必要他来做喽啰而已。煮豆微撒以盐而给人吃之，岂必要索厚偿，来生以百豆报我，但只愿有此微末情分，相见时好生看待，不至怅怅来去耳。古人往矣，身后名亦复何足道，唯留存二三佳作，使今人读之欣然有同感，斯已足矣，今人之所能留赠后人者亦止此，此均是豆也。几颗豆豆，吃过忘记未为不可，能略为记得,无论转化作何形状,都是好的,我想这恐怕是文艺的一点效力,他只是结点缘罢了。我却觉得很是满足,此外不能有所希求,而且过此也就有点不大妥当,假如想以文艺为手段去达别的目的,那又是和尚之流矣,夫求女人的爱亦自有道,何为舍正路而不由,乃托一盘豆以图之,此则深为不佞所不能赞同者耳。

1936年9月8日,在北平
(选自《瓜豆集》)

胡 适

差不多先生传

你知道中国最有名的人是谁？

提起此人，人人皆晓，处处闻名。

他姓差，名不多，是各省各县各村人氏。你一定见过他，一定听过别人谈起他。差不多先生的名字天天挂在大家的口头，因为他是中国全国人的代表。差不多先生的相貌和你和我都差不多。他有一双眼睛，但看的不很清楚；有两只耳朵，但听的不很分明；有鼻子和嘴，但他对于气味和口味都不很讲究。他的脑子也不小，但他的记性却不很精明，他的思想也不很细密。

他常常说："凡事只要差不多，就好了。何必太精明呢？"

他小的时候，他妈叫他去买红糖，他买了白糖回来。他妈骂他，他摇摇头道："红糖白糖不是差不多吗？"

他在学堂的时候，先生问他："直隶省的西边是那一省？"他说是陕西。先生说："错了。是山西，不是陕西。"他说："陕西同山西不是差不多吗？"

后来他在一个钱铺里做伙计；他也会写，也会算，只是总不会精细。十字常常写成千字，千字常常写成十字。掌柜的生气了，常常骂他。他只笑嘻嘻地赔小心道："千字比十字只多一小撇，不是差不多吗？"

有一天，他为了一件要紧的事，要搭火车到上海去。他从从容容地走到火车站，迟了两分钟，火车已开走了。他白瞪着眼，望着远远地火车上的煤烟，摇摇头道："只好明天再走了。今天走同明天走，也还差不多。可是火车公司未免太认真了。八点三十分开，同八点三十二分开，不是差不多吗？"他一面说，一面慢慢地走回家，心里总不很明白为什么火车不肯等他两分钟。

有一天，他忽然得了急病，赶快叫家人去请东街的汪医生。那家人急急忙忙地跑去，一时寻不着东街汪大夫，却把西街的牛医王大夫请来了。差不多先生病在床上，知道寻错了人；但病急了，身上痛苦，心里焦急，等不得了，心里想道："好在王大夫同汪大夫也差不多，让他试试看罢。"于是这位牛医王大夫走近床前，用医牛的法子给差不多先生治病。不上一点钟，差不多先生就一命呜呼了。

差不多先生差不多要死的时候,一口气断断续续地说道:"活人同死人也差……差……差不多……凡事只要……差……差……不多……就……好了……何……何……必……太……太……认真呢?"他说完了这句格言,方才绝气了。

他死后,大家都很称赞差不多先生样样事情看得破,想得通;大家都说他一生不肯认真,不肯算账,不肯计较,真是一位有德行的人;于是大家给他取个死后的法号,叫他做圆通大师。

他的名誉越传越远,越久越大。无数无数的人都学他的榜样。于是人人都成了一个差不多先生。——然而中国从此就成了一个懒人国了。

(选自《申报》1924年6月28日)

鲁　迅

影的告别

人睡到不知道时候的时候,就会有影来告别,说出那些话——
有我所不乐意的在天堂里,我不愿去;有我所不乐意的在地狱里,我不愿去;
有我所不乐意的在你们将来的黄金世界里,我不愿去。
然而你就是我所不乐意的。
朋友,我不想跟随你了,我不愿住。
我不愿意!
呜乎呜乎,我不愿意,我不如彷徨于无地。
我不过一个影,要别你而沉没在黑暗里了。然而黑暗又会吞并我,然而光明又会使我消失。
然而我不愿彷徨于明暗之间,我不如在黑暗里沉没。
然而我终于彷徨于明暗之间,我不知道是黄昏还是黎明。我姑且举灰黑的手装作喝干一杯酒,我将在不知道时候的时候独自远行。
呜乎呜乎,倘若黄昏,黑夜自然会来沉没我,否则我要被白天消失,如果现在是黎明。
朋友,时候近了。
我将向黑暗里彷徨于无地。
你还想我的赠品。我能献你甚么呢?无已,则仍是黑暗和虚空而已。但是,我愿意只是黑暗,或者会消失于你的白天;我愿意只是虚空,决不占你的心地。
我愿意这样,朋友——
我独自远行,不但没有你,并且再没有别的影在黑暗里。只有我被黑暗沉没,那世界全属于我自己。

1924 年 9 月 24 日

(选自 1924 年 12 月 8 日《语丝》第 4 期)

春末闲谈

北京正是春末,也许我过于性急之故罢,觉着夏意了,于是突然记起故乡的细腰蜂。那时候大约是盛夏,青蝇密集在凉棚索子上,铁黑色的细腰蜂就在桑树间或墙角的蛛网左近往来飞行,有时衔一支小青虫去了,有时拉一个蜘蛛。青虫或蜘蛛先是抵抗着不肯去,但终于乏力,被衔着腾空而去了,坐了飞机似的。

老前辈们开导我,那细腰蜂就是书上所说的果蠃,纯雌无雄,必须捉螟蛉去做继子的。她将小青虫封在窠里,自己在外面日日夜夜敲打着,祝道"像我像我",经过若干日,——我记不清了,大约七七四十九日罢,——那青虫也就成了细腰蜂了,所以《诗经》里说:"螟蛉有子,果蠃负之。"螟蛉就是桑上小青虫。蜘蛛呢?他们没有提。我记得有几个考据家曾经立过异说,以为她其实自能生卵;其捉青虫,乃是填在窠里,给孵化出来的幼蜂做食料的。但我所遇见的前辈们都不采用此说,还道是拉去做女儿。我们为存留天地间的美谈起见,倒不如这样好。当长夏无事,遭暑林阴,瞥见二虫一拉一拒的时候,便如睹慈母教女,满怀好意,而青虫的宛转抗拒,则活像一个不识好歹的毛鸦头。

但究竟是夷人可恶,偏要讲什么科学。科学虽然给我们许多惊奇,但也搅坏了我们许多好梦。自从法国的昆虫学大家发勃耳(Fabre)仔细观察之后,给幼蜂做食料的事可就证实了。而且,这细腰蜂不但是普通的凶手,还是一种很残忍的凶手,又是一个学识技术都极高明的解剖学家。她知道青虫的神经构造和作用,用了神奇的毒针,向那运动神经球上只一螫,它便麻痹为不死不活状态,这才在它身上生下蜂卵,封入窠中。青虫因为不死不活,所以不动,但也因为不活不死,所以不烂,直到她的子女孵化出来的时候,这食料还和被捕当日一样的新鲜。

三年前,我遇见神经过敏的俄国E君,有一天他忽然发愁道,不知道将来的科学家,是否不至于发明一种奇妙的药品,将这注射在谁的身上,则这人即甘心永远去做服役和战争的机器了?那时我也就皱眉叹息,装作一齐发愁的模样,以示"所见略同"之至意,殊不知我国的圣君,贤臣,圣贤,圣贤之徒,却早已有过这一种黄金世界的理想了。不是"唯辟作福,唯辟作威,唯辟玉食"么？不是"君子劳心，小人劳力"么？不是"治于人者食（去声）人，治人者食于人"么？可惜理论虽已卓然，而终于没有发明十全的好方法。要服从作威就须不活，要贡献玉食就须不死；要被治就须不活，要供养治人者又须不死。人类升为万物之灵，自然是可贺的，但没有了细腰蜂的毒针，却很使圣君，贤臣，圣贤，圣贤之徒，以至现在的阔人，学者，教育家觉得棘手。将来未可知，若已往，则治人者虽然尽力施行过各种麻痹术，也还不能十分奏效，与果蠃并驱争先。即以皇帝一伦而言，便难免时常改姓易代，终没有"万年有道之长"；"二十四史"而多至二十四，就是可悲的铁证。现在又似乎有些别开生面了，世上诞生了一种所谓"特殊知识阶级"的留学生，在研究室中研究之结果，说医学不发达是有益于人种改良的，中国妇女的境遇是极其平等的，一切道理都已不错，一切状态都已够好。E君的发愁，或者也不为无因罢，然而俄国是不要紧的，因为他们不像我们中国，有所谓"特别国情"，还有所谓"特殊知识阶级"。

但这种工作，也怕终于像古人那样，能十分奏效的罢，因为这实在比细腰蜂所做的要难得多。她于青虫，只须不动，所以仅在运动神经球上一螫，即告成功。而我们的工作，却求其能运动，无知觉，该在知觉神经中枢，加以完全的麻醉的。但知觉一失，运动也就随之失却主宰，不能贡献玉食，恭请上自"极峰"下至"特殊知识阶级"的赏收享用了。就现在而言，窃以为除了遗老的圣经贤传法，学者的进研究室主义，文学家和茶摊老板的莫谈国事律，教育家的勿视勿听勿言勿动论之外，委实还没有更好，更完全，更无流弊的方法。便是留学生的特别发见，其实也并未轶出了前贤的范围。

那么，又要"礼失而求诸野"了。夷人，现在因为想去取法，姑且称之为外国，他那里，可有较好的法子么？可惜，也没有。所有者，仍不外乎不准集会，不许开口之类，和我们中华并没有什么很不同。然亦可见至道嘉猷，人同此心，心同此理，固无华夷之限也。猛兽是单独的，牛羊则结队；野牛的大队，就会排角成城以御强敌了，但拉开一匹，定只能牟牟地叫。人民与牛马同流，——此就中国而言，夷人别有分类法云，——治之之道，自然应该禁止集合：这方法是对的。其次要防说话。人能说话，已经是祸胎了，而况有时还要做文章。所以仓颉造字，夜有鬼哭。鬼且反对，而况于官？猴子不会说话，猴界即向无风潮，——可是猴界中也没有官，但这又作别论，——确应该虚心取法，反朴归真，则口且不开，文章自灭；这方法也是对的。然而上文也不过就理论而言，至于实效，却依然是难说。最显著的例，是连那么专制的俄国，而尼古拉二世"龙御上宾"之后，罗马诺夫氏竟已"覆宗绝祀"了。要而言之，那大缺点就在虽有二大良法，而还缺其一，便是：无法禁止人们的思想。

于是我们的造物主——假如天空真有这样的一位"主子"——就可恨了:一恨其没有永远分清"治者"与"被治者";二恨其不给治者生一枝细腰蜂那样的毒针;三恨其不将被治者造得即使砍去了藏着的思想中枢的脑袋而还能动作——服役。三者得一,阔人的地位即永久稳固,统御也永久省了气力,而天下于是乎太平。今也不然,所以即使单想高高在上,暂时维持阔气,也还得日施手段,夜费心机,实在不胜其委屈劳神之至……。

假使没有了头颅,却还能做服役和战争的机械,世上的情形就何等地醒目呵!这时再不必用什么制帽勋章来表明阔人和窄人了,只要一看头之有无,便知道主奴,官民,上下,贵贱的区别。并且也不至于再闹什么革命,共和,会议等等的乱子了,单是电报,就要省下许多许多来。古人毕竟聪明,仿佛早想到过这样的东西,《山海经》上就记载着一种名叫"刑天"的怪物。他没有了能想的头,却还活着,"以乳为目,以脐为口",——这一点想得很周到,否则他怎么看,怎么吃呢,——实在是很值得奉为师法的。假使我们的国民都能这样,阔人又何等安全快乐?但他又"执干戚而舞",则似乎还是死也不肯安分,和我那专为阔人图便利而设的理想底好国民又不同。陶潜先生又有诗道:"刑天舞干戚,猛志固常在。"连这位貌似旷达的老隐士也这么说,可见无头也会仍有猛志,阔人的天下一时总怕难得太平的了。但有了太多的"特殊知识阶级"的国民,也许有特在例外的希望;况且精神文明太高了之后,精神的头就会提前飞去,区区物质的头的有无也算不得什么难问题。

1925 年 4 月 22 日

(选自 1925 年 4 月 24 日《莽原》第 1 期,署名冥昭)

小品文的危机

仿佛记得一两月之前,曾在一种日报上见到记载着一个人的死去的文章,说他是收集"小摆设"的名人,临末还有依稀的感喟,以为此人一死,"小摆设"的收集者在中国怕要绝迹了。

但可惜我那时不很留心,竟忘记了那日报和那收集家的名字。

现在的新的青年恐怕也大抵不知道什么是"小摆设"了。但如果他出身旧家,先前曾有玩弄翰墨的人,则只要不很破落,未将觉得没用的东西卖给旧货担,就也许还能在尘封的废物之中,寻出一个小小的镜屏,玲珑剔透的石块,竹根刻成的人像,古玉雕出的动物,锈得发绿的铜铸的三脚癞虾蟆:这就是所谓"小摆设"。先前,它们陈列在书房里的时候,是各有其雅号的,譬如那三脚癞虾蟆,应该称为"蟾蜍砚滴"之类,最末的收集家一定都知道,现在呢,可要和它的光荣一同消失了。

那些物品,自然决不是穷人的东西,但也不是达官富翁家的陈设,他们所要的,是珠玉扎成的盆景,五彩绘画的磁瓶。那只是所谓士大夫的"清玩"。在外,至少必须有几十亩膏腴的田地,在家,必须有几间幽雅的书斋;就是流寓上海,也一定得生活较为安闲,在客栈里有一间长包的房子,书桌一顶,烟榻一张,瘾足心闲,摩挲赏鉴。然而这境地,现在却已经被世界的险恶的潮流冲得七颠八倒,像狂涛中的小船似的了。

然而就是在所谓"太平盛世"罢,这"小摆设"原也不是什么重要的物品。在方寸的象牙版上刻一篇《兰亭序》,至今还有"艺术品"之称,但倘将这挂在万里长城的墙头,或供在云冈的丈八佛像的足下,它就渺小得看不见了,即使热心者竭力指点,也不过令观者生一种滑稽之感。何况在风沙扑面,狼虎成群的时候,谁还有这许多闲工夫,来赏玩琥珀扇坠,翡翠戒指呢。他们即使要悦目,所要的也是耸立于风沙中的大建筑,要坚固而伟大,不必怎样精;即使要满意,所要的也是匕首和投枪,要锋利而切实,用不着什么雅。

美术上的"小摆设"的要求,这幻梦是已经破掉了,那日报上的文章的作者,就直觉地知道。然而对于文学上的"小摆设"——"小品文"的要求,却正在越加旺盛起来,要求者以为可以靠着低诉或微吟,将粗犷的人心,磨得渐渐的平滑。这就是想别人一心看着《六朝文絜》,而忘记了自己是抱在黄河决口之后,淹得仅仅露出水面的树梢头。

但这时却只用得着挣扎和战斗。

而小品文的生存,也只仗着挣扎和战斗的。晋朝的清言,早和它的朝代一同消歇了。唐末诗风衰落,而小品放了光辉。但罗隐的《谗书》,几乎全部是抗争和愤激之谈;皮日休和陆龟蒙自以为隐士,别人也称之为隐士,而看他们在《皮子文薮》和《笠泽丛书》中的小品文,并没有忘记天下,正是一塌胡涂的泥塘里的光彩和锋铓。明末的小品虽然比较的颓放,却并非全是吟风弄月,其中有不平,有讽刺,有攻击,有破坏。这种作风,也触着了满洲君臣的心病,费去许多助虐的武将的刀锋,帮闲的文臣的笔锋,直到乾隆年间,这才压制下去了。以后呢,就来了"小摆设"。

"小摆设"当然不会有大发展。到五四运动的时候,才又来了一个展开,散文小品的成功,几乎在小说戏曲和诗歌之上。这之中,自然含着挣扎和战斗,但因为常常取法于英国的随笔(Essay),所以也带一点幽默和雍容;写法也有漂亮和缜密的,这是为了对于旧文学的示威,在表示旧文学之自以为特长者,白话文学也并非做不到。以后的路,本来明明是更分明的挣扎和战斗,因为这原是萌芽于"文学革命"以至"思想革命"的。但现在的趋势,却在特别提倡那和旧文章相合之点,雍容,漂亮,缜密,就是要它成为"小摆设",供雅人的摩挲,并且想青年摩挲了这"小摆设",由粗暴而变为风雅了。

然而现在已经更没有书桌;鸦片虽然已经公卖,烟具是禁止的,吸起来还是十分不容易。想在战地或灾区里的人们来鉴赏罢——谁都知道是更奇怪的幻梦。这种小品,上海虽正在盛行,茶话酒谈,遍满小报的摊子上,但其实是正如烟花女子,已经不能在弄堂里拉扯她的生意,只好涂脂抹粉,在夜里蹩到马路上来了。

小品文就这样的走到了危机。但我所谓危机,也如医学上的所谓"极期"(Crisis Krisis)一般,是生死的分歧,能一直得到死亡,也能由此至于恢复。麻醉性的作品,是将与麻醉者和被麻醉者同归于尽的。生存的小品文,必须是匕首,是投枪,能和读者一同杀出一条生存的血路的东西;但自然,它也能给人愉快和休息,然而这并不是"小摆设",更不是抚慰和麻痹,它给人的愉快和休息是休养,是劳作和战斗之前的准备。

8月27日

(选自 1933 年 10 月 1 日《现代》第 3 卷第 6 期)

过　　客①

时：
　　或一日的黄昏。
地：
　　或一处。
人：
　　老翁——约七十岁，白须发，黑长袍。
　　女孩——约十岁，紫发，乌眼珠，白地黑方格长衫。
　　过客——约三四十岁，状态困顿倔强，眼光阴沉，黑须，乱发，黑色短衣裤皆破碎，赤足着破鞋，胁下挂一个口袋，支着等身②的竹杖。

　　东，是几株杂树和瓦砾；西，是荒凉破败的丛葬；其间有一条似路非路的痕迹。一间小土屋向这痕迹开着一扇门；门侧有一段枯树根。

　　（女孩正要将坐在树根上的老翁搀起。）
翁——孩子。喂，孩子！怎么不动了呢？
孩——（向东望着，）有谁走来了，看一看罢。
翁——不用看他。扶我进去罢。太阳要下去了。
孩——我，——看一看。
翁——唉，你这孩子！天天看见天，看见土，看见风，还不够好看么？什么也不比这些好看。你偏是要看谁。太阳下去时候出现的东西，不会给你什么好处的。……还是进去罢。
孩——可是，已经近来了。阿阿，是一个乞丐。
翁——乞丐？不见得罢。
　　（过客从东面的杂树间跄踉走出，暂时踌躇之后，慢慢地走近老翁去。）
客——老丈，你晚上好？
翁——阿，好！托福。你好？
客——老丈，我实在冒昧，我想在你那里讨一杯水喝。我走得渴极了。

---

① 本篇最初发表于 1925 年 3 月 9 日《语丝》周刊第 17 期。
② 和身材一样高。

这地方又没有一个池塘,一个水洼。

翁——唔,可以可以。你请坐罢。(向女孩)孩子,你拿水来,杯子要洗干净。

(女孩默默地走进土屋去。)

翁——客官,你请坐。你是怎么称呼的?

客——称呼?——我不知道。从我还能记得的时候起,我就只一个人。我不知道我本来叫什么。我一路走,有时人们也随便称呼我,各式各样地,我也记不清楚了,况且相同的称呼也没有听到过第二回。

翁——阿阿。那么,你是从那里来的呢?

客——(略略迟疑,)我不知道。从我还能记得的时候起,我就在这么走。

翁——对了。那么,我可以问你到那里去么?

客——自然可以。——但是,我不知道。从我还能记得的时候起,我就在这么走,要走到一个地方去,这地方就在前面。我单记得走了许多路,现在来到这里了。我接着就要走向那边去,(西指,)前面!

(女孩小心地捧出一个木杯来,递去。)

客——(接杯,)多谢,姑娘。(将水两口喝尽,还杯,)多谢,姑娘。这真是少有的好意。我真不知道应该怎样感激!

翁——不要这么感激。这于你是没有好处的。

客——是的,这于我没有好处。可是我现在很恢复了些力气了。我就要前去。老丈,你大约是久住在这里的,你可知道前面是怎么一个所在么?

翁——前面?前面,是坟①。

客——(诧异地,)坟?

孩——不,不,不的。那里有许多许多野百合,野蔷薇,我常常去玩,去看他们的。

客——(西顾,仿佛微笑,)不错。那些地方有许多许多野百合,野蔷薇,我也常常去玩过,去看过的。但是,那是坟。(向老翁,)老丈,走完了那坟地之后呢?

翁——走完之后?那我可不知道。我没有走过。

客——不知道?!

孩——我也不知道。

翁——我单知道南边;北边;东边,你的来路。那是我最熟悉的地方,也许倒是于你们最好的地方。你莫怪我多嘴,据我看来,你已经这么劳顿了,还不如回转去,因为你前去也料不定可能走完。

客——料不定可能走完?……(沉思,忽然惊起,)那不行!我只得走。

---

① 作者在《写在〈坟〉后面》中说:"我只很确切地知道一个终点,就是:坟。然而这是大家都知道的,无须谁指引。问题是在从此到那的道路。那当然不只一条,我可正不知那一条好,虽然至今有时也还在寻求。"

回到那里去,就没一处没有名目,没一处没有地主,没一处没有驱逐和牢笼,没一处没有皮面的笑容,没一处没有眶外的眼泪。我憎恶他们,我不回转去!

翁——那也不然。你也会遇见心底的眼泪,为你的悲哀。

客——不。我不愿看见他们心底的眼泪,不要他们为我的悲哀!

翁——那么,你,(摇头,)你只得走了。

客——是的,我只得走了。况且还有声音常在前面催促我,叫唤我,使我息不下。可恨的是我的脚早经走破了,有许多伤,流了许多血。(举起一足给老人看,)因此,我的血不够了;我要喝些血。但血在那里呢?可是我也不愿意喝无论谁的血。我只得喝些水,来补充我的血。一路上总有水,我倒也并不感到什么不足。只是我的力气太稀薄了,血里面太多了水的缘故罢。今天连一个小水洼也遇不到,也就是少走了路的缘故罢。

翁——那也未必。太阳下去了,我想,还不如休息一会的好罢,像我似的。

客——但是,那前面的声音叫我走。

翁——我知道。

客——你知道?你知道那声音么?

翁——是的。他似乎曾经也叫过我。

客——那也就是现在叫我的声音么?

翁——那我可不知道。他也就是叫过几声,我不理他,他也就不叫了,我也就记不清楚了。

客——唉唉,不理他……。(沉思,忽然吃惊,倾听着,)不行!我还是走的好。我息不下。可恨我的脚早经走破了。(准备走路。)

孩——给你!(递给一片布,)裹上你的伤去。

客——多谢,(接取,)姑娘。这真是……。这真是极少有的好意。这能使我可以走更多的路。(就断砖坐下,要将布缠在踝上,)但是,不行!(竭力站起,)姑娘,还了你罢,还是裹不下。况且这太多的好意,我没法感激。

翁——你不要这么感激,这于你没有好处。

客——是的,这于我没有什么好处。但在我,这布施是最上的东西了。你看,我全身上可有这样的。

翁——你不要当真就是。

客——是的。但是我不能。我怕我会这样:倘使我得到了谁的布施,我就要像兀鹰看见死尸一样,在四近徘徊,祝愿她的灭亡,给我亲自看见;或者咒诅她以外的一切全都灭亡,连我自己,因为我就应该得到咒诅。① 但是我还没有这样的力量;即使有这力量,我也不愿意她有这样的境遇,因为她们大概总不愿意有这样的境遇。我想,这最稳当。(向女孩,)姑娘。你这布片太好,可是太小一点了,还了你罢。

---

① 作者在写本篇后不久给许广平的信中说:"同我有关的活着,我倒不放心,死了,我就安心,这意思也在《过客》中说过"。(《两地书·二四》)

孩——(惊惧,退后,)我不要了！你带走！

客——(似笑,)哦哦,……因为我拿过了？

孩——(点头,指口袋,)你装在那里,去玩玩。

客——(颓唐地退后,)但这背在身上,怎么走呢？……

翁——你息不下,也就背不动。——休息一会,就没有什么了。

客——对咧,休息……。(默想,但忽然惊醒,倾听。)不,我不能！我还是走好。

翁——你总不愿意休息么？

客——我愿意休息。

翁——那么,你就休息一会罢。

客——但是,我不能……。

翁——你总还是觉得走好么？

客——是的。还是走好。

翁——那么,你也还是走好罢。

客——(将腰一伸,)好,我告别了。我很感谢你们。(向着女孩,)姑娘,这还你,请你收回去。

(女孩惊惧,敛手,要躲进土屋里去。)

翁——你带去罢。要是太重了,可以随时抛在坟地里面的。

孩——(走向前,)阿阿,那不行！

客——阿阿,那不行的。

翁——那么,你挂在野百合野蔷薇上就是了。

孩——(拍手,)哈哈！好！

客——哦哦……。

(极暂时中,沉默。)

翁——那么,再见了。祝你平安。(站起,向女孩,)孩子,扶我进去罢。你看,太阳早已下去了。(转身向门。)

客——多谢你们。祝你们平安。(徘徊,沉思,忽然吃惊,)然而我不能！我只得走。我还是走好罢……。(即刻昂了头,奋然向西走去。)

(女孩扶老人走进土屋,随即阖了门。过客向野地里跄踉地闯进去,夜色跟在他后面。)

一九二五年三月二日。

冰 心

寄小读者

通讯十

亲爱的小朋友：

我常喜欢挨坐在母亲的旁边，挽住她的衣袖，央求她述说我幼年的事。母亲凝想地，含笑地，低低地说：

"不过有三个月罢了，偏已是这般多病。听见端药杯的人的脚步声，已知道惊怕啼哭。许多人围在床前，乞怜的眼光，不望着别人，只向着我，似乎已经从人群里认识了你的母亲！"

这时眼泪已湿了我们两个人的眼角！

"你的弥月到了，穿着舅母送的水红绸子的衣服，戴着青缎沿边的大红帽子，抱出到厅堂前。因看你丰满红润的面庞，使我在姊妹妯娌群中，起了骄傲。"

"只有七个月，我们都在海舟上，我抱你站在栏旁。海波声中，你已会呼唤'妈妈'和'姊姊'。"

对于这件事，父亲和母亲还不时的起争论。父亲说世上没有七个月会说话的孩子。母亲坚执说是的。在我们家庭历史中，这事至今是件疑案。

"浓睡之中猛然听得丐妇求乞的声音，以为母亲已被她们带去了。冷汗被面的惊坐起来，脸和唇都青了，呜咽不能成声。我从后屋连忙进来，珍重的揽住。经过了无数的解释和安慰。自此后，便是睡着，我也不敢轻易的离开你的床前。"

这一节，我仿佛记得，我听时写时都重新起了呜咽！

"有一次你病得重极了。地上铺着席子，我抱着你在上面膝行。正是暑月，你父亲又不在家。你断断续续说的几句话，都不是三岁的孩子所能够说的。因着你奇异的智慧，增加了我无名的恐怖。我打电报给你父亲，说我身体和灵魂上都已不能再支持。忽然一阵大风雨，深忧的我，重病的你，和你疲乏的乳母，都沉沉的睡了一大觉。这一番风雨，把你又从死神的怀抱里，接了过来。"

我不信我智慧,我又信我智慧! 母亲以智慧的眼光,看万物都是智慧的,何况她的唯一挚爱的女儿?

"头发又短,又没有一刻肯安静。早晨这左右两条小辫子,总是梳不起来。没有法子,父亲就来帮忙,'站好了,站好了,要照相了!'父亲拿着照相匣子,假作照着。又短又粗的两条小辫子,好容易天天这样的将就的编好了。"

我奇怪我竟不懂得向父亲索要我每天照的相片!

"陈妈的女儿宝姐,是你的好朋友。她来了,我就关你们两个人在屋里,我自己睡午觉。等我醒来,一切的玩具,小人小马,都当做船,飘浮在脸盆的水里,地上已是水汪汪的。"

宝姐是我一个神秘的朋友,我自始至终不记得,不认识她。然而从母亲口里,我深深的爱了她。

"已经三岁了,或者快四岁了。父亲带你到他的兵舰上去,大家匆匆的替你换上衣服。你自己不知什么时候,把一支小木鹿,放在小靴子里。到船上只要父亲抱着,自己一步也不肯走。放到地上走时,只是一跛一跛的。大家奇怪了,脱下靴子,发现了小木鹿。父亲和他的许多朋友都笑了。——傻孩子! 你怎么不会说?"

母亲笑了,我也伏在她的膝上羞愧的笑了。——回想起来,她的质问,和我的羞愧,都是一点理由没有的。十几年前事,提起当面前事说,真是无谓。然而那时我们中间弥漫了痴和爱!

"你最怕我凝神,我至今不知是什么缘故。每逢我凝望窗外,或是稍微的呆了一呆,你就过来呼唤我,摇撼我,说'妈妈,你的眼睛怎么不动了?'我有时喜欢你来抱住我,便故意的凝神不动。"

我自己也不知道是什么缘故。也许母亲凝神,多是忧愁的时候,我要扰乱她的思路,也未可知。无论如何,这是个隐谜!

"然而你自己却也喜凝神,天天吃着饭,呆呆的望着壁上的字画,桌上的钟和花瓶。一碗饭数米粒似的,吃了好几点钟。我急了,便把一切都挪移开。"

这件事我记得,而且很清楚,因为独坐沉思的脾气至今不改。

当她说这些事的时候,我总是脸上堆着笑,眼里满了泪。听完了用她的衣襟来印我的眼角,静静的伏在她的膝上。这时宇宙已经没有了,只母亲和我。最后我也没有了,只有母亲,因为我本是她的一部分!

这是如何可惊喜的事,从母亲口中,逐渐的发现了,完成了,我自己! 她从最初已知道我,认识我,喜爱我。在我不知道不承认世界上有个我的时候,她已爱了我了。我从三岁上,才慢慢的在宇宙中寻到了自己,爱了自己,认识了自己;然而我所知道的自己,不过是母亲意念中的我的百分之一,千万分之一。

小朋友!当你寻见了世界上有一个人,认识你,知道你,爱你,都千百倍的胜过你自己的时候,你怎能不感激,不流泪,不死心塌地的爱她,而且死心塌地的容她爱你?

有一次幼小的我,忽然走到母亲面前,仰着脸问:"妈妈,你到底为什么爱我?"母亲放下针线,用她的面颊,抵住我的前额,温柔地,不迟疑地说:"不为什么,——只因你是我的女儿!"

小朋友!我不信世界上没有人能说这句话!"不为什么"这四个字,从她口里说出来,何等刚决,何等无回旋!她爱我,不是因为我是"冰心",或是其他人世间的一切虚伪的称呼和名字!她的爱是不附带任何条件的。唯一的理由,就是我是她的女儿。总之,她的爱,是摒除一切,拂拭一切,层层的麾开我前后左右所蒙罩的,使我成为"今我"的原素,而直接的来爱我的自身!

假使我走至幕后,将我二十年的历史和一切都更变了,再走出到她面前,世界上从没有一个人认识我,只要我仍是她的女儿,她就仍用她坚强无尽的爱来包围我。她爱我的肉体,她爱我的灵魂,她爱我前后左右,过去,将来,现在的一切!

天上的星辰,骤雨般落在大海上,嗤嗤繁响。海波如山一般的汹涌,一切楼屋都在地上旋转,天如同一张蓝纸卷了起来。树叶满空飞舞,鸟儿归巢,走兽躲到他的洞穴。万象纷乱中,只要我能寻到她,投到她的怀里……天地一切都信她!她对于我的爱,不因着万物毁灭而变更!

她的爱不但包围我,而且普遍的包围着一切爱我的人。而且因着爱我,她也爱了天下的儿女,她更爱了天下的母亲。小朋友!告诉你一句小孩子以为是极浅显,而大人们以为是极高深的话:"世界便是这样的建造起来的!"

世界上没有两件事物,是完全相同的。同在你头上的两根丝发,也不能一般长短,然而——请小朋友们和我同声赞美!——只有普天下的母亲的爱,或隐或显,或出或没;不论你用斗量,用尺量,或是用心灵的度量衡来推测;我的母亲对于我,你的母亲对于你,她的和他的母亲对于她和他;她们的爱是一般的长阔高深,分毫都不差减。小朋友!我敢说,也敢信古往今来,没有一个敢来驳我这句话。当我发觉了这神圣的秘密的时候,我竟欢喜感动得伏案痛哭!

我的心潮,沸涌到最高度,我知道于我的病体是不相宜的,而且我更知道我所写的都不出乎你们的智慧范围之外。——窗外正是下着紧一阵慢一阵的秋雨。玫瑰花的香气,也正无声的赞美她们的"自然母亲"的爱!

我现在不在母亲的身畔,——但我知道她的爱没有一刻离开我,她自己也如此说!——暂时无从再打听关于我的幼年的消息。然而我会写信给我的母亲,我说:"亲爱的母亲,请你将我所不知道的关于我的事,随时记下寄来给我。我现在正是考古家一般的,要从深知我的你口中,研究我神秘的自己。"

被上帝祝福的小朋友!你们正在母亲的怀里。——小朋友!我教给你,你看完了这一封信,放下报纸,就快快跑去找你的母亲——若是她出去了,就去坐在门槛上,静静的等她回来——不论在屋里或是院中,把她寻见了,你便上去攀住她,左右亲她的脸,你说:"母亲!若是你有功夫,请你将我小时候的事情,说给我听!"等她坐下了,你便坐在她的膝上,倚在她的胸前。你听得见她心脉和缓的跳动。你仰着脸,会有无数关于你的,你所不知道的美妙的故事,从她口里天乐一般的唱将出来!

然后,——小朋友!我愿你告诉我,她对你所说的都是什么事。

我现在正病着。没有母亲坐在旁边,小朋友一定怜念我,然而我有说不尽的感谢!造物者将我交付给我母亲的时候,竟赋予了我以记忆的心才;现在又从忙碌的课程中替我匀出七日夜来,回想母亲的爱。我病中光阴,因着这回想,寸寸都是甜蜜的。

小朋友,再谈吧,致我的爱与你们的母亲!

你的朋友冰心
1923年12月5日晨,圣卜生疗养院,威尔斯利

往　　事(节选)

三

今夜林中月下的青山,无可比拟! 仿佛万一,只能说是似娟娟的静女,虽是照人的明艳,却不飞扬妖冶;是低眉垂袖,璎珞矜严。

流动的光辉之中,一切都失了正色:松林是一片浓黑的,天空是莹白的,无边的雪地,竟是浅蓝色的了。这三色衬成的宇宙,充满了凝静,超逸与壮严;中间流溢着满空幽哀的神意,一切言词文字都丧失了,几乎不容凝视,不容把握!

今夜的林中,决不宜于将军夜猎——那从骑杂沓,传叫风生,会踏毁了这平整匀纤的雪地;朵朵的火燎,和生寒的铁甲,会缭乱了静冷的月光。

今夜的林中,也不宜于燃枝野餐——火光中的喧哗欢笑,杯盘狼藉,会惊起树上稳栖的禽鸟;踏月归去,数里相和的歌声,会叫破了这如怨如慕的诗的世界。

今夜的林中,也不宜于爱友话别,叮咛细语——凄意已足,语音已微;而抑郁缠绵,作茧自缚的情绪,总是太"人间的"了,对不上这晶莹的雪月,空阔的山林。

今夜的林中,也不宜于高士徘徊,美人掩映——纵使林中月下,有佳句可寻,有佳音可赏,而一片光雾凄迷之中,只容意念回旋,不容人物点缀。

我倚枕百般回肠凝想,忽然一念回转,黯然神伤……

今夜的青山只宜于这些女孩子,这些病中倚枕看月的女孩子!

假如我能飞身月中下视;依山上下曲折的长廊,雪色侵围阑外,月光浸着雪净的衾绸,逼着玲珑的眉宇。这一带长廊之中:万籁俱绝,万缘俱断,有如水的客愁,有如丝的乡梦,有幽感,有澈悟,有祈祷,有忏悔,有万千种话……

山中的千百日,山光松影重迭到千百回,世事从头减去,感悟逐渐侵来,已滤就了水晶般清澈的襟怀。这时纵是顽石钝根,也要思量万事,何况这些思深善怀的女子?

往者如观流水——月下的乡魂旅思:或在罗马故宫,颓垣废柱之旁;或在万里长城,缺堞断阶之上;或在约旦河边,或在麦加城里;或超渡莱因河,或飞越落玑山;有多少魂销目断,是耶非耶?只她知道!

来者如仰高山,——久久的徘徊在困弱道途之上,也许明日,也许今年,就揭卸病的细网,轻轻的试叩死的铁门!

天国泥犁,任她幻拟:是泛入七宝莲池?是参谒白玉帝座?是欢悦?是惊怵?有天上的重逢,有人间的留恋,有未成而可成的事功,有将实而仍虚的愿望;岂但为我?牵及众生,大哉生命!

这一切,融合着无限之生一刹那顷,此时此地的,宇宙中流动的光辉,是幽忧,是澈悟,都已宛宛氤氲,超凡入圣——

万能的上帝,我诚何福?我又何辜?……

1924年2月30日夜,沙穰
(选自《冰心散文集》,北新书局1932年版)

徐志摩

我所知道的康桥

（一）

我这一生的周折，大都寻得出感情的线索。不论别的，单说求学。我到英国是为要从罗素。罗素来中国时，我已经在美国。他那不确的死耗传到的时候，我真的出眼泪不够，还做悼诗来了。他没有死，我自然高兴。我摆脱了哥伦比亚大学博士衔的引诱，买船票过大西洋，想跟这位二十世纪的福禄泰尔认真念一点书去。谁知一到英国才知道事情变样了：一为他在战时主张和平，二为他离婚，罗素叫康桥给除名了，他原来是 Trinity College 的 Fellow，这来他的 Fellowship 也给取销了。他回英国后就在伦敦住下，夫妻两人卖文章过日子。因此我也不曾遂我从学的始愿。我在伦敦政治经济学院里混了半年，正感着闷想换路走的时候，我认识了狄更生先生。狄更生——Galsworthy Lowes Dickinson——是一个有名的作者，他的《一个中国人的通信》(*Letters From John Chinaman*)与《一个现代聚餐谈话》(*A Modern Symposium*)两本小册子早得了我的景仰。我第一次会着他是在伦敦国际联盟协会席上，那天林宗孟先生演说，他做主席；第二次是宗孟寓里吃茶，有他。以后我常到他家里去。他看出我的烦闷，劝我到康桥去，他自己是王家学院(King's College)的 Fellow。我就写信去问两个学院，回信都说学额早满了，随后还是狄更生先生替我去在他的学院里说好了，给我一个特别生的资格，随意选科听讲。从此黑方巾黑披袍的风光也被我占着了。初起我在离康桥六英里的乡下叫沙士顿的地方租了几间小屋住下，同居的有我从前的夫人张幼仪女士与郭虞裳君。每天一早我坐街车(有时自行车)上学，到晚回家。这样的生活过了一个春，但我在康桥还只是个陌生人，谁都不认识，康桥的生活，可以说完全不曾尝着，我知道的只是一个图书馆，几个课室，和三两个吃便宜饭的茶食铺子。狄更生常在伦敦或是大陆上，所以也不常见他。那年的秋季我一个人回到康桥，整整有一学年，那时我才有机会接近真正的康桥生活，同时我也慢慢的"发见"了康桥。我不曾知道过更大的愉快。

（二）

"单独"是一个耐寻味的现象。我有时想它是任何发现的第一个条件。你要发见你的朋友的"真"，你得有与他单独相处的机会。你要发见你自己的真，你得给你自己一个单独的机会。你要发见一个地方（地方一样有灵性），你也得有单独玩的机会。我们这一辈子，认真说，能认识几个人？能认识几个地方？我们都是太匆忙，太没有单独的机会。说实话，我连我的本乡都没有什么了解。康桥我要算有相当交情的，再次许只有新认识的翡冷翠了。阿，那些清晨，那些黄昏，我一个人发痴似的在康桥！绝对的单独。

但一个人要写他最心爱的对象，不论是人是地，是多么使他为难的一个工作？你怕，你怕描坏了它，你怕说过分了恼了它，你怕说太谨慎了辜负了它。我现在想写康桥，也正是这样的心理，我不曾写，我就知道这回是写不好的——况且又是临时逼出来的事情。但我却不能不写，上期预告已经出去了。我想勉强分两节写，一是我所知道的康桥的天然景色，一是我所知道的康桥的学生生活。我今晚只能极简的写些，等以后有兴会时再补。

（三）

康桥的灵性全在一条河上：康河，我敢说，是全世界最秀丽的一条水。河的名是葛兰大（Granta），也有叫康河（River Cam）的，许有上下流的区别，我不甚清楚。河身多的是曲折，上游是有名的拜伦潭——"Byron's Pool"——当年拜伦常在那里玩的；有一个老村子叫格兰骞斯德，有一个果子园，你可以躺在累累的桃李树荫下吃茶，花果会掉入你的茶杯，小雀子会到你桌上来啄食，那真是别有一番天地。这是上游；下游是从骞斯德顿下去，河面展开，那是春夏间竞舟的场所。上下河分界处有一个坝筑，水流急得很，在星光下听水声，听近村晚钟声，听河畔老牛刍草声，是我康桥经验中最神秘的一种：大自然的优美，宁静，调谐在这星光与波光的默契中不期然的淹入了你的性灵。

但康河的精华是在它的中权，著名的"Backs"，这两岸是几个最蜚声的学院的建筑。从上面下来是 Pembroke, St. Katharine's, King's, Clare, Trinity, St. John's。最令人留连的一节是克莱亚与王家学院的毗连处，克莱亚的秀丽紧邻着王家教堂（King's Chapel）的闳伟。别的地方尽有更美更庄严的建筑，例如巴黎赛因河的罗浮宫一带，威尼斯的利阿尔多大桥的两岸，翡冷翠维基乌大桥的周遭；但康桥的"Backs"自有它的特长，这不容易用一二个状词来概括，它那脱离尽尘埃气的一种清澈秀逸的意境可说是超出了画图而化生了音乐的神味。再没有比这一群建筑更调谐更匀称的了！论画，可比的许只有柯罗(Corot)的田野;论音乐,可比的许只有萧班(Chopin)的夜曲。就这也不能给你依稀的印象,它给你的美感简直是神灵性的一种。

假如你站在王家学院桥边的那棵大椈树荫下眺望,右侧面,隔着一大方浅草坪,是我们的校友居(Fellows Building),那年代并不早,但它的妩媚也是不可掩的,它那苍白的石壁上春夏间满缀着艳色的蔷薇在和风中摇颤,更移左是那教堂,森林似的尖阁不可浼的永远直指着天空;更左是克莱亚,阿!那不可信的玲珑的方庭,谁说这不是圣克莱亚(St. Clare)的化身,那一块石上不闪耀着她当年圣洁的精神?在克莱亚后背隐约可辨的是康桥最满贵最骄纵的三清学院(Trinity),它那临河的图书楼上坐镇着拜伦神采惊人的雕像。

但这时你的注意早已叫克莱亚的三环洞桥魔术似的摄住。你见过西湖白堤上的西泠断桥不是(可怜它们早已叫代表近代丑恶精神的汽车公司给踩平了,现在他们跟着苍凉的雷峰塔永远辞别了人间)?你忘不了那桥上斑驳的苍苔,木栅的古色,与那桥拱下泄露的湖光与山色不是?克莱亚并没有那样体面的衬托,它也不比庐山栖贤寺旁的观音桥,上瞰五老的奇峰,下临深潭与飞瀑;他只是怯怜怜的一座三环洞的小桥,它那桥洞间也只掩映着细纹的波鳞与婆娑的树影,它那桥上栉比的小穿阑与阑节顶上双双的白石球,也只是村姑子头上不夸张的香草与野花一类的装饰;但你凝神的看着,更凝神的看着,你再反省你的心境,看还有一丝屑的俗念沾滞不?只要你审美的本能不曾汩灭时,这是你的机会实现纯粹美感的神奇!

但你还得选你赏鉴的时辰。英国的天时与气候是走极端的,冬天是荒谬的坏,逢着连绵的雾盲天你一定不迟疑的甘愿进地狱本身去试试;春天(英国是几乎没有夏天的)是更荒谬的可爱,尤其是它那四五月间最渐缓最艳丽的黄昏,那才真是寸寸黄金。在康河边上过一个黄昏是一服灵魂的补剂。阿!我那时蜜甜的单独,那时甜蜜的闲暇,一晚又一晚的,只见我出神似的倚在桥阑上向西天凝望:——

> 看一回凝静的桥影,
> 数一数螺细的波纹;
> 我倚暖了石阑的青苔,
> 青苔凉透了我的心坎;……

还有几句更笨重的怎能仿佛那游丝似轻妙的情景:

> 难忘七月的黄昏,远树凝寂,
> 像墨泼的山形,衬出轻柔暝色,
> 密稠稠,七分鹅黄,三分橘绿,

那妙意只可去秋梦边缘捕捉;……

（四）

　　这河身的两岸都是四季常青最葱翠的草坪，从校友居的楼上望去，对岸草场上，不论早晚，永远有十数匹黄牛与白马，胫蹄没在恣蔓的草丛中，从容的在咬嚼，星星的黄花在风中动荡，应和着它们尾鬃的扫拂。桥的两端有斜倚的垂柳与橡荫护住。水是澈底的清澄，深不足四尺，匀匀的长着长条的水草。这岸边的草坪又是我的爱宠，在清朝，在傍晚，我常去这天然的织锦上坐地，有时读书，有时看水；有时仰卧着看天空的行云，有时反仆着搂抱大地的温软。

　　但河上的风流还不止两岸的秀丽。你得买船去玩。船不止一种：有普通的双桨划船，有轻快的薄皮舟（Canoe），有最别致的长形撑篙船（Punt）。最末的一种是别处不常有的：约莫有二丈长，三尺宽，你站直在船梢上用长竿撑着走的。这撑是一种技术。我手脚太蠢，始终不曾学会。你初起手尝试时，容易把船身横住在河中，东颠西撞的狼狈。英国人是不轻易开口笑人的，但是小心他们不出声的皱眉！也不知有多少次河中本来优闲的秩序叫我这莽撞的外行给搅乱了。我真的始终不曾学会：每回我不服输去租船再试的时候，有一个白胡子的船家往往带讥讽的对我说："先生，这撑船费劲，天热累人，还是拿个薄皮舟溜溜吧！"我那里肯听话，长篙子一点就把船撑了开去，结果还是把河身一段段的腰斩了去！

　　你站在桥上去看人家撑，那多不费劲，多美！尤其在礼拜天有几个专家的女郎，穿一身缟素衣服，裙裾在风前悠悠的飘着，戴一顶宽边的薄纱帽，帽影在水草间颤动，你看他们出桥洞时的姿态，捻起一根竟像没分量的长竿，只轻轻的，不经心的往波心里一点，身子微微的一蹲，这船身便波的转出了桥影，翠条鱼似的向前滑了去。她们那敏捷，那闲暇，那轻盈，真是值得歌咏的。

　　在初夏阳光渐暖时你去买一支小船，划去桥边荫下躺着念你的书或是做你的梦，槐花香在水面上飘浮，鱼群的唼喋声在你的耳边挑逗。或是在初秋的黄昏，近着新月的寒光，望上流僻静处远去。爱热闹的少年们携着他们的女友，在船沿上支着双双的东洋彩纸灯，带着话匣子，船心里用软垫铺着，也开向无人迹处去享他们的野福——谁不爱听那水底翻的音乐在静定的河上描写梦意与春光！

　　住惯城市的人不易知道季候的变迁。看见叶子掉知道是秋，看见叶子绿知道是春；天冷了装炉子，天热了拆炉子；脱下棉袍，换上夹袍，脱下夹袍，穿上单袍；不过如此罢了。天上星斗的消息，地下泥土里的消息，空中风吹的消息，都不关我们的事。忙着哪，这样那样事情多着，谁耐烦管星星的移转，花草的消长，风云的变幻？同时我们抱怨我们的生活，苦痛，烦闷，拘束，枯燥，谁肯承认做人是快乐？谁不多少回咒诅人生？

　　但不满意的生活大都是由于自取的。我是一个生命的信仰者，我信生活决不是我们大多数人仅仅从自身经验推得的那样暗惨。我们的病根是在"忘本"。人是自然的产儿，就比枝头的花与鸟是自然的产儿；但我们不幸是文明人，入世深似一天，离自然远似一天。离开了泥土的花草，离开了水的鱼，能快活吗？能生存吗？从大自然，我们取得我们的生命；从大自然，我们分取得我们继续的资养。那一株婆娑的大木没有盘错的根柢深入在无尽藏的地里？我们是永远不能独立的。有幸福是永远不离母亲抚育的孩子，有健康是永远接近自然的人们。不必一定与鹿豕游，不必一定回"洞府"去；为医治我们当前生活枯窘，只要"不完全遗忘自然"一张轻淡的药方，我们的病相就有缓和的希望。在青草里打几个滚，到海水里洗几次浴，到高处去看几次朝霞与晚照——你肩背上的负担就会轻松了去的。

　　这是极肤浅的道理，当然。但我要没有过康桥的日子，我就不会有这样的自信。我这一辈子就只那一春，说也可怜，算是不曾虚度。就只那一春，我的生活是自然的，是真愉快的！（虽则碰巧那也是我最感受人生痛苦的时期。）我那时有的是闲暇，有的是自由，有的是绝对单独的机会。说也奇怪，竟像是第一次，我辨认了星月的光明，草的青，花的香，流水的殷勤。我能忘记那初春的睥睨吗？曾经有多少个清晨我独自冒着冷去薄霜铺地的林子里闲步——为听鸟语，为盼朝阳，为寻泥土里渐次苏醒的花草，为体会最微细最神妙的春信。阿，那是新来的画眉在那边凋不尽的青枝上试它的新声！阿，这是第一朵小雪球花挣出了半冻的地面！阿，这不是新来的潮润沾上了寂寞的柳条？

　　静极了，这朝来水溶溶的大道，只远处牛奶车的铃声，点缀这周遭的沉默。顺着这大道走去，走到尽头，再转入林子里的小径，往烟雾浓密处走去，头顶是交枝的榆荫，透露着漠楞楞的曙色；再往前走去，走尽这林子，当前是平坦的原野，望见了村舍，初青的麦田，更远三两个馒头形的小山掩住了一条通道。天边是雾茫茫的，尖尖的黑影是近村的教寺。听，那晓钟和缓的清音。这一带是此邦中部的平原，地形像是海里的轻波，默沉沉的起伏；山岭是望不见的，有的是常青的草原与沃腴的田壤。登那土阜上望去，康桥只是一带茂林，拥戴着几处婷婷的尖阁。妩媚的康河也望不见踪迹，你只能循着那锦带似的林木想像那一流清浅。村舍与树林是这地盘上的棋子，有村舍处有佳荫，有佳荫处有村舍。这早起是看炊烟的时辰：朝雾渐渐的升起，揭开了这灰苍苍的天幕，（最好是微霰后的光景）远近的炊烟，成丝的，成缕的,成卷的,轻快的,迟重的,浓灰的,淡青的,惨白的,在静定的朝气里渐渐的上腾,渐渐的不见,仿佛是朝来人们的祈祷,参差的翳入了天听。朝阳是难得见的,这初春的天气。但它来时是起早人莫大的愉快。顷刻间这田野添深了颜色,一层轻纱似的金粉糁上了这草,这树,这道,这庄舍。顷刻间这周遭弥漫了清晨富丽的温柔。顷刻间你的心怀也分润了白天诞生的光荣。"春"！这胜利的晴空仿佛在你的耳边私语。"春"！你那快活的灵魂也仿佛在那里回响。

伺候着河上的风光,这春来一天有一天的消息。关心石上的苔痕,关心败草里的花鲜。关心这水流的缓急,关心水草的滋长,关心天上的云霞,关心新来的鸟语。怯怜怜的小雪球是探春信的小使。铃兰与香草是欢喜的初声。窈窕的莲馨,玲珑的石水仙,爱热闹的克罗克斯,耐辛苦的蒲公英与雏菊——这时候春光已是缦烂在人间,更不须殷勤问讯。

瑰丽的春放。这是你野游的时期。可爱的路政,这里不比中国,那一处不是坦荡荡的大道？徒步是一个愉快,但骑自转车是一个更大的愉快。在康桥骑车是普遍的技术；妇人,稚子,老翁,一致享受这双轮舞的快乐。(在康桥听说自转车是不怕人偷的,就为人人都自己有车,没人要偷。)任你选一个方向,任你上一条通道,顺着这带草味的和风,放轮远去,保管你这半天的逍遥是你性灵的补剂。——这道上有的是清荫与美草,随地都可以供你休憩。你如爱花,这里多的是锦绣似的草原。你如爱鸟,这里多的是巧啭的鸣禽。你如爱儿童,这乡间到处是可亲的稚子。你如爱人情,这里多的是不嫌远客的乡人,你到处可以"挂单"借宿,有酪浆与嫩薯供你饱餐,有夺目的果鲜恣你尝新。你如爱酒,这乡间每"望"都为你储有上好的新酿,黑啤如太浓,苹果酒姜酒都是供你解渴润肺的……。带一卷书,走十里路,选一块清静地,看天,听鸟,读书,倦了时,和身在草绵绵处寻梦去——你能想像更适性的消遣吗？

陆放翁有一联诗句："传呼快马迎新月,却上轻舆趁晚凉"；这是做地方官的风流。我在康桥时虽没马骑,没轿子坐,却也有我的风流：我常常在夕阳西晒时骑了车迎着天边扁大的日头直追。日头是追不到的,我没有夸父的荒诞,但晚景的温存却被我这样偷尝了不少。有三两幅画图似的经验至今还栩栩的留着。只说看夕阳,我们平常只知道登山或是临海,但实际只须辽阔的天际,平地上的晚霞有时也是一样的神奇。有一次我赶到一个地方,手把着一家村庄的篱笆隔着一大田的麦浪,看西天的变幻。有一次是正冲着一条宽广的大道,过来一大群羊,放草归来的,偌大的太阳在它们后背放射着万缕的金辉,天上却是乌青青的,只剩这不可逼视的威光中的一条大路,一群生物！我心头顿时感着神异性的压迫,我真的跪下了,对着这冉冉渐翳的金光。再有一次是更不可忘的奇景,那是临着一大片望不到头的草原,满开着艳红的罂粟,在青草里亭亭的像是万盏的金灯,阳光从褐色云里斜着过来,幻成一种异样的紫色,透明似的不可逼视,霎那间在我迷眩了的视觉中,这草田变成了……不说也罢,说来你们也是不信的!

　　一别二年多了,康桥,谁知我这思乡的隐忧?也不想别的,我只要那晚钟撼动的黄昏,没遮拦的田野,独自斜俯在软草里,看第一个大星在天边出现!

1926 年 1 月 15 日
(选自徐志摩《巴黎的鳞爪》,新月书店 1931 年版)

斐伦翠山居闲话

在这里出门散步去,上山或是下山,在一个晴好的五月的向晚,正像是去赴一个美的宴会,像是去一果子园,那边每株树上都是满挂着诗情最秀逸的果实,假如你单是站着看还不满意时,只要你一伸手就可以采取,可以恣尝鲜味,足够你性灵的迷醉。阳光正好暖和,决不过暖,风息是温驯的,而且往往因为他是从繁花的山林里吹度过来,他带来一股幽远的猎香,连着一息滋润的水气,摩挲着你的颜面,轻绕着你的肩腰,就这单纯的呼吸已是无穷的愉快;空气总是明净的,近谷内不生烟,远山上不起霭,那美秀风景的全部正像画片似的展露在你的眼前,供你闲暇的鉴赏。作客山中的妙处,尤在你永不须踌躇你的服色与体态;你不妨摇曳着一头的蓬草,不妨纵容你满腮的苔藓;你爱穿什么就穿什么;扮一个牧童,扮一个渔翁,装一个农夫,装一个走江湖的桀卜闪,装一个猎户;你再不必提心去整理你的领结,你尽可以不用领结,给你的颈根与胸膛一半日的自由,你可以拿一条这边艳色的长巾包在你的头上,学一个太平军的头目,或许拜伦那埃及装的姿态;但最要紧的是穿上你最旧的旧鞋,别管他模样不佳,他们是顶可爱的好友,他们承着你的体重却不叫你记起你还有一双脚在你的底下。

这样的玩顶好是不要约伴,我竟想严格的取缔,只许你独身;因为有了伴多少总得叫你分心,尤其是年轻的女伴,那是最危险最专制不过的旅伴,你应得躲避她像你躲避青草里一条美丽的花蛇!平常我们从自己家里走到朋友的家里,或是我们执事的地方,那无非是在同一个大牢里从一间狱室移到另一狱室去,拘束永远跟着我们,自己永远寻不到我们;但在这春夏间美秀的山中或乡间你要是有机会独身闲逛时,那才是你福星高照的时候,那才是你实际领受,亲口尝味,自由与自在的时候,那才是你肉体与灵魂行动一致的时候;朋友们,我们多长一岁年纪往往只是加重我们头上的枷,加紧我们脚胫上的练,我们见小孩子在草里在沙堆里在浅水里打滚作乐,或者看见小猫追他自己的尾巴,何尝没有羡慕的时候,但我们的枷,我们的练永远是制定我们行动的上司!所以只有你单身奔赴大自然的怀抱时,像一个裸体的小孩扑入他母亲的怀抱时,你才知道灵魂的愉快是怎样的,单是活着的快乐是怎样的,单就呼吸单就走道单就张眼看耸耳听的幸福是怎样的。因此你得严格的为己,极端的自私,只许你,体魄与性灵,与自然同在一个脉搏里跳动,同在一个音波里起伏,同在一个神奇的宇宙里自得。我们浑朴的天真是像含羞草似的,一经同伴的抵触,他就卷了起来,但在澄静的日光下,和风中,他的姿态是自然的,他的生活是无阻碍的。

你一个人漫游的时候,你就会在青草里坐地、仰卧,甚至有时打滚,因为草的和暖的颜色自然的唤起你童稚的活泼;在静僻的道上你就会不自主的狂舞,看着你自己的身影幻出种种诡异的变相,因为道旁树木的阴影在他们迂徐的婆娑里暗示你舞蹈的快乐;你也会得信口的歌唱,偶尔记起断片的音调,与你自己随口的小曲,因为树林中的莺燕告诉你春光是应得赞美的;更不必说你的胸襟自然会跟着漫长的山径开拓,你的心地会看着澄蓝的天空静定,你的思想和着山壑间的水声,山罅里的明泉响,有时一澄到底的清澈,有时激起成章的波动,流,流,流入凉爽的橄榄林中,流入妩媚的阿诺河去……

并且你不但不须邀伴,每逢这样的游行,你也不必带书。书是理想的伴侣,但你应得带书,是在火车上,在你住处的客室里,不是在你独身漫步的时候。什么伟大的深沉的鼓舞的清明的优美的思想的根源不是可以在风籁中,云彩里,山势与地形的起伏里,花草的颜色与香息里寻得?自然是最伟大的一部书。葛德说,在他每一页的字句里我们读得最深奥的消息。并且这书上的文字是人人懂得的;阿尔帕斯与五老峰,雪西里与普陀山,莱因河与扬子江,梨梦湖与西子湖,建兰与琼花,杭州西溪的芦雪与威尼市夕照的红潮,百灵与夜莺,更不提一般黄的黄麦,一般紫的藤花,一般青的青草同在大地上生长,同在和风中波动——他们应用的符号是永远一致的,他们的意义是永远明显的,只要你自己性灵上不长疮瘢,眼不盲,耳不塞,这无形迹的最高等教育便永远是你的名分,这不取费的最珍贵的补剂便永远供你的受用;只要你认识了这一部书,你在这世界上寂寞时便不寂寞,穷困时不穷困,苦恼时有安慰,挫折时有鼓励,软弱时有笃责,迷失时有指南针。

(选自1925年7月4日《现代评论》第2卷第30期)

丰子恺

给我的孩子们

我的孩子们！我憧憬于你们的生活，每天不止一次！我想委曲地说出来，使你们自己晓得。可惜到你们懂得我的话的意思的时候，你们将不复是可以使我憧憬的人了。这是何等可悲哀的事啊！

瞻瞻！你尤其可佩服。你是身心全部公开的真人。你什么事体都像拼命地用全副精力去对付。小小的失意，像花生米翻落地了，自己嚼了舌头了，小猫不肯吃糕了，你都要哭得嘴唇翻白，昏去一两分钟。外婆普陀去烧香买回来给你的泥人，你何等鞠躬尽瘁地抱他，喂他；有一天你自己失手把他打破了，你的号哭的悲哀，比大人们的破产，失恋，broken heart，丧考妣，全军覆没的悲哀都要真切。两把芭蕉扇做的脚踏车，麻雀牌堆成的火车，汽车，你何等认真地看待，挺直了嗓子叫"汪——"，"咕咕咕……"，来代替汽笛。宝姐姐讲故事给你听，说到"月亮姐姐挂下一只篮来，宝姐姐坐在篮里吊了上去，瞻瞻在下面看"的时候，你何等激昂地同她争，说"瞻瞻要上去，宝姐姐在下面看！"甚至哭到漫姑面前去求审判。我每次剃了头，你真心地疑我变了和尚，好几时不要我抱。最是今年夏天，你坐在我膝上发见了我腋下的长毛，当作黄鼠狼的时候，你何等伤心，你立刻从我身上爬下去，起初眼睁睁地对我端相，继而大失所望地号哭，看看，哭哭，如同对被判定了死罪的亲友一样。你要我抱你到车站里去，多多益善地要买香蕉，满满地擒了两手回来，回到门口时你已经熟睡在我的肩上，手里的香蕉不知落在那里去了。这是何等可佩服的真率，自然，与热情！大人间的所谓"沉默"，"含蓄"，"深刻"的美德，比起你来，全是不自然的，病的，伪的！

你们每天做火车，做汽车，办酒，请菩萨，堆六面画，唱歌，全是自动的，创造创作的生活。大人们的呼号"归自然！""生活的艺术化！""劳动的艺术化！"在你们面前真是出丑得很了！依样画几笔画，写几篇文的人称为艺术家，创作家，对你们更要愧死！

你们的创作力，比大人真是强盛得多哩：瞻瞻！你的身体不及椅子的一半，却常常要搬动它，与它一同翻倒在地上；你又要把一杯茶横转来藏在抽斗里，要皮球停在壁上，要拉住火车的尾巴，要月亮出来，要天停止下雨。在这等小小的事件中，明明表示着你们的小弱的体力与智力不足以应付强盛的创作欲，表现欲的驱使，因而遭逢失败。然而你们是不受大自然的支配，不受人类社会的束缚的创造者，所以你的遭逢失败，例如火车尾巴拉不住，月亮呼不出来的时候，你们决不承认是事实的不可能，总以为是爹爹妈妈不肯帮你们办到，同不许你们弄自鸣钟同例，所以愤愤地哭了，你们的世界何等广大！

你们一定想：终天无聊地伏在案上弄笔的爸爸，终天闷闷地坐在窗下弄引线的妈妈，是何等无气性的奇怪的动物！你们所视为奇怪动物的我与你们的母亲，有时确实难为了你们，摧残了你们，回想起来，真是不安心得很！

阿宝！有一晚你拿软软的新鞋子，和自己脚上脱下来的鞋子，给凳子的脚穿了，光袜立在地上，得意地叫"阿宝两只脚，凳子四只脚"的时候，你母亲喊着"龌龊了袜子！"立刻擒你到藤榻上，动手毁坏你的创作。当你蹲在榻上注视你母亲动手毁坏的时候，你的小心里一定感到"母亲这种人，何等杀风景而野蛮"吧！

瞻瞻！有一天开明书店送了几册新出版的毛边的《音乐入门》来。我用小刀把书页一张一张地裁开来，你侧着头，站在桌边默默地看。后来我从学校回来，你已经在我的书架上拿了一本连史纸印的中国装的《楚辞》，把它裁破了十几页，得意地对我说："爸爸！瞻瞻也会裁了！"瞻瞻！这在你原是何等成功的欢喜，何等得意的作品！却被我一个惊骇的"哼！"字喊得你哭了。那时候你也一定抱怨"爸爸何等不明"吧！

软软！你常常要弄我的长锋羊毫，我看见了总是无情地夺脱你。现在你一定轻视我，想道："你终于要我画你的画集的封面！"

最不安心的，是有时我还要拉一个你们所最怕的陆露沙医生来，教他用他的大手来摸你们的肚子，甚至用刀来在你们臂上割儿下，还要教妈妈和漫姑擒住了你们的手脚，捏住了你们的鼻子，把很苦的水灌到你们的嘴里去。这在你们一定认为太无人道的野蛮举动吧！

孩子们！你们真果抱怨我，我倒欢喜；到你们的抱怨变为感谢的时候，我的悲哀来了！

我在世间，永没有逢到像你们样出肺肝相示的人。世间的人群结合，永没有像你们样的彻底地真实而纯洁。最是我到上海去干了无聊的所谓"事"回来，或者去同不相干的人们做了叫做"上课"的一种把戏回来，你们在门口或车站旁等我的时候，我心中何等惭愧又欢喜！惭愧我为什么去做这等无聊的事，欢喜我又得暂时放怀一切地加入你们的真生活的团体。

但是，你们的黄金时代有限，现实终于要暴露的。这是我经验过来的情形，也是大人们谁也经验过的情形。我眼看见儿时的伴侣中的英雄，好汉，一个个退缩，顺从，妥协，屈服起来，到像绵羊的地步，我自己也是如此。"后之视今，亦犹今之视昔"，你们不久也要走这条路呢！

我的孩子们！憧憬于你们的生活的我，痴心要为你们永远挽留这黄金时代在这册子里。然这真不过像"蜘蛛网落花"略微保留一点春的痕迹而已。且到你们懂得我这片心情的时候，你们早已不是这样的人，我的画在世间已无可印证了！这是何等可悲哀的事啊！

《子恺画集》代序，1926年耶诞节作
（选自《缘缘室随笔集》，浙江文艺出版社1990年版）

秋

我的年岁上冠用了"三十"二字,至今已两年了。不解达观的我,从这两个字上受到了不少的暗示与影响。虽然明明觉得自己的体格与精力比二十九岁时全然没有什么差异,但"三十"这一个观念笼在头上,犹之张了一顶阳伞,使我的全身蒙了一个暗淡色的阴影,又仿佛在日历上撕过了立秋的一页以后,虽然太阳的炎威依然没有减却,寒暑表上的热度依然没有降低,然而只当得余威与残暑,或霜降木落的先驱,大地的节候已从今移交于秋了。

实际,我两年来的心情与秋最容易调和而融合。这情形与从前不同。在往年,我只慕春天。我最欢喜杨柳与燕子。尤其欢喜初染鹅黄的嫩柳。我曾经名自己的寓居为"小杨柳屋",曾经画了许多杨柳燕子的画,又曾经摘取秀长的柳叶,在厚纸上裱成各种风调的眉,想像这等眉的所有者的颜貌,而在其下面添描出眼鼻与口。那时候我每逢早春时节,正月二月之交,看见杨柳枝的线条上挂了细珠,带了隐隐的青色而"遥看近却无"的时候,我心中便充满了一种狂喜,这狂喜又立刻变成焦虑,似乎常常在说:"春来了!不要放过!赶快设法招待它,享乐它,永远留住它。"我读了"良辰美景奈何天"等句,曾经真心地感动,以为古人都太想一春的虚度,前车可鉴!到我手里决不放它空过了。最是逢到了古人惋惜最深的寒食清明,我心中的焦灼便更甚。那一天我总想有一种足以充分酬偿这佳节的举行。我准拟作诗,作画,或痛饮,漫游。虽然大多不被实行;或实行而全无效果,反而中了酒,闹了事,换得了不快的回忆,但我总不灰心,总觉得春的可恋。我心中似乎只有知道春,别的三季在我都当作春的预备,或待春的休息时间,全然不曾注意到它们的存在与意义。而对于秋,尤无感觉:因为夏连续在春的后面,在我可当作春的过剩;冬先行在春的前面,在我可当作春的准备;独有与春全无关联的秋,在我心中一向没有它的位置。

自从我的年龄告了立秋以后,两年来的心境完全转了一个方向,也变成秋天了。然而情形与前不同:并不是在秋日感到像昔日的狂喜与焦灼。我只觉得一到秋天,自己的心境便十分调和。非但没有那种狂喜与焦灼,且常常被秋风秋雨秋色秋光所吸引而融化在秋中,暂时失却了自己的所在。而对于春，又并非像昔日对于秋的无感觉。我现在对于春非常厌恶。每当万象回春的时候，看到群花的斗艳，蜂蝶的扰攘，以及草木昆虫等到处争先恐后地滋生蕃殖的状态，我觉得天地间的凡庸，贪婪，无耻，与愚痴，无过于此了！尤其是在青春的时候，看到柳条上挂了隐隐的绿珠，桃枝上着了点点的红斑，最使我觉得可笑又可怜。我想唤醒一个花蕊来对它说："啊！你也来反复这老调了！我眼看见你的无数的祖先，个个同你一样地出世，个个努力发展，争荣竞秀；不久没有一个不憔悴而化泥尘。你何苦也来反复这老调呢？如今你已长了这孽根，将来看你弄娇弄艳，装笑装颦，招致了蹂躏，摧残，攀折之苦，而步你的祖先们的后尘！"

实际，迎送了三十几次的春来春去的人，对于花事早已看得厌倦，感觉已经麻木，热情已经冷却，决不会再像初见世面的青年少女地为花的幻姿所诱惑而赞之，叹之，怜之，惜之了。况且天地万物，没有一件逃得出荣枯，盛衰，生灭，有无之理。过去的历史昭然地证明着这一点，无须我们再说。古来无数的诗人千篇一律地为伤春惜花费词，这种效颦也觉得可厌。假如要我对于世间的生荣死灭费一点词，我觉得生荣不足道，而宁愿欢喜赞叹一切的死灭。对于前者的贪婪，愚昧，与怯弱，后者的态度何等谦逊，悟达，而伟大！我对于春与秋的舍取，也是为了这一点。

夏目漱石三十岁的时候，曾经这样说："人生二十而知有生的利益；二十五而知有明之处必有暗；至于三十的今日，更知明多之处暗亦多，欢浓之时愁亦重。"我现在对于这话也深抱同感；有时又觉得三十的特征不止这一端，其更特殊的是对于死的体感。青年们恋爱不遂的时候惯说生生死死，然而这不过是知有"死"的一回事而已，不是体感。犹之在饮冰挥扇的夏日，不能体感到围炉拥衾的冬夜的滋味。就是我们阅历了三十几度寒暑的人，在前几天的炎阳之下也无论如何感不到浴日的滋味。围炉，拥衾，浴日等事，在夏天的人的心中只是一种空虚的知识，不过晓得将来须有这些事而已，但是不能体感它们的滋味。须得入了秋天，炎阳逞尽了威势而渐渐退却，汗水浸胖了的肌肤渐渐收缩；身穿单衣似乎要打寒噤，而手触法兰绒觉得快适的时候，于是围炉，拥衾，浴日等知识方能渐渐融入体验界中而化为体感。我的年龄告了立秋以后，心境中所起的最特殊的状态便是这对于"死"的体感。以前我的思虑真疏浅！以为春可以常在人间，人可以永在青年，竟完全没有想到死。又以为人生的意义只在于生，我的一生最有意义，似乎我是不会死的。直到现在，仗了秋的慈光的鉴照，死的灵气钟育，才知道生的甘苦悲欢，是天地间反复过亿万次的老调，又何足珍惜？我但求此生的平安的度送与脱出而已。犹之罹了疯狂的人，病中的颠倒迷离何足计较？但求其去病而已。

我正要搁笔,忽然西窗外黑云弥漫,天际闪出一道电光,发出隐隐的雷声,骤然洒下一阵夹着冰雹的秋雨。阿!原来立秋过得不多天,秋心稚嫩而未曾老练,不免还有这种不调和的现象,可怕哉!

1929 年

(选自《缘缘堂随笔集》,浙江文艺出版社 1990 年版)

茅　盾

卖豆腐的哨子

早上醒来的时候,听得卖豆腐的哨子在窗外呜呜地吹。

每次这哨子声引起了我不少的怅惘。

并不是它那低叹暗泣似的声调在诱发我的漂泊者的乡愁;不是呢,像我这样的 outcast,没有了故乡,也没有了祖国,所谓"乡愁"之类的优雅的情绪,轻易不会兜上我的心头。

也不是它那类乎军笳然而已颇小规模的悲壮的颤音,使我联想到另一方面的烟云似的过去;也不是呢,过去的,只留下淡淡的一道痕,早已为现实的严肃和未来的闪光所掩煞所销毁。

所以我这怅惘是难言的。然而每次我听到这呜呜的声音,我总抑不住胸间那股回荡起伏的怅惘的滋味。

昨夜我在夜市上,也感到了同样酸辣的滋味。

每次我到夜市,看见那些用一张席片挡住了潮湿的泥土,就这么着货物和人一同挤在上面,冒着寒风在嚷嚷然叫卖的衣衫褴褛的小贩子,我总是感得了说不出的怅惘的心情。说是在怜悯他们么?我知道怜悯是亵渎的。那末,说是在同情于他们罢?我又觉得太轻。我心底里钦佩他们那种求生存的忠实的手段和态度,然而,亦未始不以为那是太拙笨。我从他们那雄辩似的"夸卖"声中感得了他们的心的哀诉。我仿佛看见他们呼出的热气在天空中凝集为一片灰色的云。

可是他们没有呜呜的哨子。没有这像是闷在瓮中,像是透过了重压而挣扎出来的地下的声音,作为他们的生活的象征。

呜呜的声音震破了冻凝的空气在我窗前过去了。我倾耳静听,我似乎已经从这单调的呜呜中读出了无数文字。

我猛然推开幛子,遥望屋后的天空。我看见了些什么呢?我只看见满天白茫茫的愁雾。

(选自1929年2月《小说月报》第20卷第2号)

缪崇群

红　菊

红菊,是我们早年的一个使女,母亲把她从家乡的清节堂里接出来的时候,她大约才15岁。她没有父母和亲故,虽然还有一个哥哥,可是终日在城门洞里走来踱去的,差不多和乞丐一样了。有时他们兄妹遇着,他也仅只用一种奇异而忌恨的眼光瞟一瞟自己的弱妹罢了。这都是红菊后来告诉我的。

她在故乡不到半年,便随着我们同到北方来,我们家里,除了我哥哥嫌厌她以外,没有一个不喜欢她的。弟弟是她从幼看护大了的;直到我们一同进了初小,还要靠她早晚地接送。她真是不怕唠叨,在学校和家里相隔的这一段路上,总是把她讲了不知道多少次的故事,翻来覆去地说给我们。有时,领我们跑一阵,跳一阵,她说那是她从学校里看来的体操。

每个星期里,逢到我们有唱歌班的时候,她总是趁着未散班之先,悄悄坐在学校的门道里静听去。

有一次,我还清清楚楚地记得,她接我回家走到中途的时候:

"再走几步就到了,你不是认识么?这一带没有狗,你先回去好了。"她携着我的手说。

"你呢?是买菜去么?"

"不,你先回去好了,我到紧北紧北头去。"她已经红了眼圈。

"还是一阵回去罢,那里你又没有去过。"

"不管去过没去过,我从此不回家了。你哥哥今天打了我,气还没出够哩。"

我没有话说,我已经随她走出离家很远的地方了。这条路上,有一条很长的沟渠,沿沟都是种的杨槐与荆棘,那时大约已经是初夏了,蝉的嘶声恹恹地。我越走越惶惧起来;童年时代,除了自己的家以外的地方,恐怕都跟兽林与危谷那般可怕。

"红姐姐,我们一同回去罢。"我总是牵着她的衣襟央求着。

她终于把我引回我们家的路口。涨着眼泪分别了。

在童年史上,那是我最初感到离别痛苦的一次,后来我每逢走到那条路上,看见那里的沟渠、槐树与荆棘,我便禁不住地要向往到那日的哀戚了——直到如今,还没有变更的。

当晚父亲打电话询问警署里,知道那里截留着一个衣服褴褛的女子。

第二天早晨,红菊便又被人送回来了。她尽自坐在厨房里啜泣,很久很久也没有一个人去过问她。

虽然过了多日,我们差不多都把这件事忘记了,但她还没有褪去那一种不自然而且羞涩的表情,直等她又和我唱歌或欢舞起来,我才揣想她或者已经恢复了从前的心情了。

"红姐姐,那次你尽往北走,你不害怕么?"

"你问它作什么呢?"

"我要问哩,我想知道你怎么那样大胆子。"

"要是我胆子果真大,也就不会被人拦住了。那一天我一边走一边哭,我想只有走出城去这一条路。但明明知道城外尽是荒地和坟圈子,并没有一个投奔的所在。自己的足步走得非常慢,薄暮时走到城门,便被一个生人拦住了,他盘问我到什么地方去,我回答不出来……假如我胆子再大一点呢?……"

隔了一个暑假,哥哥进中学了,他从此寄宿在学校里,没有再和红菊作对的人了。

红菊过了不久,便嫁给了一个印刷公司里的技师。

她此后衣服整齐了,面庞也红润了,她顿时便成了一个美丽娟秀的少妇了。

那时我不过十一二岁的光景,我已经知道和美丽的女性走在一起是光荣而且可以自傲的了。每次出去,我总喜欢和红菊坐一个车子,我坐在她的身上。

逢到假期,我一定要约着弟弟一同到红菊家里去的——其实弟弟更愿意去。她们住在南城外边很远很远的地方,那里差不多和村庄一样;有蜿蜒的土路,一丛丛的坟墓;还有响得怕人的杨树。

她们家里一切都有的,还有一只并不抓人的小猫。那时我和弟弟都有"洋画"癖,红菊的丈夫吃烟最多,于是他能尽量地供给我们,我们自然更加喜欢满足了。

在家吃到瓜果便吵架的我们,一到红菊那里便吃不下去了。譬如罢,一个比我们肚子大几倍的西瓜,只让我和弟弟两个人吃,那时,除了抱怨自己肚子小以外,实在没有方法将那一个大瓜吞并下去。

夏天的晚间,月亮已经升到杨树的梢头,红菊常常携着我们的手儿在她们住所的附近散步。有时她还跑到人家田地里为我们摘那玉蜀黍上的胡穗子,或卷起一个草叶子当口哨吹它——吹响了之后便给我们。她还能把她在我们小学门道里学来的歌儿,唱给我们听。

静静的郊野,树叶有时被风吹得刷刷地怕人,虽然能够鼓着勇气忍耐下去,不过如果听见无论多远的地方有一声犬吠,那么立刻就要把她的衣襟抓得紧紧的了。

郊野虽不幽暗,有着清淡的月光照着,我们那一种恐怖心理的发生,恐怕正是因为有月光罢。有了月光,才衬托出深林里黑黝黝的阴处可怕;有了月光,才看出来路旁有大的小的墓冢和石碣。

"有鬼罢?……"我想问又不敢问出来,只是把身子靠得红菊更紧些了。

"不怕的,有我呢。"她好像测透了我的心意,随着便用一只胳膊搭在我的肩上,我真地不怕了,仿佛还更安怛。

红菊嫁了多时,温淑的性情没有改,容貌是一天比一天地光泽美丽了。胆量,也许比从前增加了不少吧?这是我暗自的观察。

两年过后了,我已经升到高二,暑假里便听见红菊因为生产而害病了。母亲特意腾出一间房子来,把她接到我们家里来住。

她的孩儿也是一个病质的,镇日地没有什么声息。我每次走到她的房里,都是觉得阴森森的。除了母亲还常常坐在她的床头之外,只有小窗格里透进的一块阳光或月光伴着她罢了。母亲确是越来越和她亲昵了。

红菊后来和我谈起话来的时候,开首总是这么一句引子:

"你已经渐渐大了,你慢慢地就会懂得人事了……"

有一次,她也是先说完了那句引子,接着气喘喘地说:

"……娘恩真是不易报的;我产了一生,便病得起不来身了……"

又有过一次:

"你是渐渐懂得人事的了;一个男子到了岁数,大概都是喜欢沾花惹草的。你将来长成了,千万地不要学你父亲哩。你母亲常常对我说,可惜她没有一个女儿,就是怎样地含酸茹苦,也没有一个可以向他吐诉的人。我真悔我早嫁了,不然我永远伴着她,也不致有了今日的痛苦……"

深秋的时候,她终于死了,爱我们的红菊姐,便不能在世界的任何一处寻到了!

听说当她临终的时候,她的丈夫曾握着她的手说:

"你去么?你去么?我终生不会再娶了!"

红菊姐只是露着齿,微微地笑了一笑。

她的孩儿,也早在她的死前死去了。

她的短短的生命终止了。在她过去的短短生命中,做了我们的奴隶,又做了她丈夫的奴隶。

是红菊死后的十年了——去年的冬天。窗外落着掌大的白雪,盖满了院里的一切,房里虽没有灯火,雪光却已惨白的映着四壁了。

父亲很晚地才回来,他说他是吊唁去的。

死者不是一个生人,那正是红菊的原初的丈夫——印刷公司里的那个技师。

父亲说,未亡人哭得很惨地,穿着满身的丧服,还有一个三四岁的孩子绕着膝边。

唉,我不知道在红菊姐的墓畔,是不是要添上一堆新土?

窗外的雪,还是纷飞着,我不知道在这已经被雪盖白了的凄凉的故都里,何处去寻到红菊姐的坟墓,让我放声地哭她一回。

1929年,夏日

(选自《晞露集》,北平星云堂1933年2月初版)

梁遇春

"春朝"一刻值千金

——懒惰汉的懒惰想头之一

十年来,求师访友,足迹走遍天涯,回想起来给我最大益处的却是"迟起",因为我现在脑子里所有些聪明的想头,灵活的意思,多半是早上懒洋洋地赖在床上想出来的。我真应该写几句话赞美它一番,同时还可以告诉有志的人们一点迟起艺术的门径。谈起艺术,我虽然是门外汉,不过对于迟起这门艺术倒可说是一位行家,因为我既具有明察秋毫的批评能力,又带了甘苦备尝的实践精神。我天天总是在可能范围之内,尽量地滞在床上(那是我们的神庙)看着射在被上的日光,暗笑四围人们无谓的匆忙,回味前夜的痴梦(那是比做梦还有意思的事),细想迟起的好处,唯我独尊地躺着,东倒西倾的小房立刻变做一座快乐的皇宫。

诗人画家为着要追求自己的幻梦,实现自己的痴愿,宁可牺牲一切物质的快乐,受尽亲朋的诟骂,他们从艺术里能够得到无穷的安慰,那是他们真实的世界,外面的世界对于他们反变成一个空虚。迟起艺术家也具有同等的精神。区区虽然不是一个迟起大师,但是对于本行艺术的确有无限的热忱——艺术家的狂热。所以让我拿自己做个例子罢。当我是个小孩时候,我的生活由家庭替我安排,毫无艺术的自觉,早上六点就起来了。后来到北方念书去,北方的天气是培养迟起最好的沃土,许多同学又都是程度很高的迟起艺术专家,于是绝好的环境同朋辈的切磋使我领略到迟起的深味,我的忠于艺术的热度也一天一天地增高。暑假年假回家时期,总在全家人吃完了早饭之后,我才敢动起床的念头。老父常常对我说清晨新鲜空气的好处,母亲有时提到重温稀饭的麻烦,慈爱的祖母也屡次向我姑母说"早起三日当一工."(我的姑母老是起得很早的),我虽然万分不愿意失去大人们的欢心,但是为着忠于艺术的缘故,居然甘心得罪老人家。后来老人家知道我是无可救药的,反动了怜惜的心肠,他们早上九点钟时候走过我的房门前还是用着足尖;人们温情地放纵我们的弱点是最容易刺动我们麻木的良心,但是我总舍不得违弃了心爱的艺术,所以还是懊悔地照样地高卧。在大学里,有几位道貌岸然的教授对于迟到学生总是白眼相待,我不幸得很,老做他们白眼的鹄的,也曾好几次下个决心早起,免得一进教室的门,就受两句冷讽,可是一年一年地过去,我足足受了四年的白眼待遇,里头的苦处是别人想不出来的。有一年寒假住在亲戚家里,他们晚饭的时间是很早的,所以一醒来,腹里就咕隆地响着,我却按下饥肠,故意想出许多有趣事情,使自己忘却了肚饿,有时饿出汗来,还是坚持着非到十时是不起来的。对于艺术我是多么忠实,情愿牺牲。枵腹做诗的爱仑波,真可说是我的同志。后来入世谋生,自然会忽略了艺术的追求;不过我还是尽量地保留一向的热诚,虽然已经是够堕落了。想起我个人因为迟起所受的许多说不出的苦痛,我深深相信迟起是一门艺术,已为只有艺术才会这样带累人,也只有艺术家才肯这样不变初衷地往前牺牲一切。

但是从迟起我也得到不少的安慰,总够补偿我种种的苦痛。迟起给我最大的好处是我没有一天不是很快乐地开头的。我天天起来总是心满意足的,觉得我们住的世界无日不是春天,无处不是乐园。当我神怡气舒地躺着的时候,我常常记起勃浪宁的诗:"上帝在上,万物各得其所。"(鱼游水里,鸟栖树枝,我卧床上。)人生是短促的,可是若使我们有过光荣的青春,我们的一生就不能算是虚度,我们的残年很可以傍着火炉,晒着太阳在回忆里过日子。同样地一天的光阴是很短促的,可是若使我们有过光荣的早上(一半时间花在床上的早晨!)我们这一天就不能说是白丢了,我们其余时间可以用在追忆清早的幸福,我们青年时期若是欢欣的结晶,我们的余生一定不会很凄凉的,青春的快乐是有影子留下的,那影子好似带了魔力,惨淡的老年给它一照,也呈出和蔼慈祥的光辉。我们一天里也是一样的,人们不是常说:一件事情好好地开头,就是已经成功一半了;那么赏心悦意的早晨是一天快乐的先导。迟起不单是使我天天快活地开头,还叫我们每夜高兴地结束这个日子;我们夜夜去睡时候,心里就预料到明早迟起的快乐——预料中的快乐是比当时的享受,味还长得多——这样子我们一天的始终都是给生机活泼的快乐空气围住,这个可爱的升平景象却是迟起一手做成的。

迟起不仅是能够给我们这甜蜜的空气,它还能够打破我们结结实实的苦闷。人生最大的愁忧是生活的单调。悲剧是很热闹的,怪有趣的,只有那不生不死的机械式生活才是最无聊赖的。迟起真是唯一的救济方法。你若是感到生活的沉闷,那么请你多睡半点钟(最好是一点钟),你起来一定觉得许多要干的事情没有时间做了,那么是非忙不可——"忙"是进到快乐宫的金钥,尤其那自己找来的忙碌。忙是人们体力发泄最好的法子。亚里士多德不是说过人的快乐是生于能力变成效率的畅适。我常常在办公时间五分钟以前起床,那时候洗脸刷牙进早餐,都要限最快的速度完成,全变做最浪漫的举动,当牙膏四溅,脸水横飞,一手拿着梳,对着镜子,一面吃面包时节,谁会说人生是没有趣味呢?而且当时只怕过了时间,心中充满了冒险的情绪。这些暗地晓得不碍事的冒险兴奋是顶可爱的东西,尤其是对于我们这班不敢真正履险的懦夫。我喜欢北方的狂风,因为当我们衔着黄沙往前进的时候,我们仿佛是斩将先登,冲锋陷阵的健儿,跟自然的大力肉搏,这是多么可歌可泣的壮举,同时除开耳孔鼻孔塞点沙土外,丝毫危险也没有,不管那时是怎地像煞有介事样子。冒险的嗜好哪个人没有,不过我们胆小,不愿白丢了生命,仁爱的上帝,因此给我们卷地蔽天的刮风,做我们安稳冒险的材料。住在江南的可怜虫,找不到这一天赐的机会,只得英雄做时势,迟些起来,自己创造机会。就是放假期间,十时半起床,早餐后抽完了烟,已经十一时过了,一想到今天打算做的事情一件也没有动手,赶紧忙着起来——天下里还有比无事忙更有趣味的事吗?若是你因为迟起挨到人家的闲话,那最少也可以打破你日常一波不兴无声无臭的生活。我想凡是尝过生活的深味的人一定会说痛苦比单调灰色生活强得多,因为痛苦是活的,灰色的生活却是死的象征。迟起本身好似是很懒惰的,但是它能够给我们最大的活气,使我们的生活跳动生姿;世上最懒惰不过的人们是那般黎明即起,老早把事做好,坐着呆呆地打呵欠的人们。迟起所有的这许多安慰,除开艺术,我们哪里还找得出来呢?许多人现在还不明白迟起的好处,这也可以证明迟起是一种艺术,因为只有艺术人们才会这样地不去睬它。

现在春天到了,"春宵苦短日高起,"五六点钟醒来,就可以看见太阳,我们可以醉也似地躺着,一直躺了好几个钟头,静听流莺的巧啭,细看花影的慢移,这真是迟起的绝好时光。能让我们天天多躺一会儿罢,别辜负了这一刻千金的"春朝"。

《懒惰汉的懒惰想头》是当代英国小品文家 Jerome K. Jerome 的文集名字(*Idle Thoughts of An Idle Fellow*),集里所说的都是拉闲扯淡,瞎三道四的废话,可是自带有幽默的深味,好似对于人生有比一般人更微妙的认识同玩味——这或者只是因为我自己也是懒惰汉,官官相卫,惺惺惜惺惺,那么也好,就随它去罢。"春宵一刻值千金"这句老话,是谁也知道的,我觉得换一个字,就可以做我的题目,连小小二句题目,都要东抄西袭凑合成的,不肯费心机自己去做一个,这也可以见我的懒惰了。

在副题目底下加了"之一"两字,自然是指明我还要继续写些这类无聊的小品文字,但是什么时候会写第二篇,那是连上帝都不敢预言的。我是那么懒惰,有时晚上想好了意思,第二天起得太早,心中一懊悔,什么好意思都忘却了。

(选自《春醪集》,北新书局 1930 年 3 月版)

瞿秋白

一种云

　　天总是皱着眉头。太阳光如果还射得到地面上,那也总是稀微的淡薄的。至于月亮,那更不必说,他只是偶然露出半面,用他那惨淡的眼光看一看这罪孽的人间,这是寡妇孤儿的眼光,眼睛里含着总算还没有流干的眼泪。受过不只一次封禅大典的山岳,至少有大半截是上了天,只留一点山脚给人看。黄河,长江……据说是中国文明的母亲,也不知道怎么变了心,对于他们的亲骨肉,都摆出一副冷酷的面孔。从春天到夏天,从秋天到冬天,这样一年年的过去,淫虐的雨,凄厉的风和肃杀的霜雪更番的来去,一点儿光明也没有。这样的漫漫长夜,已经二十年了。这都是一种云在作祟。那云是从什么地方来的? 这是太平洋上的大风暴吹过来的,这是大西洋上的狂飙吹过来的。还有那模糊的血肉——榨床底下淌着的模糊的血肉蒸发出来的。那些会画符的人——会写借据,会写当票的人,就用这些符箓在呼召。那些吃泥土的土蜘蛛,——虽然死了也不过只要六尺土地藏他的贵体,可是活着总要吃这么一二百亩三四百亩的土地,——这些土蜘蛛就用屁股在吐着。那些肚里装着铁心肝钢肚肠的怪物,又竖起了一根根的烟囱在那里喷着。狂飙风暴吹来的,血肉蒸发的,呼召来的,吐出来的,喷出来的,都是这种云。这是战云。

　　难怪总是漫漫的长夜了!

　　什么时候才黎明呢?

　　看那刚刚发现的虹。祈祷是没有用的了。只有自己去做雷公公电闪娘娘。那虹发现的地方,已经有了小小的雷电,打开了层层的乌云,让太阳重新照到紫铜色的脸。如果是惊天动地的霹雳——这可只有你自己做了雷公公电娘娘才办得到,如果那小小的雷电变成了惊天动地的霹雳,那才拨得开这些愁云惨雾。

　　(选自 1931 年 10 月 26 日《北斗》第 1 卷第 2 期《笑峰乱弹》)

郁达夫

钓台的春昼

　　因为近在咫尺,以为什么时候要去就可以去,我们对于本乡本土的名区胜景,反而往往没有机会去玩,或不容易下一个决心去玩的。正唯其是如此,我对于富春江上的严陵,二十年来,心里虽每在记着,但脚却从没有向这一方面走过。一九三一,岁在辛未,暮春三月,春服未成,而中央党帝,似乎又想玩一个秦始皇所玩过的把戏了,我接到了警告,就仓皇离去了寓居。先在江浙附近的穷乡里,游息了几天,偶而看见了一家扫墓的行舟,乡愁一动,就定下了归计。绕了一个大弯,赶到故乡,却正好还在清明寒食的节前。和家人等去上了几处坟,与许久不曾见过面的亲戚朋友,来往热闹了几天,一种乡居的倦怠,忽而袭上心来了,于是乎我就决心上钓台去访一访严子陵的幽居。

　　钓台去桐庐县城二十余里,桐庐去富阳县治九十里不足,自富阳溯江而上,坐小火轮三小时可达桐庐,再上则须坐帆船了。

　　我去的那一天,记得是阴晴欲雨的养花天,并且系坐晚班轮去的,船到桐庐,已经是灯火微明的黄昏时候了,不得已就只得在码头近边的一家旅馆的高楼上借了一宵宿。

　　桐庐县城,大约有三里路长,三千多烟灶,一二万居民,地在富春江西北岸,从前是皖浙交通的要道,现在杭江铁路一开,似乎没有一二十年前的繁华热闹了。尤其是使旅客感到萧条的,却是桐君山脚下的那一队花船的失去了踪影。说起桐君山,却是桐庐县的一个接近城市的灵山胜地,山虽不高,但因有仙,自然是灵了。以形势来论,这桐君山,也的确是可以产生出许多口音生硬,别具风韵的桐严嫂来的生龙活脉。地处在桐溪东岸,正当桐溪和富春江合流之所,依依一水,西岸便瞰视着桐庐县市的人家烟树。南面对江,便是十里长洲;唐诗人方干的故居,就在这十里桐洲九里花的花田深处。向西越过桐庐县城,更遥遥对着一排高低不定的青峦,这就是富春山的山子山孙了。东北面山下,是一片桑麻沃地,有一条长蛇似的官道,隐而复现,出没盘曲在桃花杨柳洋槐榆树的中间,绕过一支小岭,便是富阳县的境界,大约去程明道的墓地程坟,总也不过一二十里地的间隔。我的去拜谒桐君,瞻仰道观,就在那一天到桐庐的晚上,是淡云微月,正在作雨的时候。

鱼梁渡头,因为夜渡无人,渡船停在东岸的桐君山下。我从旅馆踱了出来,先在离轮埠不远的渡口停立了几分钟,后来向一位来渡口洗夜饭米的年轻少妇,弓身请问了一回,才得到了渡江的秘诀。她说:"你只须高喊两三声,船自会来的。"先谢了她教我的好意,然后以两手围成了播音的喇叭,"喂,喂,渡船请摇过来!"地纵声一喊,果然在半江的黑影当中,船身摇动了。渐摇渐近,五分钟后,我在渡口,却终于听出了咿呀柔橹的声音。时间似乎已经入了酉时的下刻,小市里的群动,这时候都已经静息,自从渡口的那位少妇,在微茫的夜色里,藏去了她那张白团团的面影之后,我独立在江边,不知不觉心里头却兀自感到了一种他乡日暮的悲哀。渡船到岸,船头上起了几声微微的水浪清音,又铜东的一响,我早已跳上了船,渡船也已经掉过头来了。坐在黑影沉沉的舱里,我起先只在静听着柔橹划水的声音,然后却在黑影里看出了一星船家在吸着的长烟管头上的烟头,最后因为被沉默压迫不过,我只好开口说话了:"船家!你这样的渡我过去,该给你几个船钱?"我问。"随你先生把几个就是。"船家说话冗慢幽长,似乎已经带着些睡意了,我就向袋里摸出了两角钱来。"这两角钱,就算是我的渡船钱,请你候我一会,上去烧一次夜香,我是依旧要渡过江来的。"船家的回答,只是恩恩乌乌,幽幽同牛叫似的一种鼻音,然而从继这鼻音而起的两三声轻快的喀声听来,他却已经在感到满足了,因为我也知道,乡间的义渡,船钱最多也不过是两三枚铜子而已。

到了桐君山下,在山影和树影交掩着的崎岖道上,我上岸走不上几步,就被一块乱石绊倒,滑跌了一次。船家似乎也动了恻隐之心了,一句话也不发,跑将上来,他却突然交给了我一盒火柴。我于感谢了一番他的盛意之后,重整步武,再摸上山去,先是必须点一枝火柴走三五步路的,但到得半山,路既就了规律,而微云堆里的半规月色,也朦胧地现出一痕银线来了,所以手里还存着的半盒火柴,就被我藏入了袋里。路是从山的西北,盘曲而上,渐走渐高,半山一到,天也开朗了一点,桐庐县市上的灯光,也星星可数了。更纵目向江心望去,富春江两岸的船上和桐溪合流口停泊着的船尾船头,也看得出一点一点的火来。走过半山,桐君观里的晚祷钟鼓,似乎还没有息尽,耳朵里仿佛听见了几丝木鱼钲钹的残声。走上山顶,先在半途遇着了一道道观外围的女墙,这女墙的栅门,却已经掩上了。在栅门外徘徊了一刻,觉得已经到了此门而不进去,终于是不能满足我这一次暗夜冒险的好奇怪癖的。所以细想了几次,还是决心进去,非进去不可,轻轻用手往里面一推,栅门却呀的一声,早已退向了后方开开了,这门原来是虚掩在那里的。进了栅门,踏着为淡月所映照的石砌平路,向东向南的前走了五六十步,居然走到了道观的大门之外,这两扇朱红漆的大门,不消说是紧闭在那里的。到了此地,我却不想再破门进去了,因为这大门是朝南向着大江开的,门外头是一条一丈来宽的石砌步道,步道的一旁是道观的墙,一旁便是山坡,靠山坡的一面,并且还有一道二尺来高的石墙筑在那里,大约是代替栏杆,防人倾跌下山去的用意,石墙之上,铺的是二三尺宽的青石,在这似石栏又似石凳的墙上,尽可以坐卧游息,饱看桐江和对岸的风景,就是在这里坐它一晚,也很可以,我又何必去打开门来,惊起那些老道的恶梦呢?

空旷的天空里,流涨着的只是些灰白的云,云层缺处,原也看得出半角的天,和一点两点的星,但看起为最饶风趣的,却仍是欲藏还露,将见仍无的那半规月影。这时候江面上似乎起了风,云脚的迁移,更来得迅速了,而低头向江心一看,几多散乱着的船里的灯光,也忽明忽灭地变换了一变换位置。

这道观大门外的景色,真神奇极了。我当十几年前,在放浪的游程里,曾向瓜州京口一带,消磨过不少的时日,那时觉得果然名不虚传的,确是甘露寺外的江山,而现在到了桐庐,昏夜上这桐君山来一看,又觉得这江山的秀而且静,风景的整而不散,却非那天下第一江山的北固山所可与比拟的了。真也难怪得严子陵,难怪得戴征士,倘使我若能在这样的地方结屋读书,颐养天年,那还要什么的高官厚禄,还要什么的浮名虚誉哩?一个人在这桐君观前的石凳上,看看山,看看水,看看城中的灯火和天上的星云,更做做浩无边际的无聊的幻梦,我竟忘记了时刻,忘记了自身,直等到隔江的击柝声传来,向西一看,忽而觉得城中的灯影微茫地减了,才跑也似地走下了山来,渡江奔回了客舍。

第二日侵晨,觉得昨天在桐君观前做过的残梦正还没有续完的时候,窗外面忽而传来了一阵吹角的声音。好梦虽被打破,但因这同吹篪似的商音哀咽,却很含着些荒凉的古意,并且晓风残月,杨柳岸边,也正好候船待发,上严陵去;所以心里虽怀着了些儿怨恨,但脸上却只现出了一痕微笑,起来梳洗更衣,叫茶房去雇船去。雇好了一只双桨的渔舟,买就了些酒菜鱼米,就在旅馆前面的码头上上了船。轻轻向江心摇出去的时候,东方的云幕中间,已现出了几丝红韵,有八点多钟了,舟师急得厉害,只在埋怨旅馆的茶房,为什么昨晚不预先告诉,好早一点出发。因为此去就是七里滩头,无风七里,有风七十里,上钓台去玩一趟回来,路程虽则有限,但这几日风雨无常,说不定要走夜路,才回来得了的。

过了桐庐,江心狭窄,浅滩果然多起来了。路上遇着的来往的行舟,数目也是很少,因为早晨吹的角,就是往建德去的快班船的信号,快班船一开,来往于两埠之间的船就不十分多了。两岸全是青青的山,中间是一条清浅的水,有时候过一个沙洲,洲上的桃花菜花,还有许多不晓得名字的白色的花,正在喧闹着春暮,吸引着蜂蝶。我在船头上一口一口的喝着严东关的药酒,指东话西地问着船家,这是什么山?那是什么港?惊叹了半天,称颂了半天,人也觉得倦了,不晓得什么时候,身子却走上了一家水边的酒楼,在和数年不见的几位已经做了党官的朋友高谈阔论。谈论之余,还背诵了一首两三年前曾在同一的情形之下做成的歪诗:

  不是尊前爱惜身,佯狂难免假成真,
  曾因酒醉鞭名马,生怕情多累美人。
  劫数东南天作孽,鸡鸣风雨海扬尘,
  悲歌痛哭终何补,义士纷纷说帝秦。

  直到盛筵将散,我酒也不想再喝了,和几位朋友闹得心里各自难堪,连对旁边坐着的两位陪酒的名花都不愿意开口。正在这上下不得的苦闷关头,船家却大声的叫了起来说:

  "先生,罗芷过了,钓台就在前面,你醒醒罢,好上山去烧饭吃去。"

  擦擦眼睛,整了一整衣服,抬起头来一看,四面的水光山色又忽而变了样子了。清清的一条浅水,比前又窄了几分,四围的山包得格外的紧了,仿佛是前无去路的样子,并且山容峻削,看去觉得格外的瘦格外的高。向天上地下四围看去,只寂寂的看不见一个人类。双桨的摇响,到此似乎也不敢放肆了,钩的一声过后,要好半天才来一个幽幽的回响,静,静,静,身边水上,山下岩头,只沉浸着太古的静,死灭的静,山峡里连飞鸟的影子也看不见半只。前面的所谓钓台山上,只看得见两个大石垒,一间歪斜的亭子,许多纵横芜杂的草木。山腰里的那座祠堂,也只露着些废垣残瓦,屋上面连炊烟都没有一丝半缕,像是好久好久没有人住了的样子。并且天气又来得阴森,早晨曾经露一露脸过的太阳,这时候早已深藏在云堆里了,余下来的只是时有时无从侧面吹来的阴飕飕的半箭儿山风。船靠了山脚,跟着前面背着酒菜鱼米的船夫走上严先生祠堂去的时候,我心里真有点害怕,怕在这荒山里要遇见一个干枯苍老得同丝瓜筋似的严先生的鬼魂。

  在祠堂西院的客厅里坐定,和严先生的不知第几代的裔孙谈了几句关于年岁水旱的话后,我的心跳也渐渐儿的镇静下去了,嘱托了他以煮饭烧菜的杂务,我和船家就从断碑乱石中间爬上了钓台。

  东西两石垒,高各有二三百尺,离江面约两里来远,东西台相去,只有一二百步,但其间却夹着一条深谷。立在东台,可以看得出罗芷的人家,回头展望来路,风景似乎散漫一点,而一上谢氏的西台,向西望去,则幽谷里的清景,却绝对的不像是在人间了。我虽则没有到过瑞士,但到了西台,朝西一看,立刻就想起了曾在照片上看见过的威廉退儿的祠堂。这四山的幽静,这江水的青蓝,简直同在画片上的珂罗版色彩,一色也没有两样,所不同的,就是在这儿的变化更多一点,周围的环境更芜杂不整齐一点而已,但这却是好处,这正是足以代表东方民族性的颓废荒凉的美。

从钓台下来,回到严先生的祠堂——记得这是洪杨以后严州知府戴槃重建的祠堂——西院里饱啖了一顿酒肉,我觉得有点酩酊微醉了。手拿着以火柴柄制成的牙签,走到东面供着严先生神像的龛前,向四面的破壁上一看,翠墨淋漓,题在那里的,竟多是些俗而不雅的过路高官的手笔。最后到了南面的一块白墙头上,在离屋檐不远的一角高处,却看到了我们的一位新近去世的同乡夏灵峰先生的四句似邵尧夫而又略带感慨的诗句。夏灵峰先生虽则只知崇古,不善处今,但是五十年来,像他那样的顽固自尊的亡清遗老,也的确是没有第二个人。比较起现在的那些官迷财迷的南满尚书和东洋宫婢来,他的经术言行,姑且不必去论它,就是以骨头来称称,我想也要比什么罗三郎郑太郎辈,重到好几百倍。慕贤的心一动,醺人的臭技自然是难熬了,堆起了几张桌椅,借得了一支破笔,我也在高墙上在夏灵峰先生的脚后放上了一个陈屁,就是在船舱的梦里,也曾微吟过的那一首歪诗。

从墙头上跳将下来,又向龛前天井去走了一圈,觉得酒后的喉咙,有点渴痒了,所以就又走回到了西院,静坐着喝了两碗清茶。在这四大无声,只听见我自己的啾啾喝水的舌音冲击到那座破院的败壁上去的寂静中间,同惊雷似地一响,院后的竹园里却忽而飞出了一声闲长而又有节奏似的鸡啼的声来。同时在门外面歇着的船家,也走进了院门,高声的对我说:

"先生,我们回去罢,已经是吃点心的时候了,你不听见那只公鸡在后山啼么?我们回去罢!"

1932 年 8 月在上海写

(选自 1932 年 9 月 16 日《论语》第 1 期)

朱光潜

"当局者迷,旁观者清"
——艺术和实际人生的距离

有几件事实我觉得很有趣味,不知道你有同感没有?

我的寓所后面有一条小河通莱茵河。我在晚间常到那里散步一次,走成了习惯,总是沿东岸去,过桥沿西岸回来。走东岸时我觉得西岸的景物比东岸的美;走西岸时适得其反,东岸的景物又比西岸的美。对岸的草木房屋固然比较这边的美,但是它们又不如河里的倒影。同是一棵树,看它的正身本极平凡,看它的倒影却带有几分另一世界的色彩。我平时又欢喜看烟雾朦胧的远树,大雪笼盖的世界和更深夜静的月景。本来是习见不以为奇的东西,让雾、雪、月盖上一层白纱,便见得很美丽。

北方人初看到西湖,平原人初看到峨嵋,虽然审美力薄弱的村夫,也惊讶它们的奇景;但在生长在西湖或峨嵋的人除了以居近名胜自豪以外,心里往往觉得西湖和峨嵋实在也不过如此。新奇的地方都比熟悉的地方美,东方人初到西方,或是西方人初到东方,都往往觉得面前景物件件值得玩味。本地人自以为不合时尚的服装和举动,在外方人看,却往往有一种美的意味。

古董癖也是很奇怪的。一个周朝的铜鼎或是一个汉朝的瓦瓶在当时也不过是盛酒盛肉的日常用具,在现在却变成很稀有的艺术品。固然有些好古董的人是贪它值钱,但是觉得古董实在可玩味的人却不少。我到外国人家去时,主人常欢喜拿一点中国东西给我看。这总不外瓷罗汉、蟒袍、渔樵耕读图之类的装饰品,我看到每每觉得羞涩,而主人却诚心诚意地夸奖它们好看。

种田人常羡慕读书人,读书人也常羡慕种田人。竹篱瓜架旁的黄粱浊酒和朱门大厦中的山珍海鲜,在旁观者所看出来的滋味都比当局者亲口尝出来的好。读陶渊明的诗,我们常觉到农人的生活真是理想的生活,可是农人自己在烈日寒风之中耕作时所尝到的况味,绝不似陶渊明所描写的那样闲逸。

人常是不满意自己的境遇而羡慕他人的境遇,所以俗语说:"家花不比野花香"。人对于现在和过去的态度也有同样的分别。本来是很酸辛的遭遇到后来往往变成很甜美的回忆。我小时在乡下住,早晨看到的是那几座茅屋,几畦田,几排青山,晚上看到的也还是那几座茅屋,几畦田,几排青山,觉得它们真是单调无味,现在回忆起来,却不免有些留恋。

这些经验你一定也注意到的。它们是什么缘故呢?

这全是观点和态度的差别。看倒影,看过去,看旁人的境遇,看稀奇的景物,都好比站在陆地上远看海雾,不受实际的切身的利害牵绊,能安闲自在地玩味目前美妙的景致。看正身,看现在,看自己的境遇,看习见的景物,都好比乘海船遇着海雾,只知它妨碍呼吸,只嫌它耽误程期,预兆危险,没有心思去玩味它的美妙。持实用的态度看事物,它们都只是实际生活的工具或障碍物,都只能引起欲念或嫌恶。要见出事物本身的美,我们一定要从实用世界跳开,以"无所为而为"的精神欣赏它们本身的形象。总而言之,美和实际人生有一个距离,要见出事物本身的美,须把它摆在适当的距离之外去看。

再就上面的实例说,树的倒影何以比正身美呢?它的正身是实用世界中的一片段,它和人发生过许多实用的关系。人一看见它,不免想到它在实用上的意义,发生许多实际生活的联想。它是避风息凉的或是架屋烧火的东西。在散步时我们没有这些需要,所以就觉得它没有趣味。倒影是隔着一个世界的,是幻境,是与实际人生无直接关联的。我们一看到它,就立刻注意到它的轮廓线纹和颜色,好比看一幅图画一样。这是形象的直觉,所以是美感的经验。总而言之,正身和实际人生没有距离,倒影和实际人生有距离,美的差别即起于此。

同理,游历新境时最容易见出事物的美。习见的环境都已变成实用的工具。比如我久住在一个城市里面,出门看见一条街就想到朝某方向走是某家酒店,朝某方向走是某家银行;看见了一座房子就想到它是某个朋友的住宅,或是某总长的衙门。这样的"由盘而之钟",我的注意力就迁到旁的事物上去,不能专心致志地看这条街或是这座房子究竟像个什么样子。在崭新的环境中,我还没有认识事物的实用的意义,事物还没有变成实用的工具,一条街还只是一条街而不是到某银行或某酒店的指路标,一座房子还只是某颜色某线形的组合而不是私家住宅或是总长衙门,所以我能见出它们本身的美。

一件本来惹人嫌恶的事情,如果你把它推远一点看,往往可以成为很美的意象。卓文君不守寡,私奔司马相如,陪他当垆卖酒。我们现在把这段情史传为佳话。我们读李长吉的"长卿怀茂陵,绿草垂石井,弹琴看文君,春风吹鬓影"几句诗,觉得它是多么幽美的一幅画!但是在当时人看,卓文君失节却是一件秽行丑迹。袁子才尝刻一方"钱塘苏小是乡亲"的印,看他的口吻是多么自豪！但是钱塘苏小究竟是怎样的一个伟人？她原来不过是南朝的一个妓女。和这个妓女同时的人谁肯攀她做"乡亲"呢？当时的人受实际问题的牵绊，不能把这些人物的行为从极繁复的社会信仰和利害观念的圈套中划出来，当作美丽的意象来观赏。我们在时过境迁之后，不受当时的实际问题的牵绊，所以能把它们当作有趣的故事来谈。它们在当时和实际人生的距离太近，到现在则和实际人生距离较远了，好比经过一些年代的老酒，已失去它的原来的辣性，只留下纯淡的滋味。

一般人迫于实际生活的需要，都把利害认得太真，不能站在适当的距离之外去看人生世相，于是这丰富华严的世界，除了可效用于饮食男女的营求之外，便无其他意义。他们一看到瓜就想它是可以摘来吃的，一看到漂亮的女子就起性欲的冲动。他们完全是占有欲的奴隶。花长在园里何尝不可以供欣赏？他们却欢喜把它摘下来挂在自己的襟上或是插在自己的瓶里。一个海边的农夫逢人称赞他的门前海景时，便很羞涩的回过头来指着屋后一园菜说："门前虽没有什么可看的，屋后这一园菜却还不差。"许多人如果不知道周鼎汉瓶是很值钱的古董，我相信他们宁愿要一个不易打烂的铁锅或瓷罐，不愿要那些不能煮饭藏菜的破铜破铁。这些人都是不能在艺术品或自然美和实际人生之中维持一种适当的距离。

艺术家和审美者的本领就在能不让屋后的一园菜压倒门前的海景，不拿盛酒盛菜的标准去估定周鼎汉瓶的价值，不把一条街当作到某酒店和某银行去的指路标。他们能跳开利害的圈套，只聚精会神地观赏事物本身的形象。他们知道在美的事物和实际人生之中维持一种适当的距离。

我说"距离"时总不忘冠上"适当的"三个字，这是要注意的。"距离"可以太过，可以不及。艺术一方面要能使人从实际生活牵绊中解放出来，一方面也要使人能了解，能欣赏，"距离"不及，容易使人回到实用世界，距离太远，又容易使人无法了解欣赏。这个道理可以拿一个浅例来说明。

王渔洋的《秋柳诗》中有两句说："相逢南雁皆愁侣，好语西乌莫夜飞。"在不知这诗的历史的人看来，这两句诗是漫无意义的，这就是说，它的距离太远，读者不能了解它，所以无法欣赏它。《秋柳诗》原来是悼明亡的，"南雁"是指国亡无所依附的故旧大臣，"西乌"是指有意屈节降清的人物。假使读这两句诗的人自己也是一个"遗老"，他对于这两句诗的情感一定比旁人较能了解。但是他不一定能取欣赏的态度，因为他容易看这两句诗而自伤身世，想到种种实际人生问题上面去，不能把注意力专注在诗的意象上面，这就是说，《秋柳诗》对于他的实际生活距离太近了，容易把他由美感的世界引回到实用的世界。

许多人欢喜从道德的观点来谈文艺，从韩昌黎的"文以载道"说起，一直到现代"革命文学"以文学为宣传的工具止,都是把艺术硬拉回到实用的世界里去。一个乡下人看戏,看见演曹操的角色扮老奸巨猾的样子惟妙惟肖,不觉义愤填胸,提刀跳上舞台,把他杀了。从道德的观点评艺术的人们都有些类似这位杀曹操的乡下佬,义气虽然是义气,无奈是不得其时,不得其地。他们不知道道德是实际人生的规范,而艺术是与实际人生有距离的。

艺术须与实际人生有距离,所以艺术与极端的写实主义不相容。写实主义的理想在妙肖人生和自然,但是艺术如果真正做到妙肖人生和自然的境界,总不免把观者引回到实际人生,使他的注意力旁迁于种种无关美感的问题,不能专心致志地欣赏形象本身的美。比如裸体女子的照片常不免容易刺激性欲,而裸体雕像如《米罗爱神》,裸体画像如法国安格尔的《汲泉女》,都只能令人肃然起敬。这是什么缘故呢?这就是因为照片太逼肖自然,容易像实物一样引起人的实用的态度;雕刻和图画都带有若干形式化和理想化,都有几分不自然,所以不易被人误认为实际人生中的一片段。

艺术上有许多地方,乍看起来,似乎不近情理。古希腊和中国旧戏的角色往往带面具、穿高底鞋,表演时用歌唱的声调,不像平常说话。埃及雕刻对于人体加以抽象化,往往千篇一律。波斯图案画把人物的肢体加以不自然的扭屈,中世纪"哥特式"诸大教寺的雕像把人物的肢体加以不自然的延长。中国和西方古代的画都不用远近阴影。这种艺术上的形式化往往遭浅人唾骂,它固然时有流弊,其实也含有至理。这些风格的创始者都未尝不知道它不自然,但是他们的目的正在使艺术和自然之中有一种距离。说话不押韵,不论平仄,做诗却要押韵,要论平仄,道理也是如此。艺术本来是弥补人生和自然缺陷的。如果艺术的最高目的仅在妙肖人生和自然,我们既已有人生和自然了,又何取乎艺术呢?

艺术都是主观的,都是作者情感的流露,但是它一定要经过几分客观化。艺术都要有情感,但是只有情感不一定就是艺术。许多人本来是笨伯而自信是可能的诗人或艺术家。他们常埋怨道:"可惜我不是一个文学家,否则我的生平可以写成一部很好的小说。"富于艺术材料的生活何以不能产生艺术呢?艺术所用的情感并不是生糙的而是经过反省的。蔡琰在丢开亲生子回国时决写不出《悲愤诗》,杜甫在"入门闻号咷,幼子饥已卒"时决写不出《自京赴奉先咏怀五百字》。这两首诗都是"痛定思痛"的结果。艺术家在写切身的情感时,都不能同时在这种情感中过活,必定把它加以客观化,必定由站在主位的尝受者退为站在客位的观赏者。一般人不能把切身的经验放在一种距离以外去看,所以情感尽管深刻,经验尽管丰富,终不能创造艺术。

(选自《谈美》,开明书店 1932 年版)

丽 尼

鹰之歌

黄昏是美丽的。我忆念着那南方的黄昏。

晚霞如同一片赤红的落叶坠到铺着黄尘的地上,斜阳之下的山岗变成了暗紫,好像是云海之中的礁石。

南方是遥远的;南方的黄昏是美丽的。

有一轮红日沐浴着在大海之彼岸;有欢笑着的海水送着夕归的渔船。

南方,遥远而美丽的!

南方是有着榕树的地方,榕树永远是垂着长须,如同一个老人安静地站立,在夕暮之中作着冗长的低语,而将千百年的过去都埋在幻想里了。

晚天是赤红的。公园如同一个废墟。鹰在赤红的天空之中盘旋,作出短促而悠远的歌唱,嘹唳地,清脆地。

鹰是我所爱的。它有着两个强健的翅膀。

鹰的歌声是嘹唳而清脆的,如同一个巨人的口在远天吹出了口哨。而当这口哨一响着的时候,我就忘却我的忧愁而感觉奋兴了。

我有过一个忧愁的故事,每一个年青的人都会有一个忧愁的故事。

南方是有着太阳和热和火焰的地方。而且,那时,我比现在年青。

那些年头!啊,那是热情的年头!我们之中,像我们这样大的年纪的人,在那样的年代,谁不曾有过热情的如同火焰一般的生活?谁不曾愿意把生命当作一把柴薪,来加强这正在燃烧的火焰?有一团火焰给人们点燃了,那么美丽地发着光辉,吸引着我们,使我们抛弃了一切其他的希望与幻想,而专一地投身到这火焰中来。

然而,希望,它有时比火星还容易熄灭。对于一个年青人,只须一个刹那,一整个世界就会从光明变成了黑暗。

我们曾经说过:"在火焰之中锻炼着自己";我们曾经感觉过一切旧的渣滓都会被铲除,而由废墟之中会生长出新的生命,而且相信这一切都是不久就会成就的。

然而,当火焰苦闷地窒息于潮湿的柴草,只有浓烟可以见到的时候,一刹那间,一整个世界就变成黑暗了。

我坐在已经成了废墟的公园看着赤红的晚霞,听着嘹唳而清脆的鹰歌,然而我却如同一个没有路走的孩子,凄然地流下眼泪来了。

"一整个世界变成了黑暗;新的希望是一个艰难的生产。"

鹰在天空之中飞翔着了,伸展着两个翅膀,倾侧着,回旋着,作出了短促而悠远的歌声,如同一个信号。我凝望着鹰,想从它的歌声里听出一个珍贵的消息。

"你凝望着鹰么?"她问。

"是的,我望着鹰,"我回答。

她是我的同伴,是我三年来的一个伴侣。

"鹰真好,"她沉思地说了,"你可爱鹰?"

"我爱鹰的。"

"鹰是可爱的。鹰有两个强健的翅膀,会飞,飞得高,飞得远,能在黎明里飞,也能在黑夜里飞。你知道鹰是怎样在黑夜里飞的么?是像这样飞的,你瞧,"说着,她展开了两只修长的手臂,旋舞一般地飞着了,是飞得那么天真,飞得那么热情,使她的脸面也现出了夕阳一般的霞彩。

我欢乐的笑了,而感觉了奋兴。

然而,有一次夜晚,这年青的鹰飞了出去,就没有再看见她飞了回来。一个月以后,在一个黎明,我在那已经成了废墟的公园之中发现了她的被六个枪弹贯穿了的身体,如同一只被猎人从赤红的天空击落了下来的鹰雏,披散了毛发在那里躺着了。那正是她为我展开了手臂而热情地飞过的一块地方。

我忘却了忧愁,而变得在黑暗里感觉兴奋了。

南方是遥远的,但我忆念着那南方的黄昏。

南方是有着鹰歌唱的地方,那嘹唳而清脆的歌声是会使我忘却忧愁而感觉兴奋的。

1934 年 12 月

(选自 1935 年 3 月 16 日《文学季刊》第 2 卷第 1 期)

林语堂

《人间世》发刊词

十四年来中国现代文学唯一之成功,小品文之成功也。创作小说,即有佳作,亦由小品散文训练而来。盖小品文,可以发挥议论,可以畅泄衷情,可以摹绘人情,可以形容世故,可以札记琐屑,可以谈天说地,本无范围,特以自我为中心,以闲适为格调,与各体别,西方文学所谓个人笔调是也。故善冶情感与议论于一炉,而成现代散文之技巧。《人间世》之创刊,专为登载小品文而设,盖欲就其已有之成功,推波助澜,使其愈臻畅盛。小品已成功之人,或可益加兴趣,多所写作,即未知名之人,亦可因此发见。盖文人作文,每等还债,不催不还,不邀不作。或因未得相当发表之便利,虽心头偶有佳意,亦听其埋没,何等可惜。或且因循成习,绝笔不复作,天下苍生翘首如望云霓,而终不见涓滴之赐,何以为情。且现代刊物,纯文艺性质者,多刊创作,以小品作点缀耳。若不特创一刊,提倡发表,新进作家即不复接踵而至。吾知天下有许多清新可喜文章,亦正藏在各人抽屉,供鱼蠹之侵蚀,不亦大可哀乎。内容如上所述,包括一切,宇宙之大,苍蝇之微,皆可取材,故名之为《人间世》。除游记诗歌题跋赠序尺牍日记之外,尤注重清俊议论文及读书随笔,以期开卷有益,掩卷有味,不仅吟风弄月,而流为玩物丧志之文学也。半月一册,字数四万,逢初五、二十出版,纸张印刷编排校对,力求完善,用仿宋字排印,以符小品精雅之意。尚祈海内文士,共襄其成。

(原载《人间世》创刊号,1934年4月)

秋天的况味

秋天的黄昏，一人独坐沙发上抽烟，看烟头白灰之下露出红光，微微透露出暖气，心头的情绪便跟着那蓝烟缭绕而上，一样的轻松，一样的自由。不转眼，缭烟变成缕缕细丝，慢慢不见了，而那霎时，心上的情绪也跟着消沉于大千世界，所以也不讲那时的情绪，只讲那时的情绪的况味。待要再划一根洋火，再点起那已点过三四次的雪茄，却因白灰已积得太多而点不着，乃轻轻的一弹，烟灰静悄悄的落在铜炉上，其静寂如同我此时用毛笔写在纸上一样，一点的声息也没有。于是再点起来，一口一口的吞云吐雾，香气扑鼻，宛如偎红倚翠温香在抱情调。于是想到烟，想到这烟一股温煦的热气，想到室中缭绕暗淡的烟霞，想到秋天的意味。这时才忆起，向来诗文上秋的含义，并不是这样的，使人联想的是肃杀，是凄凉，是秋扇，是红叶，是荒林，是萋草。然而秋确有另一意味，没有春天的阳气勃勃，也没有夏天炎烈迫人，也不像冬天之全入于枯槁凋零。我所爱的是秋林古气磅礴气象。有人以老气横秋骂人，可见是不懂得秋林古色之滋味。在四时中，我于秋是有偏爱的，所以不妨说说。秋是代表成熟，对于春天之明媚娇艳，夏日的茂密浓深，都是过来人，不足为奇了，所以其色淡，叶多黄，有古色苍茏之概，不单以葱翠争荣了。这是我所谓秋天的意味。大概我所爱的不是晚秋，是初秋，那时暄气初消，月正圆，蟹正肥，桂花皎洁，也未陷入凛烈萧瑟气态，这是最值得赏乐的。那时的温和，如我烟上的红灰，只是一股薰热的温香罢了。或如文人已排脱下笔惊人的格调，而渐趋纯熟练达，宏毅坚实，其文读来有深长意味。这就是庄子所谓"正得秋而万宝成"结实的意义。在人生上最享乐的就是这一类事。比如酒以醇以老为佳。烟也有和烈之辨。雪前之佳者，远胜于香烟，因其意味较和。倘是烧得得法，慢慢的吸完一支，看那红光炙发，有无穷的意味。鸦片吾不知，然看见人在烟灯上烧，听那微微哔剥的声音，也觉得有一种诗意。大概凡是古老、纯熟、薰黄、熟练的事物，都使我得到同样的愉快。如一只薰黑的陶锅在烘炉上用慢火炖猪肉时所发出的锅中徐吟的声调，使我感到同看人烧大烟一样的兴味。或如一本用过二十年而尚未破烂的字典，或是一张用了半世的书桌，或如看见街上一块薰黑了老气横秋的招牌，或是看见书法大家苍劲雄浑的笔迹，都令人有相同的快乐。人生世上如岁月之有四时,必须要经过这纯熟时期,如女人发育健全遭遇安顺的,亦必有一时徐娘半老的风韵,为二八佳人所不及者。使我最佩服的是邓肯的佳句:"世人只会吟咏春天与恋爱,真无道理。须知秋天的景色,更华丽,更恢奇,而秋天的快乐有万倍的雄壮、惊奇、绚丽。我真可怜那些妇女识见褊狭,使她们错过爱之秋天的宏大的赠赐。"若邓肯者,可谓识趣之人。

(选自《林语堂文选》,中国广播电视出版社1990年版)

唐弢

略论吃饭与打屁股

仿佛是陀罗雪维支说的吧：中国的皇帝用两件法宝治理天下，一件是米饭，别一件则是板子；他用米饭来养活所谓良民，却又用板子去鞭打莠民的屁股。在这"礼仪之邦"里，大家相信一切坏主意都从屁股里出来，所以，它才是首先应该挨打的东西。

然而皇帝们又往往找不出真正该打的屁股来。

这结果便是错打和乱打。以米饭和板子来治理的天下，到底还是断送在米饭和板子里，因为他们不但错打了屁股，凡所养活的，也不过是一群毫无人气的奴才——然则又如何会有了不起的作为。他们填饱肚子，却无非叩一阵响头，打几句官腔而已。有识者则反而毙于杖下了。

这是什么缘故呢？

就因为人才毕竟是奴才的对头。

奴才们虽然不能成大事，然而在讨好凑趣，搬弄是非，以杀死人才这一点上，却还是颇有能耐的。无论皇帝怎样"圣明"，而板子却总得放在奴才的手里，通过了一切典制条例，国法刑律，只有他们才是真正的执行者。奴才的功业是永远和屁股连在一起的：他们一方面给人打，一方面也打人。

年代毫不停留地过去了，一张给塞米饭的嘴，一个挨打板子的屁股，这便是中国历史的经纬。

一视同仁的，何况是后起的文明国家。可是犬而称为军用，这就未免太露骨了。而且北大营的血，沈阳的尸身，以至四省的骷髅，和我们还有同胞之义。文明的讨价对人类是太奢，这便宜反倒让牲畜占去了。

中国人大概是还要含着眼泪来赏识这一点文明的。

然而只要是高等或者上等华人，其实也还有"固有"的文明，那便是"君子食肉而远庖厨"，但这可并不拍卖。

说得透彻一点，这是连拍卖也谈不到。

1934年

（选自唐弢《推背图·老话》，天马书店1936年版）

夏丏尊

中年人的寂寞

我已是一个中年的人。一到中年,就有许多不愉快的现象,眼睛昏花了,记忆力减退了,头发开始秃脱而且变白了,意兴,体力,什么都不如年青的时候,常不禁会感觉到难以名言的寂寞的情味。尤其觉得难堪的是知友的逐渐减少和疏远,缺乏交际上的温暖的慰藉。

不消说,相识的人数是随了年龄增加的,一个人年龄越大,走过的地方当过的职务越多,相识的人理该越增加了。可是相识的人并不就是朋友。我们和许多人相识,或是因了事务关系,或是因了偶然的机缘——如在别人请客的时候同席吃过饭之类。见面时点头或握手,有事时走访或通信,口头上彼此也称"朋友",笔头上有时或称"仁兄",诸如此类,其实只是一种社交上的客套,和"顿首""百拜"同是仪式的虚伪。这种交际可以说是社交,和真正的友谊相差似乎很远。

真正的朋友,恐怕要算"总角之交"或"竹马之交"了。在小学和中学的时代容易结成真实的友谊,那时彼此尚不感到生活的压迫,入世未深,打算计较的念头也少,朋友的结成全由于志趣相近或性情适合,差不多可以说是"无所为"的,性质比较地纯粹。二十岁以后结成的友谊,大概已不免掺有各种各样的颜色分子在内;至于三十岁四十岁以后的朋友中间,颜色分子愈多,友谊的真实成分也就不免因而愈少了。这并不一定是"人心不古",实可以说是人生的悲剧。人到了成年以后,彼此都有生活的重担须负,入世既深,顾忌的方面也自然加多起来,在交际上不许你不计较,不许你不打算,结果彼此都"钩心斗角",像七巧板似地只选定了某一方面和对方去接合。这样的接合当然是很不坚固的,尤其是现代这样什么都到了尖锐化的时代。

在我自己的交游中,最值得系念的老是一些少年时代以来的朋友。这些朋友本来数目就不多,有些住在远地,连相会的机会也不可多得。他们有的年龄大过了我,有的小我几岁,都是中年以上的人了,平日各人所走的方向不同,思想趣味境遇也都不免互异,大家晤谈起来,也常会遇到说不出的隔膜的情形。如大家话旧,旧事是彼此共喻的,而且大半都是少年时代的事,"旧游如梦",把梦也似的过去的少年时代重提,因谈话的进行,同时会联想起许多当时的事情,许多当时的人的面影,这时好像自己仍回归到少年时代去了。我常在这种时候感到一种快乐,同时也感到一种伤感,那情形好比老妇人突然在抽屉里或箱子里发见了她盛年时的影片。

　　逢到和旧友谈话,就不知不觉地把话题转到旧事上去,这是我的习惯。我在这上面无意识地会感到一种温暖的慰藉。可是这些旧友一年比一年减少了,本来只是屈指可数的几个,少去一个是无法弥补的。我每当听到一个旧友死去的消息,总要惆怅多时。

　　学校教育给我们的好处不但只是灌输知识,最大的好处恐怕还在给予我们求友的机会上。这好处我到了离学校以后才知道,这几年来更确切地体会到,深悔当时毫不自觉,马马虎虎地过去了。近来每日早晚在路上见到两两三三的携着书包、携了手或挽了肩膀走着的青年学生,我总艳羡他们有朋友之乐,暗暗地要在心中替他们祝福。

(选自 1934 年 11 月《中学生》第 49 号)

徐懋庸

秋风偶感

世乱年荒，穷人们是没有活命的方法了，论地方，都市里的人们道是乡下还有饭吃，想回去，乡下的人们却以为都市里还有饭吃，要出来，两边跑来跑去，其实是彼此一样。被今年的旱灾一逼，从乡下跑到都市的人比较更多了。最近是连我的亭子间里，也到了想在上海找工作做的三个男女。

在现在的上海，是否能够找到工做，且不管他，单是这三位乡亲的目前的食宿问题，已经太难解决了，他们当然不会带有很多的钱，在没有找到工作以前，要他们自己租屋住，包饭吃，那是万万不能的，然而我的亭子间又这么小，一起四个男女，实在没有法子住，而且要我骤然多负三个人的饭钱，实在也很不容易，我一面心里急着，一面看着他们的愁眉苦脸，愈加想不出办法了！

为了把头脑弄清爽些，独自出了昏闷的亭子间，在马路上踱着，继续盘算，无意中看到一处弄堂口的垃圾桶，忽然想起了古时希腊的哲学家迭奥琴尼的故事，这个古怪的哲学家，是没有家屋的，他每天栖身之所只是一只桶。

"一只桶！"我因而想到，倘若上海的垃圾桶里可以住人，那么我的三位乡亲的住处不是有了办法么？然而，这到底是不可能的，垃圾桶是容纳垃圾的，人们呢，倘不住房子，就只好困马路了，可是天气已转到秋凉，困马路也不行了。

迭奥琴尼还有一桩故事，是这样的：他虽然没有家屋，但是还有一只喝水用的杯子，有一天，他走到一条小溪的旁边，看见一个牧童，用手掌掬了水在那里喝，于是，他把自己的杯子弄碎了，说道："这个牧童给我一个教训，我原来还有一件多余的东西！"

从这故事，我又想到，像现在这样生存困难的时代，人们不也可以把生活上的一切必需品节减成非常简单？没有房子住，就住山洞，没有布衣穿，就用树叶围，没有谷物吃，就茹毛饮血，……事事返于原始的状态，岂不是容易生存了么？也许，造成现在这样的生存的困难的状态的，就是人们的享受太多，自然界来不及供给的缘故罢？但是，仔细想来，现在的穷人们的享受，正比原始的人们多得无几，而自然界所供给的财富，却比原始时代多得不可计算,然而,在今日这样财富的生产中,竟有多数人不能生活,这病根到底在哪里呢?

我忽然记得,在山川均的《社会主义讲话》这本书中,有如下的一段话可以解答这问题:

"地上起着寒风的时候,上空却无风,海面东流,海底却仍其旧,不受东流的影响。同样,社会的大多数人收入激减,生活降低之时,同社会的或一部分的人,收入却增加着,试看一九二九年度的个人所得税额,著名的富豪之所得,差不多无例外是增加的。今天的新闻中载着:一个失业的人,因为饿不过,把摆在食物店门口的食品抓起了一把来,仔细一看,却是作广告用的食品的模型,这件又滑稽又悲痛的事实,简直像个笑话。在都会里,有因强夺了一文钱而被判三年徒刑的失业者,在穷迫的农村中,有因没有柴烧,于是由一村的诸部落,各抽两个牺牲者,去盗伐森林的地方。然而,现世之中,并非处处都是这般光景,开销到十万元以上的婚礼,自去年以来,屡见不鲜,'今日,从八万元到十万元以上高价的首饰,已不算稀罕';'出入于社交界的妇人,头上左边带着一二万元的宝石';'一个女人,五六万元的东西,要算最普通。豪富的小姐,指上几万元,头上几万元的宝石,常光辉照人';'某百货店,一万元的钻戒,一日售去四个,千元左右之钢琴,一日售去三架'……像这样,现在的社会,——假定财富是社会的血——其全体日益贫血,血液都集中到身体的极小的一部分,成为可怕的局部充血,这实在是个危险的病症,但是现代的社会生活中,对这症状,实无可如何。"

倘在一处只好放五十头牛的牧场放着一百头牛,那就要招祸出来,这是每个农夫完全熟悉的一点知识。若在一处只能容纳十万人的地点而聚集着一百万人,那就要产生人口过剩,贫穷和无谓的苦痛,这也是谁都知道的。然而,现世界的情形并不是这样。我们的世界,是本好放一百头牛的牧场,却被十头牛占了九十头牛的地位,于是其余九十头牛就只好在十头牛的地位上拥挤;我们的世界,是本可聚集一百万人的地点,却被十万人占了九十万人的地位,于是其余的九十万人就只好在十万人的地位中挣扎,因为这样,纵然人类的共同的养母——自然——纵然更慷慨一点将无穷的富源供给她的子民,但是多数的人类依然不能生活的。

"然而",记得房龙教授曾说:"这样的错误,还不能算是我们无数错误之中之最严重的,我们还有一种地方开罪我们这位慷慨的养母。一切活的有机体之中,唯有'人'是仇视同类的,狗不吃狗,老虎不吃老虎——甚至那可厌的土狼,其同类间也是和平地相处的,但是'人'要仇恨'人','人'要杀'人',且在今日的世界,每个民族最所关心的任务,就是准备将来再去屠杀它的邻人。"

啊啊！人类的错误，社会的矛盾，一至于此！现世界的多数的民众，都在水深火热之中，找不到工作，没处可食宿的岂止我这三位乡亲？而无力帮助他人的穷困的，又岂止我一个人呢？

"倘若社会关系永远不变革，人类意识永远不改造，那么我们的这个世界的悲剧，正不知还要演出多少惨怖的场面来呢？"

在马路的秋风中，我低着头胡想，这时横在我心头的问题，已不是我那三个乡亲的目前的问题而是全人类的将来的问题了。

（选自徐懋庸《打杂集》，上海生活书店1935年6月版）

李广田

画　　廊

"买画去吗？"

"买画去。"

"看画去，去么？"

"去。看画去。"

在这样简单的对话里，是交换着多少欢喜的。谁个能不欢喜呢，除非那些终天忙着招待债主的人？年梢岁末，再过几天就是除日了，大小户人家，都按了当地的习惯把家里扫除一过，屋里的蜘蛛网，烂草芥，门后边积了一年的扫地土，都运到各自门口的街道上去了。——如果这几天内你走过这个村子，你一定可以看见家家门口都有一堆黑垃圾。有些懂事人家，便把这堆脏东西倾到肥料坑里去，免得叫行路人踢一脚灰，但大多数人家都不这么办，说是用那样肥料长起来的谷子不结粒，容易出稗。——这样一扫，各屋里都显得空落落的了，尤其是那些老人的卧房里，他们便趁着市集的一天去买些年画，说是要补补墙，闲着时看画也很好玩。

那画廊就位在市集的中间。说是"画廊"，只是这样说着好玩罢了，其实，哪里是什么画廊，也不过村里的一座老庙宇。因为庙里面神位太多的原故，也不知谁个是宾，谁个是主，这大概也是乡下人省事的一种办法，把应该供奉的诸神都聚在一处了。然而这儿有"当庄土地"的一个位子该是无疑的，因为每逢人家有新死人时，便必须到这里来烧些纸钱，照例作那些"接引""送路"等仪式，于是这座庙里就常有些闹鬼的传闻。多少年前，这座庙也许非常富丽，从庙里那口钟上也可知道，——直到现在，它还于每年正腊月时被一个讨饭的瞎子敲着，平素也常被人敲作紧急的警号，有时，发生了什么聚众斗殴或说理道白的事情，也把这钟敲着当作号召。——这口钟算是这一带地方顶大的钟了。据老年人谈，说是多少年前的多少年前，这庙里住过一条大蛇，雷雨天出现，为行路人所见，尾巴在最后一层殿里藏着，中间把身子搭在第二殿，又第三殿，一直伸出大门来，把头探在庙前一个深潭里取饮——那个深潭现在变成一个浅浅的饮马池了。——而每两院之间，都有三方丈的院子，每个院子里还有十几棵三五抱的松柏树，现在呢，当然那样的大蛇已无处藏身，殿宇也只变成围了一周短垣的三间土屋了。近些年来,人们对于神的事情似乎不大关心,这地方也就更变得荒废,连仅存的三间土屋也日渐颓败,说不定,在连绵淫雨天里就会倾倒了下来,颇有神鬼不得安身之虞,院里的草,还时有牛羊去牧放,敬神的人去践踏,屋顶上则荒草三尺,一任其冬枯夏长。门虽设而常关,低垣断处,便是方便之门,不论人畜,要进去亦不过举足之劳耳。平常有市集的日子,这庙前便非常热闹,庙里却依然冷静。只有到将近新年的时候,这座古庙才被惊动一下。自然,门是开着的了,里边外边,都由官中人打扫一过,不知从哪一天起,每天夜里,庙里也点起豆粒般大的长明灯火来。庙门上,照例有人来贴几条黄纸对联,如"一天新雨露,万古老禅林"之类,却似乎每年都借用了来作为这里的写照。然而这个也就最合适不过了,又破烂,又新鲜,多少人整年地不到这里来,这时候也都来瞻仰瞻仰了。每到市集的日子,里边就挂满了年画,买画的人固然来,看画的人也来,既不买,也不看,随便蹭了进来的也很多,庙里很热闹,真好像一个图画展览会的画廊了。

  画呢,自然都很合乡下人的脾味,他们在那里拣着,挑着,在那里讲图画中故事,又在那里细琢细磨地讲价钱。小孩子,穿了红红绿绿的衣服,仰着脸看得出神,从这一张看到那一张,他们对于"有余图"或"莲生九子"之类的特别喜欢。老年人呢,都衔了长烟管,天气很冷了,他们像每人擎了一个小小手炉似的,吸着,暖着,烟斗里冒着缕缕的青烟。他们总爱买些"老寿星","全家福","五谷丰登",或"仙人对棋"之类。一面看着,也许有一个老者在那里讲起来了,说古时候有一个上山打柴的青年人,因贪看两个老人在石凳上下棋,竟把打柴回家的事完全忘了,一局棋罢,他乃如一梦醒来,从山上回来时,无论如何再也寻不见来路,人世间已几易春秋,树叶子已经黄过几十次又绿过几十次了。讲完了,指着壁上的画,叹息着。也有人在那里讲论戏文,因有大多数画是画了剧中情节,那讲着的人自然是一个爱剧又懂剧的,不知不觉间你会听到他哼哼起来了,哼哼着唱起剧文来,再没有比这个更能给人以和平之感的了。是的,和平之感,你会听到好些人在那里低低地哼着,低低地,像一群蜜蜂,像使人做梦的魔术咒语。人们在那里不相拥挤,不吵闹,一切都从容,闲静,叫人想到些舒服事情。就这样,从太阳高升起时,一直到日头打斜时止,不断地有赶集人到这座破庙来,从这里带着微笑,拿了年画去。

  "老伯伯,买了年画来?"

  "是啊,你没买?——补补空墙,闲时候看画也很好玩呢。"

  "'五谷丰登'几文钱?"

  "要价四百四,还价二百就卖了。"

  在归途中,常听到负了两肩年货的赶集人这样回答。

(选自《画廊集》,商务印书馆1936年3月版)

老　舍

想北平

　　设若让我写一本小说,以北平作背景,我不至于害怕,因为我可以捡着我知道的写,而躲开我所不知道的。让我单摆浮搁的讲一套北平,我没办法。北平的地方那么大,事情那么多,我知道的真觉太少了,虽然我生在那里,一直到廿七岁才离开。以名胜说,我没到过陶然亭,这多可笑!以此类推,我所知道的那点只是"我的北平",而我的北平大概等于牛的一毛。

　　可是,我真爱北平。这个爱几乎是要说而说不出的。我爱我的母亲。怎样爱?我说不出。在我想作一件讨她老人家喜欢的事的时候,我独自微微的笑着;在我想到她的健康而不放心的时候,我欲落泪。言语是不够表现我的心情的,只有独自微笑或落泪才足以把内心揭露在外面一些来。我之爱北平也近乎这个。夸奖这个古城的某一点是容易的,可是那就把北平看得太小了。我所爱的北平不是枝枝节节的一些什么,而是整个儿与我的心灵相粘合的一段历史,一大块地方,多少风景名胜,从雨后什刹海的蜻蜓一直到我梦里的玉泉山的塔影,都积凑到一块,每一小的事件中有个我,我的每一思念中有个北平,这只有说不出而已。

　　真愿成为诗人,把一切好听好看的字都浸在自己的心血里,像杜鹃似的啼出北平的俊伟。啊!我不是诗人!我将永远道不出我的爱,一种像由音乐与图画所引起的爱。这不但是辜负了北平,也对不住我自己,因为我的最初的知识与印象都得自北平,它是在我的血里,我的性格与脾气里有许多地方是这古城所赐给的。我不能爱上海与天津,因为我心中有个北平。可是我说不出来!

　　伦敦,巴黎,罗马与堪司坦丁堡,曾被称为欧洲的四大"历史的都城"。我知道一些伦敦的情形;巴黎与罗马只是到过而已;堪司坦丁堡根本没有去过。就伦敦,巴黎,罗马来说,巴黎更近似北平——虽然"近似"两字要拉扯得很远——不过,假使让我家住巴黎,我一定会和没有家一样的感到寂苦。巴黎,据我看,还太热闹。自然,那里也有空旷静寂的地方,可是又未免太旷;不像北平那样既复杂而又有个边际,使我能摸着——那长着红酸枣的老城墙!面向着积水潭,背后是城墙,坐在石上看水中的小蝌蚪或苇叶上的嫩蜻蜓，我可以快乐的坐一天，心中完全安适，无所求也无可怕，像小儿安睡在摇篮里。是的，北平也有热闹的地方，但是它和太极拳相似，动中有静。巴黎有许多地方使人疲乏，所以咖啡与酒是必要的，以便刺激；在北平，有温和的香片茶就够了。

  论说巴黎的布置已比伦敦罗马匀调的多了，可是比上北平还差点事儿。北平在人为之中显出自然，几乎是什么地方既不挤得慌，又不太僻静：最小的胡同里的房子也有院子与树；最空旷的地方也离买卖街与住宅区不远。这种分配法可以算——在我的经验中——天下第一了。北平的好处不在处处设备得完全，而在它处处有空儿，可以使人自由的喘气；不在有好些美丽的建筑，而在建筑的四围都有空闲的地方，使它们成为美景。每一个城楼，每一个牌楼，都可以从老远就看见。况且在街上还可以看见北山与西山呢！

  好学的，爱古物的，人们自然喜欢北平，因为这里书多古物多。我不好学，也没钱买古物。对于物质上，我却喜爱北平的花多菜多果子多。花草是种费钱的玩艺，可是此地的"草花儿"很便宜，而且家家有院子，可以花不多的钱而种一院子花，即使算不了什么，可是到底可爱呀。墙上的牵牛，墙根的靠山竹与草茉莉，是多么省钱省事而也足以招来蝴蝶呀！至于青菜，白菜，扁豆，毛豆角，黄瓜，菠菜等等，大多数是直接由城外担来而送到家门口的。雨后，韭菜叶上还往往带着雨时溅起的泥点。青菜摊子上的红红绿绿几乎有诗似的美丽。果子有不少是由西山与北山来的，西山的沙果，海棠，北山的黑枣，柿子，进了城还带着一层白霜儿呀！哼，美国的橘子包着纸；遇到北平的带霜儿的玉李，还不愧杀！

  是的，北平是个都城，而能有好多自己产生的花，菜，水果，这就使人更接近了自然。从它里面说，它没有像伦敦的那些成天冒烟的工厂；从外面说，它紧连着园林，菜圃与农村。采菊东篱下，在这里，确是可以悠然见南山的；大概把"南"字变个"西"或"北"，也没有多少了不得的吧。像我这样的一个贫寒的人，或者只有在北平能享受一点清福了。

  好，不再说了吧；要落泪了，真想念北平呀！

（选自1936年6月16日《宇宙风》第19期）

婆婆话

　　一位朋友从远道而来看我,已七八年没见面,谈起来所以非常高兴。一来二去,我问他有了几个小孩?他连连摇头,答以尚未有妻。他已三十五六,还作光棍儿,倒也有些意思;引起我的话来,大致如下:

　　我结婚也不算早,作新郎时已三十四岁了。为什么不肯早些办这桩事呢?最大的原因是自己挣钱不多,而负担很大,所以不愿再套上一份麻烦,作双重的马牛。人生本来是非马即牛,不管是贵是贱,谁也逃不出衣食住行,与那油盐酱醋。不过,牛马之中也有些性子刚硬的,挨了一鞭,也敢回敬一个别扭。合则留,不合则去,我不能在以劳力换金钱之外,还赔上狗事巴结人,由马牛降作走狗。这么一来,随时有卷起铺盖滚蛋的可能,也就得有些准备,积极的是储蓄俩钱,以备长期抵抗;消极的是即使挨饿,独身一个总不致灾情扩大。所以我不肯结婚。卖国贼很可以是慈父良夫,错处是只尽了家庭中的责任,而忘了社会国家。我的不婚,越想越有理。

　　及至过了三十而立,虽有桌椅板凳亦不敢坐,时觉四顾茫然。第一个是老母亲的劝告。虽然不明说:"为了养活我,你牺牲了自己,我是怎样的难过!"可是再说硬话实在使老人难堪;只好告诉母亲:不久即有好消息。君子一言,驷马难追;一透口话,就满城风雨。朋友不论老少男女,立刻都觉得有作媒的资格,而且说得也确是近情近理;平日真没想到他们能如此高明。最普通而且最动听的——不晓得他们都是从哪儿学来的这一套?——是:老光棍儿正如老姑娘,独居惯了就慢慢养成绝户脾气——万要不得的脾气!一个人,他们说,总得活泼泼的,各尽所长,快活的忙一辈子。因不婚而弄得脾气古怪,自己苦恼,大家不痛快,这是何苦?这个,的确足以打动一个卅多岁,对世事有些经验的人!即使我不希望升官发财,我也不甘成为一个老别扭鬼。

　　那么经济问题呢?我问他们。我以为这必能问住他们,因为他们必不会因为怕我成了老绝户而愿每月津贴我多少钱。哼,他们的话更多了。第一,两个人的花销不必比一个人多到哪里去;第二,即使多花一些,可是苦乐相抵,也不算吃亏;第三,找位能挣些钱的女子,共同合作,也许从此就富裕起来;第四,就说她不能挣钱,而且多花一些,人生本来是经验与努力,不能永远消极的防备,而当努力前进。

　　说到这里,他们不管我相信这些与否,马上就给我介绍女友了。仿佛是我决不会去自己找到似的。可是,他们又有文章。恋爱本无须找人帮忙,他们晓得;不过,在恋爱期间,理智往往弱于感情;一旦造成了将错就错的局面,必会将恩作怨,糟糕到底。反之,经友人介绍,旁观者清,即使未必准是半斤八两,到底是过了磅的有个准数。多一番理智的考核,便少一些感情的瞎碰。双方既都到了男大当娶,女大当聘之年,而且都愿结婚,一经介绍,必定郑重其事的为结婚而结婚,不是过过恋爱的瘾。况且结婚就是结婚;所谓同居,所谓试婚,所谓解决性欲问题,原来都是这一套。同居而不婚,也得俩个吃饭,也得生儿养女;并不因为思想高明,而可以专接吻,不用吃饭!

　　我没有办法。你一言,我一语,说得我心中闹得慌。似乎只有结婚才能心静,别无办法。于是我就结了婚。

　　到如今,结婚已有五年,有了一儿一女。把五年的经验和婚前所听到的理论相证,也倒怪有个味儿。

　　第一该说脾气。不错,朋友们说对了:有了家,脾气确是柔和了一些。我必定得说,这是结婚的好处。打算平安的过活,必须采纳对方的意见,阳纲或阴纲独振全得出毛病;男女同居,根本须要民治精神,独裁必引起革命;努力于此种革命并不足以升官发财,而打得头破血出倒颇悲壮而泄气。彼此非纳着点气儿不可,久而久之都感到精神的胜利,凡是可以和平解决,夫妇都可成圣矣。

　　这个,可并不能完全打倒我在婚前的主张;独身气壮,天不怕地不怕;结婚气馁,该丑着的就得低头。我的顾虑一点不算多此一举。结了婚,脾气确是柔和了,心气可也跟着软下来。为两个人打算,绝不会像一个人吃饱天下太平那么干脆。于是该将就者便须将就,不便挺起胸来大吹浩然之气,恋爱可以自由,结婚无自由。

　　朋友们说对了。我也并没说错。这个,请老兄自己去判断,假如你想结婚的话。

　　第二该说经济。现在,如果再有人对我说,俩人花钱不见得比一人多,我一定毫不迟疑的敬他一个嘴巴子。俩人是俩人,多数加S,钱也得随着加S。是的,太太可以去挣钱,俩人比一人挣得多;可是花得也多呀。公园,电影场,绝不会有"太太免票"的办法,别的就不用说了。及至有了小孩,简直的就不能再有什么预算决算,小孩比皇帝还会花钱。太太的事不能再作,顾了挣钱就顾不了小孩,因挣钱而把小孩养坏,照样的不上算;好,太太专看小孩,老爷专去挣钱,小孩专管花钱,不破产者鲜矣。

　　自然小孩会带来许多快乐,作了父母的夫妻特别的能彼此原谅,而小胖孩子又是那么天真可爱,单单的伸出一个胖手指已足使人笑上半天。可是,小胖子可别生病;一生病,爸的表,娘的戒指,全得暂入当铺,而且昼夜吃不好,睡不安,不亚于国难当前。割割扁桃腺,得一百块!幸亏正是扁桃腺,这要是整个园桃,说不定就得上万!以我自己说,我对儿女总算不肯溺爱,可是只就医药费一项来说,已经使我的肩背又弯了许多。有病难道不给治么?小孩真是金子堆成的。这还没提到将来的教育费——谁敢去想,闭着眼瞎混吧!

　　有人会说喽,结婚之后顶好不要小孩呀。不用听那一套。我看见不少了,夫妻因为没有小孩而感情越来越坏,甚至去抱来个娃娃,暂时敷衍一下。有小孩才像家庭;不然,家庭便和旅馆一样。要有小孩,还是早些有的为是,一来,妇女岁数稍大,生产就更多危险;二来,早些有子女,虽然花费很多,可是多少能早些有个打算,即使计划不能实现,究竟想有个准备;一想到将来,便想到子女,多少心中要思索一番,对于作事花钱就不能不小心。这样,夫妇自自然然的会老成一些了。要按着老法子说呢,父母养活子女,赶到子女长大便倒过头来养活父母。假如此法还能适用,那么早有小孩,更为上算。假如父亲在四十岁上才有了儿子,儿子到二十的时候,父亲已经六十了;说不定,也许活不到六十的;即使儿子应用古法,想养活父亲,而父亲已入了棺材,哪能喝酒吃饭?

　　这个,朋友,假若你想结婚的话,又该去思索一番。娶妻须花钱,生儿养女须花钱,负担日大,肩背日弯,好不伤心;同时,结婚有益,有子女也有乐趣,即使乐不抵苦,可是生命至少不显着空虚。如何之处,统希鉴裁!

　　至于娶什么样的太太,问题太大,一言难尽。不过,我看出这么点来:美不是一切。太太不是图画与雕刻,可以用审美的态度去鉴赏。人的美还有品德体格的成分在内。健壮比美更重要。一位爱生病的太太不大容易使家庭快乐可爱。学问也不是顶要紧的,因为有钱可以自己立个图书馆,何必一定等太太来丰富你的或任何人的学问?据我看,结婚是关系于人生的根本问题的;即使高调很受听,可是我不能不本着良心说话,吃,喝,性欲,蕃殖,在结婚问题中比什么理想与学问也更要紧。我并不是说妇人应当只管洗衣作饭抱孩子,不应读书作事。我是说,既来到婚姻问题上,既来到家庭快乐上,就乘早不必唱高调,说那些闲盘儿。这是实际问题,是解决生命的根源上的几项问题,那么,说真实的吧,不必弄一套之乎者也。一个美的摆设,正如一个有学问的摆设,都是很好的摆设,可是未见得是位好的太太。假若你是富家翁呢,那就随便的弄什么摆设也好。不幸,你只是个普通的人,那么,一个会操持家务的太太实在是必要的。假如说吧,你娶了一位哲学博士,长得也挺美,可是一进厨房便觉恶心,夜里和你讨论康德的哲学,力主生育节制,即使有了小孩也不会抱着,你怎办?听我的话,要娶,就娶个能作贤妻良母的。尽管大家高喊打倒贤妻良母主义,你的快乐你知道。这并不完全是自私,因为一位不希望作贤妻良母的满可不嫁而专为社会服务呀。假如一位反抗贤妻良母的而又偏偏去嫁人,嫁了人连自己的袜子都不会或不肯洗,那才是自私呢。不想结婚,好,什么主义也可以喊;既要结婚,须承认这是个实际问题,不必弄玄虚。夫妻怎不可以谈学问呢;可是有了五个小孩,欠着五百元债,明天的房钱还没指望,要能谈学问才怪!两个帮手,彼此帮忙,是上等婚姻。

有人根本不承认家庭为合理的组织,于是结婚也就成为可笑之举。这,另有说法,不是咱们所要谈的,咱们谈的是结婚与组织家庭,那么,这套婆婆话也许有一点点用,多少的备你参考吧。

4月5日成

(选自1936年9月5日《中流》创刊号)

何其芳

画梦录

丁令威

  丁令威忽然忘了疲倦,翅膀间扇着的简直是快乐的风,随着目光,从天空斜斜的送向辽东城。城是土色的,带子似的绕着屋顶和树木。当他在灵虚山忽然为怀乡的尘念所扰,腾空化为白鹤,阳光在翅膀上抚摩,青色的空气柔软得很,其快乐也和此刻相似吧。但此刻他是急于达到一栖止之点了。
  轻巧的停落在城门口的华表柱上。
  奔向城门的是一条大街,在这晨光中风平沙静,空无行人,只有屋檐投下有曲线边沿的影子。华表柱的影子在街边折断了又爬上屋瓦去,以一个巨大的长颈鸟像为冠饰。这些建筑这些门户都是他记忆之外的奇特的生长,触醒了时间的知觉,无从去呼唤里面的主人了,丁令威展一展翅。
  只有这低矮的土筑的城垣,虽也迭经颓圮迭经修了吧,仍是昔日的位置、姿势,从上面望过去是城外的北邙,白杨叶摇着像金属片,添了无数的青草塚了。丁令威引颈而望,寂寞得很,无从向昔日的友伴致问讯之情。生长于土,复归于土,祝福他们的长眠吧;丁令威瞑目微思,难道隐隐有一点失悔在深山中学仙吗?明显的起在意识中的是:
  "我为甚么要回来呢?"他张开眼睛来寻找回来的原故了:这小城实在荒凉,而在时间中作了长长旅行的人,正如犁过无数次冬天的荒地的农夫,即在到处是青青之痕了的春天,也不能对大地唤起一个繁荣的感觉。
  "然而我想看一看这些后代人呵。我将怎样的感动于你们这些陌生的脸呵,从你们的脸我看得出你们是快乐还是痛苦,是进步了还是堕落了。你们都来,都来……"当思想渐次变为声音时,丁令威忽然惊骇于自己的鹤的语言,从颈间迸出长嘴外的高朗然而噪急的长唳,停止了。
  但仍是呼唤来了欢迎的人群,从屋里,从小巷里,从街的那头:
  "吓,这是春天回来的第一只鹤,"
  "并且是真正的丹顶鹤,"
  "真奇怪,鹤歇在这柱子上,"

并且见了人群还不飞呢。在语声,笑声,拍手声里,丁令威悲哀得很,以他鹤的眼睛俯望着一半圈子人群,不动的,以至使他们从好奇变为愤怒了,以为是不祥的朕兆,扬手发出威吓的驱逐声,最后有一个少年提议去取弓来射他。

弓是精致的黄杨木弓。当少年奋臂拉着弓弦时,指间的羽箭的锋尖在阳光中闪耀,丁令威始从梦幻的状况中醒来,噗噗的鼓翅飞了。

人群的叫声随着丁令威追上天空,他急速的飞着,飞着,绕着这小城画圈子。在他更高的冲天远去之前,又不自禁的发出几声高朗然而噪急的长唳,若用人类的语言翻译出来,大约是这样:

"有鸟有鸟丁令威,去家千年今始归,城郭如故人民非,何不学仙塚累累。"

淳于棼

淳于棼弯着腰在槐树下,在隆起如山脉的树根间终于找着了一个圆穴,指头大的泥丸就可封闭,转面告诉他身旁的客人:"这就是梦中乘车进去的路。"

淳于棼惊醒在东厢房的木榻上,窗间炫耀着夕阳的彩色,揉揉眼,看清了执着竹帚的僮仆在扫庭阶,桌上留着饮残的酒樽,他的客人还在洗着足。

"唉,倏忽之间我经历了一生了。"

"做了梦么?"

"很长很长的梦呵。"

从如何被二紫衣使者迎到槐安国去,娶了金枝公主,出守南柯郡,与檀萝国一战打了败仗,直到公主薨后罢郡回朝,如何为逸言所伤,又由前二紫衣使者送了回来:他一面回想一面嗟叹的告诉客人,客人说:

"真有这样的事吗!"

"还记得梦中乘车进去的路呢。"

淳于棼蹲看在槐树下,在隆起如山脉的树根间,用他右手的小指头伸进那蚁穴去,崎岖曲折不可通,又用他的嘴唇吹着气,消失在那深邃的黑暗中没有回声。那里面有城郭台殿,有山川草木,他决不怀疑,并且记得,在那国之西有灵龟山,曾很快乐的打了一次猎。也许醒着的现在才正是梦境呢,他突然站立起来了。

槐树高高的,羽状叶密覆在四出的枝条上,像天空。辽远的晚霞闪耀着。淳于棼的想像里蠕动着的是一匹蚁,细足瘦腰,弱得不可以风吹,若是爬行在龟裂的树皮间看来多么可哀呵。然而以这匹蚁与他相比,淳于棼觉得自己还要渺小,他忘了大小之辨,忘了时间的久暂之辨,这酒醉后的今天

下午实在不像倏忽之间的事:

淳于棼大醉在筵席上,自从他使酒忤帅,革职落魄以来这已不是他第一次大醉了,但渐趋衰老的身体不复能支持他的豪侠气概,由两个客人从座间扶下来,躺在东厢房的木榻上,向他说:"你睡吧,我们去喂我们的马,洗足,等你好了一点再走。"

淳于棼徘徊在槐树下,夕阳已消失在黄昏里了,向他身旁的客人说:

"在那梦里的国土我竟生了贪恋之心呢。谗言的流布使我郁郁不乐,最后当国王劝我归家时我竟记不起除了那国土我还有乡里,直到他说我本在人间,我懵然想了一会才明白了。"

"你定是被狐狸或者木妖所蛊惑了,喊仆人们拿斧头来斫掉这棵树吧,"客人说。

白莲教某

白莲教某今晚又出门了。红蜡烛已烧去一寸,两寸,或者三寸,在案上的锡烛台上结一个金色小花朵,没有开放已照亮四壁。白莲教某正走着怎样的路呢。他的门人坐在床沿,守着临走时的吩咐,"守着烛,别让风吹熄了。"

案上的锡烛台上的小花朵放开了,纷披着金色复瓣,又片片坠落,中心直立着一座尖顶的黑石塔,幽闭着甚么精灵吧,忽然凭空跌下了,无声的,化作一条长途,仅是望着也使人发愁的长途……好孩子,别打瞌睡!门人从朦胧中自己惊醒了,站起身来,用剪子铰去半寸烧过的烛心。

从前有一天,白莲教某出门了,屋里留下一个木盆,用另外一个木盆盖着,临走时吩咐:"守着它,别打开看。"

白莲教某的法术远近闻名,来从学的很不少,但长久无所得,又受不惯无理的驱使,都渐次散去了,剩下这最后一个门人,年纪轻,学法的心很诚恳,知道应该忍耐,经过了许多试探,才能获得师傅的欢心和传授。他坐在床沿想。

"别打开看,"这个禁止引动了他的好奇,打开:半盆清水,浮着一只草编的小船,有帆有樯,精致得使人想用手指去玩弄。拨它走动吧。翻了,船里进了水,等待他慌忙的扶正它,再用盆盖上后,他的师傅已带着怒容站在身边了,"怎么不服从我的吩咐!""我并没有动它。""你没有动它!刚才在海上翻了船,几乎把我淹死了!"

红蜡烛已烧去两寸,三寸,或者四寸,在案上的锡烛台上站一只黄羽小鸟,举嘴向天,待风鼓翅。白莲教某已走到哪儿呢。走尽长长的路,穿过深的树林,到了奇异的城中的街上吧。那不夜城的街上会有怎样的人,和衣冠,和欢笑。

半盆清水就是他的海。那海上是平静的还是波涛汹涌。独自驾一叶小船。门人想:假若有那种法术。只要有那种法术。

案上的锡烛台上的小鸟鼓翅飞了,随它飞出许多只同样的鸟,变成一些金环,旋舞着,又连接起来成了竖立的长梯,上齐屋顶,一级一级爬上去,一条大路……好孩子,你又打瞌睡,那你就倒在枕上躺一忽吧!门人远远的看见他师傅的背,那微驼的背,在大路上向前走着,不停一停,他赶得乏极了……

当他惊醒在黑暗里时,他明白这一忽瞌睡的过错了,慌忙的在案上摸着取灯,划一根,重点着了烛。而他微驼着背的师傅已带着怒容从门外走进来了,

"吩咐你别睡觉,你偏睡觉了!"

"我并没有。"

"你并没有!害我在黑暗里走十几里路!"

(选自《画梦录》,文化生活出版社1936年7月版)

梁实秋

雅　　舍

　　到四川来,觉得此地人建造房屋最是经济。火烧过的砖,常常用来做柱子,孤零零的砌起四根砖柱,上面盖上一个木头架子,看上去瘦骨嶙嶙,单薄得可怜;但是顶上铺了瓦,四面编了竹篦墙,墙上敷了泥灰,远远的看过去,没有人能说不像是座房子。我现在住的"雅舍"正是这样一匹典型的房子。不消说,这房子有砖柱,有竹篦墙,一切特点都应有尽有。讲到住房,我的经验不算少,什么"上支下摘","前廊后厦","一楼一底","三上三下","亭子间","茆草棚","琼楼玉宇"和"摩天大厦",各式各样,我都尝试过。我不论住在那里,只要住得久,对那房子便发生感情,非不得已我还舍不得搬。这"雅舍",我初来时仅求其能蔽风雨,并不敢存奢望,现在住了两个多月,我的好感油然而生。虽然我已渐渐感觉它并不能蔽风雨,因为有窗而无玻璃,风来则洞若凉亭,有瓦而空隙不少,雨来则渗如滴漏。纵然不能蔽风雨,"雅舍"还是自有它的个性。有个性就可爱。

　　"雅舍"的位置在半山腰,下距马路约有七八十层的土阶。前面是阡陌螺旋的稻田。再远望过去是几抹葱翠的远山,旁边有高粱地,有竹林,有水池,有粪坑,后面是荒僻的榛莽未除的土山坡。若说地点荒凉,则月明之夕,或风雨之日,亦常有客到,大抵好友不嫌路远,路远乃见情谊。客来则先爬几十级的土阶,进得屋来仍须上坡,因为屋内地板依山势而铺,一面高,一面低,坡度甚大,客来无不惊叹,我则久而安之,每日由书房走到饭厅是上坡,饭后鼓腹而出是下坡,亦不觉有大不便处。

　　"雅舍"共是六间,我居其二。篦墙不固,门窗不严,故我与邻人彼此均可互通声息。邻人轰饮作乐,咿唔诗章,喁喁细语,以及鼾声,喷嚏声,吮汤声,撕纸声,脱皮鞋声,均随时由门窗户壁的隙处荡漾而来,破我岑寂。入夜则鼠子瞰灯,才一合眼,鼠子便自由行动,或搬核桃在地板上顺坡而下,或吸灯油而推翻烛台,或攀援而上帐顶,或在门框桌脚上磨牙,使得人不得安枕。但是对于鼠子,我很惭愧的承认,我"没有法子"。"没有法子"一语是被外国人常常引用着的,以为这话最足代表中国人的懒惰隐忍的态度。其实我的对付鼠子并不懒惰。窗上糊纸,纸一戳就破;门户关紧,而相鼠有牙,一阵咬便是一个洞洞。试问还有什么法子？洋鬼子住到"雅舍"里，不也是"没有法子"？比鼠子更骚扰的是蚊子。"雅舍"的蚊风之盛，是我前所未见的。"聚蚊成雷"真有其事！每当黄昏时候，满屋里磕头碰脑的全是蚊子，又黑又大，骨骼都像是硬的。在别处蚊子早已肃清的时候，在"雅舍"则格外猖獗，来客偶不留心，则两腿伤处累累隆起如玉蜀黍，但是我仍安之。冬天一到，蚊子自然绝迹，明年夏天——谁知道我还是否住在"雅舍"！

"雅舍"最宜月夜——地势较高，得月较先。看山头吐月，红盘乍涌，一霎间，清光四射，天空皎洁，四野无声，微闻犬吠，坐客无不悄然！舍前有两株梨树，等到月升中天，清光从树间筛洒而下，地上阴影斑斓，此时尤为幽绝。直到兴阑人散，归房就寝，月光仍然逼进窗来，助我凄凉。细雨蒙蒙之际，"雅舍"亦复有趣。推窗展望，俨然米氏章法，若云若雾，一片弥漫。但若大雨滂沱，我就又惶悚不安了，屋顶湿印到处都有，起初如碗大，俄而扩大如盆，继则滴水乃不绝，终乃屋顶灰泥突然崩裂，如奇葩初绽，砉然一声而泥水下注，此刻满室狼藉，抢救无及。此种经验，已数见不鲜。

"雅舍"之陈设，只当得简朴二字，但洒扫拂拭，不使有纤尘。我非显要，故名公巨卿之照片不得入我室；我非牙医，故无博士文凭张持壁间；我不业理发，故丝织西湖十景以及电影明星之照片亦均不能张我四壁。我有一几一椅一榻，酣睡写读，均已有着，我亦不复他求。但是陈设虽简，我却喜欢翻新布置。西人常常讥笑妇人喜欢变更桌椅位置，以为这是妇人天性喜变之一征。诬否且不论，我是喜欢改变的。中国旧式家庭，陈设千篇一律，正厅上是一条案，前面一张八仙桌，一边一把靠椅，两旁是两把靠椅夹一只茶几。我以为陈设宜求疏落参差之致，最忌排偶。"雅舍"所有，毫无新奇，但一物一事之安排布置俱不从俗。人入我室，即知此是我室。笠翁《闲情偶寄》之所论，正合我意。

"雅舍"非我所有，我仅是房客之一。但思"天地者万物之逆旅"，人生本来如寄，我住"雅舍"一日，"雅舍"即一日为我所有，即使此一日亦不能算是我有，至少此一日"雅舍"所能给予之苦辣酸甜，我实躬受亲尝。刘克庄词："客里似家家似寄。"我此时此刻卜居"雅舍"，"雅舍"即似我家。其实似家似寄，我亦分辨不清。

长日无俚，写作自遣，随想随写，不拘篇章，冠以"雅舍小品"四字，以示写作所在，且志因缘。

（选自《梁实秋散文》，中国广播电视出版社1989年版）

下　棋

有一种人我最不喜欢和他下棋,那便是太有涵养的人。杀死他一大块,或是抽了他一个车,他神色自若,不动火,不生气,好像是无关痛痒,使得你觉得索然寡味。君子无所争,下棋却是要争的。当你给对方一个严重威胁的时候,对方的头上青筋暴露,黄豆般的汗珠一颗颗地在额上陈列出来,或哭丧着脸作惨笑,或咕嘟着嘴作吃屎状,或抓耳挠腮,或大叫一声,或长吁短叹,或自怨自艾口中念念有词,或一串串地噎嗝打个不休,或红头涨脸如关公,种种现象,不一而足,这时节你"行有余力"便可以点起一支烟,或啜一碗茶,静静地欣赏对方的苦闷的象征。我想猎人因逐一只野兔的时候,其愉快大概略相仿佛。因此我悟出一点道理,和人下棋的时候,如果有机会使对方受窘,当然无所不用其极,如果被对方所窘,便努力作出不介意状,因为既不能积极地给对方以苦痛,只好消极地减少对方的乐趣。

自古博弈并称,全是属于赌的一类,而且只是比"饱食终日无所用心"略胜一筹而已。不过弈虽小术,亦可以观人,相传有慢性人,见对方走当头炮,便左思右想,不知是跳左边的马好,还是跳右边的马好,想了半个钟头而迟迟不决,急得对方拱手认输。是有这样的慢性人,每一着都要考虑,而且是加慢的考虑,我常想这种人如加入龟兔竞赛,也必定可以获胜。也有性急的人,下棋如赛跑,劈劈拍拍,草草了事,这仍旧是饱食终日无所用心的一贯作风。下棋不能无争,争的范围有大有小,有斤斤计较而因小失大者,有小拘小节而眼观全局者,有短兵相接作生死斗者,有各自为占而旗鼓相当者,有赶尽杀绝一步不让者,有好勇斗狠同归于尽者,有一面下棋一面诮骂者,但最不幸的是争的范围超出了棋盘,而拳足交加。有下象棋者,久而无声音,排闼视之,阒不见人,原来他们是在门后角里扭做一团,一个人骑在另一个人的身上,在他的口里挖车呢。被挖者不敢出声,出声则口张,口张则车被挖回,挖回则必悔棋,悔棋则不得胜,这种认真的态度憨得可爱。我曾见过二人手谈,起先是坐着,神情潇洒,望之如神仙中人,俄而棋势吃紧,两人都站起来了,剑拔弩张,如斗鹌鹑,最后到了生死关头,两个人跳到桌上去了!

笠翁《闲情偶寄》说弈棋不如观棋,因观者无得失心,观棋是有趣的事,如看斗牛、斗鸡、斗蟋蟀一般，但是观棋也有难过处，观棋不语是一种痛苦。喉间硬是痒得出奇，思一吐为快。看见一个人要入陷阱而不作声是几乎不可能的事，如果说得中肯，其中一个人要厌恨你，暗暗地骂一声"多嘴驴！"另一个人也不感激你，心想"难道我还不晓得这样走！"如果说得不中肯，两个人要一齐嗤之以鼻，"无见识奴！"如果根本不说，憋在心里，受病。所以有人于挨了一个耳光之后还要抚着热辣辣的嘴巴大呼"要抽车，要抽车！"

　　下棋只是为了消遣，其所以能使这样多人嗜此不疲者，是因为它颇合于人类好斗的本能，这是一种"斗智不斗力"的游戏。所以瓜棚豆架之下，与世无争的村夫野老不免一枰相对，消此永昼；闹市茶寮之中，常有有闲阶级的人士下棋消遣，"不为无益之事，何以遣此有涯之生？"宦海里翻过身最后退隐东山的大人先生们，髀肉复生，而英雄无用武之地，也只好闲来对弈，了此残生，下棋全是"剩余精力"的发泄。人总是要斗的，总是要钩心斗角地和人争逐的。与其和人争权夺利，还不如在棋盘上多占几个官，与其招摇撞骗，还不如在棋盘上抽上一车。宋人笔记曾载有一段故事："李讷仆射，性卞急，酷好弈棋，每下子安详，极于宽缓，往往躁怒作，家人辈则密以弈具陈于前，讷睹，便忻然改容，以取其子布弄，都忘其恚矣。"（《南部新书》）。下棋，有没有这样陶冶性情之功，我不敢说，不过有人下起棋来确实是把性命都可置诸度外。我有两个朋友下棋，警报作，不动声色，俄而弹落，棋子被震得在盘上跳荡，屋瓦乱飞，其中一位棋瘾较小者变色而起，被对方一把拉住："你走！那就算是你输了。"此公深得棋中之趣。

（选自《梁实秋散文》，中国广播电视出版社1989年版）

陆　蠡

囚绿记

这是去年夏间的事情。

我住在北平的一家公寓里。我占据着高广不过一丈的小房间,砖铺的潮湿的地面,纸糊的墙壁和天花板,两扇木格子嵌玻璃的窗,窗上有很灵巧的纸卷帘,这在南方是少见的。

窗是朝东的。北方的夏季天亮得快,早晨五点钟左右太阳便照进我的小屋,把可畏的光线射个满室,直到十一点半才退出,令人感到炎热。这公寓里还有几间空房子,我原有选择的自由的,但我终于选定了这朝东房间,我怀着喜悦而满足的心情占有它,那是有一个小小理由。

这房间靠南的墙壁上,有一个小圆窗,直径一尺左右。窗是圆的,却嵌着一块六角形的玻璃,并且左下角是打碎了,留下一个大孔隙,手可以随意伸进伸出。圆窗外面长着常春藤。当太阳照过它繁密的枝叶,透到我房里来的时候,便有一片绿影。我便是欢喜这片绿影才选定这房间的。当公寓里的伙计替我提了随身小提箱,领我到这房间来的时候,我瞥见这绿影,感觉到一种喜悦,便毫不犹疑地决定下来,这样了截爽直使公寓里伙计都惊奇了。

绿色是多宝贵的啊!它是生命,它是希望,它是慰安,它是快乐。我怀念着绿色把我的心等焦了。我欢喜看水白,我欢喜看草绿。我疲累于灰暗的都市的天空,和黄漠的平原,我怀念着绿色,如同涸辙的鱼盼等着雨水!我急不暇择的心情即使一枝之绿也视同至宝。当我在这小房中安顿下来,我移徙小台子到圆窗下,让我的面朝墙壁和小窗。门虽是常开着,可没人来打扰我,因为在这古城中我是孤独而陌生。但我并不感到孤独。我忘记了困倦的旅程和已往的许多不快的记忆。我望着这小圆洞,绿叶和我对语。我了解自然无声的语言,正如它了解我的语言一样。

我快活地坐在我的窗前。度过了一个月,两个月,我留恋于这片绿色。我开始了解渡越沙漠者望见绿洲的欢喜,我开始了解航海的冒险家望见海面飘来花草的茎叶的欢喜。人是在自然中生长的,绿是自然的颜色。

我天天望着窗口常春藤的生长。看它怎样伸开柔软的卷须,攀住一根缘引它的绳索,或一茎枯枝;看它怎样舒开折叠着的嫩叶,渐渐变青,渐渐变老,我细细观赏它纤细的脉络,嫩芽,我以揠苗助长的心情,巴不得它长得快,长得茂绿。下雨的时候,我爱它淅沥的声音,婆娑的摆舞。

忽然有一种自私的念头触动了我。我从破碎的窗口伸出手去,把两枝浆液丰富的柔条牵进我的屋子里来,教它伸长到我的书案上,让绿色和我更接近,更亲密。我拿绿色来装饰我这简陋的房间,装饰我过于抑郁的心情。我要借绿色来比喻葱茏的爱和幸福,我要借绿色来比喻猗郁的年华。我囚住这绿色如同幽囚一只小鸟,要它为我作无声的歌唱。

绿的枝条悬垂在我的案前了,它依旧伸长,依旧攀缘,依旧舒放,并且比在外边长得更快。我好像发现了一种"生的欢喜",超过了任何种的喜悦。从前我有个时候,住在乡间的一所草屋里,地面是新铺的泥土,未除净的草根在我的床下茁出嫩绿的芽苗,蕈菌在地角上生长,我不忍加以剪除。后来一个友人一边说一边笑,替我拔去这些野草,我心里还引为可惜,倒怪他多事似的。

可是每天在早晨,我起来观看这被幽囚的"绿友"时,它的尖端总朝着窗外的方向。甚至于一枚细叶,一茎卷须,都朝原来的方向。植物是多固执啊!它不了解我对它的爱抚,我对它的善意。我为了这永远向着阳光生长的植物不快,因为它损害了我的自尊心。可是我囚系住它,仍旧让柔弱的枝叶垂在我的案前。

它渐渐失去了青苍的颜色,变成柔绿,变成嫩黄,枝条变成细瘦,变成娇弱,好像病了的孩子。我渐渐不能原谅我自己的过失,把天空底下的植物移锁到暗黑的室内;我渐渐为这病损的枝叶可怜,虽则我恼怒它的固执,无亲热,我仍旧不放走它。魔念在我心中生长了。

我原是打算七月尾就回南去的。我计算着我的归期,计算这"绿囚"出牢的日子。在我离开的时候,便是它恢复自由的时候。

卢沟桥事件发生了。担心我的朋友电催我赶速南归。我不得不变更我的计划,在七月中旬,不能再留连于烽烟四逼中的旧都,火车已经断了数天,我每日须得留心开车的消息。终于在一天早晨候到了。临行时我珍重地开释了这永不屈服于黑暗的囚人。我把瘦黄的枝叶放在原来的位置上,向它致诚意的祝福,愿它繁茂苍绿。

离开北平一年了。我怀念着我的圆窗和绿友。有一天,得重和它们见面的时候,会和我面生么?

(选自《囚绿记》,文化生活出版社1940年版)

巴　金

灯

　　我半夜从噩梦中惊醒，因为感到窒闷，便起来到廊上去呼吸寒夜的空气。

　　夜是漆黑的一片，在我的脚下仿佛横着一个沉睡的大海，但是渐渐地像浪花似的浮起来灰白色的马路。然后夜的黑色逐渐减淡。那里是山，那里是房屋，那里是菜园，我终于分辨出来了。

　　在右边，傍山建筑的几号房屋里射出来几点灯光，是它们给我扫淡了黑暗的颜色。

　　我望着这些灯，灯光带着昏黄色，似乎还在寒气的袭击中微微颤抖。有一两次我以为灯会灭了，但是一转眼黄色的光又在前面亮起来，这些深夜还在燃着的灯，它们(似乎只有它们)默默地散布着一点点的光线和热，不仅对我，而且还对那些寒夜不能睡眠的人，和那些这时还在黑暗中摸索的行路人，是的，那边不是起了一阵急促的脚步声吗？谁从城里走回乡下来了？过了一会，一个黑影在我眼前晃动一下，影子走得极快，好像跑，又像溜，我了解这个人的急忙赶回家去的心情，那么，我想，在这个人的眼里，心上，前面那些灯光会显得是更亮更热的罢?!

　　我自己也有过这样的经验的。只有一点微弱的灯光，就是那一点仿佛随时都会被黑暗扑灭的灯光也可以鼓舞我多走一段长长的路。大片的飞雪飘打在我的脸上，我的皮鞋不时陷在积着水泥的土路上，风几次要把我摔倒在污泥里。我似乎走入了一个迷阵，永远找不到出口，看不见路的尽头，但是我始终挺起身子向前迈进，我不停脚步，因为我看见了一点豆大的灯光。灯光，不管是哪个人家的灯光，都可以给行人指路，甚至像我这样一个异乡人。

　　这已经是许多年以前的事了，我的生活中有过了好些大的变化。然而现在站在廊上望着山脚的灯光，那灯光和好些年前的灯光不是同样的么？我看不出一点分别！为什么？我现在不是安安静静站在自己的房间前面的廊上么？我并没有在雨中摸夜路，但是看见灯光，我却忽然感到安慰，得到鼓舞。未必是我的心在黑夜里徘徊，它被噩梦引入了迷阵到这时才找到归路？

我对自己的这个疑问不能够给一个确定的回答。但是我知道我的心渐渐的镇定了。呼吸也畅快了许多。我应该感谢这些我不知姓名的人家的灯光。

他们点灯不是为着我。在他们的梦寐中也不会现着我的影子，但是我的心仍还得到了益处。我爱这样的灯光。几盏灯甚或一盏灯的微光固然不能照彻黑暗，可是它也会给一些寒夜不眠的人带来一点勇气，一点温暖。

孤寂的海上的灯塔挽救了许多船只的沉没，任何航行的船都可以得着那灯光的指引，哈里希岛上姊姊为着弟弟点在窗前的长夜孤灯，不能唤回那个航海远去的弟弟，但是不少捕鱼归来的邻人都得到了它的帮助。

再回溯到远古的年代去：古希腊女教士希洛点燃的火炬点亮了每夜游水过海峡来的利安得尔的眼睛，虽然有一晚上暴风雨把火炬弄灭了，让那个勇敢的情人溺死在海中，但是熊熊的火光还隐约地亮在我们的眼前，似乎那火炬并没有跟随着殉情的古美人沉在海底。

这些光亮都不是为我燃着的，可是像我这个渺小不足道的人也分到了它们的一点点的恩泽——一点热，一点光；光驱散了一个微小的心灵里的黑暗，热促成了微小心灵的发育。一个朋友说："我们不是单靠吃米活着。"我自然也是如此。我的心常常在黑暗的海上飘浮。要不是得着灯光的指引，它有一天也会永沉海底。

我又想起了另一个敬爱的友人的故事：他怀着满身难治的创伤，和必死之心，投到江南的一条河里，到了水中，他听见一声呼喊（"救人呵！"），看见一点灯光，模糊中他还听见一阵喧闹，随后便失去知觉。醒过来时发现自己躺在一个陌生人的家中，桌上一盏油灯，眼前几个诚挚关切的脸，这人间毕竟还有温暖，他感激地想着，从此他改变了生活态度，"绝望"没有了，"悲观"失掉了，他成了一个热爱生命的积极的人，这已经是二十几年前的事了。我最近还见到这个朋友。那一点灯光居然鼓舞一个出门求死的人多活了这许多年，而且，他到现在还活得很健壮。我没有和他重谈起灯光的话。但是，我想，那一点灯光一定还在他的心灵中摇晃。

在这人间，灯光是不会灭的——我想着，想着，不觉对着山那边宽慰地微笑了。

1942年2月在桂林

（选自1944年《春秋》第2年第1期）

靳　以

窗

　　在记忆中,窗应该是灵魂上辉耀的点缀。可是当我幼年的时节,却有些不同,我们当然不是生活在无窗的暗室里,那窗口也大着呢,但是隔着铁栏,在铁栏之外还是木条钉起扇样的护窗板,不但挡住大野的景物,连太阳也遮住了。那时我们是正在一个学校里读书,真是像监牢一般地把我们关在里边,顽皮的孩子只有蹲在地上仰起头来才看到外边——那不过是一线青天而已! 那时我们那么高兴地听着窗外的市声,甚至还回答窗外人的语言;可是那无情的木板挡住了一切,我们既看不出去,别人也看不进来。

　　就是在这情形之下,我们长着长着,……

　　当我们走出来的时候,五光十色使我们的眼睛晕眩了,一时张不开来,胆小的便又逃避般地逃回那间木屋里,情愿把自己关在那一无所见的陋室中,可是我们这些野生野长的孩子们,就做了一名勇敢的闯入者,终于冲到纷杂的人世中去了,凭着那股勇气,不顾一己的伤痛,毕竟能看了,能听了,也能说了。于是当我们再踱入那无窗的,遮住了窗的屋子里,我们就感觉到死一般的室闷了。

　　最使我喜悦的当然是能耸立在高高的山顶,极目四望,那山呵河呵的无非是小丘和细流,一切都收入眼底,整个的心胸全都敞开了也还不能收容那广阔的天地,一声高啸,树叶的海都为那声音轻轻推动,刹时间,云涌雾滚,自己整个消失在白茫茫之中了,可是我并不慌张,还清楚地知道,仍是挺拔地站在峭峰之上。

　　可是现实生活却把我们安排在蠢蠢的人世里,我们不能超俗拔尘地活在云端,我们也只好是那些蠕蠕动着的人类之一,即使不想去触犯别人,别人也要来挤你的。用眼睛相瞪,用鼻子相哼,用嘴相斥——几乎都要到了用嘴相咬的地步了。

　　于是当我过了烦恼的一日,便走回我的房子,这时,一切该安静下来,为着那从窗口泻进来的一片月光,我不忍开灯,便静静地坐到窗前,看着远近的山树,还有那日夜湍流的白花花的江水,若是一个无月夜呢,星星像智慧的种子,每一颗都向我闪着,好像都要跃入我灵魂的深处,我很忙碌地把它们迎入我的心胸。

每一个早晨,当我被梦烦苦够了,才一醒来,就伸手推开当头的窗,一股清新的气流随即淌进来了,于是我用手臂支着头,看出去,看到那被露水洗过的翠绿的叶子,还有那垂在叶尖的滚圆的水珠,鸣啭的鸟雀不但穿碎了那片阳光,还把水珠撞击下来,纷纷如雨似地落下去呢!也许有一只莽撞的鸟,从那不曾关闭的窗口飞了进来,于是带来那份自然的生气,它在我那屋顶上环飞,终于有点慌张了,几次碰到壁角或是粉顶上,我虽然很为它担一份心,可是我也不能指引它一条路再回到那大自然的天地中。我的眼和心也为它匆忙着,它还有那份智巧,朝着流泻光亮的所在飞去,于是它又穿行在蓝天绿树的中间了。我再听不到那急促的鸣叫,有的是那高啼低鸣的万千种的鸟底声音,我那么欢喜听,可是我看不见,我只知道少数的几种名字。还有那糅合了多少种的花草的香气,也尽自从窗口涌流进来,是的,我不能再那么懒睡在床上了,我霍地跳起来,也投身到窗外自由的世界中!

我知道人类是怎样爱好自然,爱好自由的天地。我还记得,当着病痛使我不得不把自己交给医生的时候,我像一只羊似地半躺在手术台上,更大的疼痛使我忘记我的病痛了,额间的汗珠不断地涨起来,左手抓着右手,我闭紧嘴,我听见刀剪在我的皮肉上剪割的声音,我那半呆的眼,却定定地望着迎面的大窗。花开了,叶子也绿了,白云无羁绊地飘着,"唉唉,"我心里叫着:"我为什么不是那只在枝上跳跃的小鸟呢?那我就不必受这些苦痛了!"

我渐渐也懂得那些被囚禁的信徒们的心,看到从那高高的窗口透进的一柱阳光,便合掌跪在地上,虔诚地以为那就是救主的灵应,大神的光辉,好像那受难的灵魂,便由此而得救似的。是的,他们已经被残暴的罗马君主拘捕了,把一些不该得的罪名全都堆在他们的身上,他们中的一些,早被丢给那凶猛的狮虎,他们只是生活在黑暗潮湿之中,忍住啜泣,泪淌到自己的心里,忽然那光降临了,也许突然间使他们睁不开眼,可是那只是刹那间的事,那是光呵,那是不死的希望呵,那是万能的上帝呵,于是他们自然而然地划着十字跪下去了,求神来接受他们那些纯洁的灵魂吧,他们深知,那被照亮了的灵魂,该永远也不会走上歧途,纵然他们明天也要追随他们同伴的路,丢给那些野兽,或是再加以更残酷的刑罚,可是他们已经没有畏惧了,他们已经得到整个的拯救。他们把幸福交付给未来的天国,人间的痛苦早不附丽在他们的身上了,他们的眼睛一直望着遥远的所在,追随着光明向远飞去。

可是我并不曾得到拯救,我只有一颗不安定的心。我为每日的工作把背坐弯了,眼看花了;可是我还是在不安宁之中。当我抬起头来,我却得着解放。迎着我的那个窗口仿佛是一个自然的镜框,于是我长长的喘了一口气,我的心又舒展开了。我的眼又明亮起来。我把窗外的景物装在我自然的镜框中。我摇动我的头部,因为我具有一份匠心,想把最好的景物装在那中间。我知道蓝天不可太多,也不能都被山撑满,绿色固然象征青春,可是一派树木也显得非常单调,终于我不得不站起来,于是蜿蜒的公路和日夜湍流的江也收在眼底了。我好好安排,在那暗黑的屋顶的上面有轻盈的炊烟,在那一片绿树之中,虽然没有花朵的点缀,却有经霜的乌桕;呆板的大山,却被一抹梦幻般的云雾拦腰围住,江水碧了,正好这时候没有汽车飞驰,公路只是沉静地躺在那里,夕阳又把这些景物罩上一层金光,使它更柔和、更幽美,……我更看到了,在那木桥的边上,还有一株早开的桃花,这还是冬天呢,想不到温暖的风却吹绽了一树红桃。

跟着我像有所触悟似地打了一个寒战,我就急遽地摇了那株桃花,因为我分明记得,在一个寒冷的早晨,我看到一些人埋葬他们冻死的同伴,就是在那株树下,他们挖了一个坑,那三个死去的人,竟完全和他们来到这个世界的时候一样,精光光的,被丢到那个坟里去了。没有一滴眼泪,没有一声听得见的叹息,那正是一个极冷的天,严霜把屋顶盖白了,树木变成淡绿的颜色,江水好像油一般地凝住了,芭蕉已经转成枯黑,死沉沉地垂萎下来!……

如今,水绿了,活泼地流着,枯死的芭蕉又冒出光细的长叶,那些被埋在地下的人,却使那棵树早着了无数朵红花!想像着它也该早结成累累的果实,饱孕着血一般的汁液的果实,我不忍吃,我也不忍看,我已经急遽地把它抛在我那自然的镜框之外了。

可是现在,我那自然的镜框只有一片黑暗,因为这正是夜晚,我已经伏案许久了,跳动的灯火使我的眼睛酸疼,我就放下笔,推开了窗,正是月半,该有一幅清明的夜景,不料乌云障住了整个的天,凡是发光的全部隐晦了,我万分失望,不愉快地摇着头,当我的头偏过去,我突然看到在那不注意的高角上,有一点红红的野火,那是烧在山顶上,却也映在水面。红茸茸的一团,高高地顶在峰尖。它好像不是摧毁万物的火,也不是博得美人一笑而使诸侯愤怒的火,也不是使罗马城变成灰烬,而引起暴君尼罗王的诗兴的火;它是那个普洛米修士从大神宙斯那里偷来送给人间的,它是那把光明撒给大地的……

我尽顾书写,当我再抬起头来,那火已经好像点在岭巅的一排明灯,使黑暗的天地顿时辉耀起来了。

1942 年 2 月 2 日

(选自 1942 年 2 月 25 日《现代文艺》第 4 卷第 5 期)

张爱玲

公寓生活记趣

读到"我欲乘风归去,又恐琼楼玉宇,高处不胜寒"的两句词,公寓房子上层的居民多半要感到毛骨悚然。屋子越高越冷。自从煤贵了之后,热水汀早成了纯粹的装饰品。构成浴室的图案美,热水龙头上的 H 字样自然是不可少的一部份;实际上呢,如果你放冷水而开错了热水龙头,立刻便有一种空洞而凄怆的轰隆轰隆之声从九泉之下发出来,那是公寓里特别复杂,特别多心的热水管系统在那里发脾气了。即使你不去太岁头上动土,那雷神也随时地要显灵。无缘无故,只听见不怀好意的"嗡……"拉长了半晌之后接着"訇訇"两声,活像飞机在顶上盘旋了一会,掷了两枚炸弹。在战时香港吓细了胆子的我,初回上海的时候,每每为之魂飞魄散。若是当初它认真工作的时候,艰辛地将热水运到六层楼上来,便是咕噜两声,也还情有可原。现在可是雷声大,雨点小,难得滴下两滴生锈的黄浆……然而也说不得了,失业的人向来是肝火旺的。

梅雨时节,高房子因为压力过重,地基陷落的缘故,门前积水最深。街道上完全干了,我们还得花钱雇黄包车渡过那白茫茫的护城河。雨下得太大的时候,屋子里便闹了水灾。我们轮流抢救,把旧毛巾,麻袋,褥单堵住了窗户缝;障碍物湿透了,绞干,换上,污水折在脸盆里,脸盆里的水倒在抽水马桶里。忙了两昼夜,手心磨去了一层皮,墙根还是汪着水,糊墙的花纸还是染了斑斑点点的水痕与霉迹子。

风如果不朝这边吹的话,高楼上的雨倒是可爱的。有一天,下了一黄昏的雨,出去的时候忘了关窗户,回来一开门,一房的风声雨味。放眼望出去,是碧蓝的潇潇的夜,远处略有淡灯摇曳,多数的人家还没点灯。

常常觉得不可解,街道上的喧哗,六楼上听得分外清楚,仿佛就在耳根底下,正如一个人年纪越高,距离童年渐渐远了,小时的琐屑的回忆反而渐渐亲切明晰起来。

我喜欢听市声。比我较有诗意的人在枕上听松涛,听海啸,我是非得听见电车声才睡得着觉的。在香港山上,只有冬季里,北风彻夜吹着常青树,还有一点电车的韵味。长年住在闹市里的人大约非得出了城之后才知道他离不了一些什么。城里人的思想,背景是条纹布的幔子,淡淡的白条子便是行驰着的电车——平行的,匀净的,声响的河流,汩汩流入下意识里去。

我们的公寓邻近电车厂,可是我始终没弄清楚电车是几点钟回家。"电车回家"这句子仿佛不很合适——大家公认电车为没有灵魂的机械,而"回家"两个字有着无数的情感洋溢的联系。但是你没看见过电车进厂的特殊情形罢?一辆衔接一辆,像排了队的小孩,嘈杂,纠嚣,愉快地打着哑嗓子的铃:"克林,克赖,克赖,克赖!"吵闹之中又带着一点由疲乏而生的驯服,是快上床的孩子,等着母亲来刷洗他们。车里灯点得雪亮。专做下班的售票员的生意的小贩们曼声兜售着面包。有时候,电车全进了厂了,单剩下一辆,神秘地,像被遗弃了似的,停在街心。从上面望下去,只见它在半夜的月光中袒露着白肚皮。

这里的小贩所卖的吃食没有多少典雅的名色。我们也从来没有缒下篮子去买过东西。(想起"侬本痴情"里的顾兰君了。她用丝袜结了绳子,缚住了纸盒,吊下窗去买汤面。袜子如果不破,也不是丝袜了! 在节省物资的现在,这是使人心惊肉跳的奢侈。)也许我们也该试着吊下篮子去。无论如何,听见门口卖臭豆腐干的过来了,便抓起一只碗来,蹬蹬奔下六层楼梯,跟踪前往,在远远的一条街上访到了臭豆腐干担子的下落,买到了之后,再乘电梯上来,似乎总有点可笑。

我们的开电梯的是个人物,知书达理,有涵养,对于公寓里每一家的起居他都是一本清账。他不赞成他儿子去做电车售票员——嫌那职业不很上等。再热的天,任凭人家将铃揿得震天响,他也得在汗衫背心上加上一件熨得溜平的绸小褂,方肯出现。他拒绝替不修边幅的客人开电梯。他的思想也许缙绅气太重,然而他究竟是个有思想的人。可是他离了自己那间小屋,就踏进了电梯的小屋——只怕这一辈子是跑不出这两间小屋了。电梯上升,人字图案的铜栅栏外面,一重重的黑暗往下移,棕色的黑暗,红棕色的黑暗,黑色的黑暗——衬着交替的黑暗,你看见司机人的花白的头。

没事的时候他在后天井烧个小风炉炒菜烙饼吃。他教我们怎样煮红米饭:烧开了,熄了火,停个十分钟再煮,又松,又透,又不塌皮烂骨,没有筋道。

托他买豆腐浆,交给他一只旧的牛奶瓶,陆续买了两个礼拜,他很简单地报告道:"瓶没有了。"是砸了还是失窃了,也不得而知。再隔了些时,他拿了一只小一号的牛奶瓶装了豆腐浆来。我们问道:"咦?瓶又有了?"他答道:"有了。"新的瓶是赔给我们的呢还是借给我们的,也不得而知。这一类的举动是颇有点社会主义风的。

我们的新闻报每天早上他要循例过目一下方才给我们送来。小报他读得更为仔细些,因此要到十一二点钟才轮到我们看。英文,日文,德文,俄文的报他是不看的,因此大清早便卷成一卷插在人家弯曲的门钮里。

报纸没有人偷,电铃上的铜板却被撬去了。看门的巡警倒有两个,虽不是双生子,一样都是翻领里面竖起了木渣渣的黄脸,短裤与长统袜之间露出木渣渣的黄膝盖;上班的时候,一般都是横在一张藤椅上睡觉,挡住了信箱。每次你去看看信箱的时候总得殷勤地凑到他面颊前面,仿佛要询问:"酒刺好了些罢?"

恐怕只有女人能够充分了解公寓生活的特殊优点:佣人问题不那么严重。生活程度这么高,即使雇得起人,也得准备着受气。在公寓里"居家过日子"是比较简单的事。找个清洁公司每隔两星期来大扫除一下,也就用不着打杂的了。没有佣人,也是人生一快。抛开一切平等的原则不讲,吃饭的时候如果有个还没吃过饭的人立在一边眼睁睁望着,等着为你添饭,虽不至于使人食不下咽,多少有些讨厌。许多身边杂事自有它们的愉快性质。看不到田园里的茄子,到菜场上去看看也好——那么复杂的,油润的紫色;新绿的豌豆,热艳的辣椒,金黄的面筋,像太阳里的肥皂泡。把菠菜洗过了,倒在油锅里,每每有一两片碎叶子粘在篾篓底上,抖也抖不下来;迎着亮,翠生生的枝叶在竹片编成的方格子上招展着,使人联想到篱上的扁豆花。其实又何必"联想"呢?蔑篓子的本身的美不就够了么?我这并不是效忠于国社党,劝诱女人回到厨房里去。不劝便罢,若是劝,一样的得劝男人到厨房里去走一遭。当然,家里有厨子而主人不时的下厨房,是会引起厨子最强烈的反感的。这些地方我们得寸步留心,不能太不识眉眼高低。

有时候也感到没有佣人的苦处。米缸里出虫,所以掺了些胡椒在米里——据说米虫不大喜欢那刺激性的气味。淘米之前先得把胡椒拣出来。我捏了一只肥白的肉虫的头当做胡椒,发现了这错误之后,不禁大叫起来,丢下饭锅便走。在香港遇见了蛇,也不过如此罢了。那条蛇我只见到它的上半截,它钻出洞来矗立着,约有二尺来长。我抱了一叠书匆匆忙忙下山来,正和它打了个照面。它静静地望着我,我也静静地望着它,望了半晌,方才哇呀呀叫出声来,翻身便跑。

提起早夭之类,六楼上苍蝇几乎绝迹,蚊子少许有两个。如果它们富于想象力的话,飞到窗口往下一看,便会晕倒了罢?不幸它们是像英国人一般地淡漠与自足——英国人住在非洲的森林里也照常穿上了燕尾服进晚餐。

公寓是最合理想的逃世的地方。厌倦了大都会的人们往往记挂着和平幽静的乡村,心心念念盼望着有一天能够告老归田,养蜂种菜,享点清福。殊不知在乡下多买半斤腊肉便要引起许多闲言闲语,而在公寓房子的最上层你就是站在窗前换衣服也不妨事!

然而一年一度,日常生活的秘密总得公布一下。夏天家家户户都大敞着门，搬一把藤椅坐在风口里。这边的人在打电话，对过一家的欧仆一面熨衣裳，一面便将电话上的对白译成了德文说给他的小主人听。楼底下有个俄国人在那里响亮地教日文。二楼的那位女太太和贝多芬有着不共戴天的仇恨，一拶十八敲，咬牙切齿打了他一上午；钢琴上倚着一辆脚踏车。不知道哪一家在煨牛肉汤，又有哪一家泡了焦三仙。

　　人类天生的是爱管闲事。为什么我们不向彼此的私生活里偷偷地看一眼呢，既然被看者没有多大损失而看的人显然得到了片刻的愉悦？凡事牵涉到快乐的授受上，就犯不着斤斤计较了。较量些什么呢？——长的是磨难，短的是人生。

　　屋顶花园里常常有孩子们溜冰，兴致高的时候，从早到晚在我们头上咕滋咕滋锉过来又锉过去，像磁器的摩擦，又像睡熟的人在那里磨牙，听得我们一粒粒牙齿在牙仁里发酸如同青石榴的子，剔一剔便会掉下来。隔壁一个异国绅士声势汹汹上楼去干涉。他的太太提醒他道："人家不懂你的话，去也是白去。"他揎拳掳袖道："不要紧，我会使他们懂得的！"隔了几分钟他偃旗息鼓嗒然下来了。上面的孩子年纪都不小了，而且是女性，而且是美丽的。

　　谈到公德心，我们也不见得比人强。阳台上的灰尘我们直截了当地扫到楼下的阳台上去。"啊，人家栏杆上晾着地毯呢——怪不过意的，等他们把地毯收了进去再扫罢！"一念之慈，顶上生出了灿烂圆光。这就是我们的不甚彻底的道德观念。

1943 年 12 月

丁　玲

三八节有感

"妇女"这两个字,将在什么时代才不被重视,不需要特别的被提出呢?

年年都有这一天。每年在这一天的时候,几乎是全世界的地方都开着会,检阅着她们的队伍。延安虽说这两年不如前年热闹,但似乎总有几个人在那里忙着。而且一定有大会,有演说的,有通电,有文章发表。

延安的妇女是比中国其他地方的妇女幸福的。甚至有很多人都在嫉羡地说:"为什么小米把女同志吃得那么红胖?"女同志在医院,在休养所,在门诊部都占着很大的比例,却似乎并没有使人惊奇,然而延安的女同志却仍不能免除那种幸运:不管在什么场合都最能作为有兴趣的问题被谈起。而且各种各样的女同志都可以得到她应得的诽议。这些责难似乎都是严重而确当的。

女同志的结婚永远使人注意,而不会使人满意的。她们不能同一个男同志比较接近,更不能同几个都接近。她们被画家们讽刺:"一个科长也嫁了么?"诗人们也说:"延安只有骑马的首长,没有艺术家的首长,艺术家在延安是找不到漂亮的情人的。"然而她们也在某种场合聆听着这样的训词:"他妈的,瞧不起我们老干部,说是土包子,要不是我们土包子,你想来延安吃小米!"但女人总是要结婚的。(不结婚更有罪恶,她将要多的被作为制造谣言的对象,永远被污蔑。)不是骑马的就是穿草鞋的,不是艺术家就是总务科长。她们都是生小孩。小孩也有各自的命运:有的被细羊毛线和花绒布包着,抱在保姆的怀里,有的被没有洗净的布片抱着,扔在床头啼哭,而妈妈和爸爸都在大嚼着孩子的津贴(每月25元,价值二斤半猪肉),要是没有这笔津贴,也许他们根本就尝不到肉味。然而女同志究竟应该嫁谁呢?事实是这样,被逼着带孩子的一定可以得到公开的讥讽:"回到家庭了的娜拉。"而有着保姆的女同志,每一个星期可以有一天最卫生的交际舞。虽说在背地里也会有难听的诽语悄声的传播着,然而只要她走到那里,那里就会热闹,不管骑马的,穿草鞋的,总务科长,艺术家们的眼睛都会望着她。这同一切的理论都无关,同一切主义思想也无关,同一切开会演说也无关。然而这都是人人知道,人人不说,而且在做着的现实。

离婚的问题也是一样。大抵在结婚的时候,有三个条件是必须注意到的。一、政治上纯洁不纯洁,二、年龄相貌差不多,三、彼此有无帮助。虽说这三个条件几乎是人人具备(公开的汉奸这里是没有的。而所谓帮助也可以说到鞋袜的缝补,甚至女性的安慰),但却一定堂皇的考虑到。而离婚的口实,一定是女同志的落后。我是最以为一个女人自己不进步而还要拖住她的丈夫为可耻的,可是让我们看一看她们是如何落后的。她们在没有结婚前都抱着有凌云的志向,和克苦的斗争生活,她们在生理的要求和"彼此帮助"的蜜语之下结婚了,于是她们被逼着做了操劳的回到家庭的娜拉。她们也唯恐有"落后"的危险,她们四方奔走,厚颜的要求托儿所收留她们的孩子,要求刮子宫,宁肯受一切处分而不得不冒着生命的危险悄悄的去吃着堕胎的药。而她们听着这样的回答:"带孩子不是工作吗?你们只贪图舒服,好高骛远,你们到底作过一些什么了不起的政治工作?既然这样怕生孩子,生了又不肯负责,谁叫你们结婚呢?"于是她们不能免除"落后"的命运。一个有了工作能力的女人,而还能牺牲自己的事业去作为一个贤妻良母的时候,未始不被人所歌颂,但在十多年之后,她必然也逃不出"落后"的悲剧。即使在今天以我一个女人去看,这些"落后"分子,也实在不是一个可爱的女人。她们的皮肤在开始有折皱,头发在稀少,生活的疲惫夺取她们最后的一点爱娇。她们处于这样的悲运,似乎是很自然的,但在旧的社会里,她们或许会被称为可怜,薄命,然而在今天,却是自作孽、活该。不是听说法律上还在争论着离婚只须一方提出,或者必须双方同意的问题么?离婚大约多半都是男子提出的,假如是女人,那一定有更不道德的事,那完全该女人受诅咒。

我自己是女人,我会比别人更懂得女人的缺点,但我却更懂得女人的痛苦。她们不会是超时代的,不会是理想的,她们不是铁打的。她们抵抗不了社会一切的诱惑,和无声的压迫,她们每人都有一部血泪史,都有过崇高的感情(不管是升起的或沉落的,不管有幸与不幸,不管仍在孤苦奋斗或卷入庸俗),这在对于来到延安的女同志说来更不冤枉,所以我是拿着很大的宽容来看一切被沦为女犯的人的。而且我更希望男子们尤其是有地位的男子,和女人本身都把这些女人的过错看得与社会有联系些。少发空议论,多谈实际的问题,使理论与实际不脱节,在每个共产党员的修身上都对自己负责些就好了。

然而我们也不能不对女同志们,尤其是在延安的女同志有些小小的企望。而且勉励着自己,勉励着友好。

世界上从没有无能的人,有资格去获取一切的。所以女人要取得平等,得首先强己。我不必说大家都懂的。而且,一定在今天会有人演说:"首先取得我们的政权"的大话,我只说作为一个阵线中的一员(无产阶级也好,抗战也好,妇女也好),每天所必须注意的事项。

第一、不要让自己生病。无节制的生活,有时会觉得浪漫,有诗意,可爱,然而对今天环境不适宜。没有一个人能比你自己还会爱你的生命些。没有什么东西比今天失去健康更不幸些。只有它同你最亲近,好好注意它,爱护它。

第二、使自己愉快。只有愉快里面才有青春,才有活力,才觉得生命饱满,才觉得能担受一切磨难,才有前途,才有享受。这种愉快不是生活的满足,而是生活的战斗和进取。所以必须每天都作点有意义的工作,都必须读点书,都能有东西给别人,游惰只使人感到生命的空白,疲软,枯萎。

第三、用脑子。最好养好成一种习惯。改正不作思索,随波逐流的毛病。每说一句话,每作一件事,最好想想这话是否正确?这事是否处理的得当,不违背自己作人的原则?是否自己可以负责?只有这样才不会有后悔。这就是叫通过理性,这,才不会上当,被一切甜蜜所蒙蔽,被小利所诱,才不会浪费热情,浪费生命,而免除烦恼。

第四、下吃苦的决心,坚持到底。生为现代的有觉悟的女人,就要有认定牺牲一切蔷薇色的温柔的梦幻。幸福是暴风雨中的搏斗,而不是在月下弹琴,花前吟诗,假如没有最大的决心,一定会在中途停歇下来。不悲苦,即堕落。而这种支持下去的力量却必须在"有恒"中来养成。没有大的抱负的人是难于有这种不贪便宜,不图舒服的坚忍的。而这种抱负只有真真为人类,而非为己的人才会有。

附及:文章已经写完了,自己再重看一次,觉得关于企望的地方,还有很多意见,但为发稿时间有限,也不能整理了。不过又有这样的感觉,觉得有些话假如是一个首长在大会中说来,或许有人认为痛快。然而却写在一个女人的笔底下,是很可以取消的。但既然写了就仍旧给那些有同感的人看看吧。

(原载1942年3月9日延安《解放日报》)

孙　犁

织席记

真是一方水养一方人。我从南几县走过来,在蠡县、高阳,到处是纺线、织布。每逢集日,寒冷的早晨,大街上还冷冷清清的时候,那线子市里已经挤满了妇女。她们怀抱着一集纺好的线子,从家里赶来,霜雪粘在她们的头发上。她们挤在那里,急急卖出自己的线子,买回棉花;赚下的钱,再买些吃食零用,就又匆匆忙忙回家去了。回家路上的太阳才融化了她们头上的霜雪。

到端村,集日那天,我先到了席市上。这和高、蠡一带的线子市,真是异曲同工。妇女们从家里把席一捆捆背来,并排放下,她们对于卖出成品,也是那么急迫,甚至有很多老太太,在乞求似的招唤着席贩子:"看我这个来呀,你过来呀!"

她们是急于卖出席,再到苇市去买苇。这样,今天她就可解好苇,甚至轧出眉子,好赶制下集的席,时间就是衣食,劳动是紧张的,她们的热情的希望永远在劳动里旋转着。

在集市里充满热情的叫喊、争论。而解苇、轧眉子,则多在清晨和月夜进行。在这里,几乎每个妇女都参加了劳动。那些女孩子们,相貌端庄地坐在门前,从事劳作。

这里的房子这样低、挤、残破。但从里面走出来的妇女、孩子们却生得那么俊,穿得也很干净。普遍的终日的劳作,是这里妇女可亲爱的特点。她们穿得那么讲究,在门前推送着沉重的石砘子。她们的花鞋残破,因为她们要经常在苇子上来回践踏,要在泥水里走路。

她们,本质上是贫苦的人。也许她们劳动是希望着一件花布褂,但她们是这样辛勤的劳动人民的后代。

在一片烧毁了典当铺的广场上,围坐着十几个女孩子,她们坐在席上,垫着一小块棉褥。她们晒着太阳,编着歌儿唱着。她们只十二三岁,每人每天可以织一领丈席。劳动原来就是集体的,集体劳动才有乐趣,才有效率,女孩子们纺线愿意在一起,织席也愿意在一起。问到她们的生活,她们说现在是享福的日子。

生活史上的大创伤是敌人在炮楼"戳"着的时候,提起来,她们就黯然失色,连说也不能提了,不能提了。那个时候,是"掘地梨"的时候,是端村街上一天就要饿死十几条人命的时候。

敌人决堤放了水,两年没收成,抓夫杀人,男人也求生不得。敌人统制了苇席,低价强收,站在家里等着,织成就抢去,不管你死活。

一个女孩子说:"织成一个席,还不能点火做饭!"还要在冰凌里,用两只手去挖地梨。

她们说:"敌人如果再呆一年,端村街上就没有人了!"那天,一个放鸭子的也对我说:"敌人如果再呆一年,白洋淀就没有鸭子了!"

她们是绝处逢生,对敌人的仇恨长在。对民主政府扶植苇席业,也分外感激。公家商店高价收买席子,并代她们开辟销路,她们的收获很大。

生活上的最大变化,还是去年分得苇田。过去,端村街上,只有几家地主有苇。他们可以高价卖苇,贱价收席,践踏着人民的劳动。每逢春天,穷人流血流汗帮地主去上泥,因此他家的苇才长得那么高。可是到了年关,穷人过不去,二百户穷人,到地主家哀告,过了好半天,才看见在钱板上端出短短的两截铜子来。她们常常提说这件事!她们对地主的剥削的仇恨长在。这样,对于今天的光景,就特别珍重。

1946 年

(选自 1947 年 3 月 10 日《冀中导报》)

李健吾

切梦刀

不知道什么一个机会，也许由于沦陷期间闷居无聊，一个人在街上踽踽而行，虽说是在熙来熙往的人行道上，心里的闲静好像古寺的老僧，阳光是温煦的，市声是嚣杂的，脚底下碰来碰去净是坏铜烂铁的摊头，生活的酸楚处处留下深的犁痕，我觉得人人和我相似，而人人的匆促又似乎把我衬得分外孤寂，就是这样，我漫步而行，忽然来到一个旧书摊头，在靠外的角落，随时有被人踩的可能，赫然露出一部旧书，题签上印着《增广切梦刀》。

梦而可切，这把刀可谓锋利无比了。

一个白天黑夜全不做梦的人，一定是一个了不起的勇士。过去只是过去，时间对于他只有现时，此外都不存在。他打出来的天下属于未来，未来的意义就有乐观。能够做到这步田地的，勇士两个字当之而无愧，我们常人没有福分妄想这种称谓，因为一方面必须达观如哲学家，一方面又必须浑浑噩噩如二楞子。

当然，这部小书是为我们常人做的，作者是一位有心人，愿意将他那把得心应手的快刀送给我们这些太多了梦的可怜虫。我怀着一种欣喜的心情，用我的如获至宝的手轻轻翻开它的皱卷的薄纸。

"丁君成勋既成切梦刀十有八卷……"

原来这是一部详梦的伟著，民国六年问世，才不过二十几个年头，便和秋叶一样凋落在这无人过问的闹市，成为梦的笑柄。这美丽的引人遐想的书名，采取的是《晋书》关于王濬的一个典故。

"濬夜梦悬三刀于卧屋梁上，须臾又益一刀，濬惊觉，意甚恶之。主簿李毅再拜贺曰：三刀为州字，又益一者，明府其临益州乎？及贼张弘杀益州刺史皇甫晏，果迁濬为益州刺史。"

在这小小得意的故事之中，有刀也在梦里，我抱着一腔的奢望惘然如有所失了。

梦和生命一同存在。它停在记忆的暖室，有情感加以育养；理智旺盛的时候，我以为我可以像如来那样摆脱一切挂恋，把无情的超自然的智慧磨成其快无比的利刃，然而当我这个凡人硬起心肠照准了往下切的时候，它就如诗人所咏的东流水，初是奋然，竟是徒然；

"抽刀断水水更流。"

有时候,那就糟透了,受伤的是我自己,不是水:

"磨刀呜咽水,
水赤刃伤手。"

  于是,我学了一个乖,不再从笨拙的截击上下工夫,因为那样做的结果,固然梦可以不存在了,犹如一切苦行僧,生命本身也就不复在人世存在了,我把自然还给我的梦,梦拿亲切送我做报答。我活着的勇气,一半从理想里提取,一半却也从人情里得到。而理想和人情都是我的梦的弼辅。说到这里,严酷的父亲(为了我背不出上"孟",曾经罚我当着客人们跪;为了我忘记在他的生日那天磕头,他在监狱当着看守他的士兵打我的巴掌……),在我十三岁上就为人杀害了的父亲,可怜的辛劳的父亲,在我的梦里永远拿一个笑脸给他永远的没有出息的孩子。我可怜的姐姐,我就那么一位姐姐,小时候我曾拿剪刀戳破她的手,叫她哭,还不许她告诉父亲,但是为了爱护,她永远不要别人有一点点伤害我,就是这样一位母亲一样的姐姐,终于很早就丢下我去向父亲诉苦,一个孤女的流落的忧苦。而母亲,菩萨一般仁慈,囚犯一样勤劳,伺候了我们子女一辈子,没有享到我们一天的供奉,就在父亲去世十二年以后去世了。他们活着……全部活着,活在我的梦里……还有我那苦难的祖国,人民甘愿为她吃苦,然而胜利来了,就没有一天幸福还给人民……也成了梦。

  先生,你有一把切梦刀吗?

  把噩梦给我切掉,那些把希望变成失望的事实,那些从小到大的折磨的痕迹,那些让爱情成为仇恨的种子,先生,你好不好送我一把刀全切了下去?你摇头。你的意思是说,没有痛苦,幸福永远不会完整。梦是奋斗的最深的动力。

  那么,卖旧书的人,这部《切梦刀》真就有什么用处,你为什么不留着,留着给自己使用?你把它扔在街头,夹杂在其他旧书之中,由人翻拣,听人踩压,是不是因为你已经学会了所有的窍门,用不着它随时指点?

  那边来了一个买主。

  "几钿?"

  "五百。"

  "贵来!"他惘惘然而去。

  可怜的老头子,《切梦刀》帮不了你的忙,我听见你的沙哑的喉咙在吼号,还在叹息:"五百,两套烧饼啊!"

(选自《切梦刀》,文化生活出版社 1948 年 11 月版)

戏 剧

(1917—1949)

田　汉

获虎之夜

时　间　某年冬夜
地　方　长沙东乡某山中
人　物　魏福生　富裕之猎户
　　　　　魏黄氏　福生妻
　　　　　莲姑　福生独生女
　　　　　魏胡氏　莲姑之祖母
　　　　　李东阳　邻人，甲长
　　　　　何维贵　李之亲戚农夫
　　　　　黄大傻　莲姑表兄，贫颠行乞
　　　　　屠大，周三　魏家所雇之长工
布　景　魏福生家的"火房"（即乡人饭后之休息室，客来时之应接室，冬夜之围炉向火处）开幕时魏福生坐炉傍吸水烟。其母老态龙钟坐围椅上吸旱烟。福生之妻正泡茶。莲姑十八九岁好女子，虽山家装束而不掩其美。将泡好之茶用盘子托着先奉其祖母。次奉其父。次托茶四杯出"火房"送给其家的佣工。

福生目送其女出去，对其妻低语。

福生　我们这孩子嫁到陈家里去不取第一也要取第二，他家那样多的媳妇，我都看见过。单就人物讲，很少及得我家莲儿的。
黄氏　（感着一种做母亲的夸耀）可不是吗？前几天罗大先生也是这样说呢。可是也不知道费去我多少心血才替他挣了这样多的嫁奁。不然，单只模样儿好，嫁奁太少也还是要遭妯娌们看不起的。
祖母　但也当感谢仙姑娘娘，难得这几年家道还好，新近又连打了两只虎。不然，你有这样顺手吗？
黄氏　铳已经装好了没有？
福生　早就装好了。但还没有上线。等到稍微晚一点，便把线上好。今晚是准有的。
黄氏　再打了一双时，我的莲儿又可以多一样嫁妆了。我还想替她到城里去买一幅锦缎被面,买一个绣花帐檐哩。没有几个日子便要过门了。不赶快办,恐怕来不及。

福生　我这次若打了一只大点儿的,也不必抬到城里去请赏,最好把皮剥下来替莲儿做一床褥子,倒也显得我们猎户人家的本色。我打了第一只虎时,便有这个意思。莲儿,你……(回顾不见莲儿)莲儿怎么不进来?

黄氏　她大约听得说她的事,不好意思,回到自己房里去了吧。

福生　像她这一向还好,从前她真是不听说,真把我气死了。

黄氏　我也何尝不气。听她晚上那样的哭,我又是恨,又是可怜,……那颠子还在庙里吗?

福生　唔。还在庙里。住在那戏台下面。我本想把他驱逐出境,怎奈地方人见他年纪又轻,又没有父母,也不过有些颠里颠气,并不为非作歹,所以都不肯照我的意思办,我也不好把我的本意说出来。

黄氏　不过近来也没有看见他走我们门口过身了。

福生　大约是受了我那一次的打骂,不敢再来了吧。那种颠子单只骂他两句,他是不怕的。

祖母　可是那孩子也真可怜啊。你骂他两句不要他再来了就够了,你打他做什么。

福生　你老人家那里晓得。那孩子看去好像很颠,可是他对莲儿一点也不颠。我起初以为他是颠子,所以莲儿和他顽耍,我也不大管他。后来人大了,他还天天来找莲儿谈笑,莲儿也仿佛非他来不快活,我才晓得这事不是耍的。那时他母亲刚死不久,我好好的对他说,说我荐他到田家塅一家农家去看牛。他说他不愿到那样远的地方去,又说他虽然无家可归了,但怎么样也不肯离开仙姑岭。从那时起,他便在庙里的戏台底下过日子。可怜也实在可怜,但是一想到他会害得我的莲儿不肯出嫁,真是可恨。

黄氏　好了。现在也不必恨他了。倒因为他的缘故,使我们替莲儿选了现在这一家好人家。

福生　(忽然想起)喂,前天莲儿到那里去来?

黄氏　同下屋张二姑娘到坳背李大机匠师傅家里去来。我要她送几斤虎肉去,顺便问他那匹布织完没有。

福生　以后要屠大爷送去好哪,姑娘们不要到外面跑。我仿佛看见她走那一边岭上下来的呢。

黄氏　你为什么问起这事呢?

福生　莲儿有好久没有出门,我恐怕她又跑到庙里去来。

祖母　到庙里去敬敬菩萨有什么要紧?

福生　到庙里去敬敬菩萨自然没有什么要紧。我只怕她又去会那颠子呢。

黄氏　有张二姑娘跟着决没有那回事。并且莲儿自从定了人家,也早已把那颠子忘了。

福生　惟愿得如此才好。

(此时外面有人声对语。李东阳带何维贵来访福生。屠大迎之。)屠大!(在内)哦!李大公来了。请进。

李　　(在内)哦,大司务,福生在家不?

屠大　(在内)在火房里坐。请进。(登场)客来了。(退场)

(李何登场福生等起迎。)

李　　魏老板!

福生　哦,甲长先生来了。请坐,请坐。这位是谁?

李　　这是舍亲,姓何。住在塅里。(长沙东乡稻田野间为"塅",山谷间为坤)

福生　原来是何大哥。几时进坤来的?

何　　就是今天下午来的。

李　　他是今天下午进坤的。他家几代住在塅里务农,很少到坤里来的时候。他是我的侄郎的哥哥。前回我到塅里去散事,在他家歇了一夜。谈起坤里过的怎样的有趣,柴火怎样的多,坡土怎样的好,晚上怎样可以听得老虎豹子叫。把这位老兄喜欢得不亦乐乎。又谈起你家新近打了两只虎,于今一只抬到城里请赏去了,一只还关在笼里任人观看。他家里人从来没有见过老虎,个个都想来看看。这位老哥,尤其动了意马心猿,一定要同我来。他家的父亲说这几天事忙,要他隔几天来。所以今天才来。我也今天才从春华市回来。

何　　(忽听得什么叫,忙着扯住李手)这是不是虎叫?

福生　(笑,同坐皆笑)这不是虎叫,这是我家后面猪圈里猪叫。

何　　怎么坤里的猪叫法不同?

李　　坤里的猪和塅里的猪原是一样叫的。恐怕是你的耳朵作怪罢。……第二次打的虎也抬到城里去了吗?

福生　抬去四五天了。

李　　怎么你没有去?

福生　我没有去。要老二送去了,顺便办一些货回。我在家还有些事情要做呢。

李　　那么,维贵,你来得不凑巧。你那样要看虎,及至进坤来,虎又抬去了。

黄氏　（一面献茶与客）真是。何大哥,若早五六天来还可以看得到哩。嗳哟,没有抬去的时候看的人真不知道多少啊。就是抬去之后两三天还有许多人赶来要看的,都看个空回去了。最有趣的是周家新屋的三太太从城里回,也来看虎。她逼近笼子侧边站着。听得虎一叫,人往后面一退,两手望前一拍,把手上带的一对玉钏子打的粉碎。

何　　嗳呀,好凶!

李　　（笑了）你家捉了虎的事,真传得远,连春华市那一边都知道了。那地方的都总的太太都想来看一看呢。可惜你们家就把它送到城里去了。

福生　不要紧。今晚若是运气好时,还可以打一只。不过恐怕捉不到活的罢。

李　　什么,又装了陷笼吗?

福生　不是陷笼,是抬枪。现在等人静一点,便要上线呢。

李　　装在什么地方?

福生　装在后面的岭上。

李　　那地方没有人走吗?

福生　这样的晚上有谁要跑那边岭上去?并且谁不知道昨天已经发了山?

李　　那么恭喜你今晚一定要打一只大虎。明天还要请我喝一杯喜酒呢。

福生　那自然啦。正应请甲长先生喝喜酒的。我的莲儿就是这几天要过门。今晚若是打了一只虎,我要把喜酒更热闹的办他一下,请甲长先生多喝几杯。

李　　哦,不错。听说莲姑娘就是这几天要过门了。我还没有预备一点添箱的礼物哩。

黄氏　嗳哟,大公不要又来费心。前天承大挨驰（祖母之意,读若 Gaizieh）送来了一个布,两个被面,我们已经不敢当得很。

李　　那里的话。正应,正应。陈家几时过礼?

黄氏　初一过礼。

李　　你们这头亲事真说得好,真是门当户对。不要说我们的门前上下,就是我们这镇里都是少有的。

　　　（屠大登场）

屠大　大老板。我们可以去上线了吧。

福生　（时房中久已点灯。炉中柴火熊熊。福生起视窗外。）可以去了。你们要小心些呀。

屠大　晓得的。

李　　你们家这位屠司务真是个好人。

福生　哼。他很可靠。
黄氏　有一句讲一句。屠司务真是个老实人。他在我家做了五六年长工从来没和我们家里闹过半句嘴。哦……说起又记起来了。你老人家家里的二姑娘不也是不久要出阁了吗？
李　　嗨。明年三月安排把她嫁到金鸡坡侯家里去。
黄氏　侯家里！那真是好人家呀。三十几人吃茶饭，长工都请了七八个。二姑娘嫁到那样的人家真是享福啊。
李　　嗨，分得她们有什么福享。不过可以不挨饿罢了。他家的媳妇是有名的不容易做的。要起得早，睡得晚，纺纱绩麻，斟茶煮饭，浆衣洗裳不在讲，还要到坡里栽红薯，田里收稻。一年到头劳苦得要死。若是生了一男半女更麻烦了。
黄氏　不过也要这样的人家，才是真正的好人家。越是一家人勤快，越是兴旺。
李　　是。我也正是取他家这一点，才把我的二女看到他家去。她的娘痛爱女儿，听说侯家里是那样的人家，起初还不肯回红庚呢。
祖母　福生，你叫胡二爷到柴屋里去弄些硬柴来。今晚若是打了虎还有好一会耽搁呢。
福生　我自己去罢。（起身出门）
李　　挨驰,你老人家真健旺得很。
祖母　咳，讲给大公听，到底年纪来了。现在也不像从前那样结实啊。
何　　你老人家今年几十岁了？
李　　你猜猜看。
何　　我看……和我的挨驰上下年纪吧？
黄氏　她老人家有多大年纪？
何　　今年七十五岁。
黄氏　那么比我的挨驰还要小一岁呢。
李　　他的挨驰也健旺得很。我早几天在他家里，还看见她老人家替她的孙儿绣兜肚呢。
黄氏　我的挨驰眼睛不如从前了，可就是脚力好。仙姑殿那样陡的山，他老人家还爬得上去。从半山到正殿去不还有一百二十来级的石级吗？他老人家一气走上去还不费多大气力，反把我走得脚软手麻，气都喘不转来。
李　　我们后班子真不及老班子啊。（班子即辈之意）
黄氏　是啊。
祖母　我们算什么。你没有看见你的公公呢。他老人家在世的时候，那一

	个不说他健旺。八十岁那年还与后班子赌狠,推起雨石谷子上山呢。
何	嗳呀。我都做不到。
祖母	你们十八九岁的人,是"出山虎子,"正是出劲的时候,有什么做不到。

(福生抱柴来。放在火炉湾里。)

福生	你们讲什么?
李	我们正谈起现在这班少年还不及老班子的有劲啊。
福生	这是实在的话。即就我们猎户讲,现在的猎户那里及得从前的猎户的本事高强。不过打猎的器械和方法都比从前精巧些,也不必费从前那样多的力了。
何	魏老板你府上从前那两只虎是怎样打的呢?
福生	说起来,也很有趣。我们去年也还打过几只,可没有今年这两只来得容易。第一只尤其来得容易。那时我家刚做好一只陷笼,还没有抬到山上去装置。便把它放在猪圈后面,把笼门打开,原只望万一关一两只小小野物。不想睡到半晚忽然听得猪圈里的猪大乱起来,接连听得几声扯锯子似的大吼。我们爬起来,拿了猎枪,虎叉,掌起灯,望猪圈后面一看时:原来笼子里早陷了一只小牛似的猛虎。那只猛虎走我们屋边过身,听得猪圈里有猪叫,想来吃猪,没有别的路可以进来,便走那笼子里钻进来,用爪子猛力去爬猪圈。不想机关一动,后面的门便关下来,再也莫想出去了。后来我们又做了一个陷笼,比前一个更加精巧。抬起装在那边岭上的乱树中间。四围都用树枝盖好,只留一条进路。笼后面放些猪羊鸡鸭之类,都替它们缚了腿子,让它们在里面乱弹乱叫。冬天里的饿虎,走岭上过身,听得树乱中有生物叫着,那有不进去找食物的呢?果然第三天的晚上,我们又装了一只老虎。这便是五天前抬上城请赏的那一只。
何	打虎有这样容易吗?
福生	那里。这不过我的运气好罢。遇着难对付的还是要费无穷气力。你不看见仙姑岭下有一个长坡吗?那里原先并不是现在这样的光坡,却是一带深林。因为近处的人知道中间有猛虎的巢穴,所以都不敢到那近边去砍柴,因为没有人敢去砍柴,所以那一带深林越长得不见天日。但是最初虽不敢去砍柴,却也没有别的事故。到后来里面的虎渐渐多了。常常出来捉近边人家的猪和鸡吃。晚上吼声不绝,近边人家都不敢安心睡觉。后来索性把长坡易四聋子的儿子咬去了。易四聋子是我们镇上有名的猎户。他们夫妇的膝下只有这一个儿子。那时他刚从城里回来,听说儿子被虎咬了,痛不欲生,赌咒要杀

尽那坡里的虎。他还有一个朋友姓袁,也是个有名的猎户,浑名就叫袁打铳,也愿帮忙来除掉这地方的大害。易四聋子每天背着猎枪,提着刀,到那坡里去寻。有一天果被他寻出一条路来。照那条路走去,便到了那虎窝里。一看母虎不在家,只剩了四个小虎在窝里跳。易四聋子看见很觉得好玩。再一寻时,看见那虎窝旁边还剩了些小孩的头腿,易四聋子不看犹可,一看见了这些头腿只恨得咬牙切齿。一阵乱刀便将那些小虎都杀死在窝里。易四聋子知道母虎回来看了,一定要来寻仇。第二天便邀袁打铳和许多猎户来围山。那天那母老虎回来看见自己的儿子都杀死了,果然怒吼了一夜,第二天他们围山的时候,它坐在窝里等。

(忽闻许多猎犬声,屠大和二三夥友从山上回来。)

(屠大周三登场)

福生　装好了吗?

屠大　全都装好了。

福生　山上没有人走吗?

屠大　这时候有什么人走到那样的岭上去?

黄氏　屠大爷,周三爷,快来烘一烘,冷得哩。

周三　也不怎么冷。

(黄氏折些带叶的干柴,烧起熊熊的火来。屠周二人烘着。)

李　　屠大爷你的衣袖子烂了呢。

黄氏　昨天我要他交给莲儿替他补一补,他又不肯。

屠大　我的衣那里敢烦莲姑娘补呢?横竖在山里作活的人休想穿一件好衣。就有好衣,到山里去跑两趟,铁打的也要扯烂。

甲长　我多久就劝屠大爷讨一个大娘子,他总不听,不然,你的衣烂了,不早有人替你补起了吗?

屠大　甲长先生,你也得体恤民情呀。你看我们养自己不活的人还能养活人家吗?

李　　话虽是这样说,老婆总是要讨的。也没有见单身汉子个个有了钱。也没有见讨了老婆的个个都饿死了。我还是替你做个媒罢。

周三　我也替你做个媒罢。

屠大　(笑向周三)你替我做个什么媒呀?你有什么姑子要嫁给我呢?

周三　说起来没有一个人知道,却也没有一个人不知道。就是后屋朱太太的大小姐。

屠大　后屋有什么姓朱的太太?

(福生合黄氏早笑了。)

周三　就是那猪婆的大小姐呀！

屠大　(打周三)你这小坏蛋。

福生　喂，屠大爷，你快去把各种器械安顿好。等一会就要用呢。

屠大　好。周三爷你赶快替我磨刀去。

　　　(两人下场。)

甲长　今晚上一定又该你发财呢。

福生　哈哈，这些事是要靠运气的。法子总得想，能不能到手可说不定。

何大　第二天又怎么样呢，魏老板？

福生　(突如其来，摸不着头脑。)第二天？第二天什么事？

何大　第二天他们去围山，捉到那只虎没有呢？

福生　啊，你是讲刚才说的易四聋子打虎的那件事啊。好，我索性对你说完了罢。第二天易四聋子邀了袁打铳和本地方好几个有名的猎户去围山。易四聋子和袁打铳奋勇当先。其余的猎户只远远的包围着。易四聋子又让袁打铳做他的后援，他由他昨天发见的那条路，一步步逼近虎窝里去。等到相隔不过一丈来远的时候，他早由树后窥见那母老虎磨牙擦爪地在那里等他。他不待它先来，早装好猎枪，朝那老虎头上一枪打去。那老虎听得枪一响，照着枪烟，一个蹿步扑起来。易四聋子本来想等它扑来，举起刀去刺它的肚子，但已来不及了，那老虎扑到他的头上来了。他丢了枪刀，趁那当儿一把抱住那老虎的腰，把头紧紧的顶住它的咽喉，把两只脚紧紧的撑住它的后腿，任它怎样的摆布，他只死命的抱着不放。这时易四聋子的好友袁打铳，和其他许多猎户看了这种情形，救也不好，不救也不好。还是袁打铳隔得较近，爬到一枝树上，觑得准准的对那老虎连发了两枪，那老虎打急了。候他第三枪到来时，它就地一滚，那枪子却打在易四聋子的腿上。虽然没有打中要害，但痛得他把腿一缩。那头上也不由得松下来。那老虎趁这个机会，转过气来，大吼一声，把易四聋子的脑袋咬了半边，挣脱了易四聋子的手，几跳几蹿的跑出重围去了。那些猎户那一个敢挡它的路。袁打铳虽然接着连发了几枪，但是已经救不了他的朋友。他一面收拾他朋友的遗体，一面也发誓要除掉那只老虎替他朋友报仇。从此以后袁打铳常常一个人背着枪，去找那只老虎。后来虽然也打了好几只虎，但始终不是咬他的朋友的那只。他有一个儿子，叫和儿，十四五岁了。他恐怕他死了之后他的朋友的仇便不能报，所以他常常把母老虎的样子对和儿说，叫他长大了也做一个猎户，务必寻到这只虎，把它打死，把皮骨去祭他的朋友的灵，才算孝子，因此和儿心目中常常有这么一只虎。

何大　他的儿子后来打到这只虎没有呢?

福生　你听哪。第二年春二月间,和儿和几个邻舍的小孩到枫树坡上去寻惊蛰菌,这个坡里也因为林子很深,许久没人砍动,地下木叶落的多,所以每年结的菌子也最多。这些小孩越取越多,越多越高兴,越高兴便不顾危险越往林子深的地方走去。正取得高兴的时候,忽然一个小孩骇得叫也不敢叫出来,拚命的扯起他们跑。他们问有什么。他说:"有虎!"那些小孩子听得有虎,大家都往外跑,把取下来的菌子丢满了一地,踹得稀烂。但他们跑了好一阵,却没见什么东西追出来,细瞧有虎的那边的林子,一点响动也没有。他们都很诧异。内中有大胆的便依然跑到那边林子里去窥探,袁和儿便是一个。一看那深林中间,却有一块小小的空地。这空地上果然坐着一只刚才吓起他们乱跑的猛虎。嘴里咬着一块什么东西。两只眼珠睁得有茶杯大小,望了使人家两只脚自然要软下来。可是一宗,那怕他们两次访它,它不独不动,连哼也不哼一声,仔细一听,连气息都没有。袁和儿胆子最大,捡起一块石头照那老虎的尾上轻轻打去,它依然一丝也不动。袁和儿知道世界上没有这样好气性儿的老虎。一看它的头上还有一两处伤痕,心中早断定是他父亲时常对他说起的那只老虎。他对他那些小朋友说了,他们依然没有人敢拢去。还是和儿跑拢去把那老虎一推,哗啦一声倒了,原来那只老虎自后咬了易四聋子,带了重伤逃出重围,便躲在这地方死了。如今只剩得皮包骨头,肉早已烂了。口里还咬着易四聋子的半边脑骨。

何大　那么为什么还坐着呢?

福生　你不知道呀,这叫做虎死不倒威。后来和儿回去把他老子喊来一看,果然是那只老虎。袁打铳把易四聋子那半边脑骨交给他家里合遗体一起葬了。把老虎的皮骨祭了他的灵,才算完了他一桩心事。……

（正说到那里忽听得山上抬枪一响。）

福生　吓!

屠大　(在内)枪响了。大老板!我们快去罢。

李　　福生,你的财运真好。这次包你又打了一只大虎了。

祖母　若是只虎,那么莲儿又多一样嫁奁了。

福生　惟愿是只虎也就可以了我一桩心事。不要打了一只什么小的野物,那就不值得了。

（屠大携猎枪,虎叉之类登场。）

屠大　不会,一定是只大虎。别的小野物不走那条路的。

福生　我也这样想。

何　　我们也去看看罢。
福生　何大哥要去看看也好。
李　　我也同去看看。
福生　(对黄氏)你赶快去烧好一锅水,等一下有好一阵忙呢。
黄氏　我早已预备好了。
周三　(在内)喂!去呀。
福生　屠大(同声)去呀。
　　　(各携器械退场。)
黄氏　挨驰你老人家去睡去罢。
祖母　还坐一会也好。等他们把虎抬了回来再睡去。等一下有好一阵忙,我在这里烧烧火也是好的。
黄氏　啊呀!催壶里没有水了。莲儿!
莲姑　(在内)来了。
　　　(莲姑登场。)
莲姑　妈妈,什么事?
黄氏　你去添一壶水来。等一下他们回来了,要茶喝呢。
莲姑　是。
　　　(携壶下场,一忽儿,携一满壶水登场。依然把壶掛在火炉里的通火钩上。)
莲姑　妈,又打了一只虎吗?
黄氏　屠大爷说一定是只虎。别的野物,是不走那条路的。并且昨天不是发了山吗?
祖母　若是只虎,你爹爹不知道多么欢喜。他说这次若打了虎不抬到城里去请赏,要把皮剥下来替你做一铺褥子,把虎肉留来办喜酒呢。
黄氏　日子近了。你那双鞋子还不赶快做好。
莲姑　我不做。
黄氏　蠢孩子。你为什么不做?
莲姑　我不要穿鞋子了。
黄氏　你为什么不要穿鞋子了?
莲姑　我不要活了。(哭)
黄氏　你为什么不要活了?
莲姑　爹妈若是一定要我嫁,……
黄氏　你嫌陈家里不好吗?
莲姑　不是。
黄氏　嫌陈家里的三少爷不好吗?

莲姑　（摇头。）……

黄氏　那么为什么又不愿意去了呢？

莲姑　……。我只不愿意去就是了。

黄氏　我的好孩子，你先前说得好好的，怎么这会子又翻悔呢？这样的终身大事岂是儿戏得的吗？人家已经下了定，你又不愿意去了。就是我肯，你爹爹肯吗？就是你爹爹肯，陈家里能依吗？你总得懂事一点。你现在不是两三岁的小孩子了。放着陈家这样的人家不去你还想到什么人家去？

祖母　是呀。像陈家那样的人家在我们镇里是选一选二的。他家里肯要你，真是你的八字好呢。你不到他家去还想到什么更好的人家去？就是更好的人家，他不要你也是枉然呀。

莲姑　我什么人家也不愿意去。我在家里侍奉挨驰妈妈好哪。

黄氏　你这话更蠢了。那里有在娘边做一世女的呢？我劝你不要三心两意的了。你只赶快把鞋子做起，别的嫁奁我也替你预备得有个八成了。只候你爹爹打了这只虎，替你做床虎皮褥子，还要二叔在城里去买一幅绣花帐檐，锦缎被面子，就要过礼了。你刚才这些话我原晓得你是和我淘气的。你要嫁了，你妈还把你怎样吗？只等一下莫对你爹爹淘气，你爹爹若听见了这些话，你是晓得他的脾气的。

祖母　是呀。你爹爹他若听说你不愿意。你看他会怎么样气。

莲姑　我不管爹爹气不气，我只不去就是了。

黄氏　好。你有本事等一下对你爹爹说去。我懒和你说得。我要到灶屋里去了。

莲姑　（至祖母前）挨驰，我……

祖母　（抚之）傻孩子。你哭什么？你的命不比你妈，你挨驰都好吗？

莲姑　不。挨驰，我是一条苦命。（隐约闻外面人声嘈杂。猎犬吠声。）

祖母　你听。你爹爹和屠大爷他们抬虎来了。你出阁的时候又要添一样好嫁奁了。并且你可以早些到陈家里去享福去了。你还不赶快到大门口去看看。

莲姑　不。我不要去看。我怕这个老虎。

祖母　你又不是才看见过老虎的。怕它做什么？以前捉了活的还不怕，此刻是打死了抬回来的更不必怕了。

莲姑　我怎么不怕它。它是催我的命的。

祖母　你看。你又和黄大傻一样的发起颠来了。

莲姑　挨驰。是的。我是和他一样颠的，我时常怕我会变成他那一样的颠子呢。

祖母　你越说越傻了。好好的人怎么会颠？（人声狗声愈近）好。站起来。（众声嘈杂中闻甲长之声"抬进去""抬进去"）你听，虎已经抬到门口来了。快去看看。

莲姑　不。我不要看。虎进屋了，我便要出屋了。
（人声，脚步声，猎犬吠声，已闹成一片了。）

屠大　（在内）周三爷，你把大门推开些，推开些。

福生　（在内）堂屋里快安顿一扇门板。

李　　（在内）你把脚好生抱着。抬进去。

祖母　莲儿。虎抬进来了。快去看看。

莲姑　不。我不要看。
（人声，足步声愈近。）

福生　（在内）抬到堂屋里去。

李　　（在内）不。抬到火房里去。

祖母　你快去开门，虎要抬到火房里来了。

福生　（在内）何必抬到火房里去？

李　　（在内）天气冷得很，非抬到火房里去不可。快去安置一下。（火房门开了。李二进来把左壁大竹床上的东西挪开，铺上一床棉褥，把衣服卷成一个枕头，放好。李甲长进来，把椅凳移开。在莲姑和她祖母的错愕中间，福生和屠大早半抬半抱的抬进一只大虎［?］咳，不是，原来是一个十七八岁的褴褛少年。腿上打得鲜血淋漓，此时昏过去了。让他们把他死骸般的抬起放在那大竹床上。）

祖母　怎么哪，打了人？

福生　咳，还有什么说。

李　　你老人家快把火烧大一点。房里很冷。福生，你要赶快去请一个医生来。

福生　这时候到那里去请医生呢？槐树屋梁六先生又上城去了。

李　　不，立刻要去请一个来，他伤得很重，弄出人命来可不是耍的。

福生　屠大爷，那么你到文家坤文九先生那里去一趟，任如何请他老人家今晚来。李二爷你也同去，好抬他的轿子。
（屠大李二匆匆退场）
（黄氏急登场）

黄氏　打了人？打了谁呀？

福生　你说还有谁！还不是这个晦气。
（黄氏与莲姑娘的眼光都转到那褴褛少年脸上。）

福生　他晕过去了。快烧碗开水灌他一下。（忽注意到莲姑）莲儿快进去，不要在这里。

莲姑　（目不转睛的望着那面色灰败的少年，似没有听得她父亲的话。旋疑其视觉有误，拭其目，挨近一看。）嗳呀，这不是黄大哥？黄大哥呀！（哭）

黄氏　当真是那孩子，怎么瘦到这样了。（起身烧水去）

福生　不识羞的东西，他是你什么黄大哥？还不给我滚进去。

祖母　（起视）当真是那孩子吗？

福生　不是那个傻东西，这时候谁肯跑到那样的岭上去送死？我们背时人偏遇着这样的背时东西。

祖母　打了那里？

福生　打了大腿。只要打上一点，这东西就没有命了。

李　现在还是危险得很，怎奈血出的太多。我们走到他近边的时候还以为是只虎，仔细一看才知道是他在那里乱滚。

福生　他那时伤的那样重，见了我还对我道恭喜呢。这个混帐东西！

祖母　快替他收血。把他喊转来。可怜这孩子已经是个颠子了，不要又弄成一个残疾。

福生　（伏在少年腿边作法收血）功程太大了，不容易收。我去叫下屋李待诏（理发师别名）来。甲长先生，请你替我招扶一下，我去一下就来。

李　可以。你去。这里我招扶。

莲姑　（挨近少年身边寻着伤处）哦呀，伤的这么重！（摸一手的血）出了这样多的血！嗳呀，怎么得了！（哭，忽悟哭也无益急起身进房，闻撕布声。）

李　（对何维贵）今晚来看虎，不料看了一只这样的虎。你先回去。我要等一下才能回。（送至门口）你出大门一直走，走到那株大樟树那里转湾，进那个长坡，就看见我的家了。你看得见吗？拿个火把去罢。

何　不消。我看得见。

周三　我带何大哥去好哪。我还要顺便到一下李家新屋，问他家要些药来。

李　那么更好哪。你对大挨驰说我等一下就回来。

（何李退场）

莲姑　（携白布和棉花一卷登场，就少年侧坐。为之洗去血迹包裹里伤处。少年略转侧微带呻吟之声。莲姑细声呼少年。）黄大哥，黄大哥！

少年　（从呻吟声中隐约吐出一种痛苦的答声）唔。

李　壶里的水开了。快灌点开水。

（黄氏冲一碗开水，俟略冷，端到少年身边，祖母拿枝筷子挑开少年的口徐徐灌之。）

李　　好了,肚子有些转动了。

祖母　这也是一种星数。

莲姑　（微呼之）黄大哥,黄大哥。

少年　（声音略大）唔。嗳哟。

祖母　可怜的孩子,他这一气痛晕了呢。

少年　（呻吟中杂着梦呓）嗳哟,莲姑娘,痛啊。

黄氏　这孩子这样痛还没有忘记莲儿呢。

莲姑　（抚之）黄大哥。

少年　（睁开眼四望。）哦呀。我怎么在这里？我怎么睡在这里？

李　　你刚才在山上被抬枪打了,我们把你抬到这来的。这会子清醒了一点没有？

少年　清醒了一点。哦呀,李大公。哦呀,姑母,姑挨驰,莲姑娘。莲姑娘,我怎么刚才在山上看见你？我只当我还倒在山上呢。嗳哟。（拭目）莲姑娘,我们不是在做梦吗？

莲姑　黄大哥,不是做梦啊,是真的。你睡在我家火房里的竹床上。

少年　是真的。……但是我可没有想到我今晚能再见你啊。你要嫁了。听说你要嫁了。听说你就是这几天要过门了。我想来贺喜,可又没有胆子进这张门。我只想,只想到你出阁那天,陈家一定要招些叫化子来,打旗子的。那时我便去讨一面旗子打了,也算是我一点子的敬意。……是那一天？日子已经定了没有？

莲姑　黄大哥……。（哭不可抑）

（福生急上）

福生　李待诏不在家,找了一个空。血止了一点没有？

李　　止了一点。莲姑娘替他裹好了。

福生　（见莲姑）莲儿还不进去。进去！

莲姑　（踌躇）……。

福生　还不进去。你这不识羞的东西。

莲姑　爹爹。我今晚要看护他一晚。女儿这一生只求爹爹这一件事。

福生　他是你什么人？为什么定要你看护他？他受了伤,我自然要想法子替他诊好的,不要你过问。你还不替我滚进去！

李　　让她招扶一下何妨呢？病人总得姑娘们招扶才好。

福生　甲长先生,你不大晓得这个情形。……我是决不让我的女儿看护他的。第一我就不知道他为什么这时候要跑到那样的山上去送死。

李　　心里不大清白的人,总是这样的。

福生　不然。你要说他傻吗？他有时候说出话来一点也不傻。我只不懂他为什么总要寻着我家吵。

少年　姑爹,我以后永不要你老人家操心了。我永不到你老人家的府上来了。今晚便是最后一回。我本没有想到今晚能到你老人家的家里来的。更没有想到会像受了重伤的野兽一样倒在这个地方。我只想能在后山上隐隐约约看得见这屋子里的灯光就够了。

福生　你为什么今晚要来看我家的灯光?

少年　我不止今晚。除开上两晚之外,我差不多晚晚来的。我自从在庙里的戏台下面安身以来,晚晚是这样的。那怕发风落雨的晚上都没有间断过。我只要一望见这家里的灯光我就像见了亲人一样,把我的所有的苦楚都忘记了。

祖母　咳!没有爹娘的孩子真是可怜啊。

福生　你既然这样想到我家来,何不好好的对我讲呢?

少年　我晓得我就好好的对你老人家讲,你老人家也不见得肯要我到这家里来。并且我是挨过你老人家的打骂的,我也不愿意进来。

福生　我打你骂你,都是愿你学好。谁叫你那样不听说呢?我要你学木匠去,你不去。学裁缝,你也不去。后来我荐你到田家驰看牛去,你也不去。偏要在这近边讨饭,叫我如何不恼呢?

少年　是的。我情愿在这近边讨饭。我情愿一个人睡在戏台下面。我不愿离开这个地方。那怕你老人家通知团上要把我这个无家可归的孩子驱逐出境,我也不愿离开这个地方。

福生　我是怕你不务正业才要驱逐你呀。假如你是学好的,我何至如此。

少年　嗨!贫穷的孩子总是要被人家驱逐的。不过你老人家何尝是怕我不务正业,无非怕我害你家的莲姑娘罢。

福生　你们听!我早知道他是装傻的。

少年　姑爹,我实在是个傻子,我明明晓得没有爱莲姑娘的资格,我偏不能舍掉她,我如何不是个傻子呢?我和莲姑娘从小就在一块儿,那时我家里还好,你老人家还带顽带笑的说过,将来这两个孩子倒是好一对。其实不待你老人家说,我们那时的小孩子心里早模模糊糊有这个意思了。后来我爹不幸去世,家里亏空不少,你老人家已经冷了一大半。及至我妈妈也过了,家里又遭了火烧,卖尽田产,还不够还债。我继续读书的机会自然没有了。就是学手艺吗,也全由别人作主。今天要我去学裁缝,我不愿意,逃出来,挨了一遭打骂之后,后天又拖我去学木匠。……我那时早晓得莲姑娘不是我的了。我去学木匠那天早晨想要找莲姑娘说句话都被你老人家禁止了。我只怨自己的命苦,屡次想打断这个念头,怎奈任如何也打不断。上屋里陈八先生可怜我，叫我同他到城去学生意。我想这或者可以帮助我忘记莲姑娘的事。但是我同他走到离城不过几里路的湖迹渡，我依然一个人折回来了。我不能忘记莲姑娘，我不能离开莲姑娘所住的地方。多亏仙姑庙的王道长可怜我，许我在庙里的戏台下面安身。我时常替他做些杂事。他遇着我没有讨得饭的时候，也把些吃剩的斋饭把我充饥。我就是这样过一年多的日子。

莲姑　（哭）……。

少年　一个没有爹娘，没有兄弟，没有亲戚朋友的小孩子，日中间还远不怎样，到了晚上独自一个人睡在庙前的戏台底下，是多么凄凉，多么可怕的境况啊！烧起火来，只照着自己一个人的影子；唱起歌来，或是哭起来，只听得自己一个人的声音。我才晓得世间上顶可怕的不是豺狼虎豹，也不是妖魔鬼怪，却是孤单寂寞啊！

莲姑　（泣更哀）……。

少年　我寂寞得没有法子。每到太阳落了，山上的鸟儿都归到巢里去了的时候，便一个人慢慢的踱到这后面的山上来望这个屋子里的灯光，尤其是莲姑娘窗上的灯光。我一看了这窗上的灯光，好像我还是五六年前在爹爹妈妈膝下做幸福的孩子，每天到这边山上来喊莲妹出来同顽，我拚命的摘些山花给莲妹戴的时候一样，真不知道多么欢喜，多么安慰！尤其是落霏霏细雨的晚上，那窗上的灯光，远远望起来越显得朦朦胧胧的，又好像秋天里我捉得许多萤火虫儿，莲妹把它装在蛋壳里一样，真是好看。我一面呆看，一面痴想，每每被雨点把一身打的透湿，还不觉得。直等那灯光熄了，莲妹也睡了，我才凄凄凉凉的挨到戏台底下去睡。

莲姑　（啜泣）……。

祖母　可怜的孩子，那不会受凉吗？

少年　受凉？没有爹娘的孩子有谁管他受不受凉呢？并且寂寞比病还要可怕。我只要慰得我心里一刻子的寂寞，也顾不得病了。我受了一年多的风霜饥饿，体子早已坏了。这几天又得了一点病，所以有两晚没有来看这边窗上的灯。我自己恐怕到我爹妈的膝下去承欢的时候不远了。又听说莲姑娘就是这几天要嫁到陈家里去，所以我今晚特再到这边山上来再望望我那两晚没有望见，或许以后永远望不见的灯光。不想刚到山上便绊着药绳，挨了这一枪。……我盼望那一枪把我打死了倒好，免得还要受几点钟的苦痛。不过因为这个缘故，我居然能再见莲姑娘一面，我这一枪也挨得值得。便死也死得值得。莲妹！我的伤受得很重，并且身子又病了。你招扶我一下罢。只要你

	的手触我一下,我的病就会好了,我的痛也可以忘记了。莲姑娘你招扶我一晚,我只求你这件事。
李	有莲姑娘招扶他,他的伤一定好得快些。
祖母	可怜的孩子,不想他这样爱着莲儿。
黄氏	看起来他这一枪还是为莲儿挨的。可怜病得这样子又受了这样重的伤。他的娘若在世,不知道怎样伤心呢。
莲姑	(抚着少年的手)黄大哥,你好好睡。我今晚招扶你。
少年	(安慰极了。)阿,多谢。
福生	(暴怒的口吻)不能!莲儿,快进去。这里有我招扶,你不要管。你已经是陈家里的人,你怎么好看护他。说起来成什么话!
莲姑	我怎么是陈家里的人?
福生	我把你许给陈家里了,你便是陈家里的人。
莲姑	我把我自己许了他,我便是黄家里的人。
福生	你这是什么话?你这不懂事的东西!你怎敢在你父亲面前强嘴!(见莲姑还握着少年的手)你还不放手,替我滚起进去。你不要招打。
莲姑	你老人家打死我,我也不放手。
福生	……。(改用一种慈父的口吻。)莲儿,你仔细想想,你爹爹不是因为很爱你才把你看给陈家里吗?你爹辛苦半生,只有你这一个女儿。因此不想把你胡乱给人。好容易千选万选,才选了陈家里这样的好人家。还怕陈家里嫌我们猎户出身不大愿意。算是看得你人物还不错,才应允了这门亲事。只望你心满意足的到陈家里去,过半生快乐日子,生了一男半女回门来唤唤外公也算我没有儿子的人的一种福分。不想你这不懂事的东西再三推托,后来经我和你妈仔细劝你,你才回心转意,亲口应允了。……
黄氏	是呀,莲儿你自己还应允了的呀。
莲姑	我因为爹爹再三逼我,我没有法子,只好应允了。原想找个机会和黄大哥商量在过门以前逃到别的地方去。
福生	唔。你居然想逃!
莲姑	想逃。我多久想逃,只是没有机会。第一次打了虎的时候到我家看的人很多,我就想趁那时候逃。刚走到半山遇着屠大爷,我只好转来。后来隔过门的日子越近,你老人家越不肯叫我出去。前几天借着送虎肉才同张二姑娘到仙姑殿去了一回。因为有张二姑娘同走,不好问人。便没有找着黄大哥。
福生	找着便怎样?

莲姑　找着了。我便约个日子同他跑。
黄氏　安排跑到那里去？
莲姑　跑到城里去。
黄氏　找谁？
莲姑　找张家大姐介绍我到纺纱厂做工去。
福生　唔。
莲姑　不想我没有找着他，他倒先到我家来了。像受了重伤的老虎似的抬到我家来了。身体瘦到这个样子，腿上还打一个大洞。……。流这许多血。黄大哥，可怜的黄大哥，我是不离你的了。生，死，我都不离你。
福生　我偏要你离开他。偏不许你……。你这种不孝的东西。（猛力想扯开他们的手，但他们死力不放。）
莲姑　爹爹！
祖母　（同时）福生！
李　　（同时）福生！
黄氏　（同时）嗳呀。莲儿，你放手罢。
莲姑　不。我死也不放手。世间上没有人能拆开我们的手。
福生　我能够！（暴怒如雷猛力扯开他们的手，拖着莲姑望房里走。）你这种畜生，不要脸的畜生，不打你如何晓得利害。（拖进房里闻扑打声抗争声）哼！你还强嘴不？你还发疯不？你还喊黄大哥不？你还要气死我不？（每问一句打一句。）
大家　（同时）福生，福生！嗳呀，不要打。（皆拥到后房去。台上只剩少年一人，死骸似的倒在竹床上。闻里面打莲姑声，旧病新创一齐裂发。）
少年　嗳呀。我再不能受了。（忍痛回顾强起取床边猎刀）莲姑娘，我先你一步罢。（自刺其胸而死）
　　　（里面福生，"你还不听说不？你还要喊黄大哥不？你做陈家里的人不？"之声与竹鞭响声哀呼"黄大哥"之声益烈。劝解者号哭者的声音伴奏之。）

——幕徐下——

（写于1921年。收入《咖啡店之一夜》，
中华书局1924年12月版）

丁西林

压　　迫

纪念刘叔和

叔和：

　　这篇短剧是供献给你的。这剧里主人的一种可爱的特性,是否受了你的暗示,我不敢说,但是这剧的情节,是由你发生的。去年的冬天——大约你还记得罢——你想离开我们自己找房另住,有一天晚上,我们坐在火炉的旁边烤火,讲起这件事来,我们和你开顽笑,说你如果不结婚,你一定找不到房子。因为北京租房,要满足两个条件:一是有铺保,一是有家眷。那时我觉得这个题目很有趣味,对你说,我要替你写一个短剧。这事已隔了一年多了。在这一年之内,多少次我想把这剧本写出,都没有成功。现在这篇剧本都算勉强脱稿,但是你已经死了!以前我写的那几篇试验的作品,都曾经先由你看过,然后发表。这一篇特别为你写的东西,反而得不着你的批评,这是很令人感伤的一件事。

　　这篇短剧不过是一种幻想。没有"问题",也没有"教训"。然而因为你的死,它倒有了特别的意义。你是怎样死的,你知道么? 你的病,是瘟热病。你的死,是苍蝇咬死的。苍蝇不会咬人,但是你住在医院的时候,你的朋友每次去看你,都要在你的床上,你的身上,你的牛奶杯上替你打死好多的苍蝇。你处在那种无人看护的情境,说你是苍蝇咬死的,总不算太不理智吧。因此我想到,你真的找房的时候,如果能和这剧里的主人一样,遇到那样的一个富有同情的人,和你"联合起来",去抵抗——不但"有产阶级的压迫"——社会上一切的压迫与欺负,我相信,你是一定不会死的。

　　你是一个很有 humor 的人,一定不会怪我写一篇喜剧来纪念一个已死的朋友。我的生性是不悲观的,然而你可以相信,我写完了这篇剧本,思念到你,我感觉到的只是无限的凄凉与悲哀。

西林　十四,十二,七

剧中人物

　　男客人
　　女客人
　　房东太太
　　老妈子
　　巡警

布景

　　一间中国旧式的房子。后面一门通院子,左右壁各一门通耳房。房的中间偏右方,一张方桌,四围几张小椅。桌上铺了白布,中间放着一架煤油灯及茶具。偏左方,一张茶几,两张椅子,靠壁放着。一张椅子背上担着一件雨衣,旁边放着一个手提的皮包。后面的左边靠墙放着一张类似洗脸架带有镜子的小桌,上面放着一个时钟及花瓶。屋内尚有其他的陈设,壁上还有一些字画,但都很简单而俭朴。

　　　　〔开幕时,一个着粗呢洋服,长筒皮靴的男人坐在茶几旁边的一张椅上抽烟斗,一个老妈子立在门外,将手伸到屋檐的外边去试验有无雨点。〕

老妈　(走进屋来)雨倒下不下了,怎么还不回来?(从桌上拿了茶壶,走到茶几边代客人倒茶)
男客　(不耐烦,站起)唉,你先弄一点东西来吃,好不好?
老妈　东西倒有在那里,不过这也得等太太回来。
男客　吃东西也得等太太回来?
老妈　(叹了一口气)是的,吃东西得等太太回来,房子的事情,也得等太太回来。
男客　好吧,等太太回来吧。横竖是那么一回事,太太回来也是那样,太太不回来也是那样。(复坐下)
老妈　(摇头)看那样子,太太不象肯答应把这房子租给你。
男客　不把这房子租给我?谁教她受我的定钱?
老妈　是的,那只怪小姐不好。其实——唉——太太的脾气也太古怪了。象你先生这样的人,有什么要紧?深更半夜,屋里有一个男人,还可以有个照应。
男客　这房子以前有人租过没有?

老妈　这房子已经空了有一年多了,也没有租出去。

男客　这房子并不坏,为什么没有人来要?

老妈　没有人要?谁看了都说这房子好,都愿意租。这房子又干净,又显亮,前面还有那样的一个花园。

男客　这样说为什么一年多没有租出去呢?

老妈　你先生也不是外人,告诉你也没有什么要紧,你知道,我们的太太爱的就是打牌,一天到晚在外边。家里就只有我和小姐两个人。有人来看房,都是小姐去招呼。有家眷的人,一提到太太,小孩,小姐就把他回了。没有家眷的人,小姐才答应,等到太太回来,一打听,说是没有家眷,太太就把他回了。这样不要说是一年,就是十年,我看这房子也租不出去。

男客　怎么,象这一回的事,以前已经有过?

老妈　也不知有过多少次。每回租房,小姐都要和太太吵一次。不过平常小姐不敢作主,这一次她作主受了你先生的定钱,所以才生出这样的事来。

男客　她如果早作主,这房子老早就租了出去。

老妈　是的,不过平常租房的人,听说房子不能租给他们,他们也就没有话说,不象你先生这样的……

男客　古怪,是不是?是的,你们太太的脾气太古怪了,我的脾气也太古怪了,这一回两个古怪碰在一块儿,所以这事就不好办了。不过我也觉得这房子不坏,尤其是前面的那个小花园。

老妈　看你先生的样子,一定也是爱清静的。这里一天到晚听不到一点嘈杂的声音,离你先生办事的地方又近,所以……我曾在那里替你先生想……

男客　你替我想怎么?

老妈　……就说你先生是有家眷的,家眷要过几天才来,这样一说,太太一定可以答应把这房子租给你。

男客　好了,如果过几天没有家眷来,怎样?

老妈　住了些时,太太看了你先生什么都好,她也就不管了。

男客　不行不行,一个人没有结婚,并没有犯罪,为什么连房子都租不得?

老妈　喔,我不过觉得你先生这样的爱这房子,如果租不成功,心里一定不舒服,所以那么瞎想罢了,我原是不懂事的。——啊,这大概是太太回来了。(走到门口,高声)是太太么?(答应外边)是的,在这儿。(走出,客人也站了起来少停,房东太太由后门走进,老妈跟在她的后面)

房东　对不住,劳你等了。

男客　我对你不住,打搅了你。我教你们的老妈子不要去惊动你,她没有听我的话。

房东　那没有什么。(从一个皮夹子里拿出一张票子)啊,这是你先生留下的定钱,请你收起来。

男客　啊,对不住,我今天是到这边来住宿的,不是来讨定钱的。

房东　怎么?昨天我不是对你说明白了么,说这房子不能租给你?

男客　啊,是的,你说的很明白。

房东　那么今天你还教人把行李送到这儿来是什么意思?

男客　(高兴得很)因为教我不要来是你说的,不是我说的,我并没有答应你说不来,我答应了没有?

房东　(渐渐的感到不快)你这话我真不大明白,你的意思,好象是说这房子的租不租要由你答应,是不是?

男客　喔,不是,这房子的租不租,自然是要由你答应。不过,既把房子租了给我,这房子的退不退,就得由我答应。你知道,现在这房子不是租不租的问题,是退不退的问题。

房东　(渐渐生起气来)我这房子是几时租给你的?

男客　你既受了我的定钱,这房子就算租了给我。

房东　真是碰到鬼!我几时受你的定钱?那是我的女儿,她不懂事。

男客　不懂事?她又不是一个小孩子。

房东　喔,现在这些废话都不必讲,我这房子并不是不租,我是要租一个有家眷的人,如果你先生有家眷来同住,我这房子租你,我没有话说。

男客　你这话说的毫无道理。你租房的时候,说明了要家眷没有?我骗了你没有?

房东　(改用和平的方法)租房的时候没有说,可是我昨天已经对你先生说过,我们家里没有一个男人……

男客　(停止她)唉,唉,我问你,你租房的时候,你家里有男人没有?为什么现在才想到?

房东　你这人一点道理不讲,我没有这许多工夫来和你争论。

老妈　(想做和事老)喔,太太,今天时候也不早了,天又下雨,现在要这位先生另外找房子,也不大方便,可不可以让这位先生暂时在这儿住一宵,明天再想旁的法子。

男客　(固执)不行!这话不是这样讲,如果我不租这房子,我即刻就走,既是受了我的定钱,这房子就非租给我不可!

房东　那么我告诉你,你今晚非走不可!

男客　（冷笑了一声）哼！（坐了下来）

房东　（站到他的面前）你走不走？

男客　不走！

房东　王妈，去把巡警叫来。

老妈　喔，太太！

房东　你去叫巡警来。

男客　巡警来了又怎样？巡警也得讲理呀。

老妈　太太，我想……

房东　我叫你去叫巡警去，你听见了没有？——你去不去？

老妈　好吧。（由后门走出）

房东　要他即刻就来！（由后门走出，用力将门一关）

男客　（没有了办法。袋里摸出烟包和烟斗，包里的烟又完了，从皮包里取出一个烟罐，开了一罐新烟，先把烟包装满了，然后装了烟斗。正想抽烟的时候，忽然来了敲门的声音，厉声的）进来！（仍然背了门立着）

女客　（推开门，轻轻走进。身上着了一件雨衣，一手提了一只小皮包，一手拿了一把雨伞。一进门就开了口，一开了口就有不能停止的势子）啊，对不起，请你原谅。（男客人急转过身来，这时他才看见进来的是这样的一个人）这是很无礼的，我知道，但是我没办法，你们的大门没有关，我一连敲了好几下，都没有人答应，所以只好一直走进来。

男客　（气还未平，但没有忘记把衔在嘴里的烟斗拿下来放在桌上）你有什么事？

女客　我？我是到这边大成公司做事来的。今天刚从北京来，下午三点的车子，直到六点钟才到，九十里路，走了两个半钟头，你看！现在我要找一个住宿的地方，在火车站上，我打听了好几个地址，一连走了三四家，都没有找到一间合用的房子。有人告诉我，说这边还有几间空房……

男客　（遇到了对头）啊，你是来租房的！

女客　是的。不知道这边的房子租出去了没有？

男客　（狠心的回答）你的运气不好，这房子刚刚租出去。

女客　啊，你说我运气不好，我的运气可真不好。碰到这样的天气，这乡下的路又不好走，你看，我一身的衣服都打湿了。两只脚走得发酸。（叹了一口气）唉，我可以借你们的凳子坐了歇一回么？

男客　对不起，请坐。（气全没有了）

女客　（放下皮包雨伞）谢谢你。（坐在茶几里边的一张椅上,向四边观察房里的一切）

男客　（引起了趣味,坐在方桌旁的一张小椅上）刚才你说你是到大成公司来做事的,不知道在那边担任的什么事？——啊,也许我不应该问。

女客　不应该问？那有什么？这又不是不可以告诉人的事。前两个星期,他们在报上登了一个广告,要聘请一位书记。那个广告,什么报上都有,我想你一定看到的。

男客　（点了一点头）

女客　上星期五,他们又在报上登了一个启事,说"敝公司拟聘书记一席,现已聘定,所有亲友寄来荐书,恕不一一做复,特此声明。"这个启事,你看见了没有？

男客　（又点了一点头）

女客　那位聘定的书记就是我。你没有想到吧！——你没有想到是一个女人吧？

男客　这倒没有想到。

女客　（得意得很）不过现在怎样办呢？你替我想想,后天就要到公司里去接事,现在连住的地方还没有找到！从六点半钟一直走到现在,就没有停脚。不瞒你说,我连饭还没有吃呢。（起身整理了一回衣,走到镜子的前面照脸）

男客　（好象很同情的样子）饭还没有吃？那怎么行？这一层说不定我或者可以帮助你。（起身倒了一杯茶）

女客　谢谢你,我不过是告诉你。我不是来骗饭吃的。

男客　喔对不起！——好,请先喝一杯茶吧。

女客　谢谢。（复坐原处）

男客　（袋里摸出纸烟盒）你不抽烟吧？

女客　我不抽烟,不过我并不反对旁人抽烟。（喝了一口茶）

男客　谢谢你。（放回烟盒,收了烟斗,背转了身,燃火抽烟）

女客　（摸到她的脚）喔,天呀！你看我的这双脚,还象是人的脚么……,

男客　（急转过身来）怎么样？

女客　不仅是水,连泥都走进去了！

男客　（殷勤起来）那真糟。要不要换袜子？如果要换袜子,我可以走到外边去。

女客　谢谢你,我不要换袜子。就是换袜子,也用不着把你赶到外边去。

男客　不要紧,如果袜子没有带,我还可以借你一双。

女客　谢谢你,你的好意我很感激,不过换它有什么用处？反正是要到水里走去的。

男客　要到水里走去？——干什么要到水里走去？

女客　不到水里走去有什么办法？这样漆黑的天，一到街上，你还分得出哪里是水哪里是路来么？

男客　（如有所思）

女客　（又喝了一口茶，叹了一口气，起身告辞）啊，打搅了你，对不住得很。（拿了皮包雨伞，预备走出）

男客　（阻止她）不用忙，再歇一回儿。——刚才你说，你是要租房的，是不是？

女客　（面向了他）怎么！我说了半天，你还没有听懂么？

男客　听是听懂了。不过……唉，你看这三间房子怎么样？

女客　怎么，你不是说已经租出去了么？（放下皮包）

男客　租是租出去了，不过也许可以让给你。

女客　（高兴起来）可以让给我？真的么？（放下雨伞）

男客　自然是真的。（又替她倒好了一杯茶）

女客　（坐下，接了茶）谢谢。不过为什么可以让给我？是不是这房子如果我愿租，你就可以不租给那个人？

男客　（摇头）

女客　不然，你刚才说的是句谎话，这房子就没有租出去？

男客　不，我说的是实话。这房子是已经租出去了。现在也不是不租给那个人。我说可以让给你，是说已经租好了房子的那个人，自己愿意让给你。

女客　那我可不明白。为什么那个人愿意把房子让给我？他连见都没有见过我，为什么要把房子让给我？

男客　那你不用管。

女客　这房子闹鬼不闹鬼？

男客　怎么，难道你怕鬼么？

女客　喔，我是不怕鬼的，我说也许那个人怕鬼。

男客　喔，那个人也是不怕鬼的。——不管有鬼没有鬼，让我们来看看房子，好不好？（从桌上拿了灯引她看房）这是一间睡房。（开了右壁的门，让她走进）芦草的顶篷，洋灰地，洋式床，现成的铺盖。窗子外面是一个小小的花园。一清早就可以听到鸟的声音。白天撩开窗帘，满屋里都是太阳。（女客人走出。又把她引到右边的耳房）这边也是一个睡房。铺盖家具也都是现成。房间的大小，和那边一样。就是光线差一点。一个人住的时候，这里可以做睡房，那边可以做书房。(女客人走出)中间可以吃饭会客。(放下灯)这屋子又干净,又显亮,一天到晚,听不到一点嘈杂的声音。这里离你办事的地方又近。我看这房子是于你再合适没有了。

女客　这三间房子租多少钱?(坐下)
男客　喔,便宜得很。这样的三间房子,只租五块钱一月。
女客　房子倒不错,房价也不贵。(想了一想)这房子真的可以让给我吗?
男客　自然是真的,为什么要骗你?
女客　不过今晚就来住,总不行吧?
男客　行,行。(好象忽然想起一件事来)不过——你结了婚没有?
女客　(跳了起来,挺了胸脯,竖起眉毛)什么!!
男客　(还要补一句)你结了婚没有?
女客　(怒了)你这话问的太无道理!
男客　太无道理?
女客　简直是一种侮辱!
男客　(高兴起来)"侮辱",对了,一点都不错,我也是这样说。但是现在有房出租的人,似乎最重要的是先要知道你结婚没有。
女客　我结婚没有,干你什么事?
男客　是的,一点都不错,我结婚没有干她们什么事?可是她们一定要问,你说奇怪不奇怪?
女客　我完全不懂你的意思。
男客　谁说你懂?你自然不懂我的意思。不过你不要性急,让我告诉你,你就会懂。——刚才你说,你是到这边大成公司来做事的,是不是?……
女客　你这人的记忆力真坏,怎么刚说过了的话,即刻就忘了。
男客　不要生气。我不过是告诉你,我也是到这边大成公司来做事的。
女客　你也是到大成来做事的?
男客　是的。你没有想到吧?
女客　你在大成做什么事?
男客　我在这边当工程师。
女客　这样说,你并不是这里的房东?
男客　谁说我是这里的房东?我说了我是这里的房东没有?你看我的样子,象一个房东么?
女客　(抢着说)啊我知道了!你是这里的房客!这三间房子是你租的,现在你觉得不合式,想把它退了。
男客　想把它退了!谁说我想把它退了?

女客　刚才你不是说这房子可以让给我的么？

男客　是的,我是说可以让,没有说要退。

女客　那我更加不明白了,你既不想退,为什么要让呢？

男客　你真的不明白么？

女客　真的不明白。(坐下)

男客　因为——我看了你……喔,不是,因为房东不肯租给我。

女客　为什么房东不肯租给你？

男客　啊,就是这婚姻的问题。现在我们讲到题目上来了。一星期以前,我到这里来看房子,碰到了房东小姐。一见了我,她就盘问我,问我有没有老太太,有没有小孩子,有没有兄弟姊妹,直等到我明明白白的告诉了她我是没有结过婚,她才满了意。连房价也没有多讲,她就答应了把房子租给我。

女客　懂么？她一定知道了你是一个工程师,她想嫁给你！

男客　真的么？这我倒没有想到。——昨天下午,我到这里来的时候,她们老太太告诉我,说如果我没有家眷来同住,她这房子不能租给我。她明明知道我没有家眷,她把这话来要挟我,你说可恶不可恶？

女客　为什么没有家眷来同住,这房子就不能租给你？

男客　我不知道啊。她说她们家里没有男人。

女客　笑话。

男客　这简直是一种侮辱,是不是？

女客　是的。——后来怎么样？

男客　后来我把她教训了一顿。

女客　她明白了这个道理没有？

男客　明白了这个道理？一个人一过了四十岁,他脑子里就已经装满了旧的道理,再也没有地方装新的道理,我告诉你。

女客　现在怎么样？

男客　现在？现在我不走！

女客　她呢？

男客　她？她去叫巡警。

女客　叫巡警？叫巡警来干什么？

男客　叫巡警来撵我！

女客　真的么！

男客　为什么要骗你？你如果不相信,等一会儿巡警就要来,你自己看好了。

女客　这倒是怪有趣的事。不过巡警如果真的要撵你,你怎么样？

男客　你没有来之前,我不知道怎样。现在我有了主意。

女客　你预备怎样?

男客　我把巡警痛打一顿,让他把我带到巡警局里去,教房东把房子租给你。这样一来,我们两个人就都有了住宿的地方。

女客　那不行(若有所思)。

男客　那为什么不行。

女客　你还是没有出那口气。——唉,我倒有个主意。

男客　你有什么主意?

女客　(少顿)让我来做你的太太,好不好?

男客　什么!!

女客　喔,你不用吓得那么样,我不是向你求婚。

男客　喔,你误会了我的意思,——我——我——因为我实在没有想到这个方法。

女客　这是最妙的一个方法。她说你没有家眷同住,这房子就不能租给你。现在你说你有了家眷,看她还有什么话说?

男客　她一定没有话说。不过——你愿意么?

女客　我为什么不愿意?这于我有什么损害?——又不是真的做你的太太。

男客　喔,谢谢你!

女客　你不要把我意思弄错。我不是说做了你的太太,我就有什么损害,那完全是另外一个问题。

男客　是的,那完全是另外一个问题。不过你帮我把租房的问题解决了,我总应该向你道谢。

女客　嗤!道谢,无产阶级的人,受了有产阶级的压迫,应当联合起来抵抗他们。(侧耳静听)

男客　不错,不错。

女客　我听见有人说话。

男客　那一定是巡警!(急促的)唉,不过我已经说过我是没有家眷的,现在怎样对她们讲?

女客　就说我们吵了嘴,你是逃出来的,不愿意给人知道……

男客　(巡警已经走到门外,急忙的点了一点头,教她不要再讲话)呀!
〔男客人坐在方桌边,装作生气的样子。女客人坐在茶几旁边。后门由外推开,走进一个巡警。手里提了一个风灯,后面跟了老妈和房东太太。她们看见房里来了一个女人,非常的惊讶。房里来的这个女人,见她们来了,起了一回身,向她们行了一个很谦和的礼。巡警

将风灯放在桌上,与那位生气的先生行了一个礼。〕

巡警　您贵姓?

男客　(不客气的)我姓吴。

巡警　(把头点了一点)喔。——府上是?

男客　府上?我没有府上。

女客　(起始做起受了委屈的太太来)啊,你是拿定主意不要家了,是不是?

巡警　(注意到插嘴的人,向男客人)这位……贵姓是?

男客　(答不出,看了女客人一眼,女客也正在代他为难,他只好起始做起依旧赌气的丈夫来)我不知道。你问她自己好了。

巡警　(真的问她自己)您贵姓?

女客　(很高兴的)我!我——也姓吴。

巡警　喔,您也姓吴。

女客　是的。

巡警　(再也想不出别的话)府上是?

女客　我?我住在北京西四牌楼太平胡同关帝庙对面,门牌三百七十五号,电话西局四千六百九十二。——啊,你把它写下来吧,等一会儿你一定要忘记。

巡警　(真的摸出一本小簿子来)北京……(写字)

女客　西四牌楼太平胡同。(让巡警写)关帝庙对面。

巡警　门牌多少?

女客　三百七十五号。电话西局——四千——六百——九十二。

巡警　(写完了)谢谢您。(藏好了簿子,又转到男客)您是来这边租房的,是不是?

男客　不是!我是来这边住宿的,这房子我老早就租好了。

巡警　(难住了。没有了办法,又转到女客)您是来这边?……

女客　我?我是来这边找人的。

房东　(不能再耐了)你到这边找什么人?

女客　(很客气的向她点了一点头)我到这边来找我的男人。

房东　找你的男人?谁是你的男人?

女客　我想你么该知道吧?——你既把房子都租了给他。

房东　怎么!这位先生是你的男人么?

女客　我不知道。你问他好了,看他承认不承认?

老妈　(也不能再耐了)太太,你看怎么样!我老早就对您说过,这位先生一定是有太太的,您不信。

巡警　(糊涂了)怎么?刚才你们不是说这位先生没有家眷,怎么现在他又有了家眷?

老妈　不要糊涂吧,刚才这位太太还没来,我们怎么会知道?如果这位太太早来这里,还可以省了我在雨地里走一趟呢。

女客　对你不住。这实在不能怪我,五点钟的车子,六点半钟才到这里。

老妈　请您不要多心。我不过是说给他太不懂事。

巡警　这话可得要说明白了,太太要我到这边来,是说这位先生租了这三间房子,要一个人在这边住。这屋里住的都是堂客,他先生一个人在这边住,很不方便,是么么个意思,现在这位先生的太太既是来了,这事就好办。如果太太是和先生在这边同住,那就没有我的事,如果太太不在这边住,这件事还得……

老妈　不要瞎说吧。太太自然是在这边住。——一看还不知道——先生和太太不过为了一点小事,闹了一点意见,你不来劝解劝解,还来说那样的话。太太不在这边住,到哪里住去?——好了,现在没有你的事,你赶紧回去打你的牌去吧。(把风灯送到他手里)走!走!

巡警　这样说,那就没有我的事了。好了,再见,再见。

女客　再见。你放心好了,哪一天我不在这里住的时候,我通知你就是了。

巡警　对不起,打搅,打搅。

〔巡警走出。老妈兴高采烈的拿了茶壶走出。房东太太承认了失败,看了她的客人一眼,也只好板了面孔走出。〕

男客　(关上门,想起了一个老早就应该问而还没有问的问题,忽然转过头来)啊,你姓什么?

女客　我——啊——我——

(幕下)

(选自1926年1月《现代评论第一周年增刊》)

袁牧之

一个女人和一条狗

角　色　女　子
　　　　　巡　警
布　景　一间精致的公寓房间。

〔开幕时台上寂静,并且黑暗。因为这是一间三楼的房间,所以路灯要比窗子低,从窗子透进来的路灯的光照在屋顶上。就从屋顶反照下来的些微光亮,才能辨出屋内的大概。过一会,有了钥匙开门的声音,门随着就开了,有一个手开亮了电灯,一盏有美丽粉红灯罩的灯。〕

女　子　(先走了进来)请进来吧,没有关系的。(一个巡警在这时随了进来,女子关上了门)这儿除我以外就没有第二个"人"。(这是一句双关语,往后还有很多这样的剧词,请读者注意)

巡　警　(靠在门边观察屋子的四周)

女　子　(放下了手提筐,脱去了大衣)这很出于你的意料吧?当我对你说,让我回家弯一弯的时候,你总以为我所谓的家不过是一间亭子间,而没有想到会是这样一间精致的屋子吧?自然我也有亭子间的家,可是那是我换了另外一身衣服才到那儿去的。你若详细了解我的生活,你就会知道那是多么神秘呢!

巡　警　(没有回答,脸上扮得很庄重)

女　子　喔,为什么不请坐一会儿?还是这张沙发上请坐吧,(把沙发上的一个腰枕拍拍松)你们局子里是不会有这样舒服的沙发的;也许有,可是那要你们长官才有得坐,怕你们是没有得份儿吧?(微笑)哦,我说的是实在,并非轻视你,你可别误会了。(像一个侍者样地候着他来坐)

巡　警　(并不过去坐,只看着左腕上的表,严正地说)仅五分钟呀,别罗嗦,回头晚了不能交差。

女　子　五分钟?!那怎么行?我不是跟你说至少得有一刻钟吗?

巡　警　可是我没有答应你啊。

女　子　可是我也没有答应你说五分钟就够了,我答应了你没有?

巡　警　好了,别说废话了,你说有要紧事干,那么快些趁五分钟干完就走。

女　子　但是,……

巡　警　你得要明白一点儿啦,我已经跟你很客气了,让你回来一次;可是你也别叫我为难哪?

女　子　是的,本来我犯了罪,给人发觉了,交给了你,是就应该直上局去的,多承你的美情答应我回来一次,那已经是你给了我优待了,多谢你,(微笑)我真是还没有谢你。可是,五分钟……哦,这样吧,为了免得使你为难,我们还是就走罢。(预备穿大衣的样子)

巡　警　怎么?你拿我开心吗?你不是说回家有件要紧事吗?

女　子　是呀,但是这事也可以说是一点儿都不要紧……啊,叫我怎样说好呢?你知道,进了局子就得站在一边,要等长官有空才问到我,若是先我被抓进去的人多,也许一等会等上两三点钟……我不是怕脚酸,那还能怕吗?不过——哦,我怎样说好呢?就像你们男人,站了这许多时候,我想也得有一件自己想不到要做,而不能不做的事要做,自然啦,你们男人是方便得多,可是我们女人……

巡　警　(抢着)我懂了,我懂了,那末快点吧!

女　子　快些?(微笑着)朋友,我想你大概没有结过婚吧?

巡　警　废话,那有什么关系?你问它干吗?

女　子　是的,那看去似乎毫没有关系,但是回头你们长官若知道了你曾陪我到这儿来过,而对你起了一种怀疑——你知道这怀疑是会很自然有的,因为你是个男人,我是个女人——他就会问你结了婚没有?到那时候你再和我商量怎样回答就来不及了。

巡　警　为什么要跟你商量?是怎么,就怎么,名册上写着没结过婚,骗结过婚也没有用。

女　子　(微笑)那末你是没有结过婚。我因为不是你的长官,又没名册可查,所以才问的。这当然是难怪你了,因为你是没有结过婚,所以你不能了解我们女人的种种麻烦和困难。可是,我说了你也不应该不了解这样普通的事,你纵然没有妻子,可是你总有个母亲啦。孩子,难道你也不了解母亲有种种男人所没有的麻烦和困难吗?

巡　警　(辨出了她的话,严厉地)别占便宜!快些。(说完在屋子的四角找什么的样子)

女　子　找什么?(微笑)你又把我这屋子当了亭子间了是不是?多谢你,你这个人很识相,我知道;不过我不会把你赶出去的,那里还有一

　　　　　个小间，你可以不用让我……

巡　警　(不耐烦)那末快些吧，对不起。

女　子　好，可是你别那么客气。(微笑着走向那另外一个门)

巡　警　慢！你别施鬼计！(走近她，从袋内取出一副手铐来)带上！

女　子　带上？那么你有钥匙吗？

巡　警　钥匙在局里。

女　子　那怎么行？要是你有钥匙的话，那不妨带一带，回头到里面那间房间你可以再为我开一下，但是没有钥匙那怎么好？(微笑)

巡　警　(想了一想，明白了过来)

女　子　这样吧，你若不放心的话，你可以看一看这屋子，这屋子仅两个门，那个门(指进来的门)你可以守着，不打瞌睡，我就逃不了。这个门吧，(开了小间的门给他看)这是一个洗澡间，仅一个窗子。这是三层楼，若跳下去那是定得死的；若不死，那面四叉路口也有守夜的狗，也是同样的要被它咬住。那浴缸里有一个放水的洞，可是那恐怕我的身体——(打量着自己身体大小)不大容易钻下去吧？

巡　警　好了，废话，进去吧。

女　子　(微笑)好。(一个脚跨进了门又回了出来)要是你真不放心的话，(走到进来的门边，用钥匙锁了门，把钥匙交给了他)这样比较安全多了，你也不如在沙发上稍微睡一会儿，就我的床也不妨。要是不睡的话，这儿有烟，这是会抽烟和不会抽烟的人全爱的茄力克。这儿还有酒，这是可以当药补身体的六十年陈的白兰地。你请坐，我真对不起得很，失陪了。(进那间屋子，把门反关上)

巡　警　(踱了一回，像是有些不放心似地到门边去听室内动静，听了，使他放心了)

　　　　(他到书架上看了一会儿，抽了一本出来，坐到了沙发上想翻来看看，但坐下，被沙发的舒适给忘了，把书丢在桌上，在沙发上躺了下来)

　　　　(他顺手从烟盒里取了一支烟，看一看烟上的牌子，咬在嘴上点了吸)

　　　　(他注意到了那白兰地瓶子，他倒了一杯，闻一闻，闻到了香，尝一尝，尝到了甜，他想喝，可是望一望门像是有一点怕她知道不好意思，想倒回瓶里去，但瓶口太小，杯口太大，不容易倒，结果是一口把它装入了肚里)

　　　　(他再走到门边去听，听了他呆住了，他现了奇怪的表情，他看看腕上的表，走开了)

(他又倒了一杯白兰地,喝了,看看瓶子,浅了许多,他抓抓头,把一把茶壶里的水冲进了酒瓶里,便成了刚才一般地满)

(突的,那个门的钥匙洞里射出了一只筷子来,这使他很有点急,他便再到门边去听,听到了比刚才更现了奇怪,他又看看表,走开了)

(他在她的床上坐坐,觉得很柔,他又把妆台上的洋囡囡拿来看看,一不留神,按着了机关,那东西叫了起来,他急得马上放回了它,望望门,好在门上还没有动静,他就再坐到了沙发上)

女　子　(开了门出来)真是对不起得很,劳你久候了。

巡　警　(丢了烟头,站了起来)

女　子　(一副主人的架子)哦,不要客气,何必这样讲礼节呢?请坐。

巡　警　(举目呆望,不解)

女　子　啊啊!(笑,以手拍着额)我的脑筋真坏;我以为你是来我这儿做客的。我忘了你是个长解崇老伯,而我是个犯罪玉堂春了。好,我们就预备走吧,你看怎么样?哦,这是午夜了,外面寒得很,请喝一杯白兰地暖暖身子罢。

(倒了一杯递给巡警。)

巡　警　多谢,我可从来不喝酒的。

女　子　从来不喝酒的?那真是好,我可没有那么好,我不但爱喝酒,而且喝酒的脾气很坏,王宝和的酒我还喝,可是张崇新的我就不爱喝了,因为张崇新的水和得太多了。

巡　警　(听了她的话,立刻注意到了那只从钥匙洞射出来的筷子,同时听见了那小屋子里像有着声音,他凑到门边去听,听了他呆住了,看一看女的,女的脸上现着惊惶的样子,他便一个手把着腰间的手枪,一个手猛的把门开开了)

女　子　喔!(也奔到了门边,向内一望,露出了笑)哦,我以为是什么事使你这样大惊小怪地,倒把我吓了一跳,原来是我洗了脸忘了关住水管了。(她进去关)

巡　警　(看一看腕上的表,吐了一口气,明白了刚才两次听见的是什么声音。走到了书架边)

女　子　(重复出来)我说你们干这种行业的是不要喝酒的好,喝了就没这般清醒了,也许还会把犯人放走的。

巡　警　喂,我问你,为什么你要……(想到了另有一个问题要先问,就把话换了)我问你,这书架上的书是不是你的?

女　子　当然是我的,在我的屋子里,不是我的,是哪一个的呢?喔,我明白了,你的问话是有别种用意的,是不是?

巡　警　(点头)唔。

女　子　(微笑)你也许误会这些书是我的丈夫的,是不是?这是误会了,我没有丈夫,你不信,你可以看,(把床前的被单揭了起来)你看床下有没有男人的拖鞋?

巡　警　(急)哦,不是,不是,你误会了,我管你男人不男人干吗?这跟我有什么关系?我是说,这书架既是你的那可以证明你是受过教育的。你既是受过教育,家里的生活又很舒适,为什么还要干那种行业呢?

女　子　那种行业?我不大明白你说的是哪一种行业?

巡　警　就是你干的行业!

女　子　我干的行业?我还是不明白你指的是哪一种行业,你知道我干的行业很多呢!

巡　警　(举目望她像有点发呆)我说的是你刚才干的那种行业?

女　子　喔,我懂了,你说的是"招待员"。

巡　警　不是,不是。

女　子　是的,我懂得,是"招待员",这在我们中间是叫做"招待员",要是说三只手,那多么不好听?

巡　警　但是你为什么要干那种行业呢?

女　子　这话说起来长,你要知道,我告诉你也不妨,不过怕十五分钟讲不了吧。(看表)喔,时候不早了,我看我们还是马上就到局里去一次吧,回头晚了使你不好交差的。

巡　警　(倒被她提醒了,可是很有点疑她)我有点不大信任你,你这人太狡猾,把这东西带上再出去。

女　子　带上吗?(微笑)现在我不再需要做什么事,现在可以带上了。(伸出两个手去预备他来锁,他果真预备来锁)啊,这手铐的圈子这么大?那怎么好?你不看见我的手太小了吗?(从臂上除下个手镯来,和手铐的圈子作比)这手镯我带着还觉得大,可是你这手铐的圈子比我的手镯还要大,那怎么好?

巡　警　(有点为难)

女　子　这事情使我代你为难了。(装腔作势地)喔,伙计,你再找一副小号的让我试一试,好不好?

巡　警　我哪里还有小的?

女　子　喔,呵呵!(笑,以手拍拍额)我的脑筋真坏,你知道我的生活的复杂使我的脑筋很糊涂,我一会儿又忘了是怎么回事了,我好像是在一家铺子里买手镯,呵呵……可是朋友,这便是现在这社会布防的缺点,从今天的经验,你可以回去给局里两个提议:因为女人的手老比男人的小,你叫他们再造一种小号的手铐,是专为女人用的,那末女人犯了罪就不容易再逃走了;另外你要提议叫他们雇用女巡警,这因为有许多没结过婚的巡警对于女人的了解太不够,也因为用男的巡警去抓一个女的犯人有时难免要用情……

巡　警　（瞠目向之）

女　子　（微笑）自然,像你这样正直无私的人是不会用情的,我说的是一般,你真不知道这世界是怎样黑暗呢!（想）哦,我刚才说到哪里啊?喔,女巡警。假如你这个提议他们不接受的话,那你就可以再进一步的提议,你可以提议用狗来当巡警,现在不是已有很多人在训练警狗吗?用了它们,你们就可以多一点儿休息了。你提议的时候有一个强有力的理由可以说,你说:"我能做的,狗能做,狗的能力并不下于我。"

巡　警　（严厉地）废话!

女　子　废话?你真不知道我是在为你打算呢,那与我有什么好处?你若提议了,他们就会看重你,而使你加级了。加级并不是为虚荣,虚荣是像你这样的人所不需要的,我知道,那正和外国的几只有功的警狗替它们胸前挂一块奖章一样,与它们本身没有点好处。我说的是加级了可以多得一些经济上的帮助,像你现在这样,我知道你是不够开销的,我知道你不过四十块钱一月的薪工吧?

巡　警　（奇）你怎么知道?

女　子　（微笑）你觉得奇怪吧?我当然知道,因为我的巡警朋友很多,他们常告诉我局里的种种情形,所以我一见你身上的制服,就知道你是什么等级,你干了多少时候,由此可以知道你赚多少薪工一个月。

巡　警　（索性坐下,抓抓头）喂,你到底打算怎样?是不是预备和我在这儿谈到天亮?饿不饿?要不要买一点点心吃,乖乖!!

女　子　（微笑）噢,对不起,对不起,我们立刻就走吧。（穿大衣,拿手提箧）

巡　警　（先到门边等她）

女　子　（走到门边,预备关灯,在关灯之前向室内四周望了一望,像是在找什么东西掉了没有,突然被她看见了巡警拿过的那本书,她便过去拿了过来,很正经的对他说）是不是你拿过来的?

巡　警　是的。

女　　子　凭什么你可以在我屋子里把东西随便搬动？

巡　　警　（想说什么，但找不到话）

女　　子　（装着发急的样子）你拿了我的什么秘密文件没有？

巡　　警　（不解）秘密文件？

女　　子　（很凶地）你让我搜！

巡　　警　我让你搜？！（更凶，摆着一副巡警的架子）我倒要搜一搜你的！
（过去到书架上搜）

女　　子　（在他背后装着鬼脸）

巡　　警　（在书架上找出了一个纸包，拿着到桌边来）

女　　子　（装着发急的样子追过去）哦，你不能看。

巡　　警　（以枪对着她）你动！

女　　子　（装着很后悔的样子坐入在沙发里，闭上眼，以手托着额）

巡　　警　（解开了包，取出一叠纸，念着）软化革命同盟会志愿书，刘芝兰女士，廿一岁，长歌唱……（念另一张）朱贞女士，十九岁，长跳舞……（又另一张）姜慧娟女士，二十四岁，酒量宏大……（望着她）你姓什么的？

女　　子　我吗，我没有准儿，我的姓常常换，有的时候一天要换几次。

巡　　警　正经的！

女　　子　是正经的。

巡　　警　名字呢？

女　　子　名字吗？那更没有准儿，我常用外国名字，有时我叫玛利亚，有时候我叫沙菲亚，有时候我叫浦西亚，有时候我叫苏维亚，也有时候我叫亚细亚……

巡　　警　得了，得了，得了，管你姓什么，叫什么，你告诉我，这里面哪一张志愿书是你的？

女　　子　喔，我懂了，你问我姓名，原想找出我的志愿书，拿来当证据的。那你也太傻了，你侦探的知识还不及外国的几个侦犬。你只要这么想，这东西既然在我的屋子里，我就一定是这同盟会的重要分子，你想对不对？那不比填一张志愿书的罪更重了吗？

巡　　警　那末你是这同盟会的什么？

女　　子　我吗？我是发起人，并且是现任的委员会主席。

巡　　警　（用惊奇的眼望着她）

女　　子　（微笑）你有一点儿怪吗？你是有眼不识泰山了。

巡　　警　哼。有眼不识泰山，好！（严厉地）走！

女　　子　走？！那里去？

巡　警　　局里去!(把志愿书挟在腋下)

女　子　　哦,这会儿你是破获了一个旁人并不知道的机关,那你是定得加级了,这是再好没有了,(微笑)刚才我不是就在为你打算,怎样可以使你的薪工加一点儿吗?那末,既是这样,我就跟你走一次好了。(向门走)

巡　警　　(以枪对准她,跟在她后面)

女　子　　(到门边,回过头来)但是……

巡　警　　走!别施狡猾,我不让你再说半句话!

女　子　　是,我只问一句话,那是与你有益的,问了这句,我就不再开口了,马上到局里去。

巡　警　　快!

女　子　　我问你,这个软化革命同盟会的名字在前你听见过没有?(巡警摇头)那么你是不会知道这是怎样个组织,要是你的长官问起你来,你怎样回答?

巡　警　　用不到我回答,就叫你自己回答得了。

女　子　　(点头)噢,叫我自己回答。我不肯回答怎样办呢?

巡　警　　用枪对着你,怕你不回答!

女　子　　(点头)噢,用枪对着我。但是我若天花乱坠说这个组织是一个很好的组织,那你怎样办?

巡　警　　(拍拍腋下的包)有革命两个字,也就好不到哪儿去了!

女　子　　(点头)噢,好不到哪儿去。那末,这样好不好?你暂时代一代你的长官,(微笑)当然你不久就要升做长官了。那末你也得先练习一下;而我呢,我也来练一下回头应当怎样回答。

巡　警　　(像要说话的样子)

女　子　　(抢说)这于你是有益的,是不是?因为你可以预先知道一点这是个怎样的组织。

巡　警　　(又像要说话的样子)

女　子　　(又抢着,装腔作势地)长官,这个组织也许你有一点误会了,我们这个组织是对于现社会有很大的帮助的。现社会对于一般革命者是用强迫的手段来压制他们,这在我们觉得是一种错误。我们的组织是完全女同志,没有一个男的,长官,你知道女人的心是怎么弱?所以我们觉得革命是太可怕了,我们因此有了这样个组织。我们中间会跳舞的用她们的跳舞,会唱歌的用她们的唱歌,善辞令的用她们的嘴,会喝酒的用她们的酒……我们是取种种麻醉的方法来使这些热血的激烈的革命者都软化下来,这便是我们软化革命同盟会的宗旨。

巡　警　……

女　子　现在我们本埠有一个总会,三个分会,外埠也已有四十几个分会,我们的计划预备在一年中成立二百个分会,散布在各村各乡,来暗视革命者的活动。我们相信这是可能的,因为女人的本性,爱好虚荣和繁华,因循习惯,使她们不同意于革命,会使她们很乐意做这件工作,你觉得对不对,长官?

巡　警　……

女　子　至于我刚才的做"招待员",那只是我们本会工作之一,我们不能把这组织宣布而从别方面得些经济的帮助,于是我们只能借此以充会内的开支,长官,你知道那四十几个分会的开支,完全要由上海供给,所以在上海的同志们就不能不加以努力。刚才我是犯了罪,那是应当处罪的,我也不希望因我发起了这样个有益于现社会的组织,以功来赎罪,我很愿意受罚,只是把我处罚了,对于我们的组织会有很大的阻碍,我们也无法再为现社会出一点什么力,这是得请长官留意的!

　　　　（她说完,脸上现了得意之色）对,就这样说好了。好,我们现在该走了,我再不开口说半句话。（走向门边要出去）

巡　警　（严厉地）慢!

女　子　（微笑）什么事?

巡　警　坐下!

女　子　在哪儿坐下?

巡　警　这儿!（那女子就在他指定的一张椅上坐下,他把灯拉低了一点,照着她的脸,目不转睛地望着她）

女　子　为什么这样地望着我?这使人多么不好意思?（微笑）哦,我知道了,你发现了一件事,是不是?可是那你也不应该在这时候才发现,当你站在四叉路口的时候,不是一天要开几百次的红灯吗?你发现了在红光底下的脸比平常美,是不是?

巡　警　呸!你把这组织的实在情形告诉我!

女　子　我不大愿意告诉你,因为你太凶了。

巡　警　（真的凶）不愿意告诉我也得告诉我!

女　子　（嬉皮）不告诉你怎样呢?

巡　警　（凶）向你开枪!

女　子　（微笑）这意思是你预备坐牢监?

巡　警　我不打死你,打坏你一个手,或是一条腿!

女　　子　你的意思是留着我的嘴？（微笑）那你更吃亏了，你的罪会被我说得比杀死我更重！

巡　　警　……

女　　子　（微笑）朋友，你对我用强制的手段你是错了；不但对我，就对我们同盟会的任何一个同志你都错了。你知道枪弹怕的是什么？枪弹怕的不是钢，铁，而是棉花，你没有见过我们同盟会的徽章和标记吧，那上面是一株棉花树，意思就是要同志们以棉花来制服枪弹。我想你不会想像到其中的力量，什么暹罗的不流血革命，印度的不抵抗主义，那都没有我们的组织，我们的计划，我们的主意来得厉害！要是你不信，我们可以马上来试验。

　　　　　（把口里的留兰香橡皮糖取出来，粘在他的制服上）现在看你怎样除掉它？

巡　　警　（用手想去除掉它，但只粘了一手，除不掉它，于是火了）混蛋！你怎么一点儿规矩没有？

女　　子　这因为你刚才太凶了，要给你一点小小的惩罚，这便是我们的政策。关于我们的政策，我也不妨告诉你一点，我们第一个步骤便是向狗进攻，换一句话说，便是拿橡皮糖来粘在巡警们的制服上。

巡　　警　别骂人！

女　　子　不是骂你，朋友……

巡　　警　谁是你的朋友？

女　　子　现在也许不是，不是——（看表）快了，再一会儿，你就会是我的朋友了。你知道，我有很多你这样当巡警的朋友，他们对我都很好，对于我们的会务有着很大的帮助。我们第一个步骤便是要把所有的巡警都做我们的朋友，目的是要你们不再在大铁门之下为那些老爷太太们守家，而暗下给我们以帮助。我们实行第一个步骤的方法自然各个同志都不同，而我的方法呢，就是做"招待员"。我做"招待员"有时是为着会里的开支，那是怎样也不会被人发觉的；若是被发觉的，就是为和巡警有接触。你只要这么想，以我的脑力，以我的聪明，像今晚上样地做这一些小事也会被人发觉吗？那原是为了你而故意被人发觉的，而且你知道那把我发觉交给你的人是谁？（微笑）那就是你刚才志愿书上见过的，朱贞同志，她的钱袋还是我借给她的，里面塞着一叠申报纸，连一个大子都没有在里面，那你没有想到吧？（微笑）

巡　　警　（如梦初醒）

女　　子　我预先就打听到你每晚八点钟的时候总在那条马路的转角上。你姓张,家里有一个母亲,一个寡妇的嫂子,一个侄子,两个侄女。你拿四十块钱一月的薪工不够开销,欠着一点债。我知道你爱看京戏,你也会哼几句,你对于京戏很有点迷。还知道你爱赌,老输钱,你天天想戒赌,可是老戒不掉,就因了这一点我确定了你是意志薄弱的,所以今晚上就来找到你。

巡　警　（呆立良久）喂,你到底是个人,还是个狐狸?

女　子　（微笑）就是狐狸,但是狗怕狐狸,还是狗要咬狐狸的?

巡　警　放屁!

女　子　哪,那就是你的不漂亮了,为什么你骂我可以,我骂你就要生气呢?我知道,你是奇怪我怎会知道得这般地详细。其实那也不是什么秘密,尽可以告诉你,（走到书架边,翻着一本簿子看）那是你的同事二百四十三号告诉我的,他还把你的个性和环境都写上,你是三百六十四号是不是?（过来看他颈间的号头）不错,是三百六十四号,可是你在我这儿的号头是三十二号,那你也得记住了,那很容易记,只要把你的六十四号除一除二就得了。

巡　警　呸!我的意志可不像你所想的那般薄弱,我凭什么要信服了你?我凭什么怕了你?哼,一个堂堂的男子汉,也怕了女人吗?

女　子　（点头）噢!男子汉!

巡　警　（暴躁地）住嘴!我不准你再说半句话!（以枪对之）走!要是你再说半个不字,我马上开枪打入你的腿!

女　子　（畏惧的表情）好,走,马上就走,（开门）啊,门怎么锁着了?钥匙?（在屋子四处找钥匙）

巡　警　别忙!!

女　子　（回头看见钥匙在他手里）啊,在你手里?喔,记起了,还是我交给你的。

巡　警　哼,这会儿你可也有点慌了吧?（怒目向之）

女　子　是的,有一点儿。（望着他的眼更畏惧）我真没想到你会是这样一个不肯屈服的英雄!你倒像《潞安州》里的陆登!

巡　警　哼——哼!（冷笑,瞪着英雄的眼,用钥匙开门）怎么的?这钥匙怎开不开的?

女　子　钥匙在你手里的呀?你换错了没有?

巡　警　我就拿着放都没有放过,哪会换错?

女　子　那末给我看看。（他把钥匙交给了她）啊,这是那小间门上的钥匙,但怎会到你手里的?让我想,（以手拍拍额）我的脑筋真坏。刚才我是先开那间小间的门,后锁这儿的门,也许就在那时候给换错了,但是这儿门上的钥匙被我放到哪里去了?

巡　警　别装傻!你以为……

女　子　(阻止他)你不要响,你不要响!(以手拍拍额)让我静静地想,我的脑筋真坏,我简直想不起来了。(反身很恼地怪着他)这都得怪你的不是,拼命地催我五分钟,五分钟,要是早答应我一刻钟,我就不会这样慌乱了!现在这成什么样子,要是你全夜待在我屋子里不出去,明天不给人笑话吗?

巡　警　(倒呆了一下)哼,狡猾,你狡猾也没有用,我怎样也要想法把你带到局里去!

女　子　(微笑着点头)噢,想法。

巡　警　(摸着门)

女　子　门太厚。

巡　警　(仔细那锁)

女　子　锁太好。

巡　警　(看那墙)

女　子　墙是一尺半厚的砖砌的。

巡　警　(抬头望)

女　子　天花板是水门汀的。

巡　警　(俯视地)

女　子　地板下有钢条。

巡　警　(走到窗边)

女　子　窗是很好,可惜是三楼。

巡　警　(怒)不要你多嘴!你以为我就没有办法了吗?(拿出一个警笛来)看见吗?我还有着它!

女　子　(微笑)对了。这才聪明呢;但为什么这时候才想到?好,吹吧。(他预备吹)但是,慢。(微笑)吹了就把附近的巡警都叫来了,他们合着力把门冲开了,但是我们一男一女处在屋子里那成什么样子呢?

巡　警　别花言巧语,这会儿再不信你,我只要把你抓去,什么都不管!(又预备吹)

女　子　但是他们若知道了我们在这儿已待上半点钟了,而在这半点钟内我们是这样安逸地坐着谈笑,那——于你的职务上多少有点讲不过去吧?所以至少得表现我们是冲突了半点多钟了,在这些时间里,你曾竭尽你的力来拘捕我,而我曾竭尽我的力向你抵抗,结果,你因为一个人的力量不够抓我,所以吹警笛叫他们来帮助你,至少得表现这一点啦?不然,那于你的名誉,于我的名誉,都有关,是不是?我老实告诉你,凭我三寸不烂之舌,到局里去了不怕不出来,所以去一次倒不要紧,但是受到这样冤枉的诽谤我可有点不大愿。

巡　警　(脸上并不怎样表现,可是心中很以为然)

女　子　这样吧,你等一等吹,让我们先布一下局。(把一包志愿书和那本名册都交给他)这是两件凭据,你拿好了。(把一只椅子斜了倒来)这表现我逃的时候碰倒的。(拿两个腰枕丢在地上)这表现我拿它们当过盾牌。(把妆台上的几件不会碎的东西丢在地下)这表现你追的时候给带下的。(把一个枕头也丢在地下)这也是盾牌。(把床上弄一弄乱)这表现我曾在这儿跨过去。好了。喔,不,你这副模样儿哪像用力抓过人的?你应当松去两个衣扣。(替他松去两个衣扣)你的帽子不应该再戴在头上。(替他除下丢在地上)你的头发也太整齐。(为他弄了乱)我的模样儿也不像逃过的样子。(把自己的头发也弄一弄乱)哦,我还得拿一样东西来。

　　　　(她奔进那间小屋去,关上了门)

巡　警　(疑她是计,走近门边,以枪对着门)

女　子　(出来,脚上脱去了丝袜和高跟鞋,套上一双拖鞋,身上披了一件睡衣,手里拿一个粉盒,故意在门槛上装着绊跌的样子,冲到他身边,把粉扑在他身上)喔,对不起,对不起。可是现在你可以吹了。(说着把睡衣的两个袋都撕去一半,走到桌边去)

巡　警　(并不吹,只望着她身上,好像对于她的服装感到不满意)

女　子　(斟了两杯酒,一杯满,一杯浅,拿四五支香烟,每支折成三四段,散几段在床边,散几段在桌边,又拿些火柴梗散在地下的四处)现在可以吹了,为什么不吹了?

巡　警　(望望屋子的四周,好像感到屋子的空气有些不大对)

女　子　(从妆台抽屉里也拿出一个警笛)要是你不吹,我就代你吹了。

巡　警　谁要你代我吹?

女　子　(微笑)你吹的是叫他们来抓我,我吹的是叫他们来抓你。

巡　警　抓我?

女　子　(微笑)是的。你看这屋子的样子,你看我的样子,(给面镜子给他照)再看看你自己的样子,这是你犯了什么罪了?(微笑)

巡　警　(犹如当头一棒)好,好狡猾,好得很。但是上有天,下有地,中间有良心,我不怕你咬我一口,我今晚死不放过你,怎么样也要抓你去!你恐吓没有用,我还是要吹的!

女　子　（微笑）你真是个英雄，一个《战太平》里的花荣，那末好，你吹你的，我吹我的，看他来了，抓你去还是抓我去？我们试一试看谁得胜好不好？吹呀，你先吹呀，为什么不吹？

巡　警　当然吹，为什么不吹？

女　子　（用嘴唇膏在左右嘴角上搽上些红印）

巡　警　没有用，你把满脸搽得关公一般都没有用！（预备吹）

女　子　（抢在他吹的前头，先是一声非常高的、尖锐的、动人心魄的直叫）啊！！！

巡　警　（怔住了，倒有些怕起来，不知她是何鬼计）

女　子　啊！！（又是一声，叫了见他的窘状微笑）

巡　警　（更急）哙，你疯了吗？别真的闹上什么不好看的来！我跟你无冤无仇的，你真是！

女　子　（不理他，微笑）啊！（又是一声，可轻了点儿）

巡　警　喂！喂……（急得没法，正要说话，听见了敲门声，他睁大了眼呆住了）

女　子　嘘！（用食指按住在嘴边，意思叫他不要响，自己轻轻地走得和门离远些）

　　　　　〔敲门声更大，巡警就拿出枪来对住了门。

女　子　（走近门，故意把拖鞋发出声音来）谁呀？喔，林太太吗？什么事？啊？我吗？喔，是的，（望了巡警一眼，巡警急着向她摇头，叫她不要说）是的，林太太，我做了一个很怕的梦！（说完又望了巡警一眼，他回过了呼吸，吐一口气，放心了）把你吓了一跳吗？也许还有别人也被我吓了一跳呢！（说完笑着对他做一个鬼脸）呵呵（笑）真对不起，把你惊醒了，好，明天见。（听着，听脚步声远了）走了，没有事了。

巡　警　（把手里的警笛往地下一丢）见鬼！你真是个狐狸！算我倒霉，今晚上碰到了你！老子也不用再干这行业了。（坐下，取了一支烟）好吧，你说吧，你说你要把我怎么吧！

女　子　（微笑地过去，抚着他的肩）今晚是白板对死了，可是会和还是会和的。别生气，我来替你点个火吧。（点火，自己擦去嘴边的红，扑着粉）

巡　警　（抽烟）但这算什么呢，把我锁在屋子里？是不是要代你母亲招个女婿？

女　子　（笑着）行呀，要是你愿意的话，我就不妨来一个铁镜公主，而你来一个杨四郎。

巡　警　（倒有点不好意思）……

女　子　（笑着）朋友,你要跟我硬,我会拿软的来抵制你；你要跟我顽皮,那你更顽皮不过我。

巡　警　是的,你和狐狸一般的聪明,不过太恶毒了一点。

女　子　你是指刚才那回事,使你受惊了,是不是？但是我是好意。

巡　警　唔,又是好意。

女　子　（微笑）我是故意吓一吓你,使你不要吹,你知道你若吹了会多么与你不利吗？我告诉你,这时候是（看表）九点钟,那东面角上是一百零七号,西面角上是二百八十号,南面是三百九十九号,北面就是介绍你给我的二百四十三号。现在你再看,（翻看那本名册薄）他们在我这里,一个是十五号,一个是七号,一个是十一号,一个是新换过来的,所以他是二十九号。你只要这么想,你的岗位离这儿很远尚且也编入了三十二号,他们的岗位都在我屋子的四周,他们的号码怎么不要编在你的先？走路总打近路走,就像你打麻雀的时候,总不会两交不听,听对倒。（微笑）所以你侦探的知识实在太不够,刚才我说你还不如个侦犬,倒并非挖苦你,倒是实在的话。

巡　警　（又不高兴的样子）

女　子　别生气,我是给你个忠告。一个警犬只要主人喂饱了它牛肉,它就会代它主人拼命；但人呢,人就是主人喂饱了他,他还得想一想值得不值得为了暂时的饱暖替人去拼命？况且目前,还喂不饱你！（转一种口气）关于这些,我们此刻暂且不谈,到了你真是我的朋友的时候,你可以常来我这儿作谈话,我也可以借些书你看,我们开会的时候你也可以来参加,不消十几次,你就会很明白什么事值得,什么事不值得。

巡　警　喂,你到底打算怎么样？你的嘴是很可佩服的,可是也别忘了我还得回去交差呢！

女　子　是的,我没有忘,可是你得明白,在你没有在我这簿上签字以前,我是不能让你回去交差的。你签了字就承认了是我们的朋友,我就得代你想好你回去以后的种种托辞,要使你毫无嫌疑和为难。现在就请你签上个字,好不好？

巡　警　（站起来）不行,你真想把我们男人的脸都丢光吗？他们能这样,我可不能！

女　子　（点头）噢,男人。你以为一个男子信服一个女人是丢脸吗？好,我真想不到许多话和你从哪儿说起好,现在我们就谈谈男人和女人吧。你知道女人是多么好胜吗？一个女学生的功课老想超过一切人的头上，不但想超过同性的女学生，还想超过异性的男学生，这是常见的事实，这便是女人好胜的天性。我们的同盟会就根据女人好胜心理，要把全世界的女人都联合起来，以抵制男人……

巡　警　（笑）哼！

女　子　笑？不要笑，你以为这是可笑的话吗？我告诉你，有两点可以证明这是可能的。第一点，历来的女子老在男子的压迫之下，而现在的女子是明白得多了，现在那一个女子不想抬一抬头？那一个女子不想和男人争一争平等？

巡　警　（笑）呵呵！和男人争平等就是抵制男人了吗？

女　子　（微笑）也不能说不是抵制了，不过我了解你，我了解你的笑不是嘲笑我们女子，而是对我们女子很善意的，你是以为女子这样抵制男人还不够，女子应当制服男人，对不对？

巡　警　（笑）呵呵？制服男人，呵呵！（笑）

女　子　（微笑）不要笑，我告诉了你第二个证明你就会信了，你只要这么想，世界上的妻子，那一个不要步步监视她丈夫的行动自由的？所以朋友，我告诉你，假如我们的世界同盟会成立以后，而从总部发一个通告给全世界的女人说："某月某日某时到某时，各同志都监视自己的丈夫或情人，不准他们出大门一步。"那么到那时候，全世界的路上走的只是些小孩子了，你信不信？

巡　警　（笑）呵呵！异想天开！我对你说，要是我是个丈夫的话，那时候我就偏要出去！

女　子　（微笑）你妻子会偏不让出去！

巡　警　没有用呀，力气是我大，我把她一推在地上我就出去了。（得意地）

女　子　（微笑）力气没有用，我们软化革命同盟会有软禁的手段呀！

巡　警　（笑）呵呵！软禁？呵呵！（笑）

女　子　（微笑）不要笑，别那么好笑，世界上真有那么奇事，别说你丈夫的资格，就以巡警的资格对犯人，有时也会出不得门呢！

巡　警　（笑脸顿时变成了窘脸）

女　子　（微笑）这便是我们软化革命的力量！我对你说，你别以为我都是些空想，有些人再说，中国以五个人打一个就可以毁灭了日本，这倒是空想，要是日本的军器好，一枪能死十个人，中国的军器坏，一枪只死一个人，中国哪能毁灭了日本？所以这尽是些无稽之谈的空想。但我们是很实际的，我们是用一个妻子来领导一个丈夫……

巡　警　（又笑）哼！那末和尚怎么办？

女　子　（微笑）你真想得到，可是我们已经比你先想到了，那志愿书里有十几个是尼姑，她们就是专门领导和尚的。此外，还有兵士也是没有妻子的，那你不会想到了，那我们已有看护去领导。除了兵士，还有水手也是没有妻子的，不过目前中国的海军不发达，所以还不是急需的，假如世界同盟成立以后，那么全世界的妓女，舞女，都是领导他们的人。我们还预备派几个《封神榜》里的妲己到执政者的周围去，你想那力量多么大？有人说，第二次的世界大战是阶级战争，但我们相信，那不但是如此，而且是男女战争！

巡　警　好了，你说了这么一大泡，是要声张你们的声势，使我害怕而签字了，是不是？你错了，那反会使我不肯再签了，因为我是个男人！（很以男人自傲）

女　子　（微笑）不签？现在你尽管不签，但是你早晚逃不了。就猛虎够倔犟，也不消来这屋子七次，我就要他签下。你还没明白我们的力量，你要相信我是个《连环计》里的貂蝉，但你别做了董卓，做了，那三十一个（指名册）吕布，就至少有一个会来拿下你的头。

巡　警　（微笑着）那于你们软化的宗旨未免不大合。

女　子　（也微笑）对，不大合，所以我们也决不会这样做，我们会用其他的手段。

巡　警　也许是卑鄙的手段。

女　子　（微笑）也许是，不过那在我们中间不叫做卑鄙的手段，我们叫做最后的软化手段，不是不得已，就不那么做。卑鄙？那是男人故意造了来笼络女人的字眼儿，他们就怕女人有不顾一切的一天，便是男人的末日。试看古来革命女性的成功，不是很多因为打破了这一点？

巡　警　很好。（走到床边躺下）那么让我躺了听你的《山海经》吧。

女　子　喔，对不起，我真是讲得太远了，我知道你的心是多么焦急，现在我们该讨论你回去交差的事了。（看他并不坐起来）你还需要回去吗？

巡　警　（坐了起来）怎么能不回去？

女　子　那末你回去怎样说呢？

巡　警　我不知道，天晓得！

女　子　（也在床边坐下）我告诉你……（接着讲得很轻）

巡　警　（点头）但是那……（接着也讲得很轻，他们样子很像一对夫妇坐

　　　　　在床沿上谈家事)

女　　子　在他们知道以前,你先自首,你一定便宜的,我对你说……(接下又轻了)

巡　　警　(点头)但是我不大相信你,你别又给当我上,你知道……(又轻了)

女　　子　你真是……《九更天》的滚钉板,《借东风》的苦肉计,要成功一件事,多少得先吃亏些自己……况且你这又毫无痛痒的,你听我讲,你听我讲……(又轻了)

巡　　警　(摇头)我不信。

女　　子　你这人真是,我害你,我有什么好处?若是出了什么毛病,我明天来替你想法,这你总有点相信我有这点子能力可以代你辩护吧?就我自己不来,我会叫这三十一个里的任何一个来帮你的忙,或者三十一个全体出马也行,你看怎么样?要是你再不信,(过去把那本名册拿来塞在他的袋里)这样可以给你一个保障,这里有他们三十一个人的签字,就是我不代你出力,他们还敢不代你出力吗?去,不要没有勇气,我老实说……(又轻了)

巡　　警　(点头)好吧。

女　　子　那末在不在?(从他袋内取出那个手铐,预备替他铐上)

巡　　警　(犹豫)但是这成什么样子呢?

女　　子　不这样怎能使他们信你?实在讲,放了一个扒儿手有什么大罪?不过你一定得小题大作一下先压倒他们,不然他们便会小题大作了,或是扣你薪工,或是记你一次过,那不犯不着了吗?我不会骗你的,戴上吧。

巡　　警　(还是迟疑)这成个什么样子呢?

女　　子　那有什么要紧?上次那十三号(指名册)也是这样回去的,结果是一点没有什么,长官还奖励他几句,说他并不把小事看轻了,办事很认真。所以你不用害怕,戴上吧。

巡　　警　(总是踌躇)但这算什么一出呢?

女　　子　(微笑)就算是一出《华容道》吧,你就是虎将关夫子,因为你放了曹操,所以你现在缚了自己去见诸葛亮。

巡　　警　但是走在路上成什么样子?

女　　子　那不更容易了吗?把两个圈缩在袖子内,手上遮一块手帕,这又是晚上,谁来注意你?快,时间不早了,戴上吧,好孩子。

巡　　警　(很迟疑地伸出两个手,她就代他戴上,"得""得"两声手铐上了锁)这玩意儿戴了真不好看!

女　　子　是的,可是一个女人戴上了不更不好看吗?并且一个扒儿手是还不够戴这玩意儿的资格,那你为什么要叫我戴呢?(微笑)刚才是我演《苏三起解》的玉堂春,现在是你演《白水滩》里的青面虎了。好,别说这些废话了。(看表)你快走吧,明天来我这儿吃午饭别忘了呀?(巡警点头)要是等你到十二点你还不来,我就知道这锁还没有开,我会到你那儿把你设法弄出来,其实那是不会的,你不用怕。(用他自己的手帕为他遮住手铐)好,明天见。但是,我们现在既是朋友了,你能不能在那名册上头签个字?

巡　　警　别再骗我,那是你给我的保障,我也能签字的吗?

女　　子　喔,保障,保障,我看你还是拿志愿书去好不好?

巡　　警　不要!

女　　子　这又是你发傻了,志愿书是印刷品,上面有什么革命同盟会的字样,而且每个人都有地址,有下落;那名册除了三十一个签字以外就没有什么了,也没有反动的证据,他们竟可以抵赖说这是他们的一个什么会,或者是什么俱乐部的名册,那你拿着有何用?

巡　　警　……

女　　子　我看你还是拿这些志愿书去的好,这是真话。(从他袋内取出那本名册,把志愿书分放在他两个袋内)现在你信我是好意了吧?

巡　　警　(点头)

女　　子　那末明天见。(巡警预备走)喔,此刻我又想起你戒赌而老戒不掉的事来了,你这人不能把握你自己的心,也许你回头把我们的事全讲了出来。

巡　　警　那不会,你放心,咱们山东人不是那样的人。

女　　子　但是我有点怕,能否你也给我一个保障呢?

巡　　警　你要什么保障?

女　　子　能否请你签个字?

巡　　警　那不行。

女　　子　为什么不行?一本俱乐部的名册签个字有什么要紧呢?你说对不对?你仔细想一想!

巡　　警　(想了一想)好吧。(签字)

女　　子　多谢你。现在我对你有一个警告,这本东西(指名册)在现在是一点没有关系的,可是等我一犯罪,这本东西就连着有关系了,你说对不对?所以……那你当然明白了?

巡　　警　……

女　　子　(向他一打量)喔,还有一件事,但是我说了,你一定要说我狡猾的,要不说,又会害你的,好吧,(拿了一面镜子给他自己照)你看,你不觉得你的口袋太胖吗?那是对你很危险的,说不定你的手铐再没有机会开,要是你们长官注意了你的口袋。

巡　警　不错,对不起,请你替我拿一拿出来吧,带一张做保障就行了。

女　子　那就带四五张也看不出来,只要不那么胖就行了。(替他把志愿书全拿出来,数了十张,放入他的袋里)我跟你放十张在里面好不好?可是你明天要还我十张的,别丢了一张,那不是玩的。

巡　警　当然,那你放心。(预备走)

女　子　且慢,我问你,你们的长官,多疑不多疑的?

巡　警　那当然了。

女　子　那末他会不会疑你是受了那个扒儿手的贿才使你放了的?

巡　警　我可说不定。

女　子　那末也许他会来查一查你口袋里有多少钱,会不会?

巡　警　你的意思是连这十张也不要带去,简直连一张也不要带去?

女　子　这话我不能说,说了你又会骂我是狡猾。

巡　警　好吧,好吧,你全拿去吧。(自己把志愿书从袋内抽了出来丢在桌上)我佩服你,但也算是我今晚倒了霉,不用说了,快把钥匙给我让我走吧。

女　子　(微笑)钥匙在你的口袋里。

巡　警　在我口袋里?

女　子　是的,那是在你想吹警笛以前就在你的袋里了。

巡　警　胡说!

女　子　一点都不胡说,我因为防你刚才会搜屋子的,要是搜的话,这小小的屋子不消十五分钟就会被你搜得了,所以我故意放进你自己的袋里,想利用心理学的作用,使你搜也搜不到,好像把你等的第四个白板放在杠底里。

巡　警　很好,今晚上我是完全被你做了一个试验品。

女　子　不,你已是三十二号了,那里还是试验品?今晚上不能算费事,但也不怎样省力。

巡　警　(举起手铐示她看)可是我今晚上就费事了。

女　子　(微笑)那你放心,(拍拍胸)全由我。

巡　警　我完全相信你呀!

女　子　对,这才像我们朋友的话。(跳过去,为他拍去身上的粉,替他扣好那两个衣扣,代他把手帕遮住手)你明天别忘来我这儿吃中饭,要是你有空,我陪你上我另外一个亭子间的家里去,那是在你岗位的附近,以后你找我就方便了。

巡　警　多谢,还烦劳你替我拿一拿钥匙,我不大方便。

女　子　(微笑)为什么不在你锈住的以前就拿出来呢?

巡　警　好了,别挖苦了好不好?还不够吗?

女　子　好,从此不再挖苦你了,从此我们不再把你看作一条替人守家的狗,而把你当作我们的朋友了。(开了门)朋友,我们应当握一握手。(和他握手)也许这还是你第一次和女人握手吧?可怜的孩子。(放了手)

巡　警　(预备走)

女　子　慢。(过去用手挽着他的臂)我送你下楼好不好?

巡　警　多谢!

〔她用头靠着他的肩,充满着像旧友重逢一般的热情,她带了钥匙,他们走出了门,门反碰上,灯亮着。

(幕落)

1932年9月9日

(选自1933年1月《现代》第2卷第3期)

曹禺

雷　雨

人物　姑奶奶甲（教堂尼姑）
　　　　姑奶奶乙
　　　　姊　姊——十五岁。
　　　　弟　弟——十二岁。

　　　　周朴园——某煤矿公司董事长，五十五岁。
　　　　周繁漪——其妻，三十五岁。
　　　　周　萍——其前妻生子，年二十八。
　　　　周　冲——繁漪生子，年十七。
　　　　鲁　贵——周宅仆人，年四十八。
　　　　鲁侍萍——其妻，某校女佣，年四十七。
　　　　鲁大海——侍萍前夫之子，煤矿工人，年二十七。
　　　　鲁四凤——鲁贵与侍萍之女，年十八，周宅使女。
　　　　周宅仆人等：仆人甲，仆人乙，……老仆。

景　　序　幕　在教堂附属医院的一间特别客厅内——冬天的一个下午。
　　　　第一幕　十年前，一个夏天，郁热的早晨。——周公馆的客厅内（即序幕的客厅，景与前大致相同）。
　　　　第二幕　景同前——当天的下午。
　　　　第三幕　在鲁家，一个小套间——当天夜晚十时许。
　　　　第四幕　周家的客厅（与第一幕同）——当天半夜两点钟。
　　　　尾　声　又回到十年后，一个冬天的下午——景同序幕。
　　　　（由第一幕至第四幕为时仅一天）

序　幕

　　景——一间宽大的客厅。冬天，下午三点钟，在某教堂附设医院内。

屋中间是两扇棕色的门,通外面;门身很笨重,上面雕着半西洋化的旧花纹,门前垂着满是斑点,褪色的厚帷幔,深紫色的;织成的图案已经脱了线,中间有一块已经破了一个洞。右边——左右以台上演员为准——有一扇门,通着现在的病房。门面的漆已蚀了去。金黄的铜门钮放着暗涩的光,配起那高而宽,有黄花纹的灰门框,和门上凹凸不平,古式的西洋木饰,令人猜想这屋子的前主多半是中国的老留学生,回国后又富贵过一时的。这门前也挂着一条半旧,深紫的绒幔,半拉开,破成碎条的幔角拖在地上。左边也开一道门,两扇的,通着外间饭厅,由那里可以直通楼上,或者从饭厅走出外面,这两扇门较中间的还华丽,颜色更深老;偶尔有人穿过,它好沉重地在门轨上转动,会发着一种久磨擦的滑声,像一个经过多少事故,很沉默,很温和的老人。这前面,没有帷幔,门上脱落,残蚀的轮廓同漆饰都很明显。靠中间门的右面,墙凹进去如一个神像的壁龛,凹进去的空隙是棱角形的,划着半圆。壁龛的上大半满嵌着细狭而高长的法国窗户,每棱角一扇长窗,很玲珑的;下面只是一块较地板略起的半圆平面,可以放着东西,可以坐;这前面整个地遮上一面有折纹的厚绒垂幔,拉拢了,壁龛可以完全掩盖上,看不见窗户同阳光,屋子里阴沉沉的,有些气闷。开幕时,这帷幕是关上的。

墙的颜色是深褐,年久失修,暗得褪了色。屋内所有的陈设都很富丽,但现在都呈现着衰败的景色。——右墙近前是一个壁炉,沿炉嵌着长方的大理石,正前面镶着星形彩色的石块;壁炉上面没有一件陈设,空空地,只悬着一个钉在十字架上的耶稣。现在壁炉里燃着煤火,火焰熊熊地,照着炉前的一张旧圈椅,映出一片红光,这样,一丝丝的温暖,使这古老的房屋还有一些生气。壁炉旁边搁放一个粗制的煤斗同木柴。右边门左侧,挂一张画轴;再左,近后方,墙角抹成三四尺的平面,倚的那里,斜放着一个半人高的旧式紫檀小衣柜,柜门的角上都包着铜片。柜上放着一个暖水壶,两只白饭碗,都搁在旧黄铜盘上。柜前铺一张长方的小地毯;在上面,和柜平行的,放一条很矮的紫檀长几,以前大概是用来摆设瓷器、古董一类的精巧的小东西,现在堆着一叠叠的雪白桌布,白床单等物,刚洗好,还没有放进衣柜去。在正面,柜与壁龛中间立一只圆凳。壁龛之左(中门的右面),是一只长方的红木菜桌。上面放着两个旧烛台,墙上是张大而旧的古油画,中门左面立一只有玻璃的精巧的紫檀柜。里面原为放古董,但现在是空空的,这柜前有一条狭长的矮凳。离左墙角不远,与角成九十度,斜放着一个宽大深色的沙发,沙发后是只长桌,前面是一条短几,都没有放着东西。沙发左面立一个黄色的站灯,左墙靠墙略凹进,与左后墙成一直角。凹进处有一只茶几,墙上低悬一张小油画。茶几旁,再略向前才是左边通饭厅的门。屋子中间有一张地毯。上面对放着,但是略斜地,两张大沙发;中间是个圆桌,铺着白桌布。

〔开幕,外面远处有钟声。教堂内合唱颂主歌同大风琴声,最好是Bach:High Mass in B Minor Benedictus qui venait Domini Nomini——①屋内寂静无人。

〔移时,中间门沉重地缓缓推开,姑奶奶甲(寺院尼姑)进来,她的服饰如在天主教堂里常见的尼姑一样,头束着雪白布巾,蓬起来像荷兰乡姑,穿一套深蓝的粗布制袍,衣袍几乎拖在地面。她胸前悬着一个十字架,腰间悬一串钥匙,走起路来铿铿地响着。她安静地走进来,脸上很平和的。她转过身子向着门外。

姑奶奶甲　(和蔼地)请进来吧。

〔一位苍白的老年人走进来,穿着很考究的旧皮大衣。进门脱下帽子,头发斑白,眼睛沉静而忧郁,他的下颏有苍白的短须,脸上满是皱纹。他戴着一副金边眼镜,进门后,也取下来,放在眼镜盒内,手有些颤。他搓弄一下子,衰弱地咳嗽两声。外面乐声止。

姑奶奶甲　(微笑)外面冷得很!
老　　人　(点头)嗯——(关心地)她现在还好么?
姑奶奶甲　(同情地)好。
老　　人　(沉默一时,指着头)她这儿呢?
姑奶奶甲　(怜悯地)那——还是那样。(低低地叹一口气)
老　　人　(沉静地)我想也是不容易治的。
姑奶奶甲　(矜怜地)您先坐一坐,暖和一下,再看她吧。
老　　人　(摇头)不。(走向右边病房)
姑奶奶甲　(走向前)您走错了,这屋子是鲁奶奶的病房。您的太太在楼上呢。
老　　人　(停住,失神地)我——我知道,(指着右边病房)我现在可以看看她么?
姑奶奶甲　(和气地)我不知道。鲁奶奶的病房是另一位姑奶奶管,我看您先到楼上看看,回头再来看这位老太太好不好?
老　　人　(迷惘地)嗯,也好。

---

① 巴赫:《B小调弥撒曲》。

姑奶奶甲　　您跟我上楼吧。

〔姑甲领着老人进左面的饭厅下。

〔屋内静一时。外面有脚步声。姑乙领两个小孩进。姑乙除了年轻些，比较活泼些，一切都与姑甲相同。进来的小孩是姊弟，都穿着冬天的新衣服，脸色都红得像个苹果，整个是胖圆圆的。姐姐有十五岁，梳两个小辫，在背后摆着；弟弟戴上一顶红绒帽。两个都高兴地走进来，二人在一起，姐姐是较沉着些。走进来的时节姐姐在前面。

姑奶奶乙　　(和悦地)进来，弟弟。(弟弟进来望着姐姐，两个人只呵手)外头冷，是吧。姐姐，你跟弟弟在这儿坐一坐好不好？

姊　　姊　　(微笑)嗯。

弟　　弟　　(拉着姐姐的手，窃语)姐姐，妈呢？

姑奶奶乙　　你妈看完病就来，弟弟坐在这儿暖和一下，好吧？

〔弟弟的眼望姐姐。

姊　　姊　　(很懂事地)弟弟，这儿我来过，就坐这儿吧，我跟你讲笑话。

(弟弟好奇地四面看)

姑奶奶乙　　(有兴趣地望着他们)对了，叫姐姐跟你讲笑话，(指着火)坐在火旁边讲，两个人一块儿。

弟　　弟　　不，我要坐这个小凳子！(指中门左柜前的小矮凳)

姑奶奶乙　　(和气地)也好，你们就坐这儿。可是(小声地)弟弟，你得乖乖地坐着，不要闹！楼上有病人——(指右边病房)这旁边也有病人。

姊、弟　　　(很乖地点头)嗯。

弟　　弟　　(忽然，向姑乙)我妈就回来吧？

姑奶奶乙　　对了，就来。你们坐下，(姊、弟二人共坐矮凳上，望着姑乙)不要动！(望着他们)我先进去，就来。

〔姊、弟点头，姑乙进右边病房，下。

弟　　弟　　(向姊)她是谁？为什么穿这样衣服？

姊　　姊　　(很世故地)尼姑，在医院看护病人的。弟弟，你坐下。

弟　　弟　　(不理地)姐姐，你看，你看！(自傲地)你看妈给我买的新手套。

姊　　姊　　(瞧不起地)看见了，你坐坐吧。(拉弟弟坐下，二人又很规矩地坐着)

〔姑甲由左边厅进。直向右角衣柜走去，没看见屋内的人。

弟　　弟　　(又站起，低声，向姊)又一个，姐姐！

姊　　姊　　(低声)嘘！别说话。(又拉弟弟坐下)

〔姑甲打开右面的衣柜,将长几上的白床单,白桌布等物一叠叠放在衣柜里。

〔姑乙由右边病房进,见姑甲,二人沉静地点一点头,姑乙助姑甲放置洗物。

姑奶奶乙　(向姑甲,简截地)完了?
姑奶奶甲　(不明白)谁?
姑奶奶乙　(明快地,指楼上)楼上的。
姑奶奶甲　(怜悯地)完了,她现在又睡着了。
姑奶奶乙　(好奇地询问)没有打人么?
姑奶奶甲　没有,就是大笑了一场,把玻璃又打破了。
姑奶奶乙　(呼出一口气)那还好。
姑奶奶甲　(向姑乙)她呢?
姑奶奶乙　你说楼下的?(指右面病房)她总是那样,哭的时候多,不说话,我来了一年,没听见过她说一句话。
弟　　弟　(低声,急促地)姐姐,你跟我讲笑话。
姊　　姊　(低声)不,弟弟,听她们说话。
姑奶奶甲　(怜悯地)可怜,她在这儿九年了,比楼上的只晚了一年,可是两个人都没有好。——(欣喜地)对了,刚才楼上的周先生来了。
姑奶奶乙　(奇怪地)怎么?
姑奶奶甲　今天是旧年腊月三十。
姑奶奶乙　(惊讶地)哦,今天三十?——那么今天楼下的也会出来,到这房子里来。
姑奶奶甲　怎么,她也出来?
姑奶奶乙　嗯,(多话地)每到腊月三十,楼下的就会出来,到这屋子里;在这窗户前面站着。
姑奶奶甲　干什么?
姑奶奶乙　大概是望她儿子回来吧,她的儿子十年前一天晚上跑了,就没有回来,可怜,她的丈夫也不在了——(低声地)听说就在周先生家里当差,——一天晚上喝酒喝得太多,死了的。
姑奶奶甲　(自己以为明白地)所以周先生每次来看他太太来,总要问一问楼下的。——我想,过一会儿周先生会下楼来见她来的。
姑奶奶乙　(虔诚地)圣母保佑他。(又放洗物)
弟　　弟　(低声,请求)姐姐,你跟我就讲半个笑话好不好?
姊　　姊　(听着有兴趣,忙摇头,压迫地,低声)弟弟!
姑奶奶乙　(又想起一段)奇怪,周家有这么好的房子,为什么卖给医院呢?

姑奶奶甲	（沉静地）不大清楚。——听说这屋子有一天夜里连男带女死过三个人。
姑奶奶乙	（惊讶）真的？
姑奶奶甲	嗯。
姑奶奶乙	（自然想到）那么周先生为什么偏把有病的太太放在楼上,不把她搬出去呢？
姑奶奶甲	说是呢,不过他太太就在这楼上发的神经病,她自己说什么也不肯搬出去。
姑奶奶乙	哦。

〔弟弟忽然站起。

弟　弟	（抗议地,高声）姐姐,我不爱听这个。
姊　姊	（劝止他,低声）好弟弟。
弟　弟	（命令地,更高声）不,姐姐,我要你跟我讲笑话！

〔姑奶奶甲、姑奶奶乙回头望他们。

姑奶奶甲	（惊奇地）这是谁的孩子？我进来,没有看见他们。
姑奶奶乙	一位看病的太太的,我领他们进来坐一坐。
姑奶奶甲	（小心地）别把他们放在这儿。——万一把他们吓着。
姑奶奶乙	没有地方；外头冷,医院都满了。
姑奶奶甲	我看你还是找他们的妈来吧。万一楼上的跑下来,说不定吓坏了他们！
姑奶奶乙	（顺从地）也好。（向姊、弟,他们两个都瞪着眼望着她们）姐姐,你们在这儿好好地再等一下,我就找你们的妈来。
姊　姊	（有礼地）好,谢谢你！

〔姑奶奶乙由中门出。

弟　弟	（怀着希望）姐姐,妈就来么？
姊　姊	（还在怪他）嗯。
弟　弟	（高兴地）妈来了！我们就回家。（拍掌）回家吃年饭。
姊　姊	弟弟,不要闹,坐下。（推弟弟坐）
姑奶奶甲	（关上柜门向姊弟）弟弟,你同姐姐安安静静地坐一会儿,我上楼去了。

〔姑甲由左面饭厅下。

弟　弟	（忽然发生兴趣,立起）姐姐,她干什么去了？
姊　姊	（觉得这是不值一问的问题）自然是找楼上的去了？
弟　弟	（急切地）谁是楼上的？
姊　姊	（低声）一个疯子。

弟　　弟　（直觉地臆断）男的吧？

姊　　姊　（肯定地）不，女的——一个有钱的太太。

弟　　弟　（忽然）楼下的呢？

姊　　姊　（也肯定地）也是一个疯子。——（知道弟弟会愈问愈多）你不要再问了。

弟　　弟　（好奇地）姐姐，刚才他们说这屋子死过三个人。

姊　　姊　（心虚地）嗯——弟弟，我给你讲笑话吧！有一年，一个国王——

弟　　弟　（已引上兴趣）不，你给我讲讲这三个人怎么会死的？这三个人是谁？

姊　　姊　（胆怯）我不知道。

弟　　弟　（不信，伶俐地）嗯！——你知道，你不愿意告诉我。

姊　　姊　（不得已地）你别在这屋子里问，这屋子闹鬼。

〔楼上忽然有乱摔东西的声音，铁链声，足步声，女人狂笑，怪叫声。

弟　　弟　（略惧）你听！

姊　　姊　（拉着弟弟手紧紧地）弟弟！（姊、弟抬头，紧张地望着天花板）

〔声止。

弟　　弟　（安定下来，很明白地）姐姐，这一定是楼上的！

姊　　姊　（害怕）我们走吧。

弟　　弟　（倔强）不，你不告诉我这屋子怎么死了三个人，我不走。

姊　　姊　你不要闹，回头妈知道打你！

弟　　弟　（不在乎地）嗯！

〔右边门开，一位头发斑白的老妇人颤巍巍地走进来，在屋中停一停，眼睛像是瞎了。慢吞吞地踱到窗前，由帷幔隙中望一望，又踱至台上，像是谛听什么似的。姊弟都紧张地望着她。

弟　　弟　（平常的声音）这是谁？

姊　　姊　（低声）嘘！别说话。她是疯子。

弟　　弟　（低声，秘密地）这大概是楼下的。

姊　　姊　（声颤）我，我不知道。（老妇人躯干无力，渐向下倒）弟弟，你看，她向下倒。

弟　　弟　（胆大地）我们拉她一把。

姊　　姊　不，你别去！

〔老妇人突然歪下去，侧面跪倒在舞台中。台渐暗，外面远处合唱声又起。

弟　　弟　（拉姊向前，看老太婆）姐姐，你告诉我，这屋子是怎么回事？这些疯子干什么?

姊　　姊　(惧怕地)不,你问她,(指老妇人)她知道。

弟　　弟　(催促地)不,姐姐,你告诉我,这屋子怎么死了三个人,这三个人是谁?

姊　　姊　(急迫地)我告诉你问她呢,她一定都知道!

〔老妇人渐渐倒在地下,舞台全暗,听见远处合唱弥撒和大风琴声。

〔弟弟声:(很清楚地)姐姐,你去问她。

〔姊姊声:(低声)不,你问她,(幕落)你问她!

〔大弥撒声。

第一幕

开幕时舞台全黑,隔十秒钟,渐明。

景——大致和序幕相同,但是全屋的气象是比较华丽的。这是十年前一个夏天的上午,在周宅的客厅里。

壁龛的帷幔还是深掩着,里面放着艳丽的盆花。中间的门开着,隔一层铁纱门,从纱门望出去,花园的树木绿荫荫的,并且听见蝉在叫。右边的衣服柜,铺上一张黄桌布,上面放着许多小巧的摆饰,最显明的是一张旧相片,很不调和地和这些精致东西放在一起。柜前面狭长的矮几,放着华贵的烟具同一些零碎物件。右边炉上有一个钟同鲜花盆,墙上,挂一幅油画。炉前有两把圈椅,背朝着墙。中间靠左的玻璃柜放满了古玩,前面的小矮凳有绿花的椅垫,左角的长沙发还不旧,上面放着三、四个缎制的厚垫子。沙发前的矮几排置烟具等物,台中两个小沙发同圆桌都很华丽,圆桌上放着吕宋烟盒和扇子。

所有的帷幕都是崭新的,一切都是兴旺的气象,屋里家具非常洁净,有金属的地方都放着光彩。屋中很气闷,郁热逼人,空气低压着。外面没有阳光,天空灰暗,是将要落暴雨的天气。

〔开幕时,四凤在靠中墙的长方桌旁,背着观众滤药,她不时地摇着一把蒲扇,一面在揩汗。鲁贵(她的父亲)在沙发旁擦着矮几上零碎的银家具,很吃力地;额上冒着汗珠。

〔四凤约有十七八岁,脸上红润,是个健康的少女。她整个的身体都很发育,手很白很大,走起路来,过于发育的乳房很显明地在衣服底下颤动着。她穿一件旧的白纺绸上衣,粗山东绸的裤子,一双略旧的布鞋。她全身都非常整洁,举动虽然很活泼,因为经过两年在周家的训练,她说话很大方,很爽快,却很有分寸。她的一双大而有长睫毛的水灵灵的眼睛能够很灵敏地转动,也能敛一敛眉头,很庄严地注视着。她有大的嘴,嘴唇自然红艳艳的,很宽,很厚,当着她笑的时候,牙齿整齐地露出来,嘴旁也显着一对笑涡。然而她面部整个轮廓是很庄重地显露着诚恳。她的面色不十分白,天气热,鼻尖微微有点汗,她时时用手绢揩着。她很爱笑,她知道自己是好看的,但是她现在皱着眉头。

〔她的父亲——鲁贵——约莫有四十多岁的样子,神气萎缩,最令人注目的是粗而乱的眉毛同肿眼皮。他的嘴唇,松弛地垂下来,和他眼下凹进去的黑圈,都表示着极端的肉欲放纵。他的身体较胖,面上的肌肉宽弛地不肯动,但是总能很卑贱地谄笑着,和许多大家的仆人一样,他很懂事,尤其是很懂礼节。他的背略有点伛偻,似乎永远欠着身子向他的主人答应着"是"。他的眼睛锐利,常常贪婪地窥视着,如一只狼。他很能计算的。虽然这样,他的胆量不算大;全部看去,他还是萎缩的。他穿的虽然华丽,但是不整齐的。现在他用一条抹布擦着东西,脚下是他刚刷好的黄皮鞋。时而,他用自己的衣襟揩脸上的油汗。

鲁　贵　(喘着气)四凤!

鲁四凤　(只做不听见,依然滤她的汤药)

鲁　贵　四凤!

鲁四凤　(看了她的父亲一眼)喝,真热。(走向右边的衣柜旁,寻一把芭蕉扇,又走回中间的茶几旁扇着)

鲁　贵　(望着她,停下工作)四凤,你听见了没有?

鲁四凤　(烦厌地,冷冷地看着她的父亲)是!爸!干什么?

鲁　贵　我问你听见我刚才说的话了么?

鲁四凤　都知道了。

鲁　贵　(一向是这样被女儿看待的,只好是抗议似地)妈的,这孩子!

鲁四凤　(回过头来,脸正向观众)您少说闲话吧!(挥扇,嘘出一口气)呵!天气这样闷热,回头多半下雨。(忽然)老爷出门穿的皮鞋,您擦好了没有?(到鲁贵面前,拿起一只皮鞋不经意地笑着)这是您擦的!这么随随便便抹了两下,——老爷的脾气您可知道。

鲁　贵　(一把抢过鞋来)我的事用不着你管。(将鞋扔在地上)四凤,你听着,我再跟你说一遍,回头见着你妈,别忘了把新衣服都拿出来给她瞧瞧。

鲁四凤　(不耐烦地)听见了。

鲁　贵　（自傲地）叫她想想，还是你爸爸混事有眼力，还是她有眼力。

鲁四凤　（轻蔑地笑）自然您有眼力啊！

鲁　贵　你还别忘了告诉你妈，你在这儿周公馆吃的好，喝的好，就是白天侍候太太少爷，晚上还是听她的话，回家睡觉。

鲁四凤　那倒不用告诉，妈自然会问的。

鲁　贵　（得意）还有啦，钱，（贪婪地笑着）你手下也有许多钱啦！

鲁四凤　钱！？

鲁　贵　这两年的工钱，赏钱，还有（慢慢地）那零零碎碎的，他们……

鲁四凤　（赶紧接下去，不愿听他要说的话）那您不是一块两块都要走了么？喝了！赌了！

鲁　贵　（笑，掩饰自己）你看，你看，你又那样。急，急，急什么？我不跟你要钱。喂，我说，我说的是——（低声）他——不是也不断地塞给你钱花么？

鲁四凤　（惊讶地）他？谁呀？

鲁　贵　（索性说出来）大少爷。

鲁四凤　（红脸，声略高，走到鲁贵面前）谁说大少爷给我钱？爸爸，您别又穷疯了，胡说乱道的。

鲁　贵　（鄙笑着）好，好，好，没有，没有。反正这两年你不是存点钱么？（鄙吝地）我不是跟你要钱，你放心。我说啊，你等你妈来，把这些钱也给她瞧瞧，叫她也开开眼。

鲁四凤　哼，妈不像您，见钱就忘了命。（回到中间茶桌滤药）

鲁　贵　（坐在长沙发上）钱不钱，你没有你爸爸成么？你要不到这儿周家大公馆帮主儿，这两年尽听你妈妈的话，你能每天吃着喝着，这大热天还穿得上小纺绸么？

鲁四凤　（回过头）哼，妈是个本分人，念过书的，讲脸，舍不得把自己的女儿叫人家使唤。

鲁　贵　什么脸不脸？又是你妈的那一套！你是谁家的小姐？——妈的，底下人的女儿，帮了人就失了身份啦。

鲁四凤　（气得只看父亲，忽然厌恶地）爸，您看您那一脸的油，——您把老爷的鞋再擦擦吧。

鲁　贵　（汹汹地）讲脸呢，又学你妈的那点穷骨头，你看她，她要脸！跑他妈的八百里外，女学堂里当老妈，为着一月八块钱，两年才回一趟家。这叫本分，还念过书呢；简直是没出息。

鲁四凤　（忍气）爸爸，您留几句回家说吧，这是人家周公馆！

鲁　贵　咦，周公馆也挡不住我跟我的女儿谈家务啊！我跟你说，你的妈……

鲁四凤　（突然）我可忍了好半天了。我跟您先说下，妈可是好容易才回一趟家。这次，也是看哥哥跟我来的。您要是再给她一个不痛快，我就把您这两年做的事都告诉哥哥。

鲁　贵　我，我，我做了什么事啦？（觉得在女儿面前失了身份）喝点，赌点，玩点，这三样，我快五十的人啦，还怕他么？

鲁四凤　他才懒得管您这些事呢！——可是他每月从矿上寄给妈用的钱，您偷偷地花了，他知道了，就不会答应您！

鲁　贵　那他敢怎么样，（高声地）他妈嫁给我，我就是他爸爸。

鲁四凤　（羞愧）小声点！这有什么喊头。——太太在楼上养病呢。

鲁　贵　哼！（滔滔地）我跟你说，我娶你妈，我还抱老大的委屈呢。你看我这么个机灵人，这周家上上下下几十口子，那一个不说我鲁贵呱呱叫。来这里不到两个月，我的女儿就在这公馆找上事，就说你哥哥，没有我，能在周家的矿上当工人么？叫你妈说，她成么？——这样，你哥同你妈还是一个劲儿地不赞成我。这次回来，你妈要还是那副寡妇脸子，我就当你哥哥的面上不认她，说不定就离了她，别看她替我养个女儿，外带来你这个倒霉蛋的哥哥。

鲁四凤　（不愿听）哦，爸爸。

鲁　贵　哼，（骂得高兴了）谁知道哪个王八蛋养的儿子。

鲁四凤　哥哥哪点对不起您，您这样骂他干什么？

鲁　贵　他哪一点对得起我？当大兵，拉包月车，干机器匠，念书上学，哪一行他是好好地干过？好容易我荐他到了周家的矿上去，他又跟工头闹起来，把人家打啦。

鲁四凤　（小心地）我听说，不是我们老爷先叫矿上的警察开了枪，他才领着工人动的手么？

鲁　贵　反正这孩子混蛋，吃人家的钱粮，就得听人家的话。好好地，要罢工，现在又得靠我这老面子跟老爷求情啦！

鲁四凤　您听错了吧，哥哥说他今天自己要见老爷，不是找您求情来的。

鲁　贵　（得意）可是谁叫我是他的爸爸呢，我不能不管啦。

鲁四凤　（轻蔑地看着她的父亲，叹了一口气）好，您歇歇吧，我要上楼跟太太送药去了。（端起药碗向左边饭厅走）

鲁　贵　你先停一停，我再说一句话。

鲁四凤　（打岔）开午饭了，老爷的普洱茶先泡好了没有？

鲁　贵　那用不着我，他们小当差早伺候到了。

鲁四凤　（闪避地）哦，好极了，那我走了。

鲁　贵　（拦住她）四凤，你别忙，我跟你商量点事。

鲁四凤　什么？

鲁　贵　你听啊，昨天不是老爷的生日么？大少爷也赏给我四块钱。

鲁四凤　好极了，（口快地）我要是大少爷，我一个子也不给您。

鲁　贵　（鄙笑）你这话对极了！四块钱，够干什么的，还了点账，就干了。

鲁四凤　（伶俐地笑着）那回头您跟哥哥要吧。

鲁　贵　四凤，别——你爸爸什么时候借钱不还账？现在你手下方便，随便匀给我七块八块好么？

鲁四凤　我没有钱。（停一下放下药碗）您真是还账了么？

鲁　贵　（赌咒）我跟我的亲生女儿说瞎话是王八蛋！

鲁四凤　您别骗我，说了实在的，我也好替您想想法。

鲁　贵　真的！？——说起来这不怪我。昨天那几个零钱，大账还不够，小账剩点零，所以我就要了两把，也许赢了钱，不都还了么？谁知运气不好，连喝带输，还倒欠了十来块。

鲁四凤　这是真的？

鲁　贵　（真心地）这可一句瞎话也没有。

鲁四凤　（故意揶揄地）那我实实在在地告诉您，我也没有钱！（说毕就要拿起药碗）

鲁　贵　（着急）凤儿，你这孩子是什么心事？你可是我的亲生孩子。

鲁四凤　（嘲笑地）亲生的女儿也没有法子把自己卖了，替您老人家还赌账啊？

鲁　贵　（严重地）孩子，你可放明白点，你妈疼你，只在嘴上，我可是把你的什么要紧的事情，都处处替你想。

鲁四凤　（明白地，但是不知他闹的什么把戏）您心里又要说什么？

鲁　贵　（停一停，四面望了一望，更近地逼着四凤，伴笑）我说，大少爷常跟我提过你，大少爷，他说——

鲁四凤　（管不住自己）大少爷！大少爷！你疯了！——我走了，太太就要叫我呢。

鲁　贵　别走，我问你一句，前天！我看见大少爷买衣料，——

鲁四凤　（沉下脸）怎么样？（冷冷地看着鲁贵）

鲁　贵　（打量四凤周身）嗯——（慢慢地拿起四凤的手）你这手上的戒指，（笑着）不也是他送给你的么？

鲁四凤　（厌恶地）您说话的神气真叫我心里想吐。

鲁　贵　（有点气，痛快地）你不必这样假门假事，你是我的女儿。（忽然贪婪地笑着）一个当差的女儿，收人家点东西，用人家一点钱，没有什么说不过去的。这不要紧,我都明白。

鲁四凤　好吧,那么你说吧,究竟要多少钱用?

鲁　贵　不多,三十块钱就成了。

鲁四凤　哦?(恶意地)那你就跟这位大少爷要去吧。我走了。

鲁　贵　(恼羞)好孩子,你以为我真装糊涂,不知道你同这混账大少爷做的事么?

鲁四凤　(惹怒)您是父亲么?父亲有跟女儿这样说话的么?

鲁　贵　(恶相地)我是你的爸爸,我就要管你。我问你,前天晚上——

鲁四凤　前天晚上?

鲁　贵　我不在家,你半夜才回来,以前你干什么?

鲁四凤　(掩饰)我替太太找东西呢。

鲁　贵　为什么那么晚才回家?

鲁四凤　(轻蔑地)您这样的父亲没有资格来问我。

鲁　贵　好文明词!你就说不上你上哪儿去呢。

鲁四凤　那有什么说不上!

鲁　贵　什么?说!

鲁四凤　那是太太听说老爷刚回来,又要我检老爷的衣服。

鲁　贵　哦,(低声,恐吓地)可是半夜送你回家的那位是谁?坐着汽车,醉醺醺,只对你说胡话的那位是谁呀?(得意地微笑)

鲁四凤　(惊吓)那,那——

鲁　贵　(大笑)哦,你不用说了,那是我们鲁家的阔女婿!——哼,我们两间半破瓦房居然来了坐汽车的男朋友,找我这当差的女儿啦!(突然严厉)我问你,他是谁?你说。

鲁四凤　他,他是——

〔鲁大海进——四凤的哥哥,鲁贵的半子——他身体魁伟,粗黑的眉毛几乎遮盖着他的锐利的眼,两颊微微地向内凹,显着颧骨异常突出,正同他的尖长的下巴一样地表现他的性格的倔强的。他有一张大而薄的嘴唇,正和他的妹妹带着南方的热烈的、厚而红的嘴唇成强烈的对照。他说话微微有点口吃,但是在他的感情激昂的时候,他词锋是锐利的。现在他刚从六百里外的煤矿回来,矿里罢了工,他是煽动者之一,几月来的精神的紧张,使他现在露出有点疲乏的神色,胡须乱蓬蓬的,看去几乎老得像鲁贵的弟弟,只有逼近地观察他,才觉出他的眼神同声音,还正是和他的妹妹一样年轻,一样地热,都是火山的爆发,满蓄着精力的白热的人物。他穿了一件工人的蓝布褂子,油渍的草帽在手里,一双黑皮鞋,有一只鞋带早不知失在哪里。进门的时候,他略微有点不自在,把胸膛敞开一部分,笨拙地又扣上一两个扣子。他说话很简短,表面是冷冷的。

鲁大海　凤儿!

鲁四凤　哥哥!

鲁　贵　(向四凤)你说呀!装什么哑巴。

鲁四凤　(看大海,有意识地叉开话头)哥哥!

鲁　贵　(不顾地)你哥哥来也得说呀。

鲁大海　怎么回事?

鲁　贵　(看一看大海,又回头)你先别管。

鲁四凤　哥哥,没什么要紧的事。(向鲁贵)好吧,爸,我们回头商量,好吧?

鲁　贵　(了解地)回头商量?(肯定一下,再盯四凤一眼)那么,就这么办。(回头看大海傲慢地)咦,你怎么随随便便跑进来啦?

鲁大海　(简单地)在门房等了半天,一个人也不理我,我就进来啦。

鲁　贵　大海,你究竟是矿上打粗的工人,连一点大公馆的规矩也不懂。

鲁四凤　人家不是周家的底下人。

鲁　贵　(很有理由地)他在矿上吃的也是周家的饭哪。

鲁大海　(冷冷地)他在哪儿?

鲁　贵　(故意地)他,谁是他?

鲁大海　董事长。

鲁　贵　(教训的样子)老爷就是老爷,什么董事长,上我们这儿就得叫老爷。

鲁大海　好,你跟我问他一声,说矿上有个工人代表要见见他。

鲁　贵　我看,你先回家去。(有把握地)矿上的事有你爸爸在这儿替你张罗。回头跟你妈、妹妹聚两天,等你妈去,你回到矿上,事情还是有的。

鲁大海　你说我们一块儿在矿上罢完工,我一个人要你说情,自己再回去?

鲁　贵　那也没有什么难看啊。

鲁大海　(没有办法)好,你先给我问他一声。我有点旁的事,要先跟他谈谈。

鲁四凤　(希望他走)爸,你看老爷的客走了没有,你再领着哥哥见老爷。

鲁　贵　(摇头)哼,我怕他不会见你吧。

鲁大海　(理直气壮)他应当见我,我也是矿上工人的代表。前天,我们一块在这儿的公司见过他一次。

鲁　贵　(犹疑地)那我先给你问问去。

鲁四凤　你去吧。

〔鲁贵走到老爷书房门口。

鲁　贵　（转过来）他要是见你，你可少说粗话，听见了没有？
（鲁贵很老练地走着阔当差的步伐，进了书房）
鲁大海　（目送鲁贵进了书房）哼，他忘了他还是个人。
鲁四凤　哥哥，你别这样说，（略顿，嗟叹地）无论如何，他总是我们的父亲。
鲁大海　（望着四凤）他是你的，我并不认识他。
鲁四凤　（胆怯地望着哥哥忽然想起，跑到书房门口，望了一望）你说话顶好声音小点，老爷就在里面旁边的屋子里呢！
鲁大海　（轻蔑地望着四凤）好。妈也快回来了，我看你把周家的事辞了，好好回家去。
鲁四凤　（惊讶）为什么？
鲁大海　（简短地）这不是你住的地方。
鲁四凤　为什么？
鲁大海　我——恨他们。
鲁四凤　哦！
鲁大海　（刻毒地）周家的人多半不是好东西。这两年我在矿上看见了他们所做的事。（略顿，缓缓地）我恨他们。
鲁四凤　你看见什么？
鲁大海　凤儿，你不要看这样威武的房子，阴沉沉地都是矿上埋死的苦工人给换来的！
鲁四凤　你别胡说，这屋子听说直闹鬼呢。
鲁大海　（忽然）刚才我看见一个年轻人，在花园里躺着，脸色发白，闭着眼睛，像是要死的样子，听说这就是周家的大少爷，我们董事长的儿子。啊，报应，报应。
鲁四凤　（气）你，——（忽然）他待人顶好，你知道么？
鲁大海　他父亲做尽了坏人弄钱，他自然可以行善。
鲁四凤　（看大海）两年我不见你，你变了。
鲁大海　我在矿上干了两年，我没有变，我看你变了。
鲁四凤　你的话我有点不懂，你好像——有点像二少爷说话似的。
鲁大海　你是要骂我么？"少爷"？哼，在世界上没有这两个字！
（鲁贵由左边书房进）
鲁　贵　（向大海）好容易老爷的客刚走，我正要说话，接着又来一个。我看，我们先下去坐坐吧。
鲁大海　那我还是自己进去。
鲁　贵　（拦住他）干什么？

鲁四凤　不,不。

鲁大海　也好,不要叫他看见我们工人不懂礼节。

鲁　贵　你看你这点穷骨头。老爷说不见就不见,在下房再等一等,算什么?我跟你走,这么大院子,你别胡闯乱闯走错了。(走向中门,回头)四凤,你先别走,我就回来,你听见没有?

鲁四凤　你去吧。

〔鲁贵、大海同下。

鲁四凤　(厌倦地摸着前额,自语)哦,妈呀!

〔外面花园里听见一个年轻的轻快的声音,唤着"四凤!"疾步中夹杂着跳跃,渐渐移近中间门口。

鲁四凤　(有点惊慌)哦,二少爷。

〔门口的声音。

〔声:四凤!四凤!你在哪儿?

〔四凤慌忙躲在沙发背后。

〔声:四凤,你在这屋子里么?

〔周冲进。他身体很小,却有着大的心,也有着一切孩子似的空想。他年轻,才十七岁,他已经幻想过许多许多不可能的事实,他是在美的梦里活着的。现在他的眼睛欣喜地闪动着,脸色通红,冒着汗,他在笑。左腋下挟着一只球拍,右手正用白毛巾擦汗,他穿着打球的白衣服。他低声唤着四凤。

周　冲　四凤!四凤!(四面望一望)咦,她上哪儿去了?(蹑足走向右边的饭厅,开开门,低声)四凤你出来,四凤,我告诉你一件事。四凤,一件喜事。(他又轻轻地走到书房门口,更低声)四凤。

〔里面的声音:(严峻地)是冲儿么?

周　冲　(胆怯地)是我,爸爸。

〔里面的声音:你在干什么?

周　冲　嗯,我叫四凤呢。

〔里面的声音:(命令地)快去,她不在这儿。

〔周冲把头由门口缩回来,做了一个鬼脸。

周　冲　咦,奇怪。

〔他失望地向右边的饭厅走去,一路低低唤着四凤。

鲁四凤　(看见周冲已走,呼出一口气)他走了!(焦灼地望着通花园的门)

〔鲁贵由中门进。

鲁　贵　(向四凤)刚才是谁在喊你?

鲁四凤　二少爷。

鲁　贵　他叫你干什么？

鲁四凤　谁知道。

鲁　贵　(责备地)你为什么不理他？

鲁四凤　哦,我,(擦眼泪)——不是您叫我等着么？

鲁　贵　(安慰地)怎么,你哭了么？

鲁四凤　我没哭。

鲁　贵　孩子,哭什么,这有什么难过？(仿佛在做戏)谁叫我们穷呢？穷人没有什么讲究。没法子,什么事都忍着点,谁都知道我的孩子是个好孩子。

鲁四凤　(抬起头)得了,您痛痛快快说话好不好。

鲁　贵　(不好意思)你看,刚才我走到下房,这些王八蛋就跑到公馆跟我要账,当着上上下下的人,我看没有二十块钱,简直圆不下这个脸。

鲁四凤　(拿出钱来)我的都在这儿。这是我回头预备给妈买衣服的,现在你先拿去用吧。

鲁　贵　(伴辞)那你不是没有花的了么？

鲁四凤　得了,您别这样客气啦。

鲁　贵　(笑着接下钱,数)只十二块？

鲁四凤　(坦白地)现钱我只有这么一点。

鲁　贵　那么,这堵着周公馆跟我要账的,怎么打发呢？

鲁四凤　(忍着气)您叫他们晚上到我们家里要吧。回头,见着妈,再想别的法子,这钱,您留着自己用吧。

鲁　贵　(高兴地)这给我啦,那我只当着你这是孝敬父亲的。——哦,好孩子,我早知道你是个孝顺孩子。

鲁四凤　(没有办法)这样,您让我上楼去吧。

鲁　贵　你看,谁管过你啦。去吧,跟太太说一声,说鲁贵一直惦记太太的病。

鲁四凤　知道,忘不了。(拿药走)

鲁　贵　(得意)对了,四凤,我还告诉你一件事。

鲁四凤　您留着以后再说吧,我可得给太太送药去了。

鲁　贵　(暗示着)你看,这是你自己的事。(假笑)

鲁四凤　(沉下脸)我又有什么事？(放下药碗)好,我们今天都算清楚再走。

鲁　贵　你瞧瞧,又急了。真快成小姐了,耍脾气倒是呱呱叫啊。

鲁四凤　我沉得住气,您尽管说吧。

鲁　贵　孩子,你别这样,(正经地)我劝你小心点。

鲁四凤　(嘲弄地)我现在钱也没有了,还用得着小心干什么？

鲁　贵　我跟你说,太太这两天的神气有点不大对的。

鲁四凤　太太的神气不对有我的什么?

鲁　贵　我怕太太看见你才有点不痛快。

鲁四凤　为什么?

鲁　贵　为什么?我先提你个醒。老爷比太太岁数大得多,太太跟老爷不好。大少爷不是这位太太生的,他比太太的岁数差得也有限。

鲁四凤　这我都知道。

鲁　贵　可是太太疼大少爷比疼自己的孩子还热,还好。

鲁四凤　当后娘只好这样。

鲁　贵　你知道这屋子为什么晚上没有人来,老爷在矿上的时候,就是白天也是一个人也没么?

鲁四凤　不是半夜里闹鬼么?

鲁　贵　你知道这鬼是什么样儿么?

鲁四凤　我只听说到从前这屋子里常听见叹气的声音,有时哭,有时笑的,听说这屋子死过人,屈死鬼。

鲁　贵　鬼!一点也不错——我可偷偷地看见啦。

鲁四凤　什么,您看见,您看见什么?鬼?

鲁　贵　(自负地)那是你爸爸的造化。

鲁四凤　您说。

鲁　贵　那时你还没有来,老爷在矿上,那么大,阴森森的院子,只有太太,二少爷,大少爷住。那时这屋子就闹鬼,二少爷小孩,胆小,叫我在他门口睡。那时是秋天,半夜里二少爷忽然把我叫起来,说客厅又闹鬼,叫我一个人去看看。二少爷的脸发青,我也直发毛。可是我是刚来的底下人,少爷说了,我怎么好不去呢?

鲁四凤　您去了没有?

鲁　贵　我喝了两口烧酒,穿过荷花池,就偷偷地钻到这门外的走廊旁边,就听见这屋子里啾啾地像一个女鬼在哭。哭得惨!心里越怕,越想看。我就硬着头皮从这窗缝里,向里一望。

鲁四凤　(喘气)您瞧见什么?

鲁　贵　就在这张桌上点着一枝要灭不灭的洋蜡烛,我恍恍惚惚地看见两个穿着黑衣裳的鬼,并排地坐着,像是一男一女,背朝着我,那个女鬼像是靠着男鬼的身边哭,那个男鬼低着头直叹气。

鲁四凤　哦,这屋子有鬼是真的。

鲁　贵　可不是?我就是乘着酒劲儿,朝着窗户缝,轻轻地咳嗽一声。就看这两个鬼飕一下子分开了,都向我这边望:这一下子他们的脸清清楚楚地正对着我,这我可真见了鬼了。

鲁四凤　鬼么?什么样?(停一下,鲁贵四面望一望)谁?

鲁　贵　我这才看见那个女鬼呀,(回头,低声)——是我们的太太。

鲁四凤　太太?——那个男的呢?

鲁　贵　那个男鬼,你别怕,——就是大少爷。

鲁四凤　他?

鲁　贵　就是他,他同他的后娘就在这屋子里闹鬼呢。

鲁四凤　我不信,您看错了吧?

鲁　贵　你别骗自己。所以孩子,你看开点,别糊涂,周家的人就是那么一回事。

鲁四凤　(摇头)不,不对,他不会这样。

鲁　贵　你忘了,大少爷比太太只小六七岁。

鲁四凤　我不信,不,不像。

鲁　贵　好,信不信都在你,反正我先告诉你,太太的神气现在对你不大对,就是因为你,因为你同——

鲁四凤　(不愿意他说出真有这件事)太太知道您在门口,一定不会饶您的。

鲁　贵　是啊,我吓了一身汗,我没等他们出来,我就跑了。

鲁四凤　那么,二少爷以后就不问您?

鲁　贵　他问我,我说我没有看见什么就算了。

鲁四凤　哼,太太那么一个人不会算了吧?

鲁　贵　她当然厉害,拿话套了我十几回,我一句话也没有漏出来,这两年过去,说不定他们以为那晚上真是鬼在咳嗽呢。

鲁四凤　(自语)不,不,我不信——就是有了这样的事,他也会告诉我的。

鲁　贵　你说大少爷会告诉你。你想想,你是谁?他是谁?你没有个好爸爸,给人家当底下人,人家当真心地待你?你又做你的小姐梦啦,你,就凭你……

鲁四凤　(突然闷气地喊了一声)您别说了!(忽然站起来)妈今天回家,您看我太快活么?您说这些瞎话——这些瞎话!哦,您一边去吧。

鲁　贵　你看你,告诉你真话,叫你聪明点。你反而生气了,咳,你呀!(很不经意地扫四凤一眼,他傲然地,好像满意自己这段话的效果,觉得自己是比一切人都聪明似的。他走到茶几旁,从烟筒里,抽出一支烟,预备点上,忽然想起这是周公馆,于是改了主张,很熟练地偷了几支烟卷同雪茄,放在自己的旧得露出黄铜底镀银的烟盒里)

鲁四凤　(厌恶地望着鲁贵做完他的偷窃的勾当,轻蔑地)哦,就这么一点事么？那么，我知道了。

〔四凤拿起药碗就走。

鲁　贵　你别走，我的话没说完。

鲁四凤　没说完？

鲁　贵　这刚到正题。

鲁四凤　对不起您老人家，我不愿意听了。（反身就走）

鲁　贵　（拉住她的手）你得听！

鲁四凤　放开我！（急）——我喊啦。

鲁　贵　我告诉你这一句话，你再闹。（对着四凤的耳朵）回头你妈就到这儿来找你。（放手）

鲁四凤　（变色）什么？

鲁　贵　你妈一下火车，就到这儿公馆来。

鲁四凤　妈不愿意我在公馆里帮人，您为什么叫她到这儿来找我？我每天晚上，回家的时候自然会看见她，您叫她到这儿来干什么？

鲁　贵　不是我，四凤小姐，是太太要我找她来的。

鲁四凤　太太要她来？

鲁　贵　嗯，（神秘地）奇怪不是，没亲没故。你看太太偏要请她来谈一谈。

鲁四凤　哦，天！您别吞吞吐吐地好么？

鲁　贵　你知道太太为什么一个人在楼上，做诗写字，装着病不下来？

鲁四凤　老爷一回家，太太向来是这样。

鲁　贵　这次不对吧？

鲁四凤　那么，您快说出来。

鲁　贵　你一点不觉得？——大少爷没提过什么？

鲁四凤　我知道这半年多，他跟太太不常说话的。

鲁　贵　真的么？——那么太太对你呢。

鲁四凤　这几天比往日特别地好。

鲁　贵　那就对了！——我告诉你，太太知道我不愿意你离开这儿。这次，她自己要对你妈说，叫她带着你卷铺盖，滚蛋！

鲁四凤　（低声）她要我走——可是——为什么？

鲁　贵　哼！那你自己明白吧。——还有——

鲁四凤　（低声）要妈来干什么？

鲁　贵　对了，她要告诉你妈一件很要紧的事。

鲁四凤　（突然明白）哦，爸爸，无论如何，我在这儿的事，不能让妈知道的。（惧悔交集，大恸）哦，爸爸，您想，妈前年离开我的时候，她嘱咐过您，好好地看着我，不许您送我到公馆帮人。您不听，您要我来。

妈不知道这些事,妈疼我,妈爱我,我是妈的好孩子,我死也不能叫妈知道这儿这些事情的。(扑在桌上)我的妈呀!

鲁　贵　孩子!(他知道他的戏到什么情形应当怎么做,他轻轻地抚着四凤)你看现在才是爸爸好了吧,爸疼你,不要怕!不要怕!她不敢怎么样,她不会辞你的。

鲁四凤　她为什么不?她恨我,她恨我。

鲁　贵　她恨你。可是,哼,她不会不知道这儿有一个人叫她怕的。

鲁四凤　她会怕谁?

鲁　贵　哼,她怕你的爸爸!你忘了我告诉你那两个鬼哪。你爸爸会抓鬼。昨天晚上我替你告假,她说你妈来的时候,要我叫你妈来。我看她那两天的神气,我就猜了一半,我顺便就把那天半夜的事提了两句,她是机灵人,不会不懂的。——哼,她要是跟我装蒜,现在老爷在家,我们就是个麻烦;我知道她是个厉害人,可是谁欺负了我的女儿,我就跟谁拚了。

鲁四凤　爸爸,(抬起头)您可不要胡来!

鲁　贵　这家除了老头,我谁也看不上眼。别着急,有你爸爸。再说,也许是我瞎猜,她原来就许没有这意思。她外面倒是跟我说,因为听说你妈会读书写字,才想见见谈谈。

鲁四凤　(忽然谛听)爸,别说话,我听见好像有人在饭厅(指左边)咳嗽似的。

鲁　贵　(听一下)别是太太吧?(走到通饭厅的门前,由锁眼窥视,忙回来)可不是她,奇怪,她下楼来了。

鲁四凤　(擦眼泪)爸爸,擦干了么?

鲁　贵　别慌,别露相,什么话也别提。我走了。

鲁四凤　嗯,妈来了,您先告诉我一声。

鲁　贵　对了,见着你妈,就当什么都不知道,听见了没有?(走到中门,又回头)别忘了,跟太太说鲁贵惦记着太太的病。

〔鲁贵慌忙由中门下。四凤端着药碗向饭厅门,至门前,周蘩漪进。她一望就知道是个果敢阴鸷的女人。她的脸色苍白,只有嘴唇微红,她的大而灰暗的眼睛同高鼻梁令人觉得有些可怕。但是眉目间看出来她是忧郁的,在那静静的长的睫毛的下面,有时为心中的郁积的火燃烧着,她的眼光会充满了一个年轻妇人失望后的痛苦与怨望。她的嘴角向后略弯,显出一个受抑制的女人在管制着自己。她那雪白细长的手,时常在她轻轻咳嗽的时候,按着自己瘦弱的胸。直等自己喘出一口气来,她才摸摸自己胀得红红的面颊,喘出一口气,她是一个中国旧式女人,有她的文弱,她的哀静,她的明慧,——她对诗文的爱好,但是她也有更原始的一点野性:在她的心,她的胆量,她的狂热的思想,在她莫明其妙的决断时忽然来的力量。整个地来看她,她似乎是一个水晶,只能给男人精神的安慰,她的明亮的前额表现出深沉的理解,像只是可以供清谈的;但是当她陷于情感的冥想中,忽然愉快地笑着;当着她见着她所爱的,红晕的颜色为快乐散布在脸上,两颊的笑涡也显露出来的时节,你才觉得出她是能被人爱的,应当被人爱的,你才知道她到底是一个女人,跟一切年轻的女人一样。她会爱你如一只饿了三天的狗咬着它最喜欢的骨头,她恨起你来也会像只恶狗狺狺地,不,多不声不响地恨恨地吃了你的。然而她的外形是沉静的,忧烦的,她会如秋天傍晚的树叶轻轻落在你的身旁,她觉得自己的夏天已经过去,西天的晚霞早暗下来了。

〔她通身是黑色。旗袍镶着灰银色的花边。她拿着一把团扇,挂在手指下,走进来。她的眼眶略微有点塌进,很自然地望着四凤。

鲁四凤　(奇怪地)太太! 怎么您下楼来啦? 我正预备给您送药去呢!

周繁漪　(咳)老爷在书房里么?

鲁四凤　老爷在书房里会客呢。

周繁漪　谁来?

鲁四凤　刚才是盖新房子的工程师,现在不知道是谁。您预备见他?

周繁漪　不。——老妈子告诉我说,这房子已经卖给一个教堂做医院,是么?

鲁四凤　是的,老爷叫把小东西都收一收,大家具有些已经搬到新房子里去了。

周繁漪　谁说要搬房子?

鲁四凤　老爷回来就催着要搬。

周繁漪　(停一下,忽然)怎么不告诉我一声?

鲁四凤　老爷说太太不舒服,怕您听着嫌麻烦。

周繁漪　(又停一下,看看四面)两礼拜没下来,这屋子改了样子了。

鲁四凤　是的,老爷说原来的样子不好看,又把您添的新家具搬了几件走。这是老爷自己摆的。

周繁漪　(看看右面的衣柜)这是他顶喜欢的衣柜,又拿来了。(叹气)什么事自然要依着他,他是什么都不肯将就的。(咳,坐下)

鲁四凤　太太,您脸上像是发烧,您还是到楼上歇着吧。

周繁漪　不,楼上太热。(咳)

鲁四凤　老爷说太太的病很重,嘱咐过请您好好地在楼上躺着。
周蘩漪　我不愿意躺在床上。——喂,我忘了,老爷哪一天从矿上回来的?
鲁四凤　前天晚上,老爷见着您发烧很厉害,叫我们别惊醒您,就一个人在楼下睡的。
周蘩漪　白天我像是没见过老爷来。
鲁四凤　嗯,这两天老爷天天忙着跟矿上的董事们开会,到晚上才上楼看您。可是您又把门锁上了。
周蘩漪　(不经意地)哦,哦——怎么,楼下也这么闷热。
鲁四凤　对了,闷的很。一早晨黑云就遮满了天,也许今儿个会下一场大雨。
周蘩漪　你换一把大点的团扇,我简直有点喘不过气来。
　　〔四凤拿一把团扇给她,她望着四凤,又故意地转过头去。
周蘩漪　怎么这两天没见着大少爷?
鲁四凤　大概是很忙。
周蘩漪　听说他也要到矿上去是么?
鲁四凤　我不知道。
周蘩漪　你没有听见说么?
鲁四凤　倒是伺候大少爷的下人这两天尽忙着给他捡衣裳。
周蘩漪　你父亲干什么呢?
鲁四凤　大概给老爷买檀香去啦。——他说,他问太太的病。
周蘩漪　他倒是惦记着我。(停一下忽然)他现在还没起来么?
鲁四凤　谁?
周蘩漪　(没有想到四凤这样问,忙收敛一下)嗯,——自然是大少爷。
鲁四凤　我不知道。
周蘩漪　(看了她一眼)嗯?
鲁四凤　这一早晨我没有见着他。
周蘩漪　他昨天晚上什么时候回来的?
鲁四凤　(红脸)您想,我每天晚上总是回家睡觉,我怎么知道。
周蘩漪　(不自主地,尖酸)哦,你每天晚上回家睡!(觉得失言)老爷回来,家里没有人会伺候他,你怎么天天要回家呢?
鲁四凤　太太,不是您吩咐过,叫我回去睡么?
周蘩漪　那时是老爷不在家。
鲁四凤　我怕老爷念经吃素,不喜欢我们伺候他,听说老爷一向是讨厌女人家的。
周蘩漪　哦,(看四凤,想着自己的经历)嗯,(低语)难说的很。(忽而抬起

　　　　　头来,眼睛张开)这么说,他在这几天就走,究竟到什么地方去呢?
鲁四凤　(胆怯地)您说的是大少爷?
周繁漪　(斜着看四凤)嗯!
鲁四凤　我没听见。(嗫嚅地)他,他总是两三点钟回家,我早晨像是听见我父亲叨叨说下半夜给他开的门来着。
周繁漪　他又喝醉了么?
鲁四凤　我不清楚。——(想找一个新题目)太太,您吃药吧。
周繁漪　谁说我要吃药?
鲁四凤　老爷吩咐的。
周繁漪　我并没请医生,哪里来的药?
鲁四凤　老爷说您犯的是肝郁,今天早上想起从前您吃的老方子,就叫抓一副。说太太一醒,就给您煎上。
周繁漪　煎好了没有?
鲁四凤　煎好了,凉在这儿好半天啦。
　　　　〔四凤端过药碗来。
鲁四凤　您喝吧。
周繁漪　(喝一口)苦的很。谁煎的?
鲁四凤　我。
周繁漪　太不好喝,倒了它吧!
鲁四凤　倒了它?
周繁漪　嗯?好,(想起朴园严厉的脸)要不,你先把它放在那儿。不,(厌恶)你还是倒了它。
鲁四凤　(犹豫)嗯。
周繁漪　这些年喝这种苦药,我大概是喝够了。
鲁四凤　(拿着药碗)您忍一忍喝了吧。还是苦药能够治病。
周繁漪　(心里忽然恨起她来)谁要你劝我?倒掉!(自己觉得失了身份)这次老爷回来,我听老妈子说瘦了。
鲁四凤　嗯,瘦多了,也黑多了。听说矿上正在罢工,老爷很着急的。
周繁漪　老爷很不高兴么?
鲁四凤　老爷还是那样。除了会客,念念经,打打坐,在家里一句话也不说。
周繁漪　没有跟少爷们说话么?
鲁四凤　见了大少爷只点一点头,没说话,倒是问了二少爷学堂的事。——对了,二少爷今天早上还问您的病呢。
周繁漪　我现在不怎么愿意说话,你告诉他我很好就是了。——回头叫账房拿四十块钱给二少爷,说这是给他买书的钱。

鲁四凤　二少爷总想见见您。
周蘩漪　那就叫他到楼上来见我。——(站起来,踱了两步)哦,这老房子永远是这样闷气,家具都发了霉,人们也都是鬼里鬼气的!
鲁四凤　(想想)太太,今天我想跟您告假。
周蘩漪　是你母亲从济南回来么?——嗯,你父亲说过来着。
〔花园里,周冲又在喊:"四凤!四凤!"
周蘩漪　你去看看,二少爷在喊你。
〔周冲在喊:"四凤"。
鲁四凤　在这儿。
〔周冲由中门进,穿一套白西服上场。
周　冲　(进门只看见四凤)四凤,我找你一早晨。(看见蘩漪)妈,怎么您下楼来了?
周蘩漪　冲儿,你的脸怎么这样红?
周　冲　我刚同一个同学打网球。(亲热地)我正有许多话要跟您说。您好一点儿没有?(坐在蘩漪身旁)这两天我到楼上看您,您怎么总把门关上?
周蘩漪　我想清静清静。你看我的气色怎么样?四凤,你给二少爷拿一瓶汽水。你看你的脸通红。
〔四凤由饭厅门口下。
周　冲　(高兴地)谢谢您。让我看看您。我看您很好,没有一点病。为什么他们总说您有病呢?您一个人躲在房里头,您看,父亲回家三天,您都没有见着他。
周蘩漪　(忧郁地看着周冲)我心里不舒服。
周　冲　哦,妈,不要这样。父亲对不起您,可是他老了,我是您的将来,我要娶一个顶好的人,妈,您跟我们一块住,那我们一定会叫您快活的。
周蘩漪　(脸上闪出一丝微笑的影子)快活?(忽然)冲儿,你是十七了吧?
周　冲　(喜欢他的母亲有时这样奇突)妈,您看,您要再忘了我的岁数,我一定得跟您生气啦!
周蘩漪　妈不是个好母亲。有时候自己都忘了自己在哪儿。(沉思)——哦,十八年了,在这老房子里,你看,妈老了吧?
周　冲　不,妈,您想什么?
周蘩漪　我不想什么。
周　冲　妈,您知道我们要搬家么?新房子。父亲昨天对我说后天就搬过去。

周繁漪　你知道父亲为什么要搬房子？

周　冲　您想父亲哪一次做事先告诉过我们？——不过我想他老了，他说过以后要不做矿上的事，加上这旧房子不吉利。——哦，妈，您不知道这房子闹鬼么？前年秋天，半夜里，我像是听见什么似的。

周繁漪　你不要再说了。

周　冲　妈，您也信这些话么？

周繁漪　我不相信，不过这老房子很怪，我很喜欢它，我总觉得这房子有点灵气，它拉着我，不让我走。

周　冲　(忽然高兴地)妈。——

〔四凤拿汽水上。

鲁四凤　二少爷。

周　冲　(站起来)谢谢你。(四凤红脸)

〔四凤倒汽水。

周　冲　你给太太再拿一个杯子来，好么？(四凤下)

周繁漪　(目不转睛地看着他们)冲儿，你们为什么这样客气？

周　冲　(喝水)妈，我就想告诉您，那是因为，——(四凤进)——回头我告诉您。妈，您给我画的扇面呢？

周繁漪　你忘了我不是病了么？

周　冲　对了，您原谅我。我，我，——怎么这屋子这样热？

周繁漪　大概是窗户没有开。

周　冲　让我来开。

鲁四凤　老爷说过不叫开，说外面比屋里热。

周繁漪　不，四凤，开开它。他在外头一去就是两年不回家，这屋子里的死气他是不知道的。(四凤拉开壁龛前的帷幔)

周　冲　(见四凤很费力地移动窗前的花盆)四凤，你不要动。让我来。(走过去)

鲁四凤　我一个人成，二少爷。

周　冲　(争执着)让我。(二人拿起花盆，放下时压了四凤的手，四凤轻轻叫了一声痛)怎么样？四凤？(拿着她的手)

鲁四凤　(抽出自己的手)没有什么，二少爷。

周　冲　不要紧，我给你拿点橡皮膏。

周繁漪　冲儿，不用了。——(转头向四凤)你到厨房去看一看，问问给老爷做的素菜都做完了没有？

〔四凤由中门下，周冲望着她下去。

周繁漪　冲儿，(周冲回来)坐下。你说吧。

周　　冲　（看着蘩漪，带了希冀和快乐的神色）妈，我这两天很快活。
周蘩漪　在这家里，你能快活，自然是好现象。
周　　冲　妈，我一向什么都不肯瞒过您，您不是一个平常的母亲，您最大胆，最有想象，又，最同情我的思想的。
周蘩漪　那我很欢喜。
周　　冲　妈，我要告诉您一件事，——不，我要跟您商量一件事。
周蘩漪　你先说给我听听。
周　　冲　妈，（神秘地）您不说我么？
周蘩漪　我不说你，孩子，你说吧。
周　　冲　（高兴地）哦，妈——（又停下了，迟疑着）不，不，不，我不说了。
周蘩漪　（笑了）为什么？
周　　冲　我，我怕您生气。（停）我说了以后，你还是一样地喜欢我么？
周蘩漪　傻孩子，妈永远是喜欢你的。
周　　冲　（笑）我的好妈妈。真的，您还喜欢我？不生气？
周蘩漪　嗯，真的——你说吧。
周　　冲　妈，说完以后我还不许您笑话我。
周蘩漪　嗯，我不笑话你。
周　　冲　真的？
周蘩漪　真的！
周　　冲　妈，我现在喜欢一个人。
周蘩漪　哦！（证实了她的疑惧）哦！
周　　冲　（望着蘩漪的凝视的眼睛）妈，您看，您的神气又好像说我不应该似的。
周蘩漪　不，不，你这句话叫我想起来，——叫我觉得我自己……——哦，不，不，不。你说吧。这个女孩子是谁？
周　　冲　她是世界上最——（看一看蘩漪）不，妈，您看您又要笑话我。反正她是我认为最满意的女孩子。她心地单纯，她懂得活着的快乐，她知道同情，她明白劳动有意义。最好的，她不是小姐堆里娇生惯养出来的人。
周蘩漪　可是你不是喜欢受过教育的人么？她念过书么？
周　　冲　自然没念过书。这是她，也可说是她唯一的缺点，然而这并不怪她。
周蘩漪　哦。（眼睛暗下来，不得不问下一句，沉重地）冲儿，你说的不是——四凤？
周　　冲　是，妈妈。——妈，我知道旁人会笑话我，您不会不同情我的。
周蘩漪　（惊愕，停，自语）怎么，我自己的孩子也……

周　　冲　（焦灼）您不愿意么？您以为我做错了么？
周蘩漪　不，不，那倒不。我怕她这样的孩子不会给你幸福的。
周　　冲　不，她是个聪明有感情的人，并且她懂得我。
周蘩漪　你不怕父亲不满意你么？
周　　冲　这是我自己的事情。
周蘩漪　别人知道了说闲话呢？
周　　冲　那我更不放在心上。
周蘩漪　这倒像我自己的孩子。不过我怕你走错了。第一，她始终是个没受过教育的下等人。你要是喜欢她，她当然以为这是她的幸运。
周　　冲　妈，您以为她没有主张么？
周蘩漪　冲儿，你把什么人都看得太高了。
周　　冲　妈，我认为您这句话对她用是不合适的。她是最纯洁，最有主张的好孩子，昨天我跟她求婚——
周蘩漪　（更惊愕）什么？求婚？（这两个字叫她想笑）你跟她求婚？
周　　冲　（很正经地，不喜欢母亲这样的态度）不，妈，您不要笑！她拒绝我了。——可是我很高兴，这样我觉得她更高贵了。她说她不愿意嫁给我。
周蘩漪　哦，拒绝！（这两个字也觉得十分可笑）她还"拒绝"你。——哼，我明白她。
周　　冲　你以为她不答应我，是故意地虚伪么？不，不，她说，她心里另外有一个人。
周蘩漪　她没有说谁？
周　　冲　我没有问。总是她的邻居，常见的人吧。——不过真的爱情免不了波折，我爱她，她会渐渐地明白我，喜欢我的。
周蘩漪　我的儿子要娶也不能娶她。
周　　冲　妈妈，您为什么这样厌恶她？四凤是个好女孩子，她背地总是很佩服您，敬重您的。
周蘩漪　你现在预备怎么样？
周　　冲　我预备把这个意思告诉父亲。
周蘩漪　你忘了你父亲是什么样一个人啦！
周　　冲　我一定要告诉他的。我将来并不一定跟她结婚。如果她不愿意我，我仍然是尊重她，帮助她的。但是我希望她现在受教育，我希望父亲允许我把我的教育费分给她一半上学。
周蘩漪　你真是个孩子。
周　　冲　（不高兴地）我不是孩子。我不是孩子。

周繁漪　你父亲一句话就把你所有的梦打破了。

周　冲　我不相信。——(有点沮丧)得了,妈,我们不谈这个吧。哦,昨天我见着哥哥,他说他这次可要到矿上去做事了,他明天就走,他说他太忙,他叫我告诉您一声,他不上楼见您了。您不会怪他吧?

周繁漪　为什么?怪他?

周　冲　我总觉得您同哥哥的感情不如以前那样似的。妈,您想,他自幼就没有母亲,性情自然容易古怪。我想他的母亲一定也感情很盛的,哥哥就是一个很有感情的人。

周繁漪　你父亲回来了,你少说哥哥的母亲,免得你父亲又板起脸,叫一家子不高兴。

周　冲　妈,可是哥哥现在真有点怪,他喝酒喝得很多,脾气很暴,有时他还到外国教堂去,不知干什么?

周繁漪　他还怎么样?

周　冲　前三天他喝得太醉了。他拉着我的手,跟我说,他恨他自己,说了许多我不大明白的话。

周繁漪　哦!

周　冲　最后他忽然说,他从前爱过一个他决不应该爱的女人!

周繁漪　(自语)从前?

周　冲　说完就大哭,当时就逼着我,要我离开他的屋子。

周繁漪　他还说什么话来么?

周　冲　没有,他很寂寞的样子,我替他很难过,他到现在为什么还不结婚呢?

周繁漪　(喃喃地)谁知道呢?谁知道呢?

周　冲　(听见门外脚步的声音,回头看)咦,哥哥进来了。

〔中门大开,周萍进。他约莫有二十八九,颜色苍白,躯干比他的弟弟略微长些。他的面目清秀,甚至于可以说美,但不是一看就使女人醉心的那种男子。他有宽而黑的眉毛,有厚的耳垂,粗大的手掌,乍一看,有时会令人觉得他有些戆气的;不过,若是你再长久地同他坐一坐,会感到他的气味不是你所想的那样纯朴可喜,他是经过了雕琢的,虽然性格上那些粗涩的滓渣经过了教育的提炼,成为精细而优美了;但是一种可以炼钢熔铁,火炽的,不成形的原始人生活中所有的那种"蛮"力,也就因为郁闷,长久离开了空气的原因,成为怀疑的,怯弱的,莫名其妙的了。和他谈两三句话,便知道这也是一个美丽的空形,如生在田野的麦苗移植在暖室里,虽然也开花结实,但是空虚脆弱,经不起现实的风霜。在他灰暗的眼神里,你看见了不定,犹疑,怯弱同冲突。当他的眼神暗下来,瞳仁微微地在闪烁的时候,你知道他在审阅自己的内心过错,而又怕人窥探出他是这样无能,只讨生活于自己的内心的小圈子里。但是你以为他是做不出惊人的事情,没有男子的胆量么?不,在他感情的潮涌起来的时候,——哦,你单看他眼角同一条时时刻刻地变动的刺激人的圆线,极冲动而敏锐的红而厚的嘴唇,你便知道在这种时候,他会贸然地做出自己终身诅咒的事,而他生活是不会有计划的。他的唇角松弛地垂下来。一点疲乏会使他眸子发呆,叫你觉得他不能克制自己,也不能有规律地终身做一件事。然而他明白自己的病,他在改,不,不如说在悔,永远地在悔恨自己过去由直觉铸成的错误;因为当着一个新的冲动来时,他的热情,他的欲望,整个如潮水似地冲上来,淹没了他。他一星星的理智,只是一段枯枝卷在漩涡里,他昏迷似地做出自己认为不应该做的事。这样很自然地一个大错跟着一个更大的错。所以他是有道德观念的,有情爱的,但同时又是渴望着生活,觉得自己是个有肉体的人。于是他痛苦了,他恨自己,他羡慕一切没有顾忌,敢做坏事的人,于是他会同情鲁贵。他又钦羡一切能抱着一件事业向前做,能依循着一般人所谓的"道德"生活下去,为"模范市民","模范家长"的人,于是他佩服他的父亲。他的父亲在他的见闻里,除了一点倔强冷酷,——但是这个也是他喜欢的,因为这两种性格他都没有——是一个无瑕的男子。他觉得他在那一方面欺骗他的父亲是不对了,并不是因为他怎么爱他的父亲(固然他不能说不爱他),他觉得这样是卑鄙,像老鼠在狮子睡着的时候偷咬一口的行为,同时如一切好内省而又冲动的人,在他的直觉过去,理智冷回来的时候,他更刻毒地恨自己,更深地觉得这是反人性,一切的犯了罪的痛苦都牵到自己身上。他要把自己拯救起来,他需要新的力,无论是什么,只要能帮助他,把他由冲突的苦海中救出来,他愿意找。他见着四凤,当时就觉得她新鲜,她的"活"!他发现他最需要的那一点东西,是充满地流动着在四凤的身里。她有"青春",有"美",有充溢着的血,固然他也看到她是粗人,但是他直觉到这才是他要的,渐渐地他厌恶一切忧郁过分的女人,忧郁已经蚀尽了他的心;他也恨一切经些教育陶冶的女人(因为她们会提醒他的缺点),同一切细致的情绪,他觉得"腻"!然而这种感情的波纹是在他心里隐约地流荡着,潜伏着;他自己只是顺着自己之情感的流在走,他不能用理智再冷酷地剖析自己。他怕,他有时是怕看自己心内的残疾的。现在他不得不爱四凤了,他要死心塌地地爱她,他想这样忘了自己。当然他也明白,他这次的爱不只是为求自己心灵的药,他还有一个地方是渴。但是在这一层他并不感觉得从前的冲突,他想好好地待她,心里觉得这样也说得过去了。经过她那有处女香的温热的气息后,豁然地他觉出心地的清朗,他看见了自己心内的太阳,他想"能拯救他的女人大概是她吧!"于是就把生命交给这个女孩子,然而昔日的记忆如巨大的铁掌抓住了他的心,不时地,尤其是在蘩漪面前,他感觉一丝一丝刺心的疚痛;于是他要离开这个地方——这个能引起人的无边噩梦似的老房子,走到任何地方。而在未打开这个狭的笼之先,四凤不能了解也不能安慰他的疚伤的时候,便不自主地纵于酒,于热烈的狂欢,于一切外面的刺激之中。于是他精神颓丧,永远成了不安定的神情。

〔现在他穿一件藏青的绸袍,西服裤,漆皮鞋,没有修脸。整个是不整齐,他打着呵欠。

周　冲　哥哥。
周　萍　你在这儿。
周蘩漪　(觉得没有理她)萍!
周　萍　哦?(低了头,又抬起)您——您也在这儿。
周蘩漪　我刚下楼来。
周　萍　(转头问周冲)父亲没有出去吧?
周　冲　没有,你预备见他么?
周　萍　我想在临走以前跟父亲谈一次。(一直走向书房)
周　冲　你不要去。
周　萍　他老人家干什么呢?
周　冲　他大概跟一个人谈公事。我刚才见着他,他说他一会儿会到这儿来,叫我们在这儿等他。
周　萍　那我先回到我屋子里写封信。(要走)
周　冲　不,哥哥,母亲说好久不见你。你不愿意一齐坐一坐,谈谈么?
周蘩漪　你看,你让哥哥歇一歇,他愿意一个人坐着的。
周　萍　(有些烦)那也不见得,我总怕父亲回来,您很忙,所以——
周　冲　你不知道母亲病了么?
周蘩漪　你哥哥怎么会把我的病放在心上?
周　冲　妈!
周　萍　您好一点了么?

周繁漪　谢谢你,我刚刚下楼。
周　萍　对了,我预备明天离开家里到矿上去。
周繁漪　哦,(停)好得很。——什么时候回来呢?
周　萍　不一定,也许两年,也许三年。哦,这屋子怎么闷气得很。
周　冲　窗户已经打开了。——我想,大概是大雨要来了。
周繁漪　(停一停)你在矿上做什么呢?
周　冲　妈,你忘了,哥哥是专门学矿科的。
周繁漪　这是理由么,萍?
周　萍　(拿起报纸看,遮掩自己)说不出来,像是家里住得太久了,烦得很。
周繁漪　(笑)我怕你是胆小吧?
周　萍　怎么讲?
周繁漪　这屋子曾经闹过鬼,你忘了。
周　萍　没有忘。但是这儿我住厌了。
周繁漪　(笑)假若我是你,这周围的人我都会厌恶,我也离开这个死地方的。
周　冲　妈,我不要您这样说话。
周　萍　(忧郁地)哼,我自己对自己都恨不够,我还配说厌恶别人?——(叹一口气)弟弟,我想回屋去了。(起立)
　　〔书房门开。
周　冲　别走,这大概是爸爸来了。
　　〔里面的声音:(书房门开一半,周朴园进,向内露着半个身子说话)我的意思是这么办,没有问题了,很好,再见吧,不送。
　　〔门大开,周朴园进,他约莫有五六十岁,鬓发已经斑白,带着椭圆形的金边眼镜,一对沉鸷的眼在底下闪烁着。像一切起家立业的人物,他的威严在儿孙面前格外显得峻厉。他穿的衣服,还是二十年前的新装,一件团花的官纱大褂,底下是白纺绸的衬衫,长衫的领扣松散着,露着颈上的肉。他的衣服很舒展地贴在身上,整洁,没有一些尘垢。他有些胖,背微微地伛偻,面色苍白,腮肉松弛地垂下来,眼眶略微下陷,眸子闪闪地放着光彩,时常也倦怠地闭着眼皮。他的脸带着多年的世故和劳碌,一种冷峭的目光和偶然在嘴角逼出的冷笑,看出他平日的专横,自是和倔强。年轻时一切的冒失,狂妄已经为脸上的皱纹深深遮盖着,再也寻不着一点痕迹,只有他的半白的头发还保持昔日的丰采,很润泽地分梳到后面。在阳光底下,他的脸呈着银白色,一般人说这就是贵人的特征。所以他才有这样大的矿产。他的下腭的胡须已经灰白,常用一只象牙的小梳梳理。他的大指套着一个扳指。
〔他现在精神很饱满,沉重地走出来。

周　萍
周　冲　(同时)爸。

周　冲　客走了?
周朴园　(点头,转向蘩漪)你怎么今天下楼来了,完全好了么?
周蘩漪　病原来不很重——回来身体好么?
周朴园　还好。——你应当再到楼上去休息。冲儿,你看你母亲的气色比以前怎么样?
周　冲　母亲原来就没有什么病。
周朴园　(不喜欢儿子们这样答复老人的话,沉重地,眼翻上来)谁告诉你的?我不在的时候,你常来问你母亲的病么?(坐在沙发上)
周蘩漪　(怕他又来教训)朴园,你的样子像有点瘦了似的。——矿上的罢工究竟怎么样?
周朴园　昨天早上已经复工,不成问题。
周　冲　爸爸,怎么鲁大海还在这儿等着要见您呢?
周朴园　谁是鲁大海?
周　冲　鲁贵的儿子。前年荐进去,这次当代表的。
周朴园　这个人!我想这个人有背景,厂方已经把他开除了。
周　冲　开除!爸爸,这个人脑筋很清楚,我方才跟这个人谈了一回。代表罢工的工人并不见得就该开除。
周朴园　哼,现在一般青年人,跟工人谈谈,说两三句不关痛痒、同情的话,像是一件很时髦的事情!
周　冲　我以为这些人替自己的一群努力,我们应当同情的。并且我们这样享福,同他们争饭吃,是不对的。这不是时髦不时髦的事。
周朴园　(眼翻上来)你知道社会是什么?你读过几本关于社会经济的书?我记得我在德国念书的时候,对于这方面,我自命比你这种半瓶醋的社会思想要彻底的多!
周　冲　(被压制下去,然而)爸,我听说矿上对于这次受伤的工人不给一点抚恤金。
周朴园　(头扬起来)我认为你这次说话说得太多。(向蘩漪)这两年他学得很像你了。(看钟)十分钟后我还有一个客来,嗯,你们关于自己有什么话说么?
周　萍　爸,刚才我就想见您。

周朴园　哦,什么事?
周　萍　我想明天就到矿上去。
周朴园　这边公司的事,你交代完了么?
周　萍　差不多完了。我想请父亲给我点实在的事情做,我不想看看就完事。
周朴园　(停一下,看周萍)苦的事你成么?要做就做到底。我不愿意我的儿子叫旁人说闲话的。
周　萍　这两年在这儿做事太舒服,心里很想在内地乡下走走。
周朴园　让我想想。——(停)你可以明天起身,做哪一类事情,到了矿上我再打电报给你。
　　　　〔四凤由饭厅门入,端了碗普洱茶。
周　冲　(犹豫地)爸爸。
周朴园　(知道他又有新花样)嗯,你?
周　冲　我现在想跟爸爸商量一件很重要的事。
周朴园　什么?
周　冲　(低下头)我想把我的学费的一部分分出来。
周朴园　哦。
周　冲　(鼓起勇气)把我的学费拿出一部分送给——
　　　　〔四凤端茶,放朴园前。
周朴园　四凤,——(向周冲)你先等一等。——(向四凤)叫你给太太煎的药呢?
鲁四凤　煎好了。
周朴园　为什么不拿来?
鲁四凤　(看繁漪,不说话)
周繁漪　(觉出四周的征兆有些恶相)她刚才给我倒来了,我没有喝。
周朴园　为什么?(停,向四凤)药呢?
周繁漪　(快说)倒了,我叫四凤倒了。
周朴园　(慢)倒了?哦?(更慢)倒了!——(向四凤)药还有么?
鲁四凤　药罐里还有一点。
周朴园　(低而缓地)倒了来。
周繁漪　(反抗地)我不愿意喝这种苦东西。
周朴园　(向四凤,高声)倒了来。
　　　　〔四凤走到左面倒药。
周　冲　爸,妈不愿意,您何必这样强迫呢?
周朴园　你同你母亲都不知道自己的病在哪儿。(向繁漪低声)你喝了,就会完全好的。(见四凤犹豫,指药)送到太太那里去。

周蘩漪　(顺忍地)好,先放在这儿。
周朴园　(不高兴地)不。你最好现在喝了它吧。
周蘩漪　(忽然)四凤,你把它拿走。
周朴园　(忽然严厉地)喝了它,不要任性,当着这么大的孩子。
周蘩漪　(声颤)我不想喝。
周朴园　冲儿,你把药端到母亲面前去。
周　冲　(反抗地)爸!
周朴园　(怒视)去!
　　　　〔周冲只好把药端到蘩漪面前。
周朴园　说,请母亲喝。
周　冲　(拿着药碗,手发颤,回头,高声)爸,您不要这样。
周朴园　(高声地)我要你说。
周　萍　(低头,至周冲前,低声)听父亲的话吧,父亲的脾气你是知道的。
周　冲　(无法,含着泪,向着母亲)您喝吧,为我喝一点吧,要不然,父亲的气是不会消的。
周蘩漪　(恳求地)哦,留着我晚上喝不成么?
周朴园　(冷峻地)蘩漪,当了母亲的人,处处应当替孩子着想,就是自己不保重身体,也应当替孩子做个服从的榜样。
周蘩漪　(四面看一看,望望朴园,又望望周萍。拿起药,落下眼泪,忽而又放下)哦,不!我喝不下!
周朴园　萍儿,劝你母亲喝下去。
周　萍　爸!我——
周朴园　去,走到母亲面前!跪下,劝你的母亲。
　　　　〔周萍走至蘩漪前。
周　萍　(求恕地)哦,爸爸!
周朴园　(高声)跪下!
　　　　〔周萍望蘩漪和周冲;蘩漪泪痕满面,周冲身体发抖。
周朴园　叫你跪下!
　　　　〔周萍正向下跪。
周蘩漪　(望着周萍,不等周萍跪下,急促地)我喝,我现在喝!(拿碗,喝了两口,气得眼泪又涌出来,她望一望朴园的峻厉的眼和苦恼着的周萍,咽下愤恨,一气喝下)哦……(哭着,由右边饭厅跑下)
　　　　〔半晌。
周朴园　(看表)还有三分钟。(向周冲)你刚才说的事呢?

周　　冲　（抬头，慢慢地）什么？
周朴园　你说把你的学费分出一部分？——嗯，是怎么样？
周　　冲　（低声）我现在没有什么事情啦。
周朴园　真没有什么新鲜的问题啦么？
周　　冲　（哭声）没有什么，没有什么，——妈的话是对的。（跑向饭厅）
周朴园　冲儿，上哪儿去？
周　　冲　到楼上去看看妈。
周朴园　就这么跑了么？
周　　冲　（抑制着自己，走回去）是，爸，我要走了，您有事吩咐么？
周朴园　去吧。
　　　　〔周冲向饭厅走了两步。
周朴园　回来。
周　　冲　爸爸。
周朴园　你告诉你的母亲，说我已经请德国的克大夫来，给她看病。
周　　冲　妈不是已经吃了您的药了么？
周朴园　我看你的母亲，精神有点失常，病像是不轻。（回头向周萍）我看，你也是一样。
周　　萍　爸，我想下去，歇一回。
周朴园　不，你不要走。我有话跟你说。（向周冲）你告诉她，说克大夫是个有名的脑病专家，我在德国认识的。来了，叫她一定看一看，听见了没有？
周　　冲　听见了。（走了两步）爸，没有事啦？
周朴园　上去吧。
　　　　〔周冲由饭厅下。
周朴园　（回头向四凤）四凤，我记得我告诉过你，这个房子你们没有事就得走的。
鲁四凤　是，老爷。（也由饭厅下）
　　　　〔鲁贵由书房上。
鲁　　贵　（见着老爷，便不自主地好像说不出话来）老，老，老爷。客，客来了！
周朴园　哦，先请到大客厅里去。
鲁　　贵　是，老爷。（鲁贵下）
周朴园　怎么这窗户谁开开了？
周　　萍　弟弟跟我开的。
周朴园　关上，（擦眼镜）这屋子不要底下人随便进来，回头我预备一个人

周　　萍　　是。

周朴园　　(擦着眼镜,看周围的家具)这间屋子的家具多半是你生母顶喜欢的东西。我从南边移到北边,搬了多少次家,总是不肯丢下的。(戴上眼镜,咳嗽一声)这屋子摆的样子,我愿意总是三十年前的老样子,这叫我的眼看着舒服一点。(踱到桌前,看桌上的相片)你的生母永远喜欢夏天把窗户关上的。

周　　萍　　(强笑着)不过,爸爸,纪念母亲也不必——

周朴园　　(突然抬起头来)我听人说你现在做了一件很对不起自己的事情。

周　　萍　　(惊)什——什么?

周朴园　　(低声走到周萍的面前)你知道你现在做的事是对不起你的父亲么?并且——(停)——对不起你的母亲么?

周　　萍　　(失措)爸爸。

周朴园　　(仁慈地,拿着周萍的手)你是我的长子,我不愿意当着人谈这件事。(停,喘一口气严厉地)我听说我在外边的时候,你这两年来在家里很不规矩。

周　　萍　　(更惊恐)爸,没有的事,没有,没有。

周朴园　　一个人敢做一件事就要当一件事。

周　　萍　　(失色)爸!

周朴园　　公司的人说你总是在跳舞场里鬼混,尤其是这两三个月,喝酒,赌钱,整夜地不回家。

周　　萍　　哦,(喘出一口气)您说的是——

周朴园　　这些事是真的么?(半晌)说实话!

周　　萍　　真的,爸爸。(红了脸)

周朴园　　将近三十的人应当懂得"自爱"!——你还记得你的名为什么叫萍吗?

周　　萍　　记得。

周朴园　　你自己说一遍。

周　　萍　　那是因为母亲叫侍萍,母亲临死,自己替我起的名字。

周朴园　　那我请你为你的生母,你把现在的行为完全改过来。

周　　萍　　是,爸爸,那是我一时的荒唐。

〔鲁贵由书房上。

鲁　　贵　　老,老,老老爷。客,——等,等,等了好半天啦。

周朴园　　知道。

〔鲁贵退。

周朴园　我的家庭是我认为最圆满,最有秩序的家庭,我的儿子我也认为都还是健全的子弟,我教育出来的孩子,我绝对不愿叫任何人说他们一点闲话的。
周　萍　是,爸爸。
周朴园　来人啦。(自语)哦,我有点累啦。
　　　　〔周萍扶他至沙发坐。
　　　　〔鲁贵上。
鲁　贵　老爷。
周朴园　你请客到这边来坐。
鲁　贵　是,老爷。
周　萍　不,——爸,您歇一会吧。
周朴园　不,你不要管。(向鲁贵)去,请进来。
鲁　贵　是,老爷。
　　　　〔鲁贵下,朴园拿出一支雪茄,萍为他点上,朴园徐徐抽烟,端坐。

第二幕

　　　　〔午饭后,天气很阴沉,更郁热,湿潮的空气,低压着在屋内的人,使人成为烦躁的了。周萍一个人由饭厅走上来,望望花园,冷清清的,没有一个人。偷偷走到书房门口,书房里是空的,也没有人。忽然想起父亲在别的地方会客,他放下心,又走到窗户前开窗门,看着外面绿荫荫的树丛。低低地吹出一种奇怪的哨声,中间他低沉地叫了两三声"四凤!"不一时,好像听见远处有哨声在回应,渐移渐近,他又缓缓地叫一声"凤儿!"门外有一个女人的声音,"萍,是你么?"萍就把窗门关上。
　　　　〔四凤由外面轻轻地跑进来。
周　萍　(回头,望着中门,四凤正从中门进,低声,热烈地)凤儿!(走近,拉着她的手)
鲁四凤　不,(推开他)不,不。(谛听,四面望)看看,有人!
周　萍　没有,凤,你坐下。(推她到沙发坐下)
鲁四凤　(不安地)老爷呢?
周　萍　在大客厅会客呢。
鲁四凤　(坐下,叹一口长气。望着)总是这样偷偷摸摸的。
周　萍　嗯。
鲁四凤　你连叫我都不敢叫。

周　萍　所以我要离开这儿哪。

鲁四凤　(想一下)哦,太太怪可怜的。为什么老爷回来,头一次见太太就发这么大的脾气?

周　萍　父亲就是这个样,他的话,向来不能改的。他的意见就是法律。

鲁四凤　(怯懦地)我——我怕得很。

周　萍　怕什么?

鲁四凤　我怕万一老爷知道了,我怕。有一天,你说过,要把我们的事情告诉老爷的。

周　萍　(摇头,深沉地)可怕的事不在这儿。

鲁四凤　还有什么?

周　萍　(忽然地)你没有听见什么话?

鲁四凤　什么?(停)没有。

周　萍　关于我,你没有听见什么?

鲁四凤　没有。

周　萍　从来没听见过什么?

鲁四凤　(不愿提)没有——你说什么?

周　萍　那——没什么!没什么!

鲁四凤　(真挚地)我信你,我相信你以后永远不会骗我。这我就够了。——刚才,我听你说,你明天就要到矿上去。

周　萍　我昨天晚上已经跟你说过了。

鲁四凤　(爽直地)你为什么不带我去?

周　萍　因为……(笑)因为我不想带你去。

鲁四凤　这边的事我早晚是要走的。——太太,说不定今天要辞掉我。

周　萍　(没想到)她要辞掉你,——为什么?

鲁四凤　你不要问。

周　萍　不,我要知道。

鲁四凤　自然因为我做错了事。我想,太太大概没有这个意思。也许是我瞎猜。(停)萍,你带我去好不好?

周　萍　不。

鲁四凤　(温柔地)萍,我好好地侍候你,你要这么一个人。我给你缝衣服,烧饭做菜,我都做得好,只要你叫我跟你在一块儿。

周　萍　哦,我还要一个女人,跟着我,侍候我,叫我享福?难道,这些年,在家里,这种生活我还不够么?

鲁四凤　我知道你一个人在外头是不成的。

周　萍　凤,你看不出来,现在我怎么能带你出去?——你这不是孩子话吗？

鲁四凤　萍，你带我走！我不连累你，要是外面因为我，说你的坏话，我立刻就走。你——你不要怕。

周　萍　（急躁地）凤，你以为我这么自私自利么？你不应该这么想我。——哼，我怕，我怕什么？（管不住自己）这些年，我做出这许多的……哼，我的心都死了，我恨极了我自己。现在我的心刚刚有点生气了，我能放开胆子喜欢一个女人，我反而怕人家骂？哼，让大家说吧，周家大少爷看上他家里面的女下人，怕什么，我喜欢她。

鲁四凤　（安慰地）萍，不要难过。你做了什么，我也不怨你的。（想）

周　萍　（平静下来）你现在想什么？

鲁四凤　我想，你走了以后，我怎么样。

周　萍　你等着我。

鲁四凤　（苦笑）可是你忘了一个人。

周　萍　谁？

鲁四凤　他总不放松我。

周　萍　哦，他呀——他又怎么样？

鲁四凤　他又把前一月的话跟我提了。

周　萍　他说，他要你？

鲁四凤　不，他问我肯嫁他不肯。

周　萍　你呢？

鲁四凤　我先没有说什么，后来他逼着问我，我只好告诉他实话。

周　萍　实话？

鲁四凤　我没有说旁的。我只提我已经许了人家。

周　萍　他没有问旁的？

鲁四凤　没有，他倒说，他要供给我上学。

周　萍　上学？（笑）他真呆气！——可是，谁知道，你听了他的话，也许很喜欢的。

鲁四凤　你知道我不喜欢，我愿意老陪着你。

周　萍　可是我已经快三十了，你才十八，我也不比他的将来有希望，并且我做过许多见不得人的事。

鲁四凤　萍，你不要同我瞎扯，我现在心里很难过。你得想出法子，他是个孩子，老是这样装着腔，对付他，我实在不喜欢。你又不许我跟他说明白。

周　萍　我没有叫你不跟他说。

鲁四凤　可是你每次见我跟他在一块儿，你的神气，偏偏——

雷雨

周　萍　我的神气那自然是不快活的。我看见我最喜欢的女人时常跟别人在一块儿。哪怕他是我的弟弟,我也不情愿的。

鲁四凤　你看你又扯到别处。萍,你不要扯,你现在到底对我怎么样?你要跟我说明白。

周　萍　我对你怎么样?(他笑了。他不愿意说,他觉女人们都有些呆气,这一句话似乎有一个女人也这样问过他,他心里隐隐有些痛)要我说出来?(笑)那么,你要我怎么说呢?

鲁四凤　(苦恼地)萍,你别这样待我好不好?你明明知道我现在什么都是你的,你还——你还这样欺负人。

周　萍　(他不喜欢这样,同时又以为她究竟有些不明白)哦!(叹一口气)天哪!

鲁四凤　萍,我父亲只会跟人要钱,我哥哥瞧不起我,说我没有志气,我母亲如果知道了这件事,她一定恨我。哦,萍,没有你就没有我。我父亲,我哥哥,我母亲,他们也许有一天会不理我,你不能够的,你不能够的。(抽咽)

周　萍　四凤,不,不,别这样,你让我好好地想一想。

鲁四凤　我的妈最疼我,我的妈不愿意我在公馆里做事,我怕她万一看出我的谎话,知道我在这里做了事,并且同你……如果你又不是真心的,……那我——那我就伤了我妈的心了。(哭)还有,……

周　萍　不,凤,你不该这样疑心我。我告诉你,今天晚上我预备到你那里去。

鲁四凤　不,我妈今天回来。

周　萍　那么,我们在外面会一会好么?

鲁四凤　不成,我妈晚上一定会跟我谈话的。

周　萍　不过,我明天早车就要走了。

鲁四凤　你真不预备带我走么?

周　萍　孩子!那怎么成?

鲁四凤　那么,你——你叫我想想。

周　萍　我先要一个人离开家,过后,再想法子,跟父亲说明白,把你接出来。

鲁四凤　(看着他)也好,那么今天晚上你只好到我家里来。我想,那两间房子,爸爸跟妈一定在外房睡,哥哥总是不在家睡觉,我的房子在半夜里一定是空的。

周　萍　那么,我来还是先吹哨,(吹一声)你听得清楚吧?

鲁四凤　嗯,我要是叫你来,我的窗上一定有个红灯,要是没有灯,那你千万不要来。

周　萍　不要来？

鲁四凤　那就是我改了主意，家里一定有许多人。

周　萍　好，就这样。十一点钟。

鲁四凤　嗯，十一点。

〔鲁贵由中门上，见四凤和周萍在这里，突然停止，故意地做出懂事的假笑。

鲁　贵　哦！（向四凤）我正要找你。（向周萍）大少爷，您刚吃完饭？

鲁四凤　找我有什么事？

鲁　贵　你妈来了。

鲁四凤　（喜形于色）妈来了，在哪儿？

鲁　贵　在门房，跟你哥哥刚见面，说着话呢。

〔四凤跑向中门。

周　萍　四凤，见着你妈，给我问问好。

鲁四凤　谢谢您，回头见。（四凤下）

鲁　贵　大少爷，您是明天起身么？

周　萍　嗯。

鲁　贵　让我送送您。

周　萍　不用，谢谢你。

鲁　贵　平时总是您心好，照顾着我们。您这一走，我同我这丫头都很惦记着您了。

周　萍　（笑）你又没钱了吧？

鲁　贵　（奸笑）大少爷，您这可是开玩笑了。——我说的是实话，四凤知道，我总是背后说大少爷好的。

周　萍　好吧。——你没有事么？

鲁　贵　没事，没事，我只跟您商量点闲拌儿。您知道，四凤的妈来了，楼上的太太要见她，……

〔蘩漪由饭厅门上，鲁贵一眼看见，话说成一半，又吞进去。

鲁　贵　哦，太太下来了！太太，您病完全好啦？（蘩漪点一点头）鲁贵直惦记着。

周蘩漪　好，你下去吧。

〔鲁贵鞠躬由中门下。

周蘩漪　（向周萍）他上哪儿去了？

周　萍　（莫明其妙）谁？

周蘩漪　你父亲。

周　　萍　　他有事情,见客,一会儿就回来。弟弟呢?
周蘩漪　　他只会哭,他走了。
周　　萍　　(怕和她一同在这间屋里)哦。(停)我要走了,我现在要收拾东西去。(走向饭厅)
周蘩漪　　回来,(周萍停步)我请你略微坐一坐。
周　　萍　　什么事。
周蘩漪　　(阴沉地)有话说。
周　　萍　　(看出她的神色)你像是有很重要的话跟我谈似的。
周蘩漪　　嗯。
周　　萍　　说吧。
周蘩漪　　我希望你明白方才的情形。这不是一天的事情。
周　　萍　　(躲避地)父亲一向是那样,他说一句就是一句的。
周蘩漪　　可是人家说一句,我就要听一句,那是违背我的本性的。
周　　萍　　我明白你。(强笑)那么你顶好不听他的话就得了。
周蘩漪　　萍,我盼望你还是从前那样诚恳的人。顶好不要学着现在一般青年人玩世不恭的态度。你知道我没有你在我面前,这样,我已经很苦了。
周　　萍　　所以我就要走了。不要叫我们见着,互相提醒我们最后悔的事情。
周蘩漪　　我不后悔,我向来做事没有后悔过。
周　　萍　　(不得已地)我想,我很明白地对你表示过。这些日子我没有见你,我想你很明白。
周蘩漪　　很明白。
周　　萍　　那么,我是个最糊涂,最不明白的人。我后悔,我认为我生平做错一件大事。我对不起自己,对不起弟弟,更对不起父亲。
周蘩漪　　(低沉地)但是你最对不起的人有一个,你反而轻轻地忘了。
周　　萍　　我最对不起的人,自然也有,但是我不必同你说。
周蘩漪　　(冷笑)那不是她!你最对不起的是我,是你曾经引诱过的后母!
周　　萍　　(有些怕她)你疯了。
周蘩漪　　你欠了我一笔债,你对我负着责任;你不能看见了新的世界,就一个人跑。
周　　萍　　我认为你用的这些字眼,简直可怕。这种字句不是在父亲这样——这样体面的家庭里说的。
周蘩漪　　(气极)父亲,父亲,你撇开你的父亲吧!体面?你也说体面?(冷笑)我在这样的体面家庭已经十八年啦。周家家庭里所出的罪恶,我听过,我见过,我做过。我始终不是你们周家的人。我做的事，我自己负责任。不像你们的祖父，叔祖，同你们的好父亲，偷偷做出许多可怕的事情，祸移在人身上，外面还是一副道德面孔，慈善家，社会上的好人物。

周　　萍　　繁漪，大家庭自然免不了不良分子，不过我们这一支，除了我，……

周繁漪　　都一样，你父亲是第一个伪君子，他从前就引诱过一个良家的姑娘。

周　　萍　　你不要乱说话。

周繁漪　　萍，你再听清楚点，你就是你父亲的私生子！

周　　萍　　(惊异而无主地)你瞎说，你有什么证据？

周繁漪　　请你问你的体面父亲，这是他十五年前喝醉了的时候告诉我的。(指桌上相片)你就是这年轻的姑娘生的小孩。她因为你父亲又不要她，就自己投河死了。

周　　萍　　你，你，你简直……——好，好，(强笑)我都承认。你预备怎么样？你要跟我说什么？

周繁漪　　你父亲对不起我，他用同样手段把我骗到你们家来，我逃不开，生了冲儿。十几年来像刚才一样的凶横，把我渐渐地磨成了石头样的死人。你突然从家乡出来，是你，是你把我引到一条母亲不像母亲，情妇不像情妇的路上去。是你引诱的我！

周　　萍　　引诱！我请你不要用这两个字好不好？你知道当时的情形怎么样？

周繁漪　　你忘记了在这屋子里，半夜，我哭的时候，你叹息着说的话么？你说你恨你的父亲，你说过，你愿他死，就是犯了灭伦的罪也干。

周　　萍　　你忘了。那是我年轻，我的热情叫我说出来这样糊涂的话。

周繁漪　　你忘了，我虽然比你只大几岁，那时，我总还是你的母亲，你知道你不该对我说这种话么？

周　　萍　　哦——(叹一口气)总之，你不该嫁到周家来，周家的空气满是罪恶。

周繁漪　　对了，罪恶，罪恶。你的祖宗就不曾清白过，你们家里永远是不干净。

周　　萍　　年轻人一时糊涂，做错了的事，你就不肯原谅么？(苦恼地皱着眉)

周繁漪　　这不是原谅不原谅的问题，我已经预备好棺材，安安静静地等死，一个人偏把我救活了又不理我，撇得我枯死，慢慢地渴死。让你说，我该怎么办？

周　　萍　　那，那我也不知道，你来说吧！

周繁漪　　(一字一字地)我希望你不要走。

周　　萍　怎么,你要我陪着你,在这样的家庭,每天想着过去的罪恶,这样活活地闷死么?

周繁漪　你既然知道这家庭可以闷死人,你怎么肯一个人走,把我放在家里?

周　　萍　你没有权利说这种话,你是冲弟弟的母亲。

周繁漪　我不是!我不是!自从我把我的性命,名誉,交给你,我什么都不顾了。我不是他的母亲,不是,不是,我也不是周朴园的妻子。

周　　萍　(冷冷地)如果你以为你不是父亲的妻子,我自己还承认我是我父亲的儿子。

周繁漪　(不曾想到他会说这一句话,呆了一下)哦,你是你的父亲的儿子。——这些月,你特别不来看我,是怕你的父亲?

周　　萍　也可以说是怕他,才这样的吧。

周繁漪　你这一次到矿上去,也是学着你父亲的英雄榜样,把一个真正明白你,爱你的人丢开不管么?

周　　萍　这么解释也未尝不可。

周繁漪　(冷冷地)这么说,你到底是你父亲的儿子。(笑)父亲的儿子?(狂笑)父亲的儿子?(狂笑,忽然冷静严厉地)哼,都是些没有用,胆小怕事,不值得人为他牺牲的东西!我恨着我早没有知道你!

周　　萍　那么你现在知道了!我对不起你,我已经同你详细解释过,我厌恶这种不自然的关系。我告诉你,我厌恶。我负起我的责任,我承认我那时的错,然而叫我犯了那样的错,你也不能完全没有责任。你是我认为最聪明,最能了解人的女子,所以我想,你最后会原谅我。我的态度,你现在骂我玩世不恭也好,不负责任也好,我告诉你,我盼望这一次的谈话是我们最末一次谈话了。(走向饭厅门)

周繁漪　(沉重的语气)站着。(周萍立住)我希望你明白我刚才说的话,我不是请求你。我盼望你用你的心,想一想,过去我们在这屋子说的,(停,难过)许多,许多的话。一个女子,你记着,不能受两代的欺侮,你可以想一想。

周　　萍　我已经想得很透彻,我自己这些天的痛苦,我想你不是不知道,好,请你让我走吧。

〔周萍由饭厅下,繁漪的眼泪一颗颗地流在腮上,她走到镜台前,照着自己苍白色的有皱纹的脸,便嘤嘤地扑在镜台上哭起来。

〔鲁贵偷偷地由中门走进来,看见太太在哭。

鲁　　贵　(低声)太太!

周繁漪　(突然站起)你来干什么?

鲁　贵　鲁妈来了好半天啦。

周繁漪　谁？谁来好半天啦？

鲁　贵　我家里的，太太不是说过要我叫她来见么？

周繁漪　你为什么不早点来告诉我？

鲁　贵　(假笑)我倒是想着，可是我(低声)刚才瞧见太太跟大少爷说话，所以就没敢惊动您。

周繁漪　啊，你，你刚才在——

鲁　贵　我？我在大客厅伺候老爷见客呢！(故意地不明白)太太有什么事么？

周繁漪　没什么，那么你叫鲁妈进来吧。

鲁　贵　(谄笑)我们家里是个下等人，说话粗里粗气，您可别见怪。

周繁漪　都是一样的人。我不过想见一见，跟她谈谈闲话。

鲁　贵　是，那是太太的恩典。对了，老爷刚才跟我说，怕明天要下大雨，请太太把老爷的那一件旧雨衣拿出来，说不定老爷就要出去。

周繁漪　四凤给老爷捡的衣裳，四凤不会拿么？

鲁　贵　我也是这么说啊，您不是不舒服么？可是老爷吩咐，不要四凤，还是要太太自己拿。

周繁漪　那么，我一会儿拿来。

鲁　贵　不，是老爷吩咐，说现在就要拿出来。

周繁漪　哦，好，我就去吧。——你现在叫鲁妈进来，叫她在这房里等一等。

鲁　贵　是，太太。

〔鲁贵下。繁漪的脸更显得苍白，她在极力压制自己的烦郁。

周繁漪　(把窗户打开，吸一口气，自语)热极了，闷极了，这里真是再也不能住的。我希望我今天变成火山的口，热烈烈地冒一次，什么我都烧个干净，那时我就再掉在冰川里，冻成死灰，一生只热热地烧一次，也就算够了。我过去的是完了，希望大概也是死了的。哼，什么我都预备好了，来吧，恨我的人，来吧，叫我失望的人，叫我忌妒的人，都来吧，我在等候着你们。(望着空空的前面，继而垂下头去。鲁贵上)

鲁　贵　刚才小当差来，说老爷催着要。

周繁漪　(抬头)好，你先去吧。我叫陈妈送去。

〔繁漪由饭厅下，贵由中门下。移时鲁妈——即鲁侍萍——与四凤上。鲁妈的年纪约有四十七岁的光景，鬓发已经有点斑白，面貌白净，看上去也只有三十八九岁的样子。她的眼有些呆滞，时而呆呆地望着前面，但是在那秀长的睫毛，和她圆大的眸子间，还寻得出她少年时静慧的神韵。她的衣服朴素而有身份,旧蓝布裤褂,很洁净地穿在身上。远远地看着,依然像大家户里落魄的妇人。她的高贵的气质和她的丈夫的鄙俗,轩小,恰成一个强烈的对比。

〔她的头还包着一条白布手巾,怕是坐火车围着避土的,她说话总爱微微地笑,尤其因为刚见着两年未见的亲女儿,神色还是快慰地闪着快乐的光彩。她的声音很低,很沉稳,语音像一个南方人曾经和北方人相处很久,夹杂着许多模糊、轻快的南方音,但是她的字句说得很清楚。她的牙齿非常齐整,笑的时候在嘴角旁露出一对深深的笑涡,叫我们想起来四凤笑时口旁一对浅浅的涡影。

〔鲁妈拉着女儿的手,四凤就像个小鸟偎在她身边走进来。后面跟着鲁贵,提着一个旧包袱。他骄傲地笑着,比起来这母子的单纯的欢欣,他更是粗鄙了。

鲁四凤　太太呢?

鲁　贵　就下来。

鲁四凤　妈,您坐下。(鲁妈坐)您累么?

鲁　妈　不累。

鲁四凤　(高兴地)妈,您坐一坐。我给您倒一杯冰镇的凉水。

鲁侍萍　不,不要走,我不热。

鲁　贵　凤儿,你给你妈拿一瓶汽水来,(向鲁妈)这儿公馆什么没有?一到夏天,柠檬水,果子露,西瓜汤,橘子,香蕉,鲜荔枝,你要什么,就有什么。

鲁侍萍　不,不,你别听你爸爸的话。这是人家的东西。你在我身旁跟我多坐一会,回头跟我同——同这位周太太谈谈,比喝什么都强。

鲁　贵　太太就会下来,你看你,那块白包头,总舍不得拿下来。

鲁侍萍　(和蔼地笑着)真的,说了那么半天。(笑望着四凤)连我在火车上搭的白手巾都忘了解啦。(要解它)

鲁四凤　(笑着)妈,您让我替您解开吧。(走过去解。这里,鲁贵走到小茶几旁,又偷偷地把烟放在自己的烟盒里)

鲁侍萍　(解下白手巾)你看我的脸脏么?火车上尽是土,你看我的头发,不要叫人家笑。

鲁四凤　不,不,一点都不脏。两年没见您,您还是那个样。

鲁侍萍　哦,凤儿,你看我的记性。谈了这半天,我忘记把你顶喜欢的东西给你拿出来啦。

鲁四凤　什么?妈。

鲁侍萍　(由身上拿出一个小包来)你看,你一定喜欢的。

鲁四凤　不，您先别给我看，让我猜猜。

鲁侍萍　好，你猜吧。

鲁四凤　小石娃娃？

鲁侍萍　（摇头）不对，你太大了。

鲁四凤　小粉扑子。

鲁侍萍　（摇头）给你那个有什么用？

鲁四凤　哦，那一定是小针线盒。

鲁侍萍　（笑）差不多。

鲁四凤　那您叫我打开吧。（忙打开纸包）哦，妈！顶针，银顶针！爸，您看，您看！（给鲁贵看）

鲁　贵　（随声说）好！好！

鲁四凤　这顶针太好看了，上面还镶着宝石。

鲁　贵　什么？（走两步，拿来细看）给我看看。

鲁侍萍　这是学校校长的太太送给我的。校长丢了个要紧的钱包，叫我拾着了，还给他。校长的太太就非要送给我东西，拿出一大堆小首饰，叫我挑，送给我的女儿。我就检出这一件，拿来送给你，你看好不好？

鲁四凤　好，妈，我正要这个呢。

鲁　贵　咦，哼，（把顶针交给四凤）得了吧，这宝石是假的，你挑的真好。

鲁四凤　（见着母亲特别欢喜说话，轻蔑地）哼，您呀，真宝石到了您的手里也是假的。

鲁侍萍　凤儿，不许这样跟爸爸说话。

鲁四凤　（撒娇）妈，您不知道，您不在这儿，爸爸就拿我一个人撒气，尽欺负我。

鲁　贵　（看不惯他妻女这样"乡气"，于是轻蔑地）你看你们这点穷相，走到大家公馆，不来看看人家的阔排场，尽在一边闲扯。四凤，你先把你这两年做的衣裳给你妈看看。

鲁四凤　（白眼）妈不希罕这个。

鲁　贵　你不也有点首饰么？你拿出来给你妈开开眼。看看还是我对，还是把女儿关在家里对？

鲁侍萍　（向鲁贵）我走的时候嘱咐过你，这两年写信的时候也总不断地提醒过你，我说过我不愿意把我的女儿送到一个阔公馆，叫人家使唤。你偏——（忽然觉得这不是谈家事的地方，回头向四凤）你哥哥呢？

鲁四凤　不是在门房里等着我们么？

鲁　贵　不是等着你们，人家等着见老爷呢。(向鲁妈)去年我叫人给你捎个信，告诉你大海也当了矿上的工头，那都是我在这儿嘀咕上的。

鲁四凤　(厌恶她父亲又表白自己的本领)爸爸，您看哥哥去吧。他的脾气有点不对，怕他等急了，跟张爷刘爷们闹起来。

鲁　贵　真他妈的。这孩子的狗脾气我倒忘了，(走向中门，回头)你们好好在这屋子坐一会，别乱动，太太一会儿就下来。
　　　　〔鲁贵下。母女见鲁贵走后，如同犯人望见看守走了一样，舒展地吐出一口气来。母女二人相对凄然地笑了一笑，刹那间，她们脸上又浮出欢欣，这次是由衷心升起来愉快的笑。

鲁侍萍　(伸出手来，向四凤)哦，孩子，让我看看你。
　　　　〔四凤走到母亲面前。跪下。

鲁四凤　妈，您不怪我吧？您不怪我这次没听您的话，跑到周公馆做事吧？

鲁侍萍　不，不，做了就做了。——不过为什么这两年你一个字也不告诉我，我下车走到家里，才听见张大婶告诉我，说我的女儿在这儿。

鲁四凤　妈，我怕您生气，我怕您难过，我不敢告诉您。——其实，妈，我们也不是什么富贵人家，就是像我这样帮人，我想也没有什么关系。

鲁侍萍　不，你以为妈怕穷么？怕人家笑我们穷么？不，孩子，妈最知道认命，妈最看得开，不过，孩子，我怕你太年轻，容易一阵子犯糊涂，妈受过苦，妈知道的。你不懂，你不知道这世界太——人的心太——。(叹一口气)好，我们先不提这个。(站起来)这家的太太真怪！她要见我干什么？

鲁四凤　嗯，嗯，是啊。(她的恐惧来了，但是她愿意向好的一面想)不，妈，这边太太没有多少朋友，她听说妈也会写字，念书，也许觉着很相近，所以想请妈来谈谈。

鲁侍萍　(不信地)哦？(慢慢看这屋子的摆设，指着有镜台的柜)这屋子倒是很雅致的。就是家具太旧了点。这是——？

鲁四凤　这是老爷用的红木书桌，现在做摆饰用了。听说这是三十年前的老东西，老爷偏偏喜欢用，到哪儿带到哪儿。

鲁侍萍　那个(指着有镜台的柜)是什么？

鲁四凤　那也是件老东西，从前的第一个太太，就是大少爷的母亲，顶爱的东西。您看，从前的家具多笨哪。

鲁侍萍　咦，奇怪。——为什么窗户还关上呢？

鲁四凤　您也觉奇怪不是？这是我们老爷的怪脾气，夏天反而要关窗户。

鲁侍萍　(回想)凤儿，这屋子我像是在哪儿见过似的。

鲁四凤　(笑)真的？您大概是想我想的梦里到过这儿。

鲁侍萍　对了,梦似的。——奇怪,这地方怪得很,这地方忽然叫我想起了许多许多事情。(低下头坐下)

鲁四凤　(慌)妈,您怎么脸上发白?您别是受了暑,我给您拿一杯冷水吧?

鲁侍萍　不,不是,你别去——我怕得很,这屋子有鬼怪!

鲁四凤　妈,您怎么啦?

鲁侍萍　我怕得很,忽然我把三十年前的事情一件一件地都想起来了,已经忘了许多年的人又在我心里转。四凤,你摸摸我的手。

鲁四凤　(摸鲁妈的手)冰凉,妈,您可别吓坏我。我胆子小,妈,妈,——这屋子从前可闹过鬼的!

鲁侍萍　孩子,你别怕,妈不怎么样。不过,四凤,我好像我的魂来过这儿似的。

鲁四凤　妈,您别瞎说啦,您怎么来过?他们二十年前才搬到这儿北方来,那时候,您不是还在南方么?

鲁侍萍　不,不,我来过。这些家具,我想不起来——我在哪儿见过。

鲁四凤　妈,您的眼不要直瞪瞪地望着,我怕。

鲁侍萍　别怕,孩子,别怕。孩子。(声音愈低,她用力地想,她整个的人,缩缩到记忆的最下层深处)

鲁四凤　妈,您看那个柜干什么?那就是从前死了的第一个太太的东西。

鲁侍萍　(突然低声颤颤地向四凤)凤儿,你去看,你去看,那只柜子靠右第三个抽屉里,有没有一只小孩穿的绣花虎头鞋。

鲁四凤　妈,您怎么啦?不要这样疑神疑鬼的。

鲁侍萍　凤儿,你去,你去看一看。我心里有点怯,我有点走不动,你去!

鲁四凤　好,我去看。

〔她走到柜前,拉开抽斗,看。

鲁侍萍　(急问)有没有?

鲁四凤　没有,妈。

鲁侍萍　你看清楚了?

鲁四凤　没有,里面空空地就是些茶碗。

鲁侍萍　哦,那大概是我在做梦了。

鲁四凤　(怜惜她的母亲)别多说话了,妈,静一静吧。妈,您在外受了委屈了,(落泪)从前,您不是这样神魂颠倒的。可怜的妈呀(抱着她),好一点了么?

鲁侍萍　不要紧的。——刚才我在门房听见这家里还有两位少爷?

鲁四凤　嗯妈,都很好,都很和气的。

鲁侍萍　(自言自语地)不,我的女儿说什么也不能在这儿多呆。不成。

		不成。
鲁四凤		妈,您说什么?这儿上上下下都待我很好。妈,这里老爷太太向来不骂底下人,两位少爷都很和气的。这周家不但是活着的人心好,就是死了的人样子也是挺厚道的。
鲁侍萍		周?这家里姓周?
鲁四凤		妈,您看您,您刚才不是问着周家的门进来的么,怎么会忘了?(笑)妈,我明白了,您还是路上受热了。我先给你拿着周家第一个太太的相片,给您看。我再给你拿点水来喝。

〔四凤在镜台上拿了相片过来,站在鲁妈背后,给她看。

鲁侍萍	(拿着相片,看)哦!(惊愕得说不出话来,手发颤)
鲁四凤	(站在鲁妈背后)您看她多好看,这就是大少爷的母亲,笑得多美,他们说还有点像我呢。可惜,她死了,要不然,——(觉得鲁妈头向前倒)哦,妈,您怎么啦?您怎么?
鲁侍萍	不,不,我头晕,我想喝水。
鲁四凤	(慌,掐着鲁妈的手指,搓她的头)妈,您到这边来!(扶鲁妈到一个大的沙发前,鲁妈手里还紧紧地拿着相片)妈,您在这儿躺一躺。我给您拿水去。

〔四凤由饭厅门忙跑下。

鲁侍萍	哦,天哪。我是死了的人!这是真的么?这张相片?这些家具?怎么会?——哦,天底下地方大得很,怎么?熬过这几十年偏偏又把我这个可怜的孩子,放回到他——他的家里?哦,好不公平的天哪!(哭泣)

〔四凤拿水上,鲁妈忙擦眼泪。

鲁四凤	(持水杯,向鲁妈)妈,您喝一口,不,再喝几口。(鲁妈饮)好一点了么?
鲁侍萍	嗯,好,好啦。孩子,你现在就跟我回家。
鲁四凤	(惊讶)妈,您怎么啦?

〔由饭厅传出蘩漪喊"四凤"的声音。

鲁侍萍	谁喊你?
鲁四凤	太太。

〔蘩漪声:四凤!

鲁四凤	唉。

〔蘩漪声:四凤,你来,老爷的雨衣你给放在哪儿啦?

鲁四凤	(喊)我就来。(向鲁妈)妈等一等,我就回来。
鲁侍萍	好,你去吧。

〔四凤下。鲁妈周围望望,走到柜前,抚摩着她从前的家具,低头沉思。忽然听见屋外花园里走路的声音,她转过身来,等候着。
〔鲁贵由中门上。

鲁　贵　四凤呢?
鲁侍萍　这儿的太太叫了去啦。
鲁　贵　你回头告诉太太,说找着雨衣,老爷自己到这儿来穿,还要跟太太说几句话。
鲁侍萍　老爷要到这屋里来?
鲁　贵　嗯,你告诉清楚了,别回头老爷来到这儿,太太不在,老头儿又发脾气了。
鲁侍萍　你跟太太说吧。
鲁　贵　这上上下下许多底下人都得我支派,我忙不开,我可不能等。
鲁侍萍　我要回家去,我不见太太了。
鲁　贵　为什么?这次太太叫你来,我告诉你,就许有点什么很要紧的事跟你谈谈。
鲁侍萍　我预备带着凤儿回去,叫她辞了这儿的事。
鲁　贵　什么?你看你这点——
〔蘩漪由饭厅上。
鲁　贵　太太。
周蘩漪　(向门内)四凤,你先把那两套也拿出来,问问老爷要哪一件。(里面答应)哦,(吐出一口气,向鲁妈)这就是四凤的妈吧?叫你久等了。
鲁　贵　等太太是应当的。太太准她来给您请安就是老大的面子。
〔四凤由饭厅出,拿雨衣进。
周蘩漪　请坐!你来了好半天啦。(鲁妈只在打量着,没有坐下)
鲁侍萍　不多一会,太太。
鲁四凤　太太。把这三件雨衣都送给老爷那边去么?
鲁　贵　老爷说就放在这儿,老爷自己来拿,还请太太等一会,老爷见您有话说呢。
周蘩漪　知道了。(向四凤)你先到厨房,把晚饭的菜看看,告诉厨房一下。
鲁四凤　是,太太。(望着鲁贵,又疑惧地望着蘩漪由中门下)
周蘩漪　鲁贵,告诉老爷,说我同四凤的母亲谈话,回头再请他到这儿来。
鲁　贵　是,太太。(但不走)
周蘩漪　(见鲁贵不走)你有什么事么?
鲁　贵　太太,今天早上老爷吩咐德国克大夫来。

周蘩漪　二少爷告诉过我了。
鲁　贵　老爷刚才吩咐，说来了就请太太去看。
周蘩漪　我知道了。好，你去吧。
　　　　〔鲁贵由中门下。
周蘩漪　（向鲁妈）坐下谈，不要客气。（自己坐在沙发上）
鲁侍萍　（坐在旁边一张椅子上）我刚下火车，就听见太太这边吩咐，要我来见见您。
周蘩漪　我常听四凤提到你，说你念过书，从前也是很好的门第。
鲁侍萍　（不愿提起从前的事）四凤这孩子很傻，不懂规矩，这两年叫您多生气啦。
周蘩漪　不，她非常聪明，我也很喜欢她。这孩子不应当叫她伺候人，应当替她找一个正当的出路。
鲁侍萍　太太多夸奖她了。我倒是不愿意这孩子帮人。
周蘩漪　这一点我很明白。我知道你是个知书达礼的人，一见面，彼此都觉得性情是直爽的，所以我就不妨把请你来的原因现在跟你说一说。
鲁侍萍　（忍不住）太太，是不是我这小孩平时的举动有点叫人说闲话？
周蘩漪　（笑着，故为很肯定地说）不，不是。
　　　　〔鲁贵由中门上。
鲁　贵　太太。
周蘩漪　什么事？
鲁　贵　克大夫已经来了，刚才汽车夫接来的，现时在小客厅等着呢。
周蘩漪　我有客。
鲁　贵　客？——老爷说请太太就去。
周蘩漪　我知道，你先去吧。
　　　　〔鲁贵下。
周蘩漪　（向鲁妈）我先把我家里的情形说一说。第一我家里的女人很少。
鲁侍萍　是，太太。
周蘩漪　我一个人是个女人，两个少爷，一位老爷，除了一两个老妈子以外，其余用的都是男下人。
鲁侍萍　是，太太，我明白。
周蘩漪　四凤的年纪很轻，哦，她才十九岁，是不是？
鲁侍萍　不，十八。
周蘩漪　那就对了，我记得好像她比我的孩子是大一岁的样子。这样年轻的孩子，在外边做事，又生得很秀气的。
鲁侍萍　太太，如果四凤有不检点的地方，请您千万不要瞒我。

周繁漪　不，不，(又笑了)她很好的。我只是说说这个情形。我自己有一个儿子，他才十七岁，——恐怕刚才你在花园见过——一个不十分懂事的孩子。

〔鲁贵自书房门上。

鲁　贵　老爷催着太太去看病。

周繁漪　没有人陪着克大夫么？

鲁　贵　王局长刚走，老爷自己在陪着呢。

鲁侍萍　太太，您先看去。我在这儿等着不要紧。

周繁漪　不，我话还没说完。(向鲁贵)你跟老爷说，说我没有病，我自己并没要请医生来。

鲁　贵　是，太太。(但不走)

周繁漪　(看鲁贵)你在干什么？

鲁　贵　我等太太还有什么旁的事要吩咐。

周繁漪　(忽然想起来)有，你跟老爷回完话之后，你出去叫一个电灯匠来，刚才我听说花园藤萝架上的旧电线落下来了，走电，叫他赶快收拾一下，不要电了人。

鲁　贵　是，太太。

〔鲁贵由中门下。

周繁漪　(见鲁妈立起)鲁奶奶，你还是坐呀。哦，这屋子又闷热起来啦。(走到窗户，把窗户打开，回来，坐)这些天我就看着我这孩子奇怪，谁知这两天，他忽然跟我说他很喜欢四凤。

鲁侍萍　什么？

周繁漪　也许预备要帮助她学费，叫她上学。

鲁侍萍　太太，这是笑话。

周繁漪　我这孩子还想四凤嫁给他。

鲁侍萍　太太，请您不必往下说，我都明白了。

周繁漪　(追一步)四凤比我的孩子大，四凤又是很聪明的女孩子，这种情形——

鲁侍萍　(不喜欢繁漪的暧昧的口气)我的女儿，我总相信是个懂事，明白大体的孩子。我向来不愿意她到大公馆帮人，可是我信得过，我的女儿就帮这儿两年，她总不会做出一点糊涂事的。

周繁漪　鲁奶奶，我也知道四凤是个明白的孩子，不过有了这种不幸的情形，我的意思，是非常容易叫人发生误会的。

鲁侍萍　(叹气)今天我到这儿来是万没想到的事，回头我就预备把她带走，现在我就请太太准了她的长假。

周繁漪　哦,哦,——如果你以为这样办好,我也觉得很妥当的。不过有一层,我怕,我的孩子有点傻气,他还是会找到你家里见四凤的。

鲁侍萍　您放心。我后悔得很,我不该把这个孩子一个人交给她父亲管的。明天,我准离开此地,我会远远地带她走,不会见着周家的人。太太,我想现在带着我的女儿走。

周繁漪　那么,也好,回头我叫账房把工钱算出来。她自己的东西,我可以派人送去,我有一箱子旧衣服,也可以带着去,留着她以后在家里穿。

鲁侍萍　(自语)凤儿,我的可怜的孩子!(坐在沙发上落泪)天哪。

周繁漪　(走到鲁妈面前)不要伤心,鲁奶奶。如果钱上有什么问题,尽管到我这儿来,一定有办法。好好地带她回去,有你这样一个母亲教育她,自然比在这儿好的。

〔朴园由书房上。

周朴园　繁漪!

〔繁漪抬头。鲁妈站起,忙躲在一旁,神色大变,观察他。

周朴园　你怎么还不去?

周繁漪　(故意地)上哪儿?

周朴园　克大夫在等着你,你不知道么?

周繁漪　克大夫?谁是克大夫?

周朴园　给你从前看病的克大夫。

周繁漪　我的药喝够了,我不预备再喝了。

周朴园　那么你的病……

周繁漪　我没有病。

周朴园　(忍耐)克大夫是我在德国的好朋友,对于妇科很有研究。你的神经有点失常,他一定治得好。

周繁漪　谁说我的神经失常?你们为什么这样咒我,我没有病,我没有病,我告诉你,我没有病!

周朴园　(冷酷地)你当着人这样胡喊乱闹,你自己有病,偏偏要讳病忌医,不肯叫医生治,这不就是神经上的病态么?

周繁漪　哼,我假若是有病,也不是医生治得好的。(向饭厅门走)

周朴园　(大声喊)站住!你上哪儿去?

周繁漪　(不在意地)到楼上去。

周朴园　(命令地)你应当听话。

周繁漪　(好像不明白地)哦!(停,不经意地打量他)你看你!(尖声笑两声)你简直叫我想笑。(轻蔑地笑)你忘了你自己是怎么样一个人啦!(又大笑,由饭厅跑下,重重地关上门)

周朴园　来人！

〔仆人上。

仆　人　老爷！

周朴园　太太现在在楼上。你叫大少爷陪着克大夫到楼上去给太太看病。

仆　人　是，老爷。

周朴园　你告诉大少爷，太太现在神经病很重，叫他小心点，叫楼上老妈子好好地看着太太。

仆　人　是，老爷。

周朴园　还有，叫大少爷告诉克大夫，说我有点累，不陪他了。

仆　人　是，老爷。

〔仆人下。朴园点着一支吕宋烟，看见桌上的雨衣。

周朴园　（向鲁妈）这是太太找出来的雨衣吗？

鲁侍萍　（看着他）大概是的。

周朴园　（拿起看看）不对，不对，这都是新的。我要我的旧雨衣，你回头跟太太说。

鲁侍萍　嗯。

周朴园　（看她不走）你不知道这间房子底下人不准随便进来么？

鲁侍萍　（看着他）不知道，老爷。

周朴园　你是新来的下人？

鲁侍萍　不是的，我找我的女儿来的。

周朴园　你的女儿？

鲁侍萍　四凤是我的女儿。

周朴园　那你走错屋子了。

鲁侍萍　哦。——老爷没有事了？

周朴园　（指窗）窗户谁叫打开的？

鲁侍萍　哦。（很自然地走到窗前，关上窗户，慢慢地走向中门）

周朴园　（看她关好窗门，忽然觉得她很奇怪）你站一站，（鲁妈停）你——你贵姓？

鲁侍萍　我姓鲁。

周朴园　姓鲁。你的口音不像北方人。

鲁侍萍　对了，我不是，我是江苏的。

周朴园　你好像有点无锡口音。

鲁侍萍　我自小就在无锡长大的。

周朴园　（沉思）无锡？嗯，无锡，（忽而）你在无锡是什么时候？

鲁侍萍　光绪二十年，离现在有三十多年了。

周朴园　哦,三十年前你在无锡?
鲁侍萍　是的,三十多年前呢,那时候我记得我们还没有用洋火呢。
周朴园　(沉思)三十多年前,是的,很远啦,我想想,我大概是二十多岁的时候。那时候我还在无锡呢。
鲁侍萍　老爷是那个地方的人?
周朴园　嗯,(沉吟)无锡是个好地方。
鲁侍萍　哦,好地方。
周朴园　你三十年前在无锡么?
鲁侍萍　是,老爷。
周朴园　三十年前,在无锡有一件很出名的事情——
鲁侍萍　哦。
周朴园　你知道么?
鲁侍萍　也许记得,不知道老爷说的是哪一件?
周朴园　哦,很远的,提起来大家都忘了。
鲁侍萍　说不定,也许记得的。
周朴园　我问过许多那个时候到过无锡的人,我想打听打听。可是那个时候在无锡的人,到现在不是老了就是死了,活着的多半是不知道的,或者忘了。
鲁侍萍　如若老爷想打听的话,无论什么事,无锡那边我还有认识的人,虽然许久不通音信,托他们打听点事情总还可以的。
周朴园　我派人到无锡打听过。——不过也许凑巧你会知道。三十年前在无锡有一家姓梅的。
鲁侍萍　姓梅的?
周朴园　梅家的一个年轻小姐,很贤慧,也很规矩,有一天夜里,忽然地投水死了,后来,后来,——你知道么?
鲁侍萍　不敢说。
周朴园　哦。
鲁侍萍　我倒认识一个年轻的姑娘姓梅的。
周朴园　哦?你说说看。
鲁侍萍　可是她不是小姐,她也不贤慧,并且听说是不大规矩的。
周朴园　也许,也许你弄错了,不过你不妨说说看。
鲁侍萍　这个梅姑娘倒是有一天晚上跳的河,可是不是一个,她手里抱着一个刚生下三天的男孩。听人说她生前是不规矩的。
周朴园　(苦痛)哦!
鲁侍萍　她是个下等人,不很守本分的。听说她跟那时周公馆的少爷有点不清白,生了两个儿子。生了第二个,才过三天,忽然周少爷不要她了,大孩子就放在周公馆,刚生的孩子她抱在怀里,在年三十夜里投河死的。

周朴园　(汗涔涔地)哦。
鲁侍萍　她不是小姐,她是无锡周公馆梅妈的女儿,她叫侍萍。
周朴园　(抬起头来)你姓什么?
鲁侍萍　我姓鲁,老爷。
周朴园　(喘出一口气,沉思地)侍萍,侍萍,对了。这个女孩子的尸首,说是有一个穷人见着埋了。你可以打听得她的坟在哪儿么?
鲁侍萍　老爷问这些闲事干什么?
周朴园　这个人跟我们有点亲戚。
鲁侍萍　亲戚?
周朴园　嗯,——我们想把她的坟墓修一修。
鲁侍萍　哦——那用不着了。
周朴园　怎么?
鲁侍萍　这个人现在还活着。
周朴园　(惊愕)什么?
鲁侍萍　她没有死。
周朴园　她还在?不会吧?我看见她河边上的衣服,里面有她的绝命书。
鲁侍萍　不过她被一个慈善的人救活了。
周朴园　哦,救活啦?
鲁侍萍　以后无锡的人是没见着她,以为她那夜晚死了。
周朴园　那么,她呢?
鲁侍萍　一个人在外乡活着。
周朴园　那个小孩呢?
鲁侍萍　也活着。
周朴园　(忽然立起)你是谁?
鲁侍萍　我是这儿四凤的妈,老爷。
周朴园　哦。
鲁侍萍　她现在老了,嫁给一个下等人,又生了个女孩,境况很不好。
周朴园　你知道她现在在哪儿?
鲁侍萍　我前几天还见着她!
周朴园　什么?她就在这儿?此地?
鲁侍萍　嗯,就在此地。
周朴园　哦!

鲁侍萍　老爷,您想见一见她么?
周朴园　不,不。谢谢你。
鲁侍萍　她的命很苦。离开了周家,周家少爷就娶了一位有钱有门第的小姐。她一个单身人,无亲无故,带着一个孩子在外乡什么事都做。讨饭,缝衣服,当老妈,在学校里伺候人。
周朴园　她为什么不再找到周家?
鲁侍萍　大概她是不愿意吧?为着她自己的孩子她嫁过两次。
周朴园　嗯,以后她又嫁过两次。
鲁侍萍　嗯,都是很下等的人。她遇人都很不如意,老爷想帮一帮她么?
周朴园　好,你先下去。让我想一想。
鲁侍萍　老爷,没有事了?(望着朴园,眼泪要涌出)老爷,您那雨衣,我怎么说?
周朴园　你去告诉四凤,叫她把我樟木箱子里那件旧雨衣拿出来,顺便把那箱子里的几件旧衬衣也捡出来。
鲁侍萍　旧衬衣?
周朴园　你告诉她在我那顶老的箱子里,纺绸的衬衣,没有领子的。
鲁侍萍　老爷那种绸衬衣不是一共有五件?您要哪一件?
周朴园　要哪一件?
鲁侍萍　不是有一件,在右袖襟上有个烧破的窟窿,后来用丝线绣成一朵梅花补上的?还有一件,——
周朴园　(惊愕)梅花?
鲁侍萍　还有一件绸衬衣,左袖襟也绣着一朵梅花,旁边还绣着一个萍字。还有一件,——
周朴园　(徐徐立起)哦,你,你,你是——
鲁侍萍　我是从前伺候过老爷的下人。
周朴园　哦,侍萍!(低声)怎么,是你?
鲁侍萍　你自然想不到,侍萍的相貌有一天也会老得连你都不认识了。
周朴园　你——侍萍?(不觉地望望柜上的相片,又望鲁妈)
鲁侍萍　朴园,你找侍萍么?侍萍在这儿。
周朴园　(忽然严厉地)你来干什么?
鲁侍萍　不是我要来的。
周朴园　谁指使你来的?
鲁侍萍　(悲愤)命!不公平的命指使我来的。
周朴园　(冷冷地)三十年的工夫你还是找到这儿来了。
鲁侍萍　(愤怨)我没有找你,我没有找你,我以为你早死了。我今天没想到到这儿来，这是天要我在这儿又碰见你。

周朴园　你可以冷静点。现在你我都是有子女的人，如果你觉得心里有委屈，这么大年纪，我们先可以不必哭哭啼啼的。

鲁侍萍　哭？哼，我的眼泪早哭干了，我没有委屈，我有的是恨，是悔，是三十年一天一天我自己受的苦。你大概已经忘了你做的事了！三十年前，过年三十的晚上我生下你的第二个儿子才三天，你为了要赶紧娶那位有钱有门第的小姐，你们逼着我冒着大雪出去，要我离开你们周家的门。

周朴园　从前的旧恩怨，过了几十年，又何必再提呢？

鲁侍萍　那是因为周大少爷一帆风顺，现在也是社会上的好人物。可是自从我被你们家赶出来以后，我没有死成，我把我的母亲可给气死了，我亲生的两个孩子你们家里逼着我留在你们家里。

周朴园　你的第二个孩子你不是已经抱走了么？

鲁侍萍　那是你们老太太看着孩子快死了，才叫我带走的。（自语）哦，天哪，我觉得我像在做梦。

周朴园　我看过去的事不必再提起来吧。

鲁侍萍　我要提，我要提，我闷了三十年了！你结了婚，就搬了家，我以为这一辈子也见不着了；谁知道我自己的孩子偏偏命定要跑到周家来，又做我从前在你们家里做过的事。

周朴园　怪不得四凤这样像你。

鲁侍萍　我伺候你，我的孩子再伺候你生的少爷们。这是我的报应，我的报应。

周朴园　你静一静。把脑子放清醒点。你不要以为我的心是死了，你以为一个人做了一件于心不忍的事就会忘了么？你看这些家具都是你从前顶喜欢的东西，多少年我总是留着，为着纪念你。

鲁侍萍　（低头）哦。

周朴园　你的生日——四月十八——每年我总记得。一切都照着你是正式嫁过周家的人看，甚至于你因为生萍儿，受了病，总要关窗户，这些习惯我都保留着，为的是不忘你，弥补我的罪过。

鲁侍萍　（叹一口气）现在我们都是上了年纪的人，这些傻话请你也不必说了。

周朴园　那更好了。那么我们可以明明白白地谈一谈。

鲁侍萍　不过我觉得没有什么可谈的。

周朴园　话很多。我看你的性情好像没有大改，——鲁贵像是个很不老实的人。

鲁侍萍　你不要怕。他永远不会知道的。
周朴园　那双方面都好。再有,我要问你的,你自己带走的儿子在哪儿?
鲁侍萍　他在你的矿上做工。
周朴园　我问,他现在在哪儿?
鲁侍萍　就在门房等着见你呢。
周朴园　什么?鲁大海?他!我的儿子?
鲁侍萍　他的脚趾头因为你的不小心,现在还是少一个的。
周朴园　(冷笑)这么说,我自己的骨肉在矿上鼓动罢工,反对我!
鲁侍萍　他跟你现在完完全全是两样的人。
周朴园　(沉静)他还是我的儿子。
鲁侍萍　你不要以为他还会认你做父亲。
周朴园　(忽然)好!痛痛快快地!你现在要多少钱吧?
鲁侍萍　什么?
周朴园　留着你养老。
鲁侍萍　(苦笑)哼,你还以为我是故意来敲诈你,才来的么?
周朴园　也好,我们暂且不提这一层。那么,我先说我的意思。你听着,鲁贵我现在要辞退的,四凤也要回家。不过——
鲁侍萍　你不要怕,你以为我会用这种关系来敲诈你么?你放心,我不会的。大后天我就带着四凤回到我原来的地方。这是一场梦,这地方我绝对不会再住下去。
周朴园　好得很,那么一切路费,用费,都归我担负。
鲁侍萍　什么?
周朴园　这于我的心也安一点。
鲁侍萍　你?(笑)三十年我一个人都过了,现在我反而要你的钱?
周朴园　好,好,好,那么,你现在要什么?
鲁侍萍　(停一停)我,我要点东西。
周朴园　什么?说吧?
鲁侍萍　(泪满眼)我——我——我只要见见我的萍儿。
周朴园　你想见他?
鲁侍萍　嗯,他在哪儿?
周朴园　他现在在楼上陪着他的母亲看病。我叫他,他就可以下来见你。不过是——
鲁侍萍　不过是什么?
周朴园　他很大了。
鲁侍萍　(追忆)他大概是二十八了吧?我记得他比大海只大一岁。

周朴园　并且他以为他母亲早就死了的。

鲁侍萍　哦,我以为我会哭哭啼啼地叫他认母亲么?我不会那样傻的。我难道不知道这样的母亲只给自己的儿子丢人么?我明白他的地位,他的教育,不容他承认这样的母亲。这些年我也学乖了,我只想看看他,他究竟是我生的孩子。你不要怕,我就是告诉他,白白地增加他的烦恼,他自己也不愿意认我的。

周朴园　那么,我们就这样解决了。我叫他下来,你看一看他,以后鲁家的人永远不许再到周家来。

鲁侍萍　好,我希望这一生不至于再见你。

周朴园　(由衣内取出皮夹的支票签好)很好,这是一张五千块钱的支票,你可以先拿去用。算是弥补我一点罪过。

鲁侍萍　(接过支票)谢谢你。(慢慢撕碎支票)

周朴园　侍萍。

鲁侍萍　我这些年的苦不是你拿钱算得清的。

周朴园　可是你——

〔外面争吵声。鲁大海的声音:"放开我,我要进去。"三四男仆声:"不成,不成,老爷睡觉呢。"门外有男仆等与鲁大海挣扎声。

周朴园　(走至中门)来人!(仆人由中门进)谁在吵?

仆　人　就是那个工人鲁大海!他不讲理,非见老爷不可。

周朴园　哦。(沉吟)那你就叫他进来吧。等一等,叫人到楼上请大少爷下来,我有话问他。

仆　人　是,老爷。

〔仆人由中门下。

周朴园　(向鲁妈)侍萍,你不要太固执。这一点钱你不收下,将来你会后悔的。

鲁侍萍　(望着他,一句话也不说)

〔仆人领鲁大海进,大海站在左边,三、四仆人立一旁。

鲁大海　(见鲁妈)妈,您还在这儿?

周朴园　(打量鲁大海)你叫什么名字?

鲁大海　(大笑)董事长,您不要同我摆架子,您难道不知道我是谁么?

周朴园　你?我只知道你是罢工闹得最凶的工人代表。

鲁大海　对了,一点儿也不错,所以才来拜望拜望您。

周朴园　你有什么事吧?

鲁大海　董事长当然知道我是为什么来的。

周朴园　(摇头)我不知道。

鲁大海　我们老远从矿上来,今天我又在您府上大门房里从早上六点钟一直等到现在,我就是要问问董事长,对于我们工人的条件,究竟是允许不允许?

周朴园　哦,——那么,那三个代表呢?

鲁大海　我跟你说吧,他们现在正在联络旁的工会呢。

周朴园　哦——他们没有告诉你旁的事情么?

鲁大海　告诉不告诉与你没有关系。——我问你,你的意思,忽而软,忽而硬,究竟是怎么回子事?

〔周萍由饭厅上,见有人,即想退回。

周朴园　(看周萍)不要走,萍儿!(视鲁妈,鲁妈知周萍为其子,眼泪汪汪地望着他)

周　萍　是,爸爸。

周朴园　(指身侧)萍儿,你站在这儿。(向大海)你这么只凭意气是不能交涉事情的。

鲁大海　哼,你们的手段,我都明白。你们这样拖延时候,不过是想去花钱收买少数不要脸的败类,暂时把我们骗在这儿。

周朴园　你的见地也不是没有道理。

鲁大海　可是你完全错了。我们这次罢工是有团结的,有组织的。我们代表这次来并不是来求你们。你听清楚,不求你们。你允许就允许;不允许,我们一直罢工到底,我们知道你们不到两个月整个地就要关门的。

周朴园　你以为你们那些代表们,那些领袖们都可靠吗?

鲁大海　至少比你们只认识洋钱的结合要可靠得多。

周朴园　那么我给你一件东西看。

〔朴园在桌上找电报,仆人递给他;此时周冲偷偷由左书房进,在旁谛听。

周朴园　(给大海电报)这是昨天从矿上来的电报。

鲁大海　(拿过去读)什么?他们又上工了。(放下电报)不会,不会。

周朴园　矿上的工人已经在昨天早上复工,你当代表的反而不知道么?

鲁大海　(惊,怒)怎么矿上警察开枪打死三十个工人就白打了么?(又看电报,忽然笑起来)哼,这是假的。你们自己假作的电报来离间我们的。(笑)哼,你们这种卑鄙无赖的行为!

周　萍　(忍不住)你是谁?敢在这儿胡说?

周朴园　萍儿!没有你的话。(低声向大海)你就这样相信你那同来的几个代表么?

鲁大海　你不用多说,我明白你这些话的用意。
周朴园　好,那我把那复工的合同给你瞧瞧。
鲁大海　(笑)你不要骗小孩子,复工的合同没有我们代表的签字是不生效力的。
周朴园　哦,(向仆人)合同!(仆人由桌上拿合同递他)你看,这是他们三个人签字的合同。
鲁大海　(看合同)什么?(慢慢地,低声)他们三个人签了字。他们怎么会不告诉我,自己就签了字呢?他们就这样把我不理啦。
周朴园　对了,傻小子,没有经验只会胡喊是不成的。
鲁大海　那三个代表呢?
周朴园　昨天晚车就回去了。
鲁大海　(如梦初醒)他们三个就骗了我,这三个没有骨头的东西,他们就把矿上的工人们卖了。哼,你们这些不要脸的董事长,你们的钱这次又灵了。
周　萍　(怒)你混帐!
周朴园　不许多说话。(回头向大海)鲁大海,你现在没有资格跟我说话——矿上已经把你开除了。
鲁大海　开除了!?
周　冲　爸爸,这是不公平的。
周朴园　(向周冲)你少多嘴,出去!
　　　　〔周冲由中门气下。
鲁大海　哦,好,好,(切齿)你的手段我早就领教过,只要你能弄钱,你什么都做得出来,你叫警察杀了矿上许多工人,你还——
周朴园　你胡说!
鲁侍萍　(至大海前)别说了,走吧。
鲁大海　哼,你的来历我都知道,你从前在哈尔滨包修江桥,故意叫江堤出险,——
周朴园　(厉声)下去!
　　　　〔仆人等拉他,说"走!走!"
鲁大海　(对仆人)你们这些混账东西,放开我。我要说,你故意淹死了两千二百个小工,每一个小工的性命你扣三百块钱!姓周的,你发的是绝子绝孙的昧心财!你现在还——
周　萍　(忍不住气,走到大海面前,重重地打他两个嘴巴)你这种混帐东西!
　　　　〔大海立刻要还手,但是被周宅的仆人们拉住。

周　　萍　　打他。

鲁大海　　（向周萍高声）你，你！（正要骂，仆人一起打大海。大海头流血。鲁妈哭喊着护大海）

周朴园　　（厉声）不要打人！

〔仆人们停止打大海，仍拉着大海的手。

鲁大海　　放开我，你们这一群强盗！

周　　萍　　（向仆人们）把他拉下去。

鲁侍萍　　（大哭起来）哦，这真是一群强盗！（走至周萍面前，抽咽）你是萍，——凭，——凭什么打我的儿子？

周　　萍　　你是谁？

鲁侍萍　　我是你的——你打的这个人的妈。

鲁大海　　妈，别理这东西，您小心吃了他们的亏。

鲁侍萍　　（呆呆地看着周萍的脸，忽而又大哭起来）大海，走吧，我们走吧。（抱着大海受伤的头哭）

〔大海为仆人拥下，鲁妈亦下。台上只有朴园与周萍。

周　　萍　　（过意不去地）父亲。

周朴园　　你太莽撞了。

周　　萍　　可是这个人不应该乱侮辱父亲的名誉啊。

〔半晌。

周朴园　　克大夫给你母亲看过了么？

周　　萍　　看完了，没有什么。

周朴园　　哦，（沉吟，忽然）来人！

〔仆人由中门上。

周朴园　　你告诉太太，叫她把鲁贵跟四凤的工钱算清楚，我已经把他们辞了。

仆　　人　　是，老爷。

周　　萍　　怎么？他们两个怎么样了？

周朴园　　你不知道刚才这个工人也姓鲁，他就是四凤的哥哥么？

周　　萍　　哦，这个人就是四凤的哥哥？不过，爸爸——

周朴园　　（向下人）跟太太说，叫账房给鲁贵同四凤多算两个月的工钱，叫他们今天就去。去吧。

〔仆人由饭厅下。

周　　萍　　爸爸，不过四凤同鲁贵在家里都很好。很忠诚的。

周朴园　　哦，（呵欠）我很累了。我预备到书房歇一下。你叫他们送一碗浓一点的普洱茶来。

周　萍　是,爸爸。

〔朴园由书房下。

周　萍　(叹一口气)嗨!(急向中门下,周冲适由中门上)

周　冲　(着急地)哥哥,四凤呢?

周　萍　我不知道。

周　冲　是父亲要辞退四凤么?

周　萍　嗯,还有鲁贵。

周　冲　即便是她的哥哥得罪了父亲,我们不是把人家打了么?为什么欺负这么一个女孩子干什么?

周　萍　你可问父亲去。

周　冲　这太不讲理了。

周　萍　我也这样想。

周　冲　父亲在哪儿?

周　萍　在书房里。

〔周冲至书房,周萍在屋里踱来踱去。四凤由中门走进,颜色苍白,泪还垂在眼角。

周　萍　(忙走至四凤前)四凤,我对不起你,我实在不认识他。

鲁四凤　(用手摇一摇,满腹说不出的话)

周　萍　可是你哥哥也不应该那样乱说话。

鲁四凤　不必提了,错得很。(即向饭厅去)

周　萍　你干什么去?

鲁四凤　我收拾我自己的东西去。再见吧,明天你走,我怕不能看你了。

周　萍　不,你不要走。(拦住她)

鲁四凤　不,不,你放开我。你不知道我们已经叫你们辞了么?

周　萍　(难过)凤,你——你饶恕我么?

鲁四凤　不,你不要这样。我并不怨你,我知道早晚是有这么一天的,不过,今天晚上你千万不要来找我。

周　萍　可是,以后呢?

鲁四凤　那——再说吧!

周　萍　不,四凤,我要见你,今天晚上,我一定要见你,我有许多话要同你说。四凤,你……

鲁四凤　不,无论如何,你不要来。

周　萍　那你想旁的法子来见我。

鲁四凤　没有旁的法子。你难道看不出这是什么情形么?

周　萍　要这样,我是一定要来的。

鲁四凤　不,不,你不要胡闹。你千万不……
　　　　〔蘩漪由饭厅上。
鲁四凤　哦,太太。
周蘩漪　你们在这儿啊!(向四凤)等一会儿,你的父亲叫电灯匠就回来。什么东西,我可以交给他带回去。也许我派人给你送去。——你家住在什么地方?
鲁四凤　杏花巷十号。
周蘩漪　你不要难过,没事可以常来找我。送给你的衣服,我回头叫人送到你那里去。是杏花巷十号吧?
鲁四凤　是,谢谢太太。
　　　　〔鲁妈在外面叫:四凤!四凤!
鲁四凤　妈,我在这儿。
　　　　〔鲁妈由中门上。
鲁侍萍　四凤,收拾收拾零碎的东西,我们先走吧。快下大雨了。
　　　　〔风声,雷声渐起。
鲁四凤　是,妈妈。
鲁侍萍　(向蘩漪)太太我们走了。(向四凤)四凤,你跟太太谢谢。
鲁四凤　(向太太请安)太太,谢谢!(含着眼泪看周萍,周萍缓缓地转过头去)
　　　　〔鲁妈与四凤由中门下,风雷声更大。
周蘩漪　萍,你刚才同四凤说的什么?
周　萍　你没有权利问。
周蘩漪　萍,你不要以为她会了解你。
周　萍　你这是什么意思?
周蘩漪　你不要再骗我,我问你,你说要到哪儿去?
周　萍　用不着你问。请你自己放尊重一点。
周蘩漪　你说,你今天晚上预备上哪儿去?
周　萍　我——(突然)我找她。你怎么样?
周蘩漪　(恫吓地)你知道她是谁,你是谁么?
周　萍　我不知道。我只知道我现在真喜欢她,她也喜欢我。过去这些日子,我知道你早明白得很,现在你既然愿意说破,我当然不必瞒你。
周蘩漪　你受过这样高等教育的人现在同这么一个底下人的女儿,这是一个下等女人——
周　萍　(爆烈)你胡说!你不配说她下等,你不配!她不像你,她——

周繁漪　（冷笑）小心，小心！你不要把一个失望的女人逼得太狠了，她是什么事都做得出来的。

周　萍　我已经打算好了。

周繁漪　好，你去吧！小心，现在（望窗外，自语，暗示着恶兆地）风暴就要起来了！

周　萍　（领悟地）谢谢你，我知道。

〔朴园由书房上。

周朴园　你们在这儿说什么？

周　萍　我正跟母亲说刚才的事情呢。

周朴园　他们走了么？

周繁漪　走了。

周朴园　繁漪，冲儿又叫我说哭了，你叫他出来，安慰安慰他。

周繁漪　（走到书房门口）冲儿。冲儿！（不听见里面答应的声音，便走进去）

〔外面风雷大作。

周朴园　（走到窗前望外面，风声甚烈，花盆落地打碎的声音）萍儿，花盆叫大风吹倒了，你叫下人快把这窗关上。大概是暴雨就要下来了。

周　萍　是，爸爸！（由中门下）

〔朴园在窗前，望着外面的闪电。

——幕落

第三幕

景——杏花巷十号，在鲁贵家里。

下面是鲁家屋外的情形：

车站的钟打了十下，杏花巷的老少还沿着那白天蒸发着臭气，只有半夜才从租界区域吹来一阵好凉风的水塘边上乘凉。虽然方才落了一阵暴雨，天气还是郁热难堪，天空黑漆漆地布满了恶相的黑云，人们都像晒在太阳下的小草，虽然半夜里沾了点露水，心里还是热燥燥的，期望着再来一次的雷雨。倒是躲在池塘芦苇根下的青蛙叫得起劲，一直不停，闲人谈话的声音有一阵没一阵地。无星的天空时而打着没有雷的闪电，蓝森森地一晃，闪露出来池塘边的垂柳在水面颤动着。闪光过去，还是黑黝黝的一片。

渐渐乘凉的人散了,四周围静下来,雷又隐隐地响着,青蛙像是吓得不敢多叫,风又吹起来,柳叶沙沙地。在深巷里,野狗寂寞地狂吠着。

以后闪电更亮得蓝森森地可怕,雷也更凶恶似地隆隆地滚着,四周却更沉闷地静下来,偶尔听见几声青蛙叫和更大的木梆声,野狗的吠声更稀少,狂雨就快要来了。

最后暴风暴雨,一直到闭幕。

不过观众看见的还是四凤的屋子,(即鲁贵两间房的内屋)前面的叙述除了声音只能由屋子中间一扇木窗户显出来。

在四凤的屋子里面呢:

鲁家现在才吃完晚饭,每个人的心绪都是烦恶的。各人有各人的心思,在一个屋角,鲁大海一个人在擦什么东西。鲁妈同四凤一句话也不说,大家静默着。鲁妈低着头在屋子中间的圆桌旁收拾筷子碗,鲁贵坐在左边一张破靠椅上,喝得醉醺醺地,眼睛发了红丝,像个猴子,半身倚着靠背,望着鲁妈打着嗝。他的赤脚忽然放在椅子上,忽然又平拖在地上,两条腿像人字似地排开。他穿一件白汗衫,半臂已经汗透了,贴在身上,他不住地摇着芭蕉扇。

四凤在中间窗户前面站着,背朝着观众,面向窗外不安地望着,窗外池塘边有乘凉的人们说着闲话,有青蛙的叫声。她时而不安地像听见了什么似的,时而又转过头看了看鲁贵,又烦厌地迅速转过去。在她旁边靠左墙是一张搭好的木板床,上面铺着凉席,一床很干净的夹被,一个凉草枕和一把蒲扇,很整齐地放在上面。

屋子很小,像一切穷人的房子,屋顶低低地压在头上。床头上挂着一张烟草公司的广告画,在左边的墙上贴着过年时贴上的旧画,已经破烂许多地方。靠着鲁贵坐的唯一的一张椅子立了一张小方桌,上面有镜子,梳子,女人用的几件平常的化妆品,那大概就是四凤的梳妆台了。在左墙有一条板凳,在中间圆桌旁边孤零零地立着一个圆凳子,在右边四凤的床下正排着两三双很时髦的鞋。鞋的下头,有一只箱子,上面铺着一块白布,放着一个瓷壶同两三个粗的碗。小圆桌上放着一盏洋油灯,上面罩一个鲜红美丽的纸灯罩;还有几件零碎的小东西;在暗淡的灯影里,零碎的小东西虽看不清楚,却依然令人觉得这大概是一个女人的住房。

这屋子有两个门,在左边——就是有木床的一边——开着一个小门,外面挂着一幅强烈的有花的红幔帐。里面存着煤,一两件旧家具,四凤为着自己换衣服用的。右边有一个破旧的木门,通着鲁家的外间,外面是鲁贵住的地方,是今晚鲁贵夫妇睡的处所。那外间屋的门就通着池塘边泥泞的小道。这里间与外间相通的木门,旁边侧立一副铺板。

〔开幕时正是鲁贵兴致淋漓地刚刚倒完了半咒骂式的家庭训话。屋内都是沉默而紧张的。沉闷中听得出池塘边唱着淫荡的春曲,掺杂着乘凉人们的谈话。各人在想各人的心思,低着头不做声。鲁贵满身是汗,因为喝酒喝得太多,说话也过于费了力气,嘴里流着涎水,脸红得吓人,他好像很得意自己在家里面的位置同威风,拿着那把破芭蕉扇,挥着,舞着,指着。为汗水浸透了似的肥脑袋探向前面,眼睛迷腾腾地,在各个人的身上扫来扫去。

〔大海依旧擦他的手枪,两个女人都不做声,等着鲁贵继续嘶喊。这时青蛙同卖唱的叫声传了过来。

〔四凤立在窗户前,偶尔深深地叹着气。

鲁　贵　(咳嗽起来)他妈的!(一口痰吐在地上,兴奋地问着)你们想,你们哪一个对得起我?(向四凤同大海)你们不要不愿意听,你们哪一个人不是我辛辛苦苦养到大,可是现在你们哪一件事做的对得起我?(先向左,对大海)你说?(忽向右,对四凤)你说?(对着站在中间圆桌旁的鲁妈,胜利地)你也说说,这都是你的好孩子啊!(啪,又一口痰)

〔静默。听外面胡琴同唱声。

鲁大海　(向四凤)这是谁?快十点半还在唱?
鲁四凤　(随意地)一个瞎子同他老婆,每天在这儿卖唱的。(挥着扇,微微叹一口气)
鲁　贵　我是一辈子犯小人,不走运。刚在周家混了两年,孩子都安置好了,就叫你(指鲁妈)连累下去了。你回家一次就出一次事。刚才是怎么回事?我叫完电灯匠回公馆,凤儿的事没有了,连我的老根子也拔了。妈的,你不来,(指鲁妈)我能倒这样的霉?(又一口痰)
鲁大海　(放下手枪)你要骂我就骂我。别指东说西,欺负妈好说话。
鲁　贵　我骂你?你是少爷!我骂你?你连人家有钱的人都当着面骂了,我敢骂你?
鲁大海　(不耐烦)你喝了不到两盅酒,就叨叨叨,叨叨叨,这半点钟你够不够?
鲁　贵　够?哼,我一肚子的冤屈,一肚子的火,我没个够!当初你爸爸也不是没叫人伺候过,吃喝玩乐,我哪一样没讲究过!自从娶了你的妈,我是家败人亡,一天不如一天。一天不如一天……
鲁四凤　那不是你自己赌钱输光的!

鲁大海　你别理他。让他说。

鲁　贵　（只顾嘴头说得畅快，如同自己是唯一的牺牲者一样）我告诉你，我是家败人亡，一天不如一天。我受人家的气，受你们的气。现在好，连想受人家的气也不成了，我跟你们一块儿饿着肚子等死。你们想想，你们是哪一件事对得起我？（忽而觉得自己的腿没处放，面向鲁妈）侍萍，把那凳子拿过来，我放放大腿。

鲁大海　（看着鲁妈，叫她不要管）妈！

〔然而鲁妈还是拿了那唯一的圆凳子过来，放在鲁贵的脚下。他把腿放好。

鲁　贵　（望着大海）可是这怪谁？你把人家骂了，人家一气，当然就把我们辞了。谁叫我是你的爸爸呢？大海，你心里想想，我这么大年纪，要跟着你饿死；我要是饿死，你是哪一点对得起我？我问问你，我要是这样死了？

鲁大海　（忍不住，立起，大声）你死就死了，你算老几！

鲁　贵　（吓醒了一点）妈的，这孩子！

鲁侍萍　大海　　　　　　　　　　（同时惊恐地喊出）

鲁四凤　哥哥！

鲁　贵　（看见大海那副魁梧的身体，同手里拿着的枪，心里有点怕，笑着）你看看，这孩子这点小脾气！——（又接着说）咳，说回来，这也不能就怪大海，周家的人从上到下就没有一个好东西。我伺候他们两年，他们那点出息我哪一样不知道？反正有钱的人顶方便，做了坏事，外面比做了好事装得还体面；文明词越用得多，心里头越男盗女娼。王八蛋！别看今天我走的时候，老爷太太装模做样地跟我尽打官话，好东西，明儿见！他们家里这点出息当我不知道？

鲁四凤　（怕他胡闹）爸！你可，你可千万别去周家！

鲁　贵　（不觉骄傲起来）哼，明天，我把周家太太大少爷这点老底子给它一个宣布，就连老头这老王八蛋也得给我跪下磕头。忘恩负义的东西！（得意地咳嗽起来）他妈的！（啪地又一口痰吐在地上，向四凤）茶呢？

鲁四凤　爸，你真是喝醉了么？刚才不给你放在桌子上么？

鲁　贵　（端起杯子，对四凤）这是白水，小姐！（泼在地上）

鲁四凤　（冷冷地）本来是白水，没有茶。

鲁　贵　（因为她打断他的兴头，向四凤）混帐。我吃完饭总要喝杯好茶，你还不知道么？

鲁大海　（故意地）哦，爸爸吃完饭还要喝茶的。（向四凤）四凤，你怎么不

	把那一两四块八的龙井沏上,尽叫爸爸生气。
鲁四凤	龙井？家里连茶叶末也没有。
鲁大海	(向鲁贵)听见了没有？你就将就将就喝杯开水吧,别这样穷讲究啦。(拿一杯白开水,放在他身旁桌上,走开)
鲁　贵	这是我的家。你要看着不顺眼,你可以滚开。
鲁大海	(上前)你,你——
鲁侍萍	(阻大海)别,别,好孩子。看在妈的份上,别同他闹。
鲁　贵	你自己觉得挺不错,你到家不到两天,就闹这么大的乱子,我没有说你,你还要打我么？你给我滚!
鲁大海	(忍着)妈,他这样子我实在看不下去。妈,我走了。
鲁侍萍	胡说。就要下雨,你上哪儿去？
鲁大海	我有点事。办不好,也许到车厂拉车去。
鲁侍萍	大海,你——
鲁　贵	走,走,让他走。这孩子就是这点穷骨头。叫他滚,滚,滚!
鲁大海	你小心点。你少惹我的火。
鲁　贵	(赖皮)你妈在这儿。你敢把你的爹怎么样？你这杂种!
鲁大海	什么,你骂谁？
鲁　贵	我骂你。你这——
鲁侍萍	(向鲁贵)你别不要脸,你少说话!
鲁　贵	我不要脸？我没有在家养私孩子,还带着个(指大海)嫁人。
鲁侍萍	(心痛极)哦,天!
鲁大海	(抽出手枪)我——我打死你这老东西！(对鲁贵)〔鲁贵叫,站起。急到里间,僵立不动。
鲁　贵	(喊)枪,枪,枪。
鲁四凤	(跑到大海的面前,抱着他的手)哥哥。
鲁侍萍	大海,你放下。
鲁大海	(对鲁贵)你跟妈说,说自己错了,以后永远不再乱说话,乱骂人。
鲁　贵	哦——
鲁大海	(进一步)说呀!
鲁　贵	(被胁)你,你——你先放下。
鲁大海	(气愤地)不,你先说。
鲁　贵	好。(向鲁妈)我说错了,我以后永远不乱说,不骂人了。
鲁大海	(指那唯一的圆椅)还坐在那儿!
鲁　贵	(颓唐地坐在椅上,低着头咕噜着)这小杂种!
鲁大海	哼,你不值得我卖这么大的力气。

鲁侍萍　放下。大海,你把手枪放下。
鲁大海　(放下手枪,笑)妈,妈您别怕,我是吓唬吓唬他。
鲁侍萍　给我。你这手枪是哪儿弄来的?
鲁大海　从矿上带来的,警察打我们的时候掉的,我拾起来了。
鲁侍萍　你现在带在身上干什么?
鲁大海　不干什么。
鲁侍萍　不,你要说。
鲁大海　(狞笑)没有什么,周家逼着我,没有路走,这就是一条路。
鲁侍萍　胡说,交给我。
鲁大海　(不肯)妈!
鲁侍萍　刚才吃饭的时候我跟你说过,周家的事算完了,我们姓鲁的永远不提他们了。
鲁大海　(低声,缓慢地)可是我在矿上流的血呢?周家大少爷刚才打在我脸上的巴掌呢?就完了么?
鲁侍萍　嗯,完了。这一本帐算不清楚,报复是完不了的。什么都是天定,妈愿意你多受点苦。
鲁大海　那是妈自己,我——
鲁侍萍　(高声)大海,你是我最爱的孩子,你听着,我从来不用这样的口气对你说过话。你要是伤害了周家的人,不管是那里的老爷或者少爷,你只要伤害了他们,我是一辈子也不认你的。
鲁大海　可是妈——(恳求)
鲁侍萍　(肯定地)你知道妈的脾气,你若要做了妈最怕你做的事情,妈就死在你的面前。
鲁大海　(长叹一口气)哦!妈,您——(仰头望,又低下头来)那我会恨——恨他们一辈子。
鲁侍萍　(叹一口气)天,那就不能怪我了。(向大海)把手枪给我。(大海不肯)交给我!(走近大海,把手枪拿了过来)
鲁大海　(痛苦)妈,您——
鲁四凤　哥哥,你给妈!
鲁大海　那么您拿去吧。不过您搁的地方得告诉我。
鲁侍萍　好,我放在这个箱子里。(把手枪放在床头的木箱里)可是(对大海)明天一早我就报告警察,把枪交给他。
鲁　贵　对极了,这才是正理。
鲁大海　你少说话!
鲁侍萍　大海。不要这样同父亲说话。

鲁大海　（看鲁贵,又转头）好,妈,我走了。我要看车厂子里有认识的人没有。

鲁侍萍　好,你去。不过,你可得准回来。一家人不许这样怄气。

鲁大海　嗯。就回来。

〔大海由左边与外间通的房门下,听见他关外房的大门的声音。鲁贵立起来看着大海走出去,怀着怨气又回来站在圆桌旁。

鲁　贵　（自言自语）这个小王八蛋！（问鲁妈）刚才我叫你买茶叶,你为什么不买？

鲁侍萍　没有闲钱。

鲁　贵　可是,四凤,我的钱呢？——刚才你们从公馆领来的工钱呢？

鲁四凤　您说周公馆多给的两个月的工钱？

鲁　贵　对了,一共连新加旧六十块钱。

鲁四凤　（知道早晚也要告诉他）嗯,是的,还给人啦。

鲁　贵　什么,你还给人啦？

鲁四凤　刚才赵三又来堵门要你的赌账,妈就把那个钱都还给他了。

鲁　贵　（问鲁妈）六十块钱？都还了账啦？

鲁侍萍　嗯,把你这次的赌账算是还清了。

鲁　贵　（急了）妈的,我的家就是叫你们这样败了的,现在是还账的时候么？

鲁侍萍　（沉静地）都还清了好。这儿的家我预备不要了。

鲁　贵　这儿的家你不要么？

鲁侍萍　我想,大后天就回济南去。

鲁　贵　你回济南,我跟四凤在这儿,这个家也得要啊。

鲁侍萍　这次我带着四凤一块儿走,不叫她一个人在这儿了。

鲁　贵　（对四凤笑）四凤,你听你妈要带着你走。

鲁侍萍　上次我走的时候,我不知道我的事情怎么样。外面人地生疏,在这儿四凤有邻居张大婶照应她,我自然不带她走。现在我那边的事已经定了。四凤在这儿又没有事,我为什么不带她走？

鲁四凤　（惊）您,您真要带我走？

鲁侍萍　（沉痛地）嗯,妈以后说什么也不离开你了。

鲁　贵　不成,这我们得好好商量商量。

鲁侍萍　这有什么可商量的？你要愿意去,大后天一块儿走也可以。不过那儿是找不着你这一帮赌钱的朋友的。

鲁　贵　我自然不到那儿去。可是你要带四凤到那儿干什么？

鲁侍萍　女孩子当然随着妈走,从前那是没有法子。

鲁　贵　（滔滔地）四凤跟我有吃有穿,见的是场面人。你带着她,活受罪,干什么?

鲁侍萍　（对他没有办法）跟你也说不明白。你问问她愿意跟我还是愿意跟你?

鲁　贵　自然是愿意跟我。

鲁侍萍　你问她!

鲁　贵　（自信一定胜利）四凤,你过来,你听清楚了。你愿意怎么样?随你。跟你妈,还是跟我?（四凤转过身来,满脸的眼泪）咦,这孩子,你哭什么?

鲁侍萍　哦,凤儿,我的可怜的孩子。

鲁　贵　说呀,这不是大姑娘上轿,说呀!

鲁侍萍　（安慰地）哦,凤儿,告诉我,刚才你答应得好好地,愿意跟着妈走,现在又怎么哪?告诉我,好孩子。老实地告诉妈,妈还是喜欢你。

鲁　贵　你说你让她走,她心里不高兴。我知道,她舍不得这个地方。（笑）

鲁四凤　（向鲁贵）去!（向鲁妈）别问我,妈,我心里难过。妈,我的妈,我是跟您走的。妈呀!（抽咽,扑在鲁妈的怀里）

鲁侍萍　哦,我的孩子,我的孩子今天受了委屈了。

鲁　贵　你看看,这孩子一身小姐气,她要跟你不是受罪么?

鲁侍萍　（向鲁贵）你少说话,（对四凤）妈命不好,妈对不起你,别难过!以后跟妈在一块儿。没有人会欺负你,哦,我的心肝孩子。

〔大海由左边上。

鲁大海　妈,张家大婶回来了。我刚才在路上碰见的。

鲁侍萍　你,你提到我们卖家具的事么?

鲁大海　嗯,提了。她说,她能想法子。

鲁侍萍　车厂上找着认识的人么?

鲁大海　有,我还要出去,找一个保人。

鲁侍萍　那么我们一同出去吧。四凤,你等着我,我就回来!

鲁大海　（对鲁贵）再见,你酒醒了点么?（向鲁妈）今天晚上我恐怕不回家睡觉。

〔大海、鲁妈同下。

鲁　贵　（目送他们出去）哼,这东西!（见四凤立在窗前,便向她）你妈走了,四凤。你说吧,你预备怎么样呢?

鲁四凤　（不理他,叹一口气,听外面的青蛙声同雷声）

鲁　贵　（蔑视）你看,你这点心思还不浅。

鲁四凤　（掩饰）什么心思？天气热，闷得难受。

鲁　贵　你不要骗我，你吃完饭眼神直瞪瞪的，你在想什么？

鲁四凤　我不想什么。

鲁　贵　（故意伤感地）凤儿，你是我的明白孩子。我就有你这一个亲女儿，你跟你妈一走，那就剩我一个人在这儿哪。

鲁四凤　您别说了，我心里乱得很。（外面打闪）您听，远远又打雷。

鲁　贵　孩子，别打岔，你真预备跟妈回济南么？

鲁四凤　嗯。（吐一口气）

鲁　贵　（无聊地唱）"花开花谢年年有，人过了个青春不再来！"哎，（忽然地）四凤，人活着就是两三年好日子，好机会一错过就完了。

鲁四凤　您，您去吧。我困了。

鲁　贵　（徐徐诱进）周家的事你不要怕。有了我，明天我们还是得回去。你真走得开，（暗指地）你放得下这儿这样好的地方么？你放得下周家——

鲁四凤　（怕他）您不要乱说了。您睡去吧！外边乘凉的人都散了。您为什么不睡去？

鲁　贵　你不要胡思乱想。（说真心话）这世界上没有一个人靠得住，只有钱是真的。唉，偏偏你同你母亲不知道钱的好处。

鲁四凤　听，我像是听见有人来敲门。

〔外面敲门声。

鲁　贵　快十一点，这会有谁？

鲁四凤　爸爸，您让我去看。

鲁　贵　别，让我出去。

〔鲁贵开左门一半。

鲁　贵　谁？

〔外面的声音：这儿姓鲁么？

鲁　贵　是啊，干什么？

〔外面的声音：找人。

鲁　贵　你是谁？

〔外面的声音：我姓周。

鲁　贵　（喜形于色）你看，来了不是？周家的人来了。

鲁四凤　（惊骇着，忙说）不，爸爸，您说我们都出去了。

鲁　贵　咦，（乖巧地看她一眼）这叫什么话？

〔鲁贵下。

鲁四凤　（把屋子略微整理一下，不用的东西放在左边帐后的小屋里，立在

右边角上,等候着客进来)

〔这时,听见周冲同鲁贵说话的声音,一时鲁贵同周冲上。

周　　冲　(见着四凤高兴地)四凤!
鲁四凤　(奇怪地望着)二少爷!
鲁　　贵　(谄笑)您别见笑,我们这儿穷地方。
周　　冲　(笑)这地方真不好找。外边有一片水,很好的。
鲁　　贵　二少爷。您先坐下。四凤,(指圆椅)你把那张好椅子拿过来。
周　　冲　(见四凤不说话)四凤,怎么,你不舒服么?
鲁四凤　没有。——(规规矩矩地)二少爷,你到这里来干什么?要是太太知道了,你——
周　　冲　这是太太叫我来的。
鲁　　贵　(明白了一半)太太要您来的?
周　　冲　嗯,我自己也想来看看你们。(问四凤)你哥哥同母亲呢?
鲁　　贵　他们出去了。
鲁四凤　你怎么知道这个地方?
周　　冲　(天真地)母亲告诉我的。没想到这地方还有一大片水,一下雨真滑,黑天要是不小心,真容易摔下去。
鲁　　贵　二少爷,您没摔着么?
周　　冲　(希罕地)没有。我坐着家里的车,很有趣的。(四面望望这屋子的摆设,很高兴地笑着,看四凤)哦,你原来在这儿!
鲁四凤　我看你赶快回家吧。
鲁　　贵　什么?
周　　冲　(忽然)对了,我忘了我为什么来的了。妈跟我说,你们离开我们家,她很不放心;她怕你们一时找不着事情,叫我送给你母亲一百块钱。(拿出钱)
鲁四凤　什么?
鲁　　贵　(以为周家的人怕得罪他,得意地笑着,对四凤)你看人家多厚道,到底是人家有钱的人。
鲁四凤　不,二少爷,你替我谢谢太太,我们还好过日子。拿回去吧。
鲁　　贵　(向四凤)你看你,哪有你这么说话的?太太叫二少爷亲自送来,这点意思我们好意思不领下么?(收下钞票)你回头跟太太回一声,我们都挺好的。请太太放心,谢谢太太。
鲁四凤　(固执地)爸爸,这不成。
鲁　　贵　你小孩子知道什么?
鲁四凤　您要收下,妈跟哥哥一定不答应。

鲁　贵　（不理她，向周冲）谢谢您老远跑一趟。我先给您买点鲜货吃，您同四凤在屋子里坐一坐，我失陪了。

鲁四凤　爸，您别走！不成。

鲁　贵　别尽说话，你先给二少爷倒一碗茶。我就回来。

〔鲁贵忙下。

周　冲　（不由衷地）让他走了也好。

鲁四凤　（厌恶地）唉，真是下作！——（不愿意地）谁叫你送钱来了？

周　冲　你，你，你像是不愿意见我似的。为什么呢？我以后不再乱说话了。

鲁四凤　（找话说）老爷吃过饭了么？

周　冲　刚刚吃过。老爷在发脾气，母亲没吃完就跑到楼上生气。我劝了她半天，要不我还不会这样晚来。

鲁四凤　（故意不在心地）大少爷呢？

周　冲　我没有见着他，我知道他很难过，他又在自己房里喝酒，大概是喝醉了。

鲁四凤　哦！（叹一口气）——你为什么不叫底下人替你来？何必自己跑到这穷人住的地方来？

周　冲　（诚恳地）你现在怨了我们吧！——（羞愧地）今天的事，我真觉得对不起你们，你千万不要以为哥哥是个坏人。他现在很后悔，你不知道他，他还很喜欢你。

鲁四凤　二少爷，我现在已经不是周家的用人了。

周　冲　然而我们永远不可以算是顶好的朋友么？

鲁四凤　我预备跟我妈回济南去。

周　冲　不，你先不要走。早晚你同你父亲还可以回去的。我们搬了新房子，我的父亲也许回到矿上去，那时你就回来，那时候我该多么高兴！

鲁四凤　你的心真好。

周　冲　四凤，你不要为这一点小事来忧愁。世界大的很，你应当读书，你就知道世界上有过许多人跟我们一样地忍受着痛苦，慢慢地苦干，以后又得到快乐。

鲁四凤　唉，女人究竟是女人！（忽然）你听，（蛙鸣）蛤蟆怎么不睡觉，半夜三更的还叫呢？

周　冲　不，你不是个平常的女人，你有力量，你能吃苦，我们都还年轻，我们将来一定在这世界为着人类谋幸福。我恨这不平等的社会，我恨只讲强权的人，我讨厌我的父亲，我们都是被压迫的人，我们是一样。——

鲁四凤　二少爷，您渴了吧，我给您倒一杯茶。（站起倒茶）

周　　冲　　不，不要。

鲁四凤　　不，让我再伺候伺候您。

周　　冲　　你不要这样说话，现在的世界是不该存在的。我从来没有把你当做我的底下人，你是我的凤姐姐，你是我引路的人，我们的真世界不在这儿。

鲁四凤　　哦，你真会说话。

周　　冲　　有时我就忘了现在，(梦幻地)忘了家，忘了你，忘了母亲，并且忘了我自己。我想，我像是在一个冬天的早晨，非常明亮的天空，……在无边的海上……哦，有一条轻得像海燕似的小帆船，在海风吹得紧，海上的空气闻得出有点腥，有点咸的时候，白色的帆张得满满地，像一只鹰的翅膀斜贴在海面上飞，飞，向着天边飞。那时天边上只淡淡地浮着两三片白云，我们坐在船头，望着前面，前面就是我们的世界。

鲁四凤　　我们？

周　　冲　　对了，我同你，我们可以飞，飞到一个真真干净、快乐的地方，那里没有争执，没有虚伪，没有不平等的，没有……(头微仰，好像眼前就是那么一个所在，忽然)你说好么？

鲁四凤　　你想得真好。

周　　冲　　(亲切地)你愿意同我一块儿去么，就是带着他也可以的。

鲁四凤　　谁？

周　　冲　　你昨天告诉我的，你说你的心已经许给了他，那个人他一定也像你，他一定是个可爱的人。

〔大海进。

鲁四凤　　哥哥。

鲁大海　　(冷冷地)这是怎么回事？

周　　冲　　鲁先生！

鲁四凤　　周家二少爷来看我们来了。

鲁大海　　哦——我没想到你们现在在这儿？父亲呢？

鲁四凤　　出去买东西去啦。

鲁大海　　(向周冲)奇怪得很！这么晚！周少爷会到我们这个穷地方来——看我们。

周　　冲　　我正想见你呢。你，你愿意——跟我拉拉手么？(把右手伸出去)

鲁大海　　(乖戾地)我不懂得外国规矩。

周　　冲　　(把手又缩回来)那么，让我说，我觉得我心里对你很抱歉的。

鲁大海　　什么事？

周　冲　（红脸）今天下午,你在我们家里——
鲁大海　（勃然）请你少提那桩事。
鲁四凤　哥哥,你不要这样。人家是好心好意来安慰我们。
鲁大海　少爷,我们用不着你的安慰,我们生成一副穷骨头,用不着你半夜的时候到这儿来安慰我们。
周　冲　你大概是误会了我的意思。
鲁大海　（清楚地）我没有误会。我家里没有第三个人,我妹妹在这儿,你在这儿,这是什么意思?
周　冲　我没想到你这么想。
鲁大海　可是谁都这样想。（回头向四凤）出去。
鲁四凤　哥哥!
鲁大海　你先出去,我有几句话要同二少爷说。（见四凤不走）出去!
〔四凤慢慢地由左门出去。
鲁大海　二少爷,我们谈过话,我知道你在你们家里还算是明白点的;不过你记着,以后你要再到这儿来,来——安慰我们,（突然凶暴地）我就打断你的腿。
周　冲　打断我的腿?
鲁大海　（肯定的神态）嗯!
周　冲　（笑）我想一个人无论怎样总不会拒绝别人的同情吧。
鲁大海　同情不是你同我的事,也要看看地位才成。
周　冲　大海,我觉得你有时候有些偏见太重,有钱的人并不是罪人,难道说就不能同你们接近么?
鲁大海　你太年轻,多说你也不明白。痛痛快快地告诉你吧,你就不应当到这儿来,这儿不是你来的地方。
周　冲　为什么?——你今早还说过,你愿意做我的朋友,我想四凤也愿意做我的朋友,那么我就不可以来帮点忙么?
鲁大海　少爷,你不要以为这样就是仁慈。我听说,你想叫四凤念书?是么?四凤是我的妹妹,我知道她!她不过是一个没有定性平平常常的女孩子,也是想穿丝袜子,想坐汽车的。
周　冲　那你看错了她。
鲁大海　我没有看错。你们有钱人的世界,她多看一眼,她就得多一番烦恼。你们的汽车,你们的跳舞,你们闲在的日子,这两年已经把她的眼睛看迷了,她忘了她是从哪里来的,她现在回到她自己的家里看什么都不顺眼啦。可是她是个穷人的孩子,她的将来是给一个工人当老婆,洗衣服,做饭,捡煤渣。哼,上学,念书,嫁给一个阔人当太太,那是一个小姐的梦!这些在我们穷人连想都想不起的。

周　冲　你的话固然有点道理,可是——

鲁大海　所以如果矿主的少爷真替四凤着想,那我就请少爷从今以后不要同她往来。

周　冲　我认为你的偏见太多,你不能说我的父亲是个矿主,你就要——

鲁大海　现在我警告你,(瞪起眼睛来)……

周　冲　警告?

鲁大海　如果什么时候我再看见你跑到我家里,再同我的妹妹在一块,我一定——(笑,忽然态度和善些下去)好,我盼望没有这事情发生,少爷,时候不早了,我们要睡觉了。

周　冲　你,你那样说话,——是我想不到的,我没想到我的父亲的话还是对的。

鲁大海　(阴沉地)哼,(爆发)你的父亲是个老混蛋!

周　冲　什么?

鲁大海　你的哥哥是——

〔四凤由左门跑进。

鲁四凤　你,你别说了!(指大海)我看你,你简直变成个怪物!

鲁大海　你,你简直是个糊涂虫!

鲁四凤　我不跟你说话了!(向周冲)你走吧,你走吧,不要同他说啦。

周　冲　(无奈地,看看大海)好,我走。(向四凤)我觉得很对不起你,来到这儿,更叫你不快活。

鲁四凤　不要提了,二少爷,你走吧,这不是你呆的地方。

周　冲　好,我走!(向大海)再见,我原谅你,(温和地)我还是愿意做你的朋友。(伸出手来)你愿意同我拉一拉手么?

〔大海没有理他,把身子转进去。

鲁四凤　哼!

〔周冲也不再说什么,即将走下。

〔鲁贵由左门上,捧着水果,酒瓶,同酒菜,脸更红,步伐有点错乱。

鲁　贵　(见周冲要走)怎么?

鲁大海　让开点,他要走了。

鲁　贵　别,别,二少爷为什么刚来就走?

鲁四凤　(愤愤)你问哥哥去!

鲁　贵　(明白了一半,忽然笑向着周冲)别理他,您坐一会儿。

周　冲　不,我是要走了。

鲁　贵　那二少爷吃点什么再走,我老远地给您买的鲜货,吃点,喝两盅再走。

周　冲　不,不早了,我要回家了。

鲁大海　(向四凤,指鲁贵的食物)他从哪儿弄来的钱买这些东西?

鲁　贵　(转过头向大海)我自己的,你爸爸赚的钱。

鲁四凤　不,爸爸,这是周家的钱!你又胡花了!(回头向大海)刚才周太太送给妈一百块钱。妈不在,爸爸不听我的话收下了。

鲁　贵　(狠狠地看四凤一眼,解释地,向大海说)人家二少爷亲自送来的。我不收还像话么?

鲁大海　(走到周冲面前)什么,你刚才是给我们送钱来的?

鲁四凤　(向大海)你现在才明白!

鲁　贵　(向大海——脸上露了卑下的颜色)你看,人家周家都是好人。

鲁大海　(掉过脸来向鲁贵)把钱给我!

鲁　贵　(疑惧地)干什么?

鲁大海　你给不给?(声色俱厉)不给,你可记得住放在箱子里的是什么东西么?

鲁　贵　(恐惧地)我给,我给!(把钞票掏出来交给大海)钱在这儿,一百块。

鲁大海　(数一遍)什么,少十块。

鲁　贵　(强笑着)我,我,我花了。

周　冲　(不愿再看他们)再见吧,我走了。

鲁大海　(拉住他)你别走,你以为我们能上你这样的当么?

周　冲　这句话怎么讲?

鲁大海　我有钱,我有钱,我口袋里刚刚剩下十块钱。(拿出零票同现洋,放在一块)刚刚十块。你拿走吧,我们不需要你们可怜我们。

鲁　贵　这不像话!

周　冲　你这个人真有点儿不懂人情。

鲁大海　对了,我不懂人情,我不懂你们这种虚伪,这种假慈悲,我不懂……

鲁四凤　哥哥!

鲁大海　拿走。我要你给我滚,给我滚蛋。

周　冲　(他的整个的幻想被打散了一半,失望地立了一会,忽然拿起钱)好,我走;我走,我错了。

鲁大海　我告诉你,以后你们周家无论哪一个再来,我就打死他,不管是谁!

周　冲　谢谢你。我想周家除了我不会再有人这么糊涂的,再见吧!(向右门下)

鲁　贵　大海。

鲁大海　(大声)叫他滚!

鲁　贵　好好好,我给您点灯,外屋黑!

周　冲　谢谢你。
　　　　〔二人由右门下。
鲁四凤　二少爷！（跑下）
鲁大海　四凤，四凤，你别去！（见四凤已下）这个糊涂孩子！
　　　　〔鲁妈由右门上。
鲁大海　妈。您知道周家二少爷来了。
鲁侍萍　嗯，我看见一辆洋车在门口，我不知道是谁来，我没敢进来。
鲁大海　您知道刚才我把他赶了么？
鲁侍萍　（沉重地点一点头）知道，我刚才在门口听了一会。
鲁大海　周家的太太送了您一百块钱。
鲁侍萍　哼！（愤然）不用她给钱，我会带着女儿走的。
鲁大海　您走？带着四凤走？
鲁侍萍　嗯，明天就走。
鲁大海　明天？
鲁侍萍　我改主意了，明天。
鲁大海　好极啦！那我就不必说旁的话了。
鲁侍萍　什么？
鲁大海　（暗晦地）没有什么，我回来的时候看见四凤跟这位二少爷谈天。
鲁侍萍　（不自主地）谈什么？
鲁大海　（暗示地）不知道，像是很亲热似的。
鲁侍萍　（惊）哦？……（自语）这个糊涂孩子。
鲁大海　妈，您见着张大婶怎么样？
鲁侍萍　卖家具，已经商量好了。
鲁大海　好，妈，我走了。
鲁侍萍　你上哪儿去？
鲁大海　（孤独地）钱完了，我也许拉一晚上车。
鲁侍萍　干什么？不，用不着，妈这儿有钱，你在家睡觉。
鲁大海　不，您留着自己用吧，我走了。
　　　　〔大海由右门下。
鲁侍萍　（喊）大海，大海！
　　　　〔四凤上。
鲁四凤　妈，（不安地）您回来了。
鲁侍萍　你忙着送周家的少爷，没有顾到看见我。
鲁四凤　（解释地）二少爷是他母亲叫他来的。
鲁侍萍　我听见你哥哥说，你们谈了半天的话吧？

鲁四凤　您说我跟周家二少爷？

鲁侍萍　嗯，他谈了些什么？

鲁四凤　没有什么！——平平常常的话。

鲁侍萍　凤儿，真的？

鲁四凤　您听哥哥说了些什么话？哥哥是一点人情也不懂。

鲁侍萍　（严肃地）凤儿，（看着她，拉着她的手）你看看我，我是你的妈。是不是？

鲁四凤　妈，您怎么啦？

鲁侍萍　凤，妈是不是顶疼你？

鲁四凤　妈，您为什么说这些话？

鲁侍萍　我问你，妈是不是天底下最可怜，没有人疼的一个苦老婆子？

鲁四凤　不，妈，您别这样说话，我疼您。

鲁侍萍　凤儿，那我求你一件事。

鲁四凤　妈，您说啦，您说什么事！

鲁侍萍　你得告诉我，周家的少爷究竟跟你——怎么样了？

鲁四凤　哥总是瞎说八道的——他跟您说了什么？

鲁侍萍　不是哥，他没说什么，妈要问你！

〔远处隐雷。

鲁四凤　妈，您为什么问这个？我不跟您说过吗？一点也没什么。妈，没什么！

〔远处隐雷。

鲁侍萍　你听，外面打着雷。妈妈是个可怜人，我的女儿在这些事上不能再骗我！

鲁四凤　（顿）妈，我不骗您！我不是跟您说过，这两年——

〔鲁贵的声音：（在外屋）侍萍，快来睡觉吧，不早了。

鲁侍萍　别管我，你先睡你的。

〔鲁贵：你来！

鲁侍萍　你别管我！——（对四凤）你说什么？

鲁四凤　我不是跟你说过，这两年，我天天晚上——回家的？

鲁侍萍　孩子，你可要说实话，妈经不起再大的事啦。

鲁四凤　妈，（抽咽）妈，您为什么不信您自己的女儿呢？（扑在鲁妈怀里大哭，鲁妈抱着她）

鲁侍萍　（落眼泪）凤儿，可怜的孩子，不是我不相信你，我太爱你，我生怕外人欺负了你，（沉痛地）我太不敢相信世界上的人了。傻孩子，你不懂妈的心，妈的苦多少年是说不出来的，你妈就是在年轻的时候没有人来提醒,——可怜,妈就是一步走错,就步步走错了。孩子,我就生了你这么一个女儿,我的女儿不能再像她妈似的。人的心都靠不住,我并不是说人坏,我就是恨人性太弱,太容易变了。孩子,你是我的,你是我唯一的宝贝,你永远疼我!你要是再骗我,那就是杀了我了,我的苦命的孩子!

鲁四凤　不,妈,不,我以后永远是妈的了。

鲁侍萍　(忽然)凤儿,我在这儿一天耽心一天,我们明天一定走,离开这儿。

鲁四凤　(立起)什么,明天就走?

鲁侍萍　(果断地)嗯。我改主意了,我们明天就走。永远不回这儿来了。

鲁四凤　我们永远不回到这儿来了。妈,不,为什么这么早就走?

鲁侍萍　孩子,你要干什么?

鲁四凤　(踌躇地)我,我——

鲁侍萍　不愿意早一点儿跟妈走?

鲁四凤　(叹一口气,苦笑)也好,我们明天走吧。

鲁侍萍　(忽然疑心地)孩子,你还有什么事瞒着我。

鲁四凤　(擦着眼泪)妈,没有什么。

鲁侍萍　(慈祥地)好孩子,你记住妈刚才说的话么?

鲁四凤　记得住!

鲁侍萍　凤儿,我要你永远不见周家的人!

鲁四凤　好,妈!

鲁侍萍　(沉重地)不,要起誓。

〔四凤畏怯地望着鲁妈的严厉的脸。

鲁四凤　哦,这何必呢?

鲁侍萍　(依然严肃地)不,你要说。

鲁四凤　(跪下)妈,(扑在鲁妈身上)不,妈,我——我说不了。

鲁侍萍　(眼泪流下来)你愿意让妈伤心么?你忘记妈三年前为着你的病几乎死了么?现在你——(回头泣)

鲁四凤　妈,我说,我说。

鲁侍萍　(立起)你就这样跪下说。

鲁四凤　妈,我答应您,以后我永远不见周家的人。

〔雷声轰地滚过去。

鲁侍萍　孩子,天上在打着雷,你要是以后忘了妈的话,见了周家的人呢?

鲁四凤　(畏怯地)妈,我不会的,我不会的。

鲁侍萍　孩子,你要说,你要说。假若你忘了妈的话,——

〔外面的雷声

鲁四凤　（不顾一切地）那——那天上的雷劈了我。（扑在鲁妈怀里）哦,我的妈呀！（哭出声）

〔雷声轰地滚过去。

鲁侍萍　（抱着女儿,大哭）可怜的孩子,妈不好,妈造的孽,妈对不起你,是妈对不起你。（泣）

〔鲁贵由右门上。脱去短衫,他只有一件线坎肩,满身肥肉,脸上冒着油,唱着春调,眼迷迷地望着鲁妈同四凤。

鲁　贵　（向鲁妈）这么晚还不睡？你说点子什么？
鲁侍萍　你别管,你一个人去睡吧。我今天晚上就跟四凤一块儿睡了。
鲁　贵　什么？
鲁四凤　不,妈,您去吧。让我一个人在这儿。
鲁　贵　侍萍,凤儿这孩子难过一天了,你搅她干什么？
鲁侍萍　孩子,你真不要妈陪着你么？
鲁四凤　妈,您让我一个人在屋子里歇着吧。
鲁　贵　来吧,干什么？你叫这孩子好好地歇一会儿吧,她总是一个人睡的。我先走了。

〔鲁贵下。

鲁侍萍　也好,凤儿,你好好地睡,过一会我再来看你。
鲁四凤　嗯,妈！

〔鲁妈下。

〔四凤把右边门关上,隔壁鲁贵又唱"花开花谢年年有,人过了个青春不再来"的春调。她到圆桌前面,把洋灯的火捻小了,这时听见外面的蛙声同狗叫。她坐在床边,换了一双拖鞋,立起解开几个扣子,走两步,却又回来坐在床边,深深地叹一口气倒在床上。外屋鲁贵还低声在唱,母亲像是低声在劝他不要闹。屋外敲着一声一声的梆子。四凤又由床上坐起,拿起蒲扇用力地挥着。闷极了,她把窗户打开,立在窗前,散开自己的头发,深深吸一口长气,轻轻只把窗户关上一半。她还是烦,她想起许多许多的事。她拿手绢擦一擦脸上的汗,走到圆桌旁,又听见鲁贵说话同唱的声音。她苦闷地叫了一声"天！"忽然拿起酒瓶,放在口里喝一口。她摸摸自己的胸,觉得心里在发烧,便在桌旁坐下。

〔鲁贵由左门上,赤足,拖着鞋。

鲁　贵　你怎么还不睡？
鲁四凤　（望望他）嗯。

鲁　贵　（看她还拿着酒瓶）谁叫你喝酒啦？（拿起酒瓶同酒菜，笑着）快睡吧。

鲁四凤　（失神地）嗯。

鲁　贵　（走到门口）不早了，你妈都睡着了。

　　　　〔鲁贵下。

　　　　〔四凤到右门口，把门关上，立在右门旁一会，听见鲁贵同鲁妈说话的声音，走到圆桌旁，长叹一声，低而重地捶着桌子，扑在桌上抽咽。"天哪！"外面有口哨声，远远地。四凤突然立起，畏惧地屏住气息谛听，忽然把桌上的灯转明，跑到窗前，开窗探头向外望，过后她立刻关上，背倚着窗户，惧怕，胸间起伏不定粗重地呼吸。但是口哨的声音更清楚，她把一张红纸罩了灯，放在窗前，她的脸发白，在喘。口哨愈近，远远一阵雷，她怕了，她又把灯拿回去。她把灯转暗，倚在桌上谛听着。窗外面有脚步的声音，一两声咳嗽。四凤轻轻走到窗前，脸向着观众，倚在窗上。

　　　　〔外面的声音：（敲着窗户）

鲁四凤　（颤声）哦！

　　　　〔外面的声音：（敲着窗户，低声）喂！开！开！

鲁四凤　谁？

　　　　〔外面的声音：（含糊地）你猜。

鲁四凤　（颤声）你，你来干什么？

　　　　〔外面的声音：（暗晦地）你猜猜！

鲁四凤　我现在不能见你。（脸色灰白，声音打着颤）

　　　　〔外面的声音：（含糊的笑声）这是你心里的话么？

鲁四凤　（急切地）我妈在家里。

　　　　〔外面的声音：（带着诱意）不用骗我！她睡着了。

鲁四凤　（关心地）你小心，我哥哥恨透了你。

　　　　〔外面的声音：（漠然）他不在家，我知道。

鲁四凤　（转身，背向观众）你走！

　　　　〔外面的声音：我不！（外面向里用力推窗门，四凤用力挡住）

鲁四凤　（焦急地）不，不，你不要进来。

　　　　〔外面的声音：（低声）四凤，我求你，你开开！

鲁四凤　不，不！已经到了半夜，我的衣服都脱了。

　　　　〔外面的声音：（急迫地）什么，你衣服脱了？

鲁四凤　（点头）嗯，我已经在床上睡着了。

　　　　〔外面的声音：（颤声）那……那……我就……我（叹一口长

气)——

鲁四凤　（恳求地）那你不要进来吧,好不好?

〔外面的声音:（转了口气）好,也好,我就走,（又急切地）可是你先打开窗门,叫我……

鲁四凤　不,不,你赶快走!

〔外面的声音:（急切地恳求）不,四凤,你只叫我……啊……只叫我亲一回吧。

鲁四凤　（苦痛地）啊,大少爷,这不是你的公馆,你饶了我吧。

〔外面的声音:（怨恨地）那么你忘了我了,你不再想……

鲁四凤　（决心地）对了。（转过身,面向观众,苦痛地）我忘了你了。你走吧。

〔外面的声音:（忽然地）是不是刚才我的弟弟来了?

鲁四凤　嗯,（踌躇地）……他……他……他来了!

〔外面的声音:（尖酸地）哦!（长长叹一口气）那就怪不得你,你现在这样了。

鲁四凤　（没有办法）你明明知道我是不喜欢他的。

〔外面的声音:（狠毒地）哼,没有心肝,只要你变了心,小心我……（冷笑）

鲁四凤　谁变了心?

〔外面的声音:（恶躁地）那你为什么不打开门,让我进来?你不知道我是真爱你么?我没有你不成么?

鲁四凤　（哀诉地）哦,大少爷,你别再缠我好不好?今天一天你替我们闹出许多事,你还不够么?

〔外面的声音:（真挚地）那我知道错了,不过,现在我要见你,对了,我要见你。

鲁四凤　（叹一口气）好,那明天说吧! 明天我依你,什么都成!

〔外面的声音:（恳切地）明天?

鲁四凤　（苦笑,眼泪落了下来,擦眼泪）明天! 对了,明天。

〔外面的声音:（犹疑地）明天,真的?

鲁四凤　嗯,真的,我没有骗过你。

〔外面的声音:好吧,就这样吧,明天,你不要冤我。

〔足步声。

鲁四凤　你走了?

〔外面的声音:嗯,走了。

〔足步声渐远。

鲁四凤　（心里一块石头落下来，自语）他走了！哦，（摸自己的胸）这样闷，这样热。（把窗户打开，立窗前，风吹进来，她摸自己火热的面孔，深深叹一口气）唉！

　　　　〔周萍忽然立在窗口。

鲁四凤　哦，妈呀！（忙关窗门，周萍已推开一点，二人挣扎）

周　萍　（手推着窗门）这次你赶不走我了。

鲁四凤　（用力地）你……你……你走！（二人一推一拒相持中）

　　　　〔周萍到底越过窗进来，他满身泥泞，右半脸沾着鲜红的血。

鲁　萍　你看我还是进来了。

鲁四凤　（退后）你又喝醉了！

周　萍　不，（乞怜地）四凤，你为什么躲我？你今天变了，我明天一早就走，你骗我，你要我明天见你。我能见你就是这一点时候，你为什么害怕不敢见我？（右半血脸转过来）

鲁四凤　（怕）你的脸怎么啦？（指周萍的血脸）

周　萍　（摸脸，一手的血）为着找你，我路上摔的。（挨近四凤）

鲁四凤　不，不，你走吧，我求你，你走吧。

周　萍　（奇怪地笑着）不，我得好好地看看你。（拉住她的手）

　　　　〔雷声大作。

鲁四凤　（躲开）不，你听，雷，雷，你给我关上窗户。

　　　　〔周萍关上窗户。

周　萍　（挨近）你怕什么？

鲁四凤　（颤声）我怕你，（退后）你的样子难看，你的脸满是血。……我不认识你……你是……

周　萍　（怪样地笑）你以为我是谁？傻孩子。（拉她的手）

　　　　〔外面有女人叹气的声音，敲窗户。

鲁四凤　（推开他）你听，这是什么？像是有人在敲窗户。

周　萍　（听）胡说，没有什么！

鲁四凤　有，有，你听，像有个女人在叹气。

周　萍　（听）没有，没有，（忽然笑）你大概见了鬼。

　　　　〔雷声大作，一声霹雳。

鲁四凤　（低声）哦，妈。（跑到周萍怀里）我怕！（躲在角落里）

　　　　〔雷声轰轰，大雨下，舞台渐暗。一阵风吹开窗户，外面黑黢黢的。忽然一片蓝森森的闪电。照见了蘩漪的惨白发死青的脸露在窗台上面。她像个死尸，任着一条一条的雨水向散乱的头发上淋她，痉挛地不出声地苦笑，泪水流到眼角下，望着里面只顾拥抱的人们。

〔闪电止了，窗外又是黑漆漆的。再闪时，见她伸进手，拉着窗扇，慢慢地由外面关上。雷更隆隆地响着，屋子整个黑下来。黑暗里，只听见四凤低声说话。

鲁四凤　（低声）你抱紧我，我怕极了。

〔舞台黑暗一时，只露着圆桌上的洋灯，和窗外蓝森森的闪电。听见屋外大海叫门的声音，大海进门的声音。舞台渐明，周萍坐在圆椅上，四凤在旁立，床上微乱。

周　萍　（谛听）这是谁？

鲁四凤　你别作声！

〔鲁妈的声音：怎么回来了，大海？

〔大海的声音：雨下得太大，车厂的房子塌了。

鲁四凤　（低声而急促地）哥哥来了，你走，你赶快走。

〔周萍忙至窗前，推窗。

周　萍　（推不动）奇怪！

鲁四凤　怎么？

周　萍　（急迫地）窗户外面有人关上了。

鲁四凤　（怕）真的，那会是谁？

周　萍　（再推）不成，开不动。

鲁四凤　你别作声音，他们就在门口。

〔大海的声音：铺板呢？

〔鲁妈的声音：在四凤屋里。

鲁四凤　哦，萍，他们要进来。你藏，你藏起来。

〔四凤正引周萍入左门，大海持灯推门进。

鲁大海　（慢，嘘声）什么？（见四凤同周萍，二人俱僵立不动，静默，哑声）妈，您快进来，我见了鬼！

〔鲁妈急进。

鲁侍萍　（喑哑）天！

鲁四凤　（见鲁妈进，即由右门跑出，苦痛地）啊！

〔鲁妈扶着门闩。几乎晕倒。

鲁大海　哦，原来是你！（拾起桌上铁刀，奔向周萍，鲁妈用力拉着他的衣襟）

鲁侍萍　大海，你别动，你动，妈就死在你的面前。

鲁大海　您放下我，您放下我！（急得跺脚）

鲁侍萍　（见周萍惊立不动，顿足）糊涂东西，你还不跑？

〔周萍由右门跑下。

鲁大海 （喊）抓住他！爸，抓住他！（大海被母亲拖着，他想追，把她在地上拖了几步）
鲁侍萍 （见周萍已跑远，坐在地上发呆）哦，天！
鲁大海 （跺足）妈！妈！你好糊涂！
〔鲁贵上。
鲁　贵 他走了？咦，可是四凤呢？
鲁大海 不要脸的东西，她跑了。
鲁侍萍 哦，我的孩子，我的孩子，外面的河涨了水，我的孩子。你千万别糊涂！四凤！（跑）
鲁大海 （拉着她）你上哪儿？
鲁侍萍 这么大的雨她跑出去，我要找她。
鲁大海 好，我也去。
鲁侍萍 我等不了！（跑下，喊"四凤！"声音愈走愈远）
〔鲁贵忽然也戴上帽子跑出，大海一人立在圆桌前不动，他走到箱子那里，把手枪取出来，看一看。揣在怀里，快步走下。外面是暴风雨的声音，同鲁妈喊四凤的声音。

——幕急落

第四幕

景——周宅客厅内。半夜两点钟的光景。

〔开幕时，周朴园一人坐在沙发上，读文件；旁边燃着一个立灯，四周是黑暗的。
〔外面还隐隐滚着雷声，雨声淅沥可闻，窗前帷幕垂下来了，中间的门紧紧地掩了，由门上玻璃望出去，花园的景物都掩埋在黑暗里，除了偶尔天空闪过一片耀目的电光，蓝森森的看见树同电线杆，一瞬又是黑漆漆的。

周朴园 （放下文件，呵欠，疲倦地伸一伸腰）来人啦！（取眼镜，擦目，声略高）来人！（擦着眼镜，走到左边饭厅门口，又恢复平常的声调）这儿有人么？（外面闪电，停，走到右边柜前，按铃。无意中又望见侍萍的相片，拿起，戴上眼镜看）
〔仆人上。
仆　人 老爷！

周朴园　我叫了你半天。

仆　人　外面下雨，听不见。

周朴园　(指钟)钟怎么停了？

仆　人　(解释地)每次总是四凤上的，今天她走了，这件事就忘了。

周朴园　什么时候了？

仆　人　嗯，——大概有两点钟了。

周朴园　刚才我叫帐房汇一笔钱到济南去，他们弄清楚了没有？

仆　人　您说寄给济南一个，一个姓鲁的，是么？

周朴园　嗯。

仆　人　预备好了。

　　〔外面闪电，朴园回头望花园。

周朴园　藤萝架那边的电线，太太叫人来修理了么？

仆　人　叫了，电灯匠说下着大雨不好修理，明天再来。

周朴园　那不危险么？

仆　人　可不是么？刚才大少爷的狗走过那儿，碰着那根电线，就给电死了。现在那儿已经用绳子圈起来，没有人走那儿。

周朴园　哦。——什么，现在几点了？

仆　人　两点多了。老爷要睡觉么？

周朴园　你请太太下来。

仆　人　太太睡觉了。

周朴园　(无意地)二少爷呢？

仆　人　早睡了。

周朴园　那么，你看看大少爷。

仆　人　大少爷吃完饭出去，还没有回来。

　　〔沉默半晌。

周朴园　(走回沙发前坐下，寂寞地)怎么这屋子一个人也没有？

仆　人　是，老爷，一个人也没有。

周朴园　今天早上没有一个客来。

仆　人　是，老爷。外面下着很大的雨，有家的都在家里呆着。

周朴园　(呵欠，感到更深的空洞)家里的人也只有我一个人还在醒着。

仆　人　是，差不多都睡了。

周朴园　好，你去吧。

仆　人　您不要什么东西么？

周朴园　我不要什么。

　　〔仆人由中门下。朴园站起来，在厅中来回沉闷地踱着，又停在右边柜前,拿起侍萍的相片。开了中间的灯。
〔周冲由饭厅上。

周　冲　（没想到父亲在这儿）爸！
周朴园　（露喜色）你——你没有睡?
周　冲　嗯。
周朴园　找我么?
周　冲　不,我以为母亲在这儿。
周朴园　（失望）哦——你母亲在楼上。
周　冲　没有吧,我在她的门上敲了半天,她的门锁着。——是的,那也许。——爸,我走了。
周朴园　冲儿,（周冲立）不要走。
周　冲　爸,您有事?
周朴园　没有。（慈爱地）你现在怎么还不睡?
周　冲　（服从地）是,爸,我睡晚了,我就睡。
周朴园　你今天吃完饭把克大夫给的药吃了么?
周　冲　吃了。
周朴园　打了球没有?
周　冲　嗯。
周朴园　快活么?
周　冲　嗯。
周朴园　（立起,拉起他的手）为什么,你怕我么?
周　冲　是,爸爸。
周朴园　（干涩地）你像是有点不满意我,是么?
周　冲　（窘迫）我,我说不出来,爸。
〔半晌。
〔朴园走回沙发,坐下叹一口气。招周冲来,周冲走近。
周朴园　（寂寞地）今天——呃,爸爸有一点觉得自己老了。（停）你知道么?
周　冲　（冷淡地）不,不知道,爸。
周朴园　（忽然）你怕你爸爸有一天死了,没有人照拂你,你不怕么?
周　冲　（无表情地）嗯,怕。
周朴园　（想自己的儿子亲近他,可亲地）你今天早上说要拿你的学费帮一个人,你说说看,我也许答应你。
周　冲　（悔怨地）那是我糊涂,以后我不会这样说话了。
〔半晌。

周朴园　（恳求地）后天我们就搬新房子，你不喜欢么？
周　冲　嗯。
〔半晌。
周朴园　（责备地望着周冲）你对我说话很少。
周　冲　（无神地）嗯，我——我说不出，您平时总像不愿意见我们似的。（嗫嚅地）您今天有点奇怪，我——我——
周朴园　（不愿他向下说）嗯，你去吧！
周　冲　是，爸爸。
〔周冲由饭厅下。
〔朴园失望地看着他儿子下去，立起，拿起侍萍的照片，寂寞地呆望着四周。关上立灯，面向书房。
〔蘩漪由中门上。不做声地走进来，雨衣上的水还在往下滴，发鬓有些湿。颜色是很惨白，整个面部像石膏的塑像。高而白的鼻梁，薄而红的嘴唇死死地刻在脸上，如刻在一个严峻的假面上，整个脸庞是无表情的，只有她的眼睛烧着心内的疯狂的火，然而也是冷酷的，爱和恨烧尽了女人一切的仪态，她像是厌弃了一切，只有计算着如何报复的心念在心中起伏。
〔她看见朴园，他惊愕地望着她。
周蘩漪　（毫不奇怪地）还没有睡？（立在中门前，不动）
周朴园　你？（走近她，粗而低的声音）你上哪儿去了？（望着她，停）冲儿找你一晚上。
周蘩漪　（平常地）我出去走走。
周朴园　这样大的雨，你出去走？
周蘩漪　嗯，——（忽然报复地）我有神经病。
周朴园　我问你，你刚才在哪儿？
周蘩漪　（厌恶地）你不用管。
周朴园　（打量她）你的衣服都湿了，还不脱了它？
周蘩漪　（冷冷地，有意义地）我心里发热，我要在外面冰一冰。
周朴园　（不耐烦地）不要胡言乱语的，你刚才究竟上哪儿去了？
周蘩漪　（无神地望着他，清楚地）在你的家里！
周朴园　（烦恶地）在我的家里？
周蘩漪　（觉得报复的快感，微笑）嗯，在花园里赏雨。
周朴园　一夜晚？
周蘩漪　（快意地）嗯，淋了一夜晚。
〔半晌，朴园惊疑地望着她，蘩漪像一座石像似地仍站在门前。

周朴园　　繁漪,我看你上楼去歇一歇吧。
周繁漪　　(冷冷地)不,不,(忽然)你拿的什么?(轻蔑地)哼,又是那个女人的相片!(伸手拿)
周朴园　　你可以不看,萍儿母亲的。
周繁漪　　(抢过去,前走了两步,就向灯下看)萍儿的母亲很好看。
　　　　　〔朴园没有理她,在沙发上坐下。
周繁漪　　我问你,是不是?
周朴园　　嗯。
周繁漪　　样子很温存的。
周朴园　　(眼睛望着前面)
周繁漪　　她很聪明。
周朴园　　(冥想)嗯。
周繁漪　　(高兴地)真年轻。
周朴园　　(不自觉地)不,老了。
周繁漪　　(想起)她不是早死了么?
周朴园　　嗯,对了,她早死了。
周繁漪　　(放下相片)奇怪,我像是在哪儿见过似的。
周朴园　　(抬起头,疑惑地)不,不会吧。——你在哪儿见过她吗?
周繁漪　　(忽然)她的名字很雅致,侍萍,侍萍,就是有点丫头气。
周朴园　　好,我看你睡去吧。(立起,把相片拿起来)
周繁漪　　拿这个做什么?
周朴园　　后天搬家,我怕掉了。
周繁漪　　不,不,(从他手中取过来)放在这儿一晚上,(怪样地笑)不会掉的,我替你守着她。(放在桌上)
周朴园　　不要装疯!你现在有点胡闹!
周繁漪　　我是疯了。请你不用管我。
周朴园　　(愠怒)好,你上楼去吧,我要一个人在这儿歇一歇。
周繁漪　　不,我要一个人在这儿歇一歇,我要你给我出去。
周朴园　　(严肃地)繁漪,你走,我叫你上楼去!
周繁漪　　(轻蔑地)不,我不愿意。我告诉你,(暴躁地)我不愿意。
　　　　　〔半晌。
周朴园　　(低声)你要注意这儿(指头),记着克大夫的话,他要你静静地,少说话。明天克大夫还来,我已经替你请好了。
周繁漪　　谢谢你!(望着前面)明天?哼!
　　　　　〔周萍低头由饭厅走出,神色忧郁,走向书房。

周朴园　萍儿。
周　萍　(抬头,惊讶)爸！您还没有睡。
周朴园　(责备地)怎么,现在才回来？
周　萍　不,爸,我早回来,我出去买东西去了。
周朴园　你现在做什么？
周　萍　我到书房,看看爸写的介绍信在那儿没有。
周朴园　你不是明天早车走么？
周　萍　我忽然想起今天夜晚两点半有一趟车,我预备现在就走。
周繁漪　(忽然)现在？
周　萍　嗯。
周繁漪　(有意义地)心里就这样急么？
周　萍　是,母亲。
周朴园　(慈爱地)外面下着大雨,半夜走不大方便吧？
周　萍　这时走,明天日初到,找人方便些。
周朴园　信就在书房书桌上,你要现在走也好。
　　　　〔周萍点头,走向书房。
周朴园　你不用去！(向繁漪)你到书房把信替他拿来。
周繁漪　(看朴园,不信任地)嗯！
　　　　〔繁漪进书房。
周朴园　(望繁漪出,谨慎地)她不愿上楼,回头你先陪她到楼上去,叫底下人好好地伺候她睡觉。
周　萍　(无法地)是,爸爸。
周朴园　(更小心)你过来！(周萍走近,低声)告诉底下人,叫他们小心点,(烦恶地)我看她的病更重,刚才她忽然一个人出去了。
周　萍　出去了？
周朴园　嗯。(严重地)在外面淋了一夜晚的雨,说话也非常奇怪,我怕这不是好现象。——(觉得恶兆来了似的)我老了,我愿意家里平平安安地……
周　萍　(不安地)我想爸爸只要把事不看得太严重了,事情就会过去的。
周朴园　(畏缩地)不,不,有些事简直是想不到的。天意很——有点古怪,今天一天叫我忽然悟到为人太——太冒险,太——太荒唐,(疲倦地)我累得很。(如释重负)今天大概是过去了。(自慰地)我想以后——不该,再有什么风波。(不寒而栗地)不,不该！
　　　　〔繁漪持信上。
周繁漪　(嫌恶地)信在这儿！

周朴园　（如梦初醒,向周萍）好,你走吧,我也想睡了。（振起喜色）嗯！后天我们一定搬新房子,（向蘩漪）你好好地休息两天。

周蘩漪　（盼望他走）嗯,好。

〔朴园由书房下。

周蘩漪　（见朴园走出,阴沉地）这么说你是一定要走了。

周　萍　（声略带愤）嗯。

周蘩漪　（忽然急躁地）刚才你父亲对你说什么？

周　萍　（闪避地）他说要我陪你上楼去,请你睡觉。

周蘩漪　（冷笑）他应当叫几个人把我拉上去,关起来。

周　萍　（故意装做不明白）你这是什么意思？

周蘩漪　（迸发）你不用瞒我。我知道,我知道,（辛酸地）他说我是神经病,疯子,我知道他,要你这样看我,他要什么人都这样看我。

周　萍　（心悸）不,你不要这样想。

周蘩漪　（奇怪的神色）你？你也骗我？（低声,阴郁地）我从你们的眼神看出来,你们父子都愿我快成疯子！（刻毒地）你们——父亲同儿子——偷偷在我背后说冷话,说我,笑我,在我背后计算着我。

周　萍　（镇静自己）你不要神经过敏,我送你上楼去。

周蘩漪　（突然地,高声）我不要你送,走开！（抑制地,恨恶地,低声）我还用不着你父亲偷偷地,背着我,叫你小心,送一个疯子上楼。

周　萍　（抑制着自己的烦嫌）那么,你把信给我,让我自己走吧。

周蘩漪　（不明白地）你上哪儿？

周　萍　（不得已地）我要走,我要收拾收拾我的东西。

周蘩漪　（忽然冷静地）我问你,你今天晚上上哪儿去了？

周　萍　（敌对地）你不用问,你自己知道。

周蘩漪　（低声,恐吓地）到底你还是到她那儿去了。

〔半晌,蘩漪望周萍,周萍低头。

周　萍　（断然,阴沉地）嗯,我去了,我去了,（挑战地）你要怎么样？

周蘩漪　（软下来）不怎么样。（强笑）今天下午的话我说错了,你不要怪我。我只问你走了以后,你预备把她怎么样？

周　萍　以后？——（贸然地）我娶她！

周蘩漪　（突如其来地）娶她？

周　萍　（决定地）嗯。

周蘩漪　（刺心地）父亲呢？

周　萍　（淡然）以后再说。

周蘩漪　（神秘地）萍,我现在给你一个机会。

周　萍　（不明白）什么？

周繁漪　（劝诱地）如果今天你不走，你父亲那儿我可以替你想法子。

周　萍　不必，这件事我认为光明正大，我可以跟任何人谈。——她——她不过就是穷点。

周繁漪　（愤然）你现在说话很像你的弟弟。——（忧郁地）萍！

周　萍　干什么？

周繁漪　（阴郁地）你知道你走了以后，我会怎么样？

周　萍　不知道。

周繁漪　（恐惧地）你看看你的父亲，你难道想象不出？

周　萍　我不明白你的话。

周繁漪　（指自己的头）就在这儿；你不知道么？

周　萍　（似懂非懂地）怎么讲？

周繁漪　（好像在叙述别人的事情）第一，那位专家，克大夫免不了会天天来的，要我吃药，逼我吃药。吃药，吃药，吃药！渐渐伺候着我的人一定多，守着我，像看个怪物似地守着我。他们——

周　萍　（烦）我劝你，不要这样胡想，好不好？

周繁漪　（不顾地）他们渐渐学会了你父亲的话，"小心，小心点，她有点疯病！"到处都偷偷地在我背后低着声音说话，叽咕着。慢慢地无论谁都要小心点，不敢见我，最后铁链子锁着我，那我真就成了疯子了。

周　萍　（无办法）唉！（看表）不早了，给我信吧，我还要收拾东西呢。

周繁漪　（恳求地）萍，这不是不可能的。（乞怜地）萍，你想一想，你就一点——就一点无动于衷么？

周　萍　你——（故意恶狠地）你自己要走这一条路，我有什么办法？

周繁漪　（愤怒地）什么，你忘记你自己的母亲也是被你父亲气死的么？

周　萍　（一了百了，更狠毒地激惹她）我母亲不像你，她懂得爱！她爱她自己的儿子，她没有对不起我父亲。

周繁漪　（爆发，眼睛射出疯狂的火）你有权利说这种话么？你忘了就在这屋子，三年前的你么？你忘了你自己才是个罪人；你忘了，我们——（突停，压制自己，冷笑）哦，这是过去的事，我不提了。

〔周萍低头，身发颤，坐沙发上，悔恨抓着他的心，面上筋肉成不自然的拘挛。

周繁漪　（她转向他，哭声，失望地说着）哦，萍，好了。这一次我求你，最后一次求你。我从来不肯对人这样低声下气说话，现在我求你可怜可怜我，这家我再也忍受不住了。（哀婉地诉出）今天这一天我受的罪过你都看见了，这样子以后不是一天，是整月，整年地，以至到我死，才算完。他厌恶我，你的父亲；他知道我明白他的底细，他怕我。他愿意人人看我是怪物，是疯子，萍！——

周　萍　（心乱）你，你别说了。

周繁漪　（急迫地）萍，我没有亲戚，没有朋友，没有一个可信的人，我现在求你，你先不要走——

周　萍　（躲闪地）不，不成。

周繁漪　（恳求地）即使你要走，你带我也离开这儿——

周　萍　（恐惧地）什么。你简直胡说！

周繁漪　（恳求地）不，不，你带我走，——带我离开这儿，（不顾一切地）日后，甚至于你要把四凤接来——一块儿住，我都可以，只要，（热烈地）只要你不离开我。

周　萍　（惊惧地望着她，退后，半晌，颤声）我——我怕你真疯了！

周繁漪　（安慰地）不，你不要这样说话。只有我明白你，我知道你的弱点，你也知道我的。你什么我都清楚。（诱惑地笑，向周萍奇怪地招着手，更诱惑地笑）你过来，你——你怕什么？

周　萍　（望着，忍不住地狂喊出来）哦，我不要你这样笑！（更重）不要你这样对我笑！（苦恼地打着自己的头）哦，我恨我自己，我恨，我恨我为什么要活着。

周繁漪　（酸楚地）我这样累你么？然而你知道我活不到几年了。

周　萍　（痛苦地）你难道不知道这种关系谁听着都厌恶么？你明白我每天喝酒胡闹就因为自己恨——恨我自己么？

周繁漪　（冷冷地）我跟你说过多少遍，我不这样看，我的良心不是这样做的。（郑重地）萍，今天我做错了，如果你现在听我的话，不离开家，我可以再叫四凤回来。

周　萍　什么？

周繁漪　（清清楚楚地）叫她回来还来得及。

周　萍　（走到她面前，声沉重，慢说）你给我滚开！

周繁漪　（顿，又缓缓地）什么？

周　萍　你现在不像明白人，你上楼睡觉去吧。

周繁漪　（明白自己的命运）那么，完了。

周　萍　（疲倦地）嗯，你去吧。

周繁漪　（绝望，沉郁地）刚才我在鲁家看见你同四凤。

周　萍　（惊）什么，你刚才是到鲁家去了？

周繁漪　（坐下）嗯，我在他们家附近站了半天。

周　萍　（悔惧）什么时候你在那里？

周繁漪　（低头）我看着你从窗户进去。

周　萍　（急切）你呢？

周繁漪　（无神地望着前面）就走到窗户前面站着。

周　萍　那么有一个女人叹气的声音是你么？

周繁漪　嗯。

周　萍　后来，你又在那里站多半天？

周繁漪　（慢而清朗地）大概是直等到你走。

周　萍　哦！（走到她身旁，低声）那窗户是你关上的，是么？

周繁漪　（更低的声音，阴沉地）嗯，我。

周　萍　（恨极，恶毒地）你是我想不到的一个怪物！

周繁漪　（抬起头）什么？

周　萍　（暴烈地）你真是一个疯子！

周繁漪　（无表情地望着他）你要怎么样？

周　萍　（狠恶地）我要你死！再见吧！

〔周萍由饭厅急走下，门猝然地关上。

周繁漪　（呆滞地坐了一下，望着饭厅的门。瞥见侍萍的相片，拿在手上，低声，阴郁地）这是你的孩子！（缓缓扯下硬卡片贴的相片，一片一片地撕碎。沉静地立起来，走了两步）奇怪，心里静的很！

〔中门轻轻推开，繁漪回头，鲁贵缓缓地走进来。他的狡黠的眼睛，望着她笑着。

鲁　贵　（鞠躬，身略弯）太太，您好。

周繁漪　（略惊）你来做什么？

鲁　贵　（假笑）给您请安来了。我在门口等了半天。

周繁漪　（镇静）哦，你刚才在门口？

鲁　贵　（低声）对了。（更秘密地）我看见大少爷正跟您打架，我——（假笑）我就没敢进来。

周繁漪　（沉静地，不为所迫）你原来要做什么？

鲁　贵　（有把握地）原来我倒是想报告给太太，说大少爷今天晚上喝醉了，跑到我们家里去。现在太太既然是也去了，那我就不必多说了。

周繁漪　（嫌恶地）你现在想怎么样？

鲁　贵　（倨傲地）我想见见老爷。

周繁漪　老爷睡觉了，你要见他什么事？

鲁　贵　没有什么，要是太太愿意办，不找老爷也可以。——（着重，有意义地）都看太太要怎么样。

周繁漪　（半晌，忍下来）你说吧，我也许可以帮你的忙。
鲁　贵　（重复一遍，狡黠地）要是太太愿意做主，不叫我见老爷，多麻烦，（假笑）那就大家都省事了。
周繁漪　（仍不露声色）什么，你说吧。
鲁　贵　（谄媚地）太太做了主，那就是您积德了。——我们只是求太太还赏饭吃。
周繁漪　（不高兴地）你，你以为我——（转缓和）好，那也没有什么。
鲁　贵　（得意地）谢谢太太。（伶俐地）那么就请太太赏个准日子吧。
周繁漪　（爽快地）你们在搬了新房子后一天来吧。
鲁　贵　（行礼）谢谢太太恩典！（忽然）我忘了，太太，您没见着二少爷么？
周繁漪　没有。
鲁　贵　您刚才不是叫二少爷赏给我们一百块钱么？
周繁漪　（烦厌地）嗯？
鲁　贵　（婉转地）可是，可是都叫我们少爷回了。
周繁漪　你们少爷？
鲁　贵　（解释地）就是大海——我那个狗食的儿子。
周繁漪　怎么样？
鲁　贵　（很文雅地）我们的侍萍，实在还不知道呢。
周繁漪　（惊，低声）侍萍？（沉下脸）谁是侍萍？
鲁　贵　（以为自己被轻视了，侮慢地）侍萍就是侍萍，我的家里的——，就是鲁妈。
周繁漪　你说鲁妈，她叫侍萍？
鲁　贵　（自夸地）她也念过书。名字是很雅气的。
周繁漪　"侍萍"，那两个字怎么写，你知道么？
鲁　贵　我，我，（为难，勉强笑出来）我记不得了。反正那个萍字是跟大少爷名字的萍我记得是一样的。
周繁漪　哦！（忽然把地上撕破的相片碎片拿起来对上，给他看）你看看，这个人你认识不认识？
鲁　贵　（看了一会，抬起头）不认识，太太。
周繁漪　（急切地）你认识的人没有一个像她的么？（略停）你想想看，往近处想。
鲁　贵　（摇头）没有一个，太太，没有一个。（突然疑惧地）太太，您怎么？
周繁漪　（回思，自己疑惑）多半我是胡思乱想。（坐下）
鲁　贵　（贪婪地）啊，太太，您刚才不是赏我们一百块么？可是我们大海又把钱回了，您想，——

〔中门渐渐推开。

鲁　贵　（回头）谁？

〔大海由中门进，衣服俱湿，脸色阴沉，眼不安地向四面望，疲倦，憎恨在他举动里显明地露出来。蘩漪惊讶地望着他。

鲁大海　（向鲁贵）你在这儿！

鲁　贵　（讨厌他的儿子）嗯，你怎么进来的？

鲁大海　（冰冷地）铁门关着，叫不开，我爬墙进来的。

鲁　贵　你现在来这儿干什么？你为什么不看看你妈，找四凤怎么样了？

鲁大海　（用一块湿手巾擦着脸上的雨水）四凤没找着，妈在门外等着呢。（沉重地）你看见四凤了么？

鲁　贵　（轻蔑）没有，我没有看见。（觉得大海小题大做，烦恶地皱着眉毛）不要管她，她一会儿就会回家。（走近大海）你跟我回去。周家的事情也妥了，都完了，走吧！

鲁大海　我不走。

鲁　贵　你要干什么？

鲁大海　你也别走，——你先给我把这儿大少爷叫出来，我找不着他。

鲁　贵　（疑惧地，摸着自己的下巴）你要怎么样？我刚弄好，你是又要惹祸？

鲁大海　（冷静地）没有什么，我只想跟他谈谈。

鲁　贵　（不信地）我看你不对，你大概又要——

鲁大海　（暴躁地，抓着鲁贵的领口）你找不找？

鲁　贵　（怯弱地）我找，我找，你先放下我。

鲁大海　好，（放开他）你去吧。

鲁　贵　大海，你，你得答应我，你可是就跟大少爷说两句话，你不会——

鲁大海　嗯，我告诉你，我不是打架来的。

鲁　贵　真的？

鲁大海　（可怕地走到鲁贵的面前，低声）你去不去？

鲁　贵　我，我，大海，你，你——

周蘩漪　（镇静地）鲁贵，你去叫他出来，我在这儿，不要紧的。

鲁　贵　也好，（向大海）可是我请完大少爷，我就从那门走了，我，（笑）我有点事。

鲁大海　（命令地）你叫他们把门开开，让妈进来，领她在房里避一避雨。

鲁　贵　好，好，（向饭厅下）完了，我可有事。我就走了。

鲁大海　站住！（走前一步，低声）你进去，要是不找他出来就一人跑了，你可小心我回头在家里，——哼！

鲁　贵　（生气）你，你，你——（低声，自语）这个小王八蛋！（没法子，走进饭厅下）

周繁漪　（立起）你是谁？
鲁大海　（粗鲁地）四凤的哥哥。
周繁漪　（柔声）你是到这儿来找她么？你要见我们大少爷么？
鲁大海　嗯。
周繁漪　（眼色阴沉地）我怕他会不见你。
鲁大海　（冷静地）那倒许。
周繁漪　（缓缓地）听说他现在就要上车。
鲁大海　（回头）什么！
周繁漪　（阴沉的暗示）他现在就要走。
鲁大海　（愤怒地）他要跑了，他——
周繁漪　嗯，他——

　　　　〔周萍由饭厅上，脸上有些慌，他看见大海，勉强地点一点头，声音略有点颤，他极力在镇静自己。

周　萍　（向大海）哦！
鲁大海　好。你还在这儿，（回头）你叫这位太太走开，我有话要跟你一个人说。
周　萍　（望着繁漪，她不动，再走到她面前）请您上楼去吧。
周繁漪　好！（昂首由饭厅下）

　　　　〔半晌。二人都紧紧地握着拳，大海愤愤地望着他，二人不动。

周　萍　（耐不住，声略颤）没想到你现在到这儿来。
鲁大海　（阴沉沉）听说你要走。
周　萍　（惊，略镇静，强笑）不过现在也赶得上，你来得还是时候，你预备怎么样？我已经准备好了。
鲁大海　（狠恶地笑一笑）你准备好了？
周　萍　（沉郁地望着他）嗯。
鲁大海　（走到他面前）你！（用力地击着周萍的脸，方才的创伤又破，血向下流）
周　萍　（握着拳抑制自己）你，你，——（忍下去，由袋内抽出白绸手绢擦脸上的血）
鲁大海　（切齿地）哼？现在你要跑了！

　　　　〔半晌。

周　萍　（压下自己的怒气，辩白地，故意用低沉的声音）我早有这个计划。
鲁大海　（恶狠地笑）早有这个计划？

周　萍　（平静下来）我以为我们中间误会太多。

鲁大海　误会？（看自己手上的血，擦在身上）我对你没有误会，我知道你是没有血性，只顾自己的一个十足的混蛋。

周　萍　（柔和地）我们两次见面，都是我性子最坏的时候，叫你得着一个最坏的印象。

鲁大海　（轻蔑地）不用推托，你是个少爷，你心地混帐，你们都是吃饭太容易，有劲儿不知道怎样使，就拿着穷人家的女儿开开心，完了事可以不负一点儿责任。

周　萍　（看出大海的神气，失望地）现在我想辩白是没有用的。我知道你是有目的而来的。（平静地）你把你的枪或者刀拿出来吧。我愿意任你收拾我。

鲁大海　（侮蔑地）你会这样大方，——在你家里，你很聪明！哼，可是你不值得我这样，我现在还不愿意拿我这条有用的命换你这半死的东西。

周　萍　（直视大海，有勇气地）我想你以为我现在是怕你。你错了，与其说我怕你，不如说我怕我自己；我现在做错了一件事，我不愿做错第二件事。

鲁大海　（嘲笑地）我看像你这种人，活着就错了。刚才要不是我的母亲，我当时就宰了你！（恐吓地）现在你的命还在我的手心里。

周　萍　我死了，那是我的福气。（辛酸地）你以为我怕死，我不，我不，我恨活着，我欢迎你来。我够了，我是活厌了的人。

鲁大海　（厌恨地）哦，你——活厌了，可是你还拉着我年轻的糊涂妹妹陪着你，陪着你。

周　萍　（无法，强笑）你说我自私么？你以为我是真没有心肝，跟她开开心就完了么？你问问你的妹妹，她知道我是真爱她。她现在就是我能活着的一点生机。

鲁大海　你倒说得很好！（突然）那你为什么——为什么不娶她？

周　萍　（略顿）那就是我最恨的事情。我的环境太坏。你想想我这样的家庭怎么允许有这样的事。

鲁大海　（辛辣地）哦，所以你就可以一面表示你是真心爱她，跟她做出什么不要脸的事都可以，一面你还得想着你的家庭，你的董事长爸爸。他们叫你随便就丢掉她，再娶一个门当户对的阔小姐来配你，对不对？

周　萍　（忍耐不下）我要你问问四凤，她知道我这次出去，是离开了家庭，设法脱离了父亲，有机会好跟她结婚的。

鲁大海　（嘲弄）你推得很好。那么像你深更半夜的，刚才跑到我家里，你怎样推托呢？

周　萍　（迸发，激烈地）我所说的话不是推托，我也用不着跟你推托，我现在看你是四凤的哥哥，我才这样说。我爱四凤，她也爱我，我们都年轻，我们都是人，两个人天天在一起，结果免不了有点荒唐。然而我相信我以后会对得起她，我会娶她做我的太太，我没有一点亏心的地方。

鲁大海　这么，你反而很有理了。可是，董事长大少爷，谁相信你会爱上一个工人的妹妹，一个当老妈子的穷女儿？

周　萍　（略顿，嗫嚅）那，那——那我也可以告诉你。有一个女人逼着我，激成我这样的。

鲁大海　（紧张地，低声）什么，还有一个女人？

周　萍　嗯，就是你刚才见过的那位太太。

鲁大海　她？

周　萍　（苦恼地）她是我的后母！——哦，我压在心里多少年，我当谁也不敢说——她念过书，她受了很好的教育，她，她——她看见我就跟我发生感情，她要我——（突停）那自然我也要负一部分责任。

鲁大海　四凤知道么？

周　萍　她知道，我知道她知道。（含着苦痛的眼泪，苦闷地）那时我太糊涂，以后我越过越怕，越恨，越厌恶。我恨这种不自然的关系，你懂么？我要离开她，然而她不放松我。她拉着我，不放我。她是个鬼，她什么都不顾忌。我真活厌了，你明白么？我喝酒，胡闹，我只要离开她，我死都愿意。她叫我恨一切受过好教育，外面都装得很正经的女人。过后我见着四凤，四凤叫我明白，叫我又活了一年。

鲁大海　（不觉吐出一口气）哦。

周　萍　这些话多少年我对谁也说不出的，然而——（缓慢地）奇怪，我忽然跟你说了。

鲁大海　（阴沉地）那大概是你父亲的报应。

周　萍　（没想到，厌恶地）你，你胡说！（觉得方才太冲动，对一个这么不相识的人说出心中的话。半晌，镇静下，自己想方才脱口说出的原因，忽然，慢慢地）我告诉你，因为我认是四凤的哥哥，我要你相信我的诚心，我没有一点骗她。

鲁大海　（略露善意）那么你真预备要四凤么？你知道四凤是个傻孩子，她不会再嫁第二个人。

周　萍　（诚恳地）嗯，我今天走了，过了一二个月，我就来接她。

鲁大海　可是董事长少爷,这样的话叫人相信么?

周　萍　(由衣袋取出一封信)你可以看这封信,这是我刚才写给她的,就说的这件事。

鲁大海　(故意闪避地)用不着给我看,我——没有工夫!

周　萍　(半响,抬头)那我现在再没有什么旁的保证,你口袋里那件杀人的家伙是我的担保。你再不相信我,我现在人还是在你手里。

鲁大海　(辛酸地)周大少爷,你想想这样我就完了么?(恶狠地)你觉得我真愿意我的妹妹嫁给你这种东西么?(忽然拿出自己的手枪来)

周　萍　(惊慌)你要怎么样?

鲁大海　(恨恶地)我要杀了你。你父亲虽坏,看着还顺眼。你真是世界上最用不着,最没有劲的东西。

周　萍　哦。好,你来吧!(骇惧地闭上目)

鲁大海　可是——(叹一口气,递手枪与周萍)你还是拿去吧。这是你们矿上的东西。

周　萍　(莫明其妙地)怎么?(接下枪)

鲁大海　(苦闷地)没有什么。老太太们最糊涂。我知道我的妈。我妹妹是她的命,只要你能够多叫四凤好好地活着,我只好不提什么了。

〔萍还想说话,大海挥手,叫他不必再说,周萍沉郁地到桌前把枪放好。

鲁大海　(命令地)那么请你把我的妹妹叫出来吧。

周　萍　(奇怪)什么?

鲁大海　四凤啊——她自然在你这儿。

周　萍　没有,没有。我以为她在你们家里呢。

鲁大海　(疑惑地)那奇怪,我同我妈在雨里找了她两个钟头,不见她。我想自然在这儿。

周　萍　(担心)她在雨里走了两个钟头,她——她没有到旁的地方去么?

鲁大海　(肯定地)半夜里她会到哪儿去?

周　萍　(突然恐惧)啊,她不会——(坐下呆望)

鲁大海　(明白)你以为——不,她不会,(轻蔑地)不,我想她没有这个胆量。

周　萍　(颤抖地)不,她会的。你不知道她。她爱脸,她性子强,她——不过她应当先见我,她(仿佛已经看见她溺在河里)不该这样冒失。

〔半响。

鲁大海　(忽然)哼,你装得好,你想骗过我,你?——她在你这儿!她在你这儿!

〔外面远处口哨声。

周　萍　（以手止之）不，你不要嚷。（哨声近，喜色）她，她来了！我听见她！

鲁大海　什么？

周　萍　这是她的声音，我们每次见面，是这样的。

鲁大海　她在哪儿？

鲁大海　大概就在花园里？

〔周萍开窗吹哨，应声更近。

周　萍　（回头，眼含着眼泪，笑）她来了！

〔中门敲门声。

周　萍　（向大海）你先暂时在旁边屋子躲一躲，她没想到你在这儿。我想她再受不得惊了。

〔忙引大海至饭厅门，大海下。

〔外面的声音：（低）萍！

周　萍　（忙跑至中门）凤儿！（开门）进来！

〔四凤由中门进，头发散乱，衣服湿透，眼泪同雨水流在脸上，眼角粘着淋漓的鬓发，衣裳贴着皮肤，雨后的寒冷逼着她发抖，她的牙齿上下地震战着。她见周萍如同失路的孩子再见着母亲，呆呆地望着他。

鲁四凤　萍！

周　萍　（感动地）凤。

鲁四凤　（胆怯地）没有人吧。

周　萍　（难过，怜悯地）没有。（拉着她的手）

鲁四凤　（放开胆）哦！萍！（抱着周萍抽咽）

周　萍　（如许久未见她）你怎么，你怎么会这样？你怎么会找着我？（止不住地）你怎么进来的？

鲁四凤　我从小门偷进来的。

周　萍　凤，你的手冰凉，你先换一换衣服。

鲁四凤　不；萍，（抽咽）让我先看看你。

周　萍　（引她到沙发，坐在自己一旁，热烈地）你，你上哪儿去了，凤？

鲁四凤　（看看他，含着眼泪微笑）萍，你还在这儿，我好像隔了多年一样。

周　萍　（顺手拿起沙发上的一床紫线毯给她围上）我可怜的凤儿，你怎么这样傻，你上哪儿去了？我的傻孩子！

鲁四凤　（擦着眼泪，拉着周萍的手，周萍蹲在旁边）我一个人在雨里跑，不知道自己在哪儿。天上打着雷，前面我只看见模模糊糊的一片；我什么都忘了,我像是听见妈在喊我,可是我怕,我拚命地跑,我想找着我们门口那一条河跳。

周　萍　（紧握着四凤的手）凤！

鲁四凤　——可是不知怎么绕来绕去我总找不着。

周　萍　哦,凤,我对不起你,原谅我,是我叫你这样,你原谅我,你不要怨我。

鲁四凤　萍,我怎么也不会怨你的。我糊糊涂涂又碰到这儿,走到花园那电线杆底下,我忽然想死了。我知道一碰那根电线,我就可以什么都忘了。我爱我的母亲,我怕我刚才对她起的誓,我怕她说我这么一声坏女儿,我情愿不活着。可是,我刚要碰那根电线,我忽然看见你窗户的灯,我想到你在屋子里。哦,萍,我突然觉得,我不能这样就死,我不能一个人死,我丢不了你。我想起来,世界大的很,我们可以走,我们只要一块儿离开这儿。萍啊,你——

周　萍　（沉重地）我们一块儿离开这儿？

鲁四凤　（急切地）就是这一条路,萍,我现在已经没有家,（辛酸地）哥哥恨死我,母亲我是没有脸见的。我现在什么都没有,我没有亲戚,没有朋友,我只有你,萍,（哀告地）你明天带我去吧。

〔半晌。

周　萍　（沉重地摇着头）不,不——

鲁四凤　（失望地）萍。

周　萍　（望着她,沉重地）不,不——我们现在就走。

鲁四凤　（不相信地）现在就走？

周　萍　（怜惜地）嗯,我原来打算一个人现在走,以后再来接你,不过现在不必了。

鲁四凤　（不信地）真的,一块儿走么？

周　萍　嗯,真的。

鲁四凤　（狂喜地,扔下线毯,立起,亲周萍的一手,一面擦着眼泪）真的,真的,真的,萍,你是我的救星,你是天底下顶好的人,你是我——哦,我爱你！（在他身下流泪）

周　萍　（感动地,用手绢擦着眼泪）凤,以后我们永远在一块儿了,不分开了。

鲁四凤　（自慰地,在周萍的怀里）嗯,我们离开这儿了,不分开了。

周　萍　（约束自己）好,凤,走以前我们先见见一个人。见完他我们就走。

鲁四凤　一个人？

周　萍　你哥哥。

鲁四凤　哥哥？
周　萍　他找你,他就在饭厅里头。
鲁四凤　(恐惧地)不,不,你不要见他,他恨你,他会害你的。走吧,我们就走吧。
周　萍　(安慰地)我已经见过他。——我们现在一定要见他一面,(不可挽回地)不然我们也走不了的。
鲁四凤　(胆怯)可是,萍,你——
〔周萍走到饭厅门口,开门。
周　萍　(叫)鲁大海!鲁大海!——咦,他不在这儿,奇怪,也许他从饭厅的门出去了。(望着四凤)
鲁四凤　(走到周萍面前,哀告地)萍。不要管他,我们走吧。(拉他向中门去)我们就这样走吧。
〔四凤拉周萍至中门,中门开,鲁妈与大海进。
〔两点钟内鲁妈的样子另变了一个人。声音因为在雨里叫喊哭号已经喑哑,眼皮失望地向下垂,前额的皱纹很深地刻在上面,过度的刺激使她变成了呆滞,整个变成刻板的痛苦的模型。她的衣服像是已烘干了一部分,头发还有些湿,鬓角凌乱地贴着湿的头发。她的手在颤,很小心地走进来。
鲁四凤　(惊惧)妈!(畏缩)
〔略顿,鲁妈哀怜地望着四凤。
鲁侍萍　(伸出手向四凤,哀痛地)凤儿,来!
〔四凤跑至母亲面前,跪下。
鲁四凤　妈!(抱着母亲的膝)
鲁侍萍　(抚摸四凤的头顶,痛惜地)孩子,我的可怜的孩子。
鲁四凤　(泣不成声地)妈,饶了我吧,饶了我吧,我忘了您的话了。
鲁侍萍　(扶起四凤)你为什么早不告诉我?
鲁四凤　(低头)我疼您,妈,我怕,我不愿意有一点叫您不喜欢我,看不起我,我不敢告诉您。
鲁侍萍　(沉痛地)这还是你的妈太糊涂了,我早该想到的。(酸苦地)然而天,这谁又料得到,天底下会有这种事,偏偏又叫我的孩子们遇着呢?哦,你们妈的命太苦,我们的命也太苦了。
鲁大海　(冷淡地)妈,我们走吧,四凤先跟我们回去。——我已经跟他(指周萍)商量好了,他先走,以后他再接四凤。
鲁侍萍　(迷惑地)谁说的?谁说的?
鲁大海　(冷冷地望着鲁妈)妈,我知道您的意思,自然只有这么办。所以,

　　　　　周家的事我以后也不提了,让他们去吧。
鲁侍萍　（迷惑,坐下）什么？让他们去？
周　萍　（嗫嚅）鲁奶奶,请您相信我,我一定好好地待她,我们现在决定就走。
鲁侍萍　（拉着四凤的手,颤抖地）凤,你,你要跟他走？
鲁四凤　（低头,不得已紧握着鲁妈的手）妈,我只好先离开您了。
鲁侍萍　（忍不住）你们不能够在一块儿！
鲁大海　（奇怪地）妈,您怎么？
鲁侍萍　（站起）不,不成！
鲁四凤　（着急）妈！
鲁侍萍　（不顾她,拉着她的手）我们走吧。（向大海）你出去叫一辆洋车,四凤大概走不动了。我们走,赶快走。
鲁四凤　（死命地退缩）妈,您不能这样做。
鲁侍萍　不,不成！（呆滞地,单调地）走,走。
鲁四凤　（哀求）妈,您愿您的女儿急得要死在您的眼前么？
周　萍　（走向鲁妈前）鲁奶奶,我知道我对不起您。不过我能尽我的力量补我的错,现在事情已经做到这一步,您——
鲁大海　妈,（不懂地）您这一次,我可不明白了！
鲁侍萍　（不得已,严厉地）你先去雇车去！（向四凤）凤儿,你听着,我情愿你没有,我不能叫你跟他在一块儿。——走吧！
　　　　〔大海刚至门口,四凤喊一声。
鲁四凤　（喊）啊,妈,妈！（晕倒在母亲怀里）
鲁侍萍　（抱着四凤）我的孩子,你——
周　萍　（急）她晕过去了。
　　　　〔鲁妈按着她的前额,低声唤"四凤"忍不住地泣下。
　　　　〔周萍向饭厅跑。
鲁大海　不用去——不要紧,一点凉水就好。她小时就这样。
　　　　〔周萍拿凉水洒在她面上,四凤渐醒,面呈死白色。
鲁侍萍　（拿凉水灌四凤）凤儿,好孩子。你回来,你回来。——我的苦命的孩子。
鲁四凤　（口渐张眼睁开,喘出一口气）啊,妈！
鲁侍萍　（安慰地）孩子,你不要怪妈心狠,妈的苦说不出。
鲁四凤　（叹出一口气）妈！
鲁侍萍　什么？凤儿。
鲁四凤　我,我不能不告诉你,萍！

周　　萍　凤，你好点了没有？

鲁四凤　萍，我，总是瞒着你；也不肯告诉您，（乞怜地望着鲁妈）妈，您——

鲁侍萍　什么，孩子，快说。

鲁四凤　（抽咽）我，我——（放胆）我跟他现在已经有……（大哭）

鲁侍萍　（切迫地）怎样，你说你有——（过受打击，不动）

周　　萍　（拉起四凤的手）四凤！怎么，真的，你——

鲁四凤　（哭）嗯。

周　　萍　（悲喜交集）什么时候？什么时候？

鲁四凤　（低头）大概已经三个月。

周　　萍　（快慰地）哦，四凤，你为什么不告诉我，我，我的——

鲁侍萍　（低声）天哪。

周　　萍　（走向鲁）鲁奶奶，您无论如何不要再固执哪，都是我错了，我求您！（跪下）我求您放了她吧。我敢保我以后对得起她，对得起您。

鲁四凤　（立起，走到鲁妈面前跪下）妈，您可怜可怜我们，答应我们，让我们走吧。

鲁侍萍　（不做声，坐着，发痴）我是在做梦。我的儿女，我自己生的儿女，三十年工夫——哦，天哪，（掩面哭，挥手）你们走吧，我不认得你们。（转过头去）

周　　萍　谢谢您！（立起）我们走吧。凤！（四凤起）

鲁侍萍　（回头，不自主地）不，不能够！

〔四凤又跪下。

鲁四凤　（哀求）妈，您，您是怎么？我的心定了。不管他是富，是穷，不管他是谁，我是他的了。我心里第一个许了他，我看得见的只有他，妈，我现在到了这一步，他到哪儿我也到哪儿；他是什么，我也跟他是什么。妈，您难道不明白，我——

鲁侍萍　（指手令她不要向下说，苦痛地）孩子。

鲁大海　妈，妹妹既然是闹到这样，让她去了也好。

周　　萍　（阴沉地）鲁奶奶，您心里要是一定不放她，我们只好不顺从您的话，自己走了。凤！

鲁四凤　（摇头）萍！（还望着鲁妈）妈！

鲁侍萍　（沉重的悲伤，低声）啊，天知道谁犯了罪，谁造的这种孽！——他们都是可怜的孩子，不知道自己做的是什么。天哪，如果要罚，也罚在我一个人身上；我一个人有罪，我先走错了一步。（伤心地）如今我明白了，我明白了，事情已经做了的，不必再怨这不公平的天;人犯了一次罪过,第二次也就自然地跟着来。——(摸着四凤的头)他们是我的干净孩子,他们应当好好地活着,享着福。冤孽是在我心里头,苦也应当我一个人尝。他们快活,谁晓得就是罪过?他们年轻,他们自己并没有成心做了什么错事。(立起,望着天)今天晚上,是我让他们一块儿走,这罪过我知道,可是罪过我现在替他们犯了;所有的罪孽都是我一个人惹的,我的儿女们都是好孩子,心地干净的,那么,天,真有了什么,也就让我一个人担待吧。(回过头)凤儿,——

鲁四凤　(不安地)妈,您心里难过,——我不明白您说的什么。

鲁侍萍　(回转头。和蔼地)没有什么。(微笑)你起来,凤儿,你们一块儿走吧。

鲁四凤　(立起,感动地,抱着她的母亲)妈!

周　萍　去,(看表)不早了,还只有二十五分钟,叫他们把汽车开出来,走吧。

鲁侍萍　(沉静地)不,你们这次走,是在黑地里走,不要惊动旁人。(向大海)大海,你去叫车去,我要回去,你送他们到车站。

鲁大海　嗯。

〔大海由中门下。

鲁侍萍　(向四凤哀婉地)过来,我的孩子,让我好好地亲一亲。(四凤过来抱母;鲁妈向周萍)你也来,让我也看你一下。(周萍至前,低头,鲁妈望他擦眼泪)好,你们走吧——我要你们两个在未走以前答应我一件事。

周　萍　您说吧。

鲁侍萍　你们不答应,我还是不要四凤走的。

鲁四凤　妈,您说吧,我答应。

鲁侍萍　(看他们两人)你们这次走,最好越走越远,不要回头。今天离开,你们无论生死,永远也不许见我。

鲁四凤　(难过)妈,那不——

周　萍　(眼色,低声)她现在很难过,才说这样的话,过后,她就会好了的。

鲁四凤　嗯,也好,——妈,那我们走吧。

〔四凤跪下,向鲁妈叩头,四凤落泪,鲁妈竭力忍着。

鲁侍萍　(挥手)走吧!

周　萍　我们从饭厅里出去吧,饭厅里还放着我几件东西。

〔三人——周萍,四凤,鲁妈——走到饭厅门口,饭厅门开。蘩漪走出,三人俱惊视。

鲁四凤　（失声）太太！
周蘩漪　（沉稳地）咦，你们到哪儿去？外面还打着雷呢！
周　萍　（向蘩漪）怎么你一个人在外面偷听！
周蘩漪　嗯，不只我，还有人呢。（向饭厅上）出来呀，你！
　　　　〔周冲由饭厅上，畏缩地。
鲁四凤　（惊愕）二少爷！
周　冲　（不安地）四凤！
周　萍　（不高兴，向弟）弟弟，你怎么这样不懂事？
周　冲　（莫明其妙地）妈叫我来的，我不知道你们这是干什么。
周蘩漪　（冷冷地）现在你就明白了。
周　萍　（焦躁，向蘩漪）你这是干什么？
周蘩漪　（嘲弄地）我叫你弟弟来给你们送行。
周　萍　（气愤）你真卑——
周　冲　哥哥！
周　萍　弟弟，我对不起！——（突向蘩漪）不过世界上没有像你这样的母亲！
周　冲　（迷惑地）妈，这是怎么回事？
周蘩漪　你看哪！（向四凤）四凤，你预备上哪儿去？
鲁四凤　（嗫嚅）我……我……
周　萍　不要说一句瞎话。告诉他们，挺起胸来告诉他们，说我们预备一块儿走。
周　冲　（明白）什么，四凤，你预备跟他一块儿走？
鲁四凤　嗯，二少爷，我，我是——
周　冲　（半质问地）你为什么早不告诉我？
鲁四凤　我不是不告诉你；我跟你说过，叫你不要找我，因为我——我已经不是个好女人。
周　萍　（向四凤）不，你为什么说自己不好？你告诉他们！（指蘩漪）告诉他们，说你就要嫁我！
周　冲　（略惊）四凤，你——
周蘩漪　（向周冲）现在你明白了。（周冲低头）
周　萍　（突向蘩漪，刻毒地）你真没有一点心肝！你以为你的儿子会替——会破坏么？弟弟，你说，你现在有什么意思，你说，你预备对我怎么样？说！哥哥都会原谅你。
　　　　〔周冲望蘩漪，又望四凤，自己低头。
周蘩漪　冲儿，说呀！（半晌，急促）冲儿，你为什么不说话呀？你为什么不抓着四凤问？你为什么不抓着你哥哥说话呀？（又顿。众人俱看周冲，周冲不语）冲儿你说呀，你怎么，你难道是个死人？哑巴？是个糊涂孩子？你难道见着自己心上喜欢的人叫人抢去，一点儿都不动气么？

周　冲　（抬头，羔羊似地）不，不，妈！（又望四凤，低头）只要四凤愿意，我没有一句话可说。

周　萍　（走到周冲面前，拉着他的手）哦，我的好弟弟，我的明白弟弟！

周　冲　（疑惑地，思考地）不，不，我忽然发现……我觉得……我好像我并不是真爱四凤；（渺渺茫茫地）以前——我，我，我——大概是胡闹！

周　萍　（感激地）不过，弟弟——

周　冲　（望着周萍热烈的神色，退缩地）不，你把她带走吧，只要你好好地待她！

周繁漪　（整个幻灭，失望）哦，你呀！（忽然，气愤）你不是我的儿子；你不像我，你——你简直是条死猪！

周　冲　（受侮地）妈！

周　萍　（惊）你是怎么回事？

周繁漪　（昏乱地）你真没有点男子气，我要是你，我就打了她，烧了她，杀了她。你真是糊涂虫，没有一点生气的。你还是你父亲养的，你父亲的小绵羊。我看错你了——你不是我的，你不是我的儿子。

周　萍　（不平地）你是冲弟弟的母亲么？你这样说话。

周繁漪　（痛苦地）萍，你说，你说出来；我不怕，你告诉他，我现在已经不是他的母亲。

周　冲　（难过地）妈，您怎么？

周繁漪　（丢弃了拘束）我叫他来的时候，我早已忘了我自己，（向周冲，半疯狂地）你不要以为我是你的母亲，（高声）你的母亲早死了，早叫你父亲压死了，闷死了。现在我不是你的母亲。她是见着周萍又活了的女人，（不顾一切地）她也是要一个男人真爱她，要真真活着的女人！

周　冲　（心痛地）哦，妈。

周　萍　（眼色向周冲）她病了。（向繁漪）你跟我上楼去吧！你大概是该歇一歇。

周繁漪　胡说！我没有病，我没有病，我神经上没有一点病。你们不要以为我说胡话。（揩眼泪，哀痛地）我忍了多少年的，我在这个死地方，监狱似的周公馆，陪着一个阎王十八年了，我的心并没有死；你的父亲只叫我生了冲儿,然而我的心,我这个人还是我的。(指周萍)就只有他才要了我整个的人,可是他现在不要我,又不要我了。

周　冲　(痛极)妈,我最爱的妈,您这是怎么回事?
周　萍　你先不要管她,她在发疯!
周繁漪　(激烈地)不要学你的父亲。没有疯——我这是没有疯!我要你说,我要你告诉他们——这是我最后的一口气!
周　萍　(狼狈地)你叫我说什么?我看你上楼睡去吧。
周繁漪　(冷笑)你不要装!你告诉他们,我并不是你的后母。
　　　〔大家俱惊,略顿。
周　冲　(无可奈何地)妈!
周繁漪　(不顾地)告诉他们,告诉四凤,告诉她!
鲁四凤　(忍不住)妈呀!(投入鲁妈怀)
周　萍　(望着弟弟,转向繁漪)你这是何苦!过去的事你何必说呢?叫弟弟一生不快活。
周繁漪　(失了母性,喊着)我没有孩子,我没有丈夫,我没有家,我什么都没有,我只要你说:我——我是你的。
周　萍　(苦恼)哦,弟弟!你看弟弟可怜的样子,你要是有一点母亲的心——
周繁漪　(报复地)你现在也学会你的父亲了,你这虚伪的东西,你记着,是你才欺骗了你的弟弟,是你欺骗我,是你才欺骗了你的父亲!
周　萍　(愤怒)你胡说,我没有,我没有欺骗他!父亲是个好人,父亲一生是有道德的,(繁漪冷笑)——(向四凤)不要理她,她疯了,我们走吧。
周繁漪　不用走,大门锁了。你父亲就下来,我派人叫他来的。
鲁侍萍　哦,太太!
周　萍　你这是干什么?
周繁漪　(冷冷地)我要你父亲见见他将来的好媳妇你们再走。(喊)朴园,朴园!……
周　冲　妈,您不要!
周　萍　(走到繁漪面前)疯子,你敢再喊!
　　　〔繁漪跑到书房门口,喊。
鲁侍萍　(慌)四凤,我们出去。
周繁漪　不,他来了!
　　　〔朴园由书房进,大家俱不动,静寂若死。

周朴园　（在门口）你叫什么？你还不上楼去睡。
周蘩漪　（倨傲地）我请你见见你的好亲戚。
周朴园　（见鲁妈,四凤在一起,惊）啊,你,你——你们这是做什么？
周蘩漪　（拉四凤向朴园）这是你的媳妇,你见见。（指着朴园向四凤）叫他爸爸！（指着鲁妈向朴园）你也认识认识这位老太太。
鲁侍萍　太太！
周蘩漪　萍,过来！当着你的父亲,过来,给这个妈叩头。
周　萍　（难堪）爸爸,我,我——
周朴园　（明白地）怎么——（向鲁妈）侍萍,你到底还是回来了。
周蘩漪　（惊）什么？
鲁侍萍　（慌）不,不,您弄错了。
周朴园　（悔恨地）侍萍,我想你也会回来的。
鲁侍萍　不,不！（低头）啊！天！
周蘩漪　（惊愕地）侍萍？什么,她是侍萍？
周朴园　嗯。（烦厌地）你不必再故意地问我,她就是萍儿的母亲,三十年前死了的。
周蘩漪　天哪！
〔半晌。四凤苦闷地叫了一声,看着她的母亲,鲁妈苦痛地低着头。周萍脑筋昏乱,迷惑地望着父亲,同鲁妈。这时蘩漪渐渐移到周冲身边,现在她突然发现一个更悲惨的命运,逐渐地使她同情周萍,她觉出自己方才的疯狂,这使她很快地恢复原来平常母亲的情感。她不自主地愧恨地望着自己的冲儿。
周朴园　（沉痛地）萍儿,你过来。你的生母并没有死,她还在世上。
周　萍　（半狂地）不是她！爸,您告诉我,不是她！
周朴园　（严厉地）混帐！萍儿,不许胡说。她没有什么好身世,也是你的母亲。
周　萍　（痛苦万分）哦,爸！
周朴园　（尊重地）不要以为你跟四凤同母,觉得脸上不好看,你就忘了人伦天性。
鲁四凤　（向母痛苦地）哦,妈！
周朴园　（沉重地）萍儿,你原谅我。我一生就做错了这一件事。我万没有想到她今天还在,今天找到这儿。我想这只能说是天命。（向鲁妈叹口气）我老了,刚才我叫你走,我很后悔,我预备寄给你两万块钱。现在你既然来了,我想萍儿是个孝顺孩子,他会好好地侍奉你。我对不起你的地方,他会补上的。

周　萍　（向鲁妈）您——您是我的——
鲁侍萍　（不自主地）萍——（回头抽咽）
周朴园　跪下,萍儿!不要以为自己是在做梦,这是你的生母。
鲁四凤　（昏乱地）妈,这不会是真的。
鲁侍萍　（不语,抽咽）
周繁漪　（笑向周萍,悔恨地）萍,我,我万想不到是——是这样,萍。
周　萍　（怪笑,向朴园）父亲!（怪笑,向鲁妈）母亲!（看四凤,指她）你——
鲁四凤　（与周萍互视怪笑,忽然忍不住）啊,天!（由中门跑下）
〔周萍扑在沙发上,鲁妈死气沉沉地立着。
周繁漪　（急喊）四凤!四凤!（转向周冲）冲儿,她的样子不大对,你赶快出去看她。
〔周冲由中门跑下,喊四凤。
周朴园　（至周萍前）萍儿,这是怎么回事?
周　萍　（突然）爸,您不该生我!（跑,由饭厅下）
〔远处听见四凤的惨叫声,周冲狂呼四凤,过后周冲也发出惨叫。
鲁侍萍　（同时叫）四凤,你怎么啦!
周繁漪　　　　　我的孩子,我的冲儿!
〔二人同由中门跑出。
周朴园　（急走至窗前拉开窗幕,颤声）怎么?怎么?
〔仆人由中门跑上。
仆　人　（喘）老爷!
周朴园　快说,怎么啦?
仆　人　（急不成声）四凤……死了……
周朴园　（急）二少爷呢?
仆　人　也……也死了。
周朴园　（颤声）不,不,怎……么?
仆　人　四凤碰着那条走电的电线。二少爷不知道,赶紧拉了一把,两个人一块儿中电死了。
周朴园　（几晕）这不会。这,这——这不能够,不能够!
〔朴园与仆人跑下。
〔周萍由饭厅出,颜色惨白,但是神气沉静地。他走到那张放大海的手枪的桌前,抽开抽屉,取出手枪,手微颤,慢慢走进右边书房。
〔外面人声嘈乱,哭声、叫声、吵声,混成一片。鲁妈由中门上,脸更呆滞,如石膏人像。老年仆人跟在后面,拿着电筒。

〔鲁妈一声不响地立在台中。

老　仆　(安慰地)老太太,您别发呆!这不成,您得哭,您得好好哭一场。
鲁侍萍　(无神地)我哭不出来!
老仆人　这是天意,没有法子。——可是您自己得哭。
鲁侍萍　不,我想静一静。(呆立)

〔中门大开,许多仆人围着繁漪,繁漪不知是在哭在笑。

仆　人　(在外面)进去吧,太太,别看哪。
周繁漪　(为人拥至中门,倚门怪笑)冲儿,你这么张着嘴?你的样子怎么直对我笑?——冲儿,你这个糊涂孩子。
周朴园　(走到中门中,眼泪在面上)繁漪,进来!我的手发木,你也别看了。
老　仆　太太,进来吧。人已经叫电火烧焦了,没有法子办了。
周繁漪　(进来,干哭)冲儿,我的好孩子。刚才还是好好的,你怎么会死,你怎么会死得这样惨?(呆立)
周朴园　(已进来)你要静一静。(擦眼泪)
周繁漪　(狂笑)冲儿,你该死,该死!你有了这样的母亲,你该死!

〔外面仆人与大海打架声。

周朴园　这是谁?谁在这时候打架?

〔老仆下问,立时另一仆人上。

周朴园　外面是怎么回事?
仆　人　今天早上那个鲁大海,他这时又来了,跟我们打架。
周朴园　叫他进来!
仆　人　老爷,他连踢带打地伤了我们好几个,他已经从小门跑了。
周朴园　跑了?
仆　人　是,老爷。
周朴园　(略顿,忽然)追他去,给我追他去。
仆　人　是,老爷。

〔仆人一齐下。屋中只有朴园、鲁妈、繁漪三人。

周朴园　(哀伤地)我丢了一个儿子,不能再丢第二个了。

〔三人都坐下来。

鲁侍萍　都去吧!让他去了也好,我知道这孩子。他恨你,我知道他不会回来见你的。
周朴园　(寂静,自己觉得奇怪)年轻的反而走我们前头了,现在就剩下我们这些老——(忽然)萍儿呢?大少爷呢?萍儿,萍儿!(无人应)来人呀!来人!(无人应)你们给我找呀,我的大儿子呢?

〔书房枪声,屋内死一般的静默。

周繁漪　(忽然)啊!(跑下书房,朴园呆立不动,立时繁漪狂喊跑出)他……他……

周朴园　他……他……

〔朴园与繁漪一同跑下,进书房。

〔鲁妈立起,向书房颠踬了两步,至台中,渐向下倒,跪在地上,如序幕结尾老妇人倒下的样子。

〔舞台渐暗,奏序幕之音乐(High Mass-Bach)若在远处奏起,至完全黑暗时最响,与序幕末尾音乐声同。幕落,即开,接尾声。

尾　声

〔开幕时舞台黑暗。只听见远处教堂合唱弥撒声同大风琴声,序幕姊弟的声音:

〔弟弟声:姐姐,你去问她。

〔姊姊声:(低声)不,弟弟你问她,你问她。

〔舞台渐明,景同序幕,又回到十年后腊月三十日的下午。老妇(鲁妈)还在台中歪倒着,姊弟在旁。

姊　姊　你问她,她知道。

弟　弟　我不,我怕,你,你去。(推姊姊,外面合唱声止)

〔姑乙由中门进,见老妇倒地上,大惊愕,忙扶起她。

姑　乙　(扶她)起来吧,鲁奶奶!起来吧!(扶她至右边火炉旁坐,忙走至姊弟前,安慰地)弟弟,你没有吓着吧!快去吧,妈就在外边等着你们。姐姐,你领弟弟去吧。

姊　姊　谢谢您,姑奶奶。(替弟弟穿衣服)

姑　乙　外面冷得很,你们都把衣服穿好。

姊　姊　嗯,再见!

姑　乙　再见。

〔姊领弟弟出中门。

〔姑乙忙走到壁炉前,照护老妇人。

〔姑甲由右门饭厅进。

姑　乙　嘘,(指鲁妈)她出来了。

姑　甲　(低声)周先生就下来看她,你照护照护。我要出去。

姑　乙　好,你等一等,(从墙角拿一把雨伞)外头怕要下雪,你要这一把伞吧。

姑　甲　（和蔼地）谢谢你。（拿着雨伞由中门出去）
〔老人由左边厅出，立门口，望着。
姑　乙　（指鲁妈，向老翁）她在这儿！
老　人　哦！
〔半晌。
老　人　（关心地，向姑乙）她现在怎么样？
姑　乙　（轻叹）还是那样！
老　人　吃饭还好么？
姑　乙　不多。
老　人　（指头）她这儿？
姑　乙　（摇头）不，还是不认识人。
〔半晌。
姑　乙　楼上您的太太，看见了？
老　人　（呆滞地）嗯。
姑　乙　（鼓励地）这两人，她倒好。
老　人　是的。——（指鲁妈）这些天没有人看她么？
姑　乙　您说她的儿子，是么？
老　人　嗯。一个姓鲁叫大海的。
姑　乙　（同情地）没有。可怜，她就是想着儿子。每到节期总在窗前望一晚上。
老　人　（叹气，绝望地，自语）我怕，我怕他是死了。
姑　乙　（希望地）不会吧？
老　人　（摇头）我找了十年了，——没有一点影子。
姑　乙　唉，我想她的儿子回家，她一定会明白的。
老　人　（走到炉前，低头）侍萍！
〔老妇回头，呆呆地望着他，若不认识，起来，面上无一丝表情，一时，她走向前窗。
老　人　（低声）侍萍！侍——
姑　乙　（向老人摆手，低声）让她走，不要叫她！
〔老妇至窗前，慢吞吞地拉开帷幔，痴呆地望着窗外。
〔老人绝望地转过头，望着炉中的火光，外面忽而闹着小孩们的欢笑声，同足步声。中门大开，姊弟进。
姊　姊　（向弟）在这儿？一定在这儿？
弟　弟　（落泪，点着头）嗯！嗯！
姑　乙　（喜欢他们来打破这沉静）弟弟，你怎么哭了？

弟　弟　（抽咽）我的手套丢了！外面下雪,我的手套,我的新手套丢了。
姑　乙　不要嚷,弟弟,我给你找。
姊　姊　弟弟,我们找。
　　　　〔三个人在左角找手套。
姑　乙　（向姊）有么？
姊　姊　没有！
弟　弟　（钻到沙发背后,忽然跳出来）在这儿,在这儿！（舞着手套）妈,在这儿！（跑出去）
姑　乙　（羡慕地）好了,去吧。
姊　姊　谢谢,姑奶奶！
　　　　〔姊由中门下,姑乙关上门。
　　　　〔半晌。
老　人　（抬头）什么？外头又下雪了？
姑　乙　（沉静地点头）嗯。
　　　　〔老人又望一望立在窗前的老妇,转身坐在炉旁的圈椅上,呆呆地望着火,这时姑乙在左边长沙发上坐下,拿了一本《圣经》读着。
　　　　〔舞台渐暗。

　　　　　　　　　　　　　　　　　　　　　　　　——幕　落

北京人

人　物　　曾　　皓——在北京落户的旧世家的老太爷,年六十三。
　　　　　　曾文清——他的长子,三十六。
　　　　　　曾思懿——他的长媳,三十八九。
　　　　　　曾文彩——他的女儿,三十三岁。
　　　　　　江　　泰——他的女婿,文彩的丈夫,一个老留学生,三十七八。
　　　　　　曾　　霆——他的孙子,文清与思懿的儿子,十七岁。
　　　　　　曾瑞贞——他的孙媳,霆儿的媳妇,十八岁。
　　　　　　愫　　方——他的姨侄女,三十上下。
　　　　　　陈奶妈——哺养曾文清的奶妈,年六十上下。
　　　　　　小柱儿——陈的孙儿,年十五。
　　　　　　张　　顺——曾家的仆人。
　　　　　　袁任敢——研究人类学的学者,年三十八。
　　　　　　袁　　圆——袁的独女,十六整。
　　　　　　"北京人"——在袁任敢学术勘察队里一个修理卡车的巨人。
　　　　　　警　　察
　　　　　　寿木商人　甲、乙、丙、丁。

地　点　　第一幕　中秋节。在北平曾家小花厅里。
　　　　　　第二幕　当夜十一点的光景,曾宅小花厅里。
　　　　　　第三幕　离第一幕约有一月,某一天,深夜三点钟,曾宅小花厅里。

第二幕

〔当天夜晚,约有十一点钟的光景,依然在曾宅小客厅里。

〔曾宅的近周,沉寂若死。远远在冷落的胡同里有算命的瞎子隔半天敲两下寂寞的铜钲,仿佛正缓步踱回家去。间或也有女人或者小孩的声音,这是在远远寥落的长街上凄凉地喊着的漫长的叫卖声。

〔屋内纱灯罩里的电灯暗暗地投下一个不大的光圈,四壁的字画古玩都隐隐地随着翳入黑暗里,墙上的墨竹也更显得模糊,有窗帷的地方都密密地拉严。从旧纱灯的一个宽缝,露出一道灯光正射在那通大客厅的门上。那些白纸糊的隔子门每扇都已关好,从头至地,除了每个隔扇下半截有段极短的木质雕饰外,现在是整个成了一片雪白的纸幕,隔扇与隔扇的隙间泄进来一线微光,纸幕上似乎有淡漠的人影隐约浮动。偶尔听见里面(大客厅)有人轻咳和谈话的声音。

〔靠左墙长条案上放着几只蜡台,有一只插着半截残烬的洋蜡烛。屋正中添了一个矮几子,几上搁了一个小小的红泥火炉,非常洁净,炉上坐着一把小洋铁水壶。炉火融融,在小炉口里闪烁着。水在壶里呻吟,像里面羁困着一个小人儿在哀哭。旁边有一张纤巧的红木桌,上面放着小而精致的茶具。围炉坐着苍白的文清,他坐在一张矮凳上出神。对面移过来一张小沙发,陈奶妈坐在那里,正拿着一把剪刀为坐在小凳上的小柱儿铰指甲。小柱儿打着盹。

〔书斋内有一盏孤零零的暗灯,灯下望见曾霆恹恹地独自低声诵读《秋声赋》。远远在深苍的尽头有木梆打更的声音。

陈奶妈　(一面铰着,一面念叨)真的清少爷,你明天还是要走吗?

曾文清　(颔首)

陈奶妈　我看算了吧,既然误了一趟车,就索性在家里等两三天,看袁先生跟愫小姐这段事有个眉目再走。

曾文清　(摇首)

陈奶妈　你说袁先生今天看出来不?

曾文清　(低着头,勉强回答)我没留神。

陈奶妈　(笑着)我瞧袁先生看出来了,吃饭的时候他老望着愫小姐这边看。

曾文清　(望着奶妈,仿佛不明白她的话)

陈奶妈　清少爷你说这件事——

曾文清　(不觉长叹一声)

陈奶妈　(望了文清一下,又说不出)

〔小柱儿一磕头,突由微盹中醒来,打一个呵欠,嘴里不知说了句什么话,又昏昏忽忽地打起盹。

陈奶妈　(铰着小柱儿的指甲)唉,我也该回家的。(指小柱儿)他妈还在盼着我们今天晚上回去呢。(小柱儿头又往前一磕,她扶住他说)别动,我的肉,小心奶奶铰着你!(怜爱他)唉,这孩子也是真累乏了,走了一早晨又跟着这位袁小姐玩了一天,乡下的孩子不比城里的孩子,饿了就吃,累了就睡,真不像——(望着书斋内的霆儿,怜惜地,低声)孙少爷,孙少爷!

曾　霆　（一直在低诵）……嗟夫,草木无情,有时飘零,人为动物,惟物之灵,百忧感其心,万事劳其形,有动乎中,必摇其精。而况思其力之所不及,忧其智之所不能。……

曾文清　让他读书吧,一会儿他爷爷要问他的。

〔深巷的更锣声。

陈奶妈　这么晚了还念书！大八月节的,哎,打三更了吧。

曾文清　嗯,可不是打三更了。

陈奶妈　乡下孩子到了这个时候都睡了大半觉了。（铰完了最后一个手指）好啦,起来睡去吧,别在这儿受罪了。

小柱儿　（擦擦眼睛）不,我不想睡。

曾文清　（微笑）不早啦,快十一点钟啦！

小柱儿　（抖擞精神）我不困。

陈奶妈　（又是生气又是爱）好,你就一晚上别睡。（对文清）真是乡下孩子进城,什么都新鲜。你看他就舍不得睡觉。

〔小柱儿由口袋里取出一块花生糖放在嘴里,不觉又把身旁那个"刮打嘴"抱起来看。

陈奶妈　唉,这个八月节晚上,又没有月亮。——怎么回子事？大奶奶又不肯出来。（叫）大奶奶！（对文清）她这阵子在屋里干什么？（立起）大奶奶,大奶奶！

曾文清　别,别叫她。

陈奶妈　清少爷,那,那你就进去吧。

曾文清　（摇头,哀伤地独自吟起陆游的《钗头凤》）……东风恶,欢情薄,一杯愁绪,几年离索。错,错,错！……

陈奶妈　（叹一口气）哎,这也是冤孽,清少爷,你是前生欠了大奶奶的债,今生该她来磨你。可,可到底怎么啦,她这一晚上一句话也没说,——她要干什么？

曾文清　谁知道？她说胃里不舒服,想吐。

陈奶妈　（回头瞥见小柱儿又闲不住手,开始摸那红木矮几上的茶壶,叱责地）小柱儿,你放下,你屁股又痒痒啦！（小柱儿又规规矩矩地放好,陈转对文清）也怪,姑老爷不是嚷嚷今天晚上就要搬出去么？怎么现在——

曾文清　哎,他也不过是说说罢了。（忽然口气里带着忧怨）他也是跟我一样:我不说话,一辈子没有做什么;他吵得凶,一辈子也没有做什么。

〔文彩由书斋小门走进,手里拿着一支没点的蜡烛,和一副筷子,一碟从稻香村买来的清真酱肉,酱黄豆,杂香之类的小菜。

曾文彩　（倦怠地）奶妈,你还没有睡?
陈奶妈　没有,怎么姑老爷又要喝酒了?
曾文彩　（掩饰）不,他不,是我。
曾文清　你?哎,别再让他喝了吧。
曾文彩　（叹了一口气,放下那菜碟子和筷子）哥哥,他今天晚上又对我哭起来了。
陈奶妈　姑老爷?
曾文彩　（忍不住掏出手帕,一眼眶的泪）他说他对不起我,他心里难过,他说他这一辈子都完了。我看他那个可怜的样子,我就觉得是我累的他。哎,是我的命不好,才叫他亏了款,丢了事。（眼泪流下来）奶妈,洋火呢?
陈奶妈　让我找,——
曾文清　（由红木几上拿起一盒火柴）这儿!
　　　　〔陈奶妈接下,走起替文彩点上洋烛。
曾文彩　（由桌上拿起一个铜蜡台）他说闷得很,他想夜里喝一点酒。你想,哥哥,他心里又这么不快话,我——
曾文清　（长嘘一声）喝吧,一个人能喝酒也是好的。
陈奶妈　（把点好的蜡烛递给文彩）老爷子还是到十一点就关电灯么?
曾文彩　（把烛按在烛台里）嗯。（体贴）给他先点上蜡好,别待会儿喝了一半,灯"抽冷子"灭了,他又不高兴。
陈奶妈　我帮你拿吧。
曾文彩　不用了。
　　　　〔文彩拿着点燃的蜡烛和筷子菜碟走进自己的房里。
陈奶妈　（摇头）唉,做女人的心肠总是苦的。
　　　　〔文彩放下东西又忙忙自卧室走出。
曾文彩　江泰呢?
陈奶妈　刚进大客厅。
曾文清　大概正跟袁先生闲谈呢。
曾文彩　（已走到火炉旁边）哥哥,这开水你要不?
曾文清　（摇头,倦怠地）文彩,小心你的身体,不要太辛苦了。
曾文彩　（悲哀地微笑）不。
　　　　〔文彩提着开水壶由卧室下。文清又把一个宜兴泥的水罐放在炉上,慢吞吞地拨着火。
曾　霆　（早已拿起书本立起）爹,我到爷爷屋里去了。

曾文清　（低头放着他的陶罐）去吧。
陈奶妈　（走上前）孙少爷！（低声）你爷爷要问你爹，你可别说你爹没有走成。
小柱儿　（正好好坐着，忽然回头，机灵地）就说老早赶上火车走了。
陈奶妈　（好笑）谁告诉你的？
小柱儿　（小眼一挤）你自个儿告诉我的。
陈奶妈　这孩子！（对曾霆）走吧，孙少爷你背完书就回屋睡觉去。老爷子再要上书，就说陈奶妈催你歇着呢！
曾　霆　嗯。（向书斋走）
曾文清　霆儿？
曾　霆　干嘛？爹？
曾文清　（关心地）你这两天怎么啦？
曾　霆　（闪避）没有怎么，爹。
〔曾霆由书斋小门快快下。
陈奶妈　（看曾霆走出去，赞叹的样子，不觉回首指着小柱儿）你也学学人家，人家比你也就大两岁，念的书比你吃的饭米粒还要多。你呢，一顿就四大碗干饭，肚子里尽装的是——
小柱儿　（突然）奶奶，你听，谁在叫我呢？
陈奶妈　放屁！你别当我耳朵聋，听不见。
小柱儿　真的，你听呀，这不是袁小姐——
陈奶妈　哪儿？
小柱儿　你听。
陈奶妈　（谛听）人家袁小姐帮他父亲画画呢。
小柱儿　（故意作弄他的祖母）真的，你听：“小柱儿，小柱儿！”这不是袁小姐？你听：“小柱儿，你给我喂鸽子来！”（突然满脸顽皮的笑容）真的，奶奶，她叫我喂鸽子！（立刻撒"鸭子"就向大客厅跑）
陈奶妈　（追在后面笑着）这皮猴又想骗你奶奶。
〔小柱儿连笑带跑，正跑到那巨幕似的隔扇门前。按着曾宅到十一点就得灭灯的习惯，突然全屋暗黑！在那雪白而宽大的纸幕上由后面蓦地现出一个体巨如山的猿人的黑影，蹲伏在人的眼前，把屋里的人显得渺小而萎缩。只有那微弱的小炉里的火照着人们的脸。
小柱儿　（望见，吓得大叫）奶奶！（跑到奶奶怀里）
陈奶妈　哎哟，这，这是什么？
曾文清　（依然偎坐在小炉旁）不用怕，这是"北京人"的影子。

〔里面袁任敢的沉重的声音：这是人类的祖先，这也是人类的希望。那时候的人要爱就爱，要恨就恨，要哭就哭，要喊就喊，不怕死，也不怕生。他们整年尽着自己的性情，自由地活着，没有礼教来拘束，没有文明来捆绑，没有虚伪，没有欺诈，没有阴险，没有陷害，没有矛盾，也没有苦恼；吃生肉，喝鲜血，太阳晒着，风吹着，雨淋着，没有现在这么多人吃人的文明，而他们是非常快活的！

〔猛地隔扇打开了一扇，大客厅里的煤油灯洒进一片光，江泰拿着一根点好的小半截残蜡，和袁任敢走进来。江泰穿一件洋服坎肩，袁任敢还是那件棕色衬衣，袖口又掠起，口里叼着一个烟斗，冒出一缕缕的浓烟。

江　泰　（有些微醺，应着方才最后一句话，非常赞同地）而他们是非常快活的。

曾文清　（立起，对奶妈）点上蜡吧。

陈奶妈　嗯。（走去点蜡）

〔在大客厅里的袁圆：（同时）小柱儿，你来看。

小柱儿　哎。（抽个空儿跑进大客厅，他顺手关了隔扇门，那一片巨大的白幕上又蹲伏着那小山一样的"北京人"的巨影）

江　泰　（兴奋地放下蜡烛，咀嚼方才那一段话的意味，不觉连连地）而他们是非常快活的。对！对！袁先生，你的话真对，简直是不可更对。你看看我们过的是什么日子？成天垂头丧气，要不就成天胡发牢骚。整天是愁死，愁生，愁自己的事业没有发展，愁精神上没有出路，愁活着没有饭吃，愁死了没有棺材睡。整天地希望，希望，而永远没有希望！譬如（指文清）他，——

曾文清　别再发牢骚，叫袁先生笑话了。

江　泰　（肯定）不，不，袁先生是个研究人类的学者，他不会笑话我们人的弱点的。坐，坐，袁先生！坐坐，坐着谈。（他与袁任敢围炉坐下，由红木几上拿起一支香烟，忽然）咦，刚才我说到哪里了？

袁任敢　（微笑）你说，（指着）"譬如他吧"，——

江　泰　哦，譬如他吧，哦（对文清，苦恼地），我真不喜欢发牢骚，可你再不让我说几句，可我，我还有什么？我活着还有什么？（对袁任敢）好，譬如他，我这位内兄，好人，一百二十分的好人，我知道他就有情感上的苦闷。

曾文清　你别胡说啦。

江　泰　（黠笑）啊，你瞒不过我，我又不是傻子。（指文清对袁任敢爽快地）他有情感上的苦闷，他希望有一个满意的家庭，有一个真了解他的女人同他共处一生。(兴奋地)这点希望当然是自然的,对的,合理的,值得同情的,可是在二十年前他就发现了一个了解他的女人。但是他就因为胆小,而不敢找她;找到了她,又不敢要她。他就让这个女人由小孩而少女,由少女而老女,像一朵花似的把她枯死,闷死,他忍心让自己苦,人家苦,一直到今天,现在这个女人还在——

曾文清　(忍不住)你真喝多了!

江　泰　(笑着摇手)放心,没喝多,我只讲到这点为止,决不多讲。(对袁任敢)你想,让这么个人,成天在这样一个家庭里朽掉,像老坟里的棺材,慢慢地朽,慢慢地烂,成天就知道叹气做梦,忍耐,苦恼,懒,懒,懒得动也不动,爱不敢爱,恨不敢恨,哭不敢哭,喊不敢喊,这不是堕落,人类的堕落?那么,(指着自己)就譬如我,——(划地一声点着了烟,边吸边讲)读了二十多年的书——

袁任敢　(叼着烟斗,微笑)我就猜着你一定还有一个"譬如我"的。

江　泰　(滔滔不绝)自然我决不尽批评人家,不说自己。譬如我吧,我爱钱,我想钱,我一直想发一笔大财,我要把我的钱,送给朋友用,散给穷人花。我要像杜甫的诗说的,盖起无数的高楼大厦,叫天下的穷朋友白吃白喝白住,研究科学,研究美术,研究文学,研究他们每个人喜欢的东西,为中国,为人类谋幸福。可是袁先生,我的运气不好,处处倒霉,碰钉子,事业一到我手里,就莫明其妙地弄到一塌糊涂。我们整天在天上计划,而整天在地下妥协。我们只会叹气,做梦,苦恼,活着只是给有用的人糟蹋粮食,我们是活死人,死活人,活人死!一句话,你说的,(指着自己的头)像我们这样的人才真是(指那"北京人"的巨影)他的不肖的子孙!

袁任敢　(一直十分幽默地点着头,此时举起茶杯微笑)请喝茶!

江　泰　(接下茶杯)对了,譬如喝茶吧,我的这位内兄最讲究喝茶。他喝起茶来要洗手,漱口,焚香,静坐。他的舌头不但尝得出这茶叶的性情,年龄,出身,做法,他还分得出这杯茶用的是山水,江水,井水,雪水还是自来水,烧的是炭火,煤火,或者柴火。茶对我们只是解渴生津,利小便,可一到他口里,他有一万八千个雅啦,俗啦的道理。然而这有什么用?他不会种茶,他不会开茶叶公司,不会做出口生意,就会一样,"喝茶"!喝茶喝得再怎么精,怎么好,还不是喝茶,有什么用?请问,有什么用?

〔文彩由卧室出。

曾文彩　泰!

江　泰　　我就来。

陈奶妈　（走去推他）快去吧,姑老爷。

江　泰　　（立起,仍舍不得就走）譬如我吧——

陈奶妈　别老"譬如我""譬如我"地说个没完了。袁先生都快嫌你唠叨了。

江　泰　　喂,袁博士,你不介意我再发挥几句吧。

袁任敢　（微笑）哦,当然不,请"发挥"!

江　泰　　所以譬如——（文彩又走来拉他回屋,他对文彩几乎是恳求地）文彩,你让我说,你让我说说吧!（对袁任敢）譬如我吧,我好吃,我懂得吃,我可以引你到各种顶好的地方去吃。（颇为自负,一串珠子似地讲下去）正如楼的涮羊肉,便宜坊的挂炉鸭,同和居的烤馒头,东兴楼的乌鱼蛋,致美斋的烩鸭条。小地方哪,像灶温的烂肉面,穆柯寨的炒疙瘩,金家楼的汤爆肚,都一处的炸三角,以至于——

曾文彩　走吧!

江　泰　　以至于月盛斋的酱羊肉,六必居的酱菜,王致和的臭豆腐,信远斋的酸梅汤,二妙堂的合碗酪,恩德元的包子,沙锅居的白肉,杏花春的花雕,这些个地方没有一个掌柜的我不熟,没有一个掌灶的、跑堂的、站柜台的我不知道,然而有什么用?我不会做菜,我不会开馆子,我不会在人家外国开一个顶大的李鸿章杂碎,赚外国人的钱。我就会吃,就会吃!（不觉谈到自己的痛处,捶胸）我做什么,就失败什么。做官亏款,做生意赔钱,读书对我毫无用处。（痛苦地）我成天住在丈人家里鬼混,好说话,好牢骚,好批评,又好骂人,简直管不住自己,专说人家不爱听的话。

曾文彩　（插嘴）泰!

江　泰　　（有些抽噎）成天叫大家看着我不快活,不成材,背后骂我是个废物,啊,文彩,我真是你的大累赘,我从心里觉得对不起你呀!（突然不自禁地哭出）

曾文彩　（连叫）泰,泰,别难过,是我不好,我累了你。

陈奶妈　进去吧,又喝多了。

江　泰　　（摇头）我没有,我没有,我心里难过,我心里难过,啊——
　　　　　〔陈奶妈与文彩扶江泰由卧室下。

曾文清　（叹口气）您喝杯茶吧。

袁任敢　我已经灌了好几大碗凉开水了,我今天午饭吃多了,大先生,我有一件事拜托你——

曾文清　是——

袁任敢　我——

〔愫方一手持床毛毯,一手持蜡烛,由书斋小门上。

袁任敢　愫小姐。
愫　方　(点头)
曾文清　爹睡着了?
愫　方　(摇头)
曾文清　袁先生您的事?

〔江泰又由卧室走出,手里握着半瓶白兰地。

江　泰　(笑着)袁先生进来喝两杯不?
袁任敢　不,(指巨影)他还在等着我呢!
江　泰　(举瓶)好白兰地,文清,你?
曾文清　(不语,望了望愫方)
江　泰　(莫明其妙)哦,怎么,你们三位——

〔陈奶妈在内:姑老爷!

江　泰　(摇头,叹了口气)唉,没有人理我,没有人理我的哟。
　　　　(由卧室下)
曾文清　袁先生,你方才说——

〔袁圆在屋内的声音:爹,爹!你快来看,北京人的影子我铰好了。

袁任敢　(望望愫方与文清)回头说吧。(幽默而又懂事地)没有什么事,我的小猴子叫我呢。

〔袁任敢打开那巨幕一般的门扇走进去,跟着泄出一道光又关上,白纸幕上依然映现着那个巨大无比的"北京人"的黑影。
〔寂静,远处木梆更锣声。

曾文清　(期待地)奶妈把纸条给你了?
愫　方　(默默点头)
曾文清　(低声)我,我就想再见你一面,我好走。
愫　方　(无意中望着文清的卧室的门)
曾文清　(指门)她关上门睡觉呢。(低头)
愫　方　(坐下)
曾文清　(突然)愫方!
愫　方　(又立起)
曾文清　怎么?
愫　方　姨父叫我拿医书来的。

〔陈奶妈由文彩卧室走出。

陈奶妈　愫小姐,您来了。(立刻向书斋小门走)

曾文清　奶妈上哪儿去？

陈奶妈　（掩饰）我去看看孙少爷书背完了不？

〔陈奶妈由书斋小门下，远远又是两下凄凉的更锣。

曾文清　愫方，明天我一定走了，这个家（顿）我不想再回来了。

愫　方　（肯定地）不回来是对的。

曾文清　嗯，我决不回来了。今天我想了一晚上，我真觉得是我，是我误了你这十几年。害了人，害了己，都因为我总在想，总在想着有一天，我们——（望见愫方蹙起眉头，轻轻抚摸前额）愫方，你怎么了？

愫　方　（疲倦地）我累得很。

曾文清　（恻然）可怜，愫方，我不敢想，我简直不敢再想你以后的日子怎么过。你就像那只鸽子似的，孤孤单单地困在笼子里，等，等，等到有一天——

愫　方　（摇头）不，不要说了！

曾文清　（伤心）为什么，为什么我们要东一个，西一个苦苦地这么活着？为什么我们不能长两个翅膀，一块儿飞出去呢？（摇着头）啊，我真是不甘心哪！

愫　方　（哀徐）这还不够么，要怎么样才甘心呢！

曾文清　（幽郁）愫方，你跟我一道到南方去吧！（立刻眉梢又有些踌躇）去吧！

愫　方　（摇头，哀伤地）还提这些事吗？

曾文清　（悔痛，低头缓缓地）要不你就，你就答应今天早上那件事吧。

愫　方　（愣住）为——为什么？

曾文清　（望着愫方，嘴角痛苦地拖下来）这次我出去，我一辈子也不想回来的。愫方，我就求你这一件事，你就答应我吧。你千万不要再在这个家里住下去。（恳切地）想想这所屋子除了耗子，吃人的耗子，啃我们字画的耗子还有什么？（愫方的眼睛悲哀地凝视着他）你心里是怎么打算？等着什么？你别再不说话，你对我说呀。（蓦地鼓起勇气，贸然）愫方，你，你还是嫁，嫁了吧，你赶快也离开这个牢吧。我看袁先生人是可托的，你——

愫　方　（缓缓立起）

曾文清　（也立起，哀求）你究竟怎么打算，你说呀。

愫　方　（向书斋小门走）

曾文清　（沉痛地）你不能不说就走，"是"，"不是"，你要对我说一句啊。

愫　方　（转身）文清！（手里递给他一封信，缓缓地走开。文清昏惑地把信接在手里）

〔陈奶妈由书斋小门急上。

陈奶妈　(迫促地)老爷子来了,就在后面。(推着文清)进去进去,省得麻烦。进去……

曾文清　奶妈,我——

〔陈奶妈嘴里唠唠叨叨地把文清推着进到他的卧室里,愫方呆立在那里。

〔曾皓由书斋小门上,他穿一件棉袍,围着一条绒围巾,拖着睡鞋,扶拐杖,提着一个小油灯走进。

曾　皓　(看见愫方,急切地)我等你好半天了——(对陈奶妈)刚才谁进去了?

陈奶妈　大奶奶。

曾　皓　(望见那红泥火炉)怎么,谁又在这里烧茶了?

陈奶妈　姑老爷,他刚才陪着袁先生在这里品茶呢。

曾　皓　(藐笑)嗤,这两个人懂得什么品茶!(突然望见门上的巨影)这是什么?

陈奶妈　袁先生画那个"北京人"呢。

曾　皓　(鄙夷地)什么"北京人",简直是闹鬼。

陈奶妈　老爷子,回屋去睡吧。

曾　皓　不,我要在这儿看看,你睡去吧。

愫　方　奶妈,我给你把被铺好了。

陈奶妈　嗯,嗯。(感动)哎,愫小姐,你——(欣喜)好,我看看去。

(陈奶妈由书斋小门下。曾皓开始每晚照例的巡视。)

愫　方　(随着曾皓的后面)姨父,不早了,睡去吧,还看什么?

曾　皓　(一面在角落里探找,一面说)祖上辛辛苦苦留下来的房子,晚上火烛第一要小心,小心。(忽然)你看那地上冒着烟,红红的是什么?

愫　方　是烟头。

曾　皓　(警惕)你看这多危险! 这一定又是江泰干的。总是这样,烟头总不肯灭掉。

愫　方　(拾起烟头,扔在火炉里)

曾　皓　这么长一节就不抽了,真是糟蹋东西。(四面嗅闻)愫方,你闻闻仿佛有什么香味没有?

愫　方　没有。

曾　皓　(嗅闻)怪得很,仿佛有鸦,鸦片烟的味道。

愫　方　别是您今天水烟抽多了。

曾　皓　唉,老了,连鼻子都不中用了。(突然)究竟文清走了没有?
愫　方　走了。
曾　皓　你可不要骗我。
愫　方　是走了。
曾　皓　唉,走了就好。这一个大儿子也够把我气坏了,烟就戒了许多次,现在他好容易把烟戒了,离开了家——
愫　方　不早了,睡去吧。
曾　皓　(坐在沙发里怨诉)他们整天地骗我,上了年纪的人活着真没意思,儿孙不肖,没有一个孩子替我想。(凄惨地)家里没有一个体恤我,可怜我,心疼我。我牛马也做了几十年了,现在弄到个个人都盼我早死。
愫　方　姨父,您别这么想。
曾　皓　我晓得,我晓得。(怨恨地)我的大儿媳妇第一个不是东西,她就知道想法弄我的钱。今天正午我知道是她故意引这帮流氓进门,存心给我难堪。(切齿)你知道她连那寿木都不肯放在家里。父亲的寿木!这种不孝的人,这种没有一点心肝的女人!她还是书香门第的闺秀,她还是——
〔外面风雨袭来,树叶飒飒地响着。
曾　皓　她自己还想做人的父母,她——
愫　方　(由书斋小窗谛听)雨都下来了。姨父睡吧,别再说了。
曾　皓　(摇头)不,我睡不着。老了,儿孙不肖,一个人真可怜,半夜连一伺候我的人都没有。(痛苦地摸着腿)啊!
愫　方　怎么了?
曾　皓　(微呻)痛啊,腿痛得很!
〔外面更锣木梆声。
愫　方　(拿来一个矮凳放好他的腿,把毛毯盖上,又拉过一个矮凳坐在旁边,为他轻轻捶腿)好点吧?
曾　皓　(呻吟)好,好。脚冷得像冰似的,愫方,你把我的汤婆子灌好了没有?
愫　方　灌好了。
曾　皓　你姨妈生前顶好了,晚上有点凉,立刻就给我生起炭盆,热好了黄酒,总是老早把我的被先温好——(似乎突然记起来)我的汤婆子,你放在哪里了?
愫　方　(捶着腿)已经放在您的被里了。(呵欠)
曾　皓　(快慰)啊,老年人心里没有什么。第一就是温饱,其次就是顺心。

　　　　你看,(又不觉牢骚起来)他们哪一个是想顺我的心?哪一个不是阴阳怪气?哪一个肯听我的话,肯为着老人家想一想?(望见愫方沉沉低下头去)愫方,你想睡了么?

愫　方　(由微盹中惊醒)没有。

曾　皓　(同情地)你真是累很了,昨天一夜没有睡,今天白天伺候我一天,也难怪你现在累了。你睡去吧。(语声中带着怨望)我知道你现在听不下去了。

愫　方　(擦擦眼睛,微微打了一个呵欠)不,姨父,我不要睡,我是在听呢。

曾　皓　(又忍不住埋怨)难怪你,他们都睡了,老运不好,连自己的亲骨肉都不肯陪着我,嫌我讨厌。

愫　方　(低头)不,姨父,我没有觉得,我没有——

曾　皓　(唠叨)愫方,你也不要骗我,我也晓得,他们就是不在你的面前说些话,我也知道你早耐不下去了。(呻吟)哎哟,我的头好昏哪。

愫　方　并,并没有人在我面前说什么。我,我刚才只是有点累了。

曾　皓　(絮絮叨叨)你年纪轻轻的,陪着我这么一个上了年纪的人,你心里委屈,我是知道的。(长叹)唉,跟着我有什么好处?一个钱没有,眼前固然没有快乐可言,以后也说不上有什么希望。(嗟怨)我的前途就,就是棺材,棺材,我——(捶着自己的腿)啊!

愫　方　(捶重些,只好再解释)真的,姨父,我刚才就是有点累了。

曾　皓　(一眶眼泪,望着愫方)你瞒不了我,愫方,(一半责怨,一半诉苦)我知道你心里在怨我,你不是小孩子……

愫　方　姨父,我是愿意伺候您的。

曾　皓　(摇手)愫方,你别捶了。

愫　方　我不累。

曾　皓　(把她的手按住)不,别。你让我对你说几句话。(唠叨)我不是想苦你一辈子。我是在替你打算,你真地嫁了可靠的好人,我就是再没有人管,(愫方不觉把手抽出来)我也觉得心安,觉得对得起你,对得起你的母亲,我——

愫　方　不,姨父。(缓缓立起)

曾　皓　可是——(突然阴沉地)你的年纪说年轻也不算很——

愫　方　(低首痛心)姨父,你别说了,我并没有想离开您。

曾　皓　(狠心地)你让我说,你的年纪也不小了,一个老姑娘嫁人,嫁得再好也不过给人做个填房,可是做填房如果遇见前妻的子女好倒也罢了,万一碰见尽是些不好的,你自己手上再没有钱,那种日子——

愫　方　(实在听不下去)姨父,我,我真是没有想过——

曾　皓　（苦笑）不过，给人做填房总比在家里待一辈子要好得多，我明白。

愫　方　（哀痛）我，我——

曾　皓　（絮烦）我明白，一个女人岁数一天一天地大了，高不成低不就，人到了三十岁了。（一句比一句狠重）父母不在，也没有人做主，孤孤单单，没有一个体己的人，真是有一天，老了，没有人管了，没有孩子，没有亲戚，老，老，老得像我——

愫　方　（悲哀而恐惧的目光，一直低声念着）不，不，（到此她突然大声哭起来）姨父，您为什么也这么说话，我没有想离开您老人家呀！

曾　皓　（苦痛地）我是替你想啊，替你想啊！

愫　方　（抽咽）姨父，不要替我想吧，我说过我是一辈子也不嫁人的呀！

曾　皓　（长叹一声）愫方，你不要哭，姨父也活不长了。

〔幽长的胡同内有算命的瞎子寂寞地敲着铜钲踱过去。

曾　皓　这是什么？

愫　方　算命的瞎子回家了。（默默擦着泪水）

曾　皓　不要哭啦，我也活不了几年了，我就是再麻烦你，也拖不了你几年了。我知道思懿，江泰他们心里都盼我死，死了好分我的钱，愫方，只有你是一个忠厚孩子！

愫　方　您，您不会的。（低泣起来）为什么您老是这么想，我今天并没有冒犯您老人家啊！

曾　皓　（抚着愫方的手）不，你好，你是好孩子。可他们都以为姨父是有钱的，（愫方又缓缓把手抽回去）他们看着我脸上都贴的是钞票，我的肚子里装的不是做父母的心肠，都装的是洋钱元宝啊。（咳）他们都等着我死。哎，上了年纪的人活着真没有意思啊！（抚摩自己的头）我的头好痛啊！（想立起）

愫　方　（扶起他）睡去吧。

曾　皓　（坐起，在袋里四下摸索）可我早就没有钱。我的钱早为你的姨母出殡，修坟，修补房子，为着每年漆我的寿木早用完了。（从袋里取出一本红色的银行存折）这是思懿天天想偷看的银行存折。（递在她的眼前）你看这里还有什么？愫方，可怜我死后连你都没留多少钱。（立起）——

愫　方　（哀痛地）姨父，我从来没有想过要您的钱哪！

〔瑞贞由书斋小门上。

曾瑞贞　爷爷，药煎好了，在您屋里。

曾　皓　哦。

〔更声，深巷犬吠声。

曾　皓　走吧。(瑞贞和愫方扶着他向书斋小门走)

〔曾霆拿一本线装书由书斋小门走进。

曾　霆　爷爷,抄完了,您还讲吧?

曾　皓　(摇头)不早了,(转头对瑞贞)瑞贞也不要来了,你们两个都回屋睡去吧。

〔愫方扶曾皓由书斋小门下,瑞贞呆望着那炉火。曾霆走到那巨影的下面,望了一望,又复逡巡退回。

曾　霆　(找话说)妈妈没有睡么?

曾瑞贞　大概睡了吧。

曾　霆　(犹疑)你怎么还不睡?

曾瑞贞　我刚给爷爷煮好药。(忽想呕吐,不觉坐下)

曾　霆　(有点焦急)你坐在这里干什么?

曾瑞贞　(手摸着胸口)没有什么,(失望地)要我走么?

曾　霆　(耐下)不,不。

〔淅沥的雨声,凄凉的"硬面饽饽"的叫卖声。

曾　霆　(望着窗外)雨下大了。

曾瑞贞　嗯,大了。

〔深巷中凄寂而沉重的声音喊着:"硬面饽饽!"

曾　霆　(寂寞地)卖硬面饽饽的老头儿又来了。

曾瑞贞　(抬头)饿了么?

曾　霆　不。

曾瑞贞　(立起)你,你不要回屋去睡么?

曾　霆　你哭,哭什么?

曾瑞贞　我没有。

曾　霆　(忽然同情地,一句一顿)你要钱——妈今天给我二十块钱——在屋里枕头上——你拿去吧。

曾瑞贞　(绝望地叹息)嗯。

曾　霆　(怜矜的神色微微带着勉强)你,你要不愿一个人回屋,你就在这里坐会儿。

曾瑞贞　不,我是要回屋的。(曾霆打了半个喷嚏,又忍住,瑞贞回头)你衣服穿少了吧?

曾　霆　我不冷。(瑞贞又向书斋小门走,曾霆忽然记起)哦,妈刚才说——

曾瑞贞　妈说什么?

曾　霆　妈说要你给她捶腿。

曾瑞贞　嗯。(转身向文清卧室走)
曾　霆　(突然止住她)不,你不要去。
曾瑞贞　(无神地)怎么?
曾　霆　(希望得着同感)你恨,恨这个家吧?
曾瑞贞　我?
曾　霆　(追问)你?
曾瑞贞　(抑郁地低下头来)
曾　霆　(失望,低声)你去吧。
　　　　〔瑞贞走了一半,忽然回头。
曾瑞贞　(一半希冀,一半担心)我想告诉你一件事。
曾　霆　什么事?
曾瑞贞　(有些赧然)我,我最近身上不大舒服。
曾　霆　(连忙)你为什么不早说?
曾瑞贞　我,我有点怕——
曾　霆　(爽快地)怕什么,你怎么不舒服?
曾瑞贞　(嗫嚅)我常常想吐,我觉得——
曾　霆　(懵懂)啊,就是吐啊。(立刻叫)妈!
曾瑞贞　(立刻止住他)你干什么?
曾　霆　(善意地)妈屋里有八卦丹,吃点就好。
曾瑞贞　(埋怨地)你!
曾　霆　(莫名其妙)怎么,说吧,还有什么不舒服?
曾瑞贞　(失望)没有什么,我,我——(向卧室走)
曾　霆　你又哭什么?
曾瑞贞　(止步)我,我没有哭。(突然抬头望曾霆,哀伤地)霆,你一点不知道你是个大人么?霆,我们是——
曾　霆　(急促地解释)我们是朋友。你跟我也说过我们是朋友,我们结婚不是自由的。你的女朋友说的对,我不是你的奴隶,你也不是我的奴隶。我们顶多是朋友,各人有各人的自由,各走各的路。你,你自己也相信这句话,是吧?
曾瑞贞　(忽然坚决地)嗯,我相信!
　　　　〔由右面大奶奶卧室内——
　　　　〔思懿的喊声:瑞贞!瑞贞!
曾　霆　妈叫你。
曾瑞贞　(愣一愣,转对曾霆)那么,我去了。
曾　霆　嗯。

〔瑞贞入右面卧室。

曾　霆　（抬头望望那巨大的猿人的影子，鼓起勇气，走到那巨影的前面，对着那隔扇门的隙缝，低声）袁圆，袁圆！

〔瑞贞又从大奶奶卧室走出。

曾　霆　（有些狼狈）怎么你——
曾瑞贞　妈叫我找愫姨。

〔瑞贞由书斋小门下，曾霆有些犹疑，叹一口气，又——

曾　霆　袁圆！袁圆！

〔隔扇门打开，泄出一道灯光，袁圆走出来，头插着花朵，身披着铺在地上的兽皮，短裤赤腿，上身几乎一半是裸露着，一手拿着一把大剪刀，一手拿着铰成猿人模样的马粪纸，笑嘻嘻地招呼着曾霆。

袁　圆　咦，你又来了？
曾　霆　你，你这是——
袁　圆　（不觉得）我在铰"北京人"的影子呢，（举着那"猿人"的纸模）你看！
曾　霆　（望着袁圆，目不转睛）不不，我说你的衣服穿得太少，你，你会冻着的。
袁　圆　（忽然放下那纸模和剪刀，叉着腰）你看我好看不？
曾　霆　（昏惑）好看。
袁　圆　（背着手）能够吃你的肉不？
曾　霆　（为她的神采所夺，不知所云地）能。
袁　圆　（近前）能够喝你的血不？
曾　霆　（嗫嚅）能。
袁　圆　（大叫一声由身后边取出一把可怕的玩具斧头，扬起来，跳在霆儿的前面长啸）啊！喝！啊！（俨然是个可怕的母猿）
曾　霆　（吓糊涂）你要干什么？
袁　圆　（笑起来）我要杀人，你怕不怕？我像不像（指影）他？
曾　霆　（惊异）你要像他——这个野东西？
袁　圆　（一把拉着曾霆）走，进去看看。
曾　霆　（炉嫉地）不，我不，我不去。
袁　圆　（赞美地）进去看看，他真是一身都是毛，毛——（拉曾霆到门前）
曾　霆　不，不。
袁　圆　走，进去！

〔隔扇门忽然开了一扇，小柱儿也被袁家父女几乎剥成精光，装扮成一个小"原始人"模样走出来。他一手拿着一封信，臂上搭着自己的衣服,一手抱着袁圆叫他去喂的鸽子,露出一种不知是哭是笑的那份尴尬样子。门立刻关上,纸幕上映出那个巨影。

曾　霆　啊,这是什么?
袁　圆　(嬉笑)这是他(指影)的弟弟小"北京人"。
小柱儿　(憨气)袁小姐,(举着信)你的信,你掉在地上的信。
袁　圆　信?
曾　霆　(猛然由他手里把信抢过来,低头)
小柱儿　(袁圆眼一睁,大叫)你抢什么?
袁　圆　(对小柱儿解释)这是他写的信,(轻轻把小柱儿的手按下)小柱儿,别生气,我喜欢你。
小柱儿　(天真地)我也喜欢你。
曾　霆　(申斥)小柱儿!
小柱儿　(睁圆了眼)怎么喳?
袁　圆　(回头对曾霆,委婉地)曾霆,我也喜欢你,(走到两个中间)赶明儿个我们三个人老在一块玩,好不好?
小柱儿　(粗率)好。
袁　圆　(反身问)曾霆,你呢?
曾　霆　(婉转对小柱儿)你,你睡去吧!
小柱儿　(莽撞)你去睡!我不睡!
　　　　〔陈奶妈已由书斋小门上。
陈奶妈　(听见)哪个说不睡?
小柱儿　(惊怯回头)奶奶。
陈奶妈　(才看清楚小柱儿现在的模样,吃惊)你这是干什么?小柱儿,你怎么把衣裳都脱了?——
小柱儿　(指袁圆)她叫我脱的。
陈奶妈　袁小姐怎么叫他脱衣裳?
袁　圆　(很自然地)一个人为什么要穿那么多衣服呢?
陈奶妈　(冲到她面前,明明要发一顿脾气,但想不到袁圆依然在傻笑,只好毫无办法地)我的袁小姐!(又气又恼地)我看你怎么得了哦!(转身拉着小柱儿)走,睡觉去。
小柱儿　(一边走一边回头乞援)袁小姐!袁小姐!
袁　圆　(万分同情)去吧,(摇头叹气)玩不成了。
小柱儿　奶奶!(眼泪几乎流出来)
陈奶妈　走,还玩呢!
小柱儿　不,奶奶等等,还有(举着那鸽子)袁小姐的"孤独"。

陈奶妈　什么"鼓肚"？

小柱儿　（举起鸽子指点）

袁　圆　（跑过来）我的鸽子，我的小"孤独"！（一手由小柱儿手里取过来那鸽子）可怜的小柱儿，明天我带你玩，带你去爬山，浮水，你带我去放牛，耕地，打野鸟。这会儿你就，你就跟奶奶睡觉去吧！（望着小柱儿眼泪汪汪，随着奶奶倒退一步）哦，我的可怜的小"北京人"！（突然拉转小柱儿，摇着他，在他脸上清脆而响亮地吻了一下）

陈奶妈　（大气）袁小姐！（对小柱儿）快走！

〔陈奶妈立刻拉起小柱儿像逃避魔鬼似的，忙忙由书斋小门下。

曾　霆　（愤愤）你，你怎么这样子？亲——

袁　圆　（莫明其妙）我不能亲小柱儿么？

曾　霆　（难忍）袁圆，你明天不带他。

袁　圆　为什么不带他？

曾　霆　（说不出理由，只好重复）不带他。

袁　圆　（眼一霎）那么我们带他，（指影）带这个"北京人"。

曾　霆　（摇头）不，也不带他。

袁　圆　（头一歪）为什么连他也不带？（突然想起一件事）啊，曾霆，我告诉你一个秘密，大秘密。（抱着鸽子跑到巨影下面的台阶前）你过来。

曾　霆　（拿着蜡烛跑过来）什么？（袁圆拉着他，并坐在台阶上。这两个小孩就在那巨大无比的"北京人"的影下低低交谈起来）

袁　圆　（低声）我爸爸刚才问我是"北京人"好玩，还是你好玩？

曾　霆　（心跳）他怎么问这个？他知道我——

袁　圆　你别管，爸爸就是这样，（轻轻点着他的头，笑着）我就说你好玩。

曾　霆　（喜不自禁）真的？

袁　圆　（肯定）当然。

曾　霆　（连忙）我，我写的（略举信）这信，你看见了？

袁　圆　（兴奋地）你别插嘴，后来爸又问我："你爱哪一个？"

曾　霆　（紧张）你，你怎么说？

袁　圆　（扬头问）你猜我怎么说？

曾　霆　（羞赧）我猜，猜不出。

袁　圆　（伶俐地）我说我不知道。

曾　霆　（松了一口气，然而欣愉地）你答得真好。

袁　圆　后来他就问我："你大了愿意嫁给哪一个？"（昂首指着这巨影）是

这个样子的"北京人",还是曾家的孙少爷?

曾　霆　(惶惑,也仰起头来,那"北京人"的影子也转了转身,仿佛低头望着这两个小孩。曾霆不觉吓了一跳,低声,恐怖地)嫁给这个"北京人",还是——

袁　圆　(点头)就是他,还是(一手指点着他的心口)你?

曾　霆　你——说——呢?

袁　圆　我说,(吻了一下那"孤独")——你不要生气,我说(直截了当)我要嫁给他,嫁给这个大猩猩!

曾　霆　为,为什么?

袁　圆　(崇拜地)他大,他是条老虎,他一拳能打死一百个人。

曾　霆　(想不到)可,可我——

袁　圆　你呀,(带着轻蔑)你是呀——(猛然跳起来,站在台阶上,大叫起来)耗子啊!

曾　霆　(也跳在一旁,震抖地)什么?什么?

袁　圆　(向墙边指)那儿,那儿!

曾　霆　哪儿?哪儿?

袁　圆　啊,进去了!(紧张地)刚才一个(比着)那么点的小耗子从我脚背上"出溜"一下穿过去。

曾　霆　(放下心,笑着)哦,耗子啊!你这么怕,我们家里多的是!

袁　圆　(忽有所得)啊,我想起来了,(高兴地拍手)你呀,就是这么一个小耗子!(拍他的肩)小耗子!

曾　霆　(不快)我,我想——

袁　圆　你想什么?

曾　霆　(贸然)你不,你不喜欢我么?

袁　圆　嗯,我喜欢你,当然喜欢你!(不觉又吻一下那"孤独")你就是他!(指着那鸽子)你听话,你是这鸽子,你是我的"小可怜"。(她坐在阶上又吻起那"孤独")

曾　霆　(十分感动,随着坐在阶上)那么你看了我这封长信——

袁　圆　(又闪来一个念头,忽然立起)曾霆,你想,那个小耗子再下小耗子,那个小小耗子有多小啊!

曾　霆　(痛苦地)袁家妹妹,你怎么只谈这个?我,我的信你看完了,(低头,又立刻抬起)你,你的心(低头)——

袁　圆　(懵懂地摸着自己)我的心?——

曾　霆　(突然)你读了我给你的诗,我信里面的诗了么?

袁　圆　(点头,天真地)念了!

曾　霆　（欣喜）念了？
袁　圆　（点头）嗯，我爸爸说你的字比我写得好。
曾　霆　（惊吓）你给你父亲看了？
袁　圆　（忽然聪明起来）你别红脸，我的小可怜，爸爸说你就写了两个白（别）字，比我好。
曾　霆　那么我给你的诗，你也——
袁　圆　（点头）嗯，我看不懂，我给爸爸看了，叫他讲给我听。
曾　霆　（更惊）他讲给你听！
袁　圆　（不懂）怎么？
曾　霆　没什么。你父亲，他，他讲给你听没有？
袁　圆　（摇头）没有，他就说不像活人作的，古，古的很。（抱歉地）他说，他也看不懂。
曾　霆　那么他还说什么？

〔瑞贞和愫方由书斋小门上，刚要走出书斋，瑞贞突然瞥见曾霆和袁圆，不由地停住脚，哀伤地呆立在书斋里。愫方手里握着一件婴儿的绒线衣服，也默然伫立。

袁　圆　（嗫嚅）他说，（贸然）他叫我以后别跟你一块玩了。
曾　霆　（昏惑）以后不跟你在——
袁　圆　（安慰）不理他，明天我们俩还是一块儿放风筝去。
曾　霆　（低语）可，可是为什么？
袁　圆　（随口）愫姨刚才找我爸爸来了。
曾　霆　（吃惊）干什么？
袁　圆　她说你的太太已经有了小毛毛了。
曾　霆　（晴天里的霹雳）什么？
袁　圆　她说你就快成父亲了，（好奇地）真的么？
曾　霆　（落在雾里）我？
袁　圆　我爸爸等愫姨走了就跟我说，叫我以后别跟你玩了。
曾　霆　（依然晕眩）当父亲？
袁　圆　（忽然）我十五，你十几？
曾　霆　（发痴）十七。
袁　圆　（想引起他的笑颜）啊，十七岁你就要当父亲了。（拍手）十七岁的小父亲——你想，（忽然拉着他的手）小耗子再生下小小耗子多好玩啊。你说多——
曾　霆　（突然呜呜地哭起来）
袁　圆　别哭，曾霆，我们还是一块玩，不听我那个老猴儿的话。（低声）你別哭,明天我给你买可可糖,我们一块放风筝,不带小柱儿,也不带"北京人"。

曾　霆　(哭)不,不,我不想去。

袁　圆　别哭了,你再哭,我生气了。

曾　霆　(依然痛苦着)

袁　圆　曾霆,别哭了,你看,我把我的鸽子都送给你。(把"孤独"在他的面前举起)

曾　霆　(推开)不。(又抽噎)

袁　圆　那我就答应你,我一定不嫁给"北京人",行不行?

曾　霆　(摇头)不,不,我想哭啊。

袁　圆　(劝慰地)真的,我不骗你,等我长大一点,就大一点点,我一定嫁给你,一定!

曾　霆　(摇头)不,你不懂!(低声呜咽,慢慢把信撕碎)

袁　圆　(天真地)你信上不是说要我吗?要我嫁给——
　　　　〔巨影后袁任敢的声音:圆儿!圆儿!

袁　圆　(低声)我爸爸叫我了,明天见,我明天等你一块放风筝,钓鱼,好吧?
　　　　〔巨影后袁任敢的声音:圆儿!圆儿!

袁　圆　来了,爸。(忙回头在曾霆的脸上轻轻吻了一下)曾霆!我的可怜的小耗子!(曾霆抬头望着她跑走)
　　　　〔圆儿打开隔扇门跑进,门又倏地关上。
　　　　〔斜风细雨,深巷里传来苍凉的"硬面饽饽"的叫卖声。

曾　霆　(又扑倒哀泣起来)
　　　　〔瑞贞缓缓由小书斋走出来,愫方依然在书斋里发痴。

曾瑞贞　(走到曾霆的身后,略弯身,轻轻拍着他的肩膀,哀怜地)不要哭了,袁小姐走了。

曾　霆　(抬头)愫,愫姨的话是真的?

曾瑞贞　(望着他,深深地一声叹气)

曾　霆　(又怵,怨愤地)哦,是哪个人硬要把我们两个拖在一起?(立起)我真是想(顿足)死啊!
　　　　〔曾霆向书斋小门跑出。

愫　方　霆儿!
　　　　〔曾霆头也不回,夺门而出。

曾瑞贞　(呆呆跌坐在凳子上)

愫　方　(走过来)瑞贞。

曾瑞贞　愫姨。

愫　方　（扶着她的头发）你，你别——

曾瑞贞　（猛然抱着愫方）我也真是想死啊！

愫　方　（温和地）瑞贞。

曾瑞贞　（忍不住一面流泪，一面怨诉着）愫姨，你为什么要告诉袁家伯伯呢？为什么要叫袁家小姐不跟他来往呢？

愫　方　（悲哀地）瑞贞，我太爱你，我看你苦，我实在忍不下去了。（昏惑地）我不知道我怎么跑去说的，我像个傻子似地跑去见了袁先生，我几乎不知道我说了些什么，我又昏昏糊糊跑出来了。瑞贞，如果霆儿从这以后能够——

曾瑞贞　（沉痛）你真傻呀，愫姨，他是不喜欢我的。你看不出来？他是一点也不喜欢我的！

愫　方　（哀伤地）不，他是个孩子，他有一天就会对你好的。唉！瑞贞，等吧，慢慢地等吧，日子总是有尽头的。活着不是为着自己受苦，留给旁人一点快乐，还有什么更大的道理呢？等吧，他总会——

曾瑞贞　（立起摇头，沉缓地）不，愫姨，我等不下去了。我要走了，我已经等了两年了。

〔外面曾皓声：愫方，愫方！

愫　方　你上哪里去？

曾瑞贞　（痴望）我那女朋友告诉我，有这么一个地方，那里——

愫　方　（哀缓地）可是你的孩子，（把那小衣服递在瑞贞的眼前）——

曾瑞贞　（接下看看）那孩子，（长叹一声，不觉把衣服掷落地上）——

〔由书斋小门露出曾皓的上半身。

愫　方　（举着蜡炬）愫方，快来，汤婆子漏了，一床都是水！

〔愫方与曾皓由书斋小门下。

〔思懿拿着账本由自己的卧室走出，瑞贞连忙从地上拾起小衣服藏起。

曾思懿　（瞥见愫方的背影）愫小姐！愫小姐！（对瑞贞）那不是你的愫姨么？

曾瑞贞　嗯。

曾思懿　怎么看见我又走了？

曾瑞贞　爷叫她有事。

曾思懿　（厉声）去找她来，说你爹找她有事。

〔瑞贞低头由书斋小门下，远处更锣声。文清由卧房走进，思懿走到八仙桌前数钱。

曾文清　（焦急地）你究竟要怎么样？
曾思懿　（翻眼）我不要怎么样。
曾文清　你要怎样？你说呀，说呀！
曾思懿　（故意作出一种忍顺的神色）我什么都看开了，人活着没有一点意思。早晚棺材一盖，两眼一瞪，什么都是假的。（走向自己的卧室）
曾文清　你要干什么？
曾思懿　（回头）干什么？我拿账本交账！
　　　　〔思懿走进屋内。
曾文清　（对门）你这是何苦，你这是何苦！你究竟想怎么样？你说呀！
　　　　〔思懿拿着账本又由卧室走进。
曾思懿　（翻眼）我不想怎么样。我只要你日后想着我这个老实人待你的好处。明天一见亮我就进尼姑庵，我已经托人送信了。
曾文清　哦，天哪，请你老实说了吧。你的真意是怎么回事，我不是外人，我跟你相处了二十年，你何苦这样？
曾思懿　（拿出方才愫方给文清的信，带着嘲蔑）哼，她当我这么好欺负。在我眼前就敢信啊诗啊地给你递起来。（突然狠恶地）还是那句话，我要你自己当着我的面把她的信原样退给她。
曾文清　（闪避地）我，我明天就会走了。
曾思懿　（严厉）那么就现在退给她。我已经替你请她来了。
曾文清　（惊恐）她，她来干什么？
曾思懿　（讽刺地）拿你写给她的情书啊！
曾文清　（苦闷地叫了一声）哦！（就想回转身跑到卧室）
曾思懿　（厉声）敢走！（文清停住脚，思懿切齿）不会偷油的耗子，就少在猫面前做馋相。这一点点颜色我要她——
　　　　〔蓦地大客厅里的灯熄灭，那巨影也突然消失，袁圆换了睡衣，抱着那"孤独"，举着蜡，打开一扇门走进来，手里拿着一张纸条。
袁　圆　（活泼地）哟，（递信给文清）曾伯伯，我爸爸给你的信！（转对思懿指着）你们俩儿还没有睡，我们都要睡了。
　　　　〔袁圆转身就跳着进了屋，门倏地关上。
曾文清　（读完信长叹一声）唉。
曾思懿　怎么？
曾文清　（递信给她）袁先生说他的未婚妻就要到。
曾思懿　他有未婚妻？
曾文清　嗯，他请你替他找所好房子。

曾思懿　（读完，嘲讽地）哼，这么说，我们的愫小姐这次又——
　　〔愫方拿着蜡烛由书斋小门上。
愫　方　（低声）表哥找我？
曾文清　我——
曾思懿　是，愫妹。（把信递给文清）怎么样？
曾文清　哦。（想走）
曾思懿　（厉声）站住！你真地要逼我撒野？
曾文清　（哀恳地）愫方，你走吧，别听她。
愫　方　（回头望思懿，想转身）
曾思懿　（对愫方）别动！（对文清，阴沉地）拿着还给她！（文清屈服地伸手接下）
愫　方　（望着文清，僵立不动。文清痛苦地举起那信）
曾思懿　（狞笑）这是愫妹妹给文清的信吧？文清说当不起，请你收回。
愫　方　（颤抖地伸出手，把文清手中的信接下）
曾文清　（低头）
　　〔静寂。
　　〔愫方默默地由书斋小门走出。
曾文清　（回头望愫方走出门，忍不住倒坐在沙发上哽咽）
曾思懿　（低声，狠恶地）哭什么？你爹死了？
曾文清　（摇头）你不要这么逼我，我是活不久的。
曾思懿　（长叹一声）隔壁杜家的账房晚上又来逼账了，老头拿住银行折子，一个钱也不拿出来。文清，我们看谁先死吧，我也快叫人逼疯了。
　　〔思懿忙由书斋小门下。
　　〔文清失神地站起来，缓缓地向自己的卧室走。那边门内砰然一声，像是木杖掷在门上的声音。文彩喊着由她的卧室跑出。
曾文彩　（低声，恐惧地）哥哥！
曾文清　怎么？
曾文彩　他，他又发酒疯了！
曾文清　（无力地）那我，我怎么办？
曾文彩　（急促）哥哥，怎么办，你看怎么办？
　　〔突然屋内又有摔东西的声音和猎猎然骂人的声音。
曾文彩　（拉着文清的臂）你听他又摔东西了。
曾文清　（捧着自己的头）唉，让他摔去得了。
曾文彩　（心痛地）他，他疯了，他要打我，他要离婚——

曾文清　（惨笑）离婚？

〔江泰在屋内的声音：（拍桌）文彩！文彩！

曾文彩　哥哥！

〔江泰在屋内的声音：（拍桌大喊）文彩！文彩！文彩！

曾文彩　（拉着他）哥哥！你听！

曾文清　你别拉着我吧！

曾文彩　（焦急）他这样会出事的，会出事的，哥哥！

曾文清　放开我吧，我心里的事都闹不清啊！

〔文清摔开手，踉跄步入自己的卧室内。

〔文彩向自己的卧室走了两步，突然门开，跌进来醉醺醺的江泰，一只脚穿着拖鞋，那一只是光着。

江　泰　（不再是方才那样苦恼可怜的样子，倚着门口，瞪红了眼睛）你滚到哪里去了？你认识不认识我是江泰，我叫江泰，我叫你叫你，你怎么不来？

曾文彩　（苦痛）我，我，你——

江　泰　我住在你们家里，不是不花钱的。我在外面受了一辈子人家的气，在家里还要受你们曾家人的气么？我要喝就得买，要吃就得做！——谁欺负我，我就找谁！走，（拉着文彩的手）找他去！

曾文彩　（拦住他）你要找谁呀？

江　泰　曾皓，你的爹，他对不起我，我要找他算账。

曾文彩　明天，明天。父亲睡了。

江　泰　那么现在叫他滚起来。（走）

曾文彩　（拖住）你别去！

江　泰　你别管！

曾文彩　（忽然灵机一动，回头）啊呀，你看，爹来了！

江　泰　哪儿？

曾文彩　这儿！

〔文彩顺手把江泰又推进自己的卧室内，立刻把门反锁上。

〔江泰在屋内的声音：（击门）开门！开门！

曾文彩　哥哥！（连忙向卧室的门跑）哥哥！

〔江泰在屋内的声音：（捶门）开门，开门！

〔文彩走到文清卧室门口揪开门帘。

曾文彩　（似乎看见一件最可怕的事情）啊，天，你怎么还抽这东西呀！

〔文清在屋内的声音：（长叹）别管我吧，你苦我也苦啊！

〔江泰在屋内的声音：（大吼叫）文彩！（乱捶门）开门，我要烧房子

啦！我要烧房子，我要点火啦，我——（扑通一声仿佛全身跌倒地上）

曾文彩　（同时一面跑向自己的卧室，一面喊着）天啊，江泰，你醒醒吧，你还没有闹够，你别再吓死我了！（开了门）

〔文彩立刻进了自己的卧室，把门推严，里面只听得江泰低微呻吟的声音。

〔立刻由书斋小门上来曾皓，披着一件薄薄的夹袍，提着灯笼，由愫方扶掖着，颤巍巍地打着寒战。

曾　皓　（慌张地）出了什么事？什么事？（低声对愫方）你，你让我看看是谁，是谁在吵。你快去给我拿棉袍来。

〔愫方由书斋小门下。江泰还在屋内低微地呻吟。突然门内文清一声长叹，曾皓瞥见他卧室的灯光，悄悄走到他的门前，掀开帘子望去。

〔文清在屋内的声音：（喑哑）谁？

曾　皓　谁！（不可想象的打击）你！没走？

〔文清吓晕了头，昏沉沉地竟然拿着烟枪走出来。

曾　皓　（退后）你怎么又，又——

曾文清　（低头）爸，我——

曾　皓　（惊愕得说不出一句话，摇摇晃晃，向文清身边走来，文清吓得后退。逼到八仙桌旁，曾皓突然对文清跪下，痛心地）我给你跪下，你是父亲，我是儿子。我请你再不要抽，我给你磕响头，求你不——（一壁要叩下去）

曾文清　（突然意识到自己的罪恶，扔下烟枪）妈呀！

〔文清推开大客厅的门扇跑出，同时曾皓突然中了痰厥，瘫在沙发近旁。

〔同时愫方由书斋小门拿棉袍忙上。

愫　方　（惊吓）姨父！姨父！（扶他靠在沙发上）姨父，你怎么了？姨父！你醒醒！姨父！

曾　皓　（睁开一半眼，细弱地）他，他走了么？

愫　方　（颤抖）走了。

曾　皓　（咬紧了牙）这种儿子怎么不（顿足）死啊！不（顿足）死啊！（想立起，舌头忽然有些弹）我舌头——麻——你——

愫　方　（颤声）姨父，你坐下，我拿参汤去，姨父！

〔曾皓口张目瞪，不能应声，愫方慌忙由书斋小门跑下。

〔文彩在屋内的声音：（哭泣）江泰！江泰！

〔江泰在屋内的声音：(大吼)滚开呀，你！
〔文彩在屋内的声音：江泰！
〔江泰猛然打开门，回身就把门反锁上。
〔文彩在屋内的声音：你开门，开门！

江　泰　(在烛光摇曳中看见了曾皓坐在那里像入了定，江泰愤愤地)啊，你在这儿打坐呢！

曾　皓　(目瞪口张)

江　泰　你用不着这么斜眼看我，我明天一定走了，一定走了，我再不走运，养自己一个老婆总还养得起！(怨愤)可走以前，你得算账，算账。
〔文彩在屋内的声音：(急喊)开门！开门！你在跟谁说话？江泰！(捶门)开门，江泰，开门！(一直在江泰说话的间隔中喊着)

江　泰　你欠了我的，你得还！我一直没说过你，不能再装聋卖傻，我为了你才丢了我的官，为了你才亏了款。人家现在通缉我。我背了坏名声，我一辈子出不了头，这是你欠我这一笔债。你得还，你不能不理！你得还，你得给，你得再给我一个出头日子。你不能再这样不言语，那我可——喂(大声)你看清楚没有，我叫江泰！叫江泰！认清楚！你的女婿！你欠了我的债，曾皓，曾皓，你听见没有？
〔文彩在屋内的声音：(吓住)开门，开门！(一直大叫)爹！爹！别理他，他说胡话，他疯了。爹！爹！爹呀！开门，江泰，(夹在江泰的长话当中)开门，爹！爹！

江　泰　曾皓，你给不给，你究竟还不还？我知道你有的是存款，金子，银子，股票，地契。(忽然恳切地)哦，借给我三千块钱，就三千，我做了生意，我一定要还你，还给你利息，还给你本，你听见了没有？我要加倍还给你，江泰在跟你说话，曾老太爷，你留着那么多死钱干什么？你老了，你岁数不小了。你的棺材都预备好了，漆都漆了几百遍了，你——
〔文彩在屋内的声音：(同时捶门)开门！开门！
〔思懿拿着曾皓方才拿出过的红面存折，气愤愤地由书斋小门急上，望了望曾皓，就走到文彩的卧室前开门。

江　泰　(并未察觉有人进来，冷静地望着曾皓，低声厌恶地)你笑什么？你对我笑什么？(突然凶猛地)你怎么还不死啊？还不死啊？(疯了似地走到曾皓前面，推摇那已经昏厥过去的老人的肩膀)
〔文彩满面泪痕，蓦地由卧室跑出来。

曾文彩　(拖着江泰力竭声嘶地)你这个鬼！你这个鬼！

江　泰　(一面被文彩向自己的卧室拉，一面依然激动地嚷着)你放开我，

放开我，我要杀人，我杀了他，再杀我自己呀。

〔文彩终于把江泰拖入房内，门霍地关上。愫方捧着一碗参汤由书斋小门急上。思懿仍然阴沉沉地立在那里。

愫　方　（喂皓参汤）姨父，姨父，喝一点！姨父！
　　　　〔曾霆由书斋小门跑上。
曾　霆　怎么了？
愫　方　（喂不进去）爷爷不好了，赶快打电话找罗太医。
曾　霆　怎么？
愫　方　中了风，姨父！姨父！
　　　　〔曾霆由大客厅门跑下，同时陈奶妈仓皇由书斋小门上，一边还穿着衣服。
陈奶妈　（颤抖着）怎么啦老爷子？老爷子怎么啦？
愫　方　（急促地）你扶着他的头，我来灌。
　　　　〔老人喉里的痰涌上来。
陈奶妈　（扶着他）不成了，痰涌上来了。——牙关咬得紧，灌不下。
愫　方　姨父！姨父！
　　　　〔文清由大客厅门上。
曾文清　（步到老人的面前，愧痛地连叫着）爹！爹！我错了，我错了。
　　　　〔文彩由自己的卧室跑出来。
曾文彩　（抱着老人的腿）爹！爹！我的爹！
愫　方　姨父！姨父！
陈奶妈　老爷子！老爷子！
曾思懿　（突然）别再吵了，别等医生来，送医院去吧。
愫　方　（昂首）姨父不愿意送医院的。
曾思懿　（对陈奶妈）叫人来！
　　　　〔陈奶妈由大客厅门下。
曾文彩　（立刻匆促地）我到隔壁杜家借汽车去。
　　　　〔文彩由大客厅跑下。
愫　方　姨父！姨父！
曾文清　（哽咽）怎么了？（"怎么办？"的意思）怎么了？
曾思懿　哼，怎么了？（气愤地）你看，（把手里曾皓的红面存折摔在他的眼前）这怎么了？
　　　　〔陈奶妈带着张顺由大客厅门上。大客厅的尽头燃起灯光，雪白的隔扇的纸幕突然又现出一个正在行动的巨大猿人的影子，沉重地由远而近，对观众方向走来。

曾思懿　（指张顺）只有他？
陈奶妈　还有。
　　　　〔门慄地打开，浑身生长凶猛的黑毛的"北京人"像一座小山压在人的面前，赤着脚沉甸甸地走进来，后面跟着曾霆。
曾思懿　（对张顺）立刻抬到汽车上。
　　　　〔张顺对"北京人"做做手势，"北京人"对他看了一眼，就要抱起曾皓。
愫　　方　（忽然一把拉着曾皓）不能进医院，姨父眼看着就不成了。（老人说不出话，眼睛苦痛地望着）
　　　　〔"北京人"望着愫方停住手。
曾思懿　（拉开愫方，对张顺）抬！（张顺就要动手——）
　　　　〔"北京人"轻轻推开张顺，一个人像抱起一只老羊似地把曾皓举起，向大客厅走。
曾　　霆　（哭起）爷！爷！
曾思懿　别哭了。
曾文清　（跟在后面）爹，我，我错了。
　　　　〔"北京人"走到门槛上。老人的苍白的手忽然紧紧抓着那门扇，坚不肯放。
曾　　霆　（回头）走不了，爷爷的手抓着门不放。
曾思懿　用劲抬！（张顺连忙走上前去）
愫　　方　（心痛地）他不肯离开家呀。（大家又在犹疑）
曾思懿　救人要紧，快抬！听我的话是听她的话，抬！
　　　　〔张顺推着"北京人"硬向前走。
愫　　方　他的手！他的手！
曾思懿　（对曾霆）把手掰开。
曾　　霆　我怕。
曾思懿　笨，我来！
曾文清　爹。
曾　　霆　（恐惧）妈，爷爷的手，手！
　　　　〔思懿强自掰开他的手。
曾文清　（愤极对思懿）你这个鬼！你把父亲的手都弄出血来了。
曾思懿　抬！（低声，狠恶地）房子要卖，你愿意人死在家里？
　　　　〔大家随着"北京人"由大客厅门走出，只有文清留在后面。
　　　　〔木梆声。
　　　　〔隔壁醉人一声苦闷的呻吟。

〔苍凉的"硬面饽饽"声。

〔文清进屋立刻走出。他拿着一件旧外衣和一个破帽子,臂里夹一轴画,长叹一声,缓缓地由通大客厅的门走出,顺手把门掩上。

〔暗风挟着秋雨吹入,门又悄悄自启,四壁烛影憧憧,墙上的画轴也被刮起来飒飒地响着。

〔远远一两声凄凉的更锣。

——幕徐落

(选自《北京人》,文化生活出版社1942年版)

夏 衍

上海屋檐下

第二幕

同日下午。

客堂间，——杨彩玉伏在桌上啜泣，匡复反背着手，垂着头，无目的地踱着，二人沉默。

客堂楼上，——小天津躺在施小宝的床上，脸上浮着不怀好意的微笑，抽着烟。施小宝哭丧着脸，在梳妆台前打扮，沉默。

亭子间，——夹在小孩哭声里面，黄家楣大声地在和他父亲谈话，言语不很清楚。不一刻，桂芬带着紧张的表情，拿了热水瓶慢慢地下楼来，她耸着耳朵在听他们父子间的谈话，开后门出去。

灶披间，——赵妻在缝衣服，无言。

一分钟之后。

太阳一闪，灿然的阳光斜斜地射进了这浸透了水汽的屋子，赵妻很快地站起身来，把湿透了的洋伞拿出来撑开，再将一竹竿的衣服拿出来晒。

黄　父　（声）瞧，不是出太阳了吗？（一手推开窗）
黄家楣　（声）爸，再住几天，晚上天晴了去看《火烧红莲寺》……（咳嗽）
黄　父　（声）下了半个月的雨，低的几亩田，怕已经氽掉啦，不回去补种，今年吃什么？

（赵妻好容易将衣服晒好，回到室内坐定，拿起针线，太阳一暗，又是一阵大点子的骤雨，连忙站起来，收进。）

赵　妻　（怨恨之声）唧！
匡　复　（踱到彩玉面前站定）那么你说……你跟志成的同居……
杨彩玉　（无语）……
匡　复　（独白似的）你跟他的同居，单是为着生活，而并不是感情上的……

杨彩玉	（无言，不抬起头来，右手习惯地摸索了一下手帕。）……（匡复从地上拾起手帕，无言地交给她，沉默。门外卖物声，阿香悄悄地从后门推门进来，好像耽心着踏湿了的鞋子似的，不敢进来。）
匡　复	唔，生活，为了生活！（点头，颓然地坐下，一刻。又像讥讽，又像在透漏他蕴积了许久的感慨。）短短的十年，使我们全变啦，十年之前，为着恋爱而抛弃了家庭，十年之前，为着恋爱而不怕危险地嫁了我这样一个穷光蛋。可是，十年之后……大胆的恋爱至上主义者，变成了小心的家庭主妇了！
杨彩玉	（无言，揩了一下眼泪，望着他。）……
匡　复	彩玉！怕谁也想不到吧，你能这样的……（不讲下去）
杨彩玉	（低声）你，还在恨我吗？
匡　复	不，我谁也不恨！
杨彩玉	那么，你一定在冷笑，……一定在看不起我吧。当自己爱着的丈夫在监牢里受罪的时候，将结婚当做职业，将同情当做爱情，小心谨慎地替人管着家。……
匡　复	彩玉！
杨彩玉	（提高一些声调）但是，在责备我之前，你得想像一下，这十年来的生活！我跟你结婚之后，就不曾过过一日平安的生活，贫穷，逃避，隔绝了一切朋友和亲戚。那时候，可以说，为着你的理想，为着大多数人的将来，我只是忍耐，忍耐，……可是你进去之后，你的朋友，谁也找不到，即使找到了，尽管嘴里不说，态度上一看就知道，只怕我连累他们。好啦，我是匡复的妻子，我得自个儿活下去，我打定了主意，找职业吧，可是葆珍缠在身边。那时候她才五岁，什么门路都走遍，什么方法都想尽啦，你想，有人肯化钱用一个带小孩的女人吗？在柏油路粘脚底的热天，葆珍跟着我在街上走，起初，走了不多的路就喊脚痛，可是，日子久了，当我问她，"葆珍，还能走吗"的时候，她会笑着跟我说："妈！我走惯啦，一点也不累。"……（禁不住哭了）这是——生活！
匡　复	（痛苦地走过去抚着她的肩膀）彩玉，我一点也没有责备你的意思，我只是说……
杨彩玉	你说，这世界上有我们女人做事的机会吗？冷笑，轻视，排挤，轻薄，用一切的方法逼着，逼着你嫁人！逼着你乖乖的做一个家庭里的主妇！
匡　复	彩玉！过去的事，不用讲啦，反正讲了也是没有法子可以挽回来，你得冷静一下，我们倒不妨谈谈别的问题。

杨彩玉　……(一刻)别的问题?(回转身来)
匡　复　唔……(沉默,踱着。)
　　　　(桂芬泡了开水回来,手里托着几个烧饼。阿香艳羡地跟着进来,桂芬上楼去。一刻,黄家楣与桂芬出来,站在楼梯上,黄家楣带怒地。)
黄家楣　方才我出去的时候,你跟爸爸说了些什么?
桂　芬　(摇头)
黄家楣　没有说?那为什么上半天还是高高兴兴的,一会儿就会要回去呢?他说今晚上要回去了!
桂　芬　今晚上?(吃惊)不是讲过了去看戏吗?
黄家楣　(恨恨地)已经自个儿在收拾行李啦,还装不知道。
桂　芬　装不知道?你说什么?
黄家楣　我说你赶他走的!
桂　芬　我……赶……他……走!家楣!你讲话不能太任性,我为什么要赶走他?我用什么赶走他?
黄家楣　(冷冷地)为什么,为着我当了你的衣服;用什么,用你的眼泪,用你那副整天皱着眉头的神气。他聋了耳朵,但是他的眼睛没有瞎,你故意的愁穷叹苦,使他……使他不能住下去!……
桂　芬　我故意的?……
黄家楣　我爸爸老啦,你,你,你……
桂　芬　(被激起了的反驳)你不能这样不讲理!你别看了别人的样,将我当作你的出气筒。你希望你爸爸多住几天,我懂得,这是人情,可是我问你,这样多住了几天,对他,对你,有什么好处?你这样只是逼死大家,大家死在一起,……我,(带哭声)我为什么要赶走……他……
黄家楣　……(无言,以手猛抓自己的头发。)
桂　芬　(委婉地)家楣!你自己的身体……
　　　　(亭子间小儿哭声)
黄　父　噢,别哭别哭,我来抱,好,好……
　　　　(桂芬用衣袖揩了一下眼泪,黄家楣很快地拿自己的手帕替她揩干,让桂芬回房间去。黄家楣垂着头,跟在后面。)
匡　复　(听完了他们的话)那么——你们现在的生活……
杨彩玉　(苦笑)你看!
匡　复　我看,志成也很苍老了。也许,我今天来得太意外,方才看见他的时候,觉得在他从小就有的忧郁症之外,现在又加了焦躁病啦。……

杨彩玉　……

匡　复　他在厂里的境遇？

杨彩玉　（摇头）……

匡　复　依旧是不结人缘？

杨彩玉　（点头，一刻。）你看，我呢？我老了吧！

匡　复　（有点难以置答）唔……

杨彩玉　老啦？

匡　复　（望着她）

杨彩玉　你说啊，我——

匡　复　……

杨彩玉　（伴笑）不说，唔，已经不是十年前的彩玉啦！

匡　复　（仓皇）不，不，我在想……

　　　　（沉默。）

杨彩玉　想？唔，那么你看，我幸福吗？

匡　复　我希望！

杨彩玉　你讲真话！你看，他能使我幸福吗？

匡　复　我希望，他能够。

杨彩玉　（冷笑，避开他的视线）你说我变了，我看，你也变啦，你已经没有以前的天真，没有以前的爽快啦。

匡　复　什么？你说……

杨彩玉　（很快地接上去）假使我现在告诉你，志成不能使我幸福，我现在很苦痛，葆珍跟我一样的也是受着别人的欺负，那你打算……（凝视着他）

匡　复　……

杨彩玉　他在厂里不结人缘，受人欺负，被人当作开玩笑的对象，他的后辈一个个地做了他的上司，整天地耽忧着饭碗会被打破，回到家里来，把外面受来的气加倍地发泄在我的身上，一点儿不对，嘟着嘴不讲话，三天五天地做哑巴……复生！你以为这样的生活，——可以算幸福吗？

匡　复　（痛苦地）彩玉，我对不住你……

　　　　（后门推开，葆珍很性急地回来，赵妻看见她，很快地对她招手，好像要报告她一些什么消息；可是葆珍好像全不注意，大踏步地闯进客堂间里，二人的谈话中断，匡复反射地站起身来。）

杨彩玉　葆珍，过来，这是……（碍口）

匡　复　（抢着）是葆珍吗？（以充满了情爱的眼光望着）

葆　珍　（吃惊）认识我？先生尊姓？
杨彩玉　葆珍！……（语阻）
匡　复　（笑着）我姓匡……
葆　珍　（很快）Kuan？怎么写？（天真烂漫）
匡　复　（用手指在桌上写着）这样一个匚里面，一个王字。
葆　珍　匡？（做着夸大的吃惊的表情）有这样奇怪的姓吗？这个字作什么解释？
匡　复　（给她一问便问住了）那倒——
葆　珍　（很快地跑到桌子边去找出一本小小的字典，翻着）匚部，一、二、三、四，……有啦，喔，Kuang，匡正，改正的意思，可是匡先生，这样的字，现在还有人用吗？
匡　复　（始终以惊奇而爱惜的眼光望着她）唔，用是用，可是已经很少啦。
葆　珍　没有用的字，先生说，就要废掉，对吗？
杨彩玉　葆珍！
匡　复　唔！你很对！（笑着）我今后就废掉它。
葆　珍　那好极啦，妈，为什么老望着我？快，给我一点儿点心，我要去上课啦。
匡　复　为什么，不是才下课吗？
葆　珍　不，（骄傲地）方才先生教我，此刻我去教人，我是"小先生"，教人唱歌，识字。
匡　复　"小先生？"
　　　　（彩玉拿了几块饼干给她，她接着边吃边说。）
葆　珍　"小先生"，不懂吗？小先生的精神，就是"即知即传人"，自己知道了，就讲给别人听……啊，时候不早啦，再会！（跳跑而去，至门口，嘴里唱着）"走私货，真便宜！"
赵　妻　（低声而有力地）葆珍！……
　　　　（葆珍不理而去）
匡　复　（不自觉地，跟了一两步，望她出去之后才回头来）唔，日子真快！
杨彩玉　（怀旧之感）你看，她的脾气，不是跟你年青的时候完全一样吗？你做学生的时候，不是为了一门代数，几晚上不睡觉，后来弄出了一场病吗？她也是一样，什么事，都要寻根究底的！
匡　复　可是现在我已经没有这种精神了。……（沉吟了一下，想起似的。）彩玉！我此刻倒觉得安心了。当我在里面脚气病利害的时候，我已经绝望，在这一世，怕总不能再和你们见面啦，可是现在，我亲眼看见了葆珍，居然跟我年青的时候一样……

杨彩玉　你安心啦？你以为葆珍很幸福吗？

匡　复　不,我不是这意思……

杨彩玉　(忧郁地)在她洁白的记忆里面,也已经留下了一点洗刷不掉的黑点了,别的小孩们叫她……(望着匡复)

匡　复　什么？连她也有——

(这时候后门口小孩子争吵之声,赵妻望着门外。)

阿　牛　(声)拿出来！拿出来！

阿　香　(声)这是我的！姆妈(大声地叫)

赵振宇　(从学校里回来的模样,两手拦着两个孩子进来)到里面去！到里面去！(见阿牛和阿香扭在一起)哈哈……

阿　牛　拿出来！(回头对他爸爸)这是我的"劳作",她把我弄掉了,拿出来！

阿　香　妈给我玩的！是我的！

(二人扭打,赵振宇始终不加干涉,带笑地望着。赵妻连忙放了下针线出来。)

赵　妻　阿牛！(看见赵振宇的那副神气,虎虎地)尽看！打死了人也不管！(去扯阿牛)

赵振宇　(神色自若)不会不会,黄梅天,让他们运动运动也好！

赵　妻　不许打,阿牛你这死东西！(阿牛一拳将阿香打哭了)

赵振宇　哈哈哈……

赵　妻　(死命地将阿牛扯开)你还笑！(赵振宇机械地,有点儿做作,忍住了笑。这时候阿牛猛扑过去,从阿香手里夺回了一张纸板细工)什么,你抢,抢,……(扯着阿牛进房去)

赵振宇　(蹲下来,拿出手帕来替阿香揩眼泪,一边用教员特有的口吻)别哭啦,我跟你讲过的,打胜了不要笑,打败了不许哭,哭的就是脓包！(顾虑着他妻子听见,低声地)明天再来过！(带着阿香进房间去)我跟你哥哥讲的故事你也听过的,拿破仑充军到爱尔伐岛去的时候,他怎么说？唔,唔……啊,你瞧！阿牛已经在笑啦。(大声地)哈哈哈……(前楼,——施小宝已经打扮好了,听见赵振宇的笑声,想起了什么似的往楼下走。)

小天津　(狠狠地)哪儿去？

施小宝　(举起她穿着拖鞋的脚)我又不会逃,急什么？(下楼,走到灶披间门口,对赵振宇悄悄地招手)

　　　　赵先生！

赵振宇　喔,你在家？(走过去,赵妻怒目而视,望着。)

施小宝	（低声地）请你替我查一查这几天报……
赵振宇	什么事！（赵妻起身站在灶披间门口）
施小宝	请你替我查一查，Johnie——那死胚的船什么时候回到上海来？
赵振宇	喔喔，（回身去拿报，又想起了似的。）那船叫什么名字啊？
施小宝	那倒……唔，有个丸字的。
赵振宇	哈哈……有个丸字的船可多得很呐，譬如说……
施小宝	那么——
赵　妻	（故意使她听见）不要脸的！
赵振宇	你们先生快回来啦？
施小宝	（回身，忧郁地）能回来倒好啦！（上楼去，一想，又回下来，走向客堂间，看见有客，踌躇）喔，对不住，林先生不在家？
杨彩玉	嗳，有什么事吗？
施小宝	（难以启口）林师母！我跟你讲一句话。
杨彩玉	（走到门边）什么？
施小宝	林先生就回来吗？
杨彩玉	有什么事吗？……可以跟我说。
施小宝	（迟疑了一下，决然，但是低声地）您可以替我把我房间里的那流氓赶走吗？
杨彩玉	什么？流氓？（匡复站起来）
施小宝	他，他要我，……我不高兴去，过一天我那死胚回来了会麻烦……
杨彩玉	我不懂啊，那一位是你的……
小天津	（有点怀疑，站起来，走到楼梯口）小宝！
施小宝	（吃惊，很快地）他是白相人，他逼着我到——
小天津	（大声）小宝！
施小宝	（回身，上楼去，哀求似的）假使林先生回来啦，请他……（上去）
匡　复	（看她走了之后）什么事？
杨彩玉	我也不知道啊！（二人仰望着楼上）
施小宝	急什么，又不去报死！
小天津	人家等着，走啦！
施小宝	（勉强地坐下，穿高跟鞋）烟卷儿。
小天津	（摸出烟盒，已经空了，随手将自己吸着的一支递给她。）
施小宝	（接过来深深地吸了一口，就将它丢了，故示悠闲地）你可知道，Johnie明天要回来啦。
小天津	（若无其事）
施小宝	你不怕他打麻烦？

小天津　（不理会，突的站起来）走！

施小宝　（做个媚眼）可是，这也要把话讲明白了再走啊！（接近他，做个媚态）

小天津　你要我动手吗？（虎虎地将她拉开）

施小宝　（掩饰内心的狼狈）那么我明天会一五一十地告诉他，反正你是有种的。（起身，被小天津威胁着下楼。）

小天津　（在楼梯上）告诉你，Johnie 此刻在花旗，懂吗？

（施小宝不语，二人出去。赵妻怒目送之，回头来要发话，但是没有对手，只能罢了。）

（门外卖物声，天骤然阴暗。桂芬走到平台上，叫。）

桂　芬　林师母！请您把电灯的总门开一开！

（彩玉无言地去开了电灯总门，亭子间骤然明亮。远远的雷声。以下在匡复与彩玉讲话间，亭子间与灶披间的住户们开始作晚餐的准备。）

杨彩玉　你还没有回答我方才的话啊，你看，我们现在的生活，过得很幸福吗？

匡　复　……

杨彩玉　假使，你真心说，假使你以为我跟葆珍的生活都很不幸，那么……

匡　复　……

杨彩玉　你能安心吗？

匡　复　（痛苦无言）……

杨彩玉　（走近一步）你为什么不讲话呀？你当初不是跟我说，你要用你一切的力量使我幸福吗？——

匡　复　（痛苦地）彩玉，你别催逼我！我的头脑混乱了，我不知应该怎么办，我，我……（站起来无目的地踱着）

杨彩玉　（沉默了片刻之后）唔，复生！你记得黛莎的事吗？

匡　复　（站住）黛莎？

杨彩玉　唔，我们在小沙渡路的时候，我害了伤寒，你坐在我床边跟我讲的一个故事，小说里的那女人不是叫黛莎吗？

匡　复　啊啊，……

杨彩玉　那时候你嫌我软弱，讲到黛莎的时候，你总说，彩玉，要学黛莎，黛莎多勇敢啊！那叫什么书？我记不起啦！

匡　复　唔，那是，……那书的名字是叫做《水门汀》吧。

杨彩玉　对啦，《水门汀》，你现在觉得黛莎那样的女人怎么样？

匡　复　（不语）

杨彩玉　你跟我讲的许多故事里面,不知怎么的,我老也忘不了黛莎,也许——

匡　复　(拦住她)彩玉,你别说啦,我懂得你的意思,可是……

杨彩玉　我当然不能比黛莎,可是你不是说,永远永远地要使我幸福吗?只要你活着。

匡　复　……

杨彩玉　(进一步地)你说,我不能学黛莎吗?像那小说里面一样,当她丈夫回来的时候,……

匡　复　(惨然)可是,你可以做黛莎,而我早已经不是格莱普啦。黛莎再遇见她丈夫的时候,她丈夫是一个战胜归来的勇士,可是我(很低地)已经只是一个人生战场的残兵败卒啦。

杨彩玉　复生!

匡　复　方才你说,我也变啦,对,这连我自己也知道,我也变啦,当初我将世上的事情件件看得很简单,什么人都跟我一样,只要有决心,什么事情都可以成就,可是,这几年我看到太多,人事并不这样简单,卑鄙,奸诈,损人利己,像受伤的野兽一样的无目的地伤害他人,这全是人做的事!……(突然想起似的)喔,可是你别误会,这,我绝不是说志成,他跟我一样,他也是弱者里面的一个!

杨彩玉　(感到异样)复生,这是你讲的话吗?弱者,你现在已经承认是一个弱者了吗?你当初不是几次几次地说……

匡　复　所以,我坦白地承认我已经变啦,你瞧我的身体,这几年的生活,毁坏了我的健康,沮丧了我的勇气,对于生活,我已经失掉了自信。……你看,像我这样的一个残兵败卒,还有使人幸福的资格吗?

杨彩玉　那么你说……我们之间的……

匡　复　(绝望地)我方才跟志成说,我反悔不该来看你们,我简直是多此一举啦。

杨彩玉　复生!这是你的真心话吗?以前,你是从来也不说谎话的!

匡　复　……

杨彩玉　(含着怒意)那么,你太自私,你欺骗我!从你和我结婚的那时候起。

匡　复　什么?(走近一步)

杨彩玉　问你自己!

匡　复　彩玉!我没有这意思,我只是说对于生活,我已经失掉了自信,我没有把握,可以使你和葆珍比现在更——……

杨彩玉　那么我问你，很简单，假定，这八年半里面，你没有志成这么一个朋友，我跟他也没有现在一样的关系，那么很当然，假定我跟葆珍现在已经沦落在街头，也许，两个里面已经死了一个，假定，在那样的情形之下，你找到了我，我要求你帮助，那时候，你也能跟方才一样地说："我已经没有使你们幸福的自信，我只能让你们饿死在街上"吗？

匡　复　（一句话被问住了，混乱）那……那……

杨彩玉　那么我只能说，要不是你太残酷，那就是你在嫉妒！

匡　复　（茫然自失）彩玉！

杨彩玉　要是在别的情形之下，你一定会对我说，彩玉，我回来啦，别怕，我们重新再来过，可是现在，——你，你已经厌弃我了！——为着我要生活……

匡　复　彩玉，别这么说，我，我应该怎么办呢？我简直不能再想啦！（焦躁苦痛）

　　　　（弄内性急地叫喊着的《大晚夜报》的呼声，赵振宇急忙忙地买报。）

杨彩玉　（央求地）复生！你不能再离开我，不能再离开那被人看作没有父亲的葆珍，为着葆珍，为着我们唯一的……

匡　复　（吟沉了一下）这，这不使志成……不使志成更苦痛吗？

杨彩玉　（沉默了一下）可是，我早就跟你说，这只是为着生活……

匡　复　（垂头，无力地）彩玉！……

杨彩玉　（捏着他的手）打起勇气来，……从前你跟我讲的话，现在轮着我对你讲啦。（笑，扶起他的头）你还年青呐，（摸着他的下巴）好啦，把胡子剃一剃！……（一边说，一边从抽斗里找出林志成的安全剃刀等等。）复生！别多想啦，今天是应该快活的，对吗？

匡　复　（充满了蕴积着的爱情，爆发般的）彩玉！（将头埋在她的胸口）

杨彩玉　（抚着他的头发）复生！你，你……（感极而泣，二人依偎着）（天色渐暗，沙嗓子的老枪没气力地喊着《大晚夜报》《新闻夜报》，"无线电节目"……从前门外经过，尖喉咙的女人喊着《夜报》等等。）
　　　　（灶披间点了电灯。）
　　　　（突然，前门猛烈地敲门声，匡复和彩玉反射地分开。）

杨彩玉　谁？（一边去开门）
　　　　（厂里的一个青年职员，带着一个工头模样的人进来，满头大汗。）

青　年　快，叫林先生快去！

杨彩玉　他没有回来啊。

青　年　（差不多要闯进来搜寻似的姿势）林师母,您帮帮忙,工务课长已经在发脾气啦,这不干我的事啊。（大声地）林先生!

杨彩玉　（惊奇）真的他没有回来啊,上半天出去了,就没有回来过!有什么事吗？

青　年　（焦躁地）事可多呐,……林师母,当真……那么您知道他到那儿去吗？

杨彩玉　（着急）我怎么知道,……他什么时候走的？有什么事吗？……

青　年　（不回答她,回头对工头）那您赶快到二厂去看一看。（工头将匡复上下地望了一下,下场。）林师母,事情很要紧,要是他不去,……（揩一揩额上的汗）好啦,他回来,立刻请他来,大老板也在等他。（匆匆而下）

杨彩玉　喂喂,……（看见他走了,关了门,担忧地望着匡复。）

匡　复　（紧张地）什么事？

杨彩玉　近来厂里常常不安静,可是……

匡　复　他到那儿去啦？……（不安地）他不会做出……

杨彩玉　（低头）不会吧,可是……（也感到不安）
（后门外一阵笑声、骂声,门推开,李陵碑喝醉了酒,带跌带撞地进来,嘴里哼着。后门好像跟了一大群看热闹的小孩和妇女,阿香夹在里面,匡复耸耳听；但是杨彩玉却早知道这是李陵碑的日常功课了,看了一看方才拿出了的安全剃刀,去替他倒水。）

李陵碑　（醉了的声音）要我唱,我就唱,这有什么……（唱）"金乌坠,玉兔升,黄昏时候……盼娇儿,不由人,珠泪双流……"

门外人声一　好!马连良老板差不多!

门外人声二　再来一个!

门外人声三　李陵碑你的娇儿死啦!死啦!

李陵碑　（突然旋转身来）妈的,谁说,谁说,咱们阿清在当司令,也许是师长,督办,也许,……也许……

门外人声一　也许已经是炮灰!

门外人声二　别打岔,让他唱下去!

李陵碑　（用拳头威胁门旁的小孩）妈的,你们也敢欺负我!（小孩们一哄而走,笑声,但是一下又重新集合起来。）阿清当了司令回来,我就是……（舌头不大灵便）老太爷啦,妈的……（走近赵振宇身边,不客气地将他在看的报纸夺来,指着）赵……赵……赵先生,报上有李司令,李阿清司令到上海来的消息吗？（赵振宇带笑地望着他）登出来的时候,你……你告诉我,我,我请你喝酒!（将报纸还给他)妈的,有朝一日,阿清回来……(跌跌撞撞地上楼去,苍凉地唱)"含悲泪,进大营,双眉愁皱,腹内饥,身又冷,遍体飕飕……"

赵振宇　(起身来将闲人遣走)没有什么好看!……(回头来见阿香,一把抓住)你也看,我跟你说过,李陵碑来的时候,不准笑,你……你,(不管阿香懂不懂地)你简直是幸灾乐祸啦,这,这……

(天色愈暗,杨彩玉开电灯,给匡复倒了洗脸水,望着他。)

匡　复　怎么回事?

杨彩玉　阁楼上的房客,怪人,他有一个单生子,在"一二八"打仗的时候去投军,打死啦,找不到尸首,可是他一定说,儿子还活着,在当司令,有点儿神经病啦。

匡　复　唔……(感慨系之,剃须。)

李陵碑　(声)(苍凉的歌声)"……不由人,珠泪双流……"

(黄父抱了小孩下来。远雷。)

桂　芬　(从亭子间门口)爸爸,晚啦,别抱他出去!

黄　父　(根本不曾听见,看见赵振宇殷勤地和他招呼。)

赵振宇　老先生!天要下雨啦!

黄　父　(依旧是答非所问)今晚上要回去啦,多抱一抱,哈哈……

(多少的在态度上已经有一点忧郁了。)

赵振宇　什么,回乡下去?不是说,(回头问他妻子)今晚上去看戏吗?(家楣从窗口探出头来)

黄　父　今年雨水大多,低的田春苗要补种了……

赵振宇　多玩几天呐,上海好玩的地方还多呐。

黄　父　(哄着小孩,自言自语地)好,好,外面去买东西给你吃。……(正要出门的时候,电光一闪,一个响雷,他只能回转,望了望天,对赵振宇)所以说,这个世界是变啦,咱们年纪轻的时候,天上打闪,总有雷的声音的,可是变了民国,打闪也没有声音啦,对吗?有人说:雷公敲的鼓破啦。

赵振宇　什么,方才不是……(一想就明白了)哈哈!……(大声地)老先生!雷公的鼓没有破,还是很响的,你老先生的耳朵不便啦,所以听不见啊,哈哈哈……

黄　父　什么,我说,不打雷,地上的春花就要……

赵振宇　(好容易制止了笑,对他妻子)你听见吗?他说变了民国,天就不打雷啦,哈哈哈——(又诚恳地对黄父)天上的雷,是电气,换了朝代也要响的……(又听见远雷声)诺诺,又响啦。

黄　父　(摸不着头脑)什么?天上……

赵振宇　（大声）天上的雷,不是菩萨,是电气,(对他耳朵)电气……

黄　父　（还是不懂）生气?我……我不生气。

赵振宇　（大声）电气,电灯的……

赵　妻　酱油没有了,去买!

赵振宇　（大声地）天上的云里面,有一种电气,电……

赵　妻　（将酱油瓶拿到他的鼻子前面）去买酱油!

赵振宇　（忘其所以,用更大的声音对他妻子）叫阿牛去买!

赵　妻　（一惊,狠狠地）我又不聋!
　　　　（始终忧郁着的黄家楣,这时候也不禁破颜一笑。）

赵振宇　（省悟）啊,对啦,(低声)叫阿牛去买吧!（又回头对黄父,同样低声地）天上有一种电气,……

赵　妻　（狠狠地）阿牛在念书。（把酱油瓶塞在他手里）

赵振宇　（无法可想,对黄父大声地）等一等,我就来。(出去)

黄　父　（莫名其妙,对赵妻）他说什么?唔,耳朵不方便……（回身上楼去）

桂　芬　（正拿了铅桶下来,在楼梯上）爸爸,当心。（开了楼梯上的电灯）

黄　父　（一怔）唔,……（望着电灯,上楼去）

赵　妻　（看见桂芬下来）喂,为什么老先生今晚上要回去了?

桂　芬　（点头无言）

赵　妻　有了什么要紧的事?家里……

桂　芬　老年人多有点儿怪!说起要走,今晚上就要走啦。

赵　妻　（鬼鬼祟祟）你知道,（指着客堂间低声）林师母从前的男人……

赵振宇　（回来,看见那种神气）改不好的脾气,我跟你说,人家的事,不要管,人家的丈夫也好……

赵　妻　（狠狠地制止了他）嘘,（低声地）那你为什么要来管我呐?

赵振宇　（搔着头进去,忽然想起）啊,楼上的老先生呢?方才的话没有讲完呐。

赵　妻　（依旧鬼鬼祟祟地对桂芬）方才我听见姓林的跟他说,葆珍怎么怎么样……（见阿香走过来听,狠狠地）听什么?小鬼!（继续对桂芬）姓林的跑走啦,方才我听见女的在哭,啊哟,这事情真糟糕吗?那男的你看见过没有?

桂　芬　（摇头）还在吗?

赵　妻　（点头）唔,穿得破破烂烂,像戏里做出来的薛平贵……
　　　　（正要讲下去的时候,林志成带着兴奋的表情,从后门进来。她很快地将要讲的话咽下,若无其事。）

(林志成手里拿了一瓶酒和一些熟食之类的东西,照旧谁也不理会地往里面走。)

赵振宇　(看见他)噢,林先生!(站起来,用手指着晚报上的记事)你们厂里今天——(林好像不听见似的走过,赵振宇只能重新坐下,赵妻兴奋地望着林志成的背影。)

杨彩玉　(望着修好了面的匡复)瞧,不是年青了很多吗?
(林志成无言地进去,杨彩玉和匡复离开了一步,匡复多少的觉得有点狼狈。)

杨彩玉　方才厂里的小陈来过啦,说要你——
林志成　(沉重地)我知道。(将酒瓶和熟食交给杨彩玉)
杨彩玉　厂里有什么事吗?说要你立刻就去……
林志成　我知道,家里没有什么菜,到弄口的小馆子里去叫几样。(对匡复)今晚上喝一点儿酒吧。
匡　复　志成,您——
林志成　(强自振作,态度很不自然)复生!咱们已经很久不在一块儿吃饭啦,你不喝酒,可是今晚上也得喝一杯,我也很久不喝啦,我今天很愉快,你要替我欢喜,我解放啦。
匡　复　(苦痛)志成,你别这么说……
林志成　不,不,今天真痛快,我从一方面受人欺负,一方面又得欺负人的那种生活里面解放出来啦。(大声)我打破了饭碗。可是从今以后,我可以不必对不住自己良心地去欺负别人啦。
匡　复
杨彩玉　(差不多同时地)什么,你……
林志成　笑话,要我去收买流氓,打人,哼,我为什么要这样下流,我可以不干!哼,真痛快,什么工务课长,平常那么威风,(渐渐兴奋)今天又给我看到了!(对杨彩玉)你去预备饭吧。
匡　复　(关心地)志成,你休息一下,我看你很倦了!
林志成　不,不,我很高兴,压在心上的一块大石头,今天才拿掉啦!复生!这不是很奇怪吗?以前,我尽是害怕着丢饭碗,厂里闹着裁人的时候,每天进厂,都要看一看厂务主任的脸色;主任差人来叫的时候,全身的血,会奔到脸上来。可是今天,当他气青了脸,拍着桌子说"你给我滚蛋"的时候,我一点也不怕,我很镇静,这差不多连我自己也不相信。……
杨彩玉　(端了一盆水给他)你……
林志成　(兴奋未退)工场管理本来不是人做的,上面的将你看成一条牛,

　　　　　下面的将你看做一条狗。从朝到晚,上上下下没有一个肯给你看
　　　　　一点好脸色,可是现在,我可以不必代人受过,可以不必被人看做
　　　　　狗啦,(歇斯底里地)哈哈哈!
匡　复　志成,你别太兴奋!……
林志成　可是,第一,你得先替我高兴啊,我从这样的生活里面逃出来……
杨彩玉　(不自禁地)那么你今后……
林志成　今后,唔。(不语,洗脸)
　　　　　(这时候赵妻偷一个空,又来窥探,一方面阿香看见母亲不在,便
　　　　　一溜烟地往门外跑出。)
赵振宇　阿香,阿香(赵妻回头看了一眼)
　　　　　(送包饭的拿了饭篮从后门进来,一径望楼上走,到前楼门外叩
　　　　　门,不应,偷偷地从门缝里张了一下,将饭篮放在门口,下。)
林志成　(洗了脸,彩玉去预备夜饭。林志成走到匡复面前,欲言又止)唔,
　　　　　复生!
匡　复　什么?
林志成　我们还能跟从前一样的……做朋友吗?
匡　复　那当然……可是,这事情,我还得跟你……不,嗳,我不知怎么说才
　　　　　好!……
　　　　　(林志成颓然地坐下。赵妻回来,看见阿香不在,跑到门口。)
赵　妻　阿香,阿香!(出门去,一会儿就扯着阿香进来)死东西!整天的
　　　　　野在外面,你不要吃饭吗?
　　　　　(桂芬在平台上用打气炉烧饭。杨彩玉拿了钱出去买菜。)
林志成　(习惯地)什么,葆珍还没有回来吗?彩玉,去找一找葆珍!
　　　　　(门外卖物声,静静地。)

——幕落——

(现代戏剧出版社1940年4月初版。选自《夏衍剧作集》第1卷,中国戏剧出版社1984年版)

郭沫若

屈　原

第五幕

第二场

　　东皇太一庙之正殿。与第二幕明堂相似，四柱三间，唯无帘幕。三间靠壁均有神像。中室正中东皇太一与云中君并坐，其前左右二侧山鬼与国殇立侍，右首东君骑黄马，左首河伯乘龙，均斜向。马首向左，龙首向右。左室为一龙船，船首向右，湘君坐船中吹笙，湘夫人立船尾摇橹。右室一片云彩之上现大司命与少司命。左右二室后壁靠外侧均有门，左者开放，右者掩闭。各室均有灯，光甚昏暗，室外雷电交加，时有大风咆哮。

　　靳尚带卫士二人，各蒙面，诡谲地由右侧登场。

靳　尚　（命卫士乙）你去叫太卜郑詹尹来见我。
卫士乙　是。（向湘夫人神像左侧门走入。）
　　俄顷，一瘦削而阴沉的老人，左手提灯，随卫士乙由左侧门入场。靳尚除去面罩，向郑詹尹走去。
靳　尚　刚才我叫人送了一通南后的密令来，你收到了吗？
郑詹尹　（鞠躬）收到了。上官大夫，我正想来见你啦。
靳　尚　罪人怎样处置了？
郑詹尹　还锁在这神殿后院的一间小屋子里面。
靳　尚　你打算什么时候动手？
郑詹尹　（迟疑地）上官大夫，我觉得有点为难。
靳　尚　（惊异）什么？
郑詹尹　屈原是有些名望的人，毒死了他，不会惹出乱子吗？
靳　尚　哼，正是为了这样，所以非赶快毒死他不可啦！那家伙惯会收揽人心，把他囚在这里，都城里的人很多愤愤不平。再缓三两日，消息一传开了，会引起更大规模的骚动。待消息传到国外，还会引起关东诸国的非难。到那时你不放他吧，非难是难以平息的。你放他吧，增长了他的威风，更有损秦、楚两国的交谊。秦国已经允许割让的商於之地六百里，不用说，就永远得不到了。因此，非得在今晚趁早下手不可。你须得用毒酒毒死了他，然后放火焚烧大庙。今晚有大雷电，正好造个口实，说是着了雷火。这样，老百姓便只以为他是遭了天灾，一场大祸就可以消灭于无形了。

郑詹尹　上官大夫，屈原不是不喝酒的吗？

靳　尚　你可以想出方法来劝他。你要做出很宽大，很同情他的样子。不要老是把他锁在小屋子里。你可让他出来，走动走动。他带着脚镣手铐，逃不了的。

郑詹尹　（迟疑地）你们是不是有点小题大做呢？

靳　尚　（含怒）你这是什么话？

郑詹尹　我觉得你们把屈原又未免估计得过高。他其实只会做几首谈情说爱的山歌，时而说些哗众取宠的大话罢了，并没有什么大本领。只要你们不杀他，老百姓就不会闹乱子。何苦为了一个夸大的诗人，要烧毁这样一座庄严的东皇太一庙？我实在有点不了解。

靳　尚　哈哈，你原来是在心疼你的这座破庙吗？这烧了有什么可惜？国王会给你重新造一座真正庄严的庙宇。好了，我不再和你多说了。你烧掉它，这是南后的意旨。你毒死他，这是南后的意旨。要快，就在今晚，不能再迟延。南后的脾气，你是知道的。你尽管是她的父亲，但如果不照着她的意旨办事，她可以大义灭亲，明天便把你一齐处死。（把面巾蒙上，向卫士）走！我们从小路赶回城去！

　　　　　靳尚与二卫士由左首下场。

　　　　　郑詹尹立在神殿中，沉默有间，最后下出了决心，向东君神像右侧门走入。俄顷，将屈原带出。

郑詹尹　三闾大夫，请你在这神殿上走动走动，舒散一下筋骨吧。这儿的壁画，是你平常所喜欢的啦。我不奉陪了。

　　　　　屈原略略点头，郑詹尹走入左侧门。

　　　　　屈原手足已戴刑具，颈上并系有长链，仍着其白日所着之玄衣，披发，在殿中徘徊。因有脚镣行步甚有限制，时而伫立睥睨，目中含有怒火。手有举动时，必两手同时举出。如无举动时，则拳曲于胸前。

屈　原　（向风及雷电）风！你咆哮吧！咆哮吧！尽力地咆哮吧！在这暗无天日的时候，一切都睡着了，都沉在梦里，都死了的时候，正是应该你咆哮的时候,应该你尽力咆哮的时候!

尽管你是怎样的咆哮,你也不能把他们从梦中叫醒,不能把死了的吹活转来,不能吹掉这比铁还沉重的眼前的黑暗,但你至少可以吹走一些灰尘,吹走一些砂石,至少可以吹动一些花草树木。你可以使那洞庭湖,使那长江,使那东海,为你翻波涌浪,和你一同地大声咆哮呵!

啊,我思念那洞庭湖,我思念那长江,我思念那东海,那浩浩荡荡的无边无际的波澜呀!那浩浩荡荡的无边无际的伟大的力呀!那是自由,是跳舞,是音乐,是诗!

啊,这宇宙中的伟大的诗!你们风,你们雷,你们电,你们在这黑暗中咆哮着的,闪耀着的一切的一切,你们都是诗,都是音乐,都是跳舞。你们宇宙中伟大的艺人们呀,尽量发挥你们的力量吧。发泄出无边无际的怒火把这黑暗的宇宙,阴惨的宇宙,爆炸了吧!爆炸了吧!

雷!你那轰隆隆的,是你车轮子滚动的声音,你把我载着拖到洞庭湖的边上去,拖到长江的边上去,拖到东海的边上去呀!我要看那滚滚的波涛,我要听那鞺鞺鞳鞳的咆哮,我要飘流到那没有阴谋、没有污秽、没有自私自利的没有人的小岛上去呀!我要和着你,和着你的声音,和着那茫茫的大海,一同跳进那没有边际的没有限制的自由里去!

啊,电!你这宇宙中最犀利的剑呀!我的长剑是被人拔去了,但是你,你能拔去我有形的长剑,你不能拔去我无形的长剑呀。电,你这宇宙中的剑,也正是,我心中的剑。你劈吧,劈吧,劈吧!把这比铁还坚固的黑暗,劈开,劈开,劈开!虽然你劈它如同劈水一样,你抽掉了,它又合拢了来,但至少你能使那光明得到暂时间的一瞬的显现,哦,那多么灿烂的,多么眩目的光明呀!

光明呀,我景仰你,我景仰你,我要向你拜手,我要向你稽首。我知道,你的本身就是火,你,你这宇宙中的最伟大者呀,火!你在天边,你在眼前,你在我的四面,我知道你就是宇宙的生命,你就是我的生命,你就是我呀!我这熊熊地燃烧着的生命,我这快要使我全身炸裂的怒火,难道就不能迸射出光明了吗?

炸裂呀,我的身体!炸裂呀,宇宙!让那赤条条的火滚动起来,像这风一样,像那海一样,滚动起来,把一切的有形,一切的污秽,烧毁了吧,烧毁了吧!把这包含着一切罪恶的黑暗烧毁了吧!

把你这东皇太一烧毁了吧!把你这云中君烧毁了吧!你们这

些土偶木梗，你们高坐在神位上有什么德能？你们只是产生黑暗的父亲和母亲！

　　你，你东君，你是什么个东君？别人说你是太阳神，你，你坐在那马上丝毫也不能驰骋。你，你红着一个面孔，你也害羞吗？啊，你，你完全是一片假！你，你这土偶木梗，你这没心肝的，没灵魂的，我要把你烧毁，烧毁，烧毁你的一切，特别要烧毁你那匹马！你假如是有本领，就下来走走吧！

　　什么个大司命，什么个少司命，你们的天大的本领就只有晓得播弄人！什么个湘君，什么个湘夫人，你们的天大的本领也就只晓得痛哭几声！哭，哭有什么用？眼泪，眼泪有什么用？顶多让你们哭出几笼湘妃竹吧！但那湘妃竹不是主人们用来打奴隶的刑具么？你们滚下船来，你们滚下云头来，我都要把你们烧毁！烧毁！烧毁！

　　哼，还有你这河伯……哦，你河伯！你，你是我最初的一个安慰者！我是看得很清楚的呀！当我被人们押着，押上了一个高坡，卫士们要息脚，我也就站立在高坡上，回头望着龙门。我是看得很清楚，很清楚的呀！我看见婵娟被人虐待，我看见你挺身而出，指天画地有所争论。结果，你是被人押进了龙门，婵娟她也被人押进了龙门。

　　但是我，我没有眼泪。宇宙，宇宙也没有眼泪呀！眼泪有什么用呵？我们只有雷霆，只有闪电，只有风暴，我们没有拖泥带水的雨！这是我的意志，宇宙的意志。鼓动吧，风！咆哮吧，雷！闪耀吧，电！把一切沉睡在黑暗怀里的东西，毁灭，毁灭，毁灭呀！

　　郑詹尹左手提灯，右手执爵，由湘夫人神像左侧之门入场。

郑詹尹　三闾大夫，你又在做诗了吗？你的声音比风还要宏大，比雷霆还要有威势啦。啊，像这样雷电交加的深夜，实在可怕。我连庙门都不敢去关了。你怎么老是不去睡呢？是的，我看你好像朗诵了好长的一首诗啦。你怕口渴了吧。我给你备了一杯甜酒来，虽然没有下酒的东西，请你润润喉，也好啦。

屈　原　多谢你，请你放在那神案上，手足不方便，对你不住。

郑詹尹　唉，真是不知道要闹成个什么世界了。本来是"刑不上大夫，礼不下庶人"的，这个体统也弄得扫地无存了。连我们的三闾大夫，也要让他带脚镣手铐。三闾大夫，这脚镣手铐假如是有钥匙，我一走要替你打开的啦。可恨的是他们把钥匙都带走了啊。

屈　原　多谢你，这脚镣手铐我倒并不感觉痛苦，有这些东西在身上，倒反而增加了我的力量,不过行动不方便些罢了。

郑詹尹　我看你的喉咙一定渴得很厉害的,这酒我捧着让你喝。还要睡一睡才能天亮呢。

屈　原　多谢你,我现在口不渴。我本来也是不喜欢喝酒的人。回头我口渴了,一定领你的盛情好了。请你不要关照。

郑詹尹　(将爵放在神案上)慢慢喝也好。其实酒倒也并不是坏东西。只要喝得少一点,有个节制,倒也是很好的东西啦。

屈　原　是的,我也明白。我的吃亏处,便是大家都醉而我偏不醉,马马虎虎的事我做不来。

郑詹尹　真的,这些地方正是好人们吃亏的地方啦。说起你吃亏的事情上来,我倒是感觉着对你不住呢!

屈　原　怎么的?

郑詹尹　三闾大夫,你忘记了吧,郑袖是我的女儿啦。

屈　原　哦,是的,可是差不多一般的人都把这事情忘记了。

郑詹尹　也是应该的喽。她母亲早死,我又干着这占筮卜卦的事体,对于她的教育没有做好。后来她进了宫廷,我更和她断绝了父女的关系。她近来简直是愈闹愈不成个体统,她把你这样忠心耿耿的人都陷害成这个样子了。

屈　原　太卜,请你相信我,我现在只恨张仪,对于南后倒并不怨恨。南后她平常很喜欢我的诗,在国王面前也很帮助过我。今天的事情我起初不大明白,后来才知道那是张仪在作怪啦。一般的人也使我很不高兴,成了张仪的应声虫。张仪说我是疯子,大家也就说我是疯子。这简直是把凤凰当成鸡,把麒麟当成羊子啦。这叫我怎么能够忍受?所以别人愈要同情我,我便愈觉得恶心。我要那无价值的同情来做什么?

郑詹尹　真的啦,一般的老百姓真是太厚道了。

屈　原　不过我的心境也很复杂,我虽然不高兴他们的厚道,但我又爱他们的厚道。又如南后的聪明吧,我虽然能够佩服,但我却不喜欢。这矛盾怕是不可以调和的吧?我想要的是又聪明又厚道,又素朴又绚烂,亦圣亦狂,即狂即圣,个个老百姓都成为绝顶聪明,你看我这个见解是不是可以成立的呢?

郑詹尹　这是所谓"大智若愚,大巧若拙"的话啦。

屈　原　不,不是那样。我不是要人装傻,而是要人一片天真。人人都有好脾胃,人人都有好性情,人人都有好本领。可是我自己就办不到!我的性情太激烈了,我自己也觉得有点偏,要想矫正却不能够。你看我怎样的好呢？我去学农夫吧？我又拿不来锄头。我跑到外国去吧？我又舍不得丢掉楚国。我去向南后求情，请她容恕我吧？她能够和张仪合作，我却万万不能够和张仪合作。你看我怎样办的好呢？

郑詹尹　三闾大夫，对你不住。你把这些话来问我，我拿着也没有办法。其实卜卦的事老早就不灵了。不怕我是在做太卜的官，恐怕也是我在做太卜的官，所以才愈见晓得它的不灵吧。古时候似乎灵验过来，现在是完全不行了。认真说：我就是在这儿骗人啦。但是对于你，我是不好骗得的。三闾大夫，像我这样骗人的生活，假使你能够办得到，恐怕也是好的吧。我们确实是做到了"大愚若智，大拙若巧"的地步，呵哈哈哈哈……风似乎稍微止息了一点，你还是请进里面去休息一下吧，怎么样呢？

屈　原　不，多谢你，我也不想睡，请你自己方便吧。

郑詹尹　把酒喝一点怎么样呢？

屈　原　我回头一定领情的啦，太卜。

郑詹尹　你该不会疑心这酒里有毒的吧？

屈　原　果真有毒，倒是我现在所欢迎的。唉，我们的祖国被人出卖了，我真不忍心活着看见它会遭遇到的悲惨的前途呵。

郑詹尹　真的啦，像这样难过的日子，连我们上了年纪的人，都不想再混了。

屈　原　大家都不想活的时候，生命的力量是会爆发的。

郑詹尹　好的，你慢慢喝也好，我还想去躺一会儿。

屈　原　请你方便，怕还有一会天才能亮呢。

　　　　　　郑詹尹复提着灯笼由原道下场。
　　　　　　大风渐息，雷电亦止，月光复出，斜照殿上。

屈　原　啊，宇宙你也恬淡起来了。真也奇怪，我现在的心境又起了一个不可思议的变换。我想，毕竟还是人是最可亲爱的呵。不怕就是你所不高兴的人，在你极端孤寂的时候和他说了几句话，似乎也是镇定精神的良药啦。（复在殿中徘徊）啊，河伯！（徘徊有间之后，在河伯前伫立）请让我还是把你当成朋友，让我再和你谈谈心吧。你知道么？现在我所最担心的是我的婵娟呀！她明明是被人家抓去了的。她是很尊敬我的一个人，她把我当成了她的父亲、她的师长，她把我看待得比她自己的性命还要贵重。（稍停）她最能够安慰我。我也把她当成了我自己的女儿，当成了我自己最珍爱的弟子。唉，我今天实在不应该抛撇了她，跑了出来。她虽然在后园子里面看着那些人胡闹，她虽然把我的衣裳拿了一件出去，但我相信那一定是宋玉要她做的,宋玉那孩子,他是太阴柔了。(将神案上的酒爵拿起将饮,复搁置)唉,这酒的气味,我终竟是不高兴。河伯,你是不是喜欢喝酒的呢?你现在的情形又是怎样?我也明明看见,别人也把你抓去了。你明明是为我而受难,为正义而受难呀。啊,我真不知道该怎样报答你的好呵!(复在神殿中徘徊。)

此时卫士甲与婵娟由右首出场。屈原瞥见人影,顿吃一惊。

屈　原　是谁?

婵　娟　啊,先生在这儿啦,我婵娟啦!(用尽全力,跟跄奔上神殿,跪于屈原前,拥抱其膝,仰头望之,似笑,又似干哭。)

屈　原　(呈极凄绝之态)啊,婵娟,你怎么来的?你脸上怎么有伤呀?你怎么这样的装束?

婵　娟　(断续地)先生,我高兴得很。……你请……不要问我。……我……我是什么话都不想说。我只想……就这样……就这样抱着先生的脚,……抱着先生的脚,……就这样……死了去吧。

屈原不禁潸然,两手抚摩着婵娟的头,昂头望着天。如此有间。婵娟始终仰望屈原,喘息甚烈。

屈　原　(俯首安慰)婵娟,我没有想到还能够看见你,你一定是逃走出来的,你是超过了死线了。你知道宋玉是怎样吗?

婵　娟　(仍喘息)他……他跟着公子子兰……搬进宫里去了。

屈　原　那也由他去吧。谁能够不怕艰险,谁才可以登上高山。正义的路是崎岖的路,它只欢迎勇敢的人。……那位钓鱼的人呢?

婵　娟　听说丢进监里去了。

屈　原　(沉默一忽之后)婵娟,你口渴吧?

婵娟点头。

屈　原　(两手移去,将案上酒爵取来)这儿有杯甜酒,你喝了它吧。

婵娟就爵,一饮而尽,饮之甚甘,自己仍跪于地,紧紧拥抱着屈原的两膝,昂首望之。屈原以两手置爵于神案上之后,仍抚摩其头。俄而,婵娟脸色渐变,全身痉挛。

屈　原　(屈膝俯身,以两手套其颈,拥之于怀)啊,婵娟,你怎样?你怎样?

婵　娟　(凝目摇头)先生,……那酒……那酒……有毒。……可我……我真高兴……我……真高兴!(振作起来)我能够代替先生,保全了你的生命,我是多么地幸运呵!……先生,我是一个普通人家的女儿,我受了你的感化,知道了做人的责任。我始终诚心诚意地服侍着你,因为你就是我们楚国的柱石。……我爱楚国,我就不能不爱先生。……先生,我经常想照着你的指示,把我的生命献给祖国。

可我没有想到,我今天是果然作到了。(渐渐衰弱)我把我这微弱的生命,代替了你这样可宝贵的存在。先生,我真是多么地幸运呵!……啊,我……我真高兴!……真高兴!……

屈　原　(紧紧拥抱着婵娟)婵娟!你要活下去呵!活下去呵!婵娟!婵娟!

婵　娟　(更衰弱)……啊,我……真高兴!……(喘息与痉挛愈烈。终竟作最大痉挛一次,死于屈原怀中,殿上灯火全体熄灭,只余月光。)

　　　　屈原无言,拥着婵娟尸体,昂首望天,眼中复燃起怒火。
　　　　卫士甲在前直静立于殿下,至此始上殿至屈原之前。

卫士甲　三闾大夫,请你告诉我,那酒是谁个送给你的?

屈　原　(回顾,含怒而平淡地)是这儿的太卜郑詹尹。(说罢复其原有姿态。)

卫士甲　哼,就是那南后的父亲吗?我是认识他的。(急骤地向左侧房屋走入。)

　　　　屈原仍如塑像一般,寂立不动。
　　　　少顷,卫士甲复急骤而出。

卫士甲　三闾大夫,请你容恕我,我把那恶人郑詹尹刺杀了。在他的身上还搜出了一通密令,我念给你听。"太卜执事:此奉南后意旨,望执事于今夜将狂人毒死,放火焚庙,以灭其迹。上官大夫靳尚再拜。"密令是这样,因此我也就照着南后的意旨,在郑詹尹的床上放了一把火。这罪恶的神庙看看也就要和那罪恶的尸体一道消灭了。

屈　原　那很好。我还希望你帮助我,把婵娟安放在神案上,我们应该为她举行一个庄严的火葬。

卫士甲　待我先解除先生的刑具。(解除其刑具)婵娟姑娘穿的还是更夫的衣裳,应该给她脱掉啦。

屈　原　(起立先解婵娟之衣)哦,戴得有这样的花环。(更进行其它动作。)

卫士甲　(一面帮助,一面诉说)先生,这还是你编的花环呢。在东门外被南后给你要去了,后来南后又给了婵娟姑娘。她一身都是挨了鞭打的,你看这手上都有伤,脸上都有伤,鞭打得很厉害。南后更打算明天便处死她,把她装在囚槛里,由我看守。……夜半将近的时分,你的两位弟子宋玉和公子子兰走来劝婵娟,要她听从公子子兰的要求,做他的侍女,他们便搭救她。但是婵娟始终不肯。……她所说的话和她的精神大使我感动了,因此我就决心救她。从宋玉口中听说先生今晚上也有生命的危险，所以我也就决心陪着她来救你。……我们是从宫中逃出来的，就是用了一点诡计把一个更夫来顶替了婵娟。在我替她换上更夫装束的时候，婵娟姑娘她还坚决地不肯把你这花环丢掉呢！

    二人已经将婵娟妥置于神案，头在左侧。

屈　　原　（整理婵娟胸部，自其怀中取出帛书一卷，展视之）哦，这是我清早写的《橘颂》啦。我是写给宋玉的，是宋玉又给了你吧！婵娟，你倒是受之而无愧的。唉，我真没有想出，我这《橘颂》才完全是为你写出的哀辞呀。

卫士甲　先生，那么，你好不就拿给我念，我们来向婵娟姑娘致祭。

屈　　原　好的，你就请从这后半读起。（授书并指示）一首一尾你要加些什么话，也由你斟酌好了。

    屈原移至婵娟脚次，垂拱而立，左翼已有火光及烟雾冒出。

卫士甲　（立于屈原之右，在神案右后隅，展读哀辞）维楚大夫屈原率其仆夫致祭于婵娟之前而颂曰：

呵，年青的人，你与众不同。

你志趣坚定，竟与橘树同风。

你心胸开阔，气度那么从容！

你不随波逐流，也不故步自封。

你谨慎存心，决不胡思乱想。

你至诚一片，期与日月同光。

我愿和你永做个忘年的朋友。

不挠不屈，为真理斗到尽头！

你年纪虽小，可以为世楷模。

足比古代的伯夷，永垂万古！——哀哉尚飨。

    屈原再拜，卫士甲亦移至其后再拜。礼毕，卫士甲将帛书卷好，奉还屈原。

屈　　原　现在一切都完毕了，请问你叫什么名字？

卫士甲　先生，你不必问我的姓名，我要永远做你的仆人，你就叫我"仆夫"吧。

屈　　原　你今后打算要我怎样？

卫士甲　先生，你怎么这样问我呢？

屈　　原　因为我现在的生命是你和婵娟给我的，婵娟她已经死了，我也就只好问你了。

卫士甲　先生，我们楚国需要你，我们中国也需要你，这儿太危险了，你是不能久呆的。我是汉北的人,假使先生高兴,我要把先生引到汉北去。我们汉北人都敬仰先生,受了先生的感召,我们知道爱真理,爱正义,抵御强暴,保卫楚国。先生,我们汉北人一定会保护你的。

屈　原　好的,我遵从你的意思。我决心去和汉北人民一道,就做一个耕田种地的农夫吧。你赶快把服装换掉啦。那儿有现成的衣帽。(指示更夫衣帽。)

卫士甲　哦,我真糊涂,简直没有想到,幸好有这一套啦。(换衣。)

　　　　火光烟雾愈燃愈烈。

屈　原　(高举手中帛书)啊,婵娟,我的女儿!婵娟,我的弟子!婵娟,我的恩人呀!你已经发了火,你把黑暗征服了。你是永远永远的光明的使者呀!

　　　　(执帛书之一端向婵娟抛去,帛书展布于尸上。)

　　　　　　　　　　　　　　　　　　——幕徐徐下

　　　幕后唱《礼魂》之歌:
　　　　唱着歌,打着鼓,
　　　　手拿着花枝齐跳舞。
　　　　我把花给你,你把花给我,
　　　　心爱的人儿,歌舞两婆娑。
　　　　春天有兰花,秋天有菊花,
　　　　馨香百代,敬礼无涯。

　　　　　　　　　　　　　　1942年1月11日夜

(选自《郭沫若全集·文学编》第6卷,人民文学出版社1986年版)